国家"十三五"重点出版规划
文艺原创精品项目

国家情愫

中国大援疆全纪实

裔兆宏 ——— 著

江苏凤凰文艺出版社
新疆生产建设兵团出版社

图书在版编目（CIP）数据

国家情愫：中国大援疆全纪实 / 裔兆宏著. — 南京：江苏凤凰文艺出版社，2017.1
　ISBN 978-7-5399-9674-5

Ⅰ.①国… Ⅱ.①裔… Ⅲ.①纪实文学－中国－当代 Ⅳ.①I25

中国版本图书馆 CIP 数据核字(2016)第 232753 号

书　　　名	国家情愫：中国大援疆全纪实
著　　　者	裔兆宏
责 任 编 辑	王宏波　查品才
特 约 编 辑	许迎庆
责 任 校 对	张松寿
出 版 发 行	凤凰出版传媒股份有限公司 江苏凤凰文艺出版社 新疆生产建设兵团出版社
出版社地址	南京市中央路 165 号，邮编：210009
出版社网址	http://www.jswenyi.com
经　　　销	凤凰出版传媒股份有限公司
印　　　刷	江苏凤凰新华印务有限公司
开　　　本	718×1000 毫米　1/16
印　　　张	25
字　　　数	450 千字
版　　　次	2017 年 1 月第 1 版　2017 年 1 月第 1 次印刷
标 准 书 号	ISBN 978-7-5399-9674-5
定　　　价	45.00 元

（江苏凤凰文艺版图书凡印刷、装订错误可随时向承印厂调换）

目 录

引子 1

第一章　至高利益 5
- 大国战略 5
- 漫步历史的长廊 10
- 最早援疆人 20
- 伴随祖国前行 26

第二章　边塞奏新曲 39
- 现实梦魇 39
- 中国力量的凝聚 47
- 向贫困落后宣战 51

第三章　固边与安民 57
- 枝叶总关情 57
- 安居幸福家 74
- 就业，通往梦想的春天 87

第四章　"杏林"春意暖 110
- 硬件，让就医挺温馨 110
- 妙手换回病树春 116
- 悬壶义诊暖民心 139
- 天山"杏林"满园春 147

第五章　民族融合新希冀 155
- 学校，最美丽的风景 155
- 播洒阳光的人 162
- 教育生态渐次"绿" 189

第六章　"造血"别样红 ·········· 209
- 生根的产业 ·········· 209
- 市场，悠扬的旋律 ·········· 233
- 舞动九天的特区 ·········· 243
- 人才咏叹变奏曲 ·········· 262

第七章　高擎文化的火炬 ·········· 272
- 寻觅失落的文明印记 ·········· 273
- 营造多元的载体 ·········· 280
- 交流彰显魅力 ·········· 288

第八章　民族团结花儿红 ·········· 294
- 从手拉手到心连心 ·········· 294
- 团结能把困难吓跑 ·········· 304
- 众人拾柴火焰旺 ·········· 310
- 领导，是民族团结的表率 ·········· 319

第九章　在边疆读懂"祖国" ·········· 324
- 村政权不可弱 ·········· 324
- 挺直胸膛赴灾难 ·········· 330
- 非常时刻显身手 ·········· 335
- 心中的祖国 ·········· 338

第十章　援疆情深浓于水 ·········· 345
- 担当与奉献 ·········· 346
- 一人援疆全家"随" ·········· 369
- 深情送别见民心 ·········· 377
- 援疆情不老 ·········· 383
- 尾声 ·········· 391

后记 ·········· 395

引　子

2015年9月23日。喀什机场。

13时40分左右,一架银燕从喀什机场腾空而起。

航班号:CZ6997。目的地:上海虹桥机场。但,本次航班还会从乌鲁木齐中转。

飞机腾空后约五分钟左右,飞行虽稍渐平稳,但乘客们还未从失重感觉中缓过神来。

就在此时,一位乘客突然从座位上站起,这是位怀抱婴儿的少数民族妇女。只见她面色异常,惊慌地哭喊:"我要下飞机!"

一刹那,客舱内的气氛骤然紧张起来。到底发生了什么?

这时,这位妇女的哭喊声更加声嘶力竭,令人十分揪心。因为情急,她一直说着少数民族语言,乘客根本不知道她说什么。好在乘客中有懂维吾尔语的,知道她是位维吾尔族的年轻母亲。很快,经过乘客的相互沟通,乘务员明白了缘由。原来,这位年轻母亲孩子的生命危在旦夕。

随即,飞机喇叭中传来了乘务员的求助声音:"有个婴儿需要急救,希望飞机上的医生来帮忙。"

"我是医生,乘务员不喊,我们也义不容辞。"说这话的是苏州昆山市第一人民医院儿科主治医师方琴。

说来也巧,与方琴同一航班的,还有三位江苏援疆医生。他们是:昆山市中医院急诊科医生赵波、常州市儿童医院儿科副主任医师史伟新、常州市中医院急诊科医生马海鹰。

时间就是生命,四位江苏医生松掉安全带,迅速来到孩子身边。

快速诊断后,几位医生都表示,孩子状况不乐观:"面无血色,嘴唇发白,心跳、呼吸骤停,把握不大,但必须尽全力。"

"立即急救!"

四位援疆医生组成临时急救团队,开始急救。一边,医生不断进行口对口人工呼吸、胸外按压;一边,乘务员立即取来飞机上的急救装备——氧气面罩,给孩子供氧。

这个女婴只有两个月大,要恢复自主心跳呼吸,十分困难。

时间在一秒秒地流逝。急救团队紧张有序,在不言放弃的同时,他们赶紧告诉乘务员:"请通知机长,立即返航!"

此时,孩子的母亲近乎崩溃,其他乘客的情绪也都异常激动。但方琴沉着冷静,在她的建议下,孩子被移动到飞机尾部更宽敞的休息区,再次进行心肺复苏。

由于孩子位置较低,援疆医生统统呈跪姿施救。从发现孩子病危到返回喀什机场,一共四十分钟,援疆医生们一直跪地,两腿几乎失去知觉。

"我们返航!"

飞机返航的请求得到回应,乘务员广播了返航消息和原因。

返航!此时此刻,机舱里没有一点骚动,而是显得非常安静,乘客们没有一句抱怨之声。

与其他航班不同的是,此次乘客们为何没有抱怨?无疑,这里有善良爱心的作用,更有援疆医生"救死扶伤"的举动,让他们感动了。

……

在今天的新疆,从大漠戈壁到绿洲草原,从地面到空中,从北疆到南疆,到处都有内地援疆人的足迹,到处都舞动着援疆人的衣袖,到处都飘扬着援疆的旗帜。

凭什么援疆?为什么援疆?

是什么让古老的西域重新焕发青春活力?凭什么让汉唐延续的雄性血脉威严偾张?凭什么让一代天骄回眸叹望?凭什么让大清帝国羞愧难当?是什么让中华民族的血、肉、骨、精、气共铸钢铁脊梁?

……

西域,一片无尽魅力之疆。

复杂的地理,多元的民族,多元的宗教,多元的文化……雄浑而神秘。

但它从来就是一片群雄逐鹿、风云变幻的疆土。

古之西域,多亘古荒漠。枭雄匪患频祸乱,沙尘蔽日舞蹁跹。春风不度玉门关,戈壁荒原相拥泣。

始西汉拓疆开土,屯垦戍边,数千年安邦,薪火相传。纵观西域诸邦,大凡神州中华国运强盛,西域则宁静安康,丝路繁盛,驼铃叮当,胡笳悠扬;大凡中华国势衰微,则西域烽火迭起,生灵涂炭,丝路中断,城垣倾颓。

尤其近代,西方列强用炮火轰开中华国门,一次战争一次败,一场秋雨一场寒,西域也同样进入风雨如晦的耻辱岁月。殖民强盗不停觊觎着这片疆域,处心积虑,策划一个又一个的分裂阴谋,山河沦丧,血火交织,社会黑暗,各族人民苦难到了极处。

"一唱雄鸡天下白,万方乐奏有于阗。"新中国绘宏图,铸剑为犁成边关,戈壁惊开新世界;西域长卷展新图,祖国认同谱新曲。

新形势下,新疆的发展处于国家和民族的重要关头。一个及时明智的声音:促进区域平衡协调,在神州大地激情回荡;一个共谱民族和谐的音符:全国对口支援新疆,在古老的西域大地高声奏响!

应当承认,改革开放之初,国家政策向沿海地区倾斜,是全国人民支持了沿海地区的发展,特别是支持广东率先"杀出了一条血路",这是有目共睹的事实。无论是广东,还是沿海地区其他省份的人民,谁不承认他们没有得到全国包括新疆人民的支持?谁也没有昧着良心否认过。

同样,即使国家政策有失误,对新疆人民有亏欠,今天,全国十九个省市援疆,这也是事实。为什么视而不见?为何要有意否认?难道有丰富资源就一定能够富裕?更何况,在一个国家疆域内,任何矿产资源都是属于国有的。

这里值得深思的是,就是国家在发展过程中,究竟应如何兼顾和处理中央与地方的关系利益问题。

显然,说不能叫"援疆"的论调,是站不住脚的。如果不是别有用心,也可说是一种偏见。

援疆,不只是简单的献爱心,不只是简单的"好人好事",而是国之大策!是新疆各族人民的现实福祉!是新疆社会稳定和长治久安的基础!纵观古今,新疆问题解决得好,就会成为中华民族伟大复兴的正能量;如果解决不当,则有可能成为中华民族的心腹大患!这绝不是危言耸听!

明月出天山,苍茫云海间。

在五六年中,笔者先后十一次深入到天山南北采风采访,从高层到基层,从官方到民间,从维吾尔族阿訇到哈萨克牧民,从内地援疆干部到当地普通农民……面对民间到官方的不同声音,面对不同群体的感受,并亲眼目睹新疆大地的变迁,亲耳聆听援疆人的诉说,体验这起波澜壮阔的行动,不能不发人深省,不能不回味深长。

……

误会缘于陌生,长卷需要细读。

新疆是一幅史诗长卷,有着悠久的历史。援疆是一部现实传奇,澎湃着国家的激情。

现实的新疆,是激情的新疆,是飞跃的新疆。

援疆,让天山南北发生了巨变;援疆,让内地人与新疆人血脉相连;援疆,让新疆与内地结下了浓浓深情;援疆,让新疆时刻感受到祖国心脏跳动的温暖脉搏!

援疆,为古老的西域增添了一笔笔浓重的国家色彩,走进新疆天山南北,随处可见带有内地"元素"的建筑:北京医院、江苏中学、深喀大道、浙江工业园……

十九个援疆省市以对新疆各族人民的大爱,以对祖国深沉的爱,在大漠深处,在伊犁河谷,在塔里木盆地,在帕米尔高原,抒写了一首首动人的新乐章!

上万里路云和月,援疆深情暖天山。

新疆,因援疆而奔放自豪;新疆,因援疆而灿烂夺目。

援疆如何传奇,只有去领略,只有去耳濡目染,才能体会出这华美乐章激动人心,才会感受到中华民族伟大复兴之路的壮举!

第一章　至高利益

这是一片谜一样的王国,这是一个童话的世界。

在浩瀚的历史宇宙中,这里始终笼罩着一种神韵,不知有多少篇精美的童话,在这里无声窒息;不知有多少个惊魂,在这里断崖撕裂;不知有多少缕希冀,在这里跌落深渊。

数千年前,冻僵的荒原开始复活,冷漠的荒野点燃绿色的热焰。狼烟铁蹄,震荡着西域;飞扬的鬣鬃,载来汉时的雄风。黑夜吞没了狼烟,烽火一路东传,很快点亮汉武帝的灯盏。美人的明眸,晶莹别透;将士的热血,壮烈荣耀。风拂,露嫩叶;烛闪,现光芒。是丝绸古道的藤蔓,是扬鞭奔驰的马蹄,从此链接起了中华大地铁血历史的脉管。它们共同组成了一部线装的史籍,共同护卫着一段遥远的记忆。

抖落千年的黄土厚尘,挟裹惊雷裂电在月亮下闪现。扶摇高天,中华大地阔穹大野,复兴之路、强国之梦跃然纸上。

何谓大国战略?何谓中国梦?这就是大国战略!这就是中国梦!

大国强盛战略,就是寸土必争,就是殚精竭虑,谋发展,谋长远,谋国家核心利益;就是让每寸疆土与国家同行;就是让万里疆土激荡中华民族的奔腾血脉,让每个子民感受到祖国前进的温暖与喜悦。

● 大国战略

亘古洪荒,中华大地,幅员辽阔。

悠悠岁月,浩浩中华文明,满天璀璨繁星。

仰观俯察神州大地,多彩闪烁。中国的东部、中部和西部,千差万别。东部,富可敌国。中部,文明悠久。西部,则古老而神秘。

中国的西部,一片热烈而令人神往的土地。然而,在时间与空间上,中国的西部与东中部有哪些迥异之处?中国的西部是怎样的?

自古对于中国的西部,文人墨客们总是充满了诗意般的想象,总是充满了诗意般的浪漫描绘。

"天苍苍,野茫茫,风吹草低见牛羊。"这是北朝民歌里的弹唱?

"大漠孤烟直,长河落日圆。"这是唐诗里的吟诵?

"金戈铁马,刻碑燕然。"这是先人征战场景中的刻画?

敦煌千佛洞。这是飞天壁画中的艺术再现?

……

西部,有最美的诗;西部,有最美的旋律。

在中国的西部,满眼是壮阔的风景:雄伟的喜马拉雅、壮丽的青藏高原、连绵的瀚海大漠、万仞壁立的帕米尔高峰、蓝松白雪的天山、滔天浊浪的黄河、广袤的内蒙古草原……

西部是大原野,西部是大手笔,它以原始、古拙、粗野、荒凉,它以丰盈、慷慨、生生不息、多姿多彩,成为诗人、作家们永不厌倦的精神场所。

行走在西部,那孤独、寂寞、忧郁、自惭、别绪离愁、壮志豪情,都会化入到长风野火。

西部的每一幅画面,都充溢着纯真的野性,充溢着男子汉气概的强悍情调:粗犷、放达、辽阔、苍凉。

如果是诗人浪迹四野八荒,所到之处,那壮阔的景致,都会被他注入生命的色彩和馨香:处处洋溢着苍凉悲壮的歌韵,澎湃着磅礴激越的诗情!

历史上的西部,曾经地肥水美,草木茂盛,物产丰富,人口众多。

然而,除了自然因素之外,由于我们的先人过度开发,森林减少,草场退化,土地沙化,地力下降,灾害增多,西部渐渐地沦为生态性贫困,丧失了经济中心的地位。

千百年来,华夏儿女在这里辛勤耕耘,用汗水浇灌出璀璨的文明之花,留下了一个又一个自强不息的感人故事。

历史已成烟云,时光不会倒流。现实,最残酷,最无情。

按国际标准,干旱区人口的临界指标为每平方公里七人,半干旱区为二十人。我国西北五省区作为干旱、半干旱地区,其人口密度都已接近或超过这种临界值。

比起全国人口平均密度一百三十一人,这儿当然是低多了;比起北京人口密度六百人和上海人口密度二千二百人,这儿更是低得出奇(根据1999年统计数据)。

但是,请人们不要忘记,当喝水问题都无法解决时,人赖以活命的粮食又能种在何处?没有水能种出什么东西来!

在改革开放之前,中国尚有数以亿万计人挣扎在贫困线上。这个庞大的群体,东部有,中西部则更多。

岁月沧桑。西部,虽然不再神秘,却依然贫穷落后。

在当代,提起西部,"贫瘠"与"荒凉"是绕不过的字眼。

贫瘠、荒凉,或许是大多数国人对西部的第一印象。

中国西部的范围有多大?

中国的西部是辽阔的。它包括重庆、四川、贵州、云南、西藏、陕西、甘肃、青海、宁夏、新疆、内蒙古、广西等十二个省、自治区、直辖市,面积六百八十多万平方公里,约占全国总面积的百分之七十一点四。

2001年,西部人口三亿六千四百万,占全国的百分之二十八点六(其中少数民族人口约占全国少数民族人口的百分之七十五),而国内生产总值仅占全国的百分之十七点一。

1978年至1997年,在全国GDP中所占比重,东部地区从百分之五十二上升为百分之六十一点四,西部地区则从百分之十七下降为百分之十四点八。人均GDP差距也逐渐拉大。改革开放初期,西北各省区人均GDP高于福建,其中青海甚至高于广东。但到1997年,全国人均GDP为六千三百九十二元,西部人均GDP仅为四千零九元,相当于全国平均水平的百分之六十二点七。

作为西部大区的新疆,2000年全疆农村居民人均纯收入为一千六百一十八元,城市居民人均可支配收入为五千八百一十七元;2001年则分别为一千七百一十元和六千五百九十元。

"我们新疆好地方,天山南北好风光……"

不管你去没去过新疆,你总会听过这首歌颂新疆的歌曲。而每当这熟悉的旋律在耳边响起之时,人们的脑海里总会联想:祖国西域那是一片广袤而富饶的土地。

作为我国最大省级行政区的新疆,风光秀美,资源丰富,战略地位极为重要。但是,多年来,新疆的经济发展却一直落在后面。

以2009年为例,新疆地区生产总值近四千三百亿元,人均产值接近两万元。这个数据放在全国,只能放在二十名之后;其中,人均产值只有全国平均水平的百分之八十左右。如将时间的跨度拉长,2000—2009年的十年中,新疆经济的年均增速只能排列在全国各省、市、自治区倒数第二。2008年,新疆城镇居民人均可支配收入分别排在全国与西部倒数第二位,比人均产值的排名还要低。这样的经济水平,显然不足以让新疆各族人民群众满意。

岁岁花相似,年年人不同。北宋大哲学家张载言道:"为天地立心,为生民立命,为往圣继绝学,为万世开太平。"

对于一个幅员辽阔、人口众多的发展中大国来说,各地区的自然、经济、

第一章 至高利益　7

社会条件差异明显,区域发展不平衡是我国的基本国情。对此,党和政府十分重视。

1988年,在改革开放走过十年历程的关键时期,中国改革开放的总设计师邓小平高瞻远瞩,提出了"两个大局"的战略思想,即:沿海地区要加快对外开放,较快地先发展起来,这是一个事关大局的问题;发展到一定的时候,又要求沿海拿出更多的力量帮助内地发展,这也是个大局。

到二十世纪九十年代末,我国基本实现了"第一个大局"。然而,东部与中西部地区发展的差距逐步拉大。当时,上海、江苏、浙江、广东和山东五省市,人口与西部地区大体相当,GDP却已是西部的二点五倍以上。

而二十世纪末,西部的生产总值仅占全国的百分之十七点一,人均GDP仅相当于东部沿海地区的百分之三十左右,农村贫困人口超过五千七百万。且全国水土流失面积的百分之八十在西部,每年新增荒漠化面积的百分之九十以上也在西部。

……

必须补齐西部这块国民经济的"短板"!

因为,没有西部的小康,就没有全国的小康;没有西部的繁荣稳定,就没有全国的繁荣稳定;没有西部的科学发展,就没有全国的科学发展;没有西部的复兴,就没有中华民族的复兴。

中央在世纪之交,适时地提出实施西部大开发战略,就是为了缩小地区差距,协调地区发展,逐步实现从先富到共富的目标。而只有共同富裕,才会奏出社会和谐的动人音符,才能实现科学发展,才能建设和谐的中国社会,才能实现中华民族伟大复兴的"中国梦"!

西部大开发的重心在哪里?在西北,而西北各省区中首推的是新疆。

西部大致可分成三个类别。第一个类别:限制开发的地方。如贵州、云南、西藏和其他一些生态脆弱地区。第二个类别:中央不进行大规模投入,依靠地方政府和市场也可以实现开发的地区。如成渝地区、陕西关中地区,还有内蒙古的一些地方。第三个类别:值得开发,但是依靠地方政府和市场仍不能得到很好开发的地方。西部大开发,主要是针对第三个类别。第三个类别当中,首先就是新疆,其次是青海。

实现中华民族"两个一百年"的奋斗目标,建立社会和谐的基础,就是要兼顾效率与平等,就是要采取适当的政治策略,保障社会稳定。

从效率的角度看,西北各省区总体资源配置的效率都很低。根据1999年的数据,西北五省区面积约占国土面积的三分之一左右,而GDP仅占全国比重的四十分之一;西北各省的人均GDP都低于全国平均水平。但西北资源很丰富,青海的人均水资源排全国第二,新疆的人均水资源排全国第五,能源、农业资源和矿产资源也非常丰富,整个东部的水资源反而相对不足。我国能源对外依赖程度已很高了,一些传统资源大省正面临资源枯竭的问题,而新疆、青海的资源还有待开发。

从平等角度考虑,西北五省区的GDP平均水平比较低,居民人均可支配收入也排在全国列序。西北的公共服务和收入水平也很低。西北人才流失严重,也影响了经济发展。

在整个西部大开发中,新疆是重中之重。为何新疆是重中之重?

就新疆来说,无论是从经济、政治的角度考虑,还是从国家安全等方面审视,都与国家战略有关。

到过新疆的人,大都知道有这么一句话:不到新疆,不知道中国之大。可见,只有到了新疆,你才会感受到祖国疆土之辽阔。

新疆,面积一百六十六点五万平方公里,占中国大陆国土总面积的六分之一,相当于九十九个北京大,相当于十五个江苏或者浙江大,超过三个法国大。新疆,地处亚欧中心,边境口岸达十七个,周边与八个国家接壤,边境线长达五千六百公里,是我国连接西北亚、西亚、南亚、欧洲和北非的便捷通道和前沿,战略意义不言而喻。

新疆地大物博,资源富集,实乃祖国的"一块宝地"。新疆拥有三百三十一万公顷耕地;一千多万公顷可垦荒地;草原面积达五千七百三十三万多公顷,居全国第二位;发现和探明的有色金属矿种有一百三十八种,占全国的百分之八十以上,其中有五种居全国首位,二十六种居全国前五位;石油储量占全国陆地总储量的百分之三十,天然气储量占全国陆地总储量的百分之三十五,煤炭储量占全国总储量的百分之四十。

在这块宝地上,生活着四十七个民族,其中少数民族人口占全区总人口的百分之六十二。

以上这些是2013年的相关数据。透视这一串串的数据,可以洞见全局:没有新疆的稳定,就没有国家的稳定;没有新疆的发展,就没有西部的振兴和发展。

新中国成立以后,中央政府非常重视新疆的发展。在党中央的号召下,自二十世纪五十年代,特别是新疆维吾尔自治区成立之初,全国各地支持新疆建设就开始了。

当时的新疆,工业几乎是一片空白。中央把东南沿海较发达地区的一些企业搬迁到新疆,从内地选调工程技术人员充实到新疆,并选派一批批少数民族工人到内地进修学习,在很短的时间内,就为新疆培养起了一支支技术骨干队伍。

同时,在二十世纪五十年代,国家有计划地在西部布局和建设的一批能源和工业项目,六十年代和七十年代开展的"大三线"建设等,这都在整体上为西部地区的发展奠定了一定基础。

经过改革开放数十年的发展,国家也已具备一定的经济实力,能集中财力支持经济欠发达地区加快发展。

从国家长治久安的角度考虑,西北的稳定,特别是新疆的稳定,尤为重要。

从近现代世界历史看,解决"民族问题"的关键有两点:一是发展经济,二是民族融合。

试想,如果英国不是一个发达国家的话,苏格兰就会大闹分裂;现在虽也有人闹,但却成不了大气候。如果美国不是发达国家的话,其民族问题也会很突出。2012年11月,美国就传出许多要闹独立的新闻;因为,美国的经济发展出现了问题。还有,在许多欧洲人心里,欧盟已经是一个"准国家"了;靠什么使得欧洲多民族地区向着一个国家的方向发展?主要是经济因素起了作用。

中华民族的复兴,需要长治久安,需要有得力举措塑造中华民族实体。边疆的开发,特别是新疆的开发,就是塑造这个实体的重要举措之一。我们的民族政策需要调整,而边疆开发是政策调整的重要条件。中央政府重点考虑新疆经济发展和社会稳定,是对中国未来极为负责任的态度。如果新疆的经济不发展,那么消化民族问题,就缺少一个重要的条件。

近代以来,许多志士仁人遥望苍凉的雪域、草原与戈壁,思索多彩的宗教、文化、文明,注目丰富的能源、资源、矿产……开发西部的豪情,可说是壮怀激烈!早在九十多年前,民主革命先行者孙中山先生满怀豪情壮志,他在《建国方略》里就曾勾勒出治理西部的宏伟蓝图;八十多年前,南京国民政府也曾雄心勃勃推出"西部计划"。然而,均未能如愿以偿。

显然,援疆是大国战略的智慧之策。

● 漫步历史的长廊

新疆,古称西域。

拂去久远的岁月风尘,历史学家们发现:早在距今一万多年的旧石器时代晚期,新疆就有人类遗址。例如:在塔什库尔干河东岸、民丰县、和田市,均有人类遗址被发现。这些遗址,昭示着人类文明的曙光。在这些地方生活的人类,是新疆最早的居民之一。

在历史上,中华民族曾出现过多民族融合的现象。新疆,自古就是多民族多宗教多文化的融汇地。

特殊的地理位置,使新疆很早就成为东西方关系的交通孔道。这不仅使新疆历史上民族迁徙和交往活动十分频繁,而且还使得居民的种系族属和民族关系错综复杂。

"西域"一词,最早见于《汉书·西域传》。显然,它与张骞的名字是分不开的。西汉时期,狭义的西域是指:玉门关、阳关(今甘肃敦煌西南)以西,葱岭以东,昆仑山以北,巴尔喀什湖东、南等地,即汉代西域都护府的辖地。广义的西域还包括:葱岭以西的中亚细亚、罗马帝国等地,包括今阿富汗、伊朗、乌兹别克斯坦,至地中海沿岸一带。

西域以天山为界,分为南北两个部分,百姓大都居住在塔里木盆地周围。西汉初年,有"三十六国":南缘有楼兰(在罗布泊附近)、婼羌、且末、于阗(今和田)、莎车等,习惯称"南道诸国";北缘有姑师(后分前、后车师,在今吐鲁番)、尉犁、焉耆、龟兹(今库车)、温宿、姑墨(今阿克苏)、疏勒(今喀什)等,习惯称"北道诸国"。此外,天山北麓有前、后蒲额和东西且弥等。它们面积不大,多数是沙漠绿洲,也有山谷或盆地。人口不多,一般两三万人,最大的龟兹是八万人,小的只有一二百人,居民从事农业和畜牧业。

西域人除生产谷物以外,有的地方如且末,还盛产葡萄等水果和最好的饲草苜蓿。畜牧业有驴、马、骆驼。还有玉石、铜、铁等矿产,有的地方居民已懂得用铜铁铸造兵器。天山南北各国,虽然很小,但大都有城郭。各国国王以下,设有官职和占人口比重很大的军队。

公元前二世纪,张骞出使西域以前,匈奴贵族势力伸展到西域,在焉耆等国设有僮仆都尉,向各国征收繁重的赋税,"赋税诸国,取富给焉"(见《汉书·西域传上》),对这些小国进行奴役和剥削。

在当时的西域,正在伊犁河流域游牧的大月氏,是一个著名的"行国",四十万人口。他们曾居住在敦煌和祁连山之间,被匈奴一再打败后,刚迁到这里不久。匈奴杀月氏王,"以其头为饮器"。因此,大月氏与匈奴是"世敌"。

大自然是神秘的。早在人类诞生之前,天山这条横跨中亚和我国西部地区、呈东西走向的巨大山脉,就已经静立在天地之间了。作为一条伟大的山脉,天山不仅将新疆一分为二,更重要的是,它还破天荒地从"天界"为人间引来了几条河流,如楚河、锡尔河、伊犁河和塔里木河。而在这几条河流之中,伊犁河是最为神秘的一条河流。

历史上的伊犁河谷,谜团最多,最具神奇的色彩。比如新石器时代早期,曾生活在这里的早期人类"塞种人"(简称塞人),他们究竟是来自东方还是来自西方?与塞人一样,在伊犁河流域留下千年不解谜团的,还有曾经"名震一时"的乌孙人。这是塞人之后在伊犁河流域出现的一个庞大民族。在西域,乌孙称得上是仅次于匈奴的强国。此外,生长在伊犁河谷的许多生物也不乏神秘色彩⋯⋯

历史上,伊犁河流域是古代丝绸之路北线必经的重要地区,也是重要的文明通道、军事要塞。自古以来,无论是游牧民族,还是农耕民族,都向往着这片戈壁中的绿洲。

汉武帝认为,伊犁河是"神的特殊恩赐",凭借生存在河两岸的"西极天马",他夺得了更大的江山。

伊犁河谷最早出现的民族是塞种人。塞人,原游牧于东起伊犁河、楚河流域,西抵锡尔河地区。秦汉之际,塞种人已经有了国家组织。西汉之初,北方匈奴崛起,月氏人受到匈奴的打击而西迁,他们打败原本生活在此地的塞人,塞人不得不一部分退至锡尔河北岸,另一些南下帕米尔,散居各地。

月氏人,战国时期活动于河西走廊到塔里木盆地的广大地区,秦汉之际最为强盛。

乌孙,最初活动于河西走廊。秦末汉初,受月氏人的攻击而依附于匈奴,后在匈奴的支持下,袭击月氏人,并将其逐出伊犁河流域。乌孙西迁伊犁河谷等地后,建立了著名的乌孙国。公元前176年,乌孙国的势力控制伊犁河北岸后,这里成为乌孙人的牧地。而匈奴则相继控制今阿尔泰山地区、塔城地区,并与乌孙结盟。

羌人,最初活动于黄河中上游地区。春秋战国时期,一部分羌人经河西走廊,沿祁连山、昆仑山向西迁徙,从而在新疆留下了足迹。

匈奴人,兴起于战国时期,主要活动于蒙古草原地区。秦末汉初,匈奴崛起,控制了西域。匈奴人主要是在公元前176年前后进入新疆的。公元二世纪,受到东汉多次打击的匈奴部众四散迁徙,一部分老弱人口留在今裕勒都斯草原一带,后称"悦般",在南北朝时期还建立了政权。匈奴人在西域的活动长达五六百年之久。

汉人,是较早进入新疆地区的民族之一。公元前101年,汉朝军队开始在轮台、渠犁等地屯田,后来扩大到全疆各地,各屯田点成为汉人进入新疆后最初的分布区域;公元前60年西域都护府设立以后,进入新疆的汉人连续不断,或为官,或从军,或经商。

可见,在古代历史上,曾有许多部落、民族在新疆聚居。新疆居民的族属,汉代史籍明确记载的主要有:塞、月氏、乌孙、羌、匈奴、汉人⋯⋯

新疆与中原地区的密切联系，由来已久。西汉之初，西域各地处在匈奴统治之下。汉朝派遣张骞两次出使西域之后，在天山南部的轮台、渠犁等地，西汉王朝除驻兵屯田外，还设"使者校尉"地方官员统领之，后"使者校尉"改称"护鄯善以西使者"。公元前60年(汉宣帝神爵二年)，设置西域都护府。当时，匈奴统治层内部发生动乱，驻守西域的匈奴日逐王先贤掸"率其众数万骑"，自愿归服汉朝，西汉王朝委任郑吉为"西域都护"，驻乌垒城(今轮台县境内)，治理西域全境。西域都护府的设立，标志着西汉开始在西域行使国家主权，新疆成为中国统一多民族国家的一个组成部分。

东汉政府在西域先设西域都护，后置西域长史，继续行使对天山南北各地的军政管辖。

魏晋南北朝时期，是中国民族大融合时期，各民族迁徙往来频繁，又有许多古代民族进入新疆，如柔然、高车、嚈哒、吐谷浑等。

柔然，是北方草原古老民族东胡人(中国古族名)后裔，五世纪初兴起于蒙古草原，402年建立了强大政权，同北魏争夺西域。

高车，亦称敕勒、铁勒等，最初游牧于贝加尔湖及鄂尔浑河、土拉河流域。487年，高车副伏罗部首领阿伏至罗与其弟穷奇率所属十余万人西迁，在车师前部(今吐鲁番交河故城一带)西北建立高车国。

嚈哒，起于塞北(古指长城以北地区)，五世纪末东进塔里木盆地，南攻贵霜(由月氏人建立)，建立政权，并越过帕米尔高原，曾一度控制南疆部分地区。

吐谷浑源于鲜卑(中国古族名)，四世纪初自辽东(泛指辽河以东地区)西迁，逐渐控制了今甘南(甘肃南部地区)、四川和青海地区的氐(中国古族名)、羌等民族，建立政权。

三国曹魏政权继承汉制，221年在西域设戊己校尉，治设高昌(吐鲁番)；后又置西域长史，以对西域各地诸多民族进行管理。

西晋末年，前凉政权张骏发兵西征，占领高昌地区，设立高昌郡。北魏王朝设置鄯善镇、焉耆镇，加强对西域的治理。

隋唐时期，突厥、吐蕃等古代民族，对新疆历史进程产生了重要影响。

这里需要说明的是，在隋唐时期，中央政府加强对新疆统治的力度是前所未有的。

六世纪末，隋朝统一中原。隋炀帝即位之初，就派遣吏部侍郎裴矩到张掖、武威，主管与西域的互市，了解西域民情。

608年，隋军进驻伊吾，建筑城郭，后设鄯善(今若羌)、且末(今且末西南)、伊吾(今哈密境内)三郡。

七世纪初,唐朝代隋而兴。630年,原属西突厥的伊吾城(今哈密)主,率所属七城归顺唐朝,唐朝设西伊州(后改称伊州)。640年,唐军击败随突厥反唐的高昌麹氏王朝,于该地置西州,又于可汗浮图城(今吉木萨尔)设庭州;同年,在高昌设安西都护府,这是唐朝在西域建立的第一个高级军政管理机构,后迁至库车,改置为安西大都护府。

唐朝打败西突厥后,统一了西域各地。702年,武周在庭州设置北庭都护府,后又升为北庭大都护府,管理天山北麓及新疆东部地区的军政事务,而安西大都护府管理天山南部和葱岭以西的广大地区。唐玄宗年间,唐朝又在两大都护府之上设碛西节度使,是当时全国八大节度使之一。

对西域各地,唐朝中央政府实行的是蕃汉分别管理制度。

在汉民集中居住的伊州、西州和庭州等地,行政上采用与内地一样的州、县、乡、里管理制度,经济上推行均田制(唐朝田制)与租庸调制(唐朝赋税制度),军事上实行府兵制(唐朝军事制度)。

非汉民聚居区,则设置羁縻府州,即继续维护当地本民族首领的行政管理制度,冠以唐朝都护、都督、州刺史的名号,允其以旧俗治理其部众。

同时,唐中央政府还在龟兹、于阗、疏勒、碎叶(一度是焉耆)设军事建制,史称"安西四镇"。

突厥,是古代的游牧民族,在六世纪到八世纪,活跃于中国西北和北方草原。552年,突厥首领土门打败柔然,以漠北(蒙古高原大沙漠以北地区)为中心建立政权,尔后分裂为东西两部,为汗权争斗不休。八世纪中叶,东、西突厥汗国相继灭亡,其后裔融入了其他民族之中。

吐蕃,是藏族的祖先,六世纪末兴起于青藏高原,占领青海后,开始与唐朝争夺西域。755年,中原地区爆发"安史之乱",大批驻守西域的唐军调往内地,吐蕃乘机占领南疆及北疆部分地区。

五代宋辽金时期,因中原地区诸朝争夺统治权,而无暇顾及西域,西域出现了几个地方政权并列的局面,其中主要有高昌、喀喇汗和于阗等地方政权,但它们同中原诸王朝都保持着密切关系。

就新疆维吾尔族的历史渊源而言,历史学家与人类学家们都共同提供佐证:维吾尔族是一个多源民族。其最主要的来源有两支:一支是来自蒙古草原的回鹘人,另一支是南疆绿洲上的土著居民。

在中国不同历史时期,仅他们民族称谓,就曾屡次更迭:丁零、狄历、高车、铁勒、袁纥、乌护、韦纥、回纥、回鹘、畏兀儿等。

回鹘,原称回纥。唐德宗年间,改其为回鹘。回鹘,是突厥的一个分支,是中国古代北方及西北地区的少数民族;而回纥源于丁零。

早在公元前三世纪,在蒙古草原和南西伯利亚贝加尔湖一带,活动着很多被统称为丁零的游牧部落。

丁零人相继受草原上的匈奴、鲜卑和柔然汗国的统治,长期局促于山地森林和蒙古草原的北部边缘,以狩猎和畜牧为生。东汉时期,在汉朝军队的支持下,丁零、鲜卑等西域各族与南匈奴一起,打败了欺压他们的北匈奴,迫使其西迁。整个南北朝民族大融合时期,部分丁零融入汉族,北方丁零则改称敕勒、铁勒、高车,其中高车六部中的一部乌古斯,是今土库曼人的祖先,其他高车人后来成为回纥,就是今天维吾尔族的祖先。

丁零被称为铁勒(中国古族名),是大约在四世纪以后。它最初活动于色楞格河和鄂尔浑河流域,后迁居土拉河北。四世纪中叶,生活在阴山一带的丁零人大都鲜卑化,著名的《敕勒歌》,是北齐时敕勒人的鲜卑语牧歌:"敕勒川,阴山下,天似穹庐,笼盖四野。天苍苍,野茫茫,风吹草低见牛羊。"这首歌足以表明,维吾尔族的先人与作为鲜卑化民族后裔的北方汉人有血统亲缘关系。

维吾尔族的祖先,最早见于汉文史籍是在四世纪的《魏书·太祖本纪》中的"袁纥",《隋书·北狄·铁勒传》则被译写为"韦纥",是指高车部落联合体中的一个部落。唐代称回纥,后又改称为回鹘。据《新唐书》卷217《回鹘传》记载,隋大业年间(605—617),驻牧于蒙古色楞格河与鄂尔浑河的高车六部,臣服于西突厥。其首领率数百人,携带大量礼物,前往西突厥朝拜,却被污蔑为"不忠",因而惨遭西突厥军队坑杀。此血海深仇促成大反抗,高车各部落联合并统一了新的名称:回纥。

唐天宝三载,即744年,在大唐王朝的参与和大力支持下,东突厥破灭,西突厥被驱至西亚。回纥消灭突厥汗国,居住在鄂尔浑河和色楞格河沿岸的回纥人,收编了留下来的突厥各部,联合其他部族,建立了回纥汗国,拥戴唐太宗为天可汗。

于是,中华民族史上出现了一个著名典故"千里送鹅毛":唐贞观年间,回纥使者缅伯高朝见唐太宗,所携带的珍稀天鹅在一个湖泊走失,只留下了片片鹅毛,缅伯高就此给唐太宗写诗:天鹅贡天朝,山重路更远。沔阳湖失宝,回纥情难抛。上奉唐天子,请罪缅伯高。礼轻情义重,千里送鹅毛!

唐太宗大笑,赏缅伯高重礼。今天,维吾尔族还流传这样的谚语:"天鹅爱的是湖水,苍蝇爱的是秃子!""天鹅有飞翔的翅膀,英雄有自己的利剑!"

作为大唐最亲密的兄弟,回纥王族和回鹘王族先后娶到过大唐天子的三个亲生女儿为妻,而娶大唐王族的女子就更多了,这是西域邦国得到的绝无仅有的最高礼遇。

在回纥汗国存在的两百多年间,其一直与唐朝长期友好,曾两次派兵帮助唐朝中央政权平息"安史之乱",并与唐多次和亲。

840年,回鹘汗国崩溃后,其中一支迁往今吉木萨尔和吐鲁番地区,后建立高昌回鹘王国;还有一支迁往中亚草原,分布在中亚至喀什一带,与葛逻禄、样磨等民族一起建立了喀喇汗王朝。

自此,塔里木盆地周围地区,受高昌回鹘王国和喀喇汗王朝统治。当地的居民和西迁后的回鹘互相融合,这就为后来维吾尔族的形成奠定了基础。

回鹘人落居西域及其建立的这些地方政权,与中原王朝关系十分密切。喀喇汗王朝的统治者自称"桃花石汗",意即"中国之汗",表示自己是属于中国的。

1009年,占领于阗地区的喀喇汗王朝,派出使臣向北宋进献方物。1063年,北宋册封喀喇汗王朝可汗为"归忠保顺鳞黑韩王"。北宋建立后第三年,高昌回鹘就派遣使者四十二人,前往北宋进贡方物。

于阗,系塞人居地。唐朝以后,于阗尉迟王族执政,与中原地区往来密切,因曾受过唐朝册封而自称李姓。938年,后晋高祖遣张匡邺、高居诲出使于阗,封李圣天为"大宝于阗国王"。北宋初,于阗使臣、僧人向宋朝进贡不断。

1124年,辽朝皇族耶律大石率众西迁,征服新疆地区,建立西辽政权,一批契丹人(中国古族名)由此进入新疆。

十三世纪初,成吉思汗率军进入新疆后,他把征服的地方分封给其子孙,完成对天山南北的政治统一。回鹘人进一步同化、融合了部分契丹人、蒙古人。

十五世纪,在塔里木盆地南缘,维吾尔族人与土著居民不断融合,形成了现代的维吾尔族。

瓦剌,是明代对漠西蒙古的总称,初分布于叶尼塞河上游地区,后不断向额尔齐斯河中游、伊犁河流域扩展。十七世纪初,逐渐形成了准噶尔、杜尔伯特、和硕特、土尔扈特四部。十七世纪七十年代,准噶尔占据伊犁河流域,成为四部之主,并统治南疆。

十八世纪六十年代以后,清朝政府为进一步加强新疆边防,从东北陆续抽调满、锡伯、索伦(达斡尔)等族官兵驻防新疆,他们成为新疆少数民族中的新成员。以后,又有俄罗斯、塔塔尔等民族移居新疆。

至十九世纪末,新疆已有维吾尔、汉、哈萨克、蒙古、回、柯尔克孜、满、锡伯、塔吉克、达斡尔、乌孜别克、塔塔尔、俄罗斯共十三个民族,以维吾尔族为主体,形成了新的多民族聚居分布格局。

1757年，清朝平定长期割据西北的准噶尔政权。两年后，清朝平定伊斯兰教白山派首领大、小和卓叛乱，巩固了对西域各地的军政统辖。

清朝统一新疆后，于1762年10月设立"总统伊犁等处将军"，简称"伊犁将军"。伊犁将军是当时新疆的最高行政军事长官，统辖天山南北各路驻防城镇和巴尔喀什湖以东、以南地区。

1765年，清王朝还以惠远城为中心设将军府，并相继在其周围建起宁远、惠宁、塔勒（一作尔）奇、瞻德、广仁、拱宸、熙春、绥定等城，史称"伊犁九城"。

1840年鸦片战争以后，新疆受到沙俄等列强的侵略。

同治十年（1871）七月初，沙俄侵略军以"代收代守"为名，完全侵占了"伊犁九城"。

1875年，陕甘总督左宗棠就任钦差大臣，督办新疆事务。到1877年底，清军陆续收复了中亚浩罕汗国（费尔干纳）阿古柏侵占的天山南北诸地。

光绪八年（1882），金顺将军率大军正式收复伊犁，其衙署从暂驻绥定城移驻惠远新城。

1884年，清政府正式在新疆建省，并取"故土新归"之意改称西域为"新疆"。

二十世纪以来，穆斯林或维吾尔族多次抵抗了民族和宗教分裂势力，为维护祖国的统一做出了贡献。

1912年6月，爆发了震惊中外的策勒村事件。一个和田维吾尔族商人加入沙俄国籍，返乡后竟然号召维吾尔族都加入沙俄国籍，并派发了二百份沙俄侨民证，企图将南疆变成沙俄殖民地。在该商人挑起霸占水源事件并打死官员后，愤怒的维吾尔族群众火烧了其宅院和俄国国旗，从此沙俄侵入南疆的势头被遏制。

1933年11月，穆罕默德·伊敏在和阗（和田）成立"和阗伊斯兰政府"，并在喀什成立"东突厥斯坦伊斯兰共和国"，后被回族军阀马仲英歼灭。

1944年11月，一批狂热的伊斯兰极端主义者利用农牧民反抗国民党苛捐杂税的情绪，在伊宁城成立"东突厥斯坦共和国临时政府"。一年之后，这个"政府"就被阿合买提江·哈斯木为首的维吾尔族正义势力所推翻。其后，针对新疆出现的民族分裂和宗教恐怖主义事件，都是维吾尔族人战斗在最前面。

从此，维吾尔族人民与祖国大家庭的关系进一步密切。

"维吾尔"是维吾尔族自称"Uyghur"的音译，具有"联合"、"同盟"（拉施特《史集》第1卷）和"凝结"的意思。

七世纪开始称作"回纥"(《新唐书》卷217);788年改译的"回鹘"(《资治通鉴》卷233)这个称呼,一直延续至宋及五代。元明时期一般译为"畏兀儿"。

1934年,中华民国新疆省政府正式规定"维吾尔"为汉译民族名称,此后这一译名就一直沿用至今。

同样,作为中国主体民族的汉族,也是一个不断融合其他民族的民族。

汉族,是经过有关民族的融合在秦汉时期才形成的。其后,经过魏晋南北朝数百年的民族融合后,进入中原的匈奴、鲜卑、氐、羯、羌等少数民族实现了汉化,汉族逐渐充实自我。随后,又经过五代十国、宋、金、元时期的民族融合。而到了元朝时期,汉族又与进入中原的契丹、女真等少数民族融合,最终形成了现代的汉民族。

可见,民族融合是历史的必然。人类历史的进程,就是各民族不断融合的过程。

综观历史,从英国、法国到美国,从非洲到美洲,世界格局就是如此,没有民族融合,就不会有社会进步,民族融合度越高,社会进步就越快。这是历史的必然选择。

漫步历史的长廊,我们可以清楚地认识新疆本来的真实风貌。

新疆建省,是清朝政府对历朝历代治理新疆的一次重大改革。自此,由巡抚统管全疆各项军政事务,新疆军政中心由伊犁移至迪化(今乌鲁木齐)。至1909年,新疆省下辖四道,道以下共隶有六府、十厅、三州、二十一县或分县,新疆行政建置与内地完全一致。

事实上,现在的新疆地域仅相当于当时的一半。

1911年辛亥革命爆发后第二年,革命党人在伊犁策动起义成功,成立新伊大都督府,宣告了清朝在伊犁地区政治统治的结束。民国政府建立后,不断强化新疆防务。

1949年9月25日新疆和平解放。随着全国解放形势的发展,随着新疆各族人民革命斗争形势的高涨,国民党新疆警备司令陶峙岳、新疆省政府主席包尔汉宣布起义,中国人民解放军第一野战军第一兵团在王震将军率领下进驻新疆。

1949年10月1日,新疆各族人民同全国人民一起,迎来了中华人民共和国成立的曙光。

新疆和平解放初期,一些地方仍沿袭着王公和千百户长的封建剥削制度。

中央政府审时度势,慎重稳进,逐步推行减租反霸和土地改革。到1953

年底,新疆广大农业区完成土改,一举打破套在各族贫苦农民身上的封建枷锁。

……

历史是沧桑的,更是有深刻记忆的。

在数千年的历史长河中,新疆这片土地,始终充满了狼烟奔腾的风云。

神奇的天山脚下,高远的昆仑山麓,苍茫的原野草原,壮阔的瀚海戈壁,不停地上演着残阳如血、金戈铁马的征战壮烈,不断地演绎着刀光剑影、纵横捭阖的外交风尘,持续地谱写华夏一体、民族融合的动人篇章。

从西汉在新疆设西域都护府之后,中国历代中央政府都对新疆进行军政管辖。由于历代统治时强时弱,中央政府对新疆地区的管辖也时强时弱。

然而,无论是征战伐戮、战场蒙尘,还是烛影摇红、宫廷易主,这片热土始终张扬着一股英雄豪气!新疆各族人民积极维护与中央政府的关系,对中华民族大家庭的形成和巩固信念,始终坚定不渝!

说近代与新疆命运攸关的人,我们不可忘记清代钦差大臣左宗棠。

1867年,匪首阿古柏在新疆自封为王,自立国号为"哲德沙尔汗国",宣布脱离清廷。俄国乘机占据了伊犁,英国也虎视眈眈,意图瓜分西北。

1875年,被任命为钦差大臣后,左宗棠立即准备进军新疆。

1876年,左宗棠的西征军夜袭黄田,开始收复新疆战役。白雪皑皑的祁连山下,猎猎长风卷起了大纛。这是一场为维护民族尊严的战争!这是为祖国的统一和完整而战!于是,冷血变得沸腾,怯懦者变成了红眼的怒狮。

引以为自豪的是,征战的将士们情绪高昂,一路挥戈,在血雨腥风中,冲锋陷阵,出奇制胜,节节胜利,相继收复失地,北疆平定。次年3月,西征军挥师南下,先后攻克达坂、吐鲁番等城。

1878年,西征军肃清和田之敌,取得完全胜利。

1880年,左宗棠致力于收复伊犁,定出三路进兵伊犁之策,并携棺木进疆,把大本营由肃州移驻东疆古城哈密,誓与沙俄决一死战。

这,不但进一步鼓舞了全军上下的斗志,也赢得了新疆各族人民的大力支持。同时,曾纪泽赴俄重开谈判,也有了强大的军事支撑。

次年正月,曾纪泽与沙俄谈判后,签署《中俄改订条约》(即《中俄伊犁条约》),中国收回了伊犁和特克斯河上游两岸领土。

毛泽东曾这样评价说:没有左宗棠,新疆的事难说。

多少年后,王震将军也率军进疆。当王震将军来到和田,穿着皮夹克站在吉普车上,他指着被抓的叛乱分子就开骂:"全国都解放了,你们他娘的还想叛乱……"

据说,王震将军的进疆路线,就是左宗棠当年的进疆之路。
……

● 最早援疆人

说援疆,我们不能不提古代的中原王朝,不能不说汉武帝,不能不提两位奇女子。

首先是汉武帝刘彻。他,的确是中国历史上一位了不起的皇帝。

汉武帝从十六岁登基到七十岁驾崩,一生可谓波澜壮阔。一部西汉史,武帝一人便占去小半。他不仅仅是一位"功至著"的汉家天子,更是一位在历史上影响深远的百代人物。

武帝登基,把属于他的五十四年演绎得有声有色:独尊儒术,裁抑相权,组建中朝,唯才是举;北伐匈奴,南平两越,东定朝鲜,经营西域……即使是在他的晚年,仍力挽狂澜,将军国大政的重点从北伐匈奴,转移到恢复发展国民经济上来。武帝死后,余音未绝,又有一幕"昭宣中兴"。中国封建社会有若干制度、政策,诸如经济制度、政治制度和思想文化教育等,不少创始于武帝一朝;以汉民族为主体的多民族国家,于此时基本奠定!

武帝具有超越历史的雄才大略,是一位战略和外交设计的奇才。这种天才使他能运筹帷幄而决胜万里,处庙堂之上,而其武功成就,则足以使西方驰骋于疆场的将帅黯然失色,无论是汉尼拔,还是亚历山大……

可以说,汉武帝时代,是一个辉煌的时代,一个彪炳史册、震铄中外的时代。

随着汉王朝的日趋强盛,汉武帝积极谋划消除匈奴对北方的威胁。他听到有关大月氏的传言,就想与大月氏建立联合关系,又考虑西行的必经道路——河西走廊还处在匈奴的控制之下,于是公开征募能担当出使重任的人才。

公元前139年,张骞"以郎应募,使月氏"。"郎",是皇帝的侍从官,没有固定职务,又随时可能被选授重任。

张骞,陕西汉中城固人。他是一个意志力极强、办事灵活的人,是一个胸怀坦荡、善于待人处世的人。他出使中途,即被匈奴截留下来。

迫于匈奴单于的威吓和诱惑,张骞不得不娶匈奴人为妻生子。然而,在匈奴过了十年多半囚犯式的生活中,张骞始终保持着汉朝的特使符节,始终未动摇他作为一名汉朝使臣的特殊使命。他虽住在匈奴的境内,却时刻等候机会。

果然机会来了。公元前129年,匈奴监视渐有松弛,张骞趁匈奴人不备,带领其随从,逃出了匈奴人的控制区。他们向西急行几十天,越过葱岭,历经戈壁沙漠和荒山野林,忍受了风沙、干渴、饥饿的困苦,战胜了野兽的威胁,一路上仗着随从堂邑父(甘父)猎取禽兽充饥。这样走了几个月,跋涉数千里,才到大宛。大宛王早就听说过汉朝的富饶,想与汉朝互通使节,见了张骞非常高兴。大宛王派遣向导护送张骞到康居,再由康居把他送到大月氏。

可是,十多年来,大月氏这个"行国"已发生了很大变化。因为,在伊犁河畔受到乌孙的攻击,大月氏又一次向西迁徙。自从到了阿姆河,大月氏不仅用武力臣服了大夏,还由于这里土地肥沃,逐渐由游牧生活改向农业定居,此时无意东还,再与匈奴为敌。张骞在大月氏逗留了一年多,得不到结果,只好归国。回国途中,他又被匈奴拘禁一年多。公元前126年,匈奴内乱,张骞乘机脱身,回到长安。

张骞出使时带着一百多人,历经十三年后,回到长安的,只剩下他和堂邑父两个人。

这次出使,张骞虽然没有达到原来的目的,但对于西域的地理、物产、风俗习惯有了比较详细的了解,为汉朝开辟通往中亚的交通要道提供了宝贵的资料。

张骞回来以后,向武帝报告了西域的情况。这就是《汉书·西域传》资料的最初来源。之后,由于张骞随卫青出征立功,"知水草处,军得以不乏",被武帝封为"博望侯"。

公元前119年,张骞率领随员三百多人,每人备马两匹,携带牛羊万余头和大批的币、帛(丝织品),第二次出使西域。当时,匈奴的休屠王已被杀,浑邪王率领所属部众投降汉朝,汉朝在河西先设置了武威、酒泉两郡,为开辟西域通道创造了有利的条件。所以,张骞一行很顺利地到达了乌孙住地。

张骞到达乌孙住地时,正值乌孙内战。乌孙在内乱中,顾不上考虑和汉朝结盟的问题。不过,乌孙王听了张骞的介绍之后,感受到了汉朝大国的善意,答应派专使到汉朝答谢,这就为汉朝与乌孙友好奠定了基础。在乌孙期间,张骞还曾派副使分道赴大宛、大月氏、大夏、安息、身毒和天山以南的于阗(今新疆和田)、扜罕(今新疆于田县境内)等地,进行外交活动,在汉朝与天山南北及中亚地区之间建立起了友好关系。

张骞两次出使西域,共历时十八年。在这漫长的岁月里,他亲身到过大宛、康居、大月氏、大夏、乌孙,又考察了其他五六个小国的情况。

从此,汉朝政府对于西域的状况有了较多的了解。这就为汉朝反击匈奴创造了有利条件，并且促进了内地人民和西域各族人民的相互了解与来往。

这里，还要叙述的是这样两位奇女子。

她们虽是娇嫩的女儿身，却有着血性男儿的情怀，有着伟丈夫的气魄和胸襟。她们就是汉代的细君公主和解忧公主。

她们是中国内地最早的援疆者，是边疆和平的重要使者。

和亲，是一副历史的重担，是一次历史性机缘。

在古今中外的历史上，因为不同民族的和亲，多少战争可以避免，多少战士可以不再流血……

汉武帝雄才大略，张骞出使西域后，他就采取和亲策略，联合乌孙，对抗匈奴。

公元前108年，乌孙国王猎骄靡派遣特使以良马千匹为聘，请求与汉朝和亲。于是，汉武帝封细君为公主，遣往西域，远嫁给乌孙国王猎骄靡，以金银和丝绸赏赐乌孙贵族。

汉朝和亲公主中，细君公主婚礼是隆重的，也是破天荒的。送嫁那一天，汉武帝"赐乘舆服御物，为备官属宦官侍御数百人，赠送甚盛"；武帝"令琵琶马上作乐，以慰其道路之思"。

关于细君公主出嫁，民间也有另一种说法。据说，细君出嫁的车队是从江都出发的，行经安徽灵璧时，细君停车驻马，在一处山岩前悄然伫立，手抚巨石，东望乡关，久久不忍离去，以至于在石上留下一枚清晰的手印。这手印后来经匠人摹刻，遂成一方景观，名为"灵璧手印"。

十六岁的刘细君是汉室亲王之女，汉武帝的亲侄孙女，身份气质高贵，生得纤弱娴静、白嫩艳丽，且能歌善舞，才貌出众。来到乌孙后，细君不仅受到了乌孙国王的宠爱，还因其肤色白净、花容月貌，被乌孙人称为"柯木孜公主"（意思是"肤色白净美丽像马奶酒一样的公主"）。

当时，西汉与匈奴连年作战，屡战屡败。朝廷以和亲为手段，寻求政治军事同盟以联合抗击匈奴，具有较强军事实力的乌孙国就成了首选对象。乌孙与匈奴有世仇，曾被匈奴从祁连山地区一直驱赶到伊犁一带，饱受欺凌，也有联汉抗匈的政治愿望。

然而，乌孙国与匈奴却同属游牧民族，无论从风俗习惯、制度礼仪，还是文化风貌等，都极其相似，朝廷内很多乌孙贵族甚至是匈奴族的亲戚或者后代，可谓"打断骨头连着筋"。

细君来到乌孙后，面临的是水土不服，语言不通，天山脚下寒冷空旷的环境，游牧民族肉食酪浆的习俗。

更令细君难以接受的是,匈奴得知乌孙与汉结盟,唯恐乌孙被汉朝拉过去,也照样把自己的女儿嫁给乌孙国王猎骄靡。乌孙国王猎骄靡年事已高,首鼠两端。他在迎娶细君公主的同时,也迎娶了一位匈奴公主,并封为左夫人,这其中的争斗可想而知。

乌孙国的习俗与大汉相反,是"左"高"右"低。猎骄靡就以细君为右夫人,以匈奴女为左夫人。

乌孙国的国家制度还是原始的奴隶制。因此,从精致的天朝上国到愚昧蛮荒的部落民族,从华丽的汉朝宫殿到草原里的牙帐,从精密细致的鸡肉、黍米到腥气的羊肉、马奶酒,从层层的曲裾深衣到简单的独龙毯,从字正腔圆的汉语到难懂的乌孙语,从汉朝公主到猎骄靡的右夫人……

面对重重艰难,细君依然不辱使命,旋即进行政治活动,"自治宫室居,岁时一再与昆莫会,置酒饮食,以币帛赐王左右贵人",以博取乌孙贵族们的欢心。用汉武帝所赐丰厚妆奁与礼物,广泛结交,上下疏通,营造优势,为汉朝做了大量工作。

当时,乌孙国王猎骄靡年老,细君公主又不通乌孙语言,生活难以习惯,思乡之情难免,常作楚歌自然是正常的。其中,《悲愁歌》是典型的:

> 吾家嫁我兮天一方,
> 远托异国兮乌孙王。
> 穹庐为室兮旃为墙,
> 以肉为食兮酪为浆。
> 居常土思兮心内伤,
> 愿为黄鹄兮归故乡。

《悲秋歌》传至长安后,汉武帝阅后为之动容,心生恻隐之情。从此以后,武帝每隔一年都要派遣使节带着锦绣帷帐,前往乌孙,慰问细君。

更让人难以接受的是,按照乌孙的风俗习惯,兄弟可以和寡嫂结婚;儿子可以和非亲生的寡母结婚;甚至祖父尚在,孙子竟可以和后祖母结婚。

这在中原人看来简直是禽兽的行为。

当时,乌孙王猎骄靡年岁已老,准备让他的孙子岑陬娶细君公主为夫人。一个深受中原文化熏陶的千金贵族女子,岂能承受这种伦理的羞辱?

当时,西汉正想联结乌孙共同对付匈奴,武帝就命细君顾全大局:"从其国俗,欲与乌孙共灭胡。"

收到武帝的回信,细君便向猎骄靡表态:"愿听安排。"

第一章 至高利益 23

想想吧,细君是何等大义?这其中除了内心的忧伤之外,能够支撑她的更大意义,就是国家利益了。

后来,乌孙王猎骄靡真的把细君嫁给了他的孙子岑陬。猎骄靡死后,岑陬继立为王。

细君在乌孙期间,生了一个女儿,名叫少夫。公元前101年,细君因产后失调,加之心情抑郁、思乡成疾,病逝乌孙。

细君公主在乌孙,虽然只生活五年就去世了。然而,她的胆识和英雄气概,却令后世钦佩不已。

刘细君是西汉遣外番的第一位宗室女子,比王昭君出塞早了七十二年,是皇室真正的金枝玉叶,被后世誉为"第一位名传史册的和亲公主"、"和亲公主中的第一位才女"。

细君公主扩大了汉朝的影响,为开拓丝路、缔造多民族的祖国做出过功载史籍、名垂千秋的积极贡献,也为今后解忧公主的和亲打下了基础。

细君公主去世后,汉朝又把楚王刘戊的孙女解忧公主嫁给了乌孙王。解忧深明大义,"欣然从命"。

为何要坚持这样?

因为,乌孙的盛衰,直接关系到汉朝与乌孙共同抗击匈奴的成败。

那个时候,解忧公主刚刚虚岁二十岁。她本是天朝大国的娇女,现在却要去蛮荒之地,嫁给一个从不认识的外族人。

对于解忧公主来说,她不是不知道自己的那个堂侄女刚刚死在那里,也不是不知道乌孙国是多么落后与荒蛮,更不是不知道自己这一去意味着什么。

但解忧没有眼泪,而是"欣然从命"。若不是真正的帼国,岂能做到?!

山高水远路漫漫,等待她的"战场"将是茫茫草原戈壁,凛凛冰雪寒风,还有西域诸国那错综复杂、勾心斗角的历史舞台。解忧公主也许自己都没有想到,她在这个"战场"上的纵横驰骋会是怎样可歌可泣,以至于数千年后,仍然令人慨叹不已。

解忧公主到达乌孙,依旧被封为右夫人,与左夫人匈奴公主同事岑陬。解忧心里清楚,谁更得宠,谁就能影响着乌孙与哪边的关系。解忧公主心里明白,两个女人争的不仅仅是一个男人,更是一个国王,一个王国。

在刚开始的较量中,匈奴公主有一个儿子,取名泥靡。而在那时,解忧还没有自己的孩子。

不过,善于思索的解忧,很快就融入了当地民俗,并在复杂尖锐的宫廷斗争中站稳了脚跟。无论是乌孙的人畜繁衍、经济发展,还是周边关系、内外政务等,解忧都极为关心。

时隔不久,国王岑陬病危了。岑陬自知将死,见儿子泥靡年纪实在太小,就立下遗嘱,让自己的堂弟翁归靡继承王位,等到泥靡长大后,再将王位归还给他。

　　岑陬不久去世,按照风俗,解忧公主随俗改嫁新王翁归靡。

　　一个女人要是能超脱个人天地里的日常琐屑、情爱恩仇,而走出去看天下风云,总是大气而令人赞赏的。这位自幼长在深宫的公主,非常清楚自己的肩头担负着什么,她走出了自我。

　　作为一名外来文化的异族公主,解忧用自己的聪颖智慧,用汉朝的新文化,来影响乌孙人。或许是与乌孙王情投意合,多年来的艰辛努力,解忧公主再嫁后终于站稳了脚跟,赢得了乌孙上下的拥戴。

　　解忧公主从二十岁到乌孙,先后嫁给三个乌孙王,生有四子二女,长子元贵靡为乌孙大昆弥,次子万年做了莎车王,三子为乌孙左大将,长女弟史嫁给龟兹王,小女素光嫁给乌孙翕侯。她把自己的青春和一生的心血,都贡献给了乌孙和汉族人民的友好事业。

　　解忧公主在乌孙生活了半个多世纪,她以卓越的政治才能活跃在西域的政治舞台上,积极配合汉朝,遏制匈奴,为加强巩固汉室与乌孙的关系做出了贡献。这对实现西域各族与汉族的联合,对民族团结,对祖国统一,对丝绸之路的畅通,都起到了重大的作用。解忧公主与乌孙王翁归靡的结合时期,是乌孙最为强盛的时期;解忧公主的时代,汉文化以及先进生产技术,在乌孙及西域的传播是全方位的。

　　解忧公主和她的子女以及随从们,为汉王朝统一西域、缔造多民族的统一国家,都起到了积极的作用;对于汉朝西域都护府的建立,对西域三十六国正式成为中国的一部分,都是功不可没的。

　　在乌孙与中原王朝长达五百年的友好关系中,解忧公主及其后代对乌孙的影响深远。

　　作为和亲女子,解忧公主是中国古代史上最成功、贡献最大的人物之一。

　　细君以及随后的解忧两位公主远嫁乌孙,为将西域正式纳入祖国版图产生了重要的奠基作用。细君、解忧两位公主和亲之事,要比昭君出塞早六七十年,更比文成公主要早七百多年,无论是从巩固边疆、打通中原与西域丝绸之路而论,还是从促进民族大融合的角度来看,其伟大功绩,在今天看来都是应该铭记的。

　　细君公主和解忧公主均为华夏大地上的女儿,她们为了民族大义,为了国家的前途命运,毅然舍生取义,不能不说动人心魄。

伴随祖国前行

援疆,一个时代的特殊命题。

新中国刚刚成立,一切处于百废待兴之时,共和国的领袖们就将密切关注的目光投向了新疆这片热土。

1949年底,中国版图上面积最大的省份新疆省人民政府宣告成立。1952年2月,毛泽东以富有感染力的语气告诉驻疆官兵:你们现在可以把战斗的武器保存起来,拿起生产建设的武器。当祖国有事需要召唤你们的时候,我将命令你们重新拿起战斗的武器,捍卫祖国。

1954年10月7日,遵照中央军委总参电令,十万大军"化剑为犁",就地转为新疆军区生产建设兵团。

尽管毛泽东生前未涉足新疆,但却十分关心新疆问题。他多次在北京接见新疆各界代表,并强调指出:在新疆,第一,要做好经济工作,农业、畜牧业、工业要一年比一年发展,经济要一年比一年繁荣,人民生活要一年比一年改善。

新中国的第一次援疆大潮,是始于王震将军的提议。

当时,虽未有"援疆"之说,但新中国史上第一次举全国之力的援疆壮举,却始于那个特殊的年代。

1950年的初秋,新疆军区司令员王震下了一道命令,让二军六师的政委、同为湖南人的熊晃去执行一项"特殊任务",让他带一个招聘团回湖南,招一些十七八岁以上、未婚、有文化的女青年来新疆。他又给湖南省委书记黄克诚、省政府主席王首道写了一封信,请他们大力协助。

黄克诚、王首道对此十分支持,把左宗棠当年在长沙屯兵扎营的营盘街的一栋楼房拨出来,作为招聘团的办事处。还在《新湖南报》上刊登招聘消息,动员女青年参军。宣传说,女青年到新疆后,可以进俄文学校、当纺织女工、当拖拉机手。

那是一个充满激情、崇拜军人的岁月。

消息一出,立刻引起轰动。许多湘妹子纷纷闻讯而来,营盘街一时间成了长沙最热闹的去处。

多年以后,熊晃的夫人回忆说:"那些个细妹子(长沙话对小姑娘的称呼)报名好踊跃啊。一些年龄太小的、个头太矮的、没有初中文凭的,(招聘团)都不收。她们就围在报名的地方不肯走,天天有人在那里哭鼻子。"

曾湘兰,就是八千进疆的湖南女兵之一。她家在湖南衡山县城郊,是一个漂亮、质朴的湘妹子,美丽的瓜子脸上有一对明亮的大眼。

1951年初,曾湘兰看到《新湖南报》上刊登的招聘消息,她激动坏了。她当即就对父母说,她要到长沙去考兵。父母怎么也不同意,说哪有女娃娃成天想着去当兵的?何况你这么小,部队怎么会要你?就是要你了,谁来照顾你的冷暖?

父母不同意,曾湘兰就闹,发脾气,使性子。

巧合的是,她表姑和她大姐的女儿也都知道了新疆招女兵的消息。她们两人也闹着要去。这一下,她们的力量增强了,她表姑当时已十七岁,她大姐的女儿当时已十八岁,有她们两人同行,父母放心了一些,但对她当兵的事还是不肯松口。

于是,她们三人不顾家人的阻挠,决心偷偷地去长沙参军。她们约定时间,先从各自家中出发,在衡山县城她五婶家集合后,再一起往长沙走。

母亲最知女儿心。母亲对她说,自己要去邻居家借鸡蛋。

当时,曾湘兰并不知道,母亲煮鸡蛋是准备让她带在路上吃的。父亲已下田去了,家里只有八岁的大妹和两岁的小妹,曾湘兰知道,这是离家的好时机。她拿了几样简单的行李就要走,大妹怀里抱着小妹,流着鼻涕哭着送她出家门。她抱了抱小妹,又亲了一下大妹,说:"你们要听爸妈的话,姐姐以后有出息了,会给你们买好多好吃的东西。"

说完,曾湘兰就飞一般地跑了。

母亲借了鸡蛋回来,曾湘兰已经走远了。她母亲把鸡蛋煮熟后,立刻赶到十四里外的城里五婶家,五婶说她们已去赶渡船了。母亲又提着鸡蛋往渡口跑。此时,她们正在上渡船,曾湘兰没来得及和母亲说几句话,就要开船了。

母亲就站在岸上看着她们,曾湘兰看到母亲的身影越来越小,最后终于看不见了。曾湘兰没想到,这一别竟成了她和母亲的诀别。她到新疆十年后,母亲就去世了。

曾湘兰出来时,上身穿的是表嫂给的一件小花衬衣,外面罩的是母亲用床单给她做的一件大襟褂子,下身穿的是一条蓝士绸裤子,脚上穿的是舅妈做的一双蓝士林布绣花鞋。她的全部行李,就是一把雨伞,一只布袋里面有一把小剪刀,以及草纸、钢笔等物件。

记得到了长沙后,别人一看曾湘兰那土里土气的打扮,就笑她是乡下的女娃子,他们特别爱笑她脚上的蓝士林布绣花鞋。她一气之下,用小剪刀把鞋子上的花剪掉了。

她的个要比同龄女孩高出大半个头,就虚报了年龄,把十四岁报成了十六岁半。

过了两天,体检榜就贴出来了,曾湘兰一看,有自己的名字,高兴极了!

从这天起,曾湘兰觉得自己就是一名光荣的解放军战士了。她的表姑和侄女也考上了,三人高兴得什么似的,抱在一起,欣喜得落泪。

出发前,招聘团给她们放了有关新疆的电影和歌曲,葡萄满架,果实累累,真令人陶醉和向往,这更增强了她们建设大西北的决心。

"到边疆去,到祖国最需要的地方去!""为建设新新疆而努力奋斗!""安下心,扎下根,长期建设新新疆!""为建设新疆贡献自己的青春和力量!"等等,这是她们当时的响亮口号。

曾湘兰她们这次出发有三千余人,四个大队,她被编在第一大队。部队前面三个大队全是湖南女兵,后面的四大队有部分男同志,还有前面几次进疆时留下的病号。

从长沙坐火车到西安后,铁路就不通了。女兵们改乘道奇牌敞篷汽车,编成一个车队继续往西北走。整个车队浩浩荡荡,不过那时全是土路,车行之处,尘土飞扬,遮天蔽日。

到了兰州,西北军区专门派了一个连队护送她们,每辆车上都有三名男战士,车头上架着机枪。女兵们则把头发盘在帽子里,扮成男兵模样,一有情况就端起手中的洋伞,虚张声势。

原来,河西走廊一带土匪成群,特别是乌斯满叛乱势力经常在新疆与甘肃之间流窜,因此要特别提防。

经过漫长的路上颠簸,曾湘兰她们终于来到了迪化。一路上,这些湖南女兵们一直没有洗过澡,浑身结满了泥垢,脏得不得了,感觉那路上的尘土塞满了耳朵、鼻孔,泥土的腥臭味闻着就让人憋气、恶心。一下车后,她们就找洗澡的地方。

她们终于看到一条小水渠。不远处有开荒的战士,但曾湘兰和几个女兵再也顾不上了,穿了衬衣衬裤就下到水渠里。那是她一生中洗得最舒畅的一个澡!在旁边垦荒的战士都是年轻小伙子,知道是湖南来的女兵在洗澡后,全都背过身去。

那天洗完澡,曾湘兰跑到一个带队的高个子首长跟前问:"前面还要去哪里?"

首长告诉她说是喀什。

曾湘兰天真地问:"喀什在什么地方?"

首长说:"在塔克拉玛干大沙漠的最西边。"

曾湘兰不明白塔克拉玛干大沙漠在哪里,又追问说:"有多远呢?"

首长说："大概一千六百公里吧。"

曾湘兰以为自己听错了："天啊！你说什么？一千六百公里？"

首长笑了笑说："从长沙到乌鲁木齐是四千多公里，所以，剩下的那点路根本不算什么。"

曾湘兰一听，绝望了，跑到厕所里大哭了一场。现在她才知道，自己离家有多远了。要是想回湖南，可怎么办呢？

在这里稍作停留后，招兵的车又出发了。曾湘兰与表姑、侄女没有分在一个大队，除了在西安见过两次面，一路上都没有见着。因为，她们的文化程度比她高，被分配到八一农学院深造，后来成了新疆的第一代棉花姑娘，成了农业技术骨干。

十八天后，招兵的车队终于到了新疆的喀什。

没想到，曾湘兰和另外两个女兵又被分到了驻扎在莎车的四十五团，也就是现在的麦盖提县。当时的麦盖提县属于莎车管辖。

那天车子一过英吉沙，老天就突然刮起了大风。灿烂的日头突然隐没了，蓝色的天空猛然间变得昏黄，远远地听到了大风的啸叫，然后越来越近，声音也越来越尖厉。紧接着，啸叫声变成了咆哮——像千百头被激怒的雄狮发出的咆哮，又像是一条大河从上千尺的高处倾泻激扬起来的涛声。尘沙轰轰隆隆地迎面扑来，好像一片沙漠兀地站立了起来，天地间一片昏暗。

麦盖提，地处塔克拉玛干沙漠西南边缘，喀喇昆仑山北麓，绿洲集中在叶尔羌河中游、提孜那甫河下游冲积平原上。

那个冬天，南疆特别冷，天空都冻成了青紫的颜色，大地一片苍灰，开都河的水全部结成了冰，像一条冻僵的大蛇，躺在苍茫的天地之间。远处的大山毫无生气地横亘着，冻得像在发抖，大地斑斑驳驳，显得十分萧条和凄凉。

曾湘兰把发给她的毡筒和大衣都穿上，把头发拢在帽子里，往装满给养的敞篷车上一躺，任由车拉着往前跑。车由两个司机轮流着开，昼夜不停，颠簸了三天三夜，总算颠到了麦盖提。

可到了麦盖提后，曾湘兰她们连一床被子也没有领到。她和另外两个女兵只好挤在一起睡，三个人只盖着一床从湖南带来的薄被和一床在西安领到的军毯，夜里常常被冻醒。

到麦盖提没过几天，曾湘兰就被调到营部。组织上的说法是，营部首长需要一个有文化的人当文书。还给曾湘兰介绍了一个对象，他就是营长赵立军。

转眼，1953年的春节到了。大年除夕那天下午，营部通信员牵着一匹马来接曾湘兰，说是让她回营部过年。

可她刚回到营部,就被带到了一个"地窝子"里。全营连以上干部坐在那儿,个个都喜形于色,桌上放着两小堆水果糖,每人跟前都放着一杯水。一见她进去,教导员就说:"欢迎新娘子!"

接着,现场就响起了"噼里啪啦"的掌声。

曾湘兰是被推到赵立军身边的。

赵立军作为一个身经百战的老兵,经受过血雨腥风,与死神打过上百次交道。他出身农民,几乎识不了几个字,当时已近三十岁的年龄,这在当时是一个很大的年龄。他在心中自然希望成一个家,希望能找一个有文化的湖南女子当老婆。但现在,他有些怜悯起曾湘兰来,觉得自己和曾湘兰有些不般配。

当时,曾湘兰心理没准备好,哭得跟泪人似的。她不顾一切地冲了出去,在漆黑的旷野里狂奔。凛冽的寒风一阵阵从戈壁滩上掠过,笨重的毡筒使曾湘兰一次又一次跌倒。曾湘兰索性把毡筒脱了,挂在脖子上,脚上只有一双布袜子,曾湘兰也没觉得冷,没觉得硌脚……曾湘兰后来终于同意和赵立军一起生活。

同为湘女的戴庆媛回忆起当年的情景说,自己怎么也没想到,1952年3月她报名参军,竟然一进新疆,就是一生。

从长沙坐火车到西安,再换乘蒙着绿色帆布的军用卡车,一路颠簸着开往戈壁滩深处。那一车有四十个女兵,还有两个男战士护送,车上架着机枪。"有传说我们这些女兵是被机枪押到新疆的。"戴庆媛说,"其实我们都是响应毛主席号召,自愿参军。机枪是用来防土匪的。"

那年,戴庆媛刚刚十七岁。

女兵们谁也没想到,汽车到了新疆后,竟然会在戈壁滩上停下。

随着带队干部的一声大喊:"同志们下车吧。"女兵们伸头往车外一看,茫茫戈壁,荒无人烟!

看到女兵们谁也不愿下车,带队干部再次发出呼喊:"湖南的女兵到了!大伙儿快出来欢迎啊!"

刹那间,"呼啦啦"地上突然钻出几百号人,个个灰头土脸的,都是大男人。他们热烈鼓掌,欢天喜地。

戴庆媛这才知道,他们都是住在"地窝子"里的。

在兵团欢迎湖南女兵的大会上,王震将军说:"同志们,你们要扎根边疆,准备把你们的忠骨埋在天山脚下。"

"哇……"有些女兵大哭。听说要把骨头埋在新疆,肯定不能回家,见不着爹娘了。

戴庆媛想的却是："青山处处埋忠骨，我们新时代的妇女总不能比不上古人吧。"

像她这样来到新疆的女兵有很多，据不完全统计，1950年到1952年，仅湖南就有约八千名女兵进疆，称之为"八千湘女上天山"。

戴庆媛说："我们湖南人是跟一些当官的结婚的。男的大十几岁的也有。"她的老伴李安堂倒是只比她大八岁，而且两人还算"组织牵线，自由恋爱"。

1958年，戴庆媛生下第一个孩子。兵团规定，每十年可以休一次探亲假。

"八千湘女"大多是知识女性，怀有对新时代的憧憬和建设新中国的激情。当组织上给她们介绍对象时，她们一时未准备好，未必是因为对象本人不好，而是因为她们还没有爱过。"湘女多情"这句话，说的就是湖南女子用情之深、之烈。戈壁上的爱情是时代的大爱融合着个人的小爱。

在当时情景下，动员内地女青年入伍援疆，是固边安邦的需要。

1949年9月，国民党驻疆部队起义，新疆和平解放。10月，王震将军率部挺进新疆。1952年2月，毛泽东主席下令："把战斗的武器保存起来，拿起生产建设的武器。"

新疆历史的转折就此开始！十万大军铸剑为犁，在寸草不生的沙漠、戈壁、盐碱滩、沼泽地，开荒种地，屯垦戍边。

恶劣的自然条件，军人们并不怕，他们怕的是没有家。军垦战士大多是三十岁左右的单身汉。

一次，王震将军在石河子开大会，他讲完话之后，问大家有什么意见。

一个战士马上起立敬礼，说："报告首长，我有意见——现在新疆解放了，您让我们开荒种地守边防，没得说。不过等我们老了，您能不能在天山上修个大庙，让我们当和尚去？"

王震心里明白："没有老婆安不了心，没有儿子扎不了根。"清代，他的湖南老前辈左宗棠收复新疆后，也搞过屯垦戍边，就因为将士们没有在新疆安家，结果"一代而终"！

怎么能解决驻疆官兵的婚姻问题？怎么能让兵团战士们安心屯垦戍边？

新疆人口总共才四百多万，汉族人口只有三十万左右。为了尊重少数民族的风俗习惯，当时汉族战士一般不与当地的少数民族女性通婚。这点儿汉族人口，怎么才能解决这么多光棍汉的婚姻呢？组织内地女青年来新疆工作，扎根边疆，有助于稳定军心，倒不失为一种选择。

庆幸的是,基于"战友之情"的婚姻,也给不少湘女带来了幸福。

说起自己的婚姻,"八千湘女"中的很多人,都会谈到两千多年前细君公主远嫁西域的事。"细君公主离开长安时,对汉武帝说:'天下果得太平,儿虽死无恨。'她在这里故去,写了一首有名的诗:'吾家嫁我兮天一方……愿为黄鹄兮归故乡。'新疆这块土地的稳定和巩固,历来就与女人有一种特殊的联系。我们以小我的牺牲,换来了一个新的新疆。"

曾湘兰养育了三儿两女。三个儿子都在新疆的边防部队工作,两个女儿在乌鲁木齐工作。曾湘兰已做了曾祖母,一家四代扎根边疆。

她和其他湘女一样,是当之无愧的"荒原上的第一代母亲"。她们孕育了儿孙,还孕育了一种独特的人文精神:爱、宽容、大义和坚韧。

曾湘兰说:"我们湖南人,和左宗棠、王震流着同样的血。左宗棠'抬棺西征',不收复新疆,就死在新疆。王震将军在乌鲁木齐对我们说:'湖湘弟子满天山,这还不够,你们要把忠骨埋在天山下!'我们湖南女兵做到了。这就是湖南人,这就是湖湘文化。"

除了湖南,还有陕西、甘肃、山东、上海等地,都掀起了轰轰烈烈的女兵进疆运动。

女兵们的到来,为驻疆部队官兵成家立业、扎根边疆做出了贡献,也由此拉开了内地省市大力支边的序幕。

可以说,这一车又一车的女兵是伟大的"戈壁母亲",也是新中国第一代的"援疆人"。

1950年1月,驻疆解放军发扬南泥湾精神,在天山南北掀起了大生产运动。他们在人迹罕至的戈壁荒滩,在野兽横行的雪山深谷,开荒造田,兴修水利,植树铺路,盖房建场。当年,全军开荒六点四一万公顷,播种五点五七万公顷,创办军垦农场十三个。

1951年至1952年,驻疆解放军节衣缩食,筹集资金,创办了新疆第一批大中型现代工业。1952年年底,按照党中央的批示,部队创办的十九个大中型工矿企业,无私移交新疆省政府管理,为新疆现代工业和交通运输业的发展奠定了基础。

党中央高度重视吸收内地的专家人才,参加新疆的农业、畜牧、水利、地质、冶金等各方面的建设。

留学生刘明环,曾在英国利物浦大学攻读过热电专业。在国民党统治时期,他开办的一家纺织厂,因受苛政挤压,濒临破产。王震将军数次登门拜访,说服刘明环随部队进疆,任命他为兵团军工部长。这一举措,不仅让刘明环深受感动,也使一大批知识分子备受鼓舞。

很短时间内,加入到解放军第一兵团的知识分子竟有万余人。到新疆不久,王震就聚集了一大批学有所成的专家学者,其中有国内著名农学家徐治、水利专家王鹤亭、钢铁专家余铭钰、地质学家王恒升、纺织专家刘钟奇等。

在新疆大建设的初期,王震亲手建立了八一农学院、新疆医学院等高等院校,并从北京、上海等地请来专家和教授。

新疆和兵团农业大生产的开展,水利建设的大规模进行,现代工业的开创,及各类社会改革的顺利实施……无一不倾注了内地大批知识分子的真诚付出和投入。

其后,国家采取一系列措施,给新疆以强力支持:一批批知识分子、大批复转军人,源源不断地充实到新疆各行各业;抽调急需的教学科研人才,充实到新疆的高校和科研队伍中;动员四川、安徽、河南等地农村青壮年来新疆,充实农业生产一线。

为加快新疆发展,国家还整厂整建制地调迁一批内地工业企业进疆。1966年5月5日,天津市南开区毛麻纺织社一百三十七名职工携带六十八台设备,整体搬迁至北屯,成为北屯毛纺厂的前身;新疆七一棉纺厂、新疆低压电器厂、新疆农机厂等由上海迁入,新疆第一、第二建筑公司分别由长春、天津迁入,新疆冶金建筑公司由兰州迁入,新疆电力安装公司由西安迁入……

这些人员和企业的到来,填补了新疆工业的空白,为新疆经济输入了新的血液,使新疆建设事业得以迅速发展。

"1966年7月17日,是我终生难忘的一天,我从一个待业青年变成十万上海知青大军中的一员。"这是当年姜万富在日记里写的一段话。

姜万富是家里最小的男孩,从没离开过大上海。去新疆那年,他才十七岁。启程那天,姜家每个人都哭了。

然而,亲人的眼泪,却挡不住离别时刻的到来。

上海火车北站,欢送的场景是热烈隆重的。欢快的锣鼓声、高音喇叭的乐曲声、亲人送别的叮咛哭喊声,相互交织。

随着汽笛一声长鸣,载着一千九百多名知青的火车,缓缓驶出。这一切很快就被抛在了脑后。

列车途经苏州、南京停靠时,无数中学生往车窗里递慰问信:"向上海大哥哥学习,保卫边疆,建设边疆!"

火车开了三天四夜,终于到达新疆吐鲁番的大河沿火车站。姜万富看了一眼车窗外,心立刻凉了:怎么这么荒凉?!

可这个地方,离他们的目的地还有一千五百多公里!

第二天,他们转乘敞篷卡车,一路沙尘滚滚,颠簸着翻越天山,又走了七天才到达目的地。这是新疆军区生产建设兵团农三师叶城二牧场场部。

但是,知青们生活的地方还不在这里。卡车又拉着他们往昆仑山里开,走了十几公里的石头路,这才最终停了下来。

姜万富和同伴们一看,立刻傻了眼,这哪是人待的地方?这是一片连房子都没有的戈壁滩,仅有的两个"地窝子",还是专门为迎接他们新挖的。

迎接知青的许连长,操着浓重的东北口音喊道:"这是一个新连队,地没有一亩,房没有一间,路没有一条,条件很苦,委屈你们了。但是,我们的双手一定能在这片戈壁上开出良田,建成绿洲。眼下住的是'地窝子',喝的是涝坝水(土坑里的蓄水),将来一定能住上砖房,点上电灯,用上自来水。下车吧,孩子们!"

"地窝子"里的那一夜,上海知青们没有一人睡得着。

苦闷的姜万富,拉了位战友出来散步。他们爬上一个高高的沙丘,相视无语。良久,战友脸朝东方,朝着上海的方向,大声呼喊:"喂!我在雪域——"姜万富也附和着,拖着声音:"哎!我在高原——"此时,他们似乎只有以这样的呼喊,才能疏解他们心中的忧愁。

牧场的条件是艰苦的。支边前,他们虽也是做好了吃苦准备的。但是,这里苦得"出乎意料"。他们每天劳动十一个半小时,每半个月才休息一天,挖土、挑土、开垦荒地。

最初的半个月,知青们几乎没有笑容。即便如此,所有知青都以干活积极为荣。

那些日子,姜万富到二十公里外的镇上,自己出钱,买了一把又薄又大的坎土曼(一种锄头)和一把大镰刀。它们让姜万富耍足了威风。

在姜万富的带动下,牧场知青们打破了日挖土方五十六立方米的纪录,达七十六立方米;打破日割苜蓿三亩二分的纪录,达三亩六分。

他说:"我就是要证明给大家看:上海青年不光能说,而且能干,我们是最棒的。"

不过,没过多久,骄傲的姜万富就冷静下来。"这里有身上疤痕累累、参加过抗战和解放战争的功臣,也有比我们早几年来的湖北、江苏、上海、浙江知青,他们保卫边疆、建设边疆多年,现在和我们一样奋力苦干。我,一个上海待业青年,有哪一点比他们强呢?"

命运,还是垂青姜万富的。

1967年9月28日,牧场领导派人将姜万富从地里叫回来,让他去学习当卫生员。第二年,牧场送他去城里医院进修外科。

学习一年后,姜万富回到了叶城二牧场,成了这个牧场二十多年来的第一个外科医生。

昆仑山上的这个高原牧场,平均海拔三千多米,气候条件恶劣,最远的牧点,姜万富去一次就要走八天。

在这里,仅有的交通工具就是马和驴,姜万富走遍了远近数百个放牧点,成了戈壁上的"马(驴)背医生"。

而有些地方,连马和驴都过不去,他只好手脚并用爬行过去。

一次,姜万富出诊后回家,下山到一半路程时,脚下一滑摔倒了,顺着布满积雪的山坡滚了下去。坡的尽头是悬崖,一眨眼的工夫,他就滚到了崖边。就在这危急时刻,前面正好有一块大石头,他本能地一脚蹬在石头上。人停住了,石头滚下了悬崖!

就是在这极端艰苦的环境中,姜万富整整坚守了四十三年,救人无数……

二十世纪八十年代初,上海知青掀起了返城高潮。当年和姜万富一起从上海来的伙伴,很多都离开了新疆。他远在上海的姐姐、姐夫,多次来电话催他回去:"只要我们有吃喝,就有你们的。"

此时,姜万富已与一名浙江女知青结婚,并生了个女儿。他思来想去:"回城后工作没有着落,我又拖家带口,作为一个男人,哪能全家寄人篱下呢?再说,我的两个哥哥去世早,母亲年纪大,生活由三个姐姐照顾,我还要回去增加他们的负担,是个男人吗?"

姜万富决定不走了。妻子以离婚相威胁,他也不走。"我的医疗技术,若是放在上海,根本不值一提。叶城二牧场离城里远,牧业点的病人要是得了急症,送到那里都要一两天时间,人还没到就早没命了。但有我这样的医生在,及时把病人处理一下,就争取到了救命的时间,就能保命。"

结果,妻子带着女儿回了浙江。离婚后,"那种孤独,真难受呀",不出诊的时候,姜万富就自己拉二胡、敲扬琴,排解忧愁。

实际上,姜万富真的很想家。他后来跟牧场诊所里的护士赵军花结了婚。赵军花出生在新疆,比他小十来岁。姜万富设法教会了她上海话。实在想家的时候,他就用上海话跟妻子聊天。

1998年,九十二岁的老母亲撒手人寰。可她老人家临终了,也没等到唯一在世的儿子回到上海。姜万富收到了姐姐们寄来的一个厚厚的信封:里面装着一块黑纱。

此后,夜深人静的时候,姜万富经常流着泪,独自跪在地上,向东方磕头。

……

第一章 至高利益 35

想家想了大半生,可2009年退休回上海时,六十岁的姜万富老泪纵横,舍不得走。他走了,病人们怎么办?

多年来,他带的有文凭、没文凭的医护人员,先后走了十几个。那年冬天,有个准备到这里来工作的大学生,一看周围的环境,连车都没下就走了。"B超没人了,接生也缺人了,盼望已久的X光机很快要来了,也没人会用!"

离开新疆时,姜万富流着泪说:"对不起了,乡亲们! 我们的家训是:少不出家乡是废人,老不返家乡是罪人。以后的清明节,我要去拜祭父母啊!"

2009年8月,六十岁的姜万富回到了生他养他的黄浦江畔。在政府的帮助下,他们一家住进了两室一厅的新房子。

……

抛繁华而乐寂静,舍安逸而取艰难,姜万富的四十三年,是上海知青支边的缩影,是十万人的青春无悔。

这一次的上海青年"援疆"也是王震将军的主见。

1962年,时任农垦部部长的王震考察了兵团塔里木垦区后,请示国务院,提出动员上海知识青年支援兵团开发的建议。建议得到周恩来总理的支持和上海市委的响应。

随后,十万上海知识青年因此来到新疆,成为兵团屯垦大军的有生力量,掀起了开发塔里木的新高潮。

其实,与姜万富一样来到新疆支边的青年,远非仅是上海知识青年,二十世纪六十年代,我国先后有湖南、四川等十几个省市的一百多万青壮年告别家乡,投身新疆和兵团的社会主义建设。

支边的岁月里,知青们与新疆各民族人民同呼吸、共命运、融为一体,无论是开发巩固边疆、建设新疆,还是加强民族团结,都做出了贡献。

以邓小平为核心的第二代中央领导集体,同样牵挂新疆这片广袤的国土。

"文化大革命"期间,兵团建制被撤销,军垦事业受到破坏,也动摇了新疆稳定的根基。王震深感痛心,一再表明自己的态度和观点,他主张尽快恢复兵团,并向邓小平提议。

以1979年召开的全国边防工作会议为主要标志,中央对"对口支援"新疆首次有了明确表述。这次会议,对我国内地省市对口支援少数民族地区的发展,中共中央第一次确定了具体对口安排,即:北京支援内蒙古,河北支援贵州,江苏支援广西、新疆,山东支援青海,上海支援云南、宁夏,全国支援西藏。

1980年9月到1981年5月,王震代表党中央,以国务院副总理身份连续四次到新疆全面考察。他强调，新疆建设的成就是各族人民互相学习，互相支持，共同努力的结果；也是党、国家和各兄弟省、市、自治区大力支援的结果。

1981年8月，邓小平考察新疆。他到牧民家中做客，留下与牧民孩子一起骑马的历史瞬间。邓小平强调：新疆稳定是大局，不稳定一切事情都办不成。

1981年10月，党中央决定调时任吉林省委书记的王恩茂到新疆工作。

离京前，邓小平就新疆工作对王恩茂做指示：新疆生产建设兵团，就是现在的农垦部队，是稳定新疆的核心，新疆生产建设兵团要恢复。

同年年底，中央决定恢复新疆生产建设兵团建制。

也在这一时期，中央对"对口支援"首次有了明确法制化的表述。

1984年，全国人大通过的《中华人民共和国民族区域自治法》，首次以国家基本法律的形式，明确规定了上级国家机关组织和支持对口支援的法律原则。这标志着我国对口支援制度建设进入了国家基本法律层面，而且将之作为我国民族区域自治法律制度的重要内容。

长期以来，党和国家十分关心新疆的稳定与发展，对新疆稳定和发展做出一系列重大决策，为新疆跨世纪的发展指明了方向。

在此过程中，始终坚持"三个离不开"的原则，即五十六个民族都是中华民族大家庭中平等的一员，"汉族离不开少数民族，少数民族离不开汉族，各少数民族之间也相互离不开"。坚定高举各民族大团结的旗帜，维护祖国统一，反对民族分裂。

1996年，为促进新疆发展，中央做出开展援疆工作的重大决策。1997年，第一批援疆干部进驻新疆，拉开了援疆工作的大幕。

至2010年十三年中，先后有六批援疆干部来到新疆。他们不管是年轻的"八零后"公务员，还是人到中年的教师，回想起援疆生活，都饱含深情。

党的十六大之后，以胡锦涛为总书记的党中央情牵天山南北，高度关注新疆的发展与稳定。

新疆各族人民不会忘记，每一次狂风骤雨袭来时，党中央、国务院总是和新疆各族人民休戚与共、心心相印。

"七五"事件后，胡锦涛总书记亲临新疆，看望慰问各族群众，指导善后处置工作，为新疆工作指明方向。

新疆和平解放六十多年来，始终沐浴在党和国家亲切关怀的阳光下，在每一个新疆发展的关键节点上、在每一次历史转折时期，党中央国务院都高瞻远瞩，一以贯之地支持新疆经济社会发展，采取重大措施改善各族群众生产生活条件。

2010年5月,中央新疆工作座谈会在北京召开,胡锦涛总书记在会上发表重要讲话。会议为新疆跨越式发展和长治久安绘制了清晰的蓝图。

早在二十世纪八十年代初,习近平就到过新疆,后来又多次到过新疆。到中央工作后,他于2009年6月到新疆考察五天,把身影留在了巴音郭楞、喀什、克拉玛依、石河子、乌鲁木齐等地的农村、企业、社区、学校。

党的十八大以来,以习近平同志为总书记的党中央,始终牵挂着新疆这片土地,牵挂着新疆各族人民群众,高度重视新疆工作,审时度势、运筹帷幄,提出一系列新思想新论断,对新疆工作进行系统的研究部署,为把祖国的新疆建设得越来越美好描绘了壮美蓝图。

习近平总书记在一年多时间内,就曾对新疆工作做出过三十多次指示和批示。

2014年4月27日至30日,习近平总书记亲赴新疆考察调研,深入乡村、企业、部队、学校、基层派出所、清真寺和新疆生产建设兵团,实地了解新疆经济社会发展情况,看望各族干部群众和部分长期在新疆工作的老同志,对做好新疆工作进行指导。

2014年5月26日,习近平总书记主持召开中共中央政治局会议,研究部署进一步推进新疆社会稳定和长治久安工作。

……

有一份深沉的情怀,萦系着天山南北两千两百万各族群众。

有一种历史的担当,引领着新疆走向更加美好的未来。

新一轮对口援疆有明晰的"路线图"和"时间表"。

从中央新疆工作会议,到新疆最高官员的选拔任用,乃至十九省市的全方位援建,从政策、战略到人员、财力支持,新疆在西部大开发十年的新节点上,迎来了前所未有的历史性机遇。

未来,新疆要与全国同步进入全面小康社会!

新疆,始终与共和国同行!

第二章　边塞奏新曲

血,鲜如枫丹,红如火焰,浓如醴酒,贵如黄金。

在人的情感世界里,亲情是无法替代的因素,血浓于水。亲情无限,这是血缘的独特魅力。不管我们身居何地,只要思念起亲人,心中就会油然升起一种亲切感。

中华民族是个大家庭,五十六个民族是兄弟姐妹,无论谁在征程中遇到困难挫折,其他兄弟姐妹都应该伸出援助之手。

先进带后进,先富帮贫困,中东部支持西部新疆。这既是国家战略,更是发达地区的神圣责任与光荣使命。

为了中华民族走向繁荣昌盛,近代多少志士仁人奔走呼号,震撼的鸣响激荡着数千年古国,但总是遗憾重重。

好雨知时节。新时期,新使命,东中部地区帮助新疆,这是呼应中华民族走向伟大复兴之路的历史壮举,利在千秋,当仁不让!

● 现实梦魇

贫困,人类的梦魇。因为贫困,人类社会在前行的过程中,难免频频发生矛盾与灾难。

新疆,是片美丽而神奇的土地。这里是诗和梦的家园,这里有安详的绿洲,奇崛的峰峦,古老的庙宇,凝固的火焰,还有美丽的民间传说,还有浪漫的民族歌舞,还有浓郁的民俗风情……

然而,再鲜活的生命形态,再深厚的文化底蕴,都离不开现实的肌体需求。

1999年到2009年这十年,新疆无论GDP,还是城镇居民可支配收入,都是以年均百分之十以上的速度增长。即使如此,新疆这两项指标在全国的位次却不断退缩,分别由原来的十三位和十七位,下降到二十位和三十位。

至于农牧民收入、社会公共事业……则同样不可与发达地区同日而语了。

如何才能让新疆走上后发赶超、跨越发展的道路？如何才能让新疆实现社会稳定和长治久安？

这自然成了很多人都在思考的问题。

霍城县与哈密市，是被中组部最早确定为全国两个"对口援疆"的试点县(市)。

"对口援疆"试点县的干部，不再是挂职，而是担任"试点县"的主要领导职务；不是"单枪匹马"一个人来，而是率领一个团队；不再是对"试点县"负部分责任，而是负全责。

2002年的7月。伊犁河谷。

一个魂牵梦萦的日子。阳光灿烂。河水欢唱。

边陲霍城，一下子来了江苏无锡市的七名对口援疆干部。

初来乍到，禁不住让这几位江南人顿时为之一振。

告别了小桥流水、吴歌悠扬的江南水乡，来到西北风光的伊犁河谷，让他们领略到的是另一种自然景色。

这里有巍峨的雪山和深邃的蓝天，有"骏马好似彩云朵、牛羊好似珍珠撒"的草原牧场，有最壮丽又凄楚动人的现实与传说；阳光在这里也从不吝啬她的温暖和抚慰，静静地爱抚着这里的每一朵花，每一棵草，每一颗柔软的心……

然而，让他们为之一振的，远非这些自然美景和动人传说。

尽管来到霍城之前，无锡的援疆干部也有过思想准备，但第一次深入全县城乡调研时，霍城的现状仍然让他们十分吃惊。

需要说明的是，此时的霍尔果斯尚未"独立门户"。然而，查看年度经济报表时，他们却发现，2001年全县财政收入才五千多万元，而财政支出却是近一点五亿元，财政赤字竟然是财政收入的近两倍，县直机关工作人员已两个月没发工资了，人心惶惶。

经济贫困落后，各种矛盾相互交织，县委、县政府大门前的场面非常尴尬，天天有上访的群众。

通往各个乡镇的道路没有一条是好的，县城到处是断壁残垣，几乎没有一幢像样的建筑，大街上到处坑坑洼洼，尘土飞扬。

许多农牧民生活十分艰难，不仅茅庐草舍、破毡旧房，而且有的农牧民连一天三顿的温饱也难以维持。

2002年初，萨尔布拉克镇有一位维吾尔族农民叫努尔包拉提，结婚分家时，穷得一贫如洗，两手空空。没办法，他与新婚的妻子只好到切特萨尔布拉克村庙尔沟，借住在一位邻居的家中。

……

这是10月的一天上午,无锡援疆干部来到清水河镇的可克达拉村调研时,车子根本无法进村,全村唯一通往外界的小路,大坑套着小坑,他们不得不徒步走进去。

在村民霍尔果斯家里,援疆干部们看到,两床破旧的棉絮,就是这个家庭的唯一家当。看到他的妻子因患肺结核躺在炕上时,援疆干部们禁不住一阵心酸,当即就掏出三百元钱给霍尔果斯,让他买一些生活用品。

可他们还看到的是,这个村的家家户户,都住着遮不住风雨的破旧土屋;村民们的脸上,都被贫困的阴云笼罩着。

……

又一个深秋的下午,这些援疆干部在副县长马瑛兰的陪同下,冒雨来到县人民医院,一进入住院的病房,只见破旧的病房里,外面下大雨,室内下小雨,可躺在病床上的病人们,有的打着点滴,有的不停挪动着铺盖,有的用器物在接雨水……原本痛苦的病人更添了无奈与忧愁,真可谓是"雪上加霜"。

见此情景,援疆干部们禁不住感叹道:"老百姓怎么能在这种地方看病?!"

再向医院领导一打听,他们的心里就更不是滋味了。

因为霍城的医疗条件太差,没有一家像样的医院,全县百分之九十的病人都去了伊宁市区就诊,不但路程时间长不方便,还增加了老百姓的额外负担,还给危重病人带来生命的威胁,而县医院根本留不住科班人才,连胆结石这样的外科手术也无法开展。

尽管霍城的老百姓们怨声载道,却又万分无奈。

……

深秋塞外的雨夜,朔风萧瑟,寒意阵阵,窗外白杨树叶在风雨的吹打下,不时地发出"沙沙"的声响。

连续多日的调研,让无锡援疆的领导们感慨良多,心情变得异常沉重。霍城的水秀,霍城的景美,但霍城的风凛冽,霍城贫困落后,霍城的各族百姓苦。

在无锡阔步奔向小康时,在苏南憧憬现代化的美景时,边陲的霍城各族百姓还在为温饱犯愁。还有这里的民族矛盾问题、宗教问题和边防边贸问题,这些都是无锡援疆干部们人生经历中从未遇到过的……

素有"塞外江南"之称的伊犁尚且如此,那么自然条件恶劣的南疆情景又是如何呢?

2010年之前,在南疆农村,到处都是灰黄色的土坯矮房。走进和田地区许多少数民族百姓家里,人们发现,他们家里都非常贫寒,找不到桌椅板凳,吃饭、睡觉几乎在地上,家里根本没有值钱的家什,即使家里所有家什统统加在一起,也不会超过两百块钱。不过,无论再穷,他们家里仍然有着一块补着的彩色大地毯……

新疆到底有多穷?

2009年5月31日,在人民网发布的《新疆扶贫开发走过六十年辉煌历程》一文中,自治区扶贫办说:"到2008年底,全区贫困人口已由改革开放初期的五百三十二万减少到二百五十三万,有二百七十九万贫困人口摆脱贫困、走向富裕。"

矛盾的是,同年10月2日,新华社记者赵春晖发表题为《新疆:进入新世纪以来又有二百四十三万农牧民摆脱贫困》的文章。文章提到,截至2008年,进入新世纪以来,新疆贫困人口从五百三十二万减少到二百八十五万。

2010年1月8日,依然是新华社记者赵春晖在报道新疆扶贫工作会议时得到消息,新疆为二百四十九万贫困人口建立档案。——崭新数据横空出世。

难道这是一组说不清道不明的数据?

不过,早在1994年,国家在确定五百九十二个国家级贫困县中,新疆就有二十七个。而在十八年后公布的国家级贫困县数目还是五百九十二个,其中调出三十八个,调入三十八个,新疆名单却未作变动。

2009年,新疆城镇居民人均可支配收入为一万二千二百五十七元,农牧民人均纯收入四千零五元,分别与全国平均水平相差四千九百余元和一千一百余元。其中,新疆农民人均收入低于全国平均水平百分之二十二左右,在全国列倒数第二位。

同时,人们还发现,改革开放三十年来,不但新疆与内地的发展差距持续拉大,新疆内部各地区间发展差距也在惊人地拉大。新疆经济重心在北疆。北疆重心,则在北疆南部沿天山地区的天山北坡经济带;而天山北坡经济带的重心,则是以乌鲁木齐市、昌吉市、阜康市、米泉市和五家渠市为主的"乌昌一体化"。

以2008年为例,天山北坡经济带以百分之二十三的人口,承载了全疆百分之五十五的GDP比重和近百分之四十的投资比重。相比较,在喀什地区、和田地区和克孜勒苏柯尔克孜州(下文简称克州)的南疆三地州,虽人口占全疆比重的近三分之一,但GDP比重和投资比重分别只有百分之九和百分之十二。

2009年,南疆城镇居民的人均可支配收入如何?喀什是一万零九百五十七元,和田是一万一千五百五十二元。

而农牧民人均纯收入就更低了:喀什为三千二百七十元,和田为二千六百六十七元,而克州仅为一千八百零一元。

西汉初年,著名政论家贾谊在《论积贮疏》说:"'仓廪实而知礼节。'民不足而可治者,自古及今,未之尝闻。"古人的话虽非绝对真理,但仍具有一定的现实意义。

新疆,经济落后,社会公共设施建设同样落后。

医院等卫生事业发展严重滞后,普通百姓缺医少药,生病难以得到及时治疗,甚至等待"上帝"的"眷顾"。

在新疆广大的农牧区,不仅道路破烂不堪,校舍破损,缺少师资,许多孩子读不起书,甚至上不了学。

数据显示,在中央新疆工作座谈会召开前,仅南疆喀什、和田和克州三地州几片互不相连的绿洲上,就密集居住着全区超过百分之八十四的贫困人口,基本是少数民族;而北疆的贫困人口中,有百分之八十是少数民族。

地理上的封闭,经济上的落后,基础教育的严重不足,浓厚的传统宗教氛围,社会发展的不均衡,使得新疆不但经济和社会发展落后于内地,在观念和意识上的差距更大。不少有过内地与新疆对比经验的人认为,这种差距鸿沟之大,堪比发达国家与发展中国家之别。

同在新疆内部,城市与贫困偏远的农村社会,亦有巨大梯次差别。地理上的相对封闭,经济上的极端落后,使得部分农村地区生活观念与中世纪并无显著区别。

……

还有新疆的流浪儿童难题,这也是十分令人揪心的。2011 年 4 月 21 日,新疆维吾尔自治区党委主要领导宣布,派出八个工作组分赴十九个援疆省市走访,其中一项重要内容,就是"接回在内地流浪的新疆籍儿童"。

亚尔,出生在喀什郊区一个小村子里,哥哥比他大六岁。院子里的二十多只羊,几乎就是全家最大的一笔财富了,有时候父亲会杀掉一只,靠卖肉来维持着一家的生活。几乎天天都喝得烂醉的父亲,从小对他哥俩拳脚相加,甚至连他母亲都打。在他五岁的时候,父母就离婚了,双方谁也不想要他们。于是,他们只好跟着年过七旬的奶奶生活。

哥哥自然无心上学,每天跟那些不三不四的孩子混在一起,看见富人住的大别墅,一帮人就开始吹牛如何去"口里"(新疆方言,指内地省份)赚大钱。终于有一天,哥哥跟随一个叫"老板"的中年人走了,一个月后,哥哥的一个朋友找到亚尔,说带他去上海找哥哥。当然,后来的事实证明,他被骗了,哥哥并不在上海。

不幸的童年，残缺的家庭，大多数新疆流浪儿童都有着类似的起点。自治区救助站一份统计资料显示，由于父母死亡、离异，或者因继父母虐待等极端原因，而造成儿童主动离家出走的，约占到全部流浪儿童的五分之一左右，而另外五分之四则是被人贩子诱拐而走的。

从亚尔到达上海的第一天开始，他有了自己的"老板"。"老板"也是喀什人，三十多岁，在上海经营着两个烧烤摊。刚开始，"老板"对亚尔嘘寒问暖，还带着他和另外两名差不多大的孩子去了上海外滩，给每人买了一身新衣裳。

可是，好景不长。过了三四天，他们三个小孩子就被一个二十岁左右的伙计带到了地铁站。

"去把她的手机拿回来！"伙计吩咐道。

亚尔刚开始还不明白，但当他看到另一个小孩熟练地尾随、开包、取手机后，他的心开始害怕得"扑扑"跳起来。

回到出租屋，亚尔就开始了自己偷窃生涯的第一堂课，从一盆开水里夹出五角硬币。

他反抗过，遭到一顿皮带猛抽之后，就再无力气了。没过两个月，亚尔就成了附近公交车站和地铁站的"熟练工"。

此后的一年多时间里，每天早晨，亚尔都会从伙计那里领到八百至一千元不等的任务。如果完不成，除不让他吃饭外，还会遭致一顿拳脚，甚至用烟头烫他的胳膊。

动手的都是伙计，"老板"充当着监工的角色。他们的组织里有明确分工，"老板"一直满脸"笑容"。只有在亚尔钓到"大鱼"时，"老板"才会出面，从钱包里掏出几张百元大钞塞给亚尔。

离开家乡喀什的时候，亚尔还不满八岁。在后来的两年时间里，他行迹遍布上海、合肥、深圳、厦门等七个城市。天黑的时候，他是烤肉摊前追逐嬉闹的娃娃；但在大多数白天，他每天要上街"拿回"八百至一千块钱，才能免遭毒打。

2011年8月的一天，十岁的亚尔终于见到了分别两年多的奶奶。不过，对于数以万计像他这样的新疆流浪儿童来说，回家固然简单，但心灵的回归之路才刚刚开始。

像亚尔这样的新疆流浪儿童还不在少数。

吐尔文江也是喀什人，他是新疆社科院社会学所的副研究员。1985年，他考入中央民族大学读书。他清晰地记得，当时的北京，新疆人的代表形象，就是卖烤肉的"买买提大叔"。"能歌善舞，会做生意，热情好客，一副正面形象。"他们，是改革开放后第一批到内地闯荡的新疆人。

但是，四年之后，等他大学毕业的时候，就开始发现苗头不对了。

1999年，在英国非政府组织救助儿童会的资助下，吐尔文江和他的同事们开始策划，第一次对新疆流浪儿童问题进行系统调研。除了在新疆境内调查外，他们还分成三组人马赶赴全国各地，结果北到哈尔滨、南到广州，都发现了为数不少的新疆流浪儿童。最后得出的大概数字是：三千至六千人。遗憾的是，最后的报告并未引起相关部门的重视。

2011年4月，吐尔文江对新疆工读学校的流浪儿童又进行了一次小型调研，结果连他自己都不敢相信："问题不仅没有减轻，在地域上更广了，除了大中城市，甚至连小县城都有；根据估算，数量上几乎是十年前的十倍，达到三万至五万人；更糟糕的是，犯罪团伙在组织上更加严密与成熟。"

吐尔文江说起这些，禁不住扼腕叹息："别小看了这些小娃娃，他们极大破坏了新疆在内地的形象，破坏了维吾尔族在汉族中的形象，对民族团结造成了深远影响。"

还有，在全面援疆之前，无论是中央层面的调研组，还是外省市新闻媒体记者的采访，人们听到的普通基层反映最强烈的事，就是过低的工资收入。

例如，乌鲁木齐市一位二级教授月收入四千元，同级别内地则超过八千元；和田某乡干部月收入一千二百元，不到其浙江退休工人父亲养老金的一半；喀什正处级退休干部只能领到百分之九十的退休金三千多元……新疆生活成本却节节升高，援疆前一公斤羊肉已接近五十元；因为不能像上海那样补贴天然气价，新疆用气价格比上海还要贵。

同时，新疆各地州之间的收入也相差悬殊，而且越是基层、越是偏远困难地区，收入越低。以新疆各地州公务员"阳光津贴"为例，乌鲁木齐市处级干部每年都能拿到两万一千元，其他补助也不减；而喀什地区处级干部只能拿到九千元，科级干部拿八千元，科员拿七千元，其他补助没有。

中国社科院边疆史地研究中心研究员马大正说："上世纪八十年代初，我初级职称拿六十二元，同样级别在新疆工作拿九十多元。""从九十年代初开始，新疆的工资优势就逐渐消失了。现在不仅优势消失了，而且远远比不上内地了。"

根据中国统计年鉴显示，新疆城镇单位在岗职工年平均工资已从1978年的全国第六位下降到2008年的第二十三位。其中2008年，新疆平均工资两万四千六百八十七元，比全国平均水平低四千五百四十二元；新疆生产建设兵团职工平均工资一万八千七百七十二元，比全国平均水平低一万零四百五十七元。

基层长期的低收入和高负荷的工作任务，其直接后果，就是大量优秀的人才和有技术的年轻劳动力逆向流动，即：大量从南疆流向北疆，从新疆流向内地。

同时，干部职工队伍普遍有老龄化和业务水平低的现象，这也严重侵蚀基层组织的有效运转。比如，南疆某县大学生村官平均任职期不足一年，某建设兵团团场年龄最小的职工四十岁。

近二三十年来，内地不少农村大量人口外流，乡村出现空壳化现象。但南疆农村并未大规模地出现内地那样的空壳化情况，反而由于计划生育管理力度远比内地弱，人口增加较快，使得有限的土地资源，难以承受众多人口的重负。

在社会转型过程中，就新疆的维吾尔族人而言，他们在社会转型中处于特殊的地位。因为，新疆开放晚于内地，加之受历史影响，少数民族教育水平长期落后，在市场竞争中处于极为不利的地位。这种竞争中逐渐被边缘化的困境，更容易因此转向传统寻求精神慰藉。这也使得宗教保守主义思潮的复兴有一定的基础。

……

新疆的现实，问题与矛盾叠加，这是许多人难以想象的，不能不令人焦虑，不能不让人百般纠结。

历史是面镜子。对于西域，对于新疆，历代王朝治疆，一个显著特点，那就是：每次积极有效治理之后，往往有一个削弱期，但在度过削弱期之后，中央王朝的治理范围和深度又有一个大的发展。治疆方式，也在这种发展中逐渐和内地趋同，进而完成新疆成为中国不可分割一部分的历史进程。

《孙子兵法》曰："乱生于治，怯生于勇，弱生于强。"

纵观历史，新疆地区的文化背景与中原文化有较大差异。强调发展，应是社会的全面发展。也就是说，经济基础要发展，政治上层建筑也要发展。在政治权利、经济利益和社会权益中，任何一方出现"短板"，都有可能在新疆民族地区被宗教极端势力、民族分裂势力、国际恐怖势力所蛊惑和利用。

对于正处在十字路口的新疆，中国高层决策者清楚地认识到：新疆在国家长治久安中的战略地位，必须明辨新疆发展战略的最高目标，更应找到实现这个目标的策略和手段。

因为，从古至今，治疆方略，最忌只有政策没有策略，只治肌体不治人心。

"人间四月芳菲尽，山寺桃花始盛开。"这句诗的哲理韵味似乎很特别。

功夫在诗外，民心更可鉴。

让百姓得实惠,增强人民幸福感! 只有如此,新一轮对口援疆,才会润物无声,春风化雨。

此时此刻,新疆迎来了两股扑面而来的"热浪":一股,是中央新疆工作座谈会鼓舞下的政策"春风"劲吹;一股,是求发展的新疆各族干部群众"久旱盼云霓"。

新疆各族人民的热情,已经燃遍天山南北,一个新的发展热潮,一定会扑面而来。

古老的西域兴奋,新疆人翘首以待!

● 中国力量的凝聚

昂首扬鬃腾浩气,奋蹄踏雪展春风。

2010年,将注定成为新疆历史再塑辉煌的启航之年。

2010年3月29日,全国对口支援新疆工作会议召开。

2010年5月17日,中央新疆工作座谈会召开。

由此,新一轮对口援疆大幕开启,中央点亮了新疆跨越式发展的明灯。

"加快建设繁荣富裕和谐稳定的社会主义新疆,是全党全国各族人民的共同意志,是全体中华儿女的共同责任。"时任中共中央总书记胡锦涛的重要讲话,可谓高瞻远瞩,情深意长。

2010年中央新疆工作座谈会后,新一轮治疆方略令人耳目一新。这次会议的公报第一次将发展置于与稳定比肩甚至更为重要的位置——"新疆同全国一样,社会主要矛盾仍然是人民日益增长的物质文化需要同落后的社会生产之间的矛盾。"

面积占伟大祖国国土六分之一的新疆,瞬间聚集了全国人民的目光、热情和希望。

中央领导同志来了,他们深入乡镇团场,走访工厂企业,一路调研,一路思考,为新疆跨越式发展和长治久安殚精竭虑。

听,新一轮对口援疆奏出的"中国梦"交响乐章,是多么强劲有力!

天山青松根连根,各族人民心连心。

国之大策,岂能怠慢?

党中央、国务院一声令下,肩负新一轮援疆任务的十九个省市闻风而动,纷纷召开专题会议,确定各自的援疆思路和具体内容,并成立援疆指挥部。十九省市的支援汇成滚滚热潮,涌向新疆大地。

从2010年4月开始,十九个对口支援新疆的省市纷纷派出援疆干部到达新疆,有的先遣队是几十人,有的是几百人,各省市的领导先后来到新疆。

他们不是赴新疆考察对接项目,就是看望援疆干部,或者为全面开展支援新疆工作谋篇布局。

"我们是带着感恩之心而来的。"江苏省前来对口支援伊犁州的一位援疆领导干部这样说。

中共中央政治局委员、时任广东省委书记的汪洋说,广东作为"两个大局"战略的先期受益者,在改革开放初期得到了国家政策的倾斜,得到了包括新疆在内的省区市的帮助和支持,在一定程度上实现了先富起来的目标。现在,对口支援新疆就是我们服从第二个大局,帮助新疆各族群众实现共同富裕的重要体现。

十九省市党政代表团负责人密集来疆对接援疆工作时,表达了一个共同的心声:帮助新疆各族群众实现共同富裕,是我们义不容辞的责任。

没有第一个大局,就没有中国经济今日的辉煌;没有第二个大局,就没有中国经济持续发展、社会持续和谐。

他们到新疆后,和自治区党政领导座谈,到受援地去认真调研,了解实际情况。

看大漠戈壁,中国力量再次凝聚;望天山南北,援建活力竞相迸发。

这一年,十九个对口援疆省市的建设单位、大企业大集团纷至沓来,他们给新疆带来了资金,带来了技术,带来了项目,带来了人才,也带来了先进的发展理念和经验。

举国上下,新一轮对口援疆经济建设的大幕迅速开启。

……

历史是神秘的,却又是有规律的。

全国发展一盘棋。站在全局和历史的高度,在全国区域发展总的蓝图里,对口支援这一笔浓墨重彩,正逢其时。

在十九个兄弟援疆省市的眼里,"兄弟同心,其利断金"。对口援疆是新疆的需要,也是其他地区的需要,既有利于发挥新疆,也有利于拓展全国的发展空间。

十九个兄弟援疆省市的领导纷纷表示:"一定要把援疆工作当作分内事、当作自己的事去做好。"

这样的决心,感动了新疆的干部,感动了新疆各族群众。

正因有这样的认识,中央一声令下,对口支援历史上最大规模的行动便迅速开始。

在最短时间内，十九个对口援疆省市就纷纷拿出援疆方案，选派精兵强将，近四千名援疆干部和各类专业技术人才，肩负国家使命，胸怀无私大爱，背起行囊，西出阳关，踏上天山南北的广袤土地，续写更加壮美的边塞新曲。

他们，只为一个共同的梦想：2020年，让新疆与全国人民一道进入小康。

没有哪一个国家的政府，能具有这样的号召力和执行力。这是中国特色社会主义制度优越性的有力证明！这是中国力量的有力彰显！

回顾过往，对口援疆有迹可循。从1997年首批援疆干部进疆，全国各地已先后选派了六批三千七百四十九名援疆干部。至2010年十三年间，各地累计向新疆无偿援助资金物资达四十三亿元，实施合作项目一千二百多个，到位资金逾二百五十亿元。通过援疆渠道，为新疆培训各类人员四十多万人次。

新一轮对口援疆，虽有历史的由来，但不是历史的简单复制。

新一轮援疆和以前的支援相比，起点更高，力度更大，民生关怀更重。

承担新一轮对口援疆使命的十九个省市是：北京市、天津市、河北省、山西省、辽宁省、吉林省、黑龙江省、上海市、江苏省、浙江省、安徽省、福建省、江西省、山东省、河南省、湖北省、湖南省、广东省、深圳市。

无论是在规模上、声势上、层次上，还是在形式上、内容上，都是空前的，都是创纪录的。

为期十年的新一轮对口支援，创下了共和国历史上多个之最：支援地域最广，涉及人口最多，资金投入最大，援助领域最全。

参与援疆的省市，由此前的八个扩大到十九个，受援方由过去的新疆十个地州、五十六个县市和新疆生产建设兵团三个师，扩大到新疆十二个地州、八十二个县市和兵团十二个师。受惠面遍及天山南北。

从2010年4月7日新疆与上海就对口支援进行座谈，到5月8日湖南省代表团结束调研，一个多月时间里，承担对口支援新疆任务的十九个省市先后组团赴疆，就开展新一轮援疆分别开展统筹谋划。

不仅十九个省市来了，中央和国家机关有关部委也纷至沓来，中央大型企业援疆团随之跟进，相继启动援疆。

这一年，国家有关部委的同志接踵而至，他们召开一个又一个支持新疆发展的专题会议，提出了一项又一项支持新疆发展的具体政策，他们不辞辛苦，满腔热情，为全面落实中央新疆工作座谈会精神尽职尽责。

这一年，省部级以上领导带队来疆检查指导、对接协调援疆工作的有近二百人次。

……

清康熙皇帝在总结历代治国之策时说:"守国之道,惟在修德安民,民心悦则邦本得,而边疆自固,所谓众志成城是也……昔秦兴土石之功,修筑长城,我朝施恩于喀尔喀,使之防备朔方,较长城更为坚固。"

在他看来,治国之道不能专恃险阻,惟在修德安民,民心愉悦则边疆自固。而安居乐业的边疆民族,是有生命力、有向心力的万里长城,其坚固程度要远胜以土石堆成的没有生命的长城。

中央新一轮的援疆新政,是新疆发展史上的一次重要机遇。新一轮援疆的迅速启动,昭示出中央稳疆富民的决心。新疆进入了新时期、新阶段,迎来了新征程、新变化、新希望。

进入新疆的天山南北,大发展的热情令这块热土越发沸腾,大建设的热潮赛过夏季高温的天气。带着憧憬与信心,新疆已经站在了新的历史起点上。

喀什经济开发区,由在中国改革开放中率先"杀出一条血路"的深圳对口援建;霍尔果斯经济开发区,由被誉为"中外经济技术合作的典范"的苏州工业园区对口援建;冰雪文化丰厚的北屯市,由"冰城"哈尔滨对口援建;煤炭资源富集的阜康市,由能源资源大省山西对口援建……

这是跨越万水千山的心手相牵,更是社会主义制度优越性的生动展现!

北京市明确表示,一点五亿元启动的试点项目,不纳入援疆资金的总盘子。

"把疏附县当作广州第十三个区县来建设,纳入广州新型城市化建设总体战略布局。"

"把疏勒当作山东的一个县来建。"

"对口支援喀什的四个县就是我们上海的四个区。"

"把阿克陶县当作江西的第一百个县,像当年苏区支援红军一样支持阿克陶县建设。"

"将援疆规划纳入湖北省经济社会发展总体规划,发展统筹谋划,资金项目统筹安排,干部、人才、技术力量统筹考虑。"

……

江苏、浙江、安徽、河北、吉林、山西、河南、湖南……各省市代表团纷纷提前启动支援项目。

"新疆的事情就是我们自己的事情。"

"对口支援地区就是我们自己的市县。"

……

尽管对口援建省市的具体做法各有所长,但是这样的认识高度统一。

新一轮援疆正式启动之年,就有一百五十多个项目启动,首批试点项目陆续完工。

这一年,十九个省市援疆资金超过百亿元,以后将随财政实力增长而逐年递增。以此计算,十年内兄弟省市援疆资金总规模至少超过千亿。

而中央投入资金规模将数倍于十九省市对口援疆资金规模。

机遇,在"握手"中产生;情谊,在"援建"中升华。

新一轮援疆的大幕一经拉开,国内外的许多有识之士就发现,这一次的援疆,不仅仅是十九个省市对新疆的对口援助,还是东中部与西部的一次深度融合,是祖国大家庭兄弟间的热情拥抱,更是一次东部对西部的情谊"回馈",更是促进东西部发展的一次深度合作。

行走天山南北,细心聆听,在这片美丽而辽阔土地上,又一次奏响了崛起前那蕴藏于大地深处的轰鸣声。

它,激荡在乌鲁木齐熙熙攘攘的二道桥市场,回响在喀什雨后夕阳照耀下的高台民居上,澎湃在滚滚不息的叶尔羌河边,穿越在一望无垠的团场棉花条田里,激情在塔斯提河边高高耸立的小白杨哨所旁……

无论是国内外新闻媒体的记者,还是前来旅游的国内外游客,他们都会发现:不论是什么民族,不论是田间地头,不论是在茶余饭后,也不论是"巴扎"商场,遇到的每一位新疆同胞,在言谈深处,他们都会流露出对这片土地的深深眷恋,对她繁荣富强的满眼热望。

一位南疆干部感慨道,当他坐在台下,听到自治区主要领导用新疆方言,说自己要做新疆各族人民的"儿子娃娃"时,"我眼泪都流出来了。他要下决心融入新疆,融入新疆各族人民,为新疆各族人民奉献自己,我们心中此时此地何尝又不是啊。多少年没有听到这样经久不息的掌声了"。

正如习近平总书记所言:"我以为,实现中华民族的伟大复兴,就是中华民族近代最伟大的中国梦。因为这个梦想,它是凝聚和寄托了几代中国人的一种夙愿,它体现了中华民族和中国人民的整体利益,它是每一个中华儿女的一种共同的期盼。"

无疑,援疆,就是"中国梦"乐章中一曲宏大的交响篇章!

● 向贫困落后宣战

新疆的春天是别样的。

尽管这里的春天姗姗来迟,但一旦春风荡漾,不足半月,新疆的绿洲就会芳菲葱茏,除了漫山遍野野花飘香,山涧的清泉也会淙淙奔流,弹奏出欢快的乐章。

全中国的目光注视着新疆,全世界的目光注视着新疆。

2010年的新疆,在时代春风中的面貌是独具风采的。

援疆,这是二十一世纪中国大时代里的一曲和声。

向贫困与落后宣战的号角已经吹响!

铺开中国地图,偏居雄鸡尾端的新疆已悄悄变成了备受瞩目的"中心"和"热点"。

新疆作为全国十九个省市援建的中心,作为中央新疆工作座谈会确立的大建设、大开放、大发展的热点区域,吸引了大量人气。一架架客机远航新疆,一列列火车驶向新疆,它们从不同方位把前来援疆的内地政府考察团运进疆,把寻求商机的客商源源不断送进疆。

2010年,从春天到夏天,走进新疆,不论天山南北,不论乡村还是城市,不论在千年古城喀什,或是东疆古城吐鲁番,也无论是当地官员,还是普通民众,他们对自己的家园超乎寻常的关注,再一次充满无限深情。新疆将迎来大发展、大繁荣成为人们谈论最多的内容,处处可以感受到这个最大省区蓄势待发的新气象。

新疆历史发展开始揭开崭新的一页,新疆推进跨越式发展和长治久安的恢宏画卷就此展开。2010年4月11日,江西省援助阿克陶的三个项目正式开工,投资总额八千万元。4月12日,北京市对口支援和田地区和新疆生产建设兵团农十四师的五个示范项目同时启动,资金合计达一点五亿元。6月初,广东省援助新疆喀什地区的四个试点项目正式开工,投入启动资金一亿元。7月1日,河北省对口支援新疆生产建设兵团的"河北现代农业研发基地"项目,在农二师二十九团开工奠基,总投资四千五百多万元……

援疆,带来了建设的大手笔;援疆,带来了空前的人气。

此时的新疆,建设的大手笔处处可见。

天山以北的伊犁河谷。7月1日21时05分。

随着电力机车风笛一声长鸣,首趟乌鲁木齐至伊犁的列车从乌鲁木齐火车南站开出,自此新疆首条电气化铁路精伊霍(精河—伊宁—霍尔果斯)铁路正式开通,由乌鲁木齐乘坐火车前往北疆伊犁河谷终于实现夕发朝至。

7月2日下午。新疆博乐机场。

中国南方航空公司的一架波音"737—800型"客机试航博乐机场成功,标志着博乐机场已具备商业运营条件,新疆博尔塔拉蒙古自治州就此告别不通航历史。

同时,在东疆重镇吐鲁番,国内海拔最低的机场——吐鲁番机场迁建工程全面完工,并通过行业验收实现通航。

天堑变通途,以上这些只是新疆追求发展效率、加大开放力度的缩影。

新疆的新目标是:不仅要实现跨越式发展,更要实现社会稳定和长治久安。

喀什,无疑是其中的一个热点地区。位于新疆西南部的喀什市拥有上千年历史,自从中央新疆工作座谈会提出:在喀什设立经济开发区,实行特殊经济政策,把喀什建成面向中亚、南亚的区域性商贸旅游中心和西部明珠……之后,这座古城就与深圳紧密相连,处处透露新气象。

走在喀什街头,很容易感受到这座城市蓬勃发展的脉搏:塔吊与打桩机旁,是拔地而起的新建楼房与小区;新建成的东湖公园,夜晚灯光绚丽,湖畔休闲人流如织;著名的东门大巴扎已改建成喀什中西亚国际贸易市场,少数民族手工艺品、土特产店与流行服饰店比邻而居。

在2010年的第六届中国新疆喀什·中亚南亚商品交易会上,人们注意到:参展参会的既有上海、广东、天津等省区市党政、经贸代表团,又有周边国家客商展团,代表团规格高、规模大、认购展位多,参展单位和参会人数、规格均超过历届。

不论是喀什本地人,还是外来投资客,他们均已强烈感受到:享有多重利好政策的新疆喀什,正成为中外客商洽谈贸易、投资兴业的热土,这座城市正处在大发展前夜,弥漫着浓郁的酝酿谋划和向往未来的气息。

这样大发展的气息,在新疆其他地区也随处可见。在新疆首府乌鲁木齐,天山区黑甲山片区工地上,挖掘机轰鸣,拉土车往来穿梭。施工人员正忙着搭建围墙,多数居民的房屋已拆迁。阿不力克木·买买提等居民与街道工作人员协商签署拆迁协议事宜。

多年来,由于历史原因,乌鲁木齐市区出现了几处居住条件很差的棚户区,二十余万居民生活其中,绝大部分没有水、电、燃气、供暖等基础设施。2010年,乌鲁木齐投资三十亿元,对全市四十八个棚户区中的二十一个棚户区实施改造,其中就有黑甲山、跃进街、青峰路等棚户区。

此时,阿不力克木希望:"工程进度再快些,早一点住进新房。"

全国援疆,如火如荼。居住在塔克拉玛干沙漠边缘的策勒县农民买沙德尔·司马义非常喜悦,因为他刚搬进由天津市援建的崭新农家庭院:八十平方米的住房、二百七十五平方米的小院、一百平方米的暖圈、太阳能热水器,还喝上了干净的自来水。

"过去想都不敢想的日子变成了活生生的现实。"当地的老百姓由衷地说。

……
新疆人民欣喜地看到:新一轮援疆工作启动,标志着新疆真的进入了跨越式发展的快车道。

即使在新疆生产建设兵团农二师团场,这个地处塔里木河下游、塔克拉玛干沙漠边缘的"风头水尾"之地,也同样感受到援疆发展强音带来的深深震撼。

……
随着十九个省市援疆工作的密集开展,新疆各大宾馆酒店迎来入住高峰,商务散客、会议接待的客源明显增加。

一时间,作为西部大开发的重点地区,作为中国向西开放的"桥头堡",新疆上空航线日渐繁忙起来,由十九个援疆省市主要城市飞至新疆的航线航班不断增加,新疆与祖国内地的距离正在越来越小。

2010年11月12日,由上海金博集团投资的核桃油生产厂,第一桶油在巴楚县下线。这家核桃油厂,从设计、建厂到安装设备,仅用了一个半月。上海市对口援疆前方指挥部的干部们感到:当年开发浦东时,要求工程"当年立项,当年建成",金博核桃油厂创出了新的"浦东速度"。

11月13日,广东佛山市援建伽师县的三个试点项目落成,标志着广东首批援疆试点项目竣工。这些项目在不到半年的时间内顺利竣工,是典型的"深圳速度",为广东新一轮援疆工作开了个好头。

11月14日,由河北邯郸市对口援建的和静县巴音布鲁克移民搬迁工程,提前一个半月竣工,通过验收。

……
11月中旬以后,各省市首批试点项目迎来了竣工小高潮。这些项目为新一轮援疆工作全面展开树立了样板,积累了经验。

援疆,让新疆百姓的生活发生了大改变。

12月6日,雪后初晴的伊宁县吐鲁番于孜乡,一千多座白墙红顶彩钢建筑,在平整宽阔的道路两旁拔地而起,那气势令人震撼。这是由江苏省对口支援的安居富民工程,一千七百二十八户受灾群众喜迁新居。看着漂亮的新房子,四十八岁的农民托乎提·巴克乐得合不拢嘴。

12月17日,在福海县,由黑龙江省与福海县共建的龙源新区完工,牧民哈森一家已入住温暖新居。小区内,红顶、蓝顶的房子错落有致,还有一个社区服务中心,集"一站式"服务大厅、电子网络室、多功能室等为一体,俨然一个城市化的社区。

哈森感慨地说,儿子在县城上班,孙子上了幼儿园,房子里有电视,还可以洗热水澡，看病就在社区医院……

"毕业后，想开个属于自己的裁缝店，靠自己的劳动致富。"在疏勒县职业技能实训基地，在谈到学习服装设计的打算时，十六岁的努尔比亚·托乎提高兴地说。她只是塔尕尔其乡托库孜欧塔克村的普通维吾尔族女孩。这个由山东省东营市援建的实训基地，设有服装设计、地毯编织、特色刺绣等二十个专业，有近一千八百名少数民族学生在这里接受学习培训。

对口援疆，不仅将改变像努尔比亚这样青年的命运，也将改变农牧民传统的生产生活方式。

十九个援疆省市在试点工作中，仅用短暂的时间，就把大量人力、物力、财力、智力投向新疆。像托乎提·巴克、哈森、努尔比亚一样，新疆各族人民都感受到了祖国大家庭的温暖情怀。

……

东部先进的改革经验与管理模式，迅速在援疆中推广传递。

江苏人把"苏南模式"带进了伊犁河谷，以市场化手段援建工业园区项目。

浙江人将"走遍千山万水，吃尽千辛万苦，说尽千言万语，历尽千难万险"的创业精神，注入阿克苏一方水土。

在天山南北，到处洋溢着十九个援疆省市对新疆各族人民的浓浓深情。

十九个对口援疆省市争先恐后，你追我赶，踊跃行动。

他们先后在受援地成立了前方指挥部，并配备精兵强将，直接指挥协调援疆行动。

中央为新疆的跨越式发展和长治久安制定了时间表：五年内人均地区生产总值达到全国平均水平，十年后和全国同步进入全面小康社会。

为实现新疆跨越式发展，从2011年到2020年，中央财政预计支持新疆的资金总量，相当于过去三十年中央对新疆转移支付总量的三倍多；而自2011年开始的"十二五"规划期间，新疆全社会固定资产投资规模，累计比"十一五"期间翻一番多。

在新疆率先进行资源税改革，将原油、天然气资源税由从量计征改为从价计征；对新疆困难地区符合条件的企业给予企业所得税"两免三减半"优惠；适当放宽在新疆具备资源优势、在本地区和周边地区有市场需求行业的准入限制；逐步放宽天然气利用政策，增加当地利用天然气规模；……

国家的一系列特殊扶持政策，开始破解新疆发展中面临的资金、技术、人才、管理等方面的难题。

有了明晰的"时间表"和"路线图"，使得兄弟省市的援疆工作既有了明确目标,又有了时间上的紧迫感。

随即,各援疆省市已陆续制定完成未来十年的援疆规划编制。这些规划与当地的"十二五"规划紧密相连。

2010年9月,上海援疆前方指挥部、文新报业集团、上海科普基金会联合发起"奉献您的聪明才智,展望喀什美好明天——上海援疆金点子征集活动"。

短短二十天收到意见、建议一千多条,涵盖了经济社会发展的方方面面,不仅有许多好主意、好想法、好办法,而且有各行各业专家提供的新发明、新技术、新成果。

2010年11月4日上午,"北京和田发展基金"正式设立,首批十余家企业和众多个人捐助款物总价值超过五千万元。所募集的资金和物资将有计划、分步骤地全部给和田地区,用于其促进经济社会全面发展和改善民生。

设立发展基金推进援疆工作,是北京在新一轮援疆中的新思维、新举措、新尝试、新突破。

在新一轮援疆大幕开启后,像这样的新思维、新举措不断涌现。

浙江省则推出"援疆直通车":中国银行浙江省分行落实援疆资金二百亿授信额度,支持浙江企业入驻新疆发展。首笔授信资金很快就通过审批。具有敏锐商机意识的众多浙企,早与中行建立联系,意欲大举进军新疆。

湖北省结合省情实际,探索了"双层全覆盖"援助模式,即在调动全省人力、财力、物力对口支援博尔塔拉蒙古自治州、兵团农五师的同时,动员全省除恩施和神农架以外十五个市对应博州的两县一市一区和农五师的十一个团场,形成省市双层全覆盖。

……

同时,国家各有关部委也相继制定了援疆规划。全国科技援疆规划,是科技部第一次牵头编制的援疆规划,旨在提升新疆的持续创新发展能力。

一次次创新,一点点突破。虽然还只是星星点点,却传递出燎原的讯息,有着振聋发聩的力量。

向贫困宣战,与落后再见。

每一个援疆的创新和突破,都为新疆的明天点亮一盏明灯,激励新疆各族干部群众感恩自强、奋力向前。

中央援疆新政,是新疆发展史上的一次重要机遇。新一轮援疆的迅速启动,昭示出中央稳疆富民的决心。

崭新的西域画卷正在展开,中华民族血脉相连的颂歌正在唱响!

第三章　固边与安民

"域民不以封疆之界,固国不以山溪之险。"

历史给予佐证,固邦与安民,必须并驾齐驱,并行不悖。

"民生"这个词,最早是出现在《左传》。《左传》中说:"民生在勤,勤则不匮。"《辞海》则对"民生"的解释是"人民的生计"。所谓"民生",就是说和每一百姓日常生活息息相关。

古老而多元的西域,永远变幻莫测!

放荡塞外风,大漠飞石狂。

而古今中外,为官者的成功之道,就是不变的一种情怀:为民!

百姓大于海,民生高于天。

万里迢迢前来援疆者,莫不如是。百姓冷暖心,情系援疆人。奔腾伊犁河,苍茫天山雪,渺茫戈壁石,帕米尔高原云,都悄然地在印证这一切。

● 枝叶总关情

郑板桥说:

> 衙斋卧听萧萧竹,
> 疑是民间疾苦声。
> 些小吾曹州县吏,
> 一枝一叶总关情。

一个古代社会知县所持的情怀,我们共产党执政者岂能不明白?

民生,就是最大的政治。平民百姓开门生活七件事"柴米油盐酱醋茶",缺少哪一项,都无法奏响锅碗瓢盆交响曲。可见,看似芝麻绿豆大,却事关民情冷暖,事关百姓安康。

水乃生命之源,然而在中国的西部,水却显得异常珍贵。

在北疆伊犁的霍城,虽然离秀美的伊犁河不算远,但吃水难却一直让众多老百姓的心头纠结,因为这里不仅离水源地远,而且所供水的水质差。

可以说,如今霍城县城的供水质量已经是算好的了,但即便这样,在笔者下榻的赛里木湖大酒店里,每用电水壶烧两次开水,就得清理一次,因为壶底下已结了层厚厚的水垢。如不清理,再次烧出的水,就会变得浑浊不堪。

那么,在没有实施居民安全饮水工程前,当地老百姓饮用的究竟是什么样的水呢?

霍城的伊车嘎善锡伯族民族乡,位于新疆西北边陲天山支脉喀拉布拉克山南脚下。它是全国第一个民族自治乡,也是新疆唯一的一个锡伯族民族乡,由伊车嘎善、喀拉塔斯、柳树渠、赤哲尕善、加尔苏等五个行政村组成,面积一百二十七平方公里,全乡有二千四百六十八户,一万三千多人,锡伯、汉、维吾尔、哈萨克、回、达斡尔、俄罗斯、蒙古、东乡、裕固、柯尔克孜、壮、满等十三个民族,其中锡伯族有一千六百口人。伊车嘎善乡土地肥沃,气候温和,是一个以农为主、农牧结合的乡。

但长期以来,伊车嘎善乡却是一个缺水的乡。这个缺水主要是缺少饮用水。在这里几乎没有地下水,打多深的井也冒不出水来。

在当地曾流传着"三大怪":"吃水用麻袋,汽车用拖拉机拽,栽树没脑袋。"

多少年来,各族老百姓吃的水,主要依靠水源地的降水和山上的冰雪融水。七十一岁的伊车嘎善村村民杨兆发喜欢摄影,他向我们展示自己用照相机摄下的影集,真实地记录了村民们几十年来吃水的艰难历程。

他说,一到枯水期,各家各户就只好到十多里的河坝去拉水。马车和毛驴拉一桶水往返要几个小时,有时候还用人挑。由于水源地污浊,即使不用拉水的时候,吃的也是混浊不堪的涝坝水。遇到发洪水,拉回来的水,都是黑黑的,今天拉,明天淀,后天才能吃。

在伊车嘎善村,当了近三十年的村党支部书记邓忠满感叹地说:"那些年,村党支部的一大任务,就是想法子给村民们拉水。取水的大河坝大闸处于阴暗处,冬季,大自然的气温是零下二十摄氏度,那里却有零下三十摄氏度。每年冬天,我们每隔两天就要坐车去大河坝打冰,用十字镐砸,才能拉水回来。如果不去,村民们就没水吃。因为取水拉水的事,我们村干部被骂是经常的事。"

为了储水,家家户户在院子里挖了水窖,水窖里舀上的水,沉淀下来就是一层泥沙,还极易受到二次污染。要是遇到逢年过节,家家户户门口全是从河坝拉回来的冰。长期饮用这种未达标的水,村里得肠炎、胆结石、肾结石、肝炎等疾病的人，越来越多。

多年来，能够吃上清洁、方便的饮用水，几乎成了伊车嘎善乡老百姓的一个夙愿和梦想！

2008年4月初的伊犁河谷，还是寒风料峭的日子，但暖风渐起，早春的花儿蓓蕾初展了。想百姓所想，急群众所急。这是援疆领导的职责，也是共产党得民心的根本。得知伊车嘎善乡老百姓吃水如此困难，援疆干部、县委书记张士怀决定迅速驱车调研。在乡政府听取汇报后，张士怀不顾路途远、路况差，提出要亲自到二十多公里外的水源地察看。

一路颠簸，车子开到蓄水池附近再也无法前进了。张士怀下车一看，这里的输水管道都已严重老化，破烂不堪，水中尽是泥沙，蓄水池中更是污染物漂浮，肮脏不堪。

"这样的水，老百姓怎么能吃?！"看到眼前的情景，张士怀顿时眉头紧锁。张士怀不顾劳累，又坚持步行六华里，前往水源地进行实地勘察。看到了水源地，他的心情更加沉重。他当场对陪同调研的人员说："解决伊车饮用水的问题，已经到了刻不容缓的地步，再也不能让群众喝这样的脏水了！"

水利部门迅速拿出了建水厂的方案。张士怀决定，在援疆项目中拿出两百万元，一步到位解决好伊车嘎善乡群众的吃水问题，6月底前完工，尽早让老百姓喝上清洁的水。

听到这个消息，伊车嘎善乡锡伯族村民们欣喜万分。自来水接通的那天，一些村民们高兴得敲锣打鼓，庆祝这个大喜的日子。

杨兆发看着身边的老伴微笑着说："现在好了，自来水接到各家各户的房子里，龙头一拧，哗啦啦地直流，一吨水才一块钱。"

……

北疆老百姓的饮水状况尚且如此，那么严重缺水的南疆又如何？

过去，当内地人来到乌鲁木齐时，每当听人屡屡提起"涝坝水"，内地人常不解其意。

然而，当你走过一趟南疆，那缺水的情形，就会让你一辈子刻骨铭心。

如果你有机会去新疆，在空中往返喀什至北京一线，恐怕你就会感慨万端了。从喀什起飞，经和田、酒泉、包头一线，飞机翼下掠过塔克拉玛干沙漠、库姆塔格沙漠、敦煌戈壁、巴丹吉林沙漠、腾格里沙漠、毛乌素沙漠和黄土高原，一路上，你会看到什么景色呢？

你看到的是毫无生命气息的土黄色，死寂的沙漠、戈壁、旱塬，连一丝绿意也见不到，真令人产生错觉，西北半个中国已经完全沙漠化了？从水资源制约社会经济发展的角度看，新疆最具典型意义。

第三章　固边与安民

新疆农人缺水时,并不和内地农人一样,盼望几阵阴风过后,乌云密合而降下雨水来。他们盼望的是什么呢?与内地正相反:气温升高,阳光强烈。

这岂非火上浇油?不是!

因为只有这样,天山、昆仑山和帕米尔高原上的冰雪才能加速融化,引水渠中才能水流滚滚。

为何?因为在这里指望下雨,简直不可能,吐鲁番地区年降水量只有约十六毫米,而蒸发量却高达三千毫米。老百姓根本用不着备雨衣、雨鞋、雨伞。

而在喀什、和田一带,年降水量不过三十至五十毫米,仅是北京两场雨的量,年蒸发量也高达二千七百至三千一百毫米。

在新疆还有一件稀奇事:

你抬头看见空中雨线如箭,激射而下,可就是不见地面被打湿。人们还是不慌不忙,该干什么还干什么,没有人会忙不迭回家去翻出伞、雨衣来。原来,空中降下的雨滴,还没有落到地面,就被地上蒸腾起来的高温雾化,而重新回到了空中。

在偌大的新疆,有水处,就形成绿洲;没有水,也就没有人烟,没有了一切。

新疆的大多数城市,实际上就是大小不一的绿洲,中间被无垠的沙漠戈壁分隔。

奔走在新疆的大地上,无论是东疆的哈密、鄯善、吐鲁番,还是北疆的石河子、奎屯,或者是南疆的库尔勒、库车、阿克苏、喀什、和田……

它们都是镶嵌在万里瀚海之中的一颗颗绿宝石。

塔里木河流域的下游,在历史上,曾是水肥草美的一片绿洲,由于塔里木河中游的过量截流,到下游水量已无几。古时的巨泽罗布泊,到1972年已断流,并永远消失。

2013年,新疆孔雀河断流,导致二十六万亩国家公益林濒临枯死,沿岸百分之七十草场严重退化,治理与保护已迫在眉睫。

孔雀河、塔里木河这两大水系,是新疆巴音郭楞蒙古自治州(简称巴州)重要的两大生态水系。在当地各族群众的生产、生活中,起着至关重要的作用。但随着近些年孔雀河的断流,沿岸分布的近二百一十九万亩国家和二百三十万亩地方的公益林,正面临着枯死的威胁;沿岸百分之七十的草场严重退化,已经无法放牧,且衰败的面积仍在持续扩大。

当地林业局局长李新艳痛心地说:近十年以来,孔雀河的断流使地下水位不断下降,同时地下水变成苦碱水,对下游的生态造成很大的威胁。如果没有这些天然公益林的存在,很多的土地即将面临沙化的威胁。李新艳担心,土地沙化之后,将严重威胁各族群众生活的县城和村镇,也许会出现第二个楼兰古城。

而尉犁到若羌的绿色走廊,也有中断的危险,因为靠渗漏的地下水维持生命的乔木和灌木,也因失水而在干枯、死去。

库尔勒的博斯腾湖,水位线持续下降,蓄水量则大为减少。在青海湖边,看到一圈圈的水位线,就像地图上的等高线一般,环绕着湖岸的沙滩……

沙漠化,是吞噬中国土地的最大祸害。据参考消息网 2013 年 8 月 8 日报道数据,沙漠化推进速度已达每年一千七百平方公里。虽然这只是上世纪九十年代初推进速度的一半,但沙漠化的态势依然严峻,警报仍未解除。

风推沙进是沙漠化的主因,植被破坏则是给沙漠化扫除障碍。戈壁沙漠上的风暴之暴烈,一般人难以想象。

有一次,在哈密至吐鲁番的铁路线上,一列行进中的火车,有二十二节车厢被风吹倒于路基上。另有一列旅客列车在哈密附近遇上沙暴,迎风一侧玻璃全部被击碎。人们拿出棉被、毛毯,来挡住窗口袭入的飞沙走石。几天沙暴过后,人们下车发现,迎风一侧的车厢外壳,油漆已全部磨光,露出亮闪闪的金属体,就好像被砂轮抛过光一样。

2015 年 3 月下旬,笔者到南疆时,正遇到黄沙弥漫的沙尘天气,铺天盖地,整个南疆的天空浑浊一片。从南疆的喀什城前往莎车,经过疏勒县城,向东拐上砂石的"搓板"路,万丈黄尘顿时紧布在车尾,挡住了后窗的视野。当地人告诉笔者,在缺水的南疆大地上,遇到漫天的浮尘是不足为怪的。在长路漫漫的途中,你会常常见到这样的情形:一些维吾尔族老人,会蹲在路边水渠旁,掬起一捧水给他身边的小"巴郎"(维语:小男孩)喝。看到那流动着的浑水,你一定会皱起眉头:多不讲卫生!

至于在一些偏僻的乡村,你看到的只是一个个污水池。水面上浮着败叶残枝和烂菜帮子,还有各种各样说不出名的污物也在水池水面上时浮时沉的,水已呈深绿色。这样一潭死臭水,放在江南甚至华北,农民绝不会用来浇地。

可在这里,却曾是一个家庭乃至整个村庄人们活命的保证。

什么是"涝坝水"?这就是!这水,就是靠上游放水而蓄起来的一池死水。它流过的渠道中,不知有多少牲畜的粪便、人粪便,及其他种种污物……

第三章 固边与安民 61

行走在3月和4月上旬的新疆，仍不失苍凉：灰白的山，干涸的河，枯败的树……但当你读懂了新疆，你就会深切地体会到：新疆并不缺乏美，缺的是让美更好生长的环境——水！

新疆地处西北内陆，温带大陆性气候明显，年均降水量仅有一百五十毫米左右，尤其在南疆的塔里木盆地，年降水量不足一百毫米，极为干旱。盆地中心的塔克拉玛干沙漠，面积有三十三万平方公里，这里有世界上最细最小的沙子。一点点风，就可以让它们翩翩起舞。3月，太阳一出来，温暖的东北风就刮起来，沙子们开始了新的旅程。生活在这沙漠边缘的居民，常年过着严重缺水的日子。

有一个数据，在2010年，浙江省年降水量为二千零一十八点四毫米，是塔里木盆地的二十倍还要多。

新疆，有大小河流五百七十条，地表水径流量达八百八十四亿立方米。新疆的土地面积占全国的六分之一，但水资源总量却只占到全国的百分之二点九，单位面积产水量在我国为倒数第三位。

有人说，新疆的地下水资源十分丰富，开采不尽。其实，这种认识是错误的！

新疆降水量稀少，几乎百分之八十的地下水都来自地表水的转化和补给，地表水开发得多，渗漏得少了，地下水自然就会在无形中减少。新疆许多地区地下水位近年下降迅速，不仅因为开采量大，而且也因为地表水补量减少。

贫水，是新疆的最大病症。以2000年为例，新疆引水已达四百六十亿立方米左右，但仍然无法满足农业、工业和城市用水的需要。北疆、东疆的昌吉、哈密、吐鲁番地表水紧缺，地下水超采现象严重，天山北坡中段的奎屯、独山子、乌苏一带缺水更突出，出现的恶性循环局面是：地下水井越打越深，水泵越换越大，水越抽越少。

近几年来，一个不容忽视的事实是，作为乌鲁木齐河源头的天山一号冰川，每年都以四到八米的速度退缩，地下水水位逐年下降。这座离海洋最远的城市，正面临着缺水的严峻考验。

像乌鲁木齐、克拉玛依等重要工业、人口集中的城市，日缺水量已达十五万至二十万吨……

南疆则出现了塔里木河下游三百公里的断流，以及每年一度的春旱。目前，南疆农业每个春季缺水约十五至二十亿立方米。当然，缺水问题的背后，是南疆地区沉重的人口负担。在全国人口自然增长率已降至千分之五的情况下，南疆地区的数字一直保持在百分之一以上的高位。

在传统思维的影响下,人地矛盾使缺水问题更加突出。然而,抱怨与遗憾无济于事,唯有面对现实……

潮起天山听大吕,举国齐奏兴边曲。安民之道,在于察其疾苦。

2011年7月25日天刚亮,吐逊古丽·坎吉就再也睡不着了。

吐逊古丽,是阿图什市格达良乡库都克村的一位普通农民。这天,对她来说是一个特别的日子。因为,江苏昆山市援建的"农村饮水管道入户工程",就要通到她家了。

上午,施工人员完成最后一道工序,将饮水管线接到她家的厨房,装上了小鸭造型的水龙头。吐逊古丽用手轻轻一拧,清凉的泉水潺潺流出,她接了满满一碗,双手捧起,一口气喝光了。五十多年来,她还是第一次喝上这么甜的泉水。

当得知眼前的人,就是让乡亲们喝上清泉水的江苏援疆干部时,她激动地拉着昆山市援疆干部、阿图什市水利局副局长朱文祥的手说:"谢谢你们,感谢江苏援疆干部!"

托合提·买合苏提,是阿图什市农村供水总站主任。他检查完水井,从外面回来,喝了一口甘甜的水,深有感触地说:"我出生在格达良乡,从记事起,就跟着父亲赶着毛驴车,去十五公里外的河里拉水,河水泥沙多,拉回来要沉淀后才能喝。1997年国家改水工程全面实施,乡亲们吃水难有了一定改善。那些年政府加强民生建设,从山里引来清泉水,将自来水管线铺到村口,可一些农民没能力将饮水管道安装入户,吃水难问题没有得到彻底解决。"

现在,情况发生了改变。库都克村家家户户门前都有一口新水井。一位老乡端了一碗水来到人群中,村民们按照传统习惯,你尝一口我呷一口,兴奋得像是过节一样地喝"酒"。

朱文祥说,昆山市对口支援克州阿图什市后,在第一年就确定了两亿三千万元项目资金,而让农牧民喝上干净的自来水,仅是昆山援疆的第一个重点民心工程。

"甜!真甜!"2012年11月26日,干完农活回家的乌斯曼·热合曼,拧开家中的自来水龙头,就"咕咕"地喝起水来,然后竖起大拇指夸个不停。他家的自来水,是前不久刚刚装上的。每天干活累了,他就跑回家,对着水龙头灌上一肚子水。"以前我们生活用水需要自己打水井,水的味道很不好。"乌斯曼·热合曼说,现在终于喝上放心安全的自来水了。

乌斯曼·热合曼,二十三岁,小伙子是温宿县青年农场六队农民,他一家五口人。在他家院子里有几个土坑,以前家里没有通上自来水时,他几乎每年要打一口手压井取水,深度大约十五米。由于农作物灌溉用水量较大,每一口手压井用上一年左右就不出水了,然后必须换地方再打一口井。关键是,手压井取出的水,没有经过任何处理,水中的氟含量严重超标,喝了容易引发骨质疏松等健康问题。

这个县的依希来木其乡,距离青年农场三十多公里,村民图尔迪·图尕尔,也遭遇同样的情况。

图尔迪·图尕尔说,2006年,乡政府出钱,曾给他们埋设自来水管道,但一个冬天过去,管道被冻坏了。之后,他们只能继续喝自家的手压井水,有时井里没水,他们只能到河坝上挑水用,既不方便,也不卫生。

黄沙漫漫月如钩,清水何时润心头?浙江金华市援疆指挥部了解情况后,于2012年7月投入二百二十五万元,加上温宿县配套资金一百五十二万元,正式启动了"温宿县2012年农村饮水安全工程"。经过四个多月的奋战,这一工程全部完工。工程共铺设地下自来水管道九十多公里,并增加了上游水厂的产能。现在,农牧民家的水全部来自水厂,完全可以放心饮用。这样,温宿县的两千户农牧民都喝上了放心水。

布再乃普·胡东白地,是皮山县杜瓦镇亚克乐村的村民。2013年6月16日上午,他在庭院内用清澈的自来水洗菜,很开心:"过去要到两公里外的山涧去挑水,还是含有大量泥沙的浑水;冬天结冰,取水更加困难。现在不用出门就喝上了干净的甜水,谢谢安徽的援建。"

皮山县的杜瓦镇、皮亚勒玛乡和皮亚勒玛农业开发区,群众饮水一直困难。安徽援建皮山后,作为改善民生工程之一,投资一千零七十万元,兴建了杜瓦河流域联合水厂,不仅建有取水集水池、蓄水池,而且还新建防洪堤三百多米,解决了一万一千多人的饮水困难。

……

在新一轮十九个省市援疆过程中,像这样让农牧民喝上放心水的事,可谓数不胜数。

如果说新疆百姓的饮水条件改善了,那仅仅是改善民生的点滴小事之一。

从2011年起,新疆加快南疆塔里木盆地天然气利民工程建设,建设年输气规模二十三亿五千万方的输气管线。三年之后,盆地周缘的六百万居民用上了清洁能源。

如今,和田在"气化南疆"的推动下,天然气入户数已达四万户。和田地区经贸委副主任李红梅说:"目前,城区范围内锅炉都用上了天然气。以前,和田全年仅有二十多天三类天气,现在已达到一百二十九天。"

克州乌恰县乌鲁克恰提乡，位于天山和昆仑山交汇处，是一个贫困的边境乡。2011年12月，随着援疆输变电工程的正式投运，全乡九百六十三户、四千多农牧民的用电问题，迎刃而解，结束了他们靠油灯、蜡烛照明的生活。

至此，新疆四百二十二项电力民生工程全部完工，整个工程比预定时间提前了一个月，全疆先后有九万农牧民告别了无电历史。

乌鲁克恰提乡牧民热斯巴依兴奋地说："以前我们这没有电，谁家结婚的时候，还要到处找发电机。现在来电了，我们大家真的太高兴了。"

……

水甜气暖电灯亮，点点滴滴总关情。

水电气虽小事，却折射出了援疆干部的为民情怀、为政之道。

故事之一：水利投入，干渴得像"热瓦克"

历史上的南疆生态条件为什么如此恶劣？难道只是一直困扰于严重的沙漠化？难道只是因为高山阻挡、印度洋的暖流吹不进塔里木盆地所致？

如果是，世界上那么多内陆盆地也是海洋暖流吹不进，为何没有被沙漠化？像四川就是如此。

考古学家们发现，在南疆尼雅精绝古国，这个被沙漠埋葬了一千六百年的废墟上，内部各种遗物散落，房门敞开或半闭，用来存放佉卢文文书的陶瓮密封完好，没有拆阅，储藏室仍有大量的食物……

东汉内乱，国力日竭，屯垦官兵被迫撤离西域。此后，西域出现了政治真空，陷入了弱肉强食的杀伐征战中，弱小而富裕的尼雅，最终被淹没在血腥的厮杀中。

尼雅遗址出土的"五星出东方利中国"、"王侯合昏千秋万岁宜子孙"的织锦，透露出尼雅人祈盼和平的愿望。

今天，我们面对这千年织锦，只能为尼雅人的命运而扼腕叹息，更为尼雅绿洲的消失而剜心疼痛。

在世界文明史上，非生态型垦殖和放牧、民族分裂、宗教战争和种族杀戮，造成田园废弃，绿洲减少，自我调节的小气候一再恶化，是导致沙化和沙漠扩大的人为因素。世界文明摇篮的美索不达米亚平原，不是盆地，但它现在却是大面积的沙漠，这就是典型例证。

自宋初和田发生宗教战争以来的一千多年中，整个塔克拉玛干沙漠南向至少延伸了一百五十多公里，加上十多条古河道两边大批绿洲城池、村落的废弃，田园树木的消失，整个沙漠扩大了近一倍，涌到了离今日和田市仅几公里的地方。

第三章　固边与安民　　65

事实上，在汉唐时期的一千多年里，西域当时的生态条件比现在好得多，塔克拉玛干沙漠面积远没有今天这么大，和田境内的尼雅河汇入克里雅河，与和田河都可直通塔里木河，形成两大绿洲通道，而位于丝路南道东部起点的罗布泊，是中国境内面积最大的湖泊之一。昆仑山中段北麓，从喀什到和田再到罗布泊，组成了环状连片的绿洲带，很多地方称得上是"鱼米之乡"和一派田园风光。

当年，唐玄奘西天取经，进入西域和返回经过和田，历史记载都是骑马而非骑骆驼。在丝路通达的条件下，西域之富庶，从西域有关邦国欢迎玄奘和赞助玄奘费用数以万金这一事实，就可以知道了。

元代政府在和田设置直隶于中央的行政机构，丝路仍然畅通。元政府派兵到和田、且末等地屯田，还设立了于阗织造局，这时于阗已经被称为"和阗"。

1274年，马可·波罗到达和田。在《马可·波罗游记》中，他曾这样描述富庶的和阗省：向东北和东方之间的方向前进，就到达和阗，全省的距离为八日的路程。此省是在大汗的版图之内，人民是回教徒。省内有许多城市和要塞，但主要的城市是和阗，省的名称也与城名相同叫和阗。一切人民生活所必需的东西，这里都极为丰富。同时此处还盛产棉花、亚麻、大麻、谷类、酒和其他物品。居民经营农场、葡萄园，并有无数花园，他们以商业和制造业维系生活，但并不是勇敢的战士。

不过，这已经是古代和田最后的辉煌记载，待到元朝灭亡，明政府无暇西顾，只是在哈密略有作为。十四世纪，伊斯兰教一路武力东传，新疆的库车、吐鲁番、哈密等曾经的佛教重镇，相继改信伊斯兰教。宗教战争和动乱使通向中亚的绿洲丝路中断，更多的城镇、村庄被废弃，农田盐碱化或彻底沙化，绿洲迅速减少，和田彻底衰落了。

现实中的和田地区策勒县，就是一个因沙闻名的地方。流传广泛的说法是，县城在历史上曾因风沙三次搬迁。虽然还没有文字证实这一说法，但大多数人相信，热瓦克的沙子下面，就是上一次废弃的县城。

作为一项创举，自二十世纪八十年代以来，策勒人用了不到二十年时间，实现了"人进沙退"。

在塔克拉玛干周围，由于天山、昆仑山的山前降雨和雪山融水，洪水携带风化物在山前不断堆积形成三角洲。

这样，从沙漠西北面的阿克苏，到西面的喀什、南边的和田，一直到东北面的巴音郭楞蒙古族自治州，形成了数十个大小不等的绿洲。策勒，仅是大沙漠边缘绿洲中的一个。

最大的绿洲上坐落着喀什、和田这样的城市,略大一点的是县城,小一些的则是乡镇。

大大小小的绿洲,如同一串项链被315国道串起,策勒就在最中间。从哈密、吐鲁番盆地吹来的东北风,还有从阿克苏吹来的西北风,堂而皇之地把沙子搬运到策勒,使它每年至少有三分之一的时间,被浮尘和沙尘暴所笼罩。

几千年来,沙丘不断南压,使绿洲一个个消失。如今,仅剩下昆仑山前的狭长地带。二十世纪八十年代中期,流沙推进到距离策勒县城不到两公里的地方。

最后,还是来自昆仑山的水挽救了黄沙迫近的县城:人们先将洪水引到绿洲边缘,挡住沙包,然后利用这个喘息之机,种植林木。

在拉锯战般的治沙之后,沙尘明显减少,当地人还骄傲地宣称能从"沙中拿地"。

不过,很多策勒的干部认为,他们远没有战胜自然,"你只要看看策勒人的贫穷就知道"。

要知道,在水利欠账逾百亿人民币的情况下,阻止沙丘的侵袭已使策勒筋疲力尽。

热瓦克,在维语中是宫殿的意思,可现在却不是。

策勒县策勒镇的农民托克提·日加夫一家,现在居住的地方,就是被称为热瓦克的一片沙丘。从日加夫家出来,左转走上四五百米就到了。援疆前几年,县旅游局在这里立了一块无字石碑,使小城策勒的苍凉历史更加具体化。

日加夫说,当他还是个孩子的时候,父母就告诉他:这里有一座地下城市。

1967年,日加夫参加了政府在热瓦克附近的开荒。由于沙丘的侵入,原住户陆续搬走。"我们从策勒河运水过来,第一年开的地,第二年又被沙子盖上了。"

那时,日加夫还住在几公里外的策勒河边,热瓦克的沙包也比现在高。他偶尔会来这里捡一些瓦片和古代钱币回去玩耍。一路走过来,他可以感到风沙从一望无垠的塔克拉玛干沙漠迎面吹来,直扑自己的家乡。

二十世纪八十年代末,在黄沙退出后的土地上,日加夫终于盖起了房子。很多年里,他和其他农民一样,在自家院旁挖个大坑,春天洪水下来时,把大坑灌满,用于未来几个月的饮水和浇地。然而,大坑水干之日,就是断水之时。

日加夫家的通讯地址,就是策勒县策勒镇治沙站。因为,这块土地是从沙里来的,还不属于任何村落。

日加夫一家是十分贫困的。他家最值钱的财产,是2003年政府发的一台十七时长虹牌电视机。但他家的电视,只有一个维语频道,一个汉语频道。

日加夫家值钱的第二件东西,是二手洗衣机。这是在老伴如孜尼亚孜的强烈要求下,在几个儿媳的怂恿下,日加夫花二百三十元买的。有了它,一家人洗衣服的问题就解决了。不过,日加夫很快就发现,每个月要增加好几元钱电费。于是,洗衣机的使用频率被严格控制。日加夫家对现代生活的第二次尝试遇到了挫折。

第三件值钱的,是日加夫2009年花二百一十元在县上买的皮帽子。他已经有两年没去过一百多公里外的和田了。

皮帽子,是维吾尔族男人的脸面,特别是对于像他这样上了年纪的农村老人来讲,意义则更不一样。虽然这种帽子以羊毛皮为里、黑色羔皮做面,但日加夫在夏天仍会戴上它。"这样头发都是湿的,太阳也照不到。"他自豪地解释说。

日加夫的房后有五亩地,都是开荒所得,杂乱地种了核桃、石榴和麦子。他用柳枝把房子和五亩地都圈了起来。他家门前是土铺的乡村道路,路边有红柳和胡杨。这样几亩地、几亩地的院子连在一起,一片郁郁葱葱。不过站在土路上,还是会看见远处的沙丘。

一条从南边来的一米多宽的水渠经过院子,分出一个水道进入他家。自从前几年不需要缴纳用水费后,他们家到年底会有一千元结余,所以2009年他不顾老伴反对,买下了一生中最贵的一顶皮帽子。

"生活越来越好了,东西也贵了。"如孜尼亚孜说,他们和大多数农民一样,每天只吃苞谷馕,也许一个月里会吃几次肉。

日加夫说,如果都改种果树,年收入可能会增加两三千元。"但是老了没精神了,而且哪来那么多水。"

以前,在热瓦克挖二十多米就能见水,不过打一口井往往需要几万元,维吾尔族农民无力负担。而现在要见水,据说还要再深挖十米。

日加夫说,自从在热瓦克附近定居后,最大的事情是2003年政府给他们盖了抗震房。当时,政府给了三千六百元建材,他几乎把两千多元积蓄都投入了进去。

三十多年来,他从土地上获得的微薄收入,差不多都用来抚养几个孩子。一直到拿出聘礼,给所有儿子都娶妻成家,他自己才开始有真正的积蓄。

五六十平方米新房，和同样面积的老房子接在一起。过去，日加夫的感觉只是：新房的铝合金窗框更好看。那年，南疆遇到了几十年未见的降雨，日加夫这才认识到，还是新房子好，因为老房漏水。

日加夫的院子旁边，就是几个儿女的家，最远的一处工地堆满材料，那是女儿家要盖抗震房。

日加夫有三儿一女，而他自己有兄弟姐妹六人。说到这里，老夫妇有些黯然：如孜尼亚孜年轻时，几次怀孕都流产了。按照传统，孩子是真主赐予的礼物。年轻时的日加夫一直苦恼：是不是自己做了什么错事？

直到三十七岁，日加夫终于有了第一个儿子。这时，他的很多亲戚朋友已有了第六个或第七个孩子。现在，日加夫有九个孙子、孙女，他还想要更多的孙辈。但，自从儿子们分家后，他们已很难服从父亲的意志了。

儿子们有自己的理由。其中，有一个去过乌鲁木齐，见过世面。他对日加夫说，汉族人家里只有一个孩子都找不到工作，他们要是生再多的孩子，只有继续留在这里开荒、种地。

日加夫不再说话，他知道开荒的艰辛，记忆就写在他满是皱纹的脸上。

现实让日加夫疑惑。宗教经典上说，只要生下孩子，真主自会安排给父母抚养费用：让他收获更多粮食，或者通过其他途径而富裕。

年轻时，他曾把生活贫困归结为子女的缺乏。他想，如果有了多个孩子，政府给他的钱不是也越来越多了吗？

不过，现在情况却和"经文"上不一样：少生孩子的人获得了实惠。根据政策，领取《计划生育独生子女光荣证》和《计划生育父母光荣证》的家庭，不仅领证当年可以获得三千元奖励，以后每年父母都会得到六百元补助，直至终身。

即使日加夫没有如愿得到那么多孙辈，但策勒的干部们还是感觉到了人口增长带来的压力。

在日加夫的几个子女里，土地最多的一家有十二亩，如果等他的孙子、孙女们都独立生活时，整个家族恐怕就需要一百亩土地。想起当初，来热瓦克开荒时，一家只需要五亩土地，他就免不了担忧：如果再去沙漠里开荒，还需要更多的水……

一想起这些，日加夫就会走到院子里，看看南边的大山：策勒的水，都来自山上融化的冰雪。

日加夫的境况，仅是南疆农村许多农民窘境的一个缩影而已。

……

以和田地区的策勒县为例，并非绝对缺水。策勒来自昆仑山的几条河流,每年径流量是实际需水量的两倍以上,但降水集中在春天。洪水从山上下来,一路冲进沙漠里留不住。其他季节就缺水了。

缺乏控制性水利工程把水留住,是策勒乃至整个和田地区缺水的主因。对于年财政收入仅两千多万元的策勒来说,任何大型投资都力不能及。而在快速增长的人口面前,本来就窘迫的水利投入,变得更加微不足道。

1996年,马军从学校毕业后,被分配到了策勒县水利局。当时,策勒非常想做的一件事,就是投入一千八百万元,在波斯坦乡建设一个蓄水、供水设施,解决全乡五六千人的饮水问题。

十五年过去了,马军从普通科员升到水利局长,这个工程造价上升到四千多万元,但依然没有实现的可能。

"完成这么多年来我们制定的规划,需要投入一百一十亿元。"马军说。据地区水利部门测算,和田水利历史欠账超过七百亿元。加上面积更大的喀什以及人口相对较少的克州,这个数字也许要超过一千五百亿元。

投资最大的是水库等控制性工程,其次是节水设施。他说:"谈不上高级节水设施,全县三千八百公里水渠中的两千公里都还没有任何防渗措施。"

2009年,策勒总人口超过十四万七千人,虽然人口自然增长率几年来已从超过百分之一点八降到百分之一点四,每年仍净增两千多人,用水增加近三百万立方米。

"我们的节水空间有三千多万立方米,就不要干别的了,只能留起来应对人口增加带来的消耗。"马军说,"在策勒每增加一口人,每年至少需要增加一千四百立方米生产生活用水。"

根据2008年南疆三地州人口和计划生育工作座谈会的数据,和田地区1990年人口为一百四十万,2004年接近一百八十万;喀什地区1990年人口近二百六十八万,2004年已达到三百六十多万。

根据《新中国成立六十年建设新疆经验研究丛书》,从1980年到2004年,南疆克州、喀什、和田三地州人均耕地面积从两亩四分七、两亩九分七、两亩四分九,分别下降到九分三、一亩六分七、一亩四分五。

解决策勒缺水问题只有两条出路:要么迅速使人口增长变成负数,减少水的使用量;要么投入巨额资金弥补水利欠账。而这些计划中的水利设施,正是为了满足过去数年来增加的人口,并使他们找到富裕之路。

对于如何获得这笔"天文数字"的建设资金,马军心里完全没底。他认为,也许有七十亿就可以先实现一个"质变"。2010年,策勒每年可以获得一亿元水利资金。而在六年前,这个数字是两千万元。他说,最近几年上级也在加大水利方面的投入,争取在今后年达到两亿元。"如果十年内能补足七十亿,策勒就会变个样子。"

和田地区发改委副主任杨建超说:"没有水我们什么也干不成。"

他说,和田一直拒绝高耗水企业的进入。即使如此,那些符合他们想法的农林加工企业,也经常因为缺水而不愿投资,"做生意都讲风险,和田的水就是最大的风险"。至于他们一直希望得到发展的矿业,看起来与缺水存在着无法调和的矛盾。

马军说,策勒县目前称得上工业的只有两个企业:自来水公司和供电局。他承认,地下水水位有所下降。为了发展农业不得不开采地下水。如果不这样做,不但无法吸引外来的农业投资者,寄予厚望的林果业发展也无从谈起。

"我们计划建七座大型水库。"对于水利投资,杨建超也觉得很痛苦。当时,除了一座由企业投资已经建成,其他六座的资金还都没有着落。

"水利设施是公益项目,企业很难有兴趣。"他说,唯一获得社会资本的那座水库虽然兼具蓄水、发电等多重功能,但是由于地区特点,它大多数时间需要蓄水,影响了发电效率。

另外,六座水库计划投资超过七十五亿元,其中一座的场地已清理完毕,但是一直在等钱。

2009年,和田地区财政收入创历史新高:六亿元。但是,这只占全部开支的百分之五,其他都由上级拨款。2010年前的几年,政府着力解决民生问题,低保范围扩大,水平提高,投资需要也很大。

不过,一些当地干部认为,这种投入只能让农民维持温饱,不如集中有限力量投入水利建设,"只要致富了,温饱自然可以解决"。

"几亿元拿到和田,就像一杯水倒进沙漠里,立刻无影无踪。"杨建超说。钱虽然不能解决南疆的所有问题,但没有钱却是这里的最大问题。

……

新疆最耗水的还是农业,远远超过了发展规模相对较小的工业和城市用水。

在新疆这么一个荒漠绿洲的"灌溉农业区",水是命脉。新疆的产水系数仅为全国平均值的百分之十六,单位面积占有水量仅是全国平均值的百分之二十一,但奇怪的是,用水却十分"大方"。在新疆,人均耗水水平、GDP、粮食产出的单位用水量,均高于全国平均用水量,水资源浪费严重。

据不完全统计,新疆有不少地区的每亩耕地灌溉,定额一般在六七立方米至一千五百立方米之间。

伊犁州的水利专家朱赐干说：按科学试验，农作物生长，每亩实际耗水量为三百五十立方米，而伊犁州现在亩均灌溉定额在六百五十立方米（因为降水量较大，所以比南疆低），这多出的三百立方米的水是无效消耗。

他认为，在伊犁，采用科学灌溉方法和灌溉技术，每亩节约两百立方米的水，是完全可能的。而灌溉定额更高的其他地方呢，则可以节约出更多的水。

然而，长期以来，新疆的水利投入严重不足。

新一轮援疆开始后，国家水利部则有了更大动作，拟定在新疆建立四大水利保障和支撑体系。其中，在民生水利保障体系建设中，水利部计划：2012年，全部完成小型病险水库除险加固任务；2013年，全面解决农村饮水安全问题；2020年，主要河流重点防洪段堤防基本达到五十至一百年一遇的防洪标准，乌鲁木齐市达到两百年一遇的防洪标准，其他城市达到国家规定的防洪标准，全面提高整体防洪减灾能力……

故事之二：甘泉，带来了绿色希望

塔克拉玛干沙漠的风季要一直持续五个月。

新疆，是世界上离海洋最远的地方，在高山和沙漠、戈壁的缝隙中，森林只覆盖了这片土地的百分之二点一。

大西洋的暖湿气流，越过几千公里的陆地，来到了阿尔泰山，带来每年六百毫米的降水，养育了中国最大的西伯利亚泰加林。白桦树也在山谷中找到了自己的家。

天山西部的迎风坡，是新疆降水最丰富的地区，最多的年份可以达到一千毫米，天山云杉聚集在这里，形成新疆面积最大的森林。

但所有的湿润空气都无法越过天山。

阿克苏地区的柯坪县，地处天山南麓，是一个戈壁县域，年均降雨量只有七十多毫米。由于严重缺水，大片土地寸草不生，因而成了戈壁滩。长期以来，水资源紧缺、水质差、饮水困难，一直是摆在柯坪县所有人面前的难题。

在新一轮援疆建设启动后，柯坪县由浙江湖州对口支援。援疆干部们感受到，这里水龙头出的水总是咸咸的。为什么呢？

因为，这种咸咸的水，是这个地区特有的盐碱水。然而，它不仅是柯坪人的生活用水，还是他们的饮用水。

在与当地乡镇干部的交谈中，湖州援疆干部们了解到，由于水质不好，当地每年接受治疗的各种结石病人，占就诊病人总数的百分之二十二，而正常地区就诊率只有百分之七左右。这一切的罪魁祸首,就是水中含有超标的盐碱。

援疆指挥部了解这一情况后,决定将解决当地缺水问题作为第一要务,在实施节水工程的同时,还想方设法为当地寻找水源。他们与当地政府联合出资,实施了饮用水改建工程。如今,每天有二百多立方米处理好的直饮水,通过总长近五百公里的管道,送往各乡镇农牧民家中,无声地浸润着这座戈壁小城。

柯坪县农村供水管理总站站长胡西塔尔·达力说:"已经处理好的水,与原来的水不一样,脱盐碱率达到了百分之九十九点七,这个水可以直接饮用了,以前的很咸的。"

清清的洁净饮水,犹如甘甜的清泉一般,流进了维吾尔族百姓的心田里。

年近七十岁的维吾尔族老人阿吾提,世代生活在柯坪县盖孜力乡哈拉玛村,走近老人的家里,人们发现,小小的厨房里,竟然安装了两个独立的水龙头。老人很是热情,他指着两个水龙头说:"这一个是生活用水,另一个是接上的直饮水。"

阿吾提还说,原来接入的自来水,有股浓重的盐碱味,即使烧开以后也无法去除。为能既确保群众饮水安全,又尽可能不给群众增加用水开支,如今自来水厂的水被一分为二:一部分是仅仅进行简单处理的水。它经原有的供水管网,供给人们生活用水;另一部分,则是脱盐碱后的直饮水。

春色盎然的5月,走进柯坪县玉尔其乡托木力村的农田里,看到的是一片郁郁葱葱的景象。这边的棉花地里,枝叶繁茂,一个个棉桃大而饱满;而那边的枣林里,满枝的大青枣,压弯了枝条。

就在这些棉花地和枣林里,人们会发现,每一个垄上,都有两根黑色的管子。它所用的水,来自湖州援建的高效节水灌溉四干管工程。

这样的管道,在土地下有二十公里长,使两万一千七百亩的农田受益。

清洁甘甜的水,给柯坪百姓带来了福音,更带来了绿洲农业的希望。

高效节水灌溉四干管工程,采用的是自压滴灌技术。它把当地二十公里外沉沙池中的水,输送到了柯坪县的广大农田,使得灌溉效率大大提高,同时节水效果也非常明显。

柯坪县玉尔其乡托木力村村民阿不都维力·卡德尔说:"以前,这个地都是平灌的,平灌水浪费比较多。现在滴灌确实好,不仅基本满足了红枣对水的要求,还节约水和劳动力;以后把这个继续利用好,多种植红枣。"

柯坪县林业局党组书记夏木西丁·库尔班说:"全县现在滴灌大面积扩

大以后,全县的节水,可扩大两万亩的种植面积。要知道,两万多亩就相当于柯坪两个乡的面积。"

在柯坪戈壁滩上,湖州的援建,让节水、引水、蓄水做出了新文章,无疑是抓住了重点,找准了要害。

水,给柯坪带来的,不仅是绿色的繁茂,更是丰收的希望。

● 安居幸福家

安居,才能乐业。而住房,则是安居的首要基础和条件。

新疆,是我国地震活动频繁的区域之一。过去,这里大多数百姓住的是"干打垒"、土坯房,充满裂缝。一些人家虽建起三十平方米的抗震安居房,但依然面积小、条件差、功能不完善。

牧民定居与安居富民工程,是民生援疆的重要内容之一。

2010年5月4日,自治区主要领导到乌鲁木齐棚户区实地调研,随后又前往喀什调研。在一片破旧的土坯房中,竟发现有户人家一天只能吃一顿饭,冬天连烧壶开水的煤都无力购买。

从南疆最为贫困的克州调研回来,在一次会议中,谈及南疆现状时,自治区领导心情沉重地说:还有三分之一的农民住的是红柳笆子墙围成的房子,有些甚至没有顶棚,这就是他们的家。

北疆民生亦不乐观。牧民的游牧生活是艰苦的,他们总是"逐水草而居"。盛夏,牧民是在夏季牧场里;到八九月份天冷下雪之时,就搬到春秋牧场;再过几个月就搬到冬牧场;雪化了以后就再到春秋牧场,就是这样不停循环。

一年四季,人跟牲畜走,就是哪有水草,牲畜就在哪,牧民也就在哪生活。一个典型的牧民家庭是这样的:全家大概有五口人左右,有四五峰骆驼,几头牛,再有一百只左右的羊,这主要是用来赚钱的,此外还有几匹马。牧民们饲养这么多牲畜,就是要不停地搬家,到哪儿都要盖一个毡房。

每逢冬季大雪,牲畜冻饿倒毙,政府年年都得救灾。没定居的牧民,有的一年要搬八十多次家,走上千公里路。在高山牧区,有的牧民一年最多要搬一百多次家,他们叫做转场,就是从这个场到那个场。而牧民妇女就更苦了,刚生完孩子,第二天就得下地,化雪水干活做饭,很多人因此患上了关节炎,手指都伸不直。

新一轮全面援疆之前,北疆三分之二的哈萨克牧民,依然过着逐水草而居的游牧生活。

3月刚过,笔者在前往阿勒泰途中,就遇到一批又一批哈萨克牧民在转场。萧瑟的寒风中,雪花纷飞,牧民们带着孩子,驮着老人,装着铺盖,一路踽踽前行,艰辛不言而喻。

……

牧民们的收入来源也非常单一,生活没有保障。

同时,新疆的草原过度超载,草原生态环境严重恶化,已成为新疆三大主要生态环境问题之一。

……

实行定居之后,电也有,电话也有,公路也通了,自来水也通了。

从"逐水草而居"到"安居乐业",农牧民生活大变样。

过去,牧民一年收入才一万块钱。现在定居下来,一年的收入是三万块钱。过去三年的钱,现在一年就赚了。

牧民定居,是援疆春天的诗章。

春天里,在北疆的阿勒泰地区,人们看到:现在一栋栋崭新的小楼错落有致,房屋周围的树木已经吐出嫩芽。

对于哈萨克族牧民达列力汗·赛尔江来说,2010年是个有着特殊意义的年份。这一年,他们一家六口人告别了世代的游牧生活,搬进了山下的抗震安居房。

五十四岁的达列力汗·赛尔江,是阿勒泰地区青河县八家户农场牧业四队的牧民。

湖北省对口援建青河县后,实施了牧民定居建设项目,他与其他四十九户牧民均受到帮助,每户获得七万元资助,在山下空旷的平原上,建起了崭新的抗震安居房。

如今,在达列力汗·赛尔江八十平方米的新居里,水、电、暖设备齐备。

指着装饰一新的气派客厅,达列力汗·赛尔江自豪地说:"房子一交工,我就请了城里的装修队装修,现在和城里人的家比,没啥区别。"

在达列力汗·赛尔江新居的后面,是一座二百平方米的过冬暖圈。

对于每一位来访者,达列力汗·赛尔江总是兴奋地说:"去年,我的四匹马、四十四头牛、三百只羊在暖圈里安全度过了寒冬,二百五十只羊羔子没有一只死亡。"

与过去风餐露宿的艰难游牧生活相比,达列力汗·赛尔江对现在的生活十分惬意:"我们的牲畜都在山上呢,现在是雇人放牧。平时我们骑上摩托车到山上看看就行了。""我家还有二百六十亩盐碱地都已经承包出去了,等合同到期以后,我准备把这些地都种上饲草料,再扩大养殖规模。"

第三章　固边与安民　　75

对未来的美好生活,达列力汗·赛尔江信心满满:"现在,我们二十户牧民投资三十万元成立了养殖合作社,注册商标已经批下来了。合作社准备购买些羊羔子育肥,还准备养殖优质羊搞绿色食品加工。"

达列力汗·赛尔江喜欢一个举动,就是从山上俯瞰这座开始自己全新定居生活的小村子。

他说:"这太神奇了,两年前,这里还是一片贫瘠的荒原,如今却充满生机,变成了漂亮的小村落。感谢国家的好政策,让我们牧民过上了安心的好日子。"

苏里坦,是克州乌恰县吉根乡牧民。他说着自己的幸福生活,一脸喜悦:"八十平方米的住房,还有院子,太大了,我的羊圈、羊就在房子后面……噢呦,我现在的生活太幸福了!"

吉根乡,位于昆仑山深处,自然环境恶劣,平均海拔在四千米以上,不少柯尔克孜族牧民世代在大山深处,总是逐水草而居。

新一轮对口援疆以来,苏里坦和九百四十二户牧民先后搬进了开阔山间谷地上的新村落,一座座黄色外墙的定居房,错落有致,牧民不再为生活发愁,他们成了被人羡慕的好人家。

西合休乡,位于叶城县西南喀喇昆仑山深处,是县里最偏、最苦、最穷的乡。"以前,我们放牧只带些馕,喝水要地上找,晚上睡觉挖个'地窝子'……"乡长艾合买提·吐逊说。可如今,他们开始有了"固定"的家,现代化的庭院房屋,通了水电,屋后就有牛棚和羊圈。不仅如此,在牧民居住点,第一次有了幼儿园和卫生所。

草原牧民定居,这不仅是牧民人口的迁移,更是牧民传统生产生活方式的一场变革。

如今的牧民,住宽敞的房屋,不用再四处奔波,不用再靠天吃饭,不用再在雪灾中无奈地看着牲畜一只只死去……

延续了多少年的游牧生活,在定居后很快有了各种改变:孩子上学近了,老人看病方便了,村民们都建起了新房子、暖羊圈、饲料储藏间,再也不怕过冬了。

……

春天的吐鲁番,到处阳光漫溢,激情四射。

2015年4月21日上午,笔者一下动车,就在湖南省援疆干部、吐鲁番市委副书记李勇的陪同下,直接来到吐鲁番市亚尔乡亚尔贝西村安居富民示范小区,看到一排排的安居富民房气派漂亮,浓郁的东疆风情外表与大漠绿洲浑然一体,整个小区错落有致:道路、庭院、大门、围墙,都很美观漂亮。

李勇向笔者介绍说,这个新建的小区有三种户型,即八十平方米、一百一十平方米和一百五十平方米。其中,一百五十平方米的是复式结构,屋顶是露天晒台,被一圈精致的水泥矮栏围住,一段水泥台阶从侧墙直通屋顶,台阶两旁有栏杆顺势而上。说着,他领着笔者走进了村党支部书记阿不都外力的家里。

村支书的家如此,那么其他村民也会是这样吗?

阿不都外力告诉我:"现在村里许多农牧民家里都有钱了,许多村民都想住得好的。这里盛产葡萄,在屋顶搞个晒台或者晒房,便于晾晒葡萄。在通向屋顶的台阶装上栏杆,娃娃跑上跑下的,就很安全了。"

当地农牧民对这样的设计赞不绝口。许多人家还想将晒台改装成带葡萄架的小花棚。这样,在炎炎夏日,坐在那里纳凉很惬意。

而在八十和一百一十平方米的安居房中,庭院面积都非常大,竟然有四百至六百平方米,围墙不用砖头垒实,而是每隔两米做一个虚墩子,中间用彩色镂空栅栏连接,显得通透清爽。绿白相间的栅栏,即使在冬天,也能让整个灰蒙蒙的小区变得活泼起来。

在人们的印象中,土坯房子、泥泞的乡村小路,是农村生活的真实写照。而在喀什岳普湖县下巴扎乡乌苏特村,人们看到的却是一幅新农村图画:绿树丛中,一幢幢黄墙红瓦的新房格外醒目;笔直的马路两旁,是造型新颖的太阳能灯;气派的村委会,被三千六百平方米的中心广场环绕;墙上的"泰山天山根连根,鲁疆人民心连心",十四个大字十分耀眼。

乌苏特村一百零四户安居富民房,是山东省泰安市对口援建的。每户规划占地一亩多,拥有八十平方米两室一厅的住房、六百平方米的庭院和暖圈,并配套了太阳能热水器、洗手池、院墙、地砖。

这些安居富民房,中央出资补贴,自治区出资补贴,政府贴息贷款,援疆资金中给每户投入一万元,农民仅仅自掏一部分。由于山东援建的这一示范工程,配套设施齐全、标准高,实际每户又多投入了两万余元。

过去,这里曾是个大盐碱坑,为不占用村民土地,考虑到今后发展,决定在这里盖新村。

刚开始,乡亲们谁都不相信盐碱滩能盖出好房子,只有几户交了钱。地基打起来,大家看见了,心里明白了:挖下去一米多深,垒石块、填水泥、抹沥青,这样的房子肯定结实得很!有几十户一起交了钱。

而看到房子封顶了,不少村民们更急了,他们都纷纷争着交钱。这让村主任买买提力·苏来曼为分房发了愁:"乡亲们还是第一次见到这么漂亮的房子,谁不想住?"

在这里,山东援疆共投入一千多万元,盖起了安居富民房、村委会、中心广场,还铺了柏油路面,安上了太阳能路灯。

买买提力·苏来曼还算了一笔账:"项目从开工到建成,用了四个月时间,村里二十多人去工地打工。大工一天一百三十元,小工一百元,几个月下来人均收入过万。二组的热合曼·艾孜会一手技术活,就在家门口挣了一万八千元。"

离乌苏特村不远处,是一个自然形成的巴扎,毛驴车、小四轮穿过土路,飞扬的尘土让人眼睛都睁不开。而这个市场还很兴旺,水果蔬菜店、小饭馆、烤肉摊……商铺摊点,琳琅满目。如果你走近这里,很远处就能听到从里面传出的吆喝声。

出泽普县城不远的阿克塔木乡三村,新修建了幼儿园、商店和活动中心。生活好了,当地人自然高兴,一位维吾尔族大爷打趣道:"我们这二层小楼放在你们大城市叫别墅吧?"

然而,当初征求建房意见时,大多数村民犹豫不绝,不是不信任,就是嫌费用多。

精明的上海人,援建民居自然不甘人后。

上海援疆指挥部考虑到各户家庭经济能力不同,设计了大、中、小房型供选择。等看到新房子人畜分离、干净宜居后,不少村民动了心,想建房了。他们还惊喜地发现:国家能补助一万元,上海援建资金补助一万元,乡、村集体各补贴一万元,其余的还享受贴息贷款。

上海援建的民居,很注重"因地制宜"。比如叶城很多农民以种植核桃树为生,要盖新房,就要砍果林,可上海专家们提出了"林中建房"——围墙开洞,核桃树枝穿墙而过,家家庭院里,搭建了葡萄藤。新建房屋还大规模应用了新技术,如太阳能利用、污水处理、建筑节能等。无论是安居富民,还是定居兴牧工程,或者是保障性住房,上海都是这样援建的。上海援建两次获得了喀什地区"特殊贡献奖"。

上海援疆总指挥张仁良告诉笔者:"恒产者方恒心。维吾尔族同胞历来居住的是'木板夹心、外夯黄泥'的土房子,十年左右便要大修;如今的新房子极大地提高了他们的生活品质。"

暖阳耀眼来,生活多芬芳。

这是2015年4月的一天。一个阳光明媚的春日。和田市首都花园小区。

吃过早餐,与邻居在院子里聊聊家常,中午一起吃顿羊肉汤;下午,相约一同去社区文化室的数字影院,看会儿译制节目;晚上,跟在新疆大学读书的孙子通通电话。

这是七十六岁维吾尔族老奶奶塔吉妮莎曼普通的一天。

自从2010年搬离"土瓦房",她住在这里五六年了。

在这个小区,像塔吉妮莎曼老奶奶一样,棚户改造搬迁户共计一千三百二十户人家,小区内实现民族混居,也是正在实施的"嵌入式模式"。

"亚克西(维语'很好')!亚克西!"每当被问起居住条件的变化时,塔吉妮莎曼总要将维语的"好"重复多遍。

几年前,她住的是一间简陋的土坯房,想要吃水,只能去院子里压井,取暖只能烧煤。自从搬进了和田市首都花园小区,老人的生活彻底改变:九十平方米的三室一厅可以自由布置;土井不见了,打开水龙头就是自来水;煤不用搬了,哈气成冰的冬季里,厨房里的壁挂炉让屋子暖意洋洋。

在充满民族风情的客厅中,老人摆上一桌子的和田枣、巴旦木、苹果、馓子,打开电视就能欣赏到维语节目,老人晚年生活过得有滋有味。

"我们院里设有卫生服务中心,看病很方便,还有免费体检。每周孙女回家前,我都去小区超市买零食来等她回家。这就是我能想到的最好的生活了。"塔吉妮莎曼说。

万里戍边意深长,晚年关怀不能忘。八十八岁的沙海老兵王传德,是当年穿越"死亡之海"塔克拉玛干大沙漠、和平解放和田的一千八百名勇士之一。自从就地转业、成为一名兵团战士以来,王传德就把自己的一生奉献给了和田的建设事业。

2010年,北京人来援疆时,他还住在土坯房里。北京市领导第一次来和田对接援疆任务时,看到兵团战士们的居住条件,忍不住落泪,当场拍板拿出盘子外资金一亿六千万元,启动六大试点项目。王传德老人居住的棚户区改造,成为六个项目之一,实现了当年拆迁、当年竣工。

第二年,王传德和一批沙海老兵就搬进了质量一流的京昆花园小区。

2012年,鉴于老人子女都在其他团场工作,组织又安排他住进由北京援建、设备完善的小区养老院。

过去五年,北京市共投入援助资金十五点二亿元,用于八万七千二百户安居富民工程,改造二十七万九千一百平方米棚户区。截至2014年底,北京市援疆的安居富民、定居兴牧工程,已基本完成。

2014年7月。伊犁河谷。

阳光灿烂得令人炫目,花香四溢得令人陶醉。

走进巩留县牛场牧民定居点,一排排安居房错落有致。哈萨克族牧民巴合提的新家装修考究,客厅、卧室地面铺的是木地板,彩电、电冰箱等家用电器,全是新的。

牧民巴合提的妻子巴丽拉说:"我们家的房子有八十平方米,是前年秋天盖好的,自己只掏四万元,政府补助七万元。去年春天,又花了两万五千元进行了装修。住进这么漂亮的房子,我们全家很高兴。"

2013年,伊犁旅游旺季时,他们在自家的院子里开一个牧家乐,专门经营哈萨克族特色美食。

巴丽拉说:"现在党的政策好,我们牧民定居,国家还给补助,再加上援疆在资金和技术上的帮助,让我们实现了安居乐业。"

在2011年"十一·一"地震中,巩留县东买里乡莫因古则村受灾严重,全村一千六百五十户居民中,有六百八十三户的房子成了危房,有二十一户房屋倒塌。莫因古则村利用援疆资金,按照"高起点、高标准、高质量",实施灾后重建整村推进。如今,莫因古则村一幢幢漂亮的抗震安居房十分显眼。宽阔平坦的柏油路两旁,不仅有路灯,还种上了风景树,修建了绿化带。看到如此美丽的村庄,个个村民的脸上挂满了幸福的笑容。

……

2011年12月10日,对于七十六岁的拜城县低保户伊明·麻木提来说,是个大喜的日子。

这一天,他拿到了安居富民房的钥匙,在儿女们的张罗下,告别了曾经生活了大半辈子的土坯房,热热闹闹地搬进了宽敞明亮的安居富民新房。

两室一厅一卫一厨,八十平方米的砖混结构抗震安居房,同时配套五十平方米的羊暖圈、三十平方米的鸡舍和半亩地的菜园果园,达到了新农村建设"三区分离",即生活区、养殖区和种植区分离的要求。

伊明·麻木提家只是一个缩影。在全疆,有一大批住房困难的农牧民在下雪前搬进新居。

2013年3月31日清晨,在一阵"噼噼啪啪"的鞭炮声中,新疆生产建设兵团七师一二四团十二连职工杨新军搬进了新家,鲜艳的对联映红了他的笑脸,幸福的感觉充溢着他的胸中。

在江苏淮安援建的两室一厅新楼房里,他看着崭新的一切,激动地说:"能够从住了十几年的土坯房搬进宽敞明亮的新楼房,我这是托了党的援疆政策的福啊!"

……

远山如黛,一条平坦小路蜿蜒在绿油油的田地间。豁然开阔处,一栋栋新房相对而立,黄墙红顶与青翠欲滴的绿树相映成画。

盛夏时节,走进伊犁河谷,油菜田中的农家小楼,常常会让人眼前一亮。

"太漂亮了,以前从来没想过能住上这样的房子!"漫步村间,常常能听到人们发出的赞叹声。

吐达洪·吐尔逊,是伊宁县吐鲁番于孜乡下吐鲁番于孜村村民。提起住上新房,他高兴得合不拢嘴:"没有援疆干部的无私奉献,我们哪能这么快住上新房!"

"住上了新房子,以后下多大的雪,降再大的雨,也不会受到影响了,真得感谢援疆干部对我们的关心和帮助!"吐达洪·吐尔逊年迈的老伴,接过丈夫的话茬说。

2014年10月的一天。尼勒克县苏布台乡。

在尤喀克买里村定居兴牧工程示范点,刚刚搬入新居的牧民很是兴奋,他们围着新房子转了一圈又一圈。在牧民别克·道列提巴克家院子里,十多只小羊或站或卧,嘴里嚼着草料,悠闲自得。

"前有院,后有圈,中间有宫殿。"羊从散放到暖圈里饲养,从过去低矮破旧的土泥房到如今宽敞明亮的大院套,别克·道列提巴克似乎有一种跨越时空般的幸福:"我家住的新房太漂亮了!"

全家五口人的贫困户马木提·牙生,如今已是六十多岁的人了。他说:"走几百米就有医务室,我高血压的事情再也不用害怕了。"

……

与上述农牧民一样,现在住进漂亮新房的农牧民,已经遍布全疆各地。

新一轮全国援疆开始后,安居富民工程,作为新疆二十二项重点民生工程之首,备受关注。

项目要求:每户建筑面积原则上不少于八十平方米,每户建筑保证水电气、厨卫浴等设施齐备,房屋内部功能齐全,附属设施配套。

这意味着"居者有其屋",不仅是建住房的问题,而且是要实现更先进与实用的目标。

新一轮援疆几年中,这一民生工程投入规模之大、受益面之广,都是前所未有的。

如今,行走在新疆广袤的大地上,从帕米尔高原的雪山脚下到吐鲁番的葡萄沟,从伊犁河谷的高坡山地到大漠边缘的戈壁绿洲,干净敞亮的富民安居房随处可见,不时让人感受到一种生机蓬勃的力量。

援疆,进一步加深了新疆各族群众的幸福底色,提升了新疆各族群众的幸福指数。

"安得广厦千万间,大庇天下寒士俱欢颜。"这样的浪漫理想,真的在古老的西域大地上成了现实。

故事之一：上海"洋泾浜" 村民盖房子也要规划

2014年12月5日。这是一个阳光明丽的冬日。

南疆巴楚县多来提巴格乡库木且克勒村。

村口小广场上，各式户外健身器材，村委会、卫生室、文化室、警务室、超市，都被冬日暖阳包裹着。

站在村卫生室门口，多来提巴格乡安居办干部奴丽比亚·吐逊朗声笑道："怎么样？咱这和城里小区没什么差别吧。"

多来提巴格乡，是上海援疆安居富民工程的试点，仅用三年时间，全乡二十个村大部分农户都住上了安居房。

村民买海提·司马义家的房子八十三点二平方米，一室两厅，加上院子，占地约一亩。"别小看这院子，规划设计有讲究。"副乡长王保合说，"西边是羊圈，屋前一片葡萄园，羊粪提供给自己的菜地、葡萄园，菜地里的草再喂羊。庭院循环经济模式住宅，特别实惠。"

村民盖房子还要规划？

三年前，当地干部想的可没那么复杂。乡镇哪有总体规划、控制性详细规划？那时，他们还闻所未闻。"高老师来了，就不一样了。"巴楚县住宅建设局规划办公室凯撒说。

凯撒说的"高老师"，就是上海同济城市规划设计研究院的高琦，多来提巴格乡安居工程的建设规划，就由他和他的团队主持的。

上海对口支援的是喀什地区的巴楚、莎车、泽普、叶城四县。过去三年，上海来了上百名规划人才，走进这些地区的八十多个乡镇、一千多个村庄，帮助农民规划"盖"新房子。

闵师林，是上海援疆副总指挥、喀什行署副专员，每次盖村民新房，他都要带上规划人员到安居点现场查看，有的点前后要去二十次。

"这不是简单地盖房子，还要与富民规划、新农村规划、乡镇规划同步协调。"上海规划专家顾问组组长毛佳樑说。

各乡各村建筑风格不同，规划原则却一致——住宅建设避免求大，最多一百五十平方米，村卫生院、文化室等公共服务配套不能少；既要让农民住上新房，又能结合庭院经济有效开展生产。

叶城县依提木孔乡原村民居住区内，成片的核桃林郁郁葱葱，安居房就"种"在果林里，既增加农民收入，还能持续改善环境；泽普县阿克塔木乡四个村六百多户民居集中建设，集民族风情建筑、特色民俗商业和林果采摘为一体，发展农家乐，催生出了新城镇。

三年来,上海援疆安居工程使四县三分之一农牧民受益,村镇功能得以提升。莎车县县长艾海提·沙依提感慨道:"过去,咱们的乡村建设'见新房不见新村,新农村没有新村庄'。这一轮援疆建设完全不一样了。"

"好的规划也是生产力。"毛佳樑说。基于可持续发展的规划设计理念,避免援疆安居工程沦为简单的土建项目,而让它成为系统的乡村重塑过程。

这就是上海"洋泾浜"的道道。

故事之二:较真的援疆常务副县长

如何使安居富民成为真正的"民心工程"?

对安居工程,霍城县出台了当地建材的临时最高限价,由政府统一采购,县、乡还定期组织质量和进度的监督检查。

江苏援疆干部、常务副县长孙志红则身先士卒,亲自主抓,及时督促检查。

2011年6月,兰干乡梁三宫村的安居工程就出现了问题。

在检查现场,孙志红一看,房屋地基南北坡度竟然相差九米!这还了得?要知道,这样的地基,就等于是在山坡上建房子,要是遇到洪涝雪灾,那不是把百姓害苦了?!

岂能这么干?为何会出现这样的情况?原因究竟在哪里?

孙志红一追查才得知:原来,建设材料涨价了,有一个承包人仅搞二十多套房子,就拔腿走人了,而继续负责的伊犁七星公司为了降低成本,就开始"因陋就简"了。

见此情景,孙志红顿时火冒三丈,气愤难忍,对着现场的伊犁七星公司董事长郝清林狠狠地发了一通火。而郝清林也毫不示弱,反唇相讥地回敬孙副县长说:"孙县长,又不是你家盖房子,即使是你娶儿媳妇盖房子,也不用你这么操心!"

"那不行!我要对援疆的项目负责!对霍城的老百姓负责!"孙志红毫不客气。

"材料涨价了,你知道嘛,县长!如果按照原来的协议,我每平方米要亏损四百多元,别人都做跑了。我不干了,怎么样?"

"告诉你,如果不干了,以后就别想在霍城找到项目干!"

……

郝清林委屈地告诉笔者说:"结果呢,这项目,我自己亏损近七十万元。当时我非常气愤!"

笔者问郝清林董事长,现在如何看待这事?

他笑哈哈地说:"我现在完全理解了孙县长的良苦用心了。再说,我们当地人干错事,大家可以原谅;要是江苏援疆领导干错事,那就不能原谅了。我现在知道他们工作难度大,理解他们。"

……

故事之三:"我们的生活像花儿"

[剪影一] 幸福定居的哈萨克族牧民

3月的和静,一阵阵清新的春风扑面而来。

进入和静县的河北新村,人们看到二层四户组合的小楼设计新颖,小楼之间有舒适的景观步行小路,柏油路面整洁。这样美丽的新村,安居的是来自草原的主人。

看着新村,来自巴音布鲁克草原的牧民巴尔内兴奋地说:"住楼房,领工资,喝自来水,洗热水澡,这样的事过去做梦都不敢想!"老人的孩子在附近一家企业上班,每月有几千元的工资。

"排水、给水、燃气、供热、照明、通信、绿化、车位、农机具大院,这些设施一应俱全。"牧民阿斯木·亚生感慨地说,"设计人员想得真周到!"

早在2010年6月,新一轮援疆大幕拉开后,河北省就投资一点二四亿元,在和静县启动了新农村示范村项目——"河北新村"建设。

项目引入东部农村民居建设新理念,实行前瞻式、高标准设计,同时针对定居牧民生产生活需要,加入了养殖小区、农机大院等配套设施。

河北新村建有一百二十五栋四户组合的二层小楼,每户三室两厅,面积一百二十平方米。新村可安置牧民五百户,居住人口约两千人。新村建有综合服务楼、幼儿园、村委会办公室、卫生所、文化活动中心。

在巴音布鲁克草原,年过半百的吉尼玛放牧四十多年,搬进新村后,从此过起了定居生活。回忆起山上的生活,吉尼玛无比感慨。他家牲畜最多时曾拥有八百多头,但日子过得并不富裕。用他的话说,原因是"靠天养畜",哪儿有水草就去哪儿,而草场退化又日趋严重。

"定居后,我们的生活会有历史性大变化!"吉尼玛说。他的两个孩子已经在附近的企业上班了,全家人都在憧憬未来的美好生活。

走在北疆哈巴河县吉林新村的大街上,平坦的柏油路纵贯全村,直通县城,一百五十栋牧民新居整齐排列,在蓝天白云的衬托下,洁净明艳。

2011年,在国家项目和援疆资金的扶持下,哈巴河县投入一千七百零五万元,实施吉林新村集中定居工程,新建定居住房一百五十栋、暖棚暖圈一百五十个。

在哈萨克族村民吾尔列尼汗八十五平方米的新家里,三室一厅一厨一卫的楼房格局,液晶电视机、冰箱等电器一应俱全,处处显现出现代化气息。"以前我们住在河谷一带,房子都是很久以前盖的,很破旧。2011年,我们享受了国家好政策,没花多少钱就盖起了新房,现在住进来已经四年多了,房子质量很好,冬天很暖和。"吾尔列尼汗说。

吾尔列尼汗很开心,中央、自治区、县财政的三级补贴资金共九万八千元,吉林省援疆资金补贴了一万元,自家仅花了两万八千元,就搬进了这套温暖的新居,并配套建设了院落、暖棚暖圈。

现在,她和儿媳妇夏天在院子里种蔬菜、养奶牛,加上丈夫和儿子外出务工,一年下来能挣七八万元,一家五口人的生活越过越红火。

吾尔列尼汗说:"现在定居了,种种地、打打工,没有以前转场放牧那么辛苦了,收入还比以前高。这都是国家的好政策带给我们的。"

在过去,牧民们行路难、吃水难、上学难、就医难、销售难……实现定居后,这些问题都解决了;新村实现了水、电、路三通,住房、棚圈、饲草料地、青贮窖都有。

在这里,吉林省还投入一千五百万元,建设了占地四千五百亩的经济示范区,将养殖、温室、果菜花卉、良种及种子繁育等都集为一体,为村民进一步脱贫致富铺平道路。

吉林新村党支部书记塔拉甫高兴地说:"援疆项目还给我们村配套建设了村办公室、文化广场、双语幼儿园等。"

塔拉甫对吉林新村的明天充满了美好的憧憬。

[剪影二]　喜上眉梢的维吾尔族村民

兔年(2011年)伊始,对于维吾尔族村民买买提依明·萨依提一家来说,可谓喜庆万分,全家终于搬进了久盼的新居。

红漆大门宽大气派,具有西域特色的门楣上绘满了花边图饰,门旁的围墙粉刷成鹅黄色,房顶上银色太阳能热水器,都赫然醒目。

买买提依明·萨依提,是和田策勒县策勒镇恰合玛村的普通村民。恰合玛村,共有四百七十一户,一千六百五十七口人。

新一轮援疆开始后,整村被确定为天津援建的富民安居工程示范区。就这样,全村人都告别了过去的土坯房,住进了水电暖齐全、宽敞而又明亮的富民安居房。

在这个新村中,每家每户都有一个饲养牲畜的暖圈,还有一个三分地的蔬菜大棚。

买买提依明·萨依提高兴地说:"我现在有三套房子,总面积有一百五十多平方米呢。"就在他的新居不远处,还有两间破旧低矮的土坯房。在那个土坯房里,他全家住了十多年。如今,那个土坯房已经被他当成了仓库。

走进如今的恰合玛村,新建的柏油路纵横交错,连接着民居和农田。路两边歪歪扭扭的商店和民房,早已不见了影踪,代之而起的是整洁美观的居民区和绿化带……

令买买提依明·萨依提喜上眉梢的是,搬进新居后不久,他的小儿子阿力木江就出生了。

他逢人就说:"我小儿子一出生就赶上好日子喽,感谢祖国援疆的好政策,让我们日子过得越来越亚克西!"

[剪影三] 满怀憧憬的柯尔克孜族新村民

2015年4月的一天,春天的阳光让人激情澎湃。走进柯尔克孜族村民居马洪·卡西木温室大棚,居马洪·卡西木指着大棚里红彤彤的西红柿,心里喜洋洋的。他说:"我的西红柿很好卖,赚钱多,这太让我高兴了。"

在短短一年时间里,江苏常州便援助乌恰县建设完成十个牧民定居新村,阿依布拉克新村距离乌恰县城仅有两公里。

居马洪·卡西木高兴地说:"住上安居房,我的心里暖洋洋的。"

在居马洪·卡西木居住的小区附近,有着一千一百座温室大棚。这是乌恰县戈壁产业园,显得十分壮观。

在此,居马洪·卡西木承包了四座蔬菜大棚,里面种了西红柿、黄瓜、菠菜。靠着承包这四座蔬菜大棚,他在不到半年的时间里,就入账两万余元,而搬到这里之前,他们全家只能靠五十只羊和三头牛过日子,一年的收入不到五千元。

在这里,我们看到,与以往的荒僻、苍凉景象不同,如今村庄充满了活力。从村子到县城的路上,二十多栋居民楼拔地而起、连接成片,一条条绿化带如绸缎般延伸,为戈壁滩增添了盎然生机。

像居马洪·卡西木等九十六户搬进新居的村民一样,2013年乌恰又有八百七十户牧民搬到了这里。

他们和居马洪·卡西木家一样,都是祖祖辈辈在山上放牧的柯尔克孜族牧民。

在阿依布拉克新村楼房的墙体上,随处可见村民们用柯尔克孜文写下的标语:"我们的心和祖国相连……"

如今,沉浸在幸福生活里的居马洪·卡西木说:"现在有钱了,我一定要让两个孩子接受良好的教育,长大后好好回报国家的恩情,回报内地亲人的恩情。"

就业，通往梦想的春天

无事生非，安居乐业。

就业，影响着新疆的社会稳定；就业，影响着新疆的经济发展；就业，事关民族团结。就业，是对口援疆的头等大事，是民生工程的重中之重。

援疆促进就业，是立体的，是多渠道的。

就业，闯荡沿海很精彩。

这是2011年12月8日的下午，从乌鲁木齐开往江苏徐州的火车，载着策勒县五十名少数民族青年，缓缓驶出火车站。这些青年，带着亲人的期盼，踏上了前往青岛的务工道路。

小伙子吐尔逊·吐森江则是第一次去青岛打工，他的内心充满了喜悦和憧憬。

"我妹妹和朋友都在（青岛）鞋厂打工，一个月能挣不少钱呢。"他兴奋地说，"挣到钱后，我回来要买辆车跑运输。"

外出打工是艰辛的，但外面的世界更广阔。

2014年10月29日。乌鲁木齐。

雪后初霁。四百八十九名新疆籍劳动者齐聚乌鲁木齐火车南站。

16时06分，汽笛一声长鸣，载着这些劳动者的专列缓缓驶出站台。这趟专列在五十个小时后，终于抵达广州。

10月底的花城广州，依然温暖如春。南国的羊城，夜幕虽已早早降临，但热闹繁华的广州火车站，依然灯火辉煌。

31日晚上8时05分，来自新疆的T36次列车，虽姗姗来迟，晚点了两小时，但终于驶进广州火车站，车厢内四百八十九名新疆来粤务工人员，兴致勃勃，迅速收拾起行李。当列车停稳，车上乘客一下站，早已候在站台的老乡，就急忙上前，送去热烈的拥抱。

来自疏附县、伽师县、乌恰县、阿克陶县、阿合奇县等新疆各地的领队们，则在车厢口高举喇叭，用家乡话大声叫喊着各自的队员，抓紧下车列队。

而广州的万宝和丰力、东莞的绿洲、佛山的谐达、惠州的国统和大统六家企业，早已备好专车，专程来迎接这些新员工。

这是第二次中央新疆工作座谈会后，粤新两地首次组织专列成规模输出劳动力。

来自新疆的务工者，一下火车就感受到了南国的盛情与暖意。

万力公司，是广州丰力橡胶轮胎有限公司下辖子公司，位于从化明珠工业园鳌头工业基地,这次共接收了四十六名新疆籍劳动者(主要是维吾尔族)。

这里的环境如何？生活状况如何？

11月1日上午,新进的新疆员工从万力路三号大门进入厂区。一进大门,这些新疆员工就万分欣喜:偌大的广场上,圆形喷泉喷涌四射,园区内随处可见青葱植被绿意盎然。

走进车间,工人们正在大型机器下认真劳作,他们熟练的器械操作演示,使整个工作看起来并不复杂。领队告诉身旁的新疆籍员工们,只要经过为期半个月的岗前培训,他们也能完全融入到生产线中。

原来,为迎接这批新疆籍劳动者入粤,广东专门组织发动了一批各方面条件好的企业,并对饭堂、宿舍和生产线专门进行了改造和安排。万力公司便是其一。

万力公司为新疆籍员工安排的宿舍非常周到,一楼设有阅览室、健身娱乐室等文化活动场所,往上四层均为生活住宿区。四人间带有敞亮的阳台,每间房都配备了电风扇、衣柜及写字台,整洁明亮。

在万力公司原有食堂的二楼,公司专门对厨房进行了改造,专设了清真餐厅,更换了厨具,并由维吾尔族员工重新规划采购点与采购流程。羊肉与鸡肉,是专门从深圳穆斯林清真食品公司购买的,厨师也是维吾尔族人。

帕提古丽·吐尔迪,是负责万力公司这批新疆籍务工人员的领队,从塔里木大学毕业后,她就随这批务工人员一起南下到此。

来之前,帕提古丽最担心的是这里没有家里吃惯的馕,还特意带了些来。到厂首日在员工食堂用过午餐后,她对此再无顾虑:"没想到在这里也能尝到家乡的味道！"

在这里宿舍一楼的阅览室,新疆籍员工每晚可学习两小时普通话,还有专门的教材,方便大家学习。

到沿海务工,新疆籍劳动者需要应对三个困难:一是语言,二是生活习惯,三是技能水平。

离开喀什两个月后,十九岁的艾克班·热合曼第一次感受到了南方的秋意。下班后,艾克班·热合曼来到宿舍阳台上,给喀什的老父亲打了个电话。

电话的那头,是喀什下午阳光正灿烂的时间,父亲听到另一边的儿子催促着自己,赶紧去办张银行卡。

原来,刚刚领到两千六百元工资的艾克班告诉父亲,办一张喀什的银行卡,可以方便他把每月省下的工资打回家里。

2014年8月17日,艾克班·热合曼坐上开往广东的火车,第一次离开喀什。作为家中最小的儿子,艾克班最受父母疼爱。临行前,依依不舍的父亲一再挽留,但一心想到外面闯荡的艾克班,还是迈出了家门。

其实,艾克班早就想好了,平日里看到父母在田间地头劳动很辛苦,但家里的生活没有大的改善。他在心里早已发誓:"我这辈子不想当农民了。"

现在,艾克班是东莞市厚街镇绿洲鞋厂的一名流水线工人。他领到了人生的第一份工资是两千六百元。

在兵团三师五十一团的老家里,自留地加承包的二十亩地全部种棉花,一年下来收入不超过三万元。身为儿子的艾克班心里清楚,自己每月省下一半工资,就差不多够家里一个月的开销了。

"出来一个人,能带动一个家庭。"五十岁的达吾提·吾斯曼说。东莞距离新疆四千多公里,但他坚持说,即使儿子还不大会用普通话打招呼,他也要把儿子送到东莞"看世界"。

从2014年8月起,东莞援疆干部就开始劳务输出对接,将一百三十六个新疆小伙子送进了东莞一家鞋厂。

在东莞的绿洲鞋业有限公司,二十二岁的百合提亚对新环境很陌生。这个新疆年轻人刚来时,因语言不通,每次走出工厂,都要拉上四五个同伴。

百合提亚坦言说:"很想家。"但为了学本领,他不得不走外出务工的路。按照他的计划,他要学好普通话,再闯荡两年才会回到新疆。鼓励百合提亚离开新疆的,就是他的父亲达吾提·吾斯曼。

达吾提·吾斯曼,是新疆生产建设兵团第三师五十一团十二连的连长。他说:"孩子们出来学到的不只是汉语,还有很多先进的东西。"

在新一轮对口援疆中,东莞对口支援的是兵团第三师图木舒克市,也是较早启动对接新疆有组织劳务输出的市。

近几年来,广东出台了一系列资金补贴政策,扶持新疆籍人员到粤就业,把新疆籍劳动者纳入广东就业扶持范围,给予岗位、社保、培训、技能鉴定、交通、伙食等补贴,并给予企业基地建设补贴。同时,制定企业招用新疆劳动者工作指引,明确规范新疆劳动者合同签订、工资福利、保险等多方面权益,保障他们在广东稳定就业。

2015年4月20日,喀什地区岳普湖县人社局大院内,聚满了送行的人们,二百多名外出务工人员背上行囊,将行李装上行李箱,秩序井然地走上客车,准备前往山东打工。他们每个人的脸上都洋溢着幸福的笑容。

铁热木镇七村农民阿布都扎伊尔·麦麦提激动地说:"以前想都没想过能出去打工,离家太远了,没有途径,招聘要求又高;现在政府有条件组织我们出去务工,听说待遇还不错,这样的好机会,我当然第一个报名。"

二十六岁的小伙子加马力·吐逊江也是外出打工人员中的一员,他家里总共有五口人。由于土地较少,哥哥、嫂子都外出打工赚钱。那天,他也踏上了外出打工的征程,他对未来充满了希望。

巴依阿瓦提乡农民达尼尔·玉山说:"以前我打工就是自己去找,去之前对打工的企业也没什么了解,遇到好的企业还好,有的打了工,工资还不一定能拿到。我这次打工一切都由政府联系,根本不用担心工资啥的,还把我们直接送过去,感觉打工特别光荣有面子。"

二十一岁的帕夏古丽·依明已是第三次外出务工。这一次,她和老公一起去,家里人都非常支持他们。他们准备好好挣钱,回来后盖漂亮的房子,让孩子也能过上城里孩子一样的生活。

2015年4月25日上午。疏勒县张骞公园。

赴山东务工人员欢送仪式在这里举行。此次前往东营的疏勒县务工人员有三百三十九名,将开展为期一年的务工历程。

欢送现场,彩旗飘扬,人头攒动。前来送行的人们络绎不绝,他们当中有的是县机关领导,有的是父母,有的是兄弟,有的是妻子,有的是恋人,有的是朋友……

县委书记等领导到场,为这些务工者送行。当务工人员代表从领导手中接过团旗时,现场气氛沸腾了。

5月4日,塔什库尔干县委院门口,三辆大巴载着九十二名塔吉克族青年,前往山东东营市蓝海大酒店务工。

5月5日,又有二百五十六名维吾尔族务工人员到东营,开始他们的新生活。这些维吾尔族同胞全部来自喀什地区疏勒县。

和以往不同,这一次,山东援疆指挥部和东营当地的企业达成共识,招收的都是夫妻工,以便于他们安心工作。

维吾尔族务工人员齐曼古丽说:"去了以后能学到很多知识,开拓我的思想,主要吸引我的地方是企业的环境,还有企业的工资待遇。"

经过四天四夜的行程,他们顺利抵达东营博大食品有限公司。公司特意安排了一百多个标准间,让夫妻工们一起工作,一起生活,更快、更好地适应环境。

这次招收维吾尔族夫妻工赴山东就业,是山东援疆模式的新突破。

"千里姻缘一线牵。"一语道出了十一对柯尔克孜族新人共同的心声。

2015年4月12日上午。福建泉州晋江市陈埭镇。

361°(福建)鞋塑科技有限公司员工食堂内,一片火红,喜气洋洋,一场务工青年集体婚礼在这里隆重举行。随着欢快的音乐响起,十一对远道而来的柯尔克孜族新人喜结连理。

361°（福建）鞋塑科技有限公司厂区，是有一千多人的职工大家庭。其中，有三百四十多名是来自新疆阿合奇县的柯尔克孜族职工。

当天，这场新疆少数民族风情婚礼，吸引了来自全国各地的务工人员前来观礼，并得到了远从新疆赶来的柯尔克孜族长辈的祝福。

如今，柯尔克孜族来泉州务工的人员已达四百四十人，不少人都是在福建成婚的。

根据柯尔克孜族的传统婚俗，婚礼一般要举行三天，日期多选择在月底，仪式主要在女方家进行。

可现在，来到晋江工作的新人们也开始入乡随俗，除了男士戴上柯尔克孜族的帽子外，他们也穿上了西装，披上了白婚纱，配饰红喜服等。可司仪等依旧穿民族服装，希望带给新人们更多的喜气。

1990年出生的吐尔哈那力，已来晋江四年了，在361°（福建）鞋塑科技有限公司做鞋垫。如今的妻子，也是四年前从新疆来的，可他们却是在这里工作后才慢慢认识的。

吐尔哈那力高兴地说："因为工作的便利，才能顺利追到现在的新娘。"

根据政府劳务输出政策，这些务工人员是跟着援疆干部来到晋江的。

已工作四年的吐尔哈那力，如今已经掌握做鞋的基本方法。他说："再做两年，要回到新疆开办工厂，将学到的本事带回去。"

而像吐尔哈那力这样，从新疆来的小伙子们还为数不少。他们期待，沿海城市的产业发达能助力新疆地区的发展。

"转移一人，致富一家，带动一片。"这是江苏援疆干部、阿合奇县委副书记林小异的真切话语。

2015年5月，经江苏援疆干部的协调，阿合奇县第九批五十名劳务输出人员赴广东省惠州市务工。

近几年来，劳务输出让阿合奇县尝到了甜头。仅2014年，全县累计劳务输出人员就有四千三百人次，其中疆外输出两千五百人次，疆内输出一千八百人次，劳务创收实现七千七百万元，劳务经济产业实现了新突破。他们分别奔赴浙江、广东、福建、江苏等地，人均月收入有三千余元。

家住阿合奇县苏木塔什乡的阿依古丽高兴地说："劳务输出挺好的，让我学会了好多东西。去年，我在无锡食品加工厂结识了一同从家乡来此打工的男友，并确立了恋爱关系。去年我俩一共挣了七万块钱，并在阿合奇县佳朗奇新城购买了房子。我们打算挣够了本钱，学会了技术就回家乡开厂子，带着周围的农牧民一起发家致富。劳务输出让我找到了幸福，改变了我们的生活,我真心感谢国家援疆的好政策。"

就业,搭建平台是实招。

南疆和田的策勒、于田和民丰三县,农业发展一直困境重重,农民增收自然十分困难。

针对三县农业面临的问题,2011年以来,在新一轮援疆中,天津对其实行"三个一"工程:一人一亩果;一户一棚菜;一户一就业。

在此过程中,天津通过科技农业、设施农业等多方式,促进农牧民就业增收。

首先,针对这些县耕地少、荒地多、沙化高的现状,天津大力推广滴灌技术,实施经济林和红枣滴灌项目,使沙漠变成绿洲,开发林果七万八千亩;在这三县建设蔬菜温室大棚两千三百二十座、拱棚四千座。

古丽赛迪汗·依明,是策勒县达玛沟乡喀什托格拉克村的农民。她家最早成为大棚蔬菜种植的试点户,她的五个孩子种植四座大棚,每座棚补助两万元。全家每年大棚蔬菜收入就有二十多万元,一年之后,就买了小轿车和双排座小货车。

在有了一定规模的情况下,天津市又制定了"科技兴果富民"战略,按照"龙头企业＋示范基地＋农户"的模式,从三个方面入手,助推和田林果产业升级发展。即:扩大林果种植面积;实现农民提质增效;推广农产品多元化。

天津援疆引进农业高科技企业,推广北京"富硒园"和天津"金三农"两大农业科技成果,建设六个红枣示范种植基地,共七千五百亩,使得基地红枣一级果率增长百分之五十七,平均亩产增长三成,售价高出普通红枣的三倍。

2014年,在红枣收价普遍下降的情况下,天津在策勒县建立了"红枣交易中心"销售平台,对接多家网络电商,举办第二届红枣推介会暨百家企业和田行活动,组织来自天津、河北、河南、山东、山西、四川等地近百家商企,来此集中采购,达成了万余吨红枣的销售协议,以稳定红枣收购价格,确保农民增产增收,达到了"一亩果变两亩果"的示范效应。

依托天津金三农农业科技示范园,建立"农业种业博览园",聘请厦门大学、天津农学院等高校农技专家,在策勒县开展脱毒马铃薯、胡萝卜育种等推广项目,实施新品种红枣、哈密瓜套种等示范种植。

在民丰县,他们还推广尼雅黑鸡、鸭、鹅等家禽类林下养殖;在策勒县,他们则推广哈密瓜套种技术。

同时,援助万副地毯织架,援建四个展销中心、九个手工编织合作社、一百六十一个编织点,带动一万个家庭、四万七千名妇女灵活就业。

协调天津北方国际集团、天津市妇联等单位,实施"母亲工程"。他们积极帮助解决三县妇女手工编织技术及市场等问题,充分发挥"一户一副地毯架"的作用,使得每户妇女月均收入超过一千五百元。

通过这些工程,先后帮助三县实现八万五千人就业。

优美的回族"花儿"唱起来,悠扬的回族调调惹人醉。

来到伊宁县愉群翁回族乡愉群翁村,酥软的油香、"九碗三行"、馓子等回族特色风味美食,直瞅得游客们眼花缭乱,香喷喷的美食,让游客们流连忘返。

独具特色的回族美食与回族文化,如今有机地结合在一起,"回族风味一条街"已成为八方宾客的好去处。

愉群翁回族乡能有今天如此兴旺的景象,村民们始终忘不了江苏南通的对口援疆干部。

"愉群翁",系维语"三个十户"之意。其称谓始于清乾隆时期,素有"花儿之乡"的美称。

为挖掘回民民俗和餐饮文化特色,增加村民就业,南通投入资金两千三百万元,完成农家乐街道亮化、美化、绿化、硬化建设,凸显回族在民俗、餐饮和文化等方面的特色,农家乐硬件设施逐步完善。

走进如今的愉群翁回族乡回族饮食文化街,一股浓郁的回族气息即刻扑面而来,您所看到的、听到的、闻到的,都是回族的别样之美。一座座清新别致、修葺一新的农家小院,一字排开。漫步其中,饮食文化街,犹如现实版的"桃花源"。

同时,南通援疆干部还成立了乡"花儿"旅游公司,采取"企业加农户"的经营模式,组织一百零八家农家乐业主投入经营,实现统一经营、统一管理、统一推介,规范产业运行,提高市场竞争力。

愉群翁村村民马春兰说,她经营农家乐两年来,生意很好,收入也很稳定,游客都是旅游公司统一安排的,她不愁客源。

在岳普湖县下扎巴乡六村的墙上,"一头毛驴就是一座小银行"的标语,依稀可见。长期以来,毛驴成为当地致富的主要途径。特别是经过杂交的"疆岳驴",在南疆已不再是农民走亲访友、拉草运粮的工具,而成为了一种优良的肉类与产奶畜种。

从2010年开始,山东泰安用三年时间,投资两千三百多万元,援建岳普湖县农业科技示范园区,让这里的村民们收入迅速提高。

玉素英·沙木沙克是名退休教师,承包了两个大棚,他把大棚叫做"小银行"。他说:"种大棚比养驴来钱要快,这个已经成了我家的小银行。"

村民阿布拉·托和提在这里承包了两个,最高的一个大棚,年收入已经达到一万七千元。

"西红柿的零售价,达到七块钱一公斤,去年一个大棚的收入就有一万七千块。"阿布拉开心地说,"我已经爱上种菜了,我的名字托和提,就是'大蒜'的意思,我还想种上几亩大蒜。"

"短短两年的时间,我家里买了摩托车,装了太阳能热水器,还上了银行的贷款,我打算再包几个!"和所有的村民一样,玉素英·沙木沙克对未来的生活,充满了信心。

在岳普湖县坤庆食品加工基地,十九岁的古丽娜尔在这里打工,每月工资一千四百元,一个人挣的钱就能养活一家人。该基地由山东肥城坤庆食品有限公司投资兴建,主要从事有机果脯加工、示范基地建设等,项目建成后,解决了当地六千多人就业。

……

产业援疆,作为援疆工作的重点之一,最大的利好,就是带动当地百姓就业和致富。

各援疆省市凭借自身优势,结合当地实际,把家乡的产业项目带到新疆,一大批优势项目纷纷落户,一个个产业园区、新型城镇正加快建设,成为产业承接转移的重要载体,在拉动新疆经济发展的同时,创造了大量的就业岗位。

托乎提肉孜·阿不都克热木,是策勒县策勒镇一位普通维吾尔族农民。他在天津策勒食用菌科技产业园区打工,2013年开始,每月工资有两千四百多元,还学会了一些技术。对未来生活,他充满了憧憬。

在阿克苏浙江产业园,浙江能源集团等数十家企业已入驻,通过政府推动和民营企业拉动,已成为浙江省产业援疆的主要平台。针对阿克苏这个重要的长绒棉产区,这里重点发展了棉纺、机织布、针织面料、针织服装、毛巾、袜业等产业,从内地引进华孚色纺、雅戈尔等企业集团入驻这里后,促进了产业链延伸拓展。如今,阿克苏地区纺织产业,可年实现产值十二亿元。

落户于阿克苏新和县的健鹰纺织有限公司,拥有两家轧花厂和八万锭全自动生产线,年生产普梳、精梳、紧密纺纯棉纱一万吨,陆续为三千多名维吾尔族农民解决了就业问题。

阿依古丽·艾则孜,原是新和县依其艾日克乡加依村的一个农民。可如今,她已是一家公司的教练员了。她的月工资由入厂时的八百元上涨到两千五百元。随后,她的爱人也来公司上班,家庭一个月的总收入突破五千元。通过两个人的努力,他们已在县城购买了一套价值二十多万元的商品房。

2014年，对二十一岁的姑娘塔吉木·阿比斯来说，是改变命运的一年。高中毕业的她，在家放羊一年多后，在阿克苏浙江产业园如愿找到了工作。

塔吉木见到陌生人，总是有些腼腆。然而，她就业后的喜悦却难以掩饰："天天在家闲逛，很无聊。看到一些同学在企业工作，心里难免酸溜溜的。"

塔吉木的老家在拜城县，牛羊是家庭主要经济来源。和她一样，由于当地就业岗位相对偏少，一些年轻人毕业后就在家放牧，有些年轻人甚至到处游荡，很难融入现代社会。

塔吉木·阿比斯听说，浙江产业园引进了不少企业，招收了不少新工人。2013年底，浙江省援疆企业——新疆冠鑫棉纺公司正式投产。2014年春节后，她就慕名来到阿克苏，经过职业技术培训，成了冠鑫棉纺公司的一名纺纱工。

"这份工作真不错，比在家放羊好多了。"塔吉木·阿比斯说。她现在每天上八小时班，每月休息四天，月薪三千多元，而且包吃住，还在厂里结识了不少汉族朋友。

由浙江省投资一亿五千万元援建的浙江产业园，仅2014年就新增就业人员三千七百名。近两年，这里已累计解决近万人就业，其中百分之七十的就业者是少数民族群众⋯⋯

学门手艺，自己创业，又何尝不是一条致富路？

"我第一次做衬衣，花了整整四天时间。"尽管做工略显粗糙，但古再丽·阿木拉还是兴奋的。她说："以前我连裁缝机都不会用，这次学完技术，我要在村头开一家裁缝店。"

古再丽·阿木拉，是新疆伊宁县一名普通农村妇女。她的憧憬，代表了众多少数民族群众劳动致富的梦想。

位于喀什疏附县的广州新城，是广东最大的产业援疆项目，总投资近百亿元。

商贸服务业的特点，是就业岗位多。疏附县引进的广东商品城、阿凡提乐园、国际商业街等项目，为当地提供了一万多个就业岗位。

阿不都·艾尼江，是广州新城在当地聘请的保安。他说："我们家世代务农，以前家里没出过拿工资的人。疏附县广州新城开工以来，我成了家族第一个领工资的人，一年能从广州新城项目部领回近三万元的工资。"

⋯⋯

产业援疆，让各族群众通过就业、创业，踏上致富路，奔向小康生活。

千淘万漉虽辛苦，吹尽黄沙始到金。

就业,大学生群体自然是不可回避的话题。

多年来,由于多种因素的影响,新疆大学生的就业形势很严峻,尤其是少数民族大学毕业生就业更加困难。

大学毕业生不就业,学生急,家长愁,全社会普遍关注。

自治区主要领导充满深情地说:一些大学生由于没有就业,他们迷惘、彷徨,甚至对生活失去了信心。学生家长为此而多方奔走,党委、政府面对高校毕业生就业难问题,焦虑之心不亚于学生家长。

有关部门进行的一项实名制调查摸底显示,自2002年至2010年年初,新疆竟然有七万五千名高校毕业生尚未就业,其中全日制本科毕业生一万八千人。这些未就业毕业生,其中百分之八十三为少数民族学生,百分之六十以上是女孩。

一面是大学生就业困难,一面是新疆各地基层的新生力量明显不足,人员老化。

如何解决这一难题?充分利用新一轮对口援疆渠道,组织未就业高校毕业生赴内地培训见习,无疑是一条可行之路。

为解决这些年轻人的就业,自治区启动了赴十九个援疆省市培养计划。近四年时间,先后有两万三千名本科毕业生赴援疆省份,进行国家通用语言和职业技能培训。并规定,他们的学费和每年一次往返的路费,全部由政府承担,每月补助五百元。考虑到少数民族学生的饮食习惯,还专门配备了清真厨师随同前往。

这些学生,百分之九十五以上来自普通市民和农民家庭,百分之八十五的人从未离开过新疆。

第一批是在和田试点,送二百六十五名学生去北京六所大学学习。当学生前往北京的那天,上千人前来送行,有的是老人送孩子,有的是丈夫送妻子,有的是妻子送丈夫,最多的一家有六个人过来送行。送别现场,很多人都哭了起来。

2011年的9月。伊犁河谷。

迷人的秋韵里,伊宁市区到处飘逸着五彩的花香,弥漫着清新的果香。

22日上午。伊宁市人民政府的偌大广场前,到处人头攒动,数千人聚集在这里。首次赴江苏南京岗前培训的四百多名大学生,即将在这里出发。

南京援疆前线指挥组的领导与伊宁市的领导们都亲临送行现场。前来送行的,有大学生的家长、妻子、恋人,还有同学、朋友……

送别现场,千言万语汇成了嘱托,更凝聚成了希望!有党政领导现场送来殷殷嘱托的,希望学有所成,将来报效边疆人民;有父母激情难抑,当场热泪盈眶的,这一下娃娃的未来有前途了;有新婚的恋人依依不舍的,相互送去体贴温暖的话语;有送行的昔日朋友同学,他们艳羡不已,要是自己也能去,那该多好……

新疆学员们第一次远赴南京,会面临着诸多严峻考验。

因参加培训的大学生百分之八十来自少数民族家庭,许多人又是第一次远离家乡,家里人时时刻刻牵挂着他们。

岗前培训,让新疆大学生们见证了中华民族大家庭的同胞深情,感受到了南京人的温暖。

由于途中遭遇了两次泥石流,火车从新疆乌鲁木齐启程六十多个小时之后,才在深夜到达南京。

这趟火车是凌晨2点多才到达南京的。让所有少数民族学员们感动的是,一下火车,他们就见到了前来欢迎他们的高校师生,他们打着标语,亲切地呼唤着他们的名字,迎接他们的专车早已停候在了那里,随后将他们分别接送到需要培训的不同高校。

让他们感动的还有,这些学员们原以为,深夜的南京一定没吃没喝的了,更不会有他们民族习惯的餐饮。哪知道,一到早已准备好的宿舍,整套的洗漱卫生设施,一应俱全。每所高校还专门为他们准备了清真餐厅,他们在简单的洗漱之后,厨师们立马为他们送上了热汤热水的清真餐,简直如家一般温暖。看到援助地南京人如此周到,如此热情,让那些原本带着烤馕的学员,内心禁不住一阵好笑。

热依拉是从西北民族大学毕业的大学生,是参加首次社区管理培训的学员。刚刚才生育二十六天的她,也主动要求远赴南京参加培训。为满足她的愿望,负责部门领队的朱亚东和辅导员佟铁英,不仅安排车辆将她接送到车站,还一路照顾她。

特别让她感动的是,凌晨2点多钟到达南京火车站后,南京工程学院的领导、师生还亲自来迎接他们。前来迎接她的南京高校师生,不让她提一件东西。她在南京不仅可以吃到新疆的拌面,还享受到了特殊照顾。学校专门为她熬制了鸡汤,让她喝了足足一个星期,使得产后的身体慢慢得到了恢复。怕她冻着,学校特地送来了一件羽绒服。

那一刻,热依拉不仅身体暖了,更感到的是内心温暖。每每回忆起南京学习的日子,热依拉心中总有一种说不出的甜蜜!

一招鲜,吃遍天。然而,几年后情况却大为改观。

在喀什市伯什克热木乡兽医站,努尔艾力·库尔班已经上班一年多了。

作为新疆未就业大学生赴援疆省市培养计划的首批学员之一,培养结束后,他就被安置在了现在的工作岗位。

努尔艾力的母亲逢人就说:"我一直放心不下的就是儿子的工作,现在心里的石头落地了!"

努尔艾力,仅仅是两万三千名赴援疆省市培养学员中的一名。

截至2015年5月,所有参加培养的高校毕业生全部返疆,经过考试合格后安置上岗,未就业高校毕业生赴援疆省市培养任务圆满完成。

2014年,和田地区对双语教师进行上岗调查。赴内地培养的七百多名老师的调查状况是:多部门的满意率均达到百分之百。

民生改善,关系老百姓切身利益;就业为重,则能撑起一方天地,铸造一个梦想。持续的就业,更值得期待!

故事之一:"我在这边挺好的"

坐井观天,看不到更广阔的世界,不会打磨出精彩的人生。外面的世界很精彩,很吸引,人生需要闯荡,需要引领。

2010年10月19日。清晨。

年近七旬的维吾尔族老人阿尔莫盖着一件毛毯,斜躺在长椅上,指挥家人用砖块建一个烤馕的炉子。在维吾尔族礼仪文化中,馕是招待客人的佳品之一。

阿尔莫老人最近很忙,再过几天,小儿子巴布尔就要带着汉族未婚妻回来了,小儿子是在南方做玉器生意的。

阿尔莫老人所在的江巴孜乡兰干村,距离喀什城区六十多公里,东部和北部为塔克拉玛干戈壁滩环绕。三三两两的泥坯房依坡而建,小块的麦田和挺拔的胡杨树掩映其中,偶尔会有几个孩童站在半人高的土墙上玩耍。

这是一个远离现代社会的世界,随着喀什经济特区的设立,这片古老而封闭的土地,正在接受来自外部世界的挑战。

如今,全疆每年有三十五万人次外出务工,新疆正以开放的姿态迎接现代化的世界。

新疆少数民族群众外出打工有别于内地,内地多数是自发的,以个体或家庭为单位自己出去就业,而新疆是以县乡为单位,有组织地到内地去就业。

南疆三地州,是维吾尔族等少数民族相对聚集的地区,很多少数民族毕业生汉语不熟练,交流存在一定困难。对此,政府提供免费教材、免费师资、免费培训,还给予一定的生活补贴。此外,南疆各县市还设有实训基地和培训机构。

就阿尔莫老人个人感情而言，他并不愿意儿子远走他乡打工，这是人之常情。但孩子打电话说："我在这边挺好的。"这一下老人就放心了。

2009年春节，孩子还给家里寄了一万多元钱，家里有条件把泥坯房子推掉，建了一座气派的砖瓦房。

邻居们看到阿尔莫家生活越来越好，封闭的乡土观念开始走向开放，主动要求政府把孩子送出去打工，也有不少村民还到阿尔莫家打听外出务工的情况。俨然，阿尔莫成了村外出务工项目的"首席咨询师"。

南疆三地州少数民族外出打工正在慢慢增多。

阿尔莫老人的小儿子巴布尔很自信地说："在深圳只要舍得吃苦，就会成功。"

这位维吾尔族青年讲述起他在深圳的经历，可谓侃侃而谈。

巴布尔有个远房亲戚在广东务工，他回来那气派富足的场面，深深触动了巴布尔。巴布尔深知自己到了结婚的年龄，而按照维吾尔族的传统，婚嫁花费极高。

远房亲戚的富有，让巴布尔十分"眼红"。怎么办？

2005年的11月，十九岁的巴布尔搭乘乡里运货的卡车到乌鲁木齐后，直接登上南下深圳的列车，破旧的旅行包里，只有几件换洗的衣服、一只喝水的搪瓷缸和几个馕，贴身的衣服兜里装着一张身份证和一百三十六元钱。

巴布尔至今记得，临行前，父亲把家里的两只羊卖掉了，换来了二百六十元钱，全部给了巴布尔当作盘缠，在购买了火车票等之后，兜里只剩下了一百三十六元。

"孩子，如果外面不好就回家。"当时，父亲带领家人把巴布尔送出村外很远。只身一人来到深圳后，巴布尔并无任何技能，最初在一家大型超市做搬运工。那时，巴布尔除了干活，就是吃饭睡觉，几乎没有任何个人时间。

后来，巴布尔在同乡的介绍下，在一家宰牛厂工作，工作轻松了许多，也慢慢有了一些积蓄。

再后来，他拿这些积蓄就做起了玉器生意。

"刚来深圳的时候，我确实担心遭受汉人的欺负，对所有人都很警惕。"后来，巴布尔逐渐发现，原来汉人都很友善。

如今，巴布尔不仅有许多汉族朋友，还给自己取了一个汉族名字何生财，寓意是"和气生财"。在宰牛厂工作期间，他还结识到了一位四川女朋友。

当然，巴布尔同任何异乡人一样，也会感到孤独落寞，经常会想起维吾尔族古老的村落，想起父母和哥哥。

每当这时候,巴布尔也会喝上一点白酒,拿起冬不拉,在现代化的深圳唱起古老的维吾尔族民歌。

"庄稼熟了是要收割的,姑娘大了以后是要出嫁的。"喀什北郊乃则尔巴格乡的吾吉格也深有同感。

在南疆的喀什、和田地区,维吾尔族基本上都是四五代同堂,家里老人多、孩子多。

刚到深圳时,巴布尔很不习惯南方的生活方式:"广东吃饭的碗很小,老要去盛饭,很不好意思。我们维吾尔人都是大块吃肉、大碗喝酒的。"

很多青年人像巴布尔这样,刚外出打工时,很不适应外地生活,因而很快又回来了。更有很多人不愿意离开家乡,维吾尔族地域归属感非常强烈,打工者赚些钱之后,通常会回到家乡,不会在异乡落地扎根。

而如今的巴布尔却不一样了,他不仅要发财,还想在南方长期定居下来。

相对于阿尔莫的小儿子巴布尔自由闯荡当玉器老板,帕夏古丽·克里木的外出打工则是由政府组织的。西方媒体对此常常报道说,新疆少数民族村民外出打工不自由。

其实,统一组织,并不意味不自由。少数民族的汉语、技能较差,政府统一组织培训、外出打工,会更有保障。

相对来说,少数民族受限于视野、知识水平等,看不到外面的世界,不愿外出打工,这些"思想路条"才是急需解禁的。

"这里成长环境好,我打算一直干下去。"

"这里是我的第二故乡,我不想回去了。"

2015年1月15日,面对媒体的采访,帕夏古丽·克里木一脸微笑说:"在广东工作收入高、稳定,还能让自己开阔眼界。更重要的是我已经完全习惯这里的生活了。"

帕夏古丽,是乌恰县的一名普通农家女孩,但她却是家乡第一批前往广东打工的外出务工人员。

帕夏古丽是一个漂亮的维吾尔族女孩。她身高一米六六,体态窈窕,头发很长,鼻梁挺拔,皮肤白皙,眉毛很浓密,一对明亮的大眼湖水般明澈。

当年,她是跟随政府劳务输出队来到广东的。经过两年努力,帕夏古丽迅速成长为东莞绿洲鞋业有限公司的岗位能手,当上了管理七十多人的组长。这其中还有十五人是她从家乡带到东莞务工的。

如今,帕夏古丽·克里木每月工资有三千七百多元,而由她带来的家乡兄弟姐妹的月工资也都在三千元以上。

在东莞务工的日子里,帕夏古丽先后寄回家里十五万多元,帮家里盖了新房子,添了电视机、洗衣机、冰箱等家电。弟弟考上大学后,她又负担了弟弟上学的所有费用。

帕夏古丽脱贫了,她并没有忘记家乡的乡亲。

邻居古丽孜那提·木沙巴依考上上海医科大学后,没钱上学。帕夏古丽知道后,主动提出资助她。2013年,帕夏古丽每月资助古丽孜那提生活费三百元。2014年,每月资助五百元,还花三千四百多元给古丽孜那提买了一台电脑。

和帕夏古丽一样,2014年11月5日,在东莞精成科技电子有限公司工作的买买提依明·米外提拉,刚从阿克陶县来到这里,就感受到了成长的快乐。上班不到两个月,他就被公司提拔为电脑主板班的班长,第一个月领到二千八百元工资,吃住都是免费。

还有家乡领导从遥远的新疆来看望他们,这让买买提依明很开心。他说:"这对我们的鼓舞太大了。"

"路费不用掏,工作政府找。吃住也不花钱,我带媳妇一起打工!"乌恰县膘尔托阔依乡牧民阿得力·合得尔阿力高兴地说。

2014年,他和妻子在乌恰县政府组织下,到东莞绿洲鞋业有限公司打工。除工资外,小两口还享受到免费的职工食堂、夫妻宿舍,一个月下来能存七千元。

维吾尔族小伙买日旦·买海提,来自兵团第三师图木舒克市,是市里首批一百零三名赴广东务工人员中的一员,到2015年6月,他已经在东莞工作半年多了,现在他每月的工资有三千多元。

买日旦高兴地说:"在这里吃饭、住宿都好着呢。"

在新疆,兵团第三师与图木舒克市是师市合一的单位。买日旦来自于新疆生产建设兵团第三师五十三团七连,父母都是普通的兵团职工。

广东援疆部门组织兵团职工到东莞打工,条件相当优越。师市党委专门从援疆专项资金中拿出一百二十万元,用于此次劳务输出的路费、生活补贴等。师里给每位员工每月六百二十元的补贴,连续补贴五个月,再加上企业补贴、各项福利。

一百零三名新疆务工人员到达东莞绿洲鞋业有限公司后,企业及时为员工发放各类生活用品,安排周到的食宿。企业专门改造了食堂,更换厨具,由团里随行的两名维吾尔族师傅担任大厨。牛羊肉、鸡肉等食品,则由企业专门从东莞清真食品公司配送来。每顿饭都保证有肉,一个星期吃两次鱼、两次大盘鸡,一个月吃两次清炖羊肉。

企业专门拿出一栋楼,一整层为单身员工宿舍,一整层为夫妻员工宿舍。宿舍楼内的图书室、卡拉OK室每天定时开放,供员工休闲娱乐。室外篮球场、足球场上,员工们周末休息时,可以经常和工友们一起打球比赛。

接纳师市务工人员的绿洲鞋业,是广东专门安排的企业。这里生产生活环境较好,用工管理规范,工资待遇较高。

为充实员工的业余文化生活,绿洲鞋业每周还组织员工就近旅游,员工可根据意愿报名。如工作满三年后,绿洲鞋业还组织他们参加全国性的旅游。

2014年古尔邦节期间,东莞市民宗局组织师市员工做宗教仪式,师市劳动部门专程赶往慰问,绿洲鞋业为员工加餐,让员工们度过了一个快乐难忘的节日。国庆节后,带队干部还组织所有师市员工到深圳一日游。

买日旦是个孝顺的小伙,因为师里和企业有补贴,买日旦给自己留五百块钱零花钱外,其余都寄回家里去了。面对未来,买日旦充满了美好的憧憬。他准备在东莞大干两年,挣上钱后,回家买房子结婚,然后再和妻子一起出来打工。

……

故事之二:他们的人生在这转折

理想是火,点燃熄灭的灯;理想是曙光,照亮夜行者的路;理想是沙漠中的一眼甘泉,让干枯的行者看到生的希望。我们每个人的人生之路中,都有自己的理想。然而,人生道路充满着各种变数,有鲜花也有荆棘,有机遇也有困境。有这样一群青年,他们圆了大学梦之后,向着理想的就业梦前行,可残酷的现实,让他们并不如意。国家援疆行动,犹如拂面的春风,吹进了他们的心田,让他们的人生在这里闪光。

5月的广州,繁花似锦,绿叶叠翠。木棉花、玉兰花竞相争艳,水仙花、玫瑰花渐次绽放,走进花城,让你感受到处处姹紫嫣红,蝶舞蜂飞。

广州的大学城,同样是花影帆动,绿意盎然。在这里,空气中充满了绿树鲜花的芳香,校园里洋溢着浸润心灵的书香。那些新疆的"古丽"们,浸润在花香和书香里,水灵灵的眼睛里闪动着清澈的明眸,俏生生的脸上荡漾着成长的快乐。

清晨,华南师范大学广州大学城校区。

穆凯热姆·库尔班和阿依古丽两人,就像一对儿美丽的蝴蝶,翩然走在校园的林荫道上。结束了汉语晨读,她们奔向机房,准备迎接即将到来的计算机等级考试。

"每天早上起来,洗漱,晨读,吃饭,上课,午饭,午休,上课,晚饭,晚自习……学语言,学计算机,学专业课,参加各种文体活动……这就是我们每天的生活。"在穆凯热姆·库尔班眼里,这样的时光本身就是一种幸福。

不过,她也有些伤感地说,这样的幸福时光,已剩下得不多了,在华南师范大学再培训的八十六名新疆学员,就要学成返乡了。

此时,广州大学新疆班的阿尔祖古丽·奥,正沉浸在"参加演讲比赛、做主持人"的兴奋中。她在QQ空间里发了一条"说说":"我不要求我哪儿都比别人好,我只要求我每天都有进步!"

这个有点儿叛逆、有点儿顽皮的女孩,从小就有一个"当老师"的梦想。大学,她选择了新疆教育学院;专业,她选择了数学教育。可是,她毕业回到家乡之后,却没能成为一名老师。

那一段时间,她很郁闷,好不容易找到一份很不错的机关工作,可她仅仅干了几个月,就辞职了。她的QQ空间里,至今还留着那条"说说":"比阿书记、阿乡长、阿县长、阿市长,最好听的还是阿老师!我要当老师!"

正好在这个时候,"再培训"的机会来了。她通过选拔考试,成为疏附县一名"准幼儿教师",也成为赴广州大学再培训的百名疏附县学员之一。

刚来时,陌生的环境对她来说,有各种不适应,尤其是一次又一次生病,几乎让她后悔了自己的选择。

可是,来自老师、领队、同学的关心和帮助,让她体会到"各种幸福"。她,很快就融入到了你追我赶的学习队伍中,经常会"一大早起来,好多的变化",经常会在兴奋中"疯上一把",生活变得多姿多彩:"呵呵……其实吧,还挺喜欢这边的生活……偶尔装个老外,偶尔当个小阿老板,小阿老师,可以戴上耳机,放到最大声……走在马路中间乱唱、乱跳……哈哈……偶尔可以学到累个半死!"

也在这一天,广州中医药大学新疆班的祖木热提·买买提,在自己的《学习心得》上留下了这样一段话:"有人说生活有时就像一场雨,看似美丽,然而更多的时候你得忍受那些寒冷和潮湿,那些无奈和寂寞。但是,没有阳光时你自己便是阳光。每个人在漫漫人生路上都不会一帆风顺,都有些失意的时候,但只要乐观地面对,不轻言放弃,总会有看见月明的一刻。"

祖木热提·买买提,2010年毕业于陕西能源职业技术学院护理专业,在校时成绩一直很好,每年被评为"三好学生"。实习期间,她不怕累、不怕脏,表现优秀,是老师眼中勤快、听话的优秀实习生。

刚毕业时,她对工作充满希望,以为通过自己的努力,就能成为一名真正的白衣天使。可现实却并非如此,她只好在家待业。那段时间,她也曾抱怨生活,抱怨社会,抱怨为什么就业那么困难。这个曾经自信的姑娘,被生活的压力压得好累好累。

待业几个月后,朋友把她介绍到一家私立医院。祖木热提·买买提迈进了医院的大门,重新穿上白大褂,戴上护士帽,干起了自己心爱的护理工作。但不知道为什么,她总觉得缺了点儿什么。每当和朋友们聚在一起吃饭聊天,听她们自信地、骄傲地说起自己的工作、工资待遇时,祖木热提·买买提就只好安静地听她们说。

"她们都有一份正式工作,而我只是一家私立医院的临时护士,心里就很不舒服,也许这就是我心中的那块空隙和遗憾吧。"

工作半年后,她结婚了。结婚以后,她想得比以前更多了。她想到以后,要维持一个家,养育孩子,心里就不是滋味。她好想自己也能拥有一份正式的工作。

"听到未就业大学生赴对口援疆省市再培养的消息,我好兴奋。我感觉到这样学习的机会很难得,应该抓住。我把自己的想法和家人说了,双方父母都很高兴,支持我的想法,但丈夫不同意。我和他说了很多次,再加上父母的劝告,他终于勉强答应了。"祖木热提·买买提说。

2012年7月1日,祖木热提·买买提带着家人的期望,怀着忐忑不安的心情,踏上了开往广州的火车。因为火车晚点,直到7月6日,他们才到达广州中医药大学。

学校领导、老师的热情,和这里的天气一般,热烈似火。让祖木热提·买买提特别感动的是,这里的在校生宿舍只有中央空调,而他们的宿舍除了中央空调外,还专门装上了独立空调,学校专门为他们准备了清真餐厅,良好的学习条件,周密的培养计划……

在这样的环境里,学习变成了一种乐趣和习惯。不知不觉中,祖木热提·买买提发现,自己进步了,增长了见识,开阔了眼界,也减轻了家庭的负担。每个同学都发生了变化,都取得了自己曾经不敢想象的好成绩。

"我感激家乡亲人支持了我,感谢每一个为我们学习培训而辛苦的老师、领队,更感谢国家给了我们这样的好机会。日子过得很快,我一天比一天更加珍惜这样的时光。总在暗地里督促自己:多学一点儿,再多学一点儿,等将来回到家乡,建设我们的家园,回报祖国。"她说。

"宝宝,是不是又想妈妈了,过几天妈妈就回家了,回去后一定好好陪你。"在新疆班女学员的宿舍,阿达来提·阿不力米提正在电话里安慰三岁半的儿子。一旁的室友热依汗·买买提,听到她母子俩亲密地交流,忍不住掏出手机,也想和女儿通话。

这样的场景,发生在湖南生物机电职业技术学院新疆班女生宿舍。

阿达来提·阿不力米提和热依汗·买买提不仅是同学、室友,她们在很多方面都有共同点:两人都在鄯善县七克台镇农村长大,大学毕业后都回到了家乡,就业路上都参与过保险销售。最巧的是,她俩的孩子出生日期仅相差六天。

上大学,是农村孩子走出田野所梦寐以求的希冀;找份满意工作,是莘莘学子走出校园的梦想。这些梦想,在女孩子身上表现得尤为强烈。

在阿达来提·阿不力米提长大的七克台镇台孜村,人多地少,农民收入较低。她家中弟兄姊妹六个,她排行老四,能够上大学,是父母不愿让她一辈子囿于狭隘的农村田野,而她也希望能找到实现自我价值的平台。

怀揣着喀什师范学院的大学文凭,怀揣着信心和梦想,阿达来提·阿不力米提回到了家乡,她的愿望是当一名教师。

可现实是,鄯善县鄯善镇小学两次招录教师,她两次面试都没能通过。

后来,鄯善县十个乡镇的小学要聘用二十余名教师,全县七百余名大学毕业生报名角逐,她又败下阵来。而她的一位大学同学却被成功录取。

为什么同学能被录取?原因就是她同学的"双语"能力较好。

阿达来提·阿不力米提终于找到了原因:如今基层缺少的是"双语"教师,而她考大学是"民考民",在大学里积累的些许"双语"基础,走向社会长期不用,已"还"给了老师。

2006年年底,台孜村小学找到她,问她愿不愿意当代课教师,她欣然答应。站在讲台上,孩子们齐声喊"老师好!"时,她激动得差点流泪,她是多么向往这个岗位啊。然而,当时代课教师的身份、待遇,让她很快感到自己并没有真正走进教师行列。

自然,一些曾经当过代课教师的人,都有过相似的感受和经历。

辅导员穆克热木·吾甫尔在托克逊县当过正式教师,她回忆,当时乡村学校经费紧张,再加上传统观念和制度问题,代课教师在有些方面,是无法与正式教师享受同等待遇的。

每月三五百元的代课费,还经常拖欠,阿达来提·阿不力米提无法再坚持下去了,她的教师梦破灭了。

以后干什么呢?

在她迷茫之中,她看到没文化的姐夫经营着一家馕店,每天快快乐乐地打馕卖馕,便从农村信用社贷款两万元,也开起了馕店。可金灿灿、香喷喷的馕一个个出炉后,她却怎么也快乐不起来。因为,村里馕店有好几个,买馕的人太少,卖馕的钱还不够支付大师傅的工资。没几个月,她的馕店关门了,贷款还得爸爸帮助还。

阿达来提·阿不力米提寻梦路上的最低谷,是从事保险销售。她把这项工作称为"拉保单"。

当初,一位维吾尔族大哥劝她干这一行时,她打心眼里不愿意。可理想的就业遥遥无期,妹妹上大学需要花钱,自己需要攒嫁妆,她只能硬着头皮"拉保单"。可整整半年下来,她没有拉到一个保单。无奈之下,她只好向有经验的销售员请教,到吐鲁番市参加培训,发动亲戚帮助介绍,才勉强"开张"。

热依汗·买买提说:"我那时找不到合适的工作,也做起了保险。我俩结伴步行三公里,到我表哥的朋友家去推销,对方还没听完介绍就讽刺说:'你们是大学生吗?我即使相信你们,也不相信你们的公司。'空手回去的路上,我们忍不住大哭一场。"对正式工作不再抱任何希望的她俩,选择了结婚生子、操持家务的道路。

人生不易,机遇难得。让她们万万没想到的是,国家实施大援疆战略后,新疆启动了普通高校毕业生赴援疆省市培养计划,她们都觉得是好机会。当然,她们家乡的对口援建省份不是广东,而是湖南。她们自然去"三湘四水"。

面对这千载难逢的机遇,她们犯难了。丈夫、父母、公婆会支持她们吗?

他们向她保证:"安心去学习,孩子虽小,我们能照顾好。"

阿达来提·阿不力米提兴奋地说:"那是 2011 年 9 月 18 日,下午 6 点半,我们在火车站和亲人告别,当时父母高兴得哭了,孩子因看到我挥手离去也哭了。听第一批回去的学员说湖南的培养学院条件很好,我没有什么可担心的,担心的就是才一岁的孩子和我分别时间太长。很感激湖南生物机电职业技术学院,每周安排我们到机房与家人视频通话。到了第二学期,我们都买了笔记本电脑,可以通过宿舍里的宽带上网。"

在湖南的两年中,虽然刚到时她水土不服,虽然她心疼年幼的儿子,虽然她思念心爱的丈夫,虽然学习任务艰巨……但她却觉得很值得!

"和上大学时不一样,我的'双语'水平确实上来了,工作实践也有了;感到了学院领导、老师、领队、辅导员父母般的关怀,与结对子的汉族同学成了亲密的好朋友;我被同学们推举为文艺委员,这对我的组织能力是一种锻炼……"阿达来提·阿不力米提说。

要知道,两年的培养生涯,真是一段快乐的时光,只有付出得多,才能收获多。在这里,阿达来提·阿不力米提感到每一天都是那么美好!

因为,她和热依汗·买买提的人生在这里充满了美好的憧憬。

故事之三:手工编织之梦

手工编织,充满着辛劳与智慧的交织。

巧妙的编织,能描绘出艺术,能编来财富,能点燃人生的希望和梦想。

敲开丝绸之路的大门,葱郁的桑树,柔美的蚕丝,在古于阗的空中摇曳、飘拂。于阗女子的纤纤玉手,在蚕丝上轻歌曼舞,将心中的花儿,绣在古丝路的厅堂。那绚丽的色彩,馋坏了西域姑娘的心肝,沉醉了中原闺秀的容颜;爱德莱斯绸铺就的虹桥,连通了东西方的血脉,各路商贾,熙熙攘攘。

而今,这条飘动了上千年的爱德莱斯柔美绸,还会重放七彩吗?

在新一轮对口援疆中,天津人率先在和田地区的策勒、于田、民丰,点燃了希望和梦想。

妇女手工编织项目,被称作是"没有围墙的工厂",妇女可以不出家门就能就业,不出社区就能创业。

早在2005年5月,天津市就起步了妇女手工编织项目。经过八年运作,已形成了独有的"天津模式",并产生了巨大的经济和社会效益,解决了天津市十八万妇女的就业,年加工及销售收入突破十五亿元。

当天津市在部署对口援疆工作时,首先确立了将天津的手工编织模式复制到和田东三县,并将此工程的实施交给了天津市妇联。由此,在十九个援疆省市妇联中,天津市妇联成了唯一承接民生援疆项目的单位。

2010年7月,天津市妇联开始着手此项工作,很快制定了实施方案,并提出实施"四个一批"目标,即:签订一批协议;培训一批骨干;提供一批订单;带动一批妇女。

2010年8月4日。策勒县。和田地区第一个妇女手工编织项目启动。

在起步阶段,考虑到和田没产品、没市场,天津采取了"三包"扶持措施:包教、包会、包销。

当年,天津有五名编织老师来到策勒县,她们身背编织所需的工具和原材料。在启动仪式当天,就开始了对少数民族妇女的编织培训。

然而,因语言、风俗等因素,编织技能培训却困境重重。像这样大规模的少数民族妇女技能培训,在和田还是第一次。想让她们暂时放下家庭,出来学习编织,难度很大。

开始,前来参加学习的维吾尔族妇女很少,即使来学习的,也像是看热闹似的,培训的效果很不理想。最初编织的产品,白线变灰了,灰线变黑了。

在困境面前,负责培训的老师们使出了十八般武艺,不仅走家串户,耐心动员,还帮来培训的维族姐妹们照看孩子、做家务。老师们的目的只有一个,就是让她们踏实地学好编织手艺。

从前连编织针都不会拿,现在自己编出的产品竟换来了收入。渐渐地,维吾尔族姐妹们的心动了,愿意学习的人也日渐增多。她们的家人也开始理解,并支持她们学编织。就连从前极力反对她们的丈夫,现在也帮她们缠线了。她们开始主动地学习,并积极与老师沟通了。

天津编织老师的坚持和付出,终于有了回报。在和田接受培训的近一万两千名妇女中,基本都掌握两三种技能,半数以上的还掌握了复杂而繁多的编织技艺。她们编织的帽子、童鞋、书包、披肩、挂毯等,成了精湛的工艺品。

天津还实施"一乡一品"、"一乡一特色"的战略,使和田手工编织成为具有民族特色的精品、名品,大大提高了产品的附加值。

技能,提升了信心;信心,唤醒了潜力;财富,催生了活力。

漂亮的围脖、精巧的手机配饰、鲜艳的毛衣……

忽然有一天,人们发现,走在策勒的大街上,少数民族妇女的服饰靓丽多姿了,她们编织的产品出现在自己的身上,时尚而美丽。她们的眼神也变得自信而骄傲了,变得明亮而亲切了,变得热诚而欢快了。她们,不管在哪里见到老师们,都会大声打招呼,用拥抱表示着她们的感激。

和田妇女手工编织项目,几乎是复制了天津市"协会＋中心＋站点"的模式,这模式涵盖了手工编织的整个环节。如:产品研发、成果展示、管理销售、技能培训等。

在天津实施的援疆总体规划中,和田妇女手工编织项目,成为最受瞩目、意义重大的民生工程。几年来,天津在和田已建立了七十五个编织站点,遍布策勒、于田、民丰东三县,形成了完善的手工编织网络,推出了一批有特色的自主品牌。现在,三县还分别建立妇女手工编织展销中心和编织业协会。

在和田近一万两千名受培训的少数民族妇女中,有五千人拿到了国家认定的资格证书。缺少就业机会、鲜有经济收入的维吾尔族妇女,通过自己的手工编织,月收入已有两千多元,甚至更多。曾经的梦想,已成为了她们生活的现实。

在帮助维吾尔族姐妹实现就业梦想中,还有关键的一环,就是管理销售。在天津市手工编织协会产品陈列展销厅中,摆放着天津各县市龙头企业的优秀产品,而和田东三县的手工编织品则摆放在突出位置上,引人注目。天津不仅提供技术、订单,更把和田的手工编织产品纳入到天津的销售平台中,在销售时优先于天津自己的产品。这样,保证了和田的姐妹们天天有活干，月月有收入。

在这一过程中，倾注了天津传授编织技术老师的爱心，倾注了她们的心血。

到2014年12月，天津已有六批三十二名老师前往和田教授编织技术。这些老师，都是天津市的编织高手，都有自己成功的编织企业。然而，当她们接受了这项援疆任务，即使自家企业业务再繁忙，也毫不犹豫地抽出身来，无怨无悔地往返于天津、和田之间。而每次往返，她们的行李总是沉甸甸的、超重的。出发时，行囊里满载编织所需的各种工具、材料、书籍；归程时，装满了带到天津销售的维吾尔族姐妹们的产品。

这几年来，天津妇联带领着和田的编织骨干，走出新疆、走出国门，组织她们参加各种展会。如：中国—亚欧博览会、喀交会、和田玉石文化节以及津洽会、广交会等。还适时举办妇女手工编织大赛、展示展销等活动，提高和田手工编织产品的知名度和影响力，提升她们的市场拓展能力。这些活动，让几乎未走出过家门的维吾尔族姐妹们，开阔了眼界，学会了营销之道。

她们从开始胆怯地躲在老师身后不敢开口，到后来能勇敢地独闯市场，带着产品去推销，再买回原料生产加工，不再坐等老师们为自己提供原材料；而每到内地市场，她们会敏锐地洞悉编织市场的需求和规律，并根据市场的变化，及时调整产品的款式、设计、结构等。这是一种根本性的转变。如今，和田已出现了维吾尔族女经纪人，带领着姐妹们开拓自己的事业。

拥有希望，便是光明，便是握住了生命的火炬。

在援疆行动中，天津人民将希望和梦想的种子播撒在了和田姐妹们的心中，和田的各族姐妹也用火炬照亮了自己的人生道路。

谁能想到，这一枚枚小小的编织针，竟然织出了和田经济的一大产业，竟然织出了少数民族妇女就业的大舞台！

第四章 "杏林"春意暖

生命,总是幸福与苦难相伴。幸福的岁月总是相似,苦难的日子各各不同。

穷人无病便是福,贫病交加命即薄。过往边陲,偏远山区,大漠深处,百姓病而无医,病而难医,病而贵医,酸甜苦辣,一言难尽。

每一轮生命黑色,他们总在农舍忧伤;每一抹夕阳西沉,他们总在草原惆怅;每一个深夜中,他们总在窗口望星光;每一缕晨光,他们总在山口待阳光……

东风无处不闹春,光阴逝水空留去。

面对边疆百姓健康,穿越转型之痛。国家情怀暖边疆,关爱各族百姓生命守望,善待生命健康,春风有意杏林芳;援疆良医,大德厚爱,不是亲人,胜似亲人。

仰望苍茫天水中,甘雨如霖泽苍生。牧歌悠扬"阿肯弹唱","十二卡姆"情深意长,病有所医,病有好医,未雨绸缪健康防,边民生命延伸长。

● 硬件,让就医挺温馨

好雨知时节,甘霖润民生。对口援疆,全面援疆,高瞻远瞩。

2010年的春天,是值得新疆各族群众永远铭记的春天。

随着党中央、国务院的一声号令,在规模空前、声势浩大的援疆热潮中,一支支援疆医疗队西出阳关,一座座新建的医疗大楼拔地而起,一幕幕医疗救助的感人场景随处可见……新疆的医疗卫生事业迎来了又一个春天。

短短几年时间,边疆大地医疗卫生条件迅速改善,新疆各族群众欣喜地感受到了国家的亲切关怀。

怀揣梦想,就是憧憬美好。

病有所医,病有好医,一直是每一个中国人的梦想。然而,现实却并不让人满意。"看病难、看病贵、看病挂号排长队。"一个时期以来,如果将此作为一种奇怪现象的话,那么在我国不少农村贫困地区,还流传着这样一句话:"小病拖,大病挨,快死才往医院抬。"

相对于我国东中部地区,边疆少数民族地区,无论是生产性基础设施建设,还是科教文卫各项事业,因交通不便,居住分散,人少、点多、线长、面广,地方财力有限,公共医疗投入严重不足,缺医少药的难题,一直困扰着平民百姓。

多年来,新疆各族群众对"看病远"、"就医难"的问题,更是愁绪叠加。

改革开放以来,新疆的发展一直滞后于东中部地区,这里医疗卫生状况更是不尽如人意。在新疆,由于地域相当辽阔,新一轮全面援疆之前,村级基本无卫生保健条件,乡级医院路途遥远,交通十分不便。许多山区乡距县城上百公里以上,最远的村距县城六百公里。还有的村不通公路,进出只能靠骑马、骑牦牛,十多天才能进村。

一些地处边境沿线的农牧区,因农牧民们居住分散,缺医少药,医疗根本无法得到保障。在偏远山区乡镇,各种地方病和传染病每年都时有发生。

有的地区处于特殊高原环境,一般的感冒都需要住院治疗,小病需大治,造成就医费用高,加重了本来就十分贫困农牧民的负担,"因穷致病、因病致穷"的现象十分突出。

而许多县乡镇医院的条件,也很不理想,更无法与发达的东南沿海地区相比。在这里,医护人员缺少,门诊部与住院病房破旧,医疗器械落后……

如塔什库尔干塔吉克自治县,位于海拔三千四百多米的帕米尔高原上。由于地理位置偏远,"就医难"一直困扰着当地群众。塔吉克县人民医院的老医院没有厕所,连下水道也没有。帕米尔高原的冬天,寒风凛冽,滴水成冰,打点滴的病人到外面上厕所,可回来后,滴管里的药水都会结冰。手术室床,都是二十世纪五十年代的旧床,住院病房的墙四面透风,每天都有很多灰尘,根本谈不上无菌手术室。过去,农牧民做个阑尾手术,都得跑到三百公里以外的喀什市医院去做。

……

如何让医疗卫生造福新疆各族群众?这是十九个援疆省市必须面对的课题。

梦想起航需要着力点,需要方向标。

工欲善其事,必先利其器。要改善边疆各族群众的医疗条件,大手笔上硬件是必须的。

共同的责任,共同的使命,让部省市之间携手共进。

中央新疆工作座谈会的号角吹响后,国家卫生部迅速周密部署,先后两次组织赴新疆实地调研。

2010年7月29日。乌鲁木齐。

全国卫生系统对口支援新疆工作座谈会在此召开,正式拉开了新一轮卫生系统对口援疆的序幕,实行卫生对口援疆在新疆十四个地州市全覆盖。

> 春回大地草发芽,
> 新疆盛开迎春花;
> 中央新疆工作会,
> 各个民族人人夸;
> ……

歌为心声,质朴的新疆人用歌声抒发他们内心的感激。

基层群众求医看病,公共卫生基础设施首先要满足需求。这样,才能便于医务人员开展工作。

连续数月,笔者奔赴在天山南北的城乡,采访多个地州县市,无论是新疆当地的领导,还是各族群众,他们都有一个共同的感受:那就是援疆让新疆的卫生基础设施跃进了现代化,从"冬窝子"搬到了高楼和"别墅区"。

卫生医疗援疆的规模是空前,层次是高端的。

2011年5月,浙江援建阿克苏乌什县亚曼苏乡卫生院正式交付使用,这是浙江"健康普惠工程"中首个建成使用的乡镇卫生院。之后,柯坪启浪乡卫生院、温宿博孜墩柯尔克孜民族乡卫生院……相继投入使用,新建的乡镇卫生院在阿克苏地区遍地开花。

2011日7月21日,江苏张家港援建的伊犁州巩留县人民医院正式启用,一批先进的医疗技术设备同时投入使用,医院信息化、自动化程度极大提高。

2011年11月,浙江省温州市援赠给拜城县人民医院飞利浦1.5T双梯度核磁共振设备,价值一亿三千余万元。从此,核磁共振仪在拜城县落地,生根开花。

2011年12月,由浙江嘉兴全额投资的沙雅县维吾尔医医院医技综合大楼竣工。

2012年5月,由浙江绍兴援助的阿瓦提县维吾尔医医院综合楼投入使用。

2012年8月1日,由广东援建的新塔什库尔干塔吉克县人民医院正式投入使用。8月25日,塔吉克县人民医院的高压氧舱通过医疗专家的验收。

2010年，辽阳市为额敏县人民医院购置了多普勒彩超仪，同时捐赠价值五十万元的高压氧舱，填补了额敏县人民医院医疗设备的空白。2013年，又援建了额敏县人民医院综合楼。

2013年新年钟声刚刚敲响，由江苏扬州援助的新源县中医院正式交付使用。

2013年，由吉林省援疆哈巴河县人民医院住院就诊大楼正式投入使用。

2013年10月，由江苏徐州援疆的奎屯市妇幼保健院综合楼正式投入使用。

2014年4月28日，由江苏镇江市对口支援兵团第四师医院综合病房大楼正式开工。这幢综合病房大楼高十七层，主体投资六千多万元。

2014年11月，在上海的支援下，喀什地区第二人民医院新住院大楼建成，就诊床位增加到八百个。

2015年5月5日，江苏昆山市全资援助的阿图什市人民医院分院正式开建，总投资约一点二亿元。

2015年12月，由南京投资一点三五亿元兴建的伊宁市金陵维吾尔医医院投入使用。它是一所现代化综合性的三级甲等维吾尔医医院，在北疆地区独一无二。

在北疆的阿勒泰市，患者就诊再也不像前些年那样，动不动就往乌鲁木齐跑。因为，新一轮援疆几年来，长春市卫生局为阿勒泰市人民医院援建了大量医疗设备，为这里培养了一批技术人才。

……

浓浓援疆意，清新大漠风。边疆众多基层卫生院的新建改造，极大地改善了当地看病就医的环境和条件，方便了各族群众。

2012年的秋天。边陲叶城。金黄的胡杨层林尽染，硕果累累。而就在这丰收的时节，叶城又增添了一件造福民众的喜事。9月14日，上海援建的叶城县维吾尔医医院正式投入使用。这是上海援疆"交钥匙"工程中首个交付使用的援建项目。

叶城县维吾尔医医院，坐落于叶城县恰斯米其提乡。其建筑面积为一万六千平方米，主要包括急诊医技楼、病房楼、后勤楼、职工住宅楼、研发楼等，总占地约五十亩。

按照"现代化、智能化、生态化、人性化"的理念，医院设有四间手术室，ICU（重症监护室）可同时安排五个床位。住院病房设有二百个床位，为让病人在治疗期间安全、便利、舒适，每间病房都有独立的取暖、卫生、淋浴设施。病房门诊挂号、收费、取药等采用多层、多点服务，减少病人往返奔波；各种影像检查、化验检查等,几乎都在一个楼层完成,大大方便了病人。

医院在环境建设上,突出绿色主题,对医院楼宇和庭院进行绿化、净化、亮化和美化。

医技楼和病房楼之间,由一个宽敞的连廊相连,设计和建造技术上的先进性,管理和服务上的人性化,不仅体现了清静、典雅、朴素的特点,还体现了当地的民族特色,有利于患者生理、心理健康。

上海西部企业(集团)和上房物业管理公司对其锦上添花,为其无偿提供物管指导方案,为科学运营、规范管理打下了扎实基础。

在当天举行的移交仪式上,上海经济团体联合会等四家单位还奉献爱心,共向叶城县维吾尔医院捐赠二百万元,用于医疗设备的购置和后期管理。

2014年6月的一天,新疆新和县阳光充足得如激情四射的火焰。

一大早,在尤鲁都斯巴格镇卫生院里,就有不少人前来就医。海力切木·艾麦提,是铁热克博斯坦村的村民。老人已是七十九岁的高龄。她来了仅仅五六分钟后,医生便开始对她进行全面细致的诊断。

不久,镇卫生院护士努尔比亚·巴拉提给老人输了液,量了血压,发现很正常,没有特别的症状。然后,她告诉老人说:"要有特别的需要,可以找主治医生或者我们护士。"

海力切木·艾麦提说:"给我治疗得非常好,政府给我们创造了很好的环境。"

新和县尤鲁都斯巴格镇,有两万多农牧民。镇卫生院建于1956年,土木结构。新一轮援疆前,经鉴定,卫生院的危房面积占三分之一,业务用房仅有二十多个病床位,根本无法满足全镇人的看病需求,医生、护士们的工作环境也拥挤不堪。

镇卫生院院长艾尼玩尔·库尔班说:"我们原来工作环境不太好,破旧的平房不说,医生的办公室与休息室同在一个房间,即使值夜班也是如此。"

2010年6月,浙江丽水援疆指挥部进驻新和县后,尤鲁都斯巴格镇卫生院被列为援建试点项目。经过一年建设,2011年7月31号,新的镇卫生院病房楼建成并交付使用。

新的病房楼有急诊、妇产、内外科等多项功能,病床位也从原来的二十多个,增加到现在七十多个。

从2010年到2012年,丽水市投入援疆资金三千多万元,重点实施了三个卫生院和一个医疗设备项目,并陆续建成使用。尤鲁都斯巴格镇卫生院仅是其中之一。

……

"这里条件好了,我们肯定来这边啊!"在疏勒县牙甫泉镇卫生院,陪婆婆来看病的维吾尔族村民库尔班尼萨说。

她的婆婆阿依娜罕·尼亚孜已是七十七岁的老人了。此前,她们一般都去远在几十公里外的疏勒县医院治疗。不过,从2012年年初开始,老人看病不用再跑远路了。

初来乍到,很难让人将这里当成乡镇卫生院:三层门诊楼和住院楼高大宽敞,庭院种满花草,就像个大花园似的。

配药师买尔耶木古得意地说:"我们这边现在应该是疏勒地区乡镇卫生院中条件最好的。"

新一轮援疆之前,牙甫泉镇卫生院却是另一番景象:全院只有两座平房,五十来张病床。因为条件所限,以前遇到病情相对严重的患者,就只能进行转院治疗,而现在则拥有三座大楼,一百二十多张病床,还有了洗衣房、超市。

"以前每天看病最多时九十来人,现在都能容纳二百人。"卫生院院长艾科拜尔扳着指头说,"医务人员也由原来的三十多人,增加到七十多人。现在,医疗设备配上了,人员经过培训,业务能力也提高了很多。"

镇卫生院的条件改善了,不仅牙甫泉镇的村民来看病,就连艾尔木尔、阿拉力等附近村镇居民都会过来看病。

"感谢国家援疆好政策,感谢山东人啊,让我们这里条件改善这么多!"每当说起前后的变化,艾科拜尔院长总是深情地说。

在沙雅县努尔巴格乡卫生院,村民陈海铃在整洁明亮的病房内,照料着四岁的儿子。

"现在乡卫生院条件这么好,有个什么头疼脑热来这里看,方便多了!"她说。以前,乡亲们生病都去几十公里外的县城医院。有一次,儿子半夜发烧,一时找不到车,她急得直掉泪。

沙雅县的很多乡卫生院,都建于二十世纪六七十年代,住院条件极差,土坯房四面漏风,缺医少药设备差,留不住医技人员,乡亲们大病小病都往县医院跑。最远的哈德墩镇,距沙雅县城有一百八十公里,要开越野车穿越沙漠胡杨林,五六个小时才能到,要是遇到急病就被耽搁了。

浙江嘉兴援建的新卫生院,让努尔巴格乡的百姓就医环境发生了巨大的变化。现在有崭新的医务楼,有完善的取暖和污水处理系统,有B超、心电图、尿液分析仪,医务人员安心工作了,病患者从每年三百多人增加到一千五百多人。

第四章 "杏林"春意暖

在沙雅县,像这样的标准化乡镇卫生院,嘉兴一共援建了五所。

以前,沙雅维吾尔医医院的B超室、心电图室、中草药房、制剂室等,都挤在阴暗潮湿的地下室,而门诊、住院病人也都挤在一块儿。

"以前由于检查项目过于集中,有时病人要排上两三天的队。"该院副院长买买提·依明说,"医院没办法时,只能经常把病人往外'推'。"

嘉兴全资建设的四千多平方米医技综合大楼,使沙雅维吾尔医医院旧貌换新颜。2012年3月,新大楼投入使用后,医院条件大为改善。如今,这里是全疆最好的县级维吾尔医医院之一。

……

今天的天山南北,从热闹的城市到偏僻的乡村牧区,一栋栋具有现代医疗水平的急诊楼、综合住院楼、医技楼,一座座具有现代先进技术的疾病防控中心,拔地而起。

走进如今的新疆县级医院,迎面而来的是绿意盎然的花园,崭新的住院大楼,明亮整洁的病区环境,还有病员服务中心护士的温馨笑脸。而许多设备先进的卫生院,更像一个温馨的家,一个设施齐全的星级宾馆。即使是一个个乡镇卫生院,也十分耀眼,明亮而温馨。这样的医疗就医环境,即使在东部发达地区一些县城也难以达到。

可以说,新一轮援疆的几年,新疆医疗卫生系统的这些巨大变化,已成为新西域最温暖的"景致"。

● 妙手换回病树春

厚德载物,医道无疆。

卫生援疆,就是要让幸福之花绽放天山南北。

医疗硬件的改善提高,让新疆各族群众看病就医有了好去处。

然而,长期以来,这里的医护人员紧缺,一直制约着医疗服务水平的提高。新一轮援疆前,在新疆的许多县、地州医院,不要说大手术动不了,就连一些像胆结石这样的小手术,在县一级的公立人民医院,医护人员们也束手无策。

仁爱,是一个国家建立的基础,是一个理想社会建立的基础,也是一个国家和谐发展的必要条件。

汉字的"德"字下面是一颗心,这是一颗善良之心。德,是中华文化之宝;德,是中华社稷之基;德,是民族精神之魂。

"新疆百姓的疾苦,就是我们的疾苦!"十九个援疆省市的人民都发出了同样的声音。

救死扶伤、满足新疆各族群众需求,是医疗卫生援疆的主题。

2005年2月,早春的江南,已是红杏枝头。而祖国西北边陲的伊犁河谷,却依然春寒料峭。就在此时,江苏省泰州市派出了以蔡庆康为队长的第一批援疆医疗队。从此,医疗援疆在伊犁河谷如杏林春雨,润泽边疆的各族百姓。

当新一轮对口援疆的春风吹拂西域大地时,内地一支支的援疆医疗队奔赴天山南北,一幕幕白衣天使医疗救助的场景令人动容。

2011年4月的一个上午,河南援疆医生、哈密地区中心医院副院长刘锁超像往常一样,正在医务室里诊治病人。突然间,一阵喧腾,一群人抬着担架"闯"了进来。领头的中年男子韩某满头大汗,几近哀求地说道:"医生,请您救救我的爱人吧!"

刘锁超赶紧起身,走到担架旁,只见患者头发凌乱,面如死灰,目光呆滞。刘锁超一番耐心查看询问后得知:患者因糖尿病足,十个脚趾全部发黑、流脓。之前,病人曾在乌鲁木齐市的一家大医院医治过二十多天,花费五万多元,但病情却没有好转。望、闻、问、切后,刘锁超给她开了温阳、通络、止痛的中药。半个月后,患者韩某不仅上下楼梯自己能走,而且脚部腐肉已脱落,脚趾黑色变浅。又服用两个疗程的药后,不但坏疽病得到了控制,就连糖尿病的特征也没有了。

韩某逢人便夸:"啧、啧,河南来的刘院长真是神医呀!"从此,刘锁超"神医"的名字不胫而走。

寒梅傲霜雪,艺高人胆大。2014年11月18日17时许,正在开会的江苏援疆医生、伊犁州友谊医院副院长朱宏,突然接到医院儿科打来的急诊电话:当日11时许,一名两个月大的婴儿,无意中吞下一颗纽扣电池,卡在了食管处。

纽扣电池的主要成分有锂、锌等,在食管内停留时间过长,电池表面被腐蚀,电池内的碱性液体会泄露,容易造成金属热灼伤和碱烧伤、重金属中毒;异物停留的时间较长时,还会引发食管出血、发炎,甚至穿孔;严重时还可引发与其相邻的主动脉破裂,导致致命性大出血,后果十分严重。

朱宏从医二十余年,诊治小孩误吞纽扣电池的病例不计其数,但是头一次遇到这么小的婴儿。从X光片上可以清楚地看到,这枚直径零点八厘米的纽扣电池,比婴儿的食管直径还大,手术的危险性极大。此时已过去五个多小时,孩子正在生死线上徘徊,必须马上手术。

在消化科、儿科和麻醉科专家的配合下,朱宏经过一个多小时的紧张手术,终于成功取出了电池。为两个月大婴儿插管麻醉,在胃镜下成功从食道取出异物,这在伊犁州甚至全疆尚属首例。

在伊犁,由于饮食习惯的原因,胃肠道疾病的发病率极高。2014年9月初,特克斯县居民巴哈古丽因胃息肉住进了伊犁州友谊医院,成为该院首批内窥镜微创手术的受益人之一。

对于胃息肉,原本是可以微创解决的,但由于新疆医院的技术不成熟,一般都采取开腹手术,患者要承受创面相对大、恢复时间长、经济压力重的痛苦。

江苏医疗援疆专家朱宏来了以后,所做的内窥镜微创手术,不仅为患者带来了福音,还填补了伊犁州消化科这项手术的空白。

现在,伊犁各族患者在家门口,就能接受目前国内最先进全面的内窥镜诊断和治疗。

这是2015年5月的一天晚上。

"张主任,刚收到一名急性心梗病人,请马上来医院!"

挂断手机,跟电脑那头正在视频通话的妻子和两个孩子挥了挥手,张峰飞一般从援疆楼冲向喀什二院的急诊手术室。

此时,已是晚上10点。一个多小时后,通过对维吾尔族老爷爷的介入手术,抢救团队成功地为其开通了冠状动脉,而在此前老人的冠状动脉已完全闭塞了。

在这过程中,张峰更像是一个指挥官,镇定地审视着手术台上医生们的操作,时不时给些建议。

张峰是喀什二院的心内科副主任。援疆期间,在休息时被叫去参与类似的心梗急救,张峰不记得有多少次了。从最初开始亲身上台操作,到后来慢慢"退居"二线。在他的提议下,喀什二院全面完善了"急性心梗绿色通道",全天候守护当地的急性心梗患者。

这是一条"与死神赛跑"的通道,只要一有急性心梗患者送来二院,"绿色通道"便马上开通,用最快的时间集结所有人马,为患者开通梗死的冠状动脉。

张峰的母院复旦大学附属中山医院,曾是华东地区最早开通这一"绿色通道"的医院。

而身为葛均波院士得意门生的张峰,将其中最先进的理念引到了刚挤入三甲门槛的喀什二院。

……

"努尔比亚,帮我问一下情况。"

"帕提古丽,来一下。"

在洛浦县人民医院妇产科住院部,丁新一个病房一个病房地转,两位值班护士也跟在她身后,不停地小跑。

病床上躺着的少妇,已经第二次流产了。丁新嘱咐她:"下次怀孕前,要提前三个月吃叶酸,每天吃零点四毫克,怀了孕也要再吃三个月。"

少妇望着她,没有反应,丁新干脆拿笔写在纸上,她把纸条交给护士,请她帮着翻译成维吾尔语。

丁新,是来自首都医科大学附属北京妇产医院妇产科副主任医师,四十六岁的丁新来到新疆后,被聘为洛浦县人民医院妇产科主任。"说实在的,一开始我心特别凉,不愿意干这个主任。""大医院手术室都是层流净化,这里就是窗户,手术的时候还有自然风。"丁新说。

面对如此状况,丁新改变了想法。她说:"我一看,不管不行,不管不放心,就管起来了。"

剖腹产手术,北京十几年前就是横切口了,又美观又容易操作,但和田这边一直是竖切口,不会做横切的,也不敢做。丁新就教大家做横切口剖腹产手术,现在一般医生都能做了。

一度心特别凉,不愿意干这个主任的丁新,在第一年援疆任务结束后,却主动要求增加一年的援疆时间。她说:"这里生活艰苦,很多学术会议参加不了。但在这里为当地人民造福,心灵会得到净化。"

"求求您了,求求您了,王专家救救我女儿吧!"

这是2014年4月的一天,有位哈萨克牧民带着女儿,急匆匆地推开王飞的诊疗室。

眼前这位哈萨克牧民的女儿,虽是四十多岁的人,但因患有精神疾病,并因糖尿病视网膜病变眼底出血,导致她双目失明。作为一名父亲,这位牧民心里岂能不焦急?他看到媒体上宣传王飞的报道后,就急忙来向王飞求诊。

江苏省第八批援疆医生王飞,是位眼科专家。她虽然做了很多年医生,但每次看到患者经过手术重获光明,王飞总觉得特别满足。

对于这位哈萨克牧民女儿这样的手术,在国内只有极少数医院能够开展,而这类技术,又正是王飞擅长的。王飞精心为哈萨克牧民女儿做了手术后,她终于能够重新见到了光明,父女俩十分高兴。

2014年7月,有一对年轻的维吾尔族夫妇抱来一个六个月大的婴儿。可这个可怜的女孩双眼,竟然患了先天性白内障。对此,父母非常着急,四处求医。

找到王飞后,她立刻安排患儿入院,精心设定手术方案,以精湛的微创技术,为患儿施行了先天性白内障摘除手术,帮助患儿恢复了良好视力。

王飞精湛的医术,让这对年轻的维吾尔族夫妇非常感动,他们不仅要与王飞合影留念,还邀请她到家里作客。

在伽师县,六十岁的米吉提·买买提说起援疆医生,感慨地说:"我能重见光明,这得感谢上海医生。"

几年前,米吉提患上了白内障。起初,他以为只是近视,还配上了近视眼镜。"那时候看不见,几乎不能出门。"

抱着试试看的心理,米吉提来到喀什地区第二人民医院,援疆医生利用先进的白内障超声乳化技术,为他实施了微创手术,使其视力从入院时的零点零二提升到零点八。

过去,喀什遇到这样的病例,只能沿用大切口的手术方案。如今,伴随着上海援疆医生的到来,超声乳化仪也在喀什地区第二人民医院开始普及,大切口的手术方案也被微创手术代替。

过去,在南疆喀什地区很多疑难杂症,甚至是一些非常危急的常见病,只能到乌鲁木齐的大医院去治。

现在的情况如何?喀什地区第二人民医院副院长、心内科专家瓦哈甫·马木提说:"自从来了上海专家,我们已经很少有转出的病人了。"

在上海援疆医生的帮助下,喀什二院心血管疾病诊治中心开展了一项又一项新技术:主动脉内球囊反搏术;先天性心脏病介入封堵术;心脏再同步化疗法治疗等。

像上述镜头中的援疆医生还有很多很多。

每一轮援疆医疗专家,总是饱含一片深情,一腔赤诚,顾不上梳洗旅途的风尘,无暇思念家中的亲人。一到受援地,他们就立即投入到繁忙的医务工作中。

他们把边疆当故乡,视患者如亲人,不论白天黑夜,不管寒暑春秋,只要患者需要,总是随叫随到;他们与新疆的医护人员一起下乡义诊,进乡镇,走牧区,跑山村,足迹遍布新疆的天山南北。

大医精诚,仁心妙手。几年来,十九个援疆省市通过选派高水平医疗队,推广使用先进技术,积极开展诊疗、手术,让新疆各族群众真切享受到国家援疆战略带来的温暖。

一幕幕救死扶伤的感人场景,一张张患者康复后的幸福笑脸,每天都在续写着动人的援疆篇章……

"新疆有我的病人,有我的牵挂,新疆需要我,我的身体也很好……"

2010年12月,五十六岁的蔡庆康主动向上级领导请缨,要求第二次援疆,最终获得批准。来到新疆的第一天,欢迎大会还没结束,蔡庆康便被"带走",一口气连续实施了三台手术。

听说蔡庆康再次援疆,以前的患者奔走相告,百余名哈萨克牧民自发组织起来,迎接这位被新疆患者誉为"江苏白求恩"的医学专家。

当年在新疆,有一名艾滋病外伤截瘫病人,在对其实施高难度手术时,蔡庆康佩戴的防护面罩充满了雾气,遮挡了视线。为确保手术高质量完成,在手术最复杂、最关键时刻,蔡庆康取下了防护面罩。

可就在此时,助手的一个操作竟让患者的血液,径直喷溅到了蔡庆康的脸上和眼睛里!

在场的医护人员一致要求他:立即停止手术,紧急进行三十多分钟的专业清洗与防治。但蔡庆康却像什么没发生一样,只是简单清理了一下,又投入到紧张的手术当中……直到三个小时后,手术成功完成,蔡庆康才进行了专业清洗。

血液传播,是艾滋病毒最主要的传播途径,艾滋病患者的血液一旦进入了眼睛,又不及时处置,感染艾滋病毒的风险非常大。在危急时刻,直面生死,蔡庆康将危险留给自己,毅然决然地选择了患者的生命安全。

"当时手术正值关键步骤,病人在出血,时间就是生命,必须尽快完成手术。"在谈到这段经历时,蔡庆康仍坚定地说,"在手术台上,病人的生命永远是第一位的,这是原则,不能丢!"

从此以后,"江苏白求恩"的称呼便在新疆的患者间广为传播。

2011年3月9日,距离福建莆田援疆医疗队到玛纳斯还不到一周。

凌晨3点,县人民医院120急诊接来了几个车祸伤员。有一位面部自上睑缘起,深自骨膜,皮瓣上翻自发际,双侧的滑车上动脉、眶上动脉断裂大出血,还一度出现了休克,病情十分危急。

时间就是生命,睡梦中的援疆医生方文旭接到通知后,立即赶往医院,和同事一起拟定救治方案。

经过两个多小时的持续奋战,患者转危为安,保住了生命,保住了双侧眼球,恢复了视力,尤其是皮肤经过认真细致的对位缝合,避免了毁容。患者家属非常高兴,同事们十分钦佩。

以往在玛纳斯,遇到这样的病例,当地医院只能转到十五公里外的石河子市,或去一百三十多公里外的乌鲁木齐治疗。现在,莆田援疆医疗专家来了,在家门口就可以得到救治,便捷多了,花费少了。

第四章 "杏林"春意暖

从此以后,方文旭的美名便在玛纳斯传播开来,慕名前来就诊的病人络绎不绝,新设的科室充满了生机和活力。

老骥伏枥,志在千里。五十五岁的方文旭,是莆田学院附属医院耳鼻咽喉科主任医师。当初,医院接到援疆任务后,他主动请缨。因为经验丰富,技术精湛,他被任命为本批援疆医疗队的领队,也是年龄最大的一位。

来到玛纳斯后,方文旭还与麻醉科等多个学科进行协调合作,攻克了一道道难关,开展了一系列手术,使一大批鼾症患者康复。他带领同事开展的一些新技术、新疗法,如头颈部肿瘤切除手术、分泌性中耳炎的综合治疗等,填补了玛纳斯县医疗领域的空白。

2011年7月,泰州市人民医院心内科专家王如珠来到昭苏后,被任命为昭苏县人民医院副院长。他在筛选先天性心脏病患者的过程中发现,昭苏有许多家境贫困的成年人,无法得到及时的手术治疗。

得到这一信息,王如珠迅速向后方的泰州市人民医院求助。

经过检查、评估,泰州市人民医院决定实施"心的昭苏"求助活动,首先确定五名先天性心脏病患者为首批救助对象。他们由泰州市人民医院接到泰州,接受免费手术和治疗。

颇具喜剧色彩的是,患者之一努尔兰汗被确诊为先天性心脏病后,不相信泰州医院会为她免费手术治疗,便悄然离开了。努尔兰汗的妹妹是一名机关工作人员。她上网搜索泰州市人民医院的网站后,被该院网络上一个个大型爱心行动的报道感动。妹妹告诉姐姐努尔兰汗,泰州市人民医院真的可以为她免费手术治疗,甚至连往返几千里的路费都不用个人负担,努尔兰汗顿时喜极而泣。

2011年8月7日,在家属、医护人员的簇拥下,五名患者被推进了手术室手术。可他们的亲人们依然不肯离去,等候在手术室的门口。两小时后,努尔兰汗他们出来了,手术非常顺利。

患者在术后被送进ICU的途中,亲人们擦拭了额头的汗水,悬着的心终于放下了。

2011年8月22日,五名患者完全康复,顺利返回新疆。

努尔太,是患者哈里夏的丈夫。他代表所有接受手术治疗的患者,用柯尔克孜文写下一首《心的泰州》诗,表达他们的感激之情:

  我们要把你们的精神歌唱
  让她流传到永远
  永远记在我们的心中

你们治好了我们的心
我们永远把你们放在心里
团结是生命的摇篮
打开了援助的一扇心门
泰州的医生护士永远刻在我们的心中
永远歌颂你们的恩德
实实在在地把你们像歌一样传唱
援疆不了情
……

作为哈尔滨医科大学附属第二医院眼科博士,杨滨滨在得知上级有援疆任务下达时,毫不犹豫地报了名。杨滨滨的丈夫也是一名眼科专家,她不忍让丈夫独自带着四岁的孩子工作、生活。援疆一个月后,她返回哈尔滨。再回新疆阿勒泰时,她带来了儿子。

2014年5月底,她的丈夫利用休假时间,从哈尔滨来到阿勒泰看望妻儿。可是,原本准备好好陪陪妻儿的丈夫,来到阿勒泰后,不但没机会外出游玩,还被杨滨滨"安排"为患者做手术。

"一大早就被她叫起来准备手术了。"杨滨滨的丈夫无奈地说,但对于妻子的选择,他很支持。

2014年11月4日晚11时15分。南京禄口机场。

江苏援疆医生、克州人民医院担任副院长的谭晓风尘仆仆,带着新疆四个贫困家庭的先天性心脏病患儿和家长,顺利降落在南京禄口机场。

这四名先天性心脏病患儿分别来自克州的阿合奇县、乌恰县和阿图什市。这标志着江苏援疆的"心佑工程"第二期计划正式启动。

早在11月4日中午1点半左右,依力米古丽就抱着女儿登上了从新疆喀什飞往南京的航班。这个维吾尔族女婴麦迪娜·排孜拉才一岁零两个月大。可是,她患有先天性心脏病,只能在依力米古丽的怀中熟睡。

和麦迪娜同行的,还有三位同样患有先天性心脏病的克州幼童,他们都来自克州少数民族贫困家庭。他们中年龄最大的美迪娜·买买提肉孜只有五岁,最小的别克马依·买买提哈孜出生才十个月。

"我和孩子爸爸都是农民,年收入只有一万多块。三个孩子中,麦迪娜的姐姐也患有先天性心脏病,前年姐姐动手术还欠着七万元的债没有还。"依力米古丽坦言。

当发现麦迪娜也患有先天性心脏病时,家里真的没有能力再为她去治疗了。当她和丈夫听说江苏在克州有一个"心佑工程",是免费为贫困先天性心脏病患儿做手术的,他们就赶紧来了。如果没有江苏人的爱心和帮助,他们可能就不替女儿做手术了。

克州和南京,有将近五千公里的距离,为两地架起生命桥梁,为麦迪娜这样的贫困先天性心脏病患儿带来生的希望的,正是江苏的援疆干部和医生。

谭晓说:"到了新疆后,我们发现当地先天性心脏病患病率相当高,大概有百分之一左右。"

在克州当地,是做不了这样医疗手术的。

2014年7月,江苏启动了一项"心佑工程"。所谓"心佑工程",就是江苏援疆1+X的爱心慈善项目,主要费用由江苏援疆指挥部资助。从那时起,援疆医生就建立起一个先天性心脏病患儿的资料库,开始陆续帮助更多当地贫困先天性心脏病患儿。

这么小的孩子就要做心脏手术,难度大不大?

谭晓告诉笔者:"对患儿均采用微创手术方式,不进行开胸心脏直视手术,仅通过大腿根部或胸部非常小的切口完成手术。"这类手术代表了心脏外科最新技术水平,手术创伤小,术后恢复快,几乎没有刀疤。

在对这一批四名患儿进行手术时,除了江苏的专家,谭晓他们还邀请了台湾的专家主刀,可以说爱心的传递跨越了江苏、新疆、台湾三地。

果然,在11月7日,对四名患儿的微创心脏手术很成功,三天之后,他们就出了院。

2015年的新年已悄然而至,可这个新年对于新疆吐鲁番四十二岁的柳晓泉(化名)来说,差点成了一道没能跨过去的坎。

柳晓泉,是吐鲁番地区鄯善县的一名地质勘探员。2014年12月的一个周末,工作中的柳晓泉突然感到右腹部剧痛,还伴随着头晕和恶心、呕吐等症状。同事们赶紧把他送到县人民医院急诊科,检查发现腹腔大量积液,肝区有一个拳头大小的肿块,初步诊断为巨大肝脏肿瘤破裂,并失血性休克。

情况异常危急!需要立即进行开腹手术。但此类手术在县人民医院从未开展过。如果转诊到二百多公里外的乌鲁木齐市,不仅会延误抢救,而且可能因路途颠簸加重病情。

生死攸关之际,县人民医院副院长王平想到了湖南援疆医生。

接到急会诊电话后,普外科专家徐海帆火速从援疆楼赶到医院手术室,快速判断病情,联系麻醉师进行术前评估,指导开辟静脉通路抗休克,紧急完善各项术前准备……经过四个多小时的急诊手术,柳晓泉终于被从死亡线上拉了回来。

出院时已临近2015年元旦,柳晓泉在县电视台镜头前感慨道:"能够活着走进2015年真好,我这条命是湖南援疆医生救的!"

2015年5月15日,上海援疆医生来到古勒巴格乡上阿尔硝村开展义诊活动。

车子刚刚驶入村委会大门,就看到许多老百姓聚集在院子里等着上海专家。大家搬桌子,放椅子,开始着手工作前的准备,做记录的做记录,量血压的量血压,做心电图的做心电图……

而村干部和驻村干部则当起了临时翻译,两位援疆医生认真地对待每一个来咨询的村民。

布买热木患有脑梗塞半年了,听说上海专家要来义诊的消息后,一大早就来到村委会。沈丹杰医生看了她的头颅CT后,反复叮嘱她:"脑梗塞是种慢性病,平时要控制好血压,坚持口服降压药,坚持肢体康复锻炼,把握最佳治疗时期。"沈医生现场教了布买热木几个简单的肢体训练动作,嘱咐她要坚持锻炼,肢体正常活动是可以慢慢恢复的。

拿着沈医生开的处方单和免费药品,布买热木感动得拉着沈医生的手,久久不愿松开,连说:"热合买提(谢谢),热合买提。"

八十九岁的图如普·木萨被家人扶着来到诊台,一句"阿卡,那日给孜阿个日度(哥哥,你哪里不舒服)"拉近了援疆医生和维吾尔族百姓的心。

刘建军医生扶着图如普大叔坐下来,仔细检查,娴熟的动作,轻缓的话语,一下子拉近了彼此的距离。他时不时用维语聊上几句话,舒缓了图如普大叔的情绪。

在给他检查时,听其心脏有收缩期杂音,并且肺里有湿啰音,又听到家属说最近行走的力气越来越差,刘医生认为:患者很可能出现心衰症状,心功能下降。刘医生当场和医院协调,安排图如普大叔去县医院检查住院治疗。

图如普大叔离开座位时,竖着大拇指说:"上海,亚克西。"

虽然烈日当头,已到中午时分,瓶装水就在身边,但两位医生没来得及喝一口水,坚持为老百姓答疑解惑,诊疗查体。短短的一个上午,前来咨询、问诊、检查的群众就达到一百二十六人。上海医生护士的义诊,让上阿尔硝村的百姓很感动,好多已经诊查过的百姓仍然站在院子里,不愿离去。

……

医者仁心,情谊无价。

从北疆到南疆,从城市到牧区,笔者在一些县市的医院采访时,曾经看到过一幕幕感人场景：

刚出院的心脏病患者，要给救治他的援疆医生下跪，被援疆医生赶紧拉住；康复后的患者带着家人，非要请援疆医生到家里吃饭；背着干果的患者，到援疆医生的办公室表示感谢；患者给医院送锦旗，以表达对援疆医生的感谢赞誉……

> 天山雪莲啊，
> 像云霞一样绚丽；
> 援疆医生的心啊，
> 像金子一般尊贵。

新一轮援疆以来，新疆无数例疑难重症患者得到及时、有效治疗，无数名危重患者的生命得以挽救。

援疆医疗专家高尚真挚的情怀，让新疆各族群众无不感慨万端！

一首首民族团结的赞歌，一个个感人泪下的故事，在天山脚下的广袤大地上到处传颂！

人物之一：女医生，带着偏瘫丈夫去援疆

人是要有一种情怀的。这种情怀，应该是温馨的，更应该是大义的。

这是 2013 年 9 月底。石家庄。

余文丽进京参加全国道德模范表彰会后，在河北省省会受到了省领导接见，石家庄距邢台虽仅百余公里，而余文丽却未能回家。

到石家庄了，余文丽本应是抽空回家看看亲人的。因为，她离家的日子已有半年多了。在这半年多的时间里，八十多岁的母亲哮喘复发住了半个多月医院，父亲患肠炎久治不愈，孩子做了阑尾切除手术，余文丽哪能铁石心肠不回家看看他们？

然而，省城上午的会刚开完，余文丽的手机就响了。原来，她所在医院的院长来电，让她速回若羌。

当天，余文丽从石家庄返回新疆。飞机起飞的那一刻，余文丽禁不住潸然泪下，离开了故乡，她的心难免留恋，难免有对亲人的牵挂。

"邢台，若羌，我的心一直系着这两个城市和两个城市的兄弟姐妹。"

这种牵挂，伴随着援疆女医生余文丽整整三年。

当丈夫瘫痪时，余文丽时时牵挂病床上的丈夫。当余文丽回家照看丈夫时，她又想起远在若羌医院里的患者。中秋明月时，余文丽望着大漠深处

的圆月,思念故乡的爹娘。过年回家,余文丽又倍思新疆若羌的亲人。

此时,坐在飞机机舱中的余文丽,恨不能让心分成两半:一半留在故乡,一半献给若羌。

2011年3月5日,余文丽首次踏上神奇的西域。这一年,余文丽四十四岁。作为邢台市妇幼保健院的骨干医生,余文丽是主动请缨援疆的。本次与她一起踏上援疆之路的,还有邢台市的三位医生、三位教师和一位农业局干部。

若羌,地处南疆,位于巴音郭楞蒙古自治州东南部、塔克拉玛干沙漠东南缘,面积相当于两个浙江省,是全国辖区总面积最大的县。若羌,地阔人稀,从县城若羌镇到乌鲁木齐市有八百九十多公里,距州府库尔勒四百四十公里。

河北邢台距若羌四千公里,坐汽车、乘飞机、再倒长途大巴,单程一趟最快也要三天。若羌与邢台相比有两个小时的时差,天干气燥,沙尘暴多发。

由于气候干燥,到若羌后,余文丽开始流鼻血,为了给身体增加水分,她每天一有空就喝水。有时余文丽和同事在路上走着,沙尘暴说来就来……

援疆,是一份神圣的使命。再苦再累,也要克服。余文丽很快进入了工作状态。

余文丽援疆,曾有一段时间是没有后顾之忧的。援疆前,爱人陈志强对她说:"家里有我,放心去吧。"

可是,正当余文丽在若羌全身心投入工作时,一场飞来横祸闯进了她的家庭。

2011年4月1日晚,爱人陈志强在邢台家中突发脑溢血。听到这个消息,余文丽心急如焚,恨不能马上生出一双翅膀飞回家。从若羌到邢台需要三天时间。而这三天的路程,让余文丽感觉度日如年,竟是那么漫长。

4月4日凌晨1时,余文丽终于匆匆赶到了邢台市第三医院。

当余文丽推开医院的重症监护室门时,丈夫还处于神志不清状态,因虚肿而面部变形。此时此刻,任凭她怎么呼喊,丈夫都是静静地,一句话也不应答。

爱人是一家公司的工程师,一向开朗、外向,每天下班后都要打半小时羽毛球。可才与她分离一个多月,爱人怎么就变成了这样?

值班医生告诉她:她爱人已错过了脑部手术的最佳抢救期。

顿时,余文丽心如刀绞。一夜间,她青丝变白头。双方父母都已年迈,儿子正在东北上大学。为了不让他们担忧,余文丽隐瞒了实情,独自忍耐煎熬。

第四章 "杏林"春意暖

那些日子，余文丽每天在读分、读秒，企盼着奇迹的出现。天佑好人。让余文丽激动的是，十四天后，她爱人志强竟然苏醒了！但，爱人还是落下了后遗症：身体右侧偏瘫。作为医生，余文丽接受了这个痛苦的现实。

然而，外柔内刚的余文丽，内心却有一个坚定信念：一定要让志强重新站起来！有信念，就会有希望。经过余文丽三十二天的精心护理，爱人志强的手脚能微微地活动了，还可以说一些简单的话。再以后，志强能坐起来了，能撒拉着走路，说话也恢复得差不多了。

爱人志强一平稳，余文丽就开始惦记若羌的工作了。她给若羌医院的同事打电话，问她临走前做手术的病人恢复得怎样，快要生产的孕妇情况如何……

志强看出了妻子的心神不宁，就对她说："我的病情已经稳定了，以后的康复需要很长时间。姐姐、姐夫已经答应照顾我了，你现在援疆，工作很重要，还是放心回新疆吧，咱不能半途而废。"

余文丽想回去工作，又放心不下丈夫。留下来照顾爱人？还是返回若羌？余文丽心里十分纠结。

爱人志强看透了她的心，天天吵着要她订机票返疆："你快走，必须走！"

怀着对爱人的感激和愧疚，2011年5月18日，余文丽买了回新疆的机票。那天，余文丽一步一回头地走出家门，返回若羌。而余文丽离家时，因为怕看到妻子的眼泪，坐在轮椅上的丈夫没有送她到门口。

在若羌，余文丽强忍着内心的焦虑，投入到工作中。只是在晚上，才给爱人打个电话，或通过网络视频聊聊天。每天无论是在电话还是网络视频中，爱人总告诉她：今天手臂更有力了，走路更稳了。对志强的话，虽然余文丽将信将疑，但她却希望这是真的。

直到几个月后，爱人的姐姐打来电话说："志强饭吃得很少，一天也不说一句话，右手连苹果也拿不住，右腿行走不便……"听完姐姐的诉说，余文丽突然心如刀绞，异常痛苦。时隔五个月后，余文丽再次赶回邢台。推开家门一看，曾经活泼开朗的志强消瘦多了，如今就像是抽了油一样！

"我不走了，再也不离开你了。"余文丽极力压住眼角的泪花说。

要是真的不去若羌了，那里病人怎么办？想到此，余文丽试探着和志强商量说："志强，要不，你跟我一起到新疆吧。"

"这能行吗？"

"咱试试吧！"

余文丽眼前一亮。她抓起电话，就向邢台市援疆工作前方指挥部指挥长张彪请示。在详细了解余文丽的爱人病情后，张彪表示可以试一试，并在第一时间为这对夫妇安排好住所。就这样,余文丽带着爱人一起前往新疆若羌。

从北京乘飞机到乌鲁木齐,又挤上长途大巴,连走十三个小时夜路,才赶回若羌。爱人志强一米八几的个头,可病中的他,躺在床上连腿都伸不直,只能一个姿势躺到若羌。

10月22日早晨8时,当邻居们还在睡梦中时,余文丽搀扶陈志强一瘸一拐悄悄走进简陋的新家,没有麻烦任何人。

在丈夫志强看来,妻子一直是那个泪窝浅、喜欢哭鼻子的小女人。刚结婚时,每一次看琼瑶剧,余文丽必定会哭着趴倒在他肩头。此时,爱人志强怎么也没想到,身高一米六、体重五十公斤的妻子,竟然蕴含着这么强的意志和能量。

在四十多平方米的一室一厅里,这对患难与共的夫妻,携手开始了新的生活。在这里,每天早晨,是余文丽一天中最为紧张的时刻。7点半左右,余文丽家中的灯便亮了起来。洗漱、做饭……还有最重要的一项工作,就是帮爱人做康复锻炼。十几平方米的客厅,兼作训练室。

在若羌,找不到合适的康复器械,一张钢丝床,一条双人坐椅,都成了陈志强的训练工具。此外,他们还自制了一些简易器械,想着法儿做训练。请不到按摩师,余文丽就自己当兼职。从头到脚,余文丽一寸一寸为志强做按摩。特别是指关节、腕关节、肘关节、肩关节、膝关节、足腕等关键部位,每处都要活动五十到一百下。

有时志强看她太累了,就说够了够了。每当这时,余文丽总会绷起脸:"还差十几下呢,你可不能偷懒!"

9点45分,余文丽出门,10点到医院上班。

晚饭后,做完训练,余文丽便和丈夫看看电视,聊聊天,这是她一天中最惬意的时刻。陈志强说,心情放松时,余文丽还会放歌一曲,"《血染的风采》《我的祖国》《爱我中华》,这些歌唱得老好"。

重复着这种特殊的生活韵律,恩爱有加的夫妻很满足。

2012年春节期间,余文丽夫妇回河北过年。本来,余文丽打算和丈夫在若羌过春节的。考虑到她家里的情况,领导安排他们夫妇回邢台过年。余文丽心里明白,这是领导的刻意安排,是照顾自己。

而若羌,是一片令她牵挂的土地。

临回邢台时,一名孕产期在2月的孕妇对她说:"余医生,我等你回来。"虽然不知道这位孕妇的名字和年龄,但这句充满期待的话,却一直萦绕在余文丽的耳边。

谁知,当地党组织考虑到余文丽援疆已近一年,为让她更好地照料患病的丈夫,建议她春节后不再继续去援疆,而由组织改派他人代为完成。

这一下,让余文丽急了。她坚定地表示:一定要善始善终完成任务,请求组织给予支持。"没有很好地完成援疆服务期限和任务,总觉得是一种遗憾。"余文丽说。

她还特地给当地组织部写了一封"返疆申请书",并按上红手印。她在信中这样写道:

尊敬的领导:

　　新疆若羌县的医疗技术力量比较薄弱,急需专业技术人员,作为在那里工作近一年的医务人员,更有一种责任感、使命感和紧迫感。我还没有圆满完成组织交给的任务,愿意继续投入援疆工作。

　　援疆经历让我的人生更加丰富,视野更加开阔,我感受到了祖国大地上的另一种风情,与当地人民建立了深厚的感情,这一切使我受益终生,我热爱这片热土。

　　为祖国效力,为边疆服务,我感到无上光荣。我真诚地希望组织再给我机会,为若羌县医疗水平的提高付出更多的努力!

邢台市妇幼保健院副主任医师　余文丽
2012年1月24日

余文丽长得很清秀,瓜子形的脸上架着一副眼镜,不上班时常常扎着一根马尾辫,上班时则将辫子挽起结,显得相当文静而知性。然而,就是这位柔弱的中年女性,在关键时刻却显得十分坚韧。

面对她的执着和真诚,组织上只好"让步"。最终,余文丽回若羌继续援疆工作的申请被批准了。

2012年3月23日傍晚,余文丽和丈夫如愿以偿,一起回到了若羌县城。

3月24日是星期六,也是余文丽回到若羌的第二天。一大早,她就赶到医院。一进妇产科专家门诊办公室,古丽妮萨·图尔荪医生看到余文丽,就忍不住喊道:"余医生你回来啦!"两人先是握手,然后紧紧拥抱。"你不在医院的日子里,总觉得少了点什么。"古丽妮萨·图尔荪笑呵呵地说。

一上班,和同事们打完招呼后,余文丽便开始询问快到预产期的孕妇们的情况。接着,她到病房看望病人,细心查房,帮产妇冲红糖水,给病人暖脚……余文丽一向对病人悉心照料。

过去,若羌县人民医院没有妇产科专家门诊,这个门诊是余文丽到若羌后才主持开设的。这样,可以分流病人,节约患者的就诊时间,既方便了院方的管理,也可为患者提供更加有针对性的服务。

"以前医院妇产科的转院率在百分之七十五左右,好多病人转院到库尔勒的医院看病,余医生来了之后,转院率下降到百分之十。"古丽妮萨·图尔荪说。

"余医生很热情。"

"余大夫,亚克西!"

在若羌,当地患者提起余文丽,总会这样说。

可是,人们发现,就是这位漂亮的女大夫,双手却严重老化,枯柴般的手,与她的年龄极不相称。就是这样一双手,在新疆若羌县医院一年内,累计为四百多名产妇提供服务,直接或间接迎接了近百名婴儿降生;就是这样一双手,传递着内地人民对边疆人民最炽热的爱,被若羌各族群众视为最美丽的双手。

2011年12月13日凌晨,二十七岁的维吾尔族妇女托胡提汗出现产前征兆,母亲艾结汗和妹妹热孜亚急忙带她来到县人民医院。孩子出生了,胎盘却有残留。余文丽立马为她实施了刮宫术。"余医生给了我们亲人一样的爱。"手术很成功,看到母婴平安,艾结汗的眼角湿润了。

这天上午,医院共有两名婴儿出生。余文丽每隔一段时间,就会到病房看一看。"婴儿的皮肤很娇嫩,用棉被包裹最好,尽量别用毛巾被或腈纶被。"查房时,余文丽耐心指导产妇做好婴儿护理。

余文丽看似文弱,其实很有担当,特别是在处理疑难病症上,经验丰富。因此,即便不是余文丽值班时间,医院也常常请她参与诊断或手术。常常在半夜里,她被敲门声惊醒。而每当此时,余文丽总是急匆匆起床,赶到所在医院,毫无半点怨言。

在一次剖宫产手术中,患者破水后突然出现寒战、哆嗦、胸闷症状。现场的医务人员顿时紧张起来,赶忙叫来余文丽。在余文丽指导下,吸氧、抗过敏、解痉,有条不紊地进行,母婴转危为安。

2011年9月,妇产科医生古丽尼萨·图尔荪动手术时发现,产妇生产后,体内还有一颗鸡蛋大小的子宫肌瘤。

是随即切除肌瘤呢,还是等产妇身体有所恢复后再做?古丽尼萨一时拿不定主意,再次请来在家休息的余文丽。

余文丽仔细检查症状后认为,必须及时切除。否则,很有可能发生病变。"一次解除病症,患者不仅可以省钱,也可以省去不少麻烦。"

余文丽从古丽尼萨手中接过手术刀,立即给病人实施肿瘤剔除术。一个多小时以后,病人被安全地推出手术室,也省下两千多元医疗费。

在同事看来,余文丽是"动刀"的好手,也是"不动刀"的高手。

一天夜里,一位产妇出现产程无进展症状。要不要做剖宫产?值班医生请教余文丽。余文丽耐心地帮助产妇转动胎位,一会儿,婴儿自然分娩了。

"自然分娩,减少创口不算,还为患者省下近两千元医疗费。"同事们交口称赞。

农牧民听不懂汉语,余文丽听不懂维吾尔语。遇到这样的病人,余文丽就请维吾尔族同志翻译,无论多少遍,她都耐心听,脸上始终挂着微笑。

若羌地处沙漠边缘,远离中心城市,交通不便,医疗资源不仅硬件缺乏,医护人员也严重不足。

这里的农牧民孕妇、产妇医疗卫生常识缺乏,很多人明明已经临盆了,开始疼痛了,往往都忍着。实在熬不下去了才上医院,很多人把孩子生在路上、出租车上。还有,贫血的妇女很多,而且往往是重度贫血,但她们不把这当回事,因而会经常出现休克、心肌肥大的患者。

……

每当听到这样的事,余文丽总是忧心忡忡。

2013年10月25日凌晨1点,余文丽的宿舍里突然响起了电话铃声,护士小吕告诉她,一名产妇出血不止,正在抢救。她匆匆穿上衣服赶往医院,经过一个多小时的抢救,产妇转危为安。像这样夜里出诊,她已记不清有多少次了。"患者有危难的时候,是最需要我的时候,我必须在第一时间赶到。"余文丽说。

2013年5月中旬,她咳嗽一个多星期不见好转,一边输液,一边照顾病人,晚上9点多,来了个维吾尔族产妇,重度贫血,胎儿宫内窘迫,她立即组织人员抢救,并实施手术,母子平安后急需输血。

"余医生,患者钱不够,不能输血。"一位护士对余文丽为难地说。

余文丽来到产妇病床前,产妇和她的丈夫正在抹泪:"一袋血五百元,俺家困难,兜里只剩二百元了。"

"输血的钱我给你凑齐。"说着,余文丽掏出三百元,递到产妇丈夫手中,对方眼里噙着泪花,连连鞠躬道谢。输血后,余文丽仍不放心,用仅剩的一百元买了治贫血的药,送到了产妇床头。

余文丽把一颗心全倾注到了患者身上。

在这一个月前,若羌有一个学生患白血病无钱治疗。她在医院为其捐了款,又拿出五百元捐给这个不曾相识的学生。

也就是在2013年9月初,一位产妇随时有胎死宫内危及生命的危险,需要迅速转院。尽管路途遥远,道路颠簸,途中责任风险大,但余文丽二话没说,带着急救药品,连夜将患者送往巴州州府库尔勒医院。夜行七个小时,把患者送到后,余文丽一转身呕吐不止。

良医是积德的,是无怨无悔的,是不图回报的。

2011年7月22日,一位患者带着一袋红枣,专程来看余文丽。她曾患子宫内膜异位症,被诊断为右侧卵巢巧克力囊肿,做手术后,口服了一些药,不到一个月就出现月经频发、水肿等不适。余文丽给她做了详细检查,并给她开了一些西药,配合中成药综合治疗。一个月后复查,囊肿消失了,症状也好转了。患者非常感激,专程来感谢余文丽。她说:"河北来的医生技术就是好啊!"此刻,余文丽心底涌起一股暖流:得到患者的肯定,是医生莫大的欣慰。"若羌真的需要我,这更加坚定了我为若羌百姓服务的信心。"当天,余文丽在日记里这样写道。

援疆期间,余文丽一边悉心照顾爱人,一边兢兢业业工作。

2011年3月13日凌晨2点多,一个产妇快要生产。产妇要求顺产,但是没有成功。4点多钟,余文丽开始给产妇实施急诊剖宫产术。孩子取出来了,但没有听到哭声,婴儿重度窒息。此时,余文丽俯下身子,顾不得擦去婴儿身上的羊水、血水、胎粪,进行口对口人工呼吸。不一会儿,婴儿终于发出"哇"的一声啼哭。

在若羌,余文丽发现,当地一些偏远农村产妇,往往是孩子马上要出生,才到医院来,根本不知道要做产前检查等。若羌县人民医院没有血库,一些手术无法实施。若遇到急诊病人,转去库尔勒的医院,最快也要五六个小时。余文丽想在援疆期间,把产前知识宣传到若羌县的每个乡镇;在一些病人出现紧急情况时,能够在县医院及时采取治疗措施……

短短的三年中,余文丽想要做的事情有很多很多。

早穿棉袄午穿纱,围着火炉吃西瓜。这句高原上的流行语,让余文丽在义诊中有了切身体验。

2013年6月底的一天,她跟随下乡巡回医疗队为牧民义诊。

在若羌,每次义诊,余文丽都把温暖送到维吾尔族同胞的心上,让他们不出家门,也能享受到最贴心的医疗服务。瓦石峡乡、铁干里克乡、吾塔木乡等地,都留下了她巡诊的足迹。她还清楚地记得,维吾尔族的兄弟姐妹那一双双期待的眼神,记得她为他们驱散病痛后的快乐。

这一次,她要到海拔四千多米的祁曼高原为牧民送医,自然感到很兴奋。

祁曼高原,距若羌县城三百公里。一大早,她就随从医疗队出发。

听说余医生要来,早上9点,祁曼高原前来参加义诊活动的群众,就已排起长龙等候体检。

6月的天,本是穿裙子的季节。那里多风缺氧,早晚温差大,冬季低温达零下三十一摄氏度多。为防气候变化,她还特意穿上了红毛衣,但走上高原,让她始料未及的事发生了。一上高原,余文丽就感到头晕恶心,冷风吹得她嘴唇发紫,好在当地的一名干部借了件羽绒服,披在她身上,这才让她感觉温暖。

这一次,从依吞布拉克镇、铁木里克乡到祁曼塔格乡,她顾不得高原反应和寒冷,和同事们走进一户户牧民家中,免费为居民、牧民义诊,发放各类药品,先后有两千多名群众受到多项义诊服务。

在为群众义诊中,余文丽曾经历过大雪、沙尘暴,经历过两次五级以上的地震,但她觉得让群众少花钱、少跑腿、看好病,自己吃再多的苦,受再大的难也值得。

她说:"不管是什么民族,这里的百姓都很淳朴善良。即使只帮了一点忙,他们都会记在心里,我很喜欢这儿的人们。"

......

妙手除病疴,真情洒若羌。

余文丽携手爱人援疆的故事,经媒体传播后,广为人知。若羌感动了,巴州感动了,边陲新疆感动了,家乡河北也感动了。许多素不相识的当地人,纷纷前去看望他们,向他们伸出援手。若羌县农村信用联社的周龙延,专门给她丈夫陈志强送去了数码多功能治疗仪。

从电视上看到报道后,六十三岁的吾塔木乡库尔贵村村民宋礼,激动不已。第二天一大早,他就顶着凛冽的寒风,骑着电动三轮车,怀揣五千元现金,带着红枣、水果,来到县医院看望余文丽。

宋礼紧紧握住余文丽的手说:"你有一颗金子般的心,为了支援我们若羌,你付出的太多了,我们感激你,敬佩你!""这是若羌人民的一点心意。"

余文丽被这位朴实的老人深深地打动了,她热泪盈眶,所有的委屈、辛酸和忧伤在这一刻得到了完全的释放。

面对盛情,余文丽婉言谢绝。这时候,富有喜剧性的一幕出现了:宋礼丢下礼品、礼金,转头就跑,余文丽拿着礼品、礼金随后就追。追下楼梯,追出医院,追过了十字路口,余文丽终于追上了宋礼。在余文丽的坚持下,宋礼只好带回现金。在宋礼坚持下,余文丽只好留下红枣、水果,收下这份浓浓的心意。

一位病人家属,出于感激,给余医生送了个红包,余医生在拒收不成的情况下,让护士把红包转成了患者的住院费。

援疆三年中,余文丽不知有多少次,婉拒了若羌乡亲的礼品和现金,但她却收下了他们的深情厚谊。

余文丽不止一次说:"照顾爱人是我的本分,援疆是我的责任。"

人物之二:爱心接力,传递京城医生大德

走进和田,人们在传颂着一个"爱心传递、接力不止"的援疆故事。故事是围绕维吾尔族女孩努尔艾力·艾斯卡尔展开的,而传递爱心的人,却是来自首都的几名援疆医生。

努尔艾力是不幸的,她在生命的花季就得了血癌,病魔缠身;而努尔艾力又是幸运的,因为她遇到了北京援疆医生。

努尔艾力·艾斯卡尔,是和田地区卫生学校护理专业学生,她活泼开朗,勤奋好学,憧憬着将来当一名出色的白衣天使。天有不测风云。就在努尔艾力对人生充满憧憬之时,不幸降临到这个维吾尔族女孩身上。那天,努尔艾力突然出现发烧,鼻子出血,皮肤出血点……起初,她以为自己是鼻子发炎,就到附近私人开的的维吾尔族耳鼻喉医院看病。让她没想到的是,花了不少冤枉钱,病情不但未见转好,反而更加严重了。

情急之下,家人只好把她送到和田地区人民医院治疗。努尔艾力的父母打听到了,这里有一个援疆"神医"——黄达永。黄达永,是北京友谊医院血液科的一名主治医师。黄达永作为北京第一期援疆医生来到和田,在和田地区人民医院肾病血液科担任副主任。

和田地区,是传染病的高发区。这里不仅乙肝患者多,艾滋病和开放性肺结核病患者也多。而和田地区的血液病患者也不少。不过,他们多为营养不良导致的缺铁性和巨幼细胞贫血。通常情况下,正常女性的血色素为 110—150 g/L,而当地维吾尔族女病人的血色素有的甚至只有正常女性的十分之一。这样的血色素在内地根本无法生活。

黄达永所在的和田地区人民医院肾病血液科,医疗力量十分薄弱。当时,科里仅有一名四十多岁的血液科大夫,只能收治贫血和血小板减少的病人,对于白血症等一些常见恶性的血液病,根本无法治疗。血液科,是个相对专业性的学科。黄达永来到和田之后,凭着丰富的临床经验,先后进行了一系列的尝试,治好了为数不少的恶性血液病患者,并曾以治好了一位年龄高达七十三岁的恶性白血病患者,在当地赢得良好的声誉。

2011 年 11 月,黄达永迅速给努尔艾力做了骨髓穿刺检查,明确诊断为急性早幼粒细胞白血病。在医学上，早幼粒细胞白血病有两种类型：急性和慢性。急性又有两种：急性淋巴细胞白血病和急性非淋巴细胞白血病。多年的临床经验告诉黄达永，努尔艾力属于后一种。

白血病，又称血癌。患上这种病十分危险，死亡率极高。通常情况下，医生对于白血病的治疗方案是：一开始医治就化疗。可黄达永明白，对于这种病，如果一开始化疗，癌细胞就会被迅速杀死。然而，化疗释放出的代谢物，却会促进弥漫性血管内凝血，极有可能危急患者生命。如果稍有差错，后果不堪设想。黄达永毕竟是有精湛医术的专家大夫，他没有采用此下策，而是给努尔艾力开了两种药：口服维甲酸和亚砷酸输液。他想给努尔艾力稍微控制病情之后，再进行联合化疗。

果不其然，多亏碰到了黄达永的诊断及时、用药准确，治疗效果非常明显。第一疗程，治了四十天之后，努尔艾力的症状就完全缓解了。

草木一秋，花开几度。援疆是一茬接一茬的事。

就在努尔艾力·艾斯卡尔和父母感到很欣慰之时，2012年的春节，黄达永结束了他在和田的援疆生涯。不过，黄达永在回京之前，特地将努尔艾力化疗的事交给了杨凌志医生。

杨凌志也来自北京友谊医院，他是接替黄达永的北京第二轮援疆医生。

杨凌志，湖南常德人。1987年，他考入湘雅医学院。这所学校，是二十世纪初由湖南育群学会与美国耶鲁大学雅礼协会联合创建的，是我国创办较早的一所西医高等学校。医学界的人知道，在我国向有"北协和、南湘雅"之说。

1992年，杨凌志在湘雅苦读五年之后，以优异成绩被分配到了北京友谊医院。从此，杨凌志一干就是二十一年，也由此积累了丰富的临床经验。

杨凌志来到和田地区人民医院后，担任着与黄达永同样的职务。

当时，经过黄达永的精心治疗，努尔艾力的病情虽然完全缓解了，但她却贫血，并且血小板也开始减少，头发因化疗掉了一半，脸色十分苍白，精神状况不佳，与人说话时声音很微弱。

急性早幼粒细胞白血病，是中国医学界攻克的一座医学堡垒。中国医生首先发现一个秘密：用维甲酸和亚砷酸，治疗此病很有效。然而，任何灵丹妙药，只有使用恰当，才会药效显著。

白血病的治疗分为诱导、巩固和维持三个阶段。针对努尔艾力的病情，杨凌志给她实行继续巩固治疗，用亚砷酸和柔红霉素交替使用，中间隔三四周，再住院治疗。在进行三次化疗之后，努尔艾力的病情得到了缓解。然而，因为医药费的困难，努尔艾力的父母一度曾想放弃治疗。

1996年5月，努尔艾力出生在新疆生产建设兵团的一个职工家庭，父亲叫艾斯卡尔，母亲叫吐送呢亚孜汗·库万。父母都是四十七团四连的职工，承包种植二十多亩土地。本来，他们全家的日子还是不错的，没想到他们的大女儿因患有结核性脑膜炎，家里花费了很多医疗费。祸不单行。现在，二女儿努尔艾力竟患上了白血病，让这个贫困的家庭再次雪上加霜。

虽然不想让努尔艾力的生命过早凋谢，但白血病的治疗需花费很大一笔的开支。此时，她家已经花费二十万元，不仅倾家荡产，还欠了一屁股债。因为，努尔艾力第一个疗程治疗，用的是进口药，花费高达十几万元。这么高的药费是怎么筹集的？是她的父母从亲友借来的，从银行贷款来的。如今，他们已经实在拿不出钱了。

安身立命难，穷人病不起。多少年来，杨凌志在北京不知接触过多少白血病人，深知他们的痛苦与艰难，因为人微言轻，因为能力所限，有时往往是爱莫能助。他十分清楚，对于努尔艾力的病情，如果按既定方案规范治疗，努尔艾力的生命就有救；如果中断治疗，那么病情就会反复，而一旦病魔反扑，那后果就不堪设想了。

杨凌志的女儿与努尔艾力年龄差不多，他不忍心让这个十六岁的花季少女就此生命凋谢。在北京的医院，他见到过太多生死离别的悲惨场景。杨凌志在内心暗暗发誓：一定要尽一切可能，挽救这个维吾尔族女孩！

那天，杨凌志对努尔艾力的父母反复做工作。他对努尔艾力的父母说："这个病是可以根治的，第一疗程花的钱多是为了控制病情，以后就不会花那么多钱了，用国产药一个疗程花几千元，十个疗程下来花几万元，孩子将来就可以和正常人一样工作、生活。咱们想想办法，医疗费医保上慢慢也能报销，我也可以帮助你们，但孩子的治疗不能停……"

面对努尔艾力的父母，杨凌志可谓苦口婆心，仁爱有加。杨凌志的满腔热情和一脸真诚，让努尔艾力的母亲很受感动，她内心掀起了阵阵波澜，她对杨凌志连连点头，以完全信赖的眼神，向这个北京来的援疆医生表示谢意。而在听了杨凌志的一番善言后，努尔艾力的眸子则重新点燃了新生的希望。

杨凌志满腔热忱，不食言。他此时已经把努尔艾力当成自己的女儿了。努尔艾力懂汉语，杨凌志感到，在和田能够用汉语和病人交流，很快乐。他在精神上鼓励她不说，还在钱财上支持她。他给努尔艾力买衣服，并拿出八千元钱给她治病。他给努尔艾力做了十几个疗程的正规治疗。

杨凌志的无私善举，让努尔艾力深受感动。她从内心感激这位北京的杨大夫，情不自禁地叫杨凌志为"杨爸爸"。2012年9月，经过杨凌志的精心治疗,努尔艾力跟随新生一起复学了。

努尔艾力的不幸,受到了众多北京援疆人的关爱。

北京援疆干部、和田地区卫生局副局长的阴赪宏是热心肠,这个维吾尔族小姑娘的多舛命运,始终让他牵挂。努尔艾力复学后,他主动承担了努尔艾力的学费,还送给她一些学习用具。

面对努尔艾力的不幸命运,2012年底,阴赪宏还专门向北京援疆和田指挥部总指挥卢映川汇报。听了阴赪宏的介绍,卢总指挥当即指示:一定要帮助努尔艾力。

在和田援疆干部总结会上,努尔艾力作为唯一的患者代表发言。当努尔艾力颤抖地说出"我爱北京,我爱北京医生"时,全场顿时响起了一阵又一阵经久不息的掌声。

那天,努尔艾力激动地说:"杨爸爸要接我去北京检查。"

卢映川问杨凌志:"到北京检查要花多少钱?"

杨凌志说:"吃住行加医疗费大概得花三万元。"

卢映川说:"这么多钱哪能让你一个人掏!"

2013年初,北京援疆干部自发为努尔艾力捐款,帮助她治病,还与和田地区卫生局领导联系,等她毕业后,接受她到地区人民医院当护士。

生命不息,情义无价。杨凌志的援疆期限到了。临走时,他把自己的笔记本电脑送给了努尔艾力,鼓励她好好学习。回到北京,他仍牵挂着努尔艾力,经常给她寄图书和食品。在和田买不到治疗白血病的特效药维甲酸,他就从北京买了,再寄给努尔艾力。

爱心是接力的。2013年春天,第三期援疆医生、血液科副主任医师王婷婷来到和田,她接过了杨凌志的爱心接力棒,精心为努尔艾力治疗。

王婷婷发现,维吾尔族小姑娘努尔艾力很乐观,有礼貌,积极向上,懂得感恩,非常可爱。她每个月都要来医院查血常规,总是要捎一些玉米、土鸡蛋、红枣来看望王婷婷。王婷婷经常打电话问候她,鼓励她。努尔艾力每次来院治疗时,努尔艾力总是提前为她安排好床位。

忽然有一天,努尔艾力哭着来找王婷婷,说她已经有五次住院费没有结算了,她说自己实在拿不出钱来了。听了努尔艾力的诉说,王婷婷迅速找和田地区人民医院阿院长,请求医院一定帮助这个可怜的小姑娘。阿院长特批:努尔艾力可以先治疗、后筹钱。

王婷婷不仅给她精心治疗,还掏腰包给她买衣服。每次回北京探亲返回和田时,王婷婷还给她带北京土特产,不断地给努尔艾力以精神的安慰。

爱心是接力的,更是传递的。期间,北京援疆和田指挥部始终关心着努尔艾力的病情和治疗,卢映川、王成国总指挥及高云峰书记等几轮援疆领导,都多次询问其病情,指示指挥部要想办法,尽一切可能帮助努尔艾力。

2013年8月,北京友谊医院专家团来和田开展"情系和田、直达心田"大型义诊活动,杨凌志作为专家团成员再次来到和田。

这一次,杨凌志给努尔艾力买了一箱子图书、食品和玩具。北京友谊医院院长、党委书记刘建等领导抵达和田后,专程来到努尔艾力家慰问,为她的家庭送去了米、面、食用油等生活用品和慰问金。努尔艾力见到久违的"杨爸爸",一头扑进杨凌志的怀里,泣不成声。

由于和田地区人民医院检查手段有限,北京友谊医院领导决定,让努尔艾力到北京友谊医院住院全面复查。2013年9月25日,王婷婷带着努尔艾力和她的母亲,一起从和田飞往北京,友谊医院血液科的专家给她做了检查。检查结果显示:在援疆医疗专家的精心治疗下,努尔艾力处于临床完全缓解状态。也就是说,努尔艾力已经临床治愈,如果五年不复发,她就彻底战胜了血癌的病魔。

努尔艾力在北京复查期间,北京友谊医院在食堂门口贴了张告示,摆了个捐款箱。短短几天时间,全院干部职工自愿为努尔艾力捐款六千五百九十五元,表达了对这个维吾尔族小姑娘的良好祝愿。

如今,努尔艾力已经毕业了,并在北京援疆指挥部的协调下,在和田地区的一家医院当上了一名血液科护士。努尔艾力说:她要将北京援疆医生的爱心永远传递下去,造福更多的患者。

努尔艾力是不幸的,她在生命的花季就得了血癌,病魔缠身;努尔艾力又是幸运的,因为她碰到了北京援疆医生。

黄达永、杨凌志、王婷婷都是北京友谊医院的副主任医师、血液病专家,在北京找他们看病都要排队挂专家号。然而,在和田,努尔艾力可以推门而入,随时找他们看病,可以在他们面前哭诉,可以缓交医疗费……

作为一名命运多舛的维吾尔族女孩,努尔艾力不仅得到了援疆医生精心的救治,而且得到了人间无私的大爱。

● 悬壶义诊暖民心

"夫医者,非仁爱之士不可托也,非聪明理达不可任也,非廉洁淳良不可信也。"

从古至今,人们对医生这个职业的要求似乎很苛刻。为什么?当一个病人将自己的身家性命都托付给你了,还有什么对你不放心的?还有什么对你不信任的？

在全面援疆过程中，十九个援疆省市选派的医疗队都是高水平的，推广使用的技术也是先进的，为受援地填补了各种各样的医疗空白。

这些医疗队，除了日常门诊，还利用双休日、节假日走上街头义诊，或乘车骑马，到沙漠戈壁中的偏远乡镇巡诊。

江苏省援疆医疗队有一项"杏林春风行动"，每月确定一个主题，深入一个县市，开展巡回义诊，宣传普及健康知识，将温暖直接送给边疆基层百姓。这项活动，很能体现"杏林中人"的高尚情操，边疆基层少数民族群众倍觉温暖。

在大型义诊中，考虑到援疆医生有限，援助喀什地区的深圳市，又招募了一些医疗志愿者前来支援，志愿者在疆工作时间较短，这种方式实施起来非常灵活。

……

一批批不远万里而来的援疆医生们，把受援地当成了故乡，把受援地患者当成了亲人，而淳朴的基层群众更是把援疆医生视为生命的知音。

在万千人海中寻找着一个个善良的身影，他们的生活、经历、故事虽各有不同，但播洒出的那份感动，却如此相同。

2015年4月21日上午。天空晴朗。微风阵阵。

河北援疆医生来到兵团第二师三十六团阿不旦村，为村民们义诊。阿不旦村，是维吾尔族村民聚集村。义诊刚开始，咨询台前就排起了长队。村干部们当起了临时翻译，援疆医生认真地对待每一个来看病的村民，仔细地询问病情，耐心地向患者及家属教授一些简单易学的康复锻炼手法，那股认真劲感染了在场的村民们。

在来阿不旦村义诊的前一天晚上，援疆医生张华亮刚好值夜班，早上下了夜班，刚吃过早饭，顾不上休息，就又投入到了义诊当中。"作为一名援疆医生，我们希望为老百姓做些实事，只要老百姓需要，我们随时会出现。"张华亮医生朴实的话语，温暖了所有在场的人。

六十九岁村民帕沙汗卧病在床多年。援疆医生王宪华和张华亮专程来到她家，为她检查诊治。检查后发现，她患有脑梗，不能站立行走。"现在天也热起来了，老人一天都躺在床上很容易出褥疮，赶紧买个气垫来。平时要给她进行功能康复训练，多进行肢体锻炼。"王宪华一边握着老人的双手说，一边教帕沙汗的儿子做功能训练。

张华亮问帕沙汗做过定期体检吗？她摇摇头。张华亮拿出血压计，为帕沙汗测量了一下血压，结果显示为高血压。张华亮告诉她，这和饮食、生活习惯有关。通过改变饮食习惯及药物治疗,可以控制血压。之后,援疆医生留下了自己的联系方式,以便日后联系。帕沙汗感动地说:"援疆医生亲自到家里来给我看病,我感到很温暖。"

七十八岁的村民加米拉·迪沙长期双膝疼痛,行走不便。在认真了解到他的病情后,中医专家王宪华给出了详细的治疗建议,加米拉·迪沙竖起大拇指说:"援疆医生亚克西!"

当王宪华来到吐尔逊汗家里时,老人正拿着药盒准备吃药,他赶忙拿过药盒看了看,并询问老人是因哪里不舒服吃药,老人说自己年龄大了,心脏病、高血压等啥毛病都有。王宪华医生为老人听诊、望、问、切后,对老人说:"药不能一起吃,要分先后和时间间隔,不然会引起身体不适。"吐尔逊汗老人听了医生的建议后,连连感激地说:"亚克西!亚克西!"

一位维吾尔族村民高兴地说:"今天我们村民能不出村子,在家门口享受到援疆专家的医疗服务,真是一件大好事!"

2014年3月14日。清晨。帕米尔高原还在沉睡。白色的雾霭,轻轻笼罩着高耸的雪峰;清澈的河水,缓缓漫过戈壁滩上的胡杨林。

天刚蒙蒙亮,江苏常州援疆医疗队就迎着冉冉升起的太阳,向着偏远的波斯坦铁列克乡行进。此次出行的常州援疆医生共有六名,而带领大家向大山深处走去的,是乌恰县人民医院老院长、全国劳模吴登云。吴登云虽已七十六岁的高龄了,但他依然激情盎然,精神矍铄。

初春的帕米尔高原,天寒地冻,冰冷刺骨。虽然援疆医生们都事先做了准备,穿上了厚厚的棉衣,但刺骨的寒风,仍如刀子一般,拼命往他们的肌肤里钻。汽车行进在山间小道上,缓慢而颠簸着。援疆医生为何这么早就出发?是波斯坦铁列克乡那里有迷人的风景?还是那儿有特别的聚会?答案自然不是。

常州市第八批援疆医疗队,是2014年2月20日来到乌恰的,共由六名医生组成,为首的是常州市第一人民医院医务处副主任、主任医师刘志伟。

从小桥流水的常州来到祖国西部的乌恰,他们需要援疆一年半时间。

乌恰县,地处祖国版图的最西端,是帕米尔高原上一座边陲小城,是中国最西部的一个县,也是太阳在我国最后落下的一个地方。它与吉尔吉斯斯坦接壤,全境海拔在一千七百至六千一百四十六米之间,属高寒山区,风大氧少,紫外线强,自然环境恶劣,四周环山,目力所及,戈壁茫茫,荒凉萧瑟,高高的山头,常年堆积着皑皑白雪。

从湿润的江南水乡来到这里,高原的缺氧,常常会导致他们失眠;干燥的气候,导致他们嗓子干痛、口唇干裂、鼻子出血、皮肤奇痒。然而,这一切艰苦的环境,并没有吓倒他们,反而激励他们用精湛的医疗技术,造福于边陲各族同胞。

常州援疆医生刚到乌恰不久,就遇到一位奇特的病人。一天,有一位叫买买提明的牧民在家人的护送下,从波斯坦铁列克乡走了两天,才来到乌恰县人民医院。经检查,老人的血压高压已到一百六十至二百四十毫米汞柱。通过翻译,常州援疆医生才得知,买买提明老人虽然时常头晕、头痛,但他根本没有当一回事,要不是突然晕倒在地,他仍不会到县医院来。面对现代医学一无所知的牧民,常州援疆医生们感到阵阵揪心。经过十多天的治疗,老人的病情稳定了。

乌恰,至今仍是国家级贫困县。这里生活着五万多名各族群众,其中柯尔克孜族占总人口的百分之七十多。在乌恰,高血压是一种高发病。然而,由于乌恰县山高路远、地广人稀,牧民缺医少药,许多农牧民住在大山深处,又缺少健康知识,即使患上高血压后,自己也不知道,得不到及时治疗,往往在引发脑出血、脑梗塞后,才被送到医院。有些患者在医院治疗后,尽管保住了命,却造成了偏瘫。

作为新中国江苏的第一批援疆干部,吴登云从扬州到乌恰县行医已经五十年了。吴老说:"以前,我是骑着马到各个牧民定居点给牧民们看病,有时,从一个牧民家里走到另外一个牧民家里,要走上一天。"

如今的乌恰县,尽管交通便利,但对要走出大山的农牧民而言,还是难。为了能集中给农牧民们看病,乌恰县利用柯尔克孜族人赶集市的巴扎日,开设流动医疗车,到各个乡镇巡回接诊。

高血压是当地的常见病,早早预防,按时吃药就不会出现脑出血。

作为肩负责任的援疆医生该怎么办?在乌恰县人民医院为患者治疗时,他们在不断地思索。

常州援疆医生、乌恰县人民医院副院长刘志伟提议说:"深入农牧区,向大山深处的农牧民宣传疾病预防,利用休息日走进牧区给牧民普及现代医疗知识。"

刘志伟的提议,也正是援疆医疗队员们所想的,大家纷纷表示赞同。常州援疆医生们说做就做,在援疆老前辈吴登云的指导下,他们利用休息日,与吴登云开始了每周两次的巡回义诊。当地农牧民们高兴地称为"医疗巴扎"。

即使自己再苦再累,也要维护好"医疗巴扎"这个品牌,惠及更多的农牧民群众……这就是他们为什么一大早赶路的原因。

2014年3月14日这天,恰好是波斯坦铁列克乡"巴扎日"。

往高原深处的路是颠簸的,援疆医生吕建兴知道自己晕车,便早早服下了晕车药。然而,尽管这样,他还是感到难受。

在群山起伏的大山中,高原的阳光升起来了,强烈的紫外线照射着他们古铜色的额头,亮闪闪的。他们凝望远方,期望着牧民帐篷的出现。在一座又一座荒凉而沉寂的大山中,他们穿越了一片片的毡房,颠簸着走了三个多小时,直到中午 11 点 50 分,才到达第一个目的地:波斯坦铁列克乡。

久旱盼云霓。援疆医疗队刚刚坐到问诊台前,就被柯尔克孜族老乡们围得里三层外三层。在人群中,身着白大褂的援疆医生十分引人注目,只见他们有的量血压,有的拿药,有的听诊,有的发放健康知识手册,时而又耐心地解答各种疑问。那情真意切的场面,让人的心底不由得涌起一股股暖流。就这样,援疆医生的巡回义诊,在巴扎上开始了。

帕米尔高原上的乌恰,空气稀薄,患内科慢性病患者多,来自常州市中医院的吕建兴大夫给病人量血压,听心肺,细心地检查每一位病人。

义诊中,他们顾不上帕米尔高原极强的紫外线,一整天都在忙碌。每次义诊,接诊二三千人是很正常的,平均每个医生要看五百个病人。有时候饭都来不及吃,送走最后一个病人时,往往就到了晚上的九到十点钟。

在一次义诊中,常州援疆医生听波斯坦铁列克乡的干部说,该乡还有四位瘫痪在家的老人,希望得到他们的义诊。顾不上午休的援疆医生,在吴登云的带领下,深一脚浅一脚地步行三公里多,赶到患者的家里,上门诊治,并给患者送来了药品。

一位老人激动地握着援疆医生的手说:"要不是有常州援疆,我们哪能在自家门口有这么好的医生看病啊。"

巡回义诊中,援疆医生不仅给农牧民看病、免费送药,还详细告诉他们平时生活中的注意事项。

吾斯曼江·吐尔洪特,是波斯坦铁列克乡多来提布拉克村的牧民,是位瘫痪在家多年的老人。在援疆医生的帮助下,他被接到县医院治疗。这位瘫痪在家多年的老人,在常州援疆医生的精心治疗下,病症就开始好转。慢慢好起来的老人逢人就说:"我以为这辈子只能在床上度过了,没想到通过援疆医生的康复治疗,我对能站起来充满信心。"

从江南水乡常州到"万山之祖"的帕米尔高原,尽管援疆医生在乌恰只有不到五年的时间,但这个贫困县的卫生面貌却发生了巨大变化。在这近五年中,常州援疆医生踏遍乌恰的山山水水。仁爱的医德,精湛的医术,给草原人民带来生命的阳光,他们充满了大爱深情……

在柯尔克孜族民歌中,他们被称为"白衣圣人"。为什么?因为常州援疆医生眷恋帕米尔的土地,眷恋着这里的雪山,深情地爱着这里的人民。

正如柯尔克孜族人民献给他们的民歌《清泉水》中所唱:"你和帕米尔高原各族人民的友谊,就像慕士塔格峰下的清泉水,源远流长……"

如今,常州援疆医生的足迹,已经踏遍乌恰的乡村。他们熟悉每一顶帐篷,就像熟悉每一座雪山,他们成了农牧民心中的"圣人"。

……

时光荏苒,春秋几度。

一年又一年,一轮又一轮的援疆医生,不畏山高路远,不怕风霜雨雪,不惧大漠风沙,奔波在一个个高原山村,跋涉于一个个偏僻山沟,想边疆百姓所想,医边疆百姓之痛,面对淳朴的边疆患者,援疆医生胸怀医者丹心,谱写了一曲曲援疆之歌。

援疆医生义诊,方便了新疆偏远地区的各族百姓,让痛苦患者的脸上绽放出灿烂的笑容,使得他们的看病不再难,深得边疆各族百姓的欢迎。义诊,是援疆医生们的职外付出,他们的满腔热情,仁爱大德,解除的是边疆各族百姓的病痛,带来的是内地人民的深情,送来的是党和国家的温暖。它是中华"杏林"人的美德,是"杏林"人的无私奉献,是国家整体战略的一道亮丽风景线。

"援疆专家资源共享。"

这是时任江苏援疆医生、伊犁州友谊医院副院长朱伟提出的"奇招"。

朱伟,是江苏省人民医院麻醉科副主任、主任医师。"外科医生是救命的,麻醉医生是保命的。"作为一名麻醉专家,他在江苏时仅仅关心国内外的最新麻醉科学成果。然而,来到伊犁之后,朱伟肩上的担子可不同了。他认为,既然自己来援疆,就该为边疆人民多做事。

那是2010年12月的一天,朱伟刚刚来到伊犁援疆的第二天,正在参加一个会议。突然间,他的手机响了。拿起一听,电话是州妇幼保健院院长打来的,她请求朱伟迅速赶到其住院部,抢救一位危重病人。

朱伟立刻赶往州妇幼保健院。来到医院病房一看,一位年轻的哈萨克族母亲产后大出血不止休克。朱伟一再指导当地医生,采取紧急抢救手段,并赶快给产妇输血。可是,产妇的血型很特别,为罕见的RH阴性血型,也就是人们通常所说的"熊猫血"。可,伊宁市区的几家医院都没有。

抢救现场,虽然朱伟与当地医生全力抢救,但多种抢救方法都难以奏效。最终,朱伟与当地医生未能挽回这位产妇年轻的生命。要知道,这位失去生命的产妇才二十六岁。二十六岁,这是人生的花季啊!

作为一名专家型的医生、作为一名肩负援疆责任的人,眼看着一个年轻生命的突然消逝,朱伟的内心被深深地刺痛了。渐渐地,他在内心孕育了一个梦想,那就是:一定要利用好援疆的机会,为边疆各族人民保安康。

从2010年新一轮援疆开始,先后有一批又一批的江苏医生不远万里来到伊犁河谷,按照对口支援的要求,他们分布在伊犁哈萨克州州直和八县二市的各家医院,援疆时间在一年到三年不等。可是,伊犁河谷各县的医院条件参差不齐,有的县级医院因缺少设备,或者没有相关科室,专家型的援疆医生到位后,往往无法施展身手,被迫"闲置"。

为什么不能充分利用援疆医生？为什么不能让他们发挥更大的作用,让他们给更多的边疆百姓带来更多的福音？

朱伟干事向来不喜欢拖泥带水,而是说干就干。于是,他迅速找到相关领导与部门,大胆提出了"援疆专家资源共享"的设想。朱伟的设想,很快就得到领导的支持,得到了援疆医生们的响应。

这样,在新疆其他地州,援疆医生还一头"扎"在所在医院诊疗时,江苏援疆医生则在伊犁不同的医院间开始"走读"了。

在朱伟的倡导下,江苏援疆医生打破区域界线,根据实际情况,定期或不定期在全州有条件的医院坐诊,实现了资源共享。其中,友谊医院就有十几名专家定期或不定期坐诊、手术,共享了援疆医生资源。

援疆医生"走读",定期或者不定期在州县医院查房、坐诊、手术,不仅解决了有劲使不上的问题,还避免了医疗设备的不足或闲置,让当地群众就近看病,降低了转诊率,也在一定程度上缓解了"看病难、看病贵"的难题。

援疆医生流动"走读"坐诊,形成了专家门诊和特色门诊后,县级医院也活了起来。州、县医院开始实行了基础检查互认,无须重复检查。这样,患者可以在县级医院接受辅助检查,到州医院进行治疗,基层医院也有了稳定的收入来源。更重要的是,在让驻县医院援疆专家"走读"的同时,州里的援疆专家也被置换到县医院坐诊。

援疆医疗专家"走读",不同于医生的"走穴","走读"边陲的江苏医生没想着借此挣钱发财。像朱伟这样的医疗专家,在援疆前年收入都在十万元以上。可到了伊犁,他想留给自己的,不是单纯的金钱,而是要留给自己值得一辈子回忆的财富。朱伟告诉笔者:"来这里不是图虚名,而是真的想为边疆各族群众做点实事……"

援疆医生的"走读"方式,与援疆医生去乡下义诊相比,似乎有异曲同工之妙。很快,随着"走读"方式的深入,伊犁河谷的农牧民对援疆医生的认同度越来越高,像朱伟、蔡庆康、蒋峰等,成了边疆各族人民心中的"名医",他们在县里和州里的医院坐诊时,指名道姓求诊的群众,络绎不绝。

第四章 "杏林"春意暖

2014年7月。新疆巴尔鲁克山区。牧草青青，牛羊满坡。

看到几个人从坡上走到毡房前，哈萨克族牧民赛尔江迎了上去。很快，毡房里的一家人热切地聚拢在一起，远来的客人不仅准确地说出了赛尔江的病痛状况，还拿出了瓶瓶罐罐，忙碌着看病。

"草原上来了医生"的消息，像长了翅膀一样传开来。

当侯岩又赶到山坳里的一家柯尔克孜族牧民毡房时，已经有很多牧民眼巴巴地等着了。把脉、针灸、推拿……几根银针，两三个火罐，加上几分钟的揉捏，片刻工夫，一个先前还捂着腰背喊痛的柯尔克孜族汉子，就变得生龙活虎，眉开眼笑。而侯岩却忙得满头大汗。辽宁沈阳援疆医生侯岩，简直成了牧民们眼中的"神医"。

每次义诊时，侯岩身边的群众总是越聚越多。身为辽宁援疆医生的一员，他既感受到边疆的风光人情之美，又体会到农牧民对医疗的渴盼。

四十三岁的侯岩，援疆前是沈阳市第六人民医院康复科主任。侯岩性格随和，援疆之后，他喝奶茶、吃奶疙瘩、骑马，让许多农牧民感受他的亲切。

"不来新疆，不到基层，我哪能想到草原风光这么漂亮，牧民生活这么有意思？"侯岩兴致勃勃的举动，让好客豪爽的牧民看到眼里，不由得心生喜欢。

让牧民更喜欢的还是侯岩的医技。"中医在草原牧区特受欢迎，好多牧民都要求扎针！"每次为牧民诊疗时，侯岩都格外用心，在铺着粗羊毛毯的毡房里，他手脚并用，全身用力掰抻牧民筋骨，一连几个人下来，便是一头的汗。

哈萨克族牧民四季游牧，常年在野外生活，饮食肉奶居多，加上冬季风雪严寒，腰肌劳损、风湿伤痛、心脑血管等疾病较多。草原牧民各家相距很远，进出一次大山要好多天。平时遇上头疼脑热等常见病，牧民们都是用传统的土办法，或者就是硬扛，成了大病才到医院去治。侯岩分析了草原牧区的常见病和地方病，琢磨透了，他针灸、推拿的对症治疗效果就好。"如果不用心，不了解少数民族的发病情况，义诊的效果就没有这么好。"

侯岩简单治疗，没什么先进仪器的诊疗，却让牧民开心和佩服，其中既可见援疆医生的作为，也折射出基层医疗技术的缺失，还有少数民族群众医疗卫生常识的欠缺。

在侯岩选择援疆的时候，家人和周边的朋友根本无法理解他。他现在是主任中医师，在医院担任着科主任、科教科的副科长，在沈阳，在辽宁甚至在全国，在他的专业圈里也是一个小有名气的专家。援疆能给他带来什么好处？

以往家里的管道坏了,都是侯岩负责修。可是,等到侯岩援疆之后,家里的管道漏水了,妻子只能去求助别人帮助修理。侯岩的父母身体都不好,他在家还能时常去开些中药,针灸一下,就能解决问题。来到新疆,他只能通过电话求助他的朋友……

还有,侯岩在沈阳医院专设了养生康复馆,病人需要办卡调理,但在牧区,侯岩要坐车一路摇晃着钻进毡房,亲自到牧民家里。

侯岩的妻子王艳娇是沈阳的一名英语教师。2013年冬天,她前来探望丈夫。不巧,侯岩要和医疗队员们下乡义诊。"一起去吧,正好照相留资料还缺帮手呢。"侯岩动员妻子。

那天,农牧民来得特别多。医疗队员一口气忙了四个小时还没忙完。正在拍照的王艳娇,看到丈夫忙得连口水都喝不上,"心疼得眼泪一下子冒了出来,泪水模糊了视线,也看不清取景框里的'他'了",焦急中,王艳娇禁不住热泪盈眶。

王艳娇的心声,也许是引起了共鸣,在场的医疗队员们无不为之动容。

侯岩说:"既然选择了援疆,就得实实在在地做些事,能在草原牧区送医送药,是我的职责,也是我的荣耀。"

● 天山"杏林"满园春

饱含一腔深情,坚守一份信念,凭借一身医术,为边疆百姓除沉疴,解痛苦。援疆医生,深受边疆各族人民的称颂。

那么,在援疆期间,作为援疆医生还应该为当地做点什么?这是每一个援疆医生都思索的问题。

一枝独秀不是春,万紫千红春满园。

新一轮援疆几年来,十九个省市的医疗卫生援疆可谓春满"杏林",硕果累累。援疆医生不仅为受援地填补了多项医疗技术上的空白,还发挥了"传帮带"作用,为受援地留下了一支撤不走的"医疗队伍"。

一批批"白衣天使",把拳拳真情留在了戈壁和草原,留在了西域大地。

五十岁的中医专家眭湘宜,是湖南省第二批老中医药专家学术经验继承人。入疆后,他发现吐鲁番地区中心医院中医科比较薄弱,当地群众看中医、吃中药比较难。如何让中华中医药医术在吐鲁番生根发芽?眭湘宜除了开设中医专家门诊,还当起了老师,带起了徒弟。每天提前十五分钟上班,他在科室讲授中医经典《金匮要略》,先后授课有两百多次。为保障医疗安全,眭湘宜倡导,针推理疗前,需做心电图检查。但当地中医医生心电图阅读分析能力不足。这样,他又开起了心电图知识小课堂。

在援疆医生帮助下,吐鲁番地区中心医院中医科发展迅速,还新成立了中医二科。2014年,吐鲁番地区中心医院门诊中药饮片销售额同比增长了五倍。

2012年7月的一天深夜。北疆博州。

刚完成一台急诊手术的李勇接到护士电话:一位病人因肝脓肿合并感染性休克,病情危重。李勇赶到病房,只见病人面容苍白,脉搏微弱。凭多年临床经验,李勇判断,病人随时可能死亡。随后,他带领当地医生,在急诊B超介导下,对病人实施了肝脏穿刺引流术。这样的手术,在博州是破天荒。康复的病人,到处夸李医生不开刀就治好了自己的病。

由于历史原因,博州医院对许多疑难病治不了,复杂的手术做不了,病人只好转院到五百公里外的乌鲁木齐。

李勇是医学博士,援疆前是武汉协和医院普外科副主任医师。2011年12月,他告别七十岁的母亲、九十八岁的外婆,告别了当护士的妻子和上小学二年级的儿子,来到新疆博州。

担任副院长的李勇决定,对博州医院进行人才引进和培训。2012年2月,他将十三名业务骨干送出去进修,并对一百名青年医生进行住院医师规范化培训。他三次赴内地招聘医疗人才,先后与五十名医疗专业人才达成意向。

经李勇牵线搭桥,博州医院首次与武汉协和医院建立远程会诊网络,同上级医院开展远程会诊一百五十八次。博州医院有位蒙古族医生叫巴图玛热,是李勇带的徒弟。从临床经验到手术技巧,李勇都手把手教给他,巴图玛热也很快成了医院的骨干。

援助任务完成后,李勇应该回到武汉了。让领导感到意外的是,李勇却主动申请延长援疆期限。李勇知道,虽然自己家里的老人需要照顾,年幼的儿子需要教育,然而,博州的百姓更需要他这样的医疗专家。

李勇说:"医院正处于发展的关键期,自己希望和援疆同事一起,让博州人民医院医疗水平再上一个台阶。"

广东大力培养受援地的医疗人才,在受援地传为佳话。

2012年,喀什地区第一人民医院(简称喀什一院)通过了"三甲医院"评定,成为当时南疆地区唯一一家"三甲医院"。

喀什一院之所以能够率先成为南疆地区的"三甲医院",得益于广东省十五家医院的帮扶。

但是,喀什一院的许多专科仍存在不完善的情况。

如何才能让喀什一院再上新台阶？如何更好地造福更多的南疆各族群众？如何才能让先进医疗设备发挥最佳效果？关键还在人才。

喀什一院心胸外科，经过广东援疆专家医生黄焕雷主任等人的系统带教，为科室培养了六名主刀医师和二十多名其他医护人员。

现在，这个科室已能独立完成一系列常见心脏病的手术治疗，独立开展手术比例，由以前的百分之十提高到现在的百分之八十；手术输血比例，由百分之九十下降到百分之十。

年轻的急诊科副主任阿不力克木，依然念念不忘大哥式的援疆医生余涛副教授。

阿不力克木说："新成立的急诊医学科是一张白纸，在援疆专家大师级手笔的描绘下，医院急诊科已打破既往单纯分诊的模式，转型为'院前急救—抢救—观察—有效分诊'的一体化模式，并以科室的医疗质量为核心，将急诊科打造成集科研、教学、培训为一身的综合型科室。"

"硬件够硬、软件太软、内涵建设不足。"这是援疆医生们的普遍感受。对此深有同感的，还有长期在喀什一院工作的医生们。

米开热木·麦麦提是喀什一院病理科主任，是一位有三十年工作经验的医生。她认为，对科室来说，最大的难题是缺乏医疗技术高端人才，虽然医院经常派遣医生外出进修，但这一块的人才缺口还是很大。

2013年，病理科负责人多次向广东援疆前指和院领导要求，希望有广东专家来协助打造。这一愿望，很快得到了广东援疆前指的响应。

2014年7月，南方医科大学病理学副教授耿舰和南方医院病理学专家黎相照两人，都作为柔性援疆人才来到喀什一院，重点支援病理科。

早在2005年，医院就引进了一台荧光显微镜设备，却始终没有人会使用。耿舰来了之后，第一次开展了肾脏病理荧光检查，并手把手地教授医技人员学习设备使用。在耿舰的指导下，医院首次诊断出一例少见的淀粉样变性肾脏病，为临床正确治疗奠定了基础，极大地提高了喀什一院肾脏病的诊治水平。

在消化内科，广东来的援疆医生李明松教授圆满完成援疆任务后，还将科室的两名年轻医生收为弟子，带回广东进行培养，继续手把手地传授给他们医疗技能。

如今，喀什一院院长邹小广提起广东援疆医生，总是赞不绝口："没有广东的帮助，我们医院不可能那么快评上三甲，医院学科发展也不可能取得这么大的成就。"

邹小广清楚地记得，2007年，他刚担任喀什一院院长时，医院在全疆综合医院排名第十五位,地州医院排第七位。而在广东卫生援疆的强力推动下,喀什一院于2012年成为南疆地州首个三甲地州医院,医院业务量和综合实力排名全疆第三,在地州级医院中跃居第一。目前,也是全疆地州级医院中唯一设有博士后工作站的医院。

除了资金上的援助,广东在医院内涵建设、学科建设、人才培养上,都给予了喀什一院许多的指导和帮助。邹小广说:"这比单纯资金投入的效益更显著、更长远。"

2011年10月18日。疏勒。

下午,伊斯马伊力·阿西木在医护人员搀扶下,走进了山东省援疆远程医学疏勒会诊中心。他是疏勒县巴合齐乡依给孜艾勒克村的维吾尔族农民。令他感到惊奇的是,他在会诊中心,通过视频进行了一场意想不到的诊疗对话。与他对话的人,竟然在万里之外,是山东省立医院内分泌科主任李明龙。

伊斯马伊力·阿西木感慨地说:"如果没有这个神奇的东西,让国内知名专家为我看病是难以想象的。感谢援疆的老大哥为我们建了这么好的东西。"

伊斯马伊力·阿西木眼里的这个"神奇的东西",就是援疆省市建立的远程医学会诊平台。在喀什和克州地区,已建立的远程医学会诊平台很完善,能辐射到这些地州的所有县市。建立这个平台的,是承担援疆任务的江苏、山东、上海等省市。

远程医学会诊中心,是立足于现代网络信息科学之上的医学新模式,技术成熟,能够提供医学诊断、培训等系列服务。在新一轮援疆中,为方便边疆各族人民,让他们在家门口享受到国内一流的医疗服务,上海、山东、江苏三省市均在第一时间,为对口援建地区搭建起了这个平台。

上海是较早开展远程医学会诊的地区。上海把引进白玉兰远程医学会诊服务系统,作为试点项目,利用其远程医学网,在巴楚、莎车、泽普、叶城四县人民医院和喀什地区第二人民医院(简称喀什二院),先后建立起了远程医学会诊中心。

对口支援克州远程医学会诊系统,是由江苏省人民医院远程医学会诊中心提供诊疗技术支援。会诊网络覆盖阿图什市、乌恰县、阿合奇县。

为更广泛地利用先进的医学资源,江苏还开辟了与新疆医科大第一附属医院远程医学网络的联接,实现了当地与江苏省人民医院、新疆医科大等国内一流医院的远程咨询活动。

苏鲁沪三省市为建立远程医学会诊系统,从买设备到安装以及会诊中心的装修,共投入资金六百多万元。现在,已有两千多名知名专家进入远程医学会诊系统人才库。三省市远程会诊中心均按病人意愿会诊,不向患者收取任何费用。

疏勒县塔孜洪乡两岁的维吾尔族男孩艾沙都拉·阿不都,长了一个巨大的脑袋,需要大人扶着头,才能勉强走路。为治病,一家人四处求医,但一直找不到原因。有人断言,这孩子活不到三岁。听说县医院可以让内地的专家看病,孩子的父亲闻讯后,带着孩子来求诊。

那天下午,孩子和他的父母被请进远程医学会诊中心,医院约请了山东省立医院小儿神经外科专家高玉兴教授。父亲阿不都·萨拉木通过视频,向高玉兴详细讲述了孩子的病史、病情。经过缜密问诊,高玉兴对病情做出了诊断,并给出了详细的治疗方案。阿不都·萨拉木说:"对孩子的病,本来已经不抱什么希望了。没有想到,山东专家让我没花一分钱就给孩子看了病,我的孩子有救了。"

建立远程医学会诊中心究竟意味着什么?远程医学会诊,实现了专家与病人、专家与医务人员之间异地"面对面"的会诊,使边远地区的群众享受到了优质医疗资源,大大降低了病人交通、住宿等费用。

疏勒县医院医务科主任艾买提江·吾吉说,边远地区一个普通农民,能享受到国内院士级专家的服务,这在过去是难以想象的。在上海援建的喀什二院和对口四县医疗卫生机构之间,先行先试的"南疆(喀什)新型医疗联合体"已有五年以上,通过巡诊、转诊、远程会诊等手段,救助了许多农村病人。其中喀什二院是龙头,四县县级医院、卫生医疗机构以及地区卫生学校为节点。同时,上海(喀什地区)临床医学中心在后方支持。

第八批上海援疆副总指挥姜爱锋告诉笔者,卫生援疆在上海援疆力量中比重最大,在当地也最受欢迎。上海卫生援疆有两个重点任务:一是,帮助喀什二院创"三甲";二是,实现"三降一提高"(降低传染病发病率、孕产妇死亡率、婴儿死亡率,提高人均期望寿命)。第一个目标已经完成,第二个取得了阶段性成果。下一步就是以喀什二院为龙头,让上海优质医疗资源辐射到各县、各乡镇,让农村各族百姓享受援疆成果。姜爱锋认为,要完成辐射,关键是加快培养一支"带不走的医疗队"。

2014年4月的一天。南疆喀什。

这天上午,来势汹汹的浮尘,给整个天空笼上了一层薄灰。

在喀什二院一分院六楼上,两位戴着口罩的维吾尔族小伙坐在窗台边,焦急地盯着眼前的工作人员通道。通道的那头,他们的父亲依木拉尼·阿布都吾甫尔,正静静地躺在手术台上,等待着接受心脏不停跳冠状动脉搭桥手术。

就在他们万分焦急之时,上午10点,手术室里却人头攒动。由上海市胸科医院派出的医疗队,准时到来。令人惊讶的是,上海派出的医疗队依旧是院领导亲自带队,依然是"大牌云集":心外科主任孔烨,超声科主任吴卫华,麻醉科副主任医师吴东进……加上驻扎在喀什二院的上海援疆医生叶伟和刘建明,手术室里上海医生和当地医生竟然平分秋色。

让该院副院长范小红倍感欣慰的是,四年前,上海援疆医生在喀什二院创建了胸心外科,以前带队来这儿开刀时,绝大多数工作都是由上海医生完成,当地医生最多站在旁边观摩学习。但现在不一样了,在很多基本环节上,当地医生已经唱起了"主角",上海的专家只要关键时刻出手就可以了。范小红高兴地说:"都说要建带不走的医疗队,我觉得这几年发展下来,一支带不走的诊疗团队正在喀什二院慢慢形成。"

"把血压慢慢降到九十以下。"吴东进轻声地关照着当地麻醉师王艳。这是两人四年内的第三次合作,后者已在喀什二院麻醉科工作了十一年。整台手术期间,吴东进的角色更像一位导师,时不时给王艳提些建议,讲些"为什么"。

无影灯下的依木拉尼,冠状动脉堵了四处。会商之后,主刀医生孔烨仍决定采取不停跳搭桥。

所谓不停跳搭桥,是在心脏表面装上固定器,将手术部位压住,用侧壁钳夹住主动脉壁一部分,然后"挖洞搭桥"。相比更为便捷的停跳搭桥,"不停跳"的最大好处是,能减少病患的创伤,减少发生后遗症的概率。当然,这对技术的要求更高。

这边,孔烨仅凭着肉眼给依木拉尼搭着桥。对面,喀什二院胸心外科主任李继军头戴放大镜,仔细地做着帮手。两年前,李继军作为喀什的"紧缺人才",曾到上海培训过一年,再加上这些年里援疆医生的精心指点,李继军如今已可以配合完成常规的心脏手术了。

当天下午3点,手术大功告成。

在隔壁手术台边的体外循环设备上,李继军发现了一台血氧饱和度检测仪,在上海大医院,这是再普通不过的标配。"这是专门带来做手术的?"

"是啊,不过这台是送给你们的。"

"真的吗?太好了!"欣喜写在了这位当地胸心外科"掌门人"的脸上。

喀什地区,是先天性心脏病高发地区,发病率是内地的一倍以上。第八批上海援疆医生、心胸外科专家叶伟来了不到两个月,带着李继军等到叶城县各乡村筛查,就已经确诊十五名先天性心脏病患儿。在这次上海医疗队到来之前,叶伟已和李继军搭档完成了五例手术。

2011年和2012年,当时胸科医院医疗队过来各做二十多例先天性心脏病手术,但这次来,只排了五例。因为,当地医生水平慢慢提高了,日常就可以开展这些手术。

除了上海医生来喀什"传帮带",这几年也有很多喀什当地医生到上海各大医院培训。因为,要成功完成一台手术,光有一两位援疆医生绝对不够,而是需要一个好的团队。

第八批上海援疆医生、喀什二院院长助理鲁冰充满信心地说:"我相信在不久的将来,喀什当地的医生也一定能独当一面。"

因为生命结缘,因赴援疆省市进修学习而提高医术。

2014年10月。浙江湖州。秋意浓浓,丹桂馥郁。

这天下午,湖州市第一人民医院(简称湖州一院)会议室内,前来座谈的五位新疆医生,个个大眼睛、高鼻梁,有着鲜明的维吾尔族儿女特征。

他们是来自柯坪县人民医院、县疾控中心和玉尔其乡卫生院的医技人员,是到湖州一院进修学习的。交谈中,他们言辞最多的是对湖州一院的感谢,对湖州的喜爱。

古力努尔是柯坪县人民医院内科护士长。她说:"三个月学习下来,我学到的不仅是技术,更多的是医院病房护理工作细节的管理、人文关怀、服务理念、科技创新。"

古力努尔回忆,她所待过的湖州一院的神经内科、呼吸内科、儿科团队不管多忙、多累,始终具备饱满的精神。在这儿,她看到的是没有推诿、搪塞、冷漠,而是真诚、耐心、笑脸。

年轻美丽的热娜古丽来自柯坪县疾控中心,她道出了同行医生的心里话:"在进修学习期间,大家特别关心我们的工作和生活,湖州一院让我们感受到家的温暖。"

三个月时间里,湖州援疆指挥部、湖州一院领导对他们的进修高度重视。

湖州一院专门召开了由院领导班子参加的欢迎会。各科室怀着崇高的使命感,制定相应的进修培训方案,委派有丰富临床经验的导师,实行专人传帮带。不仅如此,在生活上还细心照顾。当地对柯坪五位医护人员给予了无微不至的关怀:专车接送上下班,专门派送清真口味的中饭,并提供生活常用的冰箱、自行车等。湖州一院安排每周五下班前开半小时小会,关心他们每个星期过得怎么样,有什么意见等,尽量满足他们的要求……

为缓解他们远离家乡与亲人带来的不适,湖州一院还特地安排专车和

第四章 "杏林"春意暖

人员陪他们去散心。壮丽的六和塔、美丽的西湖风光和动人的传说,给新疆医护人员都留下了深刻的印象。

柯坪县人民医院检验科的热汗古力,对湖州充满了深深的留恋之情。她说:"'上有天堂,下有苏杭,天堂中央湖州风光。'这是一句描绘湖州美景的句子,也真切表达了我对湖州的美好印象。要是能多待一段时间该有多好!"

买哈木提,是柯坪县玉尔其乡卫生院的年轻医生,也是这次来湖州一院学习的唯一男性。他说:"三个月的收获无疑是丰裕的。在感谢湖州市第一人民医院时,我们将以更积极主动的工作态度,更扎实牢固的操作技能,更丰富深厚的理论知识,走上各自的工作岗位,提高临床诊疗工作能力,做一名优秀的医生。"

……

茫茫边关月,殷殷援疆情。

在培养医疗卫生队伍上,十九个援疆省市可谓形式多样,高招迭出。

湖北通过"专家查房、专题讲座、手术带教、门诊指导"等方式,为博州带来大量新技术、新观念和新理念,将医疗技术和理念长久地留在了当地。

江苏与江西实施"1+2"的帮扶模式,通过手术带教、教学查房、专题讲座等方法,进行医护人员培训,充分发挥传、帮、教、带的作用。

辽宁开展"一帮三"带教活动,定期召开带教座谈会,并为带教人员积极联系知名医院进修。

北京和天津市持续投入,为和田地区举办卫生骨干培训班,组织业务骨干赴北京、天津培训。

黑龙江则加速建设省区、地区、县(市)、乡(镇)四级医疗机构高端远程会诊平台,形成全区域的远程医疗会诊网络。

……

医疗卫生援疆之路,解除了千千万万各族患者病痛,为新疆医疗卫生队伍培养了大批人才,营造了一片片新"杏林",且日渐壮大繁茂。

十九个援疆省市"白衣天使"的精湛技艺、大爱仁心,更是将国家的关怀,将祖国内地人民的深情厚谊,留存在了天山南北,变成了一处处浓得化不开的民族情!

第五章　民族融合新希冀

"我们的祖国是花园,花园里花朵真鲜艳……"

每当听到这首童声稚嫩的欢快歌曲时,你是否会想到在偏远的贫困乡村,在祖国边疆的贫困山区,还有一些因为贫困而期待上学的孩子?

百年大计,教育为本。

孩子,是每一个家庭的希望,更是一个国家和民族的未来和希望。

教育,决定国民素质,决定国家发展未来。他们是未来的太阳,他们是中华民族团结奋进的未来力量。

谁说贫困的孩子没梦想?

贫穷不是他们的错,贫穷不能让他们折断理想的翅膀,不能让他们因贫困由希望变绝望!

教育,是生命闪耀的弧光,是民族融合的灵魂希望。

兴教育,重育人,让每一个边疆的孩子有学上,上好学,懂认同,促融合,这就是给中华民族的未来培育栋梁。

援疆,就是要托起明天的太阳,让边疆的孩子肩负中华民族伟大复兴的理想!

● 学校,最美丽的风景

"我去内地做生意才几个月,回来一看,儿子就读的学校已经变了模样,原来破损的校舍不见了,好像进了一所新学校。"喀什市民买买提·尼亚孜惊讶地说。

塑胶跑道,塑胶足球场,现代化的教学设备,漂亮的新教学楼,在深圳市援助下,短短六个月时间,喀什市第十八小学就变了样。深圳市援建喀什市第十八小学,是众多教育援疆项目中的一个。

早在新一轮大规模援疆之前,伊犁河谷霍城县的教育援疆就走在了全国的前面。

2004年8月26日。边陲霍城。一个阳光炽热的日子。

就在这天,霍城县江苏中学顺利竣工了。

这所学校占地一百五十亩,建筑面积两万平方米,现代化教学设施一应俱全。新学期开学了,江苏中学正式投入了使用。

就在这个绿意葱茏、花香飘逸的日子,学校召开了一次家长会。让江苏中学校长怎么也没想到的是,全校一千八百多名学生的家长,一个不少,都参加了新学校举行的家长会,这是以往想也不敢想的事。

有好多的学生父母还相互争着来开会,想借此参观新建的美丽校园。

孩子的父亲说:"这次江苏中学开家长会,我得去!"

孩子的母亲:"以前开家长会你总是不愿去,这次学校变高级了,你想去也不行!"

而对在校工作十二年的政教主任李芸来说,更是感慨万端。她说:"这变化最大的首先是我们的校园环境,还有学校的规模。以前在教学硬件方面,老学校只有两幢教学楼,现在我们新学校有三幢教学楼,一幢行政楼。以前在老学校只有一幢宿舍楼,我们现在是五幢宿舍楼。还有,以前在老学校是一个三百米跑道的土操场,晴天尘土飞扬,雨天泥泞不堪,而我们学校现在有四百米标准跑道的现代化塑胶操场,还有新体育馆。你看,我们校园绿树成荫,校园环境也非常优美。"

在学校发展变化的过程中,师资队伍的培养也有了很大的变化,她体会最深的就是,与外界的交流频繁了,尤其是教师去江苏交流学习的机会多了。

一石激起千层浪。新一轮全面援疆的大幕已经拉开,号角已经吹响。于是,大规模教育援疆的大笔,正在书写一篇篇浓墨重彩的华章。

2011年9月。新疆阿克苏的多浪河畔。

秋高气爽,瓜果飘香。

9月5日一早,新疆生产建设兵团一师高级中学校园内,欢声笑语不断。老师们放下手中的教案赶来了,学生们停下手中的笔跑来了,各族职工群众从四邻八乡涌来了,只为见证新教学楼正式启用那激动人心的时刻。兵团一师阿拉尔市党委书记、政委邹跃斌,浙江省委常委、宣传部长茅临生等,也都来到了现场。上午10时50分,当邹跃斌从茅临生手中接过那把金灿灿的大钥匙时,现场顿时响起了一阵热烈的掌声。

这样,2011年秋季入学后,新疆阿克苏一师高级中学三千五百名学生,走进了崭新的教学楼,开始了新学期的生活。

让兵团中学师生喜出望外的是,宽敞明亮的教学楼,触摸屏多媒体教学设备,这是做梦都想不到的事。然而,它却是眼前的现实。

兵团一师高级中学教学楼,落成使用于1984年。经过二十多年的风风雨雨,曾经见证了一批批孩子成长的老教学楼,显得已不堪入目,房体出现了多处裂痕,被鉴定为危房。2010年3月,学校决定拆掉旧楼盖新楼。

兵团一师高级中学副校长闫金疆说:"拆除的时候,我们心里一点底也没有,将来建新楼资金从哪里来我们也不知道。"其实,当初师里也想通过一些其他途径,比如到兵团去要这个资金,但这个钱迟迟没有落实。没有资金,就没法建教学楼,这可把兵团一师高级中学的老师们愁坏了。眼看着秋季开学,要招生了,没有教学楼可怎么办?

对口援建兵团一师的是浙江台州,援疆前方指挥部在得知这一情况后,迅速与台州市领导商量,决定出资两千万元,将此作为全额投资列入援建先期启动项目。同时,出资三百五十万元,援助一批多媒体教学设备和六十六个班的课桌椅。

2010年10月10日,兵团一师高级中学教学楼项目正式开工建设,主楼五层,总建筑面积一万二千多平方米。在随后的三百多个日日夜夜里,台州援疆前方指挥部人员克服各种困难,强力推进项目建设。同时,多媒体教学设备和课桌椅的采购也在有条不紊地进行。

这可真是雪中送炭啊!台州援疆不仅给学校盖起了新教学楼,还赠送了先进的多媒体教学设备,给学校解决了大问题,让兵团子弟看到了新希望。闫金疆激动地说:"很多家长又愿意把孩子送到我们这里来上学了,当年夏天高一招生就很理想。"

台州送给兵团学校的六十套多媒体教学设备,是全疆最先进的。好在校长李新德在上海培训期间见识过。他对师生们激动地说:"你们看过中央电视台天气预报吗?就是那样,手指一触,你需要的内容就展现出来了!"

为了让教学成果实现最大化,所有老师花了一个星期时间,把设备操作琢磨了个透。新教室里,随着老师在多媒体上的演示,同学们畅游在知识的海洋里。大家都说,以往难懂的地理课,现在变得轻松了,复杂的地球月亮关系,通过视屏展示,十分明了。

高三(1)班学生杨地话语中充满了感激:"锦上添花易,雪中送炭难。台州的叔叔阿姨们不远万里,来到南疆,寒来暑往,夜以继日,无怨无悔。有的参与建设援建,有的从事教学援建,用双手诠释了爱与关怀。无私援建情深似海,大爱无疆恩重如山。这一切使我们感激,更多的是对这份情谊的珍惜。谢谢你们!"

明亮的教室,一流的现代化多媒体教学设施,使师生们多年的梦想变成了现实,兵团的学校又焕发了新的生机。

真挚的情感来自内心。

"雪中送炭台州恩!"

"塔河师生感激情!"

"春晖迎宾西域情!"

"锦绣中华台州美!"

……

一时间,在校园内,学生们手中拉着的一条条鲜红的横幅,无不表达着师生们对台州援疆的感激之情。

承载新梦想,一年一变样。

援疆,让新疆城乡的学校脱胎换骨,面貌一新。

然而,在新一轮援疆前,新疆教育基础设施是很不理想的。

新疆的贫困县多,在校舍建设方面,许多县除了县城学校教室之外,几乎全是砖块泥土或水泥平房建筑物,条件好的也只有部分质量比较差的楼房。每逢下雨天,学生们都要每个人带个盆子,放在教室里接雨水。小学、初中学校绿地面积占地平均不足总面积的十分之一。

除校舍外,学校其他设施与国家标准也存在很大差距,教学仪器设备、图书资料、实验基地、科技园等,几乎没有。有的器材设备,不是陈旧坏损,就是运行成本高。如微机成为教学的模具,而不是教学使用的设施。购买或捐赠来一台台的微机都是新的,干干净净的。然而,由于用不起,从键盘上看不到用过的痕迹,如果再放置几年,新的就基本报废了。

另外,体育器械缺乏,体育运动场地面积不足。许多乡村中小学都有比较大的操场,不过不规范,全是土操场,一刮风,尘土四处飞扬。

因为观念和教育基础设施的落后,新疆的教育发展严重滞后,尤其是在南疆表现得十分突出。

新一轮全面援疆之前,南疆的和田、喀什和克州三地州人均受教育年限不到七年,比全疆平均水平低两年以上,劳动者整体素质特别是农村劳动力素质有待提高。

由于贫困人口大多居住分散、偏僻,办学条件差,加之生活困难,贫困户中的适龄儿童失学、辍学现象依然存在。特别是普通高中入学率很低,2010年仅为百分之二十二点二,其中和田地区只有百分之十二点七;学前教育、职业教育及"双语"教育发展滞后。南疆三地州是传统农业区,农业人口占百分之七十八点九,劳动力素质普遍偏低,劳动力负担系数大,劳动就业不足,劳动生产效率低。由于教育水平落后,农牧民科技文化水平低,文盲半文盲比重大，素质性贫困相当突出。各类人才十分缺乏，农业科技推广水平低。长期以来，这些因素严重影响南疆三地州经济社会发展和脱贫。

民族融合从哪里起步？怎么起步？

百年大计，教育为本。青少年，是一个国家、一个民族的未来和希望。

教育，是民生，更是未来。教育援疆，首先需要青少年有一个良好的受教育环境。建设美丽的校园，自然必不可少。

十九个援疆省市，一批批援疆人，满怀激情责任，挥洒智慧汗水，展开了一幅幅校园建设的画卷。

2013年7月，新疆哈密市北郊路双语幼儿园教学楼正式投入使用。这所幼儿园总投资一千二百万元，是河南省援疆重点民生精品工程。

2013年7月，黑龙江援建新疆生产建设兵团一八三团中学综合教学楼投入使用，一千五百多名学生可以在宽敞、明亮、暖和的教室里上课。

走进英吉沙双语实验学校，正对着校门的，是一座孔子行教像。这是由山东省济宁市对口援建的学校。2013年9月投入使用，总面积约七万五千多平方米，可容纳学生四千人。综合楼、教学楼、实验楼、艺术馆、食堂、学生宿舍、篮球场、排球场等，一应俱全。不过，当初有部分家长并不认可这所学校，对学校的管理有抵触心理，特别担心学校提供不了多少清真食品。为能够让学生和家长增强对学校的认同感，六十九岁高龄的老校长李建国出面了。他邀请家长们来学校，参观各种现代化的教学设施。家长们参观了学校食堂，看到每天都有十几种清真食物可供他们孩子挑选，心里非常高兴，抵触情绪顿时消失了。

2013年10月29日，新疆巴州博湖县博湖河北高级中学正式投入使用，该校近千名中学生坐在新建成的教学楼里，聆听老师授课，喜笑颜开，琅琅的读书声，响彻整个校园。博湖河北高级中学，是由河北秦皇岛市2011年耗资三千八百多万元援建的。学校集教育教学、科研、学生食宿为一体，是一所全日制的高级中学，学校总建筑面积近一万六千平方米。其中，包括教学实验综合楼、风雨操场、食堂餐厅楼、浴室等，设标准高中三十六个班，可容纳一千八百余名学生学习生活。这也是博湖县域内唯一一所教学设施完备、办学条件一流的学校。

2014年5月5日上午，在经久不息的鞭炮声和掌声中，霍城县清水河镇西卡子小学教学楼正式投入使用。从此，二百多名师生从破旧教室搬进了崭新的教学楼。此时此刻，每个孩子脸上都荡漾起了幸福的笑容，老师们也更加精神饱满。新黑板、新课桌椅、新知识，新的教学基础设施，为孩子和老师们带来了新的希望。

第五章 民族融合新希冀 159

2014年10月,由江苏泰州援建的昭苏县泰州高级中学,仅用了八十五天的施工期,就完成主体封顶,完美地阐释了什么叫"天马步伐"。昭苏县泰州高级中学,位于昭苏县南城区,占地一百八十亩,建筑面积三万三千多平方米,总投资一点六亿元,援疆资金投入一点三亿元。新校区教学设施配套齐全,学校建成后,可同时容纳两千四百名学生学习。

2014年12月底,在新疆塔城托里县第二中学新校区的综合楼内,工人们正在忙着做室内装修。二中综合楼项目是辽宁援疆项目之一,包括新建一座教学楼和一座体育馆。二中校长李彩丽说:"二中综合楼总投资一千一百多万元,总建筑面积五千一百平方米。综合楼投入使用后,将改变学校现有的教育教学条件,进一步改善学生的就读条件,为学校今后的标准化办学奠定基础。"

出阿瓦提县城往东南七公里左右,有一所阿瓦提第四中学,蓝天白云下,这两幢红白相间的新大楼,显得格外醒目。这所学校的另一个名字是:阿瓦提县民汉合校高级中学。说是高级中学,这儿却是典型的一站式教学,从幼儿园开始,到小学、初中直至高中。原先,整个阿瓦提县只有一所高中,在第四中学开设高中是绍兴援疆以后的事。在这里,浙江绍兴市援疆投入一千三百多万元,新建了一幢四层教学楼以及一幢宿舍楼,解决了师生们的教学、生活问题。走进教学楼,你会发现,许多老师都来自绍兴市高级中学及各县(市、区)中学。为帮助一些基础薄弱的学生,援疆教师每人都与几名学生结成对子,与这儿的年轻教师结成师徒关系,到阿瓦提的八个乡镇去上公开示范课,开展听评课、培训教师等"送教下乡"活动。

2015年3月22日,总投资近两千万元的沙雅一中嘉兴教学楼工程开工建设,这是当年浙江嘉兴市首个全额投资援疆项目。沙雅一中,是沙雅县唯一的民族语言完全中学,现有在校生二千七百余名。2014年,第二次新疆工作座谈会后,南疆实施免费就读高中政策,使沙雅一中压力倍增,现有校舍已不能满足学生就学需求。嘉兴市援疆指挥部坚持民生优先、教育优先,决定全额投资援建沙雅一中嘉兴教学楼。

2015年6月,由江苏徐州援建的奎屯市第六小学改扩建项目完成,正式投入使用。这个投资二千一百万元的项目,总建筑面积七千平方米,极大地缓解了奎屯市小学资源紧张的矛盾。

2015年8月,由福州市援助六千万元兴建的奇台县第三中学正式投入使用。这所学校设有教学楼、餐厅、宿舍等主体建筑,可供一千八百名学生就读。

……

中央新疆工作座谈会以来,十九个对口援疆省市把教育援疆作为重中之重,优先确立教育援疆项目,优先到位教育援疆资金,催生了新疆教育发展的新变化。

北京市抓教育援疆注重务实,从设施建设开始,一着不让。

2011年至2014年,北京市共安排援疆资金一亿多元,用于和田四市县的教育设施建设,改造其供暖、洗浴设施,惠及七万二千名学生。一百零七所乡镇寄宿制中心学校的孩子们,从此告别了煤炉取暖。教室和宿舍干净了,温暖了,安全了,他们经常能洗热水澡了。

和田县英艾日克乡中学伊米尔妮萨·艾麦尔同学说:"空气干净了,教室比家里暖和。"

和田县布扎克乡中学教师努尔曼古丽·买买提明说:"有了暖气,上课感冒咳嗽的学生少了,住校的老师和学生们也能休息好了,我们再也不担心孩子们煤气中毒了。"

墨玉县加汗巴格乡小学校长麦麦提托合提·麦提合亚牧说:"孩子们不用再受冻了,更愿意来学校了。感谢北京!"

在南疆的各县市,到处都能见到新落成的学校,教学楼、运动场、生活区规划面积和设施配备,与内地省份学校并无二致。

从2010年起,上海市投入援疆资金三点一亿元,为受援四县改造、新建职业技术学校和职业高中,并安排一百名中等职业学校少数民族教师赴沪进修,增强受援地教育发展后劲。

新疆塔城地区教育工委书记臧其虎说:"教育援疆项目的实施,明显改善了我们的办学条件,有效缓解了'大班额'现象,帮助更多农牧区孩子接受优质教育。"

对口支援塔城地区的是辽宁省。五年多时间,辽宁省援建教育项目达三十一个,投入资金二点三亿元。这些学校的建成,极大改善了当地学校基础设施。

山东省对口支援的喀什地区四个县,除麦盖提县外,全部为国家级贫困县。四县教育事业发展严重滞后,人均受教育年限仅为六年,高中阶段毛入学率仅为百分之二十八点六,职业教育几乎空白。面对这样的困难局面,山东果断调整规划,为受援四县建设了幼儿园、小学、初中和普通高中,新增校舍二十九万平方米,可容纳在校生两万八千人。其中职业学校新增校舍面积八万九千多平方米,年培训能力达四万五千人次。

"我在修理厂实习,每个月可以收入三千元。"吐尔地·吾斯曼,是喀什地区疏勒县职业学校汽修专业的学生,2015年刚毕业。他说:"将来工资会

第五章 民族融合新希冀 161

更高。我要感谢山东为我们建的职业学校,在这里可以学到想学的技能。"
　　……

　　如今在南疆,最漂亮的建筑就是学校,走进校园,就仿佛走进了花园。一座座整洁美观的校园,已成为了当地最美的风景。
　　让笔者感到惊奇的是,这么美丽的校园,这么现代化的教学设施,不要说安徽、河南等中部省份不多见,即使在粤闽和江浙等发达地区,也毫不逊色。

● 播洒阳光的人

　　"到新疆去,到祖国最需要的地方去。"
　　"走,去援疆!"
　　一批又一批的园丁怀着对新疆娃娃们的热爱,以高度的责任心,投身于援疆的春潮中。
　　几年来,他们站在三尺讲台上,付出并收获着,用知识与汗水书写着新疆美好的明天。
　　援疆老师告别亲朋好友,告别繁华都市,没有豪言相随,没有鲜花相伴,在远离家乡的边疆,精心培育边疆娃娃成才。
　　援疆老师,他们用人类最崇高的爱,播种春天,播种理想,播种力量……
　　他们用语言播种,用彩笔耕耘,用汗水浇灌,用心血滋润,让边疆孩子感受祖国的美好,感受知识的力量与崇高。
　　他们清澈如水的眸子里,闪动着爱心传递的光亮。这种光亮,必将点燃边疆的未来与希望。
　　说到新时代的教师援疆,不能不提到大武汉。
　　"进入校门,高耸的教学楼一下子填满了眼帘,走在宽阔平坦的硬化路面环视,绿化的草坪已具规模,栽植的树苗在风中摇曳。校园里隐隐能听见学生的读书声。"高一教师张晶晶再次走进博乐市高级中学的校园时,曾经熟悉的母校变得陌生。她曾是从这里走出的学生,现在又走进这里。角色反转,由讲台下走到了讲台上。在她记忆里,那一排排"陋室"早已不见了,取而代之是气势宏伟的教学大楼。
　　这样的变化,得益于湖北省实施的援博基础设施建设项目。从2008年3月奠基动土到2009年9月交付使用,在七千五百万元资金注入下,这所拥有五十五年办学历史的学校"旧貌换新颜"。新建的两幢学生宿舍楼美观大方,排水式公厕干净卫生,水房、浴室及标准化运动场一应俱全。

如此之变,让博乐市高级中学师生感受到关山千重之外,有一种荆楚大地的浓浓深情。

只做好硬件是远远不够的,"软硬兼施"才是援疆的题中应有之义。从此,投入使用后的博乐市高级中学有了一个新的身份——"华中师大一附中博乐分校"。

博尔塔拉蒙古自治州(简称博州),位于新疆西北部,与哈萨克斯坦共和国接壤。"博尔塔拉"系蒙古语,意为"银色的草原"。其州府所在地博乐市,是湖北对口援疆单位。湖北省对口博州,早在新一轮援疆之前就开始了。

2007年的秋天,站在阿拉山顶望去,博乐小城就像嵌在博尔塔拉这片"银色草原"上的一颗翡翠。这是潘德启用相机记录下的这里美景。

当时,潘德启是武汉江夏区一中的教师,他是以一个游客的身份来到这里的。然而,回到武汉后,潘德启仍念念不忘博乐。

2009年,武汉市选拔首批援疆教师赴疆支援博州,目的是帮助华师一附中博乐分校建设。四十六岁的潘德启毅然报名,加入武汉的援疆教师分队。他来到博乐市,走进了这片令他魂牵梦绕的北疆美景之中。

天山巍峨,长江浩淼,山水一脉牵起汉博手足情的,正是这样一群"教育使者"。

2009年8月初,武汉市一次性派出四十三名高中在职教师,作为新一轮援疆工程的"先头兵"。要实现从单向输血,到双向互动的转变;变分散的"器物"投资、选派骨干教师,到教学、管理人才和制度的整体输入,他们肩上的担子比以往更重。

这四十三名老师分别来自武汉十三个城区二十八所学校,援教期为三年。

一所边疆学校,同时有四十三名来自同一地方的援疆教师。这是湖北人民和博州人民的大手笔,在全国援疆史上绝无仅有。

天上九头鸟,地上湖北佬。人们常用"九头鸟"来比喻湖北人的精明和能干。在博乐分校,武汉援疆教师通过他们的一言一行,充分展现出武汉老师的人格魅力和学识魅力。

潘德启,这个独具魅力的"九头鸟",果真身手不凡。

奇怪的是,潘德启在援疆期间,竟然被学生们亲切地称之为"老爸"。"老爸"对学生要求很严,比如学生迟到、不做作业等一点小事,"老爸"就会揪着不放,开出的罚单从来都是一连串的。比如迟到五分钟,课后补五分钟的功课,跑步五圈,为班级做一次义工……

第五章 民族融合新希冀

潘老师的处罚方式,被学生命名为"潘氏套餐"。曾经有个叫韩守升的学生,人很聪明,但是学习上很散漫。他因为不做作业和迟到,吃过三次"潘式套餐",应该是吃"潘式套餐"最多的一名学生。结果,这以后,他再也不迟到,也按时做作业了。2011年,韩守升竟然考入了中国人民大学。

潘老师还有个独门绝活,就是制作励志动漫,给学生加油打气,每半月更新一次。这对高度紧张的高三学生,是一种很好的调剂和激励。

"高三是人生中最关键也是最紧张的时刻,我要陪着我的学生一起战斗。"潘老师说。

一年半过去了,武汉援疆教师用忠诚和奉献,在天山脚下播撒下智慧和友谊的种子;用辛勤和汗水,在塞北边陲为人生写下了壮丽的援疆诗篇。

2011年8月28日,晚上9点。

尹庆华带着她的学生坐进机舱,飞机从乌鲁木齐地窝堡起飞,五个多小时之后才降落到深圳的宝安机场。

尹庆华带着她的学生能到深圳,是受到了深圳中航集团、深南电路有限公司的热情帮助。尹庆华到深圳的目的,就是来到这里的"益呼百应"活动现场。此行,她有一个朴实的梦想——申请"梦想基金",帮喀什的娃娃们建起"爱心书屋"。

节目中,尹庆华和喀什学生们的"读书"故事,感动了所有评委和观众。最终,深圳天马微电子有限公司、深圳同仁妇科医院等爱心企业伸出援手,一次性捐赠了十二个"爱心书屋"。

尹庆华是深圳市龙岗区福安学校教师。2011年2月,尹庆华跟随深圳援疆队伍,来到喀什二十八中,在那里她开始了爱心之旅。刚到二十八中时,从未离开过南方的尹庆华,被眼前一幕惊呆了:大雪天里,一群孩子在瑟瑟的寒风中,哆哆嗦嗦地排队上厕所,小脸儿通红。

然而,一上课尹庆华才发现,不可思议的事更多。

因办学经费有限、家长观念落后,学校里没有图书室、阅览室,孩子们的课桌上、抽屉里,除了国家免费发放的教科书和一些教辅资料外,几乎没有课外书,就连教育部规定的中学生必读名著,孩子们也无法阅读到。

由于见识少,看不到前途,学生厌学成为普遍现象。一节课,尹庆华使尽浑身解数,课堂才能勉强持续下去。

书籍所能带来的力量,尹庆华早就深有体会。同病魔斗争的漫长岁月里,是书籍时刻陪伴着她,让她看到了外面的世界,坚强地走了出来。

尹庆华说:"有时候真不想干了!"但哭完、委屈完之后,一想到喀什的娃娃们,自己就又坚持了下去!

凭着一股子韧劲,尹庆华创造了奇迹:从2011年3月至2012年9月,通过不懈努力,尹庆华共募集到一百零七个"爱心书屋",圆了上万名喀什娃娃的读书梦想。

克孜勒苏柯尔克孜州位于帕米尔高原,这里素有"万山之州"之称。这里乌恰县的娃娃们读书,小学在乡镇,中学到县城,高中到克州。人们从中不难看出,这里的求学之路,并不一路平坦。

教学硬件缺少,可以陆续建设、添置。师资人才的引进和输送,才是真正的雪中送炭。

2014年2月,常州市兰陵中学的历史老师张永康,第一次站在了乌恰县实验中学的讲台上,班上五十多名八年级学生第一次知道:原来,历史课是如此奇妙而有趣。

九年级(8)班是九年级最好的一个班,从2014年张老师刚来时,柯尔克孜族学生努尔南别克就喜欢上他了。在张老师的课上,大家都可以各抒己见,可以大胆提出自己的问题和想法,连以前不喜欢历史课的学生,现在也变得喜欢了。

从八年级到九年级,努尔南别克的历史成绩在班上一直数一数二,学得不累,分数还高。一年多时间下来,大家跟张老师"在课上是老师,课下是知心朋友"。

汉族学生毛立夫上学期考试成绩不好,张老师不但没嫌弃他,还在每天午休时间抽空单独辅导他。在早晚上学放学的路上,张老师还会教他一些英语、语文的学习技巧和方法。时隔半年,毛立夫的成绩就迅速提高。师生间这种亲密的关系,被其他同学打趣为:毛立夫是张老师的"干儿子"。

实际上,刚过而立之年的张老师,是江苏常州市第八批十八位援疆干部人才中唯一的未婚者,平白在万里之外的他乡异地有了个"干儿子",也许是一件喜事吧。

2014年3月10日,沈益飞第一次走上库车二中高二(3)班的讲台。第一次援疆授课,沈益飞的心情格外激动,面对全班的学生,她满怀激情地介绍着自己的理想抱负。结果,一个叫苏瑞国的男生,用足以让全班同学都听得到的声音,向她提出了质疑:"你们是来玩的吧?"一刹那,整个教室寂静一片,沈益飞顿时被噎住了,过了好一阵子才缓过神来。"请大家放心,老师会用行动证明给你们看。"沈益飞说。

看来这班孩子不好带!在了解班级整体英语水平后,沈益飞明白了,为何同学们对她有质疑?原来,在四个理科实验班中,高二(3)班英语成绩一直垫底。高二第一学期期末,英语成绩三十多人不及格;总分一百五十分的试卷,英语成绩在五十分以下的有二十四人,四十分以下的有十三人……

在宁波教学时,沈益飞是学校的英语教学标兵。她知道,要想改变这些娃娃,只有投入更多的时间和精力。

此后的日子里,沈益飞每天认真备课,精挑习题,归纳知识点、语言点;课堂上循循善诱,点拨解题思路和技巧;课后认真批改作业,总结错误规律。

每一天,沈益飞都严格认真,对待作业:"有发必改,有改必统,有统必练,有练必讲。"她始终相信,发下的作业,只有认真批改了,学生才会认真地去对待;改完之后,再统计错误率高的题目,做到心中有数,才能在上课时有的放矢地讲评,也才能确定类似题型进行再训练再巩固。

"你们不是笨娃娃!你们能够成为第一!"在课堂上,沈益飞时时穿插励志教育、理想教育,还给学生做心理疏导。

有人对她说:"你这样做不是找累吗?"

她说:"是累啊,但孩子们的成绩提高了,累也值得!"

一天天的坚持,迎来的是质的飞跃。

2014年8月24日的第一次月考,高三(3)班英语均分赶超了年级中的一个班级,丢掉了"末位"的帽子,同时缩小了与最高分班级的差距。

"没有什么是不可改变的!"沈益飞告诉班上的同学们。当她说这句话的时候,没有质疑,学生们送给她的是掌声。

在2014年9月20日的第二次月考中,高三(3)班在四个平行班中取得了均分第一名的佳绩,周彤同学获得全年级理科生中第一名的高分。

2015年的几次模拟考试,高三(3)班也基本上坐稳了第一的位置。

这一切,不仅让沈益飞非常开心,更让学生们的学习热情顿时高涨。

当初,第一堂课就给沈益飞"下马威"的苏瑞国同学,后来在给沈老师的信中这样写道:

"当时我也是无意识地脱口而出说:'你们是来玩的吧?'现在,您用最有说服力的成绩,给了我们最好的回应。老师,我向您表示最诚挚的歉意和谢意……"

2014年3月27日上午。伊犁河谷,寒潮阵阵。

在巩留县城,室外的气温零下七摄氏度。

忙完了一周的江苏张家港援疆老师杨丽娟,本该在周六上午好好睡个懒觉的。可是,一大早,她就起床了。那天上午,她要办件不同寻常的事。你看她出了学校大门,就迅速打上出租车,急匆匆赶往巩留县城的幸福里小区。到底是什么事让杨老师这么着急?

原来,一个月前的一天上课时,杨丽娟突然发现班上来了一位陌生的女同学,她上课竟没带生物书。课后,杨老师一了解,这个女同学叫马丁睿,是刚从新源二中转来的。

为何要从新源二中转学到巩留高中?原来,马丁睿父母亲打听到巩留高中有援疆老师在任教,就支持孩子转学到了巩留高中。

然而,马丁睿不清楚,不同的学校,开设的科目也不同。在新源二中,高一没有开生物课,而这里的高一学生已经学完了前面三章内容。这可怎么办?如果不及时补上,可能这门学科就成了她的"拐子"学科,对她的影响会很大。

杨丽娟老师很重视这件事,及时整理好前面三章的教案,要求马丁睿同学先利用课余时间自学,不懂的地方做好记号。这样做的目的:一是让她感觉学习是自己的事,首先自己要努力;二是培养她良好的学习习惯,以适应高中生活。

马丁睿同学也很好学,常利用课外时间来问问题,杨老师不管有多忙,都会放下手头的工作,给她耐心细致地讲解。有时候,杨老师竟会忘了下课的时间,让在教室外的老师们久等。

考虑到课余时间的仓促和有限,杨老师想利用周末集中时间,极力为马丁睿补完落下的课。碰巧的是,这周六马丁睿的父母到乌鲁木齐出差去了,家里只留下马丁睿和六岁的小弟弟。马丁睿不方便出门补课。得知这一情况,杨老师决定,带上电脑包,亲自登门,给马丁睿补课。这才发生了开头的一幕。

到了马丁睿的家里,在马丁睿安排好弟弟吃完饭后,杨老师立即开始集中补课。小小的书房,阳光从窗户透过来,室内的暖气很热,但师生俩的热情更高,讲讲练练,练练讲讲,重难点地方杨老师还准备了多媒体动画,知识点一个一个地跨越,不知不觉之间,时间已到了下午两点。

整整四个小时,杨老师没有喝一口水,口干舌燥,汗水也浸湿了衣裳。此时此刻,杨老师虽然感觉很累,但终于把落下的功课补上了,她又感到很欣慰,也很开心。

……

拂着阳春的柳绿,迎着初夏的晨曦,带着大爱的情思,以"春蚕到死丝方尽"的敬业奉献情怀,开启新疆娃娃步入知识殿堂的圣地,激励他们扬帆前进的舟楫……

丹心的倾注与风雨兼行,辛勤的汗水与日月交辉。

勤奋耕耘的援疆园丁们,终于在收获的季节迎来了桃李芬芳。

2013年高考成绩公布之后,伊犁河谷到处传播着一条惊喜的消息:

由四位援疆老师任教的霍城县江苏中学高三(2)班五十六名学生,全部达到二本以上录取线,其中考上一本的就有四十五人,上线率达到百分之八十点四。

一时间,人们议论纷纷,赞不绝口。

"全班五十六名学生全部上本科。"

"援疆老师真厉害!"

"希望有更多这样的老师能教我们的孩子。"

……

霍城县江苏中学高三(2)班的学生,在援疆老师接手之前,成绩并不尽如人意,一些代课老师们也不看好这个班。但自2012年四位援疆老师任教后,仅仅在一年时间里,高三(2)班整体学习成绩就有了很大提高。

在2013年的高考中,全班五十六名学生都达到了二本以上分数线。这样的成绩,在霍城县江苏中学历年高考中是前所未有的。

"援疆老师特别关心我们的生活和学习,他们总是不停地鼓励我们。"说这话的是霍城县江苏中学高三(2)班学生陈烁,他在2013年高考中成绩是四百九十七分。陈烁原来对生物课不感兴趣,但援疆老师张年峰教生物以后,她对生物课的兴趣大增。

援疆老师很善于和同学们沟通,在他们眼里,所有学生都是有能力的。有什么不懂的问题,援疆老师都能及时解答;有什么想法,大家都愿意与援疆老师交谈。

陈烁说:"他们把我们当成自己的孩子,冬天晚自习在班里一直陪我们到十一点半钟。"

为了让学生们对生物课感兴趣,张年峰采取"一战到底"的游戏PK形式,把生物知识写在一张纸条上,看谁掌握的知识最多,谁就可以当擂主,并给予一定的奖励,这不仅激发了学生们学习生物的兴趣,还活跃了课堂气氛。

陈烁的妈妈王美艳说:"我女儿特别崇拜几位援疆老师,不仅因为援疆老师从各方面关心他们,而且他们的教学方法不一样,让人听了还想听。"

家住霍城县的学生禹志浩,原来在伊宁市一所重点中学上学。上高二时,父亲禹丛豹发现他的成绩不稳定,担心这样下去会影响高考,在征求禹志浩的意见后,就转回霍城县江苏中学高三(2)班就读。

转学之前,禹志浩参加过一次模拟考试,总分只有三百九十四分,落在全班的后面。在此情况下,援疆老师并没有对禹志浩另眼看待,而是经常找他谈话,了解他的想法和学习情况,并不断鼓励他。之后,经过援疆老师两个月的辅导,在一次模拟考试中,他考出了五百六十分的好成绩,这让他自己也感到吃惊。

"援疆老师教会了我自学能力。"禹志浩认为,援疆老师的教学方法有针对性,灵活而不乏味,激发了他学习兴趣。

禹丛豹对儿子考出五百四十分高考成绩非常满意。他认为,援疆老师的鼓励,使孩子对学习感兴趣,主动学习的能力增强了,这是考出好成绩最重要的原因之一。禹丛豹说:"我真的感谢援疆,感谢江苏援疆老师付出的心血。"

2014年深秋的一天。帕米尔高原阿合奇县。

在哈拉奇乡希望小学会议室里,援疆教师谢宛平正起劲地追着一位男老师跑,演示一道应用题的"游戏解决方案"。奇怪的是,奔跑的是位年过花甲的老人,在座听课的是数学老师。他们当中有柯尔克孜族的,有维吾尔族的,有哈萨克族的,也有汉族的。这已不是谢老师第一次下乡给老师上课了。

面对当地一些缺少教学经验的教师,她总是不厌其烦地回答他们的问题,传授自己几十年积累下来的授课秘诀。"你们真的很棒!"这句话,是她在课堂上最爱说的话,也成为她跟青年教师们交流时的口头禅。

2014年5月的一天,已经退休的谢宛平像往常一样,早起做饭,送外孙女上学。回家后,她随手拿起一份当地的《江南保健报》。

读着读着,有一则消息,突然引起了她的注意:

"银发援疆"项目,将在无锡招募身体健康、热心公益、无家庭负担,且离开工作岗位时间不长的退休人才,志愿到新疆阿合奇县短期援疆。

阿合奇县,地处中国最西部边境,位于新疆克孜勒苏柯尔克孜自治州,与吉尔吉斯斯坦接壤。这里海拔高,气候寒冷,荒漠化严重,人口分布非常稀疏。

8月26日,谢宛平早早从无锡出发,坐了一整天的飞机和汽车,终于在深夜12点到达阿合奇。

开学第一天,一位六年级的孩子过来问她:八除以二怎么解?谢老师这才意识到,她的工作远比单纯的支教要复杂得多。

由于语言沟通不顺、师资水平有限、家长文化水平不高,孩子们的基本功很差,即使是六年级的孩子,也要从最基本的内容教起。

她把一到六年级的数学课本都借来,仔细备课,然后利用午休和周末给学生补课。

虽然已经六十六岁,但她经常连着上三节课,而且每节课都热情四溢,

第五章　民族融合新希冀　169

连学校里的青年教师都深受感动。

哈萨克族数学老师切尼扎特说："我们年轻人偶尔也会想偷个懒,但是谢老师就连第七节课(最后一节课)也能精神满满。"

谢老师的到来,让很多老师认识到:原来那些放着积灰的教具,是可以变成调动学生积极性的"宝贝"的。

谢老师经常利用课余时间,去琴房练琴唱歌。

一天,她正在弹奏《喜洋洋》,一个学生过来问她,要弹多久才能弹好一首曲子。她说至少一千遍,这次已经是她的第二百遍了。

她说："既然选择了教育这个行业,就要时时刻刻以身作则,才能给学生树立榜样。"

春节前夕,谢宛平的援疆生涯结束了,但她自己原先定好的事,还有一些没有完成。援疆干部们都已返回江苏了,谢宛平却迟迟不走。她想一个人待在学校,为师生们系统梳理一下内容。校方考虑到各方面原因,没有让谢宛平继续留校。谢宛平这才带着遗憾和不舍,离开了阿合奇县。

谢宛平走的那天,车子已经走了很远。校长、老师和学生们都还在后边跟着。谢宛平说："我不敢回头看。我一直是一个坚强的人,但那一刻我受不了。"

史珺是谢宛平班上一名优秀的学生,谢老师离开时,她哭个不停。她说："我舍不得让谢老师回去。我喜欢谢老师,上她的课是一件最幸福的事情。"

回家过年的谢宛平,还是放不下阿合奇县托河小学的孩子们。年后,她再次申请来到阿合奇县托河小学。

在她回来的那天,托河小学的老师和孩子们可高兴啦,有孩子抱着她,有孩子亲她。很多人都没有想到她会再次回来。谢宛平已是六十七岁的老人了,年龄太大。这已经是工作组第二次为她破例了。她说,她要抓紧时间多为孩子们做一些事情。

2015年的春天,笔者在阿合奇县见到她时,面对这位长者,问她为什么还要第二次选择来边疆?谢老师告诉笔者说："因为学生的那句上谢老师的课最幸福,因为我爱这些孩子们,因为爱,所以更爱。"

地力巴尔·叶尔肯孜老师说："真的没想到谢宛平会再次回来,还带了礼物给我们。"

谢宛平年纪最大,却总是最早到校,最晚离开。

在阿合奇县,像谢宛平这样的"银发援疆"老师还有许多。如无锡的退休老师卢益华、于玉芬、张湘展、孙冰、于悦,等等。

这几年,在边陲小县阿合奇,"银发专家"的援疆队伍格外耀眼,尽管他们早已退休,本应在家颐养天年,但这些"银发援疆"志愿者却勇敢地走出家门,用自己的余热感动和温暖着边疆的人民。

他们的到来,也给这个安静的小县城带来了生机和活力。

正如阿合奇县委副书记、无锡市对口支援阿合奇县前方工作组组长林小异说:"这些来自无锡市的'银发援疆'专家,不仅为阿合奇提供了相应的人才支持,更让无锡市民近距离了解了真实的新疆,宣传了大美新疆。"

……

2010年以来,十九个援疆省市除带来七十四点四亿元教育资金外,还先后选派三千多名教师来疆支教。

援疆教师是火种,点燃了新疆娃娃的心灵之火;援疆教师是石阶,承受着新疆娃娃一步步踏实地向上攀登。

援疆教师像一支蜡烛,虽然细弱,但有一分热,发一分光,照亮了别人,奉献了自己,令人永生难忘。

在如今的新疆,每当提起援疆老师,人们总是在心底陡然升起一种敬意。每当想起援疆老师,人们都不由从内心荡漾起一种感激的涟漪。

人物故事之一:大漠烛光

这是2015年4月的一天。

伴随着"Sit down, please"柔美的女性声线,和田市五中的一堂精彩的英语课结束了。随后,教室里走出了一位五十岁左右的女教师。她戴着眼镜,中等身材,皮肤白皙,面容姣好,婉约俊美,举止温文尔雅。她左手拎着播放教学磁带的录音机,右手拿着课本,步伐矫健。

她,就是第三次援疆的北京老师薛献军。

薛献军,是北京市西城区广安门中学的高级英语教师。

2008年9月,薛献军第一次主动请缨援疆,远赴新疆墨玉县二中援教。

墨玉县,史称喀拉喀什,意即"墨色的玉石"。它位于新疆西南部的和田地区境内,昆仑山北麓,塔里木盆地西南部,喀拉喀什河西岸。全县面积约有两万五千七百八十九平方公里,而绿洲面积仅有百分之三点七,人均耕地只有一亩一分。不过,墨玉有近五十四万人口,堪称新疆的第二人口大县。其中维吾尔族人口约占百分之九十七。可它在南疆八市县的和田地区却是有名的穷县,即使到2010年前后,全县仍有二十二万多的贫困人口。

墨玉,在汉唐时期,属古于阗国,是古丝绸之路的重要驿站。巍峨昆仑,茫茫戈壁,漫漫黄沙,这就是墨玉的真实写照。

在墨玉当地,每年至少有二百天的浮尘天气,平均三天就有一场沙尘暴,气候干燥难耐,属于典型的沙漠性气候。

过去,墨玉的老百姓贫穷是惊人的,可用"家徒四壁"四字来形容。当时,这里有一半的老百姓住着笆子房,笆子墙壁无法密封,下雨漏水,刮风透风。许多农民家里只支着一个锅灶,上面放着一口黑黢黢的铁锅。家里最值钱的家用电器是收音机,唯一像样的东西就是炕上的铺盖。

墨玉县的贫穷,令薛献军刻骨铭心。她看到,邻近一所中学条件简陋得出奇,竟将废弃的汽车轮子挂在树上当成一个钟,用铁棍敲汽车轮子当作上课铃声。墨玉县二中为了省电,上课时不敢开灯,教室里黑魆魆的。

和田的春天经常"飞沙走石",从教师宿舍到教学楼的百米距离,纷乱的沙土一层层"糊"在了薛献军的脸上,到了教室只能辨认出两只眼睛。

然而,走进墨玉援疆老师的宿舍,一股暖流顿时会涌上她的心头。当地领导想得非常周全,柴米油盐酱醋茶什么的,都给援疆教师安排得妥妥当当,生活上的体贴入微,让薛献军顿时感受到家的温暖。

在墨玉县二中,薛献军教了两个班级:一个是汉族班,一个是维吾尔族班。汉族班有三十多名学生,维吾尔族班有五十名学生。

自从在墨玉当援疆老师开始,薛献军就开始喜欢上了这里的娃娃们。

根据这里学生的特点,结合实际情况,在教学中,薛献军认真设计教案,经常和老师切磋教学技艺,相互启发,共同提高。

任何孩子都是需要激励的。为了鼓励孩子们学英语,薛献军经常组织学生英语竞赛,唱英文歌,表演对话,画画等,激发学生学习英语的兴趣。她把从北京买的"福娃"、"鸟巢"、"水立方"等模型作为奖品,激励孩子们好好学习。课余时间,她针对每个学生不同的英语程度,还经常对他们进行个别辅导,有时不吃饭也要给学生把题讲清楚。

薛老师还经常教双语班的维吾尔族学生写中文,为了让孩子们看清自己写的方块字,她每天都要抽时间练习正楷字。

就这样,薛老师教维吾尔族孩子们英语和中文,孩子们教她维语,教学相长。

在墨玉,薛献军虽不担任班主任,但她却积极协助班主任工作。她把在北京多年的班主任工作经验,毫无保留地传授给这里的老师。

她与班主任一起制定班规,找同学交流,与他们交朋友,嘘寒问暖,还经常和他们一块儿参加体育运动。

2009年的春天,墨玉县二中来了一位实习老师,是个维吾尔族女孩,叫阿斯古丽。她毕业于乌鲁木齐教育学院英语系,来到墨玉县二中后,热心的薛献军,很快成了她的"师傅"。无论备课上课,还是课后评析,薛献军全方位地悉心指导她。

在阿斯古丽实习期间,薛献军还把自己多年积累的教学经验,毫无保留地传授给她,使她的教学水平突飞猛进。

薛献军不仅从教学上帮助她,还在生活上关心体贴她。这让阿斯古丽非常感动,为此两人结下了深厚的友情。

要当一名优秀的援疆老师,进行学生家访是必不可少的。为进一步了解、教育这里的娃娃,薛献军和班主任不辞辛苦,带上食品,带上文具,经常一起去家访,她还与他们拍照留念,让爱心笼罩在他们周围。

经过一学期的努力,七年级(1)班班风渐变良好,受到了学校领导和家长们的一致好评。她以出色的工作,被评为县、地区和自治区三级援疆优秀教师。

熬过严冬的人,最知道太阳的温暖;受到过社会关爱的人,最懂得感恩的可贵。

薛献军,出身于河北省邢台地区隆尧县的贫困农村。可就在她出生不到两年之后,即1966年3月8日,隆尧县发生了六点八级强烈地震,全县震倒的房屋不计其数,伤亡人数也多。

那天,就在地震发生地面摇晃之时,正在院子里干活的母亲,竟然十分机警,一头冲进屋内,抱起炕上的小献军就往外跑。原来,不足两岁的小献军还在睡觉呢,要不是母亲的机智,哪能让她死里逃生?

邢台地震发生后,开国总理周恩来第一时间赶到邢台,看望慰问受灾的群众,给灾民送衣送粮。父母打心眼里感谢共产党,感谢祖国。

薛献军的家虽在农村,但她却出身在一个书香门第。当小学校长的父亲总是这样教育她:长大后,一定要报效祖国,不忘党恩;遇到穷人多帮助,遇到困难多助人。

从小到大,薛献军一直不忘父亲的谆谆教诲,发愤学习。即使她考上了教育学院,毕业后当了老师,乃至1996年调入北京之后,她都一直记住自己曾是个地震废墟中的孩子。她要报答社会,感恩祖国。她总是寻找一切机会,多做有益于社会和人民的事。

薛献军认为,到边疆援教,帮助需要帮助的人,这是她人生的幸福,是她人生的快乐。

南疆的和田地区,贫困家庭多,读书的孩子自然很艰苦。薛献军觉得自己对这里孩子有责任、有义务,自己应该把来自首都的温暖、爱心献给边疆人民。作为一位公民、一名人民教师,她更愿把自己化作一座桥梁,传递首都北京对边疆孩子的爱。

那一年,薛献军共拿出两千多元,资助了两名维吾尔族困难家庭的女学生。这两个贫困生,一个叫肉孜婉·古丽,另一个叫祖丽皮耶。

一次,有学生告诉薛献军说:"老师,祖丽皮耶天天吃馕,喝凉水,她老说肚子疼。"

薛献军赶紧找到祖丽皮耶问:"孩子,你为什么不回家吃饭?"

祖丽皮耶说:"家在乡下,很远。在家里也是吃馕喝凉水。"

"为什么不吃得好点儿?"薛献军关切地问道。

祖丽皮耶眼噙热泪告诉她:"薛老师,我爸爸两年前出车祸去世了,我妈妈病得很厉害,没有工作……"

说到这儿,祖丽皮耶已泣不成声。那一刻,薛献军的眼泪再也控制不住了,她一把将祖丽皮耶搂进了怀里。她动情地说:"孩子别哭,你怎么不早点儿告诉我?从今天起,老师来帮助你。"

薛献军对祖丽皮耶说:"孩子,我每月给你一百元钱,你每天都要买碗热面吃,钱不够花再向我要。"

祖丽皮耶从薛献军手中接过钱,顿时再次热泪盈眶。

一年的时间,转瞬即逝。薛献军出色地完成了支教工作,开始起程回京。离开墨玉县时,墨玉的学生们与薛献军依依不舍。

祖丽皮耶抱住她哭着说:"老师您太好了,真舍不得您走!我什么时候还能见到您啊?"

望着孩子们渴望知识的眼睛和期盼的眼神,望着可怜的祖丽皮耶,薛献军禁不住泪流满面……

和田,没有春风拂面的青山绿水,没有高耸时尚的摩天大厦,没有流光溢彩的繁华夜生活,但她却对薛献军有着一种莫名的魔力。

回到北京,不知有多少个不眠之夜,让薛献军的思绪屡屡回到和田。

她经常想起和田的大漠风光,经常想起那些维吾尔族娃娃渴求知识的眼神,经常想起那些与祖丽皮耶一样的维吾尔族女孩的命运……

日有所思,夜有所梦。

2013年8月,当援疆的号角再一次吹响时,薛献军的心被激活了,和田情结常常萦绕在她的脑海,她听说和田还需要英语教师,兴奋极了,立即申请再次援疆。薛献军觉得和田孩子需要自己,自己也需要和田孩子。就这样,薛献军第二次来到了和田,在和田市第五中学任教,兼任五中科研室副主任。

2013年9月,当她踏入和田市五中的时候,优雅的学校环境,漂亮的教学楼,先进的教学设备,这一切让她惊呆了:和田这几年变化真大啊!

校长深情地告诉她:"这都是北京援建的成果啊!"

在第二次来到和田的这一年里,薛献军每天忙得团团转:

讲公开课,带"徒弟",总结支教经验,编乡土教材,做课题研究,开讲座……几乎没有一天停下来的。让和田老师钦佩的是,薛献军上课犹如行云流水,课堂气氛生动活泼。

这是2013年的10月22日。和田市第五中学。

上午10点半。薛献军精神焕发地走进教室。

课前,薛献军用手机拍下同学们的照片,做成PPT教学软件。讲课时,讲台上下师生互动,气氛热烈活泼。

张誉是一个瘦小的女孩,坐在左边的第一排,是班里的英语课代表。每当薛老师提问时,她总是抢先回答问题,非常活跃。

薛献军用英语问道:"这是张誉,她个儿矮,她是一个好女孩儿,我们应当向她学习。她是我们的英语课代表,她正在擦黑板上部,她在哪儿?"

同学们七嘴八舌地回答:"她站在椅子上。"

张盼盼是一个性格开朗的男孩,坐在靠近门第一排的座位上。

薛献军打出一张他蹲在课桌下的幻灯片,用英语问道:"这是张盼盼,他很聪明,他是一个好男孩儿,他在擦课桌,我们应当向他学习。他在哪儿?"

同学们争先恐后地回答:"他在课桌下面。"

伊力福热提是一个长得很帅的维吾尔族男孩,体格壮实,热爱劳动。

薛献军打出一张他在教室里擦地板的照片,用英语提问:"这是伊力福热提,他长得很帅,他是一个好男孩儿,他正在擦地板,我们也要向他学习。他在哪儿?"

同学们异口同声地抢着说:"他在地板上。"

……

薛献军还让同学们按照座位结成对子,互相用英语提问。

两个维吾尔族女孩儿伊克山和木尼热,站起来用英语表演对话,吸引了大家的眼球。

接着,在教室的白板上,薛献军打出了北京天安门的图片,用英语说:"北京是中国的首都,不管你是维吾尔族,还是汉族,我们都是一个大家庭,一家人,一家亲。我们应该热爱我们的祖国。我希望你们学好英语,将来到北京学习、工作。欢迎你们来北京!"

话音刚落,同学们掌声雷动。

一石激起千层浪。

第五章 民族融合新希冀

在老师们中间,她的英语公开课引起极大反响。

有的说:"薛老师,您讲得太好了!"

有的说:"您自始至终保持微笑的教态;听薛老师的课,让我们耳目一新。"

有的说:"您的课、您的语言深深地感染着我们!"

有的说:"从您身上,我们看到了北京援疆教师一丝不苟的敬业精神,看到了深深的爱国情怀。"

……

现在,薛献军上课的方法,早已在和田五中的许多英语老师中生根开花了。

一天晚上,北京援疆指挥部干部葛海斌和孙学飞从外面调研回来,因过了饭点,他们就到一家小饭馆吃面条,邻座的是一对汉族父女。女儿边吃边对父亲说:"爸爸,我们班的英语老师是个援疆老师,教得可棒啦!"

听到这,葛海斌心机一动,就对孙学飞说:"你过去打听一下,那个援疆老师是哪个学校的,叫啥名字?"孙学飞过去一打听,原来那小姑娘是和田五中的学生,她说的那个援疆老师,就是薛献军。

然而,每当夜深人静的时候,薛献军内心总是有一丝牵挂和不安。

原来,五年前在墨玉二中支教时,她资助过当地两个维吾尔族贫困家庭的孩子:高一学生肉孜婉·古丽,初一学生祖丽皮耶。

回北京后,因通信不方便,薛献军与她们逐渐失去了联系。

然而,薛献军心里从没放下对她们的牵挂,就像母亲牵挂在外的儿女。

儿子大学毕业并参加工作后,薛献军对儿子说:"你现在不需要妈妈天天在身边了,妈妈要去新疆找你的妹妹。"

来和田后,薛献军通过多种渠道辗转寻找,但一直没有她们的确切消息。

无法找到两个维吾尔族贫困孩子,薛献军一直心有不安。于是,薛献军就开始寻找贫困学生,她用自己的微薄之力,帮助这些贫困的少数民族娃娃。

10月的和田,白天的阳光总是灿烂夺目。

这天下午4点半左右,班主任闫仙桃、年级组长瞿晓英来到薛献军的办公室,她们的身后还有一对母子,这就是贫困学生艾热帕提江和他的母亲。

一看到这个瘦小的男孩,薛献军就顿生爱怜之心。

艾热帕提江的妈妈告诉薛献军老师,他爸爸因去劝架,被别人用刀子扎伤而死了。

不知为什么,一提到父亲,艾热帕提江就立即热泪盈眶。其实,艾热帕提江并不记得父亲,因为他父亲去世时,他才一岁。

普天之下慈母心。艾热帕提江父亲去世时,他的母亲才二十几岁,可为了儿子艾热帕提江,她一直未有改嫁。他母亲说:"为了娃娃不受委屈,即使自己再苦再累也愿意。"

艾热帕提江的家住在和田一个偏远的农村,母子俩仅靠一个小店维持生计,生意并不景气,每月只能挣几百块钱。现在,他母亲又得了严重的心脏病,生活非常艰难。

穷人的孩子早当家。可怜的艾热帕提江从小就很懂事,每个礼拜都回家,因他妈妈有严重心脏病,他怕自己不回家妈妈会出事。

他说,自己一定要好好学习,将来长大了挣钱给妈妈做手术。

谈话间,艾热帕提江不知哭了多少回,纸巾不知换了多少张。

望着可怜的艾热帕提江,薛献军老师太心疼了,禁不住眼噙热泪。随即,薛献军将自己正在用的一部手机送给了他,以方便艾热帕提江与他妈妈的联系。

那天,薛献军还给了艾热帕提江一千元钱,鼓励他今后要好好学习。她对艾热帕提江说:"以后有困难再来找我,我会尽力帮你的。不想吃学校饭了,我会带你到外面吃你爱吃的。我们汉族、维族都是祖国大家庭的一员,是一家人,我们要相亲相爱。"

从那以后的日子,薛献军就经常给艾热帕提江带早点,艾热帕提江的精神面貌也渐渐地有了大改观,小脸也有点胖了起来。对此,薛献军感到十分欣慰!

四个月后,艾热帕提江和母亲特地来看望好人薛献军。

一见面,艾热帕提江妈妈就抱着薛献军泣不成声,艾热帕提江也哭得泪流满面……

这是何等感人的场面啊!薛献军非常难受,她总觉得这是自己应该做的。她强忍自己的泪水,深情地对他们母子说:"不要这样,不要这样,我这点帮助是应该的,只要娃娃好好学习,将来能成才,知道感恩社会,报效国家,我就心满意足了。"

美丽亚·吾布力艾山,是一个漂亮的维吾尔族女孩。她的爸爸是当地有名的维吾尔族医生,可是三年前,因突发性心肌梗塞而不幸去世。

从此,她的母亲带着她和她的妹妹生活,日子过得越来越艰难。她母亲在一家医院当临时工,虽然打工十几年了,但至今仍是临时工。美丽亚的妈妈长得很漂亮,三十五岁的她,为人非常热情、善良,许多男人都想追求她,

第五章 民族融合新希冀 177

但她为了美丽亚和她妹妹，一直不愿重新嫁人。

听到这个消息后，薛献军老师决定帮助这个贫困的家庭。

寒冬的一天上午，薛献军和美丽亚的班主任苏正正、年级组长瞿晓英一起，来到美丽亚的家看望。薛献军给她家买了一些香蕉和苹果不说，还给了美丽亚一千块钱，鼓励她要认真学习，立志成才。

尽管如此，她心中仍然放不下那两个维吾尔族女孩。

眼看一年的支教期限就要到了，薛献军的内心更加不安起来、焦虑起来。

当时，薛献军并不知那两个维吾尔族女孩的家庭详细地址，只知道她们家里十分贫寒，家人都不准备让她们上学了。其中，肉孜婉·古丽的父母亲都患有严重的病，已经丧失了劳动能力，全家有六口人，仅有四亩耕地，收入很低。薛献军问她时，面对父母不让继续上学的决定，她心情非常沮丧。

现在的肉孜婉·古丽到底怎么样了？究竟是出嫁了？还是在打工？还是继续读书了？她为这个女孩的前途担忧。

就在准备回京的十几天前，薛献军有了个大胆的决定。她求助和田市的朋友，开车把她送到墨玉二中。经过打听，她终于知道肉孜婉·古丽的家，在墨玉县托胡拉乡塔什坎特村三组，母亲叫柔鲜古丽·阿不杜艾尼，父亲叫如则麦麦提·艾合麦提。

令薛老师高兴的是，在这里，她不仅看到了墨玉二中翻天覆地的变化，还打听到了肉孜婉·古丽的消息。当年的高一学生肉孜婉·古丽，现在已是喀什师范学院环境工程专业大二学生了。

听到薛老师又来和田援疆了，肉孜婉·古丽决定专程从喀什赶到和田，看望薛老师。或许是为了不影响功课，或许是想急切见到薛老师，肉孜婉·古丽连夜乘坐班车，从喀什赶往和田。

哪知道，那天晚上9点多，肉孜婉·古丽坐上了车才发现，一车厢的乘客，就她这么一个女孩，顿时让她禁不住一阵心怀。

要知道，新疆地域辽阔，从喀什到和田的距离有五百多公里，沿途风沙弥漫，夜色迷茫，除了大漠戈壁之外，山高坡险，道路曲折漫长，还有难以预测的歹徒事件……

听说肉孜婉·古丽要从遥远的喀什来看望自己，薛献军激动得躺在床上翻来覆去，一夜未睡好觉。薛献军想，这孩子一定长高了吧，长漂亮了吧……她时而给肉孜婉·古丽发个短信，提醒她车上要注意安全，时而问"车现在到哪了"。

那一夜，她思绪万千，就像一个母亲急切想见到离家多年的女儿一般。

那天,凌晨5点不到,薛献军就早早洗漱好了。要知道,西部和田的凌晨5点,仅相当于北京的深夜2点左右。当北京援疆指挥部干部张传武来叫她时,她一阵兴奋,赶紧就坐上车,赶往和田长途汽车站。

此时的和田,虽是6月,但大漠的气候是多变的脸。在这里,"早穿皮袄午穿纱、手捧火炉吃西瓜",就是真实的写照。虽然室外清冷,但薛献军的心里却是暖洋洋的。

师恩如山。那边的肉孜婉·古丽更是兴奋异常,长途旅行中,一车的人几乎都休息了,唯独她难以入眠,睁着两只美丽的大眼滴溜溜转。这个看似柔弱的姑娘,竟然坐了一整夜的班车,也不觉得有半点困,直到东方初露曙光时,她才到达和田长途汽车站。

一下车,肉孜婉·古丽就远远看到车站大门口有她熟悉的身影,那是她慈母般的薛老师啊。

"薛老师!"一声惊喜呼唤,让一起下车的旅客们惊呆了,而肉孜婉·古丽一个飞奔,就扑进了薛老师的怀里,彼此间来了一个热烈的拥抱。

师生再次相见,肉孜婉·古丽顿时喜极而泣,她与薛老师有说不完的话,道不完的情……而薛老师呢,一会儿捧着肉孜婉·古丽的脸,左看右瞧,一会儿又站到肉孜婉·古丽的背后,打量再三,那样子,那神情,简直比看到自己亲闺女还亲。

肉孜婉·古丽来看薛老师,特地从喀什带来了香蕉和苹果。

肉孜婉·古丽坐一夜的车,薛老师生怕她饿了,接她到自己的宿舍后,就赶紧忙着给她找吃的。将近一个上午,她们俩时而点头交流,时而窃窃私语,亲似一对母女,让坐在一旁的其他人,羡慕不已。听到肉孜婉·古丽在大学读书没有电脑,薛老师当即决定,送肉孜婉·古丽一台笔记本电脑。这是美国的品牌电脑,是薛老师刚花一万多元买的。在场的北京援疆干部、和田地委宣传部副部长张传武深受感动,当场掏出一千元钱,送给肉孜婉·古丽,鼓励她好好学习。

当天下午,张传武副部长还特地找一辆车,陪同薛老师将肉孜婉·古丽送到家。临别时,看到肉孜婉·古丽贫困的家境,张传武又掏出一千元钱送给肉孜婉·古丽。

因为,薛老师去肉孜婉·古丽家时,她的母亲治病不在家。2014年6月,在薛老师回北京前,肉孜婉·古丽和她的妈妈又特意从墨玉赶来为薛老师送行。

肉孜婉·古丽的妈妈对薛老师说:"在我们这儿,很多女孩子十六七岁就结婚生孩子了,要是没有您的支持帮助,我女儿肯定不会有今天。因此,我这辈子一定要见到您这位好心人!"说话时,肉孜婉·古丽的妈妈眼中,早已满是感激的泪水。

而肉孜婉·古丽则告诉薛老师:现在父母早已转变了观念,支持她上学读书了。妹妹也在她带动下热爱学习,成绩非常好,今年即将初中毕业,还准备报考设在北京的内高班,是北京老师带给她和妹妹不一样的人生。

……

学生和家长的淳朴和热情,深深地印在了薛献军的脑海之中,也让她为能亲历援疆倍感骄傲和自豪!

在与学生告别时,许多学生们拉着薛献军的手说:"薛老师,我们特别喜欢您,真希望您能留下来继续教我们!"

孩子们热烈渴望的眼神、真诚的话语,深深打动了薛献军。而就在那时,薛献军的心底再一次萌发了援疆的念头。

2014年12月19日下午,北京市援建的和田市第五中学三楼教室内,光线明亮,书声悦耳。薛献军又一次站在了课堂的讲台上。此时,她已年届五十,但依然雄心勃勃,满腔热情。

……

薛献军是菩萨心肠,见不得贫困的孩子。

同是和田市五中的刘飞,生长在一个维汉融合的贫困家庭,母亲是维吾尔族同胞。父亲因突发心脏病去世后,全家三人的生活仅靠母亲一人维持。刘飞的母亲先是在一家化肥厂当搬运工,供着刘飞和他妹妹上学。后来得了腿病后,她劳动挣钱的日子就更艰难了。刘飞很懂事,妈妈腿难受时,他半夜起来给妈妈揉腿,更不愿让妈妈拖着病外出打工。

如此不幸的消息,被薛献军知道后,她找到刘飞的班主任王荣。她对王荣说:"我要帮帮这娃娃。"

2015年4月的一天傍晚,当薛献军见到刘飞和他的母亲时,她当即资助这个贫困家庭一千元钱。当薛献军将钱送到刘飞妈妈手里时,刘飞妈妈感动得泪水涟涟。她拉着薛献军的手,久久不愿松开。她语无伦次地哭着说:"你这老师太好了,我不让你回北京,你一定要留在和田,我就是不让你走!"

薛献军安慰她说:"一定要让刘飞把学上下来,不能辍学,将来最低要求是找份工作,自食其力。"

站在一旁的刘飞,虽未说话,但眼中早已噙满了泪花。

无论在和田援疆,还是回到北京,薛献军总是牵挂着和田的贫困学生。在墨玉二中支教时教的学生杨文文,四年前考上北京密云二中内高班。

薛献军知道后,带着全家人看望杨文文和其他同学。她给他们买了几百元的食品,带他们观看密云水库风景,还花了几百元请他们去吃水库鱼。

而再次来到和田援疆后,她仍然惦记着贫困学生杨文文。

2015年6月3日下午3点,薛献军又一次找了车,前去墨玉杨文文家里看望,不仅买了香蕉、西瓜等水果,还又一次资助杨文文一千块钱。

……

薛献军觉得很值,为了民族团结这份爱,为了让贫困生感受祖国大家庭的温暖,她觉得自己生活再拮据也值得。

月有阴晴圆缺,人有悲欢离合。此事古难全。

近年来,对于薛献军来说,她也有两件遗憾的事:

一是,墨玉二中的同事告诉她,她当年资助的祖丽皮耶在她走后,不久因家庭困难辍学了,而且因为当年学籍管理不规范,再也查不到她确切的家庭地址及相关信息。

薛老师伤心地说,祖丽皮耶是她的英语课课代表,平时成绩非常好,如果当时留下这个学生的家庭地址,就可以把资助款寄到家里,也许她就不会辍学了。

祖丽皮耶,你在哪里?你的北京老师想知道:你过得还好吗?

另一件遗憾事,就是她母亲的离去。

2015年3月20日,是农历二月初一。

中午12点39分,薛献军刚跨进宿舍大门时,她的手机就急切地响了起来,一按接听键,只听对方:"献军,赶快回来吧,娘她走了……"

一听母亲逝世的噩耗,薛献军顿时悲伤至极,嚎啕大哭。

放寒假时,薛献军是去邢台老家陪母亲的。春节过后,她按规定来到和田了。临行前,薛献军几次与病榻上的娘亲握手,依依惜别,她忘不了娘舍不得她离开的眼神。娘总是夸她最孝顺、最心细、心地最善良。

那天,惜别娘,出了家门,薛献军顿时泪如雨下。她知道这次分别的含义,但她又不能不离开,不能不去新疆和田。

如今,娘突然走了,她的心里岂能不万分悲伤?

那一天,偏巧从和田直飞北京的飞机取消了。此刻,薛献军更加伤心。

没有办法,她只好乘晚上9点的飞机到乌鲁木齐,住一晚后再走。

在宾馆,薛献军思娘想娘,泪水如断了线似的,"吧嗒吧嗒"往下掉。她一夜无眠,娘对她的好,娘喂她奶,娘喂她玉米糊糊,娘从地震危险中抢回她的生命……一幕幕、一件件,如同放电影一般,在她的脑海中浮现。

第二天早晨6点,她就急匆匆赶往机场等待。中午12点35分,当飞机到达首都机场时,她爱人和儿子早已在那等候了。薛献军上了车,车绕过北京城,直接开往河北邢台的老家。

薛献军走进生她养她的农村院落,当看见娘躺在水晶棺里时,她"扑通"一声,双膝跪到了娘的身边,又一次嚎啕大哭。

薛献军对娘是充满了无限爱恋的。

2013年的农历九月十四日的这天,是薛献军四十九岁的生日。

生日那天,北京援疆指挥部的领导给她送来了鲜花和蛋糕,她和援友们度过了一个难忘的夜晚。然而,人的生日最不应忘却的,应该是自己的母亲。

此时,薛献军的母亲已是白发苍苍了,娘已经不能行走,只能靠轮椅行动。因此,她这次援疆,根本没敢告诉娘。薛献军在家排行老三,娘经常对外人夸耀自己的三闺女。娘对薛献军说:"三闺女啊,我要一天三高兴,争取活到一百零五岁。"

那天,夜深人静,薛献军在日记中这样写道:

娘啊,今天是我的生日,谢谢您生下我,让我享受这五彩缤纷的世界。娘啊,您从未计较乳汁的价钱,正是有您无私的大爱,才有我现在的春天。娘啊,百善孝为先,您再也不要藏起您尿湿的裤子,我为您洗一万次也报不尽娘的养育之恩。娘啊,您这一辈子太苦了,刚才给您打电话,姐姐说您刚睡下,我让姐姐转达我的心意,三闺女不忍心打扰您啊,好好休息吧,我在万里之外的新疆永祝娘亲身体健康,心情愉快,活到一百零五岁!娘,忠孝不能两全,对不起您啊。

因思念远方的母亲,薛献军竟然一夜无眠。

薛献军对母亲的爱是深沉的、天高地厚的。

然而,令许多亲友不解的是,薛献军在娘下葬与父亲圆完坟后,却又匆匆赶往了和田。

她说:"人死不能复生,母亲走了,我自然万分悲痛,但和田需要我,和田的娃娃需要我。"

那天,当笔者在和田宾馆见到薛献军时,她刚刚从邢台赶回,她一身黑色着装,面容虽然憔悴,但精神状况尚好。

笔者问她为何不在北京多休息几天,调整一下?

她对笔者说:"我放不下这里的课程,我不能耽误和田的娃娃。他们是家庭的希望,是国家的希望。"

薛献军的默默坚守和奉献,受到了北京与新疆的高度重视。2015年,她不仅被评为北京市先进工作者,还被全国总工会授予"全国'五一'巾帼标兵"称号。

在荣誉面前,薛献军却感到很过意不去,她三次援疆,压根就没想到自己要什么回报,现在给了她这么高的荣誉,她有些惶恐和不安。

自己该如何为新疆的前行多出力?该如何多报效国家?

想来想去,她决定继续援疆,无愧国家,无愧人民。

人物故事之二:柔肩重负

作为女人,四十多岁的她很幸福,拥有荣耀的事业、幸福美满的家庭。她是一名数学教师,二十多年来一直在教学第一线。她选择了援疆。她就是浙江湖州南浔马腰小学副校长钱小英。

2014年3月,钱小英作为一名援疆女教师,来到柯坪县唯一一所民汉合校——柯坪湖州双语小学。在那之前,钱小英从未想过,这个偏远的塞外小镇,竟然与自己结下深厚的情缘。

从秀丽的江南小镇南浔到壮阔的天山南麓阿克苏柯坪,有多远?它们之间隔着两个半时区,地图上显示有四千六百六十多公里的道路距离,即便搭乘最便捷的交通工具也需要十二个小时。

柯坪湖州双语小学,是湖州的对口援建学校。原来,在出发去柯坪湖州双语小学前,钱小英被安排担任主管教学工作的副校长。

可是,等她到校后不久,情况发生了变化:校长一职空缺。

本应到岗的校长不能到位,原在岗的副校长被调去幼儿园当园长,而另一位副校长因身体原因,辞职还不到一个月。

就在这时,县教育局领导找到钱小英,希望她临危受命,担任起代理校长的职务。

在这里,校长可不是个闲差事,不仅要承担教学业务,还要管理好学校。钱小英起初是犹豫的。但是,看到领导期盼的眼神,诚挚的请求,想到那些可爱的孩子,她选择了担当。特别是有一件事,对钱小英触动很大。

作为学校党支部书记的阿不都那斯尔·热合曼忙起来时,甚至二十四小时住在学校。有一次,钱小英撞见阿书记咳嗽得很厉害,可他却叫钱小英不要说出去,反而安慰钱小英。这让钱小英很感动。

于是,钱小英决定接下这个职务,全面协助他工作。

之后,钱小英和阿书记成了学校里最忙的两个人。阿书记每次去县里学习时,总会叫上钱小英,他怕自己汉语说不好,不能传达好会议精神,而钱小英也没有再推辞。援疆指挥部领导和同事们考虑到安全,劝她晚上不要出去了，但是她却拒绝了。

她发微信给朋友：无法想象学校书记吐出一口血后，从容擦去，继续安排工作；无法想象同事批改抽测试卷到深夜两点，第二天照常上班⋯⋯

她被周围的人感染着。她说，工作时愿意主动多干的人，不是因为傻，而是懂得责任！

还记得在刚上班一个月的一天，钱小英早晨刚到办公室，阿书记就对她说："走！跟我家访去。"

阿书记开着车，沿着乡间小道，来到了一个很偏僻的村庄。

一下车，钱小英一脚踩下去，皮鞋深陷在厚厚的灰尘中。阿书记指着近处一间房子说，这家娃娃是406班的，远处那间房子住的是507班的。钱小英很惊讶："这么多的学生都能记得住啊?!"

他笑一笑说："偏远村上的娃娃基本了解的，家长对孩子的教育不够重视，娃娃因为不习惯住校有时逃学，我带着老师们来家访过！"

随后，他们深一脚、浅一脚地往前走，来到了那个要家访的学生门前。阿书记敲了门，大门不开，从一扇小门里探出了一个小脑袋，看到是阿书记，赶紧打开大门。

这时，里面又跑出个四五岁的小丫头，光着脚，钱小英摸了摸她冻得红红的小脚问："冷吗?"

也许听不懂钱小英的汉语，她没回答，一脸天真地看着钱小英，钱小英有点心酸。阿书记用维语和那个大丫头交谈，钱小英看了看整个院子，两间羊棚里有几头羊，房间里面布置也很简陋。

阿书记时而叹气，时而摇头，眉头紧锁。原来，孩子的妈妈住院，爸爸去医院服侍了，孩子留在家里要照顾妹妹，还要割草给羊吃。阿书记拿出了钱给那个娃娃，交待她，等妈妈出院了，马上来上学！

回来的路上，阿书记对钱小英说："没办法啊！我把大丫头带来，小的怎么办呢?"阿书记一脸无奈，让钱小英的心也揪紧了⋯⋯

此后，钱小英的工作任务逐渐加重，最忙的时候，一天要开七个会，材料写到要哭。因为，学校有汉语部和维语部之分，一个会要开两次，考卷要出四套，她甚至创下连续加班二十一天不休息的纪录。

这份执着，让钱小英赢得了领导和同事们的信任，而阿书记喊她"鹰古丽"。"古丽"是维语，意为漂亮的花，"鹰"取了"英"的谐音。钱小英说，她很喜欢这个名字。

刚到柯坪的第二周，钱小英便遭遇了人生头一回地震。

2014年3月18日晚上，熟睡中的钱小英，突然感觉床不停地往上顶，床头柜慢慢出现晃动的迹象。她立马推开房门,大喊:"地震了!"

惊慌下,钱小英早把反复温习的防震常识忘了。在同事的提醒下,她才躲进了卫生间里。在高度紧张下,脑子真的一片空白。

回想起一年前的遭遇,钱小英仍心有余悸。经历了多次地震后,她和同行的教师们一样,开始慢慢习惯冷不丁的震感,甚至在微信"朋友圈"中,能从容地发布最新动态:"刚刚地震了,我的床摇晃了两下,可是我没下床。"

让钱小英没有想到的事还在后头。

钱小英的家乡浙江南浔,是江南水乡六大古镇之一。这里粉墙黛瓦,清水穿城过;稻浪白鸥,人家尽枕河。这里多的是烟雨朦胧,丝竹阵阵,诗画江南。而柯坪则不一样了,柯坪戈壁大漠,风烈沙猛。

刚到柯坪,由于气候不适应,钱小英病倒了。

对于柯坪自然条件的艰苦,应该说援疆前钱小英是有一定心理准备的。但是,真正到了这个全新的环境,她才发现,艰苦程度远远超出她的想象!

再强悍的人,也有虚弱的时候。领导们、同事们看到她脸上红一块、紫一块的,问她咋的了,她说:"过敏了!"

鼻子出血,皮肤干裂,口腔溃疡,头发干枯,饭都难以咽下,边城的异样天气,常常给钱小英带去不少困扰。可是,她还是乐呵呵地上班、下班。

后来,每次从南浔出发,家人总会记得,帮她配齐西瓜霜、润肤乳、护发素等用品。

每到4月,沙尘暴在柯坪县出现得最频繁,常常说来就来,没有征兆。柯坪人说"刮风"叫"刮土",沙尘叫"土大"。听着这些名副其实的词语,开始有些担心、茫然。可是,她很快就习惯了:蓝天白云,强烈的紫外线,当作是柯坪清爽妙美的笑脸;铺天盖地,尘暴肆虐,当作欣赏柯坪内心的狂野。

为此,钱小英在包里会备上一个口罩,应对上下班路上的"不速之客"。

一天,学校开展运动会彩排活动,恰好碰上沙尘暴。见全校两千多名师生都忙着各自的彩排,钱小英也不好意思戴口罩,在运动场上吹了两个多小时。第二天一早,她竟吐起了灰尘,唾沫中甚至出现了泥沙。

"妈妈,我很想你,每次离开总装作轻松样子的妈妈,在新疆别太想我。"

像这样的话,每次离家进疆前,钱小英女儿都会把它写进信里。

2015年3月10日这天,钱小英又从南浔出发去新疆。尽管已是第三次出发,但在收拾行李时,又一次见到这份熟悉的离别"礼物",她依然有许多不舍。

当初,钱小英决定来援疆时,她身边的很多人都不太理解,年迈的父母、公婆更是不同意。她自己也说:"生活平静,婚姻美满,女儿乖巧懂事、成绩优异，犯不着自找苦吃。"可她心里明白，自己需要的是不断的自我成长和挑战。

对于新疆，钱小英以前只是从电视上、从图片中了解的，只知道那里的生活条件比较艰苦，教学条件比较薄弱；知道那里孩子们黝黑的脸庞，微鬈的头发，还有一双双渴望知识的眼睛……她想，自己作为发达地区一所名校的老师，作为南浔区阳光志愿者服务队的队长，更应有责任去帮助他们。

好在爱人是她大学里的同学，姐姐也答应帮助她料理家务。在钱小英的决定做出后，家人们竟然全力支持她，这让她觉得对他们有一份亏欠。

有一次，钱小英的女儿数学和物理没考好，压力很大，在电话里嚎啕大哭。当时，钱小英好想上去抱抱她、安慰她，可距离太远了，实在是爱莫能助。

钱小英知道，女儿刚上高中，缓解学业和生活上的压力，都需要有她这个母亲的陪伴与支持。之后，女儿每次打电话给钱小英，说的都是让她宽心的话，和她聊班级里的趣事，为的就是不让她担心。女儿之后表现出的坚强和果断，也让钱小英不由地感叹："女儿真的长大了！"

每次在电话里，钱小英也都是宽慰女儿，可实际上她在柯坪的日子也并不"滋润"。

虽然如此，钱小英在工作中却始终勇挑重担。刚到柯坪时，学校考虑她工作量大，本来没有安排教学任务，她觉得很可惜。因为，课堂教学是她的长项。她喜欢和孩子们在一起，如果不让她去上课，怎么能很好发挥"传帮带"的作用呢？

柯坪湖州双语小学有汉语班和维语班之分。由于语言不通，湖州去的老师，都愿给汉语班的学生上课。可，她为什么要选择维语班呢？

在参加全县的教育质量分析会时，钱小英发现了一个情况：县里成绩最差的一个维语班，满分一百分的数学，平均分只有二点六分。这让钱小英感到很震惊。为什么维语班的成绩那么低？不教维语班怎能发现问题呢？她要挑战一下难题。

上课之后，钱小英果然发现，这些学生连最基本的乘法口诀都不会背，加法还要靠掰手指算。"上衣多少钱，裤子多少钱，如果买这样的四套衣服一共要多少钱？"可是，钱小英给四年级学生出的这道题，全班竟然没有一个人能回答，这让她很揪心。这样的授课，大部分学生都处于放空状态。因为，他们根本听不懂汉语。然而，钱小英并没有气馁。尽管前几次考试只有一人及格，尽管有时交流还需要手势，但她没有气馁，而是一遍又一遍地教，买各种小礼物激励他们。

娃娃们很淳朴,一下课就围着钱小英,说这说那,哪怕摸一下她的头发也好。钱小英说,和孩子们接触久了,会发现每个孩子都很有个性,成绩并不是衡量他们的唯一标准,他们各有长处。

她经常收到一些学生写给她的纸条。古丽巴努尔是这个班上学习最好的学生,也是在数学考试中唯一及格的孩子。她和钱小英很亲近,但还是不会写"钱"字,她给钱小英写的纸条里,这样说:"线老师,你好!我是你的学生古丽巴努尔,老师和爸爸、妈妈希望报答。线老师我真的喜欢你上的课。"

有的学生还把钱字写成十百千的"千"。她开玩笑说,一不留神还被改了姓,不是"线"就是"千",笑容背后是一种对孩子们的心酸。

"钱校长,你是我除前任孔校长之外,又一位让我尊敬的汉语老师,你很善良,很感谢你对我工作上的帮助,以后我全力支持你!"

"钱校长,晚上你不要来了,休息一下吧,要注意身体!"

"钱校长,作为教育局的领导我很惭愧,名不正、言不顺地让你做校长的工作,谢谢你!"

……

学生的来信,同事和领导的一番番肺腑之言,让钱小英觉得:很辛苦,却很值得!每当说起这些事情时,钱小英的笑容总是那么灿烂!

钱小英每次从湖州回来,总会给古丽巴努尔带练习册。"古丽巴努尔家有三个孩子,家庭条件不太好,我鼓励她考新疆班,有点类似于内地的重点中学。这个班可以减免学费,那她以后上学就可以轻松点。"

钱小英最津津乐道的是她的学生。教学任务虽很繁重,但钱小英相信,只要对学生好,学生都能感受得到。学生给她写的一张卡片,和她打的一通电话,都能让她窝心好久。因为,当那只黑乎乎的小手伸上来,递给她一块咬过一口的饼干,当孩子用省下的零花钱给她买来发卡,当孩子们抱着她,摸着她的长发,喊她"线老师"、"千老师",钱小英完全把自己当成了他们的母亲。

她的一腔柔情,终于有了一个宣泄口。她把对女儿的爱,倾泻到那些孩子身上,而钱小英却只字不提她对学生有多好。

……

她就像是新疆的沙枣,立足于恶劣的环境,却生长出丰硕的果实,多么朴实无华,始终抱着一颗红心,始终奉献出自己的爱心,把自己的能量留给新疆的教育,把那份甘甜留给新疆的孩子们。

钱小英是个乐于帮助人的人,也是一个善于"传帮带"的师长。

田舒老师是钱小英的同事,因病在乌鲁木齐住院十五天,做了肾脏穿

第五章　民族融合新希冀

刺,请了几个月假。2014年5月4日,钱小英收到了田舒老师发来的短信:"感谢您一直以来的关心照顾,万分感激!"

钱小英说,自己其实没做什么,这是一位不幸的老师,失去了孩子后又失去了自己的父亲,只是在田老师遭遇困难的一段时间里,常常通过短信和QQ鼓励她。当时,只想着能让她感受到温暖,想送上一缕阳光,哪怕她心暖一下也好,知道大家都在关心她。

援疆的日子,不管是少数民族老师,还是汉族老师,只要有事相求钱小英,她总是笑脸相迎,有求必应,热情相助。杨万琼老师有幸成为钱小英的"徒弟"之一。

杨万琼的教学课件不完整,很纠结。钱小英得知后,立刻给她拷了从湖州带来的一整套教学课件,并指导她如何操作。在这一年半时间里,杨万琼多次出去培训,短则几天,长则半月,钱小英主动帮她教了两个班的数学课。

看看钱小英的课堂,她的教案设计有的自然流畅,有的非常巧妙,第一眼看去,给人感觉花边不多,也谈不上精致漂亮,甚至个别的有些贫乏。但仔细一分析,便能发现:堂课的知识点环环紧扣,有深度,有层次,有挖掘。因为,她是在课前经过充分准备才形成的。杨万琼感到,钱老师人都做的比说的多,想的比做的多,她在生活中仔细观察,她在实践中思考,比自己做的多上几倍。

在指导杨老师教学时,钱小英反复听她上课,认真、细心地指导她修改教案。不仅在理论上指导,更在具体的课中与她反复研讨,每一个环节,甚至每一句过渡衔接、评价语言等,都悉心琢磨,使杨万琼明白,课堂上应充分体现学生的主体地位,体现数学课堂的时效性和严谨性。钱小英的耐心,让杨万琼折服,使她真正理解了只有努力研究教学,把多个教学目标进行有机整合,才能达到课堂教学的优化。

钱小英也早已记不清帮同事们代过多少课,帮他们修改过多少材料了。为了帮助柯坪打造一支"带不走的教师队伍",2014年4月,钱小英和七名援疆老师成立柯坪湖州双语小学"红沙子工作室"。一位援疆教师带两个徒弟,有针对性地帮助当地教师提高教学业务能力。

之所以叫"红沙子",是取名于柯坪县境内戈壁滩上的红沙子,寓意像红沙子一样,不畏严寒酷暑的坚毅与执着,而"红沙子工作室"的队员们也真的做到了。

在2014年12月举行的第一届浙江省援疆人才"传帮带"大赛决赛中,钱小英荣获"十佳传帮带导师"称号。

"对比内地的教学理念和教学方式,整个柯坪县的教师水平和能力都不高,看着他们古老的'填鸭式'教学,我很着急。"于是,钱小英当起了"排头兵"。2015年1月,她还建立了"传帮带大讲堂",她率先开讲座,送教到柯坪一小,组织全县的老师们都来积极参与。

奉献是要付出代价的。

2015年10月初,笔者在南浔见到钱小英时,她做完胆结石手术不久。在交谈中,她的姐姐和爱人为此感到很心疼。

之前,钱小英皮肤挺好的,也没有白头发。可现在,她长了很多白头发,脸也晒黑了,她的门齿松动了,还有点凸出,似乎怪不好看的。不但如此,她的胆结石病情也明显加重了。为什么会这样呢?

"可能是跟当地的水质有关,也可能是缺少维生素。"说起去柯坪后身体上的变化,钱小英开玩笑说,去那里瘦了十几斤,这是好事情,总算减肥成功了。

在这片贫瘠的土壤里,在这漫无边际的大漠之中,钱小英就像一棵红柳,坚守着对这片土地的誓言。

● 教育生态渐次"绿"

援疆,就是促进新疆的跨越发展;援疆,就是增强各民族的融合,减少民族隔阂,促进新疆的社会稳定,促进新疆的长治久安。

民族融合从哪里开始? 从文化开始,从教育开始。新一轮全面援疆,让新疆的教育硬件"鸟枪换炮",连上了几个台阶;使得新疆学生娃娃的成绩迅速提高,点燃了他们未来的希望。

今朝喜看春风起,未来更待春满园。

让西域各族人民欣喜的是,今日的新疆教育,不仅仅是硬件的提升,不仅仅是少许的老师支教,更是孕育了良好的教育生态,形成了万紫千红满园春的美景。

绿色节奏一:特殊的"内高班"

"来了,来了!"

2011年5月8日。凌晨4点。北京火车站。

踏着星光,首都师范大学校领导在此迎来了第一批新疆学员,并送上了冒着热气的早餐。从此以后,新疆学员往返北京由校领导亲自接送,成为了首师大不成文的规定。这是首师大承办的新疆特殊内高班。所谓新疆特殊内高班,是相对于内地为新疆中学生举办的内高班而言的。

教育援疆,是缩小东西部差距的关键。

现在,走进内地许多省市的中学校园里,你会不时地遇见很多高鼻子、深眼窝的新疆籍学生。

为充分利用内地省市的优质教育资源,加速为新疆培养人才,早在2000年开始,江苏就开始设立了内地新疆高中班。

截至2011年底,已有南京、无锡、苏州等市的九所学校开办了新疆高中班,在校生达三千零八十三名,约占全国内地新疆班学生总数的七分之一。

作为全国内地首批开办新疆高中班的学校,无锡青山高级中学共培养一千一百八十八名新疆学生,毕业生已达六百四十一人。这些学生分别来自维吾尔、哈萨克、乌兹别克等九个民族,覆盖了新疆十三个地区。

学生热孜瓦古丽提起班主任李宏,话语里总是充满了感激。开学军训的第四天,热孜瓦古丽突发阑尾炎,李宏一边联系医生,一边打电话安慰其父母,让家长放心。

"手术期间,李老师要管班里的军训,还要每天抽空到医院看我,特地买来我们那里的哈密瓜和香梨。"半个月下来,小姑娘胖了,李宏瘦了。学校老师和热孜瓦古丽开玩笑说,李老师的肉都转移到你身上了。

开办新疆班的背后,离不开内地省市的大力支持。如:

江苏财政每年按每名学生三千元标准,给学校下拨补贴。各办班城市也配套给其学习、生活经费,每班配备八名教职工,其配套标准为每名学生年不低于八千元,有的地方年生均经费甚至超过万元。

如今,新疆孩子到内地读高中已不是新鲜事,仅广东省就有三十所学校承办内地高中班,在校生总数六千余人,约占全国内高班学生总数的六分之一,历届毕业生几乎全部考上大学。

而新疆特殊内高班,早在新一轮大规模援疆之前就有了,但规模不大,力度也小。

受国家教育部委托,早在2006年开始,天津市就承担一项任务:每年为新疆培养一百二十五名少数民族"双语"骨干教师。

新一轮全面援疆之后,少数民族双语骨干教师的培养力度更大。

2011年3月,首批七十七名高校毕业生在天津培训结束。他们分别来自天津对口的和田地区民丰、策勒、于田三县,回到和田后,从事农业、医疗、综合三大类职业。

每批学员入学,学校都会对其汉语进行摸底测试。当初,在这七十七名学员中,一百五十分的试卷,最低的只考了二十八分。

根据摸底成绩,天津师大把新疆学员分成三个班级,选派责任心强、经验丰富的老师担任其教学任务。个别学习确有困难的,学校安排志愿者一对一进行辅导,要求每周至少辅导两次,这样的效果非常显著。那位入学测试考了二十八分的学员,在最后的一次汉语考试中,成绩已提升到一百二十八分。

2012年3月8日,第二批来自和田的一百二十七名学员,在天津师大举行开班典礼。他们培训回去后,全部担任中小学以及幼儿园教师。

负责首批和田学员的辅导员叫艾则孜·麦斯的克,来天津之前在于田县第一小学担任副校长。2011年3月23日,他带领学员离开和田时,他女儿出生才二十二天。回忆当初的情景,艾则孜眼眶有些潮湿:"现在她可以叫达达(爸爸)了。"但他说:"个人一点牺牲没关系,只要学员回新疆能做贡献,比什么都好。"

为何要启动这样的援疆计划?

2009年,乌鲁木齐"七五"事件后,自治区曾成立调研组深入南北疆农村、社区调研。当时,农牧民反映最多、最为强烈的事,就是希望政府能够帮助他们的孩子,让孩子有个工作。未就业人数的逐渐增多,已成为新疆经济发展和社会稳定面临的严峻考验。

新一轮援疆以来,两万三千名新疆学员走向全国十九个省市接受培训,成为新疆古往今来最具规模的一次人口大迁徙知识培训。

回忆起动员新疆学员此次赴援疆省市培养,有人形容其"比三请诸葛亮还难"。能否遵循清真饮食?能否确保路上安全?能否确保男女生不混住?……维吾尔族家长的不放心,成为援疆计划要解决的第一道难题。

在新一轮十九个援疆省市中,北京市第一个启动援疆教育计划,对口支援和田市。

在短短二十多天里,以首师大为代表的北京高校创造了很好的接收条件:开辟专门的清真食堂,用集体订票的形式统一安排学员来京。首师大更是腾出营利性的宾馆,安排维汉学生分开住宿,用行动打消了家长的疑虑。2012年5月8日,首师大设立全国首个京疆学院,专门培养新疆未就业大学毕业生。

过去,在和田,本地人难过汉语关,外省区人不愿前来任教。一来二去,拖垮的是下一代的汉语能力。

一入校的汉语摸底测试,学员最低分仅为一点九分,最高分也不过四十分。首师大的教师们看在眼里,急在心里。两年培训结束时,学员如拿不到少数民族汉语水平三级证书,便意味着无法胜任"双语"教师、广播员等岗位。

第五章　民族融合新希冀

除了常规教学外,首师大采取了"一对一"互学、"结对子"等方式。首师大的教师想尽一切办法,帮助学员们学汉语。放假时,他们甚至亲自去检查学生作业。

第一批女学员曼力沙·阿巴白克说,汉语语法是最让他们头疼的事情。一开始,学员们总爱闹把"我吃饭"表述成"我饭吃"这样的笑话。于是,曼力沙和美合日班·艾力组成了学习对子,每天互背一篇六百字的汉语课文。谁背得不好谁请客吃饭。面对采访,曼力沙腼腆一笑说:"总是我请客的次数多。"

还有一位爱穿橘红色衣服的长发汉族姑娘,总是出现在曼力沙的话语中。虽然曼力沙已记不清她的名字,但她是首师大安排给曼力沙的,她是"一对一"的汉语辅导老师。这名辅导老师是首师大的研究生,她总是提前到教室,在每天晚上7点到9点,给曼力沙进行单独辅导。

汉语虽然难学,但也有爱上汉语学习的人,像第二批学员的阿卜杜拉·阿布来提就是的。"崔增亮老师讲授古代汉语时,我们总是托着腮帮子听,眼睛睁得很大,因为他讲得很吸引人。"那时,阿卜杜拉很快就要成为新郎官,他在婚房中珍藏着一本崔增亮的古代汉语图书。

在学校和学员共同努力下,第一批学员全部通过了汉语水平三级证书考试,而这批学员的学历仅仅是大专。

……

在"一天半斤土"的南疆,黄沙是大自然最"慷慨"的馈赠。

在南疆喀什、和田的校园里,金黄色的万寿菊在阳光下盛情怒放。与万寿菊色调如一的,则是楼梯上扫之不尽的黄沙。而楼梯上斑驳的脚印,除了孩子们步伐的痕迹外,还有"双语教师"从上面走过的印迹。可同时教授汉语、维语的"双语教师",是新疆基础教育最紧缺的人才。

与以往内地设置的普通内高班不同的是,从2011年至今,新疆未就业高校毕业生通过对口"援疆计划",先后来到内地高校接受为期两年的培训。这样的培训可谓意味深长。

他们当中的许多人已回到了新疆各地,成为了当地中小学的骨干人才。

绿色节奏二:遍地开花的"双语"教育

"我爱你祖国,我爱你祖国……"

2013年3月20日上午。吉木萨尔县北庭镇。三场槽子牧业新村"双语"希望幼儿园。

二十三名哈萨克族孩子,正在跟着老师呼罗阿英一遍一遍地学习汉语,老师教得认真,孩子们学得扎实。

三场槽子牧业新村,是吉木萨尔县的一个牧民定居点。这里定居着北庭镇、泉子街镇三百多户哈萨克族牧民。

为解决定居牧民的后顾之忧,2012年在福建厦门的援助下,投资五十多万元,建起了该县最大的"双语"幼儿园。其建筑面积三百三十多平方米,可容纳九十名幼儿学习。

在牧业村,这幢"双语"幼儿园采用红黄建筑,颜色鲜艳,是全村最好的建筑。走进房子里,墙面上画有孩子们喜爱的米老鼠、唐老鸭造型,活动室里有满满一架子玩具。就连孩子们午休的床、被褥,都是根据国标和孩子性格统一设计,充满了活力。幼儿园可供幼儿休息、玩耍、听课、吃饭。

呼罗阿英高兴地说:"以前上学要远到十多公里的镇上,现在上学不远了,非常开心,自己很爱这里的小朋友和老师。"

二十六岁的呼罗阿英,是奇台成人职教毕业的。她原来在奇台家家乐幼儿园干了一年半,听说在这里开了一所幼儿园,更想在自己的家乡干,一方面离家近上下班方便,再一个就是为自己的家乡尽一份力。

当问到她有啥想法时,呼罗阿英腼腆地说:"孩子们都非常调皮、可爱、活泼,干起来也没有压力,虽然每月工资只有一千元,但是为了自己的家乡,为了小朋友们能受到更好的教育,我会尽一份力。"

2014年11月的一天。和田墨玉县普恰克其乡村小。

"'老师'怎么写?"坐在后排的麦尔哈巴和邻座女生私下讨论着,翻书查看,然后一笔一画模仿写下"我爱玛依拉老师"。

一堂双语课上,学生们正用新学的"爱"字造句。

玛依拉正在前排逐一辅导学生,用维语和汉语反复解释,"爱就是喜欢,可以说'我爱爸爸'、'我爱妈妈',也可以说'我爱唱歌'、'我爱跳舞'"。尽管她讲得很慢,但几乎每个学生都有问题。

麦尔哈巴,是普恰克其乡村小上五年级的学生。暑假里,她参加国务院侨办组织的"寻根之旅夏令营"。她是第一次走出家门。当来到乌鲁木齐时,她发现自己的汉语不流利,去小卖店买东西都难。回到学校,她主动找到玛依拉老师,要求重学基础课。

玛依拉,是新疆外侨办的住村干部。在住村工作组中,有五名维吾尔族干部和一名汉族干部义务教学,分别担任村里两所小学和一所幼儿园的"双语"教师。此前,村小的"双语"课可不是这样的,靠的是维语教师和不会讲维语的汉族教师配合完成。

阿依古丽是玛依拉的同事。此时,她正在隔壁的教室上课。对着黑板上写下的"秋天"二字,她指着窗外告诉学生:"秋天,树叶黄了,瓜果成熟……然后是冬天,冬天会下雪。"学生们跟读时,虽然举手很踊跃,但对小学二年级的少数民族学生来说,准确掌握汉语声调却是困难的事,需要她逐个纠正读音。课间,有学生跟阿依古丽请假,因下午要去田里帮忙干农活。

在南疆农村,认为读书成本太高,不如学一门赚钱的手艺,是至今仍普遍存在的观念。但半年前,有家长告诉阿依古丽,孩子"长本事了",做生意时居然能帮着当"翻译"。还有家长承诺,农忙时不再让孩子去干农活或打工了。令阿依古丽高兴的是,2014年新学年开始时,一年级新生的家长抢着给孩子报名上"双语"班。

"团结就是力量,这力量是铁,这力量是钢……"

熟悉的老歌,此刻正由一群戴小花帽穿艾德莱斯花裙的维吾尔族同胞唱响。唱这首歌的是莎车县中小学和幼儿园教师们。

他们,不是一个两个,是二百五十个。他们不仅仅是在演唱,而是在进行一场别开生面的考试。

2014年5月23日。莎车县图文中心九楼。县"双语"教师培训中心正在举办"中华文化活动周"。

活动从5月19日一早开始,满满当当排了一星期:节目从诗歌朗诵、相声小品到背课文、中文板书比赛,丰富多彩,有趣而热烈。表演者和观众都是学员,老师们当评委。每位学员至少要报名参加三项活动,才算期中考试成绩"合格",通过班级预选进入复赛、获奖,才能拿到"优、良"。

这场特殊考试的设计者,是上海浦东教育发展研究院教研员、资深培训师胡根林博士,团队成员还有戴建宁、岳崇岭、倪龙三位援疆老师。

在2013年8月到莎车之前,对口援疆教师都是到当地中小学带班任教。而这是上海第一批派驻教师培训机构的老师。他们的到来,体现了教育援疆的一个新探索:从教学援疆逐步向培训援疆转变。

如今的莎车,已是南疆各县"双语"教师培训的佼佼者。

无独有偶,在巴楚县政府大楼,大厅里的一块小黑板上,醒目地写着两行中文和维文相对照的日常用语。显然,这是在做着公务人员"双语"培训的努力。喀什地区居民中,除泽普等少数县市,维吾尔族群众比例都在百分之九十以上,乡村中会说汉语的维吾尔族人凤毛麟角。不会汉语,让很多少数民族同胞外出就业难,脱离贫困的机会也大大减少。

"不能把'双语'培训理解成单向的普通话学习。在南疆基层,不懂维吾尔语没法开展工作。"说此话的人,是巴楚县委常委、宣传部长孙怡。她生在四川,却是在新疆和维吾尔伙伴一起玩耍中长大的。在南疆新一代年轻人中,像她这样能熟练运用维吾尔语和汉语的基层干部并不太多。

在南疆工作近一年后,化学老师戴建宁写下了自己的这个"中国梦":

"我有一个梦想,如果有一天,走在喀什的土地上碰到维吾尔族兄弟,我们可以用普通话流利交流;如果有一天,在新疆的维吾尔族、汉族年轻人能轻松沟通、相亲相爱……那新疆就会是一片和谐稳定的热土。"

2014年5月下旬的一天。清晨。新疆阿克苏机场。

飞机起飞前,方爱宁收到的最后一条短信,是她的维吾尔族学生发来的:"方老师,舍不得你走,不要忘记我,多保重。"而在一年半之前,这位学生,连汉语都不会说,更别说认识中文了。

结束了一年半的支教生活,来自浙江衢州学院的方爱宁老师,即将离开阿克苏;而在同一时间,她的维吾尔族学生再乃甫古丽,也自信地走上讲台,用普通话给维吾尔族学生上课。

2010年10月,浙江在全国率先启动了对口援疆的"双语"教师培训。浙江选派的"双语"支教老师,大多都是高校和中小学教师。普通话都是考过级的,教汉语,驾轻就熟。

但是,阿克苏地区的少数民族教师,大部分汉文基础较差。别说写了,就连听都很困难,更不会说汉语。

援疆老师给他们授课比较吃力,有时比教幼儿园的小朋友还要累。援疆老师方爱宁说:"小孩子的语言环境,就像是一张白纸,老师只要负责往上画,画得好看就可以了,但这些少数民族教师,他们的语言习惯已经养成了数十年,一下子很难转变过来。"

面对如此状况,援疆老师只能"八仙过海,各显神通"了。

尽管学生都是当地的成熟老师,但让他们能够记住词语,这才是最重要的。于是,方爱宁就利用多种教学方式,比如多媒体、图片、游戏和情景对话等。他说:"我会先把每个字都编成字谜,让学生一边去猜一边去学。这样一来,既有乐趣,这个词语学生记得也特别牢。"

有些年轻援疆老师干脆直接就把"词语"搬到课堂上去了。比如:这天要教"西瓜"的发音,老师就会真抱个大西瓜去教室。下课后,大家就在一起念"西瓜",一起吃西瓜,更有味道。

阿克苏天气干燥,嗓子痛得说不出话来是常有的事,回到宿舍,倒头就能睡着。

宁波市海曙区南苑小学语文老师陈善军,至今还记得第一次走进"双语"课堂时的情景:

四五十张单人课桌,现代多媒体教学设备齐全,与浙江大多数学校的课堂没有区别，但坐着听课的，却都是新疆少数民族老师。

开学第一课，陈善军就给学员讲了新疆的"疆"字，他用缓慢而通俗的语言，从分析"疆"的结构、介绍各部分名称及其含义入手，对"疆"字进行深入剖析，一下子拉近了与学生之间的距离。

就这样，陈善军在教学汉语知识的同时，也教给学员学习汉语的方法，学员们学得津津有味。"他们对学习汉语的畏难情绪，应该也从这个'疆'字开始，逐渐消除了。"陈善军说。

经过一段时间的学习和实践，陈善军也琢磨出了一些门道：既要把学员们当小学生，因为他们的汉语水平普遍偏低，要像教小学生一样，从基础开始教，还要耐着性子进行个别辅导。

虽然同是四十五分钟一堂课，但"双语"教学一堂课下来，援疆老师们会觉得特别累。

……

在教育援疆中，除了选派优秀的"双语"支教老师，浙江还投入一点七亿多元，在阿克苏地区全额援建了两个"双语"教师培训中心；投入一亿元，全额承担"双语"教师的培训费用。为因材施教，浙江"双语"支教团的近二百名成员，承担了多项国家语委课题。

在全国，对口援疆"双语"教师培训，浙江启动最早，培训规模最大，投入资金最多，培训周期最长，达到的效果也是最好。到2015年，浙江帮助阿克苏地区和兵团第一师已基本实现普及"双语"教育。

浙江省还自加压力，计划外在全省范围内增派大批"双语"支教老师，培养当地"双语"骨干教师，夯实中文教学基础。

方爱宁属于浙江第三批援疆"双语"支教老师，此批共有六十名。接着，浙江又派出五十八名第四批、五十九名第五批等批次"双语"支教老师，继续"双语"教育的援疆情缘。

……

幼学如漆。"双语"教育从娃娃抓起，优势多多。在教育援疆中，许多省市莫不将此列为重头戏。

北京虽有三千余名幼师的缺口，但在新一轮援疆以来，北京市仍抽调千余名优秀幼师到和田，培训指导幼教。几年前的和田，百分之九十以上的幼儿园老师都是非幼师专业出身，幼儿教育理论几乎一片空白。为改变这种现状，来自北京的援疆教师，总结实践经验，编写了"双语"教学手册，并制定详细的培训计划。受训的老师们通过观摩等方式，系统学习了幼教的五大培训内容：健康、语言、社会、科学、艺术。这些受到培训的幼师，其业务水平有了相当程度的提高。

担负援助皮山县的安徽省,利用现代远程教育手段和信息化技术,让安徽的优秀教师为皮山县的班级进行实时上课。为让乡镇"双语"教师受益,安徽在皮山县的乡镇设立六个远程培训点。还免费向皮山县开放安徽基础教育资源网,让皮山县的教师共享优质教育资源。如今的"双语"培训,已让更多的皮山年轻教师走上了讲台,使更多的孩子开始了"双语"交流。

广东在喀什地区实施"双语"师资培训、"支教"与"双向挂职"工程。

江西计划五年时间,为受援县阿克陶培训一千六百名"双语"教师。

江苏则采取以"请进来为主、送出去为辅"的方法,开展十项培训,为克州建两个"双语"教育培训基地,利用自治区和克州的师资,对"双语"教师进行三个月的脱产培训。

……

新疆,是一片美丽又充满活力的土地;新疆,也是一个需要充分发展的地方。

2014年4月间,国家主席习近平考察新疆南疆时,曾到村小旁听"双语"课,询问少数民族小学生汉语学习情况。

阿达莱提,是和田的一名维吾尔族幼儿老师,曾在首都师大培训过。她深有体会地说:"不学汉语走不出去,不走出去看不见将来。"可见,"双语"教育必须从娃娃抓起。

"双语"幼儿园办到了新疆各族娃娃的家门口,得益于国家的一系列援疆政策的实施。

截至2013年9月,新疆学前两年接受"双语"教育的少数民族幼儿已达到四十四万八千四百人,占学前两年(五至六岁)少数民族适龄幼儿数百分之九十一点多,比2010年增长了百分之三十一点九,学前"双语"教育发展成绩显著。

根据计划,到2020年,学前"双语"教师将达到两万三千三百人,中小学"双语"教师将达到十四万二千二百人(其中使用国家通用语言文字授课的教师十万人),其中义务教育阶段达到十一万三千三百人。

绿色节奏三:出疆的"跟岗"培训

优质的教育哪里来?提高教师素质十分关键。

这是2013年12月下旬的一天,在湖北黄冈"新疆博州教师实习欢送仪式"上,维吾尔族教师帕热扎提激动不已:"黄冈是全国有名的教育之乡,在这里我度过了难忘的半年时光。"

帕热扎提,是博州来黄冈跟岗学习的十二批教师中的一员。

2010年,黄冈提出"要像办自家门口的学校一样援疆",承担起新疆生产建设兵团第五师高级中学、八十三团一中两项对口援建任务。

几年来,黄冈市政府先后投入援建资金五千余万元,为新建的黄冈中学第五师分校修建了科技综合楼、学生公寓、教师周转房、食堂;2011年7月第五师分校揭牌。八十三团一中四百米跑道标准综合运动场也交付使用,教学硬件全面升级换代。

为铸就一支带不走的教师队伍,黄冈实行吃住行全部免费,先后为博州培养、培训教师四百多人次。这些教师回去后,全部留在了当地任教。

同时,援疆教师以"1+1"和"1+X"模式,开展帮扶结对活动,每名援疆教师至少和一名本校教师结对子,对其教学、教研等方面给予指导。经过实践,一批教师迅速成长为教学中坚力量,不断有教师在自治区乃至全国比赛中获奖。

2012年,黄冈中学第五师分校高考取得历史性突破,六百分以上人数占博州总数的"半壁江山"。2013年,一本上线人数达二百二十七人。

两年间,五十五名少数民族学生全部上了大学。分校成立以来,先后获得"全国最具成长力学校"、教育部"课题研究先进单位"等荣誉称号。

八十三团一中成绩同样令人骄傲。2013年中考全师前十名学生中,该校占半数,陈雪康取得全师第一名。学校教育援疆团队被五师评为"工人先锋号"。

在成绩面前,很多原先转走的学生都重新回来上学。当地百姓奔走相告:兵团有了黄冈中学,孩子上学不出远门就能享受优质教育!

2013年5月中旬。北京。

和田地区学前"双语"师资培训班在此举办,有三十名幼儿园园长及骨干教师接受培训两个月。

在这三十名老师之中,再娜浦汗·买买提明,是和田地区幼儿园的年轻教师。她的普通话几乎可以用"流利"来形容。早在2011年,她就参加过北京在当地开展的"双语"教师培训,有较好的汉语基础。凭着自己的刻苦努力,在2012年举行的"京和杯"双语教师基本功大赛中,再娜浦汗从两千多名参赛选手中脱颖而出,一举夺得比赛一等奖。而正是这次夺魁,让再娜浦汗幸运地成为赴京培训老师中的一员。

再娜浦汗微笑着说:"'双语'幼教在和田毕竟才刚刚起步,我在教学过程中,跟孩子们还会有沟通的障碍。去了北京,一定要向专家们好好取取经。两个月的时间,我要争取多学习些北京先进的教育理念,回来后用到幼儿园工作中去,把工作干得更好。"

布帕提曼·卡孜,是和田市依里其幼儿园园长。她所在的幼儿园,是由北京投入援建资金兴建的,并与北京东城区实验幼儿园"手拉手",结成对子。她感到,这一次自己能赴京学习,真是"莫大的荣幸"。"我会更侧重于学习一些幼儿园管理方面知识,希望和田的孩子们在幼儿园能更加快乐地成长。"

此次赴京培训,是北京在和田地区共同开展的,是"双语"教师培训的"进阶"、"高端"项目。参加培训的,均在当地培训和比赛中有突出表现。在北京两个月培训中,他们经过一个月理论学习后,深入北京幼儿园"跟班实践",理论与实践相结合,这对老师们回和田工作大有裨益。

2011年9月21日,赴台州跟班学习的三十名中小学教师从阿克苏启程。首批为期一个月的跟班学习培训学科有:小学英语,初中语文、数学、英语、物理,高中语文、数学、英语等。这些培训科目,是台州市特意为阿克苏老师们量身制定的课程。

时隔一个半月的2011年11月2日,阿克苏市、兵团一师第二批赴台州跟班学习的三十名中学教师又启程了。

2013年3月29日至4月21日,奎屯市中小学骨干教师一行四十九人,奔赴江苏徐州参观学习。培训班先后到徐州市高级中学、公园巷小学、解放路小学参观培训。

2014年3月3日,一批阿克苏地区骨干校长教师赴浙江培训。他们分别是从阿克苏地区和兵团第一师中小学校中遴选出来的。其中骨干校长五十名,骨干教师四十九名。从3月4日起,他们在浙江师范大学、浙江外国语学院,接受为期近四个月的专题培训。

2014年12月初,喀什地区三十名教师前往上海。这三十名教师,分别来自喀什、莎车、岳普湖、泽普、叶城、巴楚等六个市县,有职业学校的,也有培训学校的。其中,维吾尔族教师二十七名,汉族教师两名,塔吉克族教师一名。大部分教师涉及到跨专业培训,专业技能水平参差不齐,部分教师汉语水平较薄弱。他们来到上海市三所学校,接受了为期两个月培训。

2015年4月14日中午,合肥一中高一语文教研组隆重举行新疆皮山县跟岗教师欢送会。皮山县高级中学语文教研组组长吾尔古丽老师,深情地回忆起自己忙碌而充实的培训生活。她感谢合肥一中给自己提供的学习机会,觉得受益匪浅。她感慨地说:"在合肥,我学习到了先进经验,武装了自己,改变了自己。"

……

第五章　民族融合新希冀

新疆教师奔赴内地学习培训,蕴含着特殊的意义和价值。内地的办学模式,严谨的治学精神,让新疆的教师不仅学习到教学的真经,还开阔了视野,增进了各民族之间的了解。

2015年5月27日,浙江省湖州新世纪外国语学校。下午,该校"新世纪大讲堂"正在上演一出精彩的场景:

"有这么一个地方,它从歌舞之乡、瓜果之乡,到宝石之乡、地毯之乡……美誉名扬全国。它就是我的家乡——新疆。"

一位新疆阿老师正在用生动的语言,描述着自己心中美好的家园。他从地理风貌、人口民族、多样物产、风土人情等各个角度,以丰富的图片、直观的视频,将听众带进了牛羊成群、瓜果遍地的富饶新疆。这位叫"阿老师"的人,全名叫阿不都热合曼·吾买尔,来自新疆阿克苏地区柯坪县。他是来这里进修学习的。

作为在当地学校负责汉语教学的老师,阿老师在汉语与维吾尔族语上都有较深的研究。在讲座中,他饶有兴致地向老师们讲解起了两者的区别。

"中国是一个多民族的国家,说起少数民族的文化,就不得不说说文字。维吾尔族的文字和汉字就有着很多不同。汉语是表意文字,是从左往右地书写;维吾尔族语是标音文字,是从右往左写的。"

"汉族姓氏见证着家族的传承,维吾尔族名字也不例外。不过和汉族不同的是,维吾尔族以前辈老人的名作为下一代的姓,依次相传。"

阿老师一边写着自己维语的全名,一边介绍道:"在维吾尔族的姓名中,前者为名,后者为姓。例如,我的全名叫阿不都热合曼·吾买尔。吾买尔就是我的姓。"

在活动中,阿老师还现场邀请本校老师上台,一起来学习自己姓名的维语写法。近距离的互动,显得简单而快乐,让在场的老师深切地体会到:我国作为一个多民族大家庭的文化,多样与多彩。

……

绿色节奏四:真情回报家乡的学子

"这里的人很善良、单纯,和他们在一起,时间过得特别快。"嗓音有些嘶哑的阿米娜还说,"我们在这里从事'双语'教学,不仅代表了各自的母校,还代表了天津。"阿米娜讲这番话时,是在2010年的秋天。

阿米娜嗓子原来并不嘶哑。那么此时她为何嘶哑了? 她说:国庆长假她回吐鲁番探亲,返回策勒后连着给学生补了几节课,结果把嗓子讲哑了。

阿米娜,是天津财经大学法学专业四年级学生,2010年9月11日来到策勒县,在第三小学担任汉语教师,时间一年。刚来时,她教的是三年级一班。可这个班级汉语成绩在全校排倒数第二名。在一次汉语听写测验中,全班三十二名学生,成绩及格的只有三名。为提高班里学生汉语成绩,阿米娜认真备课,认真批改作业,并且加强汉语听写训练。10月,班里又进行了一次听写测验,及格的学生增加到二十多个,成绩最好的学生得了满分。

阿米娜的家在吐鲁番。2003年,她以优异成绩考上内高班,在青岛崂山二中完成了高中学业,紧接着又考入天津财经大学。阿米娜的设想是,毕业后打算报考研究生。为此,除完成汉语教学工作以外,她每天晚上还要复习功课。阿米娜回到新疆后,母校天津财大的辅导老师经常和她通电话,鼓励她为家乡教育事业多做贡献。策勒县三小也给了她无微不至的关怀:为她购置了全套床上用品和炊具,并且提供了大米、面粉、清油等。

在策勒乡乌喀迪村小学,担任二年级汉语教师的排孜来提,是天津商业大学二年级学生。排孜来提的家在洛浦县山普鲁乡农村,她说一口流利的汉语。她对提高所教班级学生汉语听、读、写能力充满信心。她说:"我也是和田人,能为家乡教育做贡献是我的荣耀,同时也能为我大学毕业后走上社会积累一些经验。"

2010年9月中旬,作为天津市对口帮扶策勒县的一项具体举措,天津高校三十名新疆籍大学生抵达策勒后,被分配到八所小学从事"双语"教学。

策勒县中小学"双语"教学普及率达到百分之四十。可是,"双语"教师合格率却只有百分之十六。从这个意义上说,天津市选送的这三十名新疆籍大学生,尽管期限仅有一年,但对强化策勒县"双语"教学无疑是"雪中送炭"。

选送新疆籍大学生支教的同时,当年10月上旬,策勒县还选送三十名"双语"教师到天津师大,接受一年汉语培训。

如何给新疆留下一支不走的老师队伍?

全国十九个援疆省市都在思考着这一难题。除了内地的支教、传帮带、现有老师的培训之外,能否培养一批更具新生活力的老师?

和田地委副书记、天津援疆总指挥戴东强想出了一招,就是吸引内高班的新疆籍学生回乡。办法是:对这些有志改变家乡面貌的学生,增加一年师资执业培训,使得他们享有合格的教师资格,并用优惠的待遇,让他们安心回家乡工作。

这一招果真灵验。2014年,在天津学习的二十八名新疆籍学生,满怀激情回到了和田,已经在不同的学校担任了教师。这是一支不走的援疆教师队伍。这些新疆籍老师对家乡怀有深厚的感情,精力充沛,很有发展前景。

鉴于此,2015年的春天,戴东强积极协调当地多方面的关系,给足这些新老师的待遇,让他们安心在家乡教书育人。

绿色节奏五:职校助推梦想飞翔

2013年5月。莎车。

那一天,阿提古丽领到一等奖后,是从领奖台上跳下来的。她满脸堆笑,走回座位时,一直大张着手臂,像是要拥抱全世界。这位南疆的孩子,或许是第一次拥有这样的成就感。

在莎车县职业技术学校"技能比武大赛"上,阿提古丽拿了服装设计类的一等奖,奖品是电熨斗、剪刀和床上用品三件套。

在上海援疆老师到来之前,在这个西北边陲的县城里,几乎没有职业教育,更别提"技能比武大赛"。常有孩子初中毕业之后,在家里干农活:种田放羊,包装水果,或者无所事事。

2010年起的新一轮援疆,上海老师在此干了整整三年之后,至少这些服装设计班毕业的孩子,能回乡里的裁缝铺帮忙,或去工业区的小服装厂打工。

班里有位名叫艾克拜疆的学生,正和同学们合计,毕业后在县城开一家服装店,借用学校的设备,自己设计,自产自销。

最为人津津乐道的,是莎车职校的两名女学生,2012年竟然拿到了全国职校技能大赛的三等奖。在全新疆,这是头一遭。大赛已改变了她们的人生。其中一位女孩子吐尔孙古丽,因为获奖,被保送去了新疆轻工职业技术学院;另一位女孩布曼热木,则在上海老师推荐下,选择毕业留校,当老师。

在莎车,年轻人最理想的职业,便是公务员和教师,收入稳定。

全国大赛在江苏南通举行。赛前,上海老师特意带她们去上海走了一番。第一次出远门,两位维吾尔族姑娘便行程上万公里,穿着自己裁制的民族衣服,见了大世面,然后哭着给妈妈打长途电话:"我拿奖了。"

而此前,她们的人生,几乎可以预料,毕业后回家务农或是留在县城打工,一辈子,不出莎车。

或许,因为南疆地区服装产业的落后,在职校学习"服装设计"的孩子,一些人毕业后,都会另谋生路,所学的技术只能给自己和家人做些衣服,省些手工钱。而她们的获奖,激励了很多同学——要学习,要参加比赛。即便是跟着老师去参赛,离开莎车看看外面的世界,也是好的。

她们的服装设计老师谢国安,便是从上海来的。三年时间,他利用上海来的援疆资金和设备,在学校创建了服装设计工作室,培养了十多名服装教学老师。

起初,学生们没布料做衣服,没法实践,他便四处去揽活。可如今不同了,县教育局和各单位都慕名来支持他们:县里纺织厂送来布料,让他们做一批围巾帽子;县委组织部老干部送来布料,要求赶制歌咏会的演出服;附近的窗帘店和床单厂,也乐于送到职校来加工;当地电视台主持人服装,如今也出自职校学生之手……

服装设计专业二年级学生,已经能以此赚些手工费,每天工作一小时,一个月能有二百多元收入,抵得上他们好几个月零花钱。而在当地乡镇裁缝铺帮忙,一月不过五百元;在附近的小服装厂打工,订单规模小,且不稳定,苦干一天,最多有一百元收入。

学校里,很多女孩子喜欢学做衣服,但愁毕业没出路。谢国安的想法,是带学生多参加大赛,多接大订单,力争打响"莎车职校"的名气,让学生以后能跑到更远的地方工作。

莎车职校的上海教师团队,曾去甘肃天水为职校招聘老师。想不到,招聘工作毫无困难,有不少年轻教师争着来新疆工作。因为,在这所南疆县城的职校,有来自上海的资金和设备,有汽修、服装、焊接、烹饪等实训室,最重要的还有来自上海的带教老师。

改变的,远不止这一所学校。

上海新一轮援疆之初,莎车全县没有一块像样的操场;而如今,全县几所重点学校,都有了塑胶跑道,塔尕其"双语"小学则成为喀什地区第一所拥有塑胶操场的农村学校。在叶城、巴楚、泽普等县,受益于上海援建力量,不少中小学面目一新。

改变最深远的,未必是校舍和操场。

来这里援疆的几轮上海教师,他们都有一个共同的希望,就是希望自己离开后,留给当地几位骨干教师,留下一所好学校。

2015年5月中旬。莎车县第二中等职业技术学校。一场新疆职业院校技能大赛,受到了新疆众多媒体的关注。此项技能大赛,也是2015年全国职业院校技能大赛的选拔赛。

多年来,上海援疆干部一直推进上海—喀什职业教育联盟的成立和发展,多次送职教老师到上海学习和培训,与上海多所职业教育学校合作、交流与对接,效果十分显著。

在比赛的现场,莎车县第二职校的两位维吾尔族女教师特别耀眼。她们就是阿吉尼沙·阿布拉和迪力拜尔·阿里马斯,也是本次定期维护项目比赛中唯一参加团体赛的一组女选手。比赛中,她们协作配合,终于夺得第一名。

涂装喷漆项目教师组一等奖获得者叫奚俊峰,他是一位通过应聘来到莎车的北疆汉族教师。在校多年,他形成了规范的教学方法和实验实训技能。

在本次大赛中,他的学生努尔麦麦提·麦麦提尼牙孜也获得了一等奖,并当即被学校聘请为实验实训助教。在接受电视台采访中,这位维吾尔族学生谦虚地表示,他在以后将加倍努力,在不断进步的同时,带领更多的同学共同进步,争取进入国家级比赛的赛场。

比赛的现场,奚俊峰与努尔麦麦提·麦麦提尼牙孜师徒俩双双获得自治区级大赛的一等奖,紧紧地抱在了一起,非常激动,场面感人。

还有一些变化,是让当地老师们所意想不到的:原本闷闷不乐的孩子,一放学就扑进了图书馆,看着漫画发笑;还有当地老师说,几个学习不好的"后进生",看人时眼神"单纯"了许多;家住数百公里外的家长,带着孩子赶到泽普五中,要求插班……

这些改变,自然归功于教育援疆,归功于从上海来的好老师。

像上海这样倾心培养新疆职教办学水平的,还有江苏、天津、安徽等许多省市,它们都做得风生水起,像模像样。

职教,为新疆孩子们实现人生理想插上了翅膀。

绿色节奏六:高校升级足音铿锵

2015年5月29日。南疆喀什。暖风拂拂,阳光四溢。

在上万名各族师生见证下,由深圳出资十亿元援建的喀什大学正式揭牌,原喀什师范学院正式更名为"喀什大学"。这标志着第一所南疆综合性大学的诞生,也是南疆三地州教育史上的一个历史时刻。新疆维吾尔自治区领导等出席了揭牌仪式。

喀什大学,位于喀什深圳城,占地面积二千五百亩,规划校舍总建筑面积约四十五万多平方米,总投资约二十亿元,于2014年8月20日正式开工建设,预计在2020年全面竣工启用。

喀什东部城边的这片土地上,原本住着三百多户维吾尔族居民。2014年初,他们听说这里要建造一所喀什大学,这些居民留下这句话:"建大学好,孩子读书能方便,以后孩子不能像我们一样种地放羊,学汉语才能有前途。"

就这样,征地拆迁出乎意料地很快顺利完成。

吐乎提·喀斯木,是疏附县萨依巴格乡阿亚克恰热克村农民。听说要建大学,周围的居民都很关心,他还专门赶来看看。他说:"等我孩子长大了,喀什大学也建好了,孩子们就可以在自己家门口上大学了。"

第二次中央新疆工作座谈会后,深圳谋划在先,直面南疆地区高等教育资源严重匮乏的难题,出资十亿元援建喀什大学,打造未来南疆的"人才高地"。

除将"深圳速度"带到南疆,"深圳质量"的理念也在喀什大学规划建设中深入体现。业内专家认为,喀什大学基础建设中体现两大"超前意识":一是超前规划,"现代气息、地域特色、深圳元素"在规划设计中得到充分体现;一是"超前思维",对原喀什师范学院校址进行全面升级,援建高规格大学。这一教育"大手笔",将引领教育援疆进入价值升华的时代。

值得一提的是,"深圳质量"和深圳援疆人的"用心",也在喀什大学的设计细节中体现。为让少数民族学生体验"更完美"的教育感受,设计方特意调研了不同时间、不同民族学生的学习情况。他们发现,深圳学生喜欢较长时间待在室内,维吾尔族学生则比较喜欢在室外学习和活动。据此,规划方设计了高连廊形式的"户外客厅",将地域特色和现代气息深入融合一体。

说起喀什大学工作小组,还有这么几位特殊的来客。来自深圳高校的教授孙宏元、程本强和杨文明一到喀什,就经历了人生的"大转型"。三位教授本是冲着"上课"来新疆的,没想一到喀什,就加入喀什大学基建工程筹备工作。来时带的皮鞋、西装和领带一身行头,过两天全换成了登山服。"放下教鞭的教授们",要么"泡"在工地,要么去附近走访居民,就这么踏踏实实地投入到"盖学校"的工作。

喀什大学2020年建成后,将分为新校区和老校区(原喀什师范学院校址),预计招生人数将达一万五千人,将是南疆地区唯一一所拥有多学科的综合性大学。

百年育人。援疆的教育项目,大多着眼细微,意在长远。

这是2001年9月7日,未名湖畔的北京大学。

在此的一间普通会议室里,北京大学校领导和石河子大学校领导签署了一份协议。这份薄薄的仅有两页纸的对口支援协议,却把相隔数千里的石河子大学与北京大学连接在了一起。

之后,未名湖畔的北京大学和天山脚下的石河子大学,共同演绎了一首荡气回肠的交响曲。当年那份薄薄的协议,由于不断增加了新的支援内容和项目,如今已经变成了厚厚的一大本。

未名湖水润天山。张爱萍,当年是石河子大学的一名副教授。可早在2007年,张爱萍就来到北京大学攻读博士学位了。她作为北京大学对口支援石河子大学"百名博士计划"中的一员,成为北京大学一名博士生。

对于地处边疆的石河子大学来说,制约发展最重要的因素就是人才。为此,北大创造性地为石河子大学培养人才,搭建起高层次人才培养平台。同张爱萍一样,如今越来越多的石大教师有机会来到北大读博士了。

北大在新疆建立了研究生培养基地,主要为石大等在疆高校培养博士研究生。借助基地,北大启动了"百名博士计划",计划用五年至十年时间,为石大培养一百名博士。

为提高石大师资素质和管理水平,北大为石大专门开设了教师进修班和中层干部高级研修班,先后有二百多人到北大"充电"。参加中层干部高级研修班的闫卫华说:"听北大教授的课,有一种精神深深打动着我,那就是流淌在北大人血液里深厚的民族责任感。参加研修,我获得了一种无穷的力量,这是有震撼力、受用终身的东西。"

选派优秀干部来石河子大学挂职,是北大对口支援工作中最具魅力的一笔。

2005年9月,北大派出校长助理于鸿君担任石大副校长。三年间,于鸿君以北大人崇高的责任感,为石大的发展殚精竭虑,不计得失,帮助学校实现了突破与跨越。他从学校规划入手,设立研究专项为学校战略发展提供决策;他积极推进对口支援工作重心下移,使北大与石大六对学院开展对口支援;他为相关学院积极联系共同院长,实施小学期制,打造科研平台;他身体力行,亲自挂帅,与石大教师一同申报2006年国家社科基金重大招标项目,实现了石大乃至西北地区高校此类项目零的突破。

类似这样的例子,在石河子大学还有很多。对口支援对科研工作产生了巨大促进作用,学校的科研项目数量不断上升。

2004年,孟二冬教授不远千里,从北京大学来到石河子大学支教,他为人师表、品德高尚的崇高师德,令师生们永远难忘。2007年9月10日,孟二冬教授雕像在石河子大学落成,这是师生为了缅怀这位令人尊敬的学者发自内心的纪念。如今,孟二冬精神已成为石河子大学校园文化和精神的重要组成部分。

对口支援,使得石河子大学实现了跨越式发展。

中央新一轮的援疆决定,犹如阵阵春潮,催生出勃勃生机。

2010年8月31日,全国科教援疆工作会议在乌鲁木齐举行。由清华大学、北京大学、中国农业大学牵头,全国二十二所知名高校组成三个团队,对口支援新疆大学、石河子大学、塔里木大学。这是对口支援新疆高等教育跨跃式发展的重大举措。

早在2001年6月,为了贯彻落实国家西部大开发战略,教育部启动"对口支援西部地区高等学校计划",确定北京大学与石河子大学建立对口支援关系。

之后,2005年6月,教育部和新疆联合实施"援疆学科建设计划",内地四十一所高校开始对口支援新疆高校中八十五个一级学科。

对于新建的喀什大学,为满足喀大对师资的需求,除新疆自身采取政策倾斜之外,内地对口支援高校,同样毫不吝啬,慷慨相助。

从2012年开始,上海的五所高校、山东的三所高校均毫不吝啬,共选派了四十二名高学历、高职称的教师,先后到原喀什师院支教。

2014年,中组部将援喀四省市高校教师纳入新一轮人才援疆计划,建立了支持喀大人才培养和师资队伍建设常态机制,二十八名援疆教师到校开展工作。

……

为提升新疆高校在职教师的学历层次,内地各高校积极招收新疆高校教师在职攻读学位,并在学费上给予优惠。

如今,在一系列对口支援政策的支持下,新疆高等教育已步入健康发展的快车道。

援疆,让新疆高等教育的歌声变得更加嘹亮,跳动的音符将会更加激越!

润物无声育桃李,大漠戈壁蕴希望。

教育援疆,"硬件"和"软件"并举,真情与憧憬同在,春风化雨,情暖天山。

一座座美丽的校园,一批批援疆教师,一批批西部志愿者,一笔笔爱心助学资金,让天山南北春潮涌动,让和谐之声飘荡悦耳,让教育的生态变得生机盎然。

如今,当我们走进伊犁河谷,当我们走进帕米尔高原,当我们走进昆仑山脚下,当我们走进火热的吐鲁番盆地,当我们走进阿尔泰山脚下,看到一座座最抢眼的美丽校园,看到一张张灿烂的童真笑容,看到一面面鲜艳的五星红旗,听到薛献军、孟二冬等一个个让人动容的名字,怎能不令人心潮澎湃。

而曾经未就业大学生家长们的忧郁和期盼眼神不见了,曾经困惑的当地教师变得自信了,曾经的牧羊孩子不见了,曾经的辍学娃娃越来越少了……

教育公平的举措,正在惠顾着新疆各族百姓,中央政策"照亮"了新疆各

第五章 民族融合新希冀 207

族学子的上学路。

对于长期处于教育"洼地"的南疆地区,从2013年起,中央财政在此推行的免费高中教育政策,让和田、喀什、克孜勒苏柯尔克孜自治州的逾九万名各族学子受益。

同时,中央决定从2015年起,在南疆实行十二年免费义务教育,以使长期处于"洼地"的南疆教育快速均衡发展,破解这一地区因贫困等导致辍学率高、就业率低的难题。

正就读于墨玉县第一中学初二年级的热艳古丽,听到此消息后非常高兴。她说:"从新闻上听到中央决定在南疆全面实行高中阶段免费教育,我特别兴奋,这样我就可以继续读高中了。"热艳古丽家住和田地区墨玉县喀尔乡,是家中三个孩子里最小的一个。由于家境贫寒,正供三个孩子读中学的父母感到压力巨大,原准备让热艳古丽辍学回家,跟着乡里的裁缝学技术。

与热艳古丽一样,今后,借助于中央的惠民政策,南疆地区的青少年不再害怕家庭贫寒上不起学了,不用担心资源贫乏读不上高中了。

喀什地区教育局局长艾尼瓦尔·阿布力米提说:"南疆三地州农业人口基数大,农牧民收入低,低收入群体占比大。在喀什,普通高中学费每人每学年最低标准是两千元,教材费至少一千元,食宿费、交通费、生活费最低需一千五百元至二千五百元,而推行十二年免费义务教育具有特殊意义。"

教育援疆,在新疆娃娃们的心中点燃了希望,让他们沐浴到了党与国家的灿烂阳光,挺直了"精神缺钙"的脊梁!

第六章 "造血"别样红

无源之水难长流,无根之木不长命。

潮起天山听洪钟,举国齐奏边塞曲。

援疆,不仅需眼前送"票子",解一时之困;不是只闻花香,不见硕果;不是水上浮萍,无根草。援疆,需要既开花又结果,既注重眼前,更着眼长远。

授人以鱼,不如授人以渔!燃眉之急送"票子",长远之计送"方子"。

新疆与沿海发达地区相比,缺资金但不缺精神,缺人才但不缺信心,缺企业但不缺资源。

"输血"和"造血"并举,其哲理意义在于:援,是为了以后的不援;扶,是为了以后的不扶。

能够"造血",并能"造好血",这是生命力的自信!这意味着生命力旺盛,意味着生机勃发,意味着生命长久不衰。

援疆,坚持"输血"和"造血"并重,就会激发边疆的内在动力,就会走出发展滞后的泥潭,就会带来跨越发展的春天,就会给边疆稳定打下基础,就会给长治久安铺平道路。

"造血",就是让古西域凤凰涅槃,美丽多姿。

● 生根的产业

这是一片沸腾的热土。

走进霍尔果斯经济开发区,放眼望去,无论是核心区域,还是兵团、伊宁和霍城分区,昔日的荒滩上,塔吊林立,机声隆隆,热火朝天,鳞次栉比的标准化厂房拔地而起,许多投产的工厂红红火火,一片兴旺。

在霍尔果斯特区,标志性建筑——苏新中心已全面建成投入使用,苏州工业园已有数十个重点项目入驻并建设。

霍尔果斯海关口岸,车水马龙,一辆辆装满货物的车等候在国门前,正有序地排队等候着办理过关手续,在国门对面,排满了准备驶入我国的哈萨克斯坦货车。

国门前拍照留影的游客一拨接一拨。如此热闹的场景,早在2011年就开始出现了。

新一轮援疆的几年来,霍尔果斯经济开发区,一直车水马龙,酒店几乎天天客满。房地产开发红红火火,房子地基刚起来,打听价格、咨询房屋用途的人就络绎不绝。

走马新疆大地,最让人惊叹的是"戈壁产业"。

很难想象,绵亘在新疆阿图什市的茫茫戈壁上,会在三年内呈现万亩果园、菜园的田园风光。

阿图什市,位于新疆西南部,天山南麓,塔里木盆地西缘,有一点六一万平方公里土地,山地、戈壁和荒漠占百分之八十以上。

阿图什市,是江苏昆山对口援建的城市。2011年,在这里,昆山援疆干部经过调研,大胆提出向戈壁要效益。他们决定,投资一点三亿多元,建设一万一千亩农业示范园。

时间是效益。昆山人仅用二年时间,就将其建成了一个现代化农业科技园。园内拥有研发、育苗、检测、培训、加工、营销多个中心。如今,园内五千四百多平方米智能温控室,成了育苗工厂。在示范园内,一年一个大棚的收益竟有两万余元。这里成为当地新品种、新农民、新农艺、新经营的实验基地。

阿图什农业局党委书记宋开材说:"农民看到了实惠,以前送大棚给当地维吾尔族村民要上门做工作,而现在,当地农户主动找上门来要大棚。"

在南疆的和田,流传着这样的著名诗句:"一唱雄鸡天下白,万方乐奏有于阗。"这里是古丝绸之路南道的重要商埠。这里以盛产羊脂白玉、地毯、丝绸闻名于世。现今,这里与万里之外、渤海之滨的天津结下了不解情缘……

2010年,中央启动新一轮对口援疆工作,天津市对口援助地区从新疆喀什地区,改为和田地区策勒、于田、民丰三县。这三县地处塔克拉玛干沙漠边缘,恶劣的自然生态环境,落后的交通基础设施……让初来乍到的天津人难以置信。然而,这一切并没有让天津援疆者畏惧。他们深信,帮助和田成为新丝路经济带上一颗璀璨"明珠",是中央对天津的信任,更是对天津援疆人的重托!

对口援疆,不是简单地给钱给物,而要"输血"与"造血"并举。天津援疆干部决心"化腐朽为神奇",大胆提出"向戈壁要效益"。

策勒县天津食用菌示范园区,是天津新一轮对口援疆的第一个产业援疆项目。在茫茫戈壁滩上,这是一座平铺的食用菌基地,五百座节能日光大棚,整齐划一,采收高峰期可同时吸纳三千人就业,年培训农民五千人次以上,项目集食用菌生产、加工、保鲜、销售及培训于一体,培育带动了一大批农民技术骨干。

和田尧柏水泥公司,在戈壁滩上拔地而起。这是南疆生产规模最大、水平最高的水泥项目。作为天津援疆招商引资重点工程,项目总投资七亿六千万元,采用世界领先的新型干法水泥生产工艺,打造全封闭无污染的生产环境,兼备节能、环保、循环利用。企业年创利税上亿元,带动当地近一千五百人就业。

和田生态环境脆弱,沙进人退,"风吹城跑"。为"再造一个和田绿洲"、"逐步实现人进沙退",天津市投资十五亿元,三年分三期综合整治策勒县十万亩沙漠,穿过一座座沙丘,修路、打井、通电。

2012年4月末,在喀什疏勒县南部偏远的茫茫戈壁滩上,山东援建的三百万吨钢铁项目工地热火朝天,一座现代生态钢城正拔地而起。

2013年3月7日22时16分,在山钢集团莱芜钢铁新疆有限公司高炉区,铁流如火龙般涌出,溅起美丽的火花,这标志着山钢项目即将进入全面投产阶段。

这是一座现代化钢城,距离疏勒县城四十公里,总投资七十三亿元。它的顺利投产,填补了南疆三地州没有大型钢铁企业的空白,打破南疆钢材市场的垄断局面,每年可使喀什地区社会建设成本降低三十亿元以上。同时,拉动相关上下游产业如铁矿、房地产、物流、钢材深加工等产业快速发展。以大宗原料供应为例,为公司供应矿石、煤焦等企业有四十三家,五金机电等供应商有一百八十余家。

这座钢城,建在疏勒县艾尔木东乡一片荒滩上,原本是飞鸟不栖的不毛之地。兴建这座占地四千四百二十亩的大型钢城,竟然不占一分耕地,不砍一棵树,不影响一户居民,因而它是一座典型的生态钢城。如今,这座钢城直接安置一百五十名少数民族群众就业,并间接带动和安置就业三千余人。

盛夏的新疆,瓜果飘香,直射的艳阳如喷薄的火焰般炙热。

2014年7月26日上午10时,在喀什以西八公里处,五响开工礼炮,又一次震动了疏附县的吾库萨克乡。越秀建材有限公司商品混凝土搅拌站,在这里剪彩开工。它有全喀什最先进的设备,这里将生产一系列抗渗、抗冻、清水等新型混凝土。当地领导说,这是疏附县"建材行业发展史上的重要里程碑"。

按照广州的援建规划,五年后,吾库萨克乡将"长"成疏附县的"新城"。

这个年产四百万方混凝土的建材公司，总投资四千万元，将为"新城"提供急需的沙石、混凝土等建材。

事实上，2014年上半年，广州援建疏附县有十七个开工仪式，"越秀建材"仅仅是其中之一。在此三个月前，"广州新城"在吾库萨克乡开工，广东省领导和喀什官员们一起，挥铲填土，为其奠基。这个耗资七十多亿元的"大块头"，开发面积达四平方公里，分三期建设，2015年已经建成。它是集商贸、旅游于一体的城市综合体，也是广东最大的产业援疆项目。

广州市建筑集团有限公司总经理梁湖清说："它可为疏附县解决约一万人就业，同时还有三个亿至五个亿元税收贡献。"

疏附县，地处塔克拉玛干沙漠边缘，三千多平方公里面积上，有耕地面积六十万亩。当地人形容疏附："除了大片的土地、戈壁和文化背景，几乎再没有其他自然资源优势。"农业是该县的主要财政收入，二三产业几乎空白。

当时，疏附县农民最主要的交通工具之一仍是小毛驴。2010年6月，广州援建工作组到来之前，疏附县城只有一幢带电梯的楼房。

"但现在这里像'醒'了一样，有点像上世纪八十年代初的广东。"当地一位官员说，"到处都可以看到工地，总可以看到'广东'、'越秀'字样的建筑运输车辆来回地跑。"

仅2014年，广州援建疏附县签订的投资协议项目就有六十二个，合同投资总额达一百五十七亿多元。而在喀什特区疏附西南部，314国道笔直地不断向前方延伸，看不到尽头。

今天，在广东的援建下，人们再次走近戈壁滩看到，广州工业城正在这里紧张地施工着。广州工业城，是喀什地区重要的工业基地，规划面积二十点四平方公里，建设省下了一大笔土地出让金。它主要分类为：建材、冶金、石化、新能源、机械加工制造、轻纺及电子信息……

走进喀什，建设面貌日新月异。在喀什的各个援建点，整夜亮着灯的工地上，长臂吊车、起重机、搅拌机、混凝土车辆，几乎每一种建筑工具都能在这里找到，各施工现场一派热火朝天的大干景象。

……

产业，是一个地方经济发展的支柱和命脉。没有产业的支撑，就没有经济的发展。对口援疆，简单地给钱给物，难以长久。只有激发新疆发展的内在动力、增强自我发展能力，才是长久之计。十九个援疆省市的高端决策层深谙此理。

产业援疆，留下的不仅仅是项目。企业入驻后，迫切需要在当地吸收技术工人、种植养殖能手等专业人才,才能确保企业正常生产经营。招商引资,引来的不仅仅是企业。援疆干部把内地的招商理念和举措带到了新疆,促进了新疆人观念的转变。产业援疆,得到的也不仅仅是产业。新疆的干部群众说,和援疆干部在一起,走路的步子都快了,工作的精气神不一样了。从思想理念到生活方式,从人才到技术,产业援疆的深远影响正在一天天释放。

新疆地域辽阔、资源丰富、发展潜力巨大,是实施扩大内需战略的主战场之一,是深入推进西部大开发的重点所在,也是承接国内产业转移的重要区域。

新一轮对口援疆以来,国家各部委、各援疆省市运筹帷幄,运用智慧,不断创新援疆模式,增强新疆自我"造血"功能的方式也应运而生,各类长效援疆机制不断推出。

新疆站在新的发展起点上,产业援疆也由此翻开了新的篇章。

一时间,中央企业、十九个对口援疆省市的大企业大集团纷纷前来新疆,一笔笔巨额资金注入这里,一个个大工业项目破土动工,一座座工业园区拔地而起,一批批产业援疆项目落地生根……新疆成了一方产业投资发展的热土。

5月的伊犁河谷,一个绽放美丽的春天。

雪山脚下,野花盛开,野草冒出绿芽,冰封了一个冬天的河谷,渐渐苏醒,辽阔草原似波浪起伏,牛羊马儿悠闲地点缀在这美丽的草原上,描绘出一幅"塞外江南"的美丽图画。

2013年5月17日。霍尔果斯经济开发区苏新中心。2013年江苏产业援疆伊犁州合作项目洽谈签约仪式在此举行,共成功签约八十六个项目,总投资四百四十点三亿元。

5月21日,阿图什市昆山产业园。2013年江苏产业援疆克州合作项目洽谈签约仪式在此举行,共签约项目十四个,总投资四十三点六亿元。

江苏省产业援疆起步早,在新一轮对口援疆启动之前,江苏省各类企业在受援地投资就达三十三亿元,在全国援疆省市中位居第一。

2011年,江苏省成功组织了"百企千亿"产业援疆活动,签约项目一百一十一个,总投资一千二百多亿元。

2014年,江苏省伊犁援疆前指实施了一个结对帮扶计划,即苏伊工业园区"一对一"。

江苏省十五个园区结对支持伊犁、兵团四师和七师十二个园区,江苏省八个开发区与伊犁六个开发区建立战略合作关系。推进招商前移,鼓励受援地园区到江苏园区驻园招商,州、县两级先后组织上百次招商推介活动。先后有近千家江苏及内地企业来伊犁考察,总投资一百九十六亿元的项目陆续落地开工。

2014年,江阴市投入援疆资金九百万元,重点打造就业工场建设。在霍城县十三个乡镇场,新建、改建二十九个就业工场,新增就业人员一千余人。

4月的一天,霍城惠远镇央不拉克村村民尼亚沙喜气洋洋,她在家门口上班了。作为维吾尔族家庭妇女,她以前每天都待在家里,从没想过去企业就业。如今,村里的就业工场,成了她实现梦想的地方,每月可挣三千多元,不仅照顾了家人,还改善了全家人的生活。就业工场开到家门口,为少数民族妇女搭建了就业平台,解决了她们的就业难问题。

新一轮援疆启动以来,江苏与新疆两省区达成投资协议,总额近两千亿元、项目一百五十多个(不含两省区清洁能源合作项目),走在全国援疆十九省市前列。一批知名大企业相继前来新疆投资,徐矿、雨润、苏宁、徐工、南京医药等纷纷落户,产业合作的深度和广度不断拓展。

伊犁霍城的江苏工业园,是众多以援建地命名的工业园之一,整齐的厂房,完善的配套设施,不亚于任何一个东部地区的工业园区。

在新疆,江苏援建项目之多、投入力度之大前所未有。

"百企千亿"项目伊犁玉龙钢管有限公司已投产三年,是全疆唯一生产中长距离油气管的企业;脱毒马铃薯良种繁育基地建设项目,带动昭苏种植马铃薯三万三千亩,每亩比种植小麦、油菜增收一百至二百元;阿图什—昆山农业科技示范园已育蔬菜苗二百余万株,全部免费发给农牧民。农业智能配套、新型建材、煤气、化工、装备等一批项目投产,给新疆带来本行业先进的产品、技术,一下就拉近了新疆与东部省份的距离⋯⋯

产业援疆,国企先行。

2011年,中央明确提出要加快产业兴疆步伐,央企闻风而动。

当年8月20日,国务院国资委就携一百二十家央企负责人齐聚乌鲁木齐,与自治区政府及兵团联合举办央企产业援疆推介会,共同谋划发挥央企带动作用,努力打造现代产业高地,全面推进产业援疆。

随后,中央企业和十九个援疆省市国企启动实施了一大批重大项目。

国家电网哈密南—郑州±800千伏特高压直流输电工程、中石油南疆天然气利民工程等项目竣工投产。

大众汽车集团在新疆生产的第一辆轿车在乌鲁木齐下线。

湖北宜化集团在准东计划投资三百亿元,建设低碳循环经济产业园。

投资四十点五亿元的拜城三百万吨南疆钢铁基地加速建设,伊钢二百万吨技改项目紧锣密鼓,宝钢集团在疆已形成"一体两翼"战略格局从而在疆产能规模大幅提升,而八一钢铁也成为中国西部和中亚地区最具竞争力的钢铁企业之一。

还有神华、中电投、大唐、华能等中央企业集团,在援疆上都挥动了大手笔。

从"输血"到"造血"的更迭,无论是从资金、规模,还是传统产业换代升级,还是新兴产业抢占制高点,都显示着中央企业援疆之路的逐步深化。

截至2014年3月底,五十三家中央企业在疆计划投资项目六百八十五个,计划投资一点八五万亿元,已完成投资五千九百零三亿元。十九个援疆省市国企在疆计划投资项目一百零三个,计划投资二千零四十七亿元,已完成投资三百五十五亿元。

近年来,驻疆央企和十九个援疆省市国企围绕资源,惠及新疆各族群众,在增加当地用工、改善职工结构,特别是在提高少数民族员工比例上下大功夫,吸纳当地劳动力平均达到总员工人数百分之六十以上,有的达到百分之八十八。促进当地劳动力就业,只是中央企业和援疆省市国企关注民生的一项内容。

央企和援疆省市国企除了投资新疆的新兴产业外,基础设施建设也成了其投资的重点,如建设铁路、公路、通信、水利、水电等基础设施,还开展各类援助帮扶活动。其中,自治区重点实施的定居兴牧水利工程,就有十三家中央企业冠名援建十三座水库。

目前,新疆共有二十七个国家扶贫开发重点县,其中二十四个是由十四家中央企业结对帮扶的。

产业援疆是个系统工程,离不开社会资本和民企的参与,这是一支充满无限生机和活力的力量。它们参与援疆行动,给西域这片热土带来了新的活力,带来了新的生机。

6月的伊犁河谷,蓝天之下,大地满眼绿色,高山、草原、森林、湖泊……绚丽多姿,各显风韵,在这梦幻般的季节,开始舒展迷人的长卷。

2015年6月26日。亚欧新大陆桥最西端——霍尔果斯。

天空湛蓝如洗,阳光激情四溢,国门庄严壮阔。

上午,中哈霍尔果斯国际边境合作中心内东方劲秀国际会展中心内,气氛十分热烈,欢快的音乐旋律,白字红底的鲜艳横幅,十分耀眼,"江苏·伊犁产业援疆项目签约仪式"在这里隆重举行。

只见主持人田洪身着白衬衫,精神饱满,热情高昂。此次江苏与伊犁签订的产业援疆项目共有二十四个,总投资达六十一亿元。如此巨大的成效,

第六章 "造血"别样红

的确让田洪的心里宽慰了许多。

自中央实施新一轮援疆以来，江苏坚持由"输血"向"造血"转变，始终把产业援疆作为重中之重，注重增强受援地自我发展能力，先后五次组织举办大型苏新产业合作活动，签约项目二百三十七个，投资总额二千三百七十三亿元，一批江苏知名企业纷纷加入产业援疆行列。

截至2015年6月，在江苏产业援疆签约项目中，已投入或开工建设的项目超过一百个，到位资金超过三百亿元。

然而，如此大规模产业援疆签约，田洪就任援疆总指挥以来还是第一次。

签约当天，江苏省、自治区和伊犁州的相关领导，都出席了这个隆重的签约仪式。

田洪干事业，从来就是马不停蹄，从不顾惜自己。

江苏红豆集团，虽是一家民营企业，但它却是中国服装业的领军企业。然而，因轻纺工业园标准化厂房建设等原因，"红豆"却迟迟未能入驻霍尔果斯轻纺工业园。

田洪到任后心急如焚。他坐镇霍尔果斯市，多次召集相关负责人，进行研究落实，制定确保"红豆"顺利入驻的时间表。在田洪努力下，明确了工程各环节完成节点，各项措施迅速得到落实。

2015年5月30日前，"红豆"标准化厂房全部建成；6月20日前，"红豆"员工宿舍楼完工；6月30日前，园区内地坪和道路完成建设。

2015年6月26日上午，新疆红豆服装有限公司一期项目正式开工。

就这样，田洪心中悬着的一块石头也终于落了地。

此次开工的红豆针织服装项目，年产二百万套，8月底即建成投产。

红豆一期虽以生产、加工针织产品为主，但以后逐步转型为生产、加工、销售，并承接外贸订单，预计年销售额上亿元，增加当地就业近千人。

……

民营企业，是现代市场经济的活跃因子。

从最早落户霍城清水河开发区的江苏太湖钢构公司，到浙江洁丽雅集团建设阿拉尔市品牌产业研发基地，到处都有民营企业的足迹；从兴建霍尔果斯的义乌商品城到喀什疏附广州国际商贸城的崛起，到处都离不开民营资本的参与。它们无论是为当地经济的发展繁荣，还是为当地百姓稳定就业和致富，均起到了不可低估的作用。

思路一变天地宽，全力援建结硕果。

在中央和援疆省市国企产业援疆的大手笔下，在社会资本和民企的参与中,一大批产业援疆项目建成投产,有力地促进了新疆经济持续快速增长。

新疆丰富的资源优势正在转化为发展动力,工业经济的活力正在不断被激发,产业援疆的引领、支撑、带动作用,日渐凸显。

2010年以来,新疆国内生产总值一直保持在两位数以上的增速,经济总量四年迈过四个千亿元大关,经济运行逆势上扬,加速推进,多项指标增速跃居全国前列。

"十二五"期间,新疆与十九个援疆省市的产业合作力度不断加大,引进投资从2010年的八百亿元,增长到2014年的二千二百八十三亿元,增长了二点八五倍。

大众汽车、三一重工、湖北宜化等知名企业落户新疆,多项技术和产品填补新疆空白,一批强产业、惠民生的重大项目密集开工,并建成投产,持续的效应得到连续发力。如:经济发展方式转变了,产业结构优化调整了,财政增收了,百姓就业增加了……其积极作用和影响,令人兴奋,令人欣喜。

截至2014年底,十九个援疆省市在新疆落地的经济合作项目有四千八百八十个,实际到位资金六千八百二十五点九八亿元,占新疆全社会固定资产投资总额的百分之二十三点三,为新疆经济快速发展起到了不可低估的作用。

故事之一:被温总理质疑的新绿洲

4月的和田,春风拂面,景致别样。

绿洲外大漠戈壁,环境恶劣,寸草不生;绿洲内阡陌纵横,绿意葱茏,一排排整齐的杨树,一块块平整的条田……

这是笔者在洛浦县亚力干看到的场景。亚力干,位于洛浦县以东十七公里。它是洛浦县沙尘的源头,每年的大风一旦从这里刮起,洛浦县就立刻笼罩在沙尘暴里。

新疆的4月,天山南北天气迥异。那些天笔者在北疆奎屯采访,巧遇特大暴风雪,漫天的雪花大如席,寒风呜呜如钢针般扎进肌肤,行进在野外,连脊梁骨都抽出了寒气。顶着纷纷扬扬的大雪,笔者采访完后,就立即赶往乌鲁木齐。没想到,整个北疆都是大雪弥漫,即使笔者到乌鲁木齐地窝堡机场时,依然漫天大雪不止,且气温骤降,连飞机的发动机和机翼都被"冻僵"了,要不是用除冻措施,连飞机都难以起飞。

然而,当笔者从银装素裹、大雪纷飞的北疆来到和田时,一下飞机,就遇到了铺天盖地的沙尘暴。

第六章 "造血"别样红

不过,在亚力干这片曾经的沙海里,如今却是另一番景象。这里没有沙尘,只有十万亩生态农业科技示范园。

平坦的道路两侧,一行行新植的杨树靠近地面的树干上,都缠着防止野兔啃食的芦苇,看上去就像一排排穿着高腰长靴的士兵;一块块条田铺上了滴灌带,地里的红枣还没长起来,生命力顽强的沙生植物就已捷足先登,滴灌带铺到哪里,它们就把葳蕤的身姿展示到哪里;为农民兴建的安居房相对集中,每一栋住宅旁边都配套了牲畜棚圈和卫生厕所……

沙海何以变成了绿洲?

说起这一变化,和田人都会竖起大拇指:北京援疆干部"亚克西"!

"愿用青丝换绿洲。"这句话,在北京对口支援和田一市三县的援疆干部里流传甚广。而让这句话放在洛浦县,则更加恰当。因为,洛浦县蔬菜大棚的外墙上,处处可见维语写下的标语:"北京人带领我们变沙漠为绿洲!"

北京援疆干部向笔者介绍说:他们来到和田的第一件事,就是剃成光头。为什么?原因是这里水"硬",饮用水中富含矿物质,碱性大,容易引起脱发,所以干脆剃了省事。

洛浦县,位于塔甲木盆地南沿、昆仑山北麓,是古丝绸之路的重要交通要道。全县面积有一点五万平方公里左右,约二十三四万人,百分之九十八是维吾尔族同胞。因为洛浦与沙漠为伴,县境内百分之八十四的面积被一望无际的沙漠所覆盖,耕地面积十分有限,全县二十万农业人口,仅有三十三万亩的土地可供耕作。

辽阔的塔克拉玛干大沙漠,其间点缀着数不清的沙丘。这些沙丘的高度均在十米上下,彼此相隔距离不等,有些沙丘甚至连接成片,此起彼伏。能否在广袤的沙海中再造一块绿洲?要是能,那不是能带动更多的人就业?那不是能带动更多的农民致富吗?2011年底,当地有了让沙漠变绿洲的想法。然而,空无一物的袋子是难以让人站得笔直的。仅有想法,没有启动资金,哪能行?

从北京昌平援疆到洛浦任县委副书记的鹿伟强说:"这里的环境和北京没法比,但每一个在这里工作过的援疆干部,对这里都有一份难以割舍的感情,看我的头发在这边都不爱长,但我愿意以青丝换绿洲。"

鹿伟强觉得,洛浦不缺资源,不缺人,缺的是好项目,缺的是先进的管理理念。一定要选农民积极性高的项目,才可能把钱花在刀刃上,收到奇效。"再造绿洲"是洛浦县委、县政府的愿望,鹿伟强表示赞同,并认为这是一个好项目。

学林业出身的鹿伟强,打心眼对"绿色"就有一种特殊的情结。此前,他带领林业技术员到帕米尔高原的克州乌恰、阿克陶考察过,了解到当地发展戈壁产业的甜头。

当县委正式决定"再造绿洲"后,鹿伟强迅速向北京援疆指挥部领导汇报,带领他们到洛浦考察,让他们了解南疆也能让沙漠变绿洲。

援疆哪有造福于民的项目不支持的?洛浦"再造绿洲"的决定,很快得到北京援疆指挥部领导的全力支持,并迅速拨款五千万元。

一时间,鹿伟强和洛浦县的其他领导喜不自禁,他们决定,第一期就先开垦三万亩沙漠。他们原打算花一千五百万元,在拜什托格拉克乡建红枣基地的,现在决定集中全力,开始建设农业示范园。

经过县委的发动,全县一万多人齐上阵,挥汗如雨,向沙漠、戈壁挑战。

走进沙漠,一个个维吾尔族村民驾着三轮车,满载用树枝做成的小篱笆,然后搬进沙漠中植树带。

这些维吾尔族村民非常珍惜树木,得知北京援疆干部在沙漠里植树后,几乎整村的劳力都自愿过来种树,不计报酬,自带干粮,有人甚至从自家带来劳动工具、铁丝等。他们植树时非常认真,还会为每棵树装上防风防晒的小篱笆。一位维吾尔族老大爷对北京援疆干部说:"要是这样的地给我十亩,我愿意一辈子住在这里。"

维吾尔族老人麦尔巴哈说:"我们这里气候不好,水和树对我们都非常重要,政府大力扶持这里,我们没有理由在家坐享其成,我们全家除了老太婆在家带孙子外,剩下的都来了。"

村民开荒是没有任何报酬的,但是村里的干部一下去动员,大家都热烈响应。维吾尔族同胞有一种发自内心地对树木的热爱、对耕地的热爱,一听说要带着他们铲平沙漠,开荒种树,都高兴得不得了,根本没人对此讨价还价。

一位看上去有七八十岁的老爷爷,一手拄着拐杖,另一只手搂着一大捆红柳枝子,缓慢地从运输车走向"田"间,老人刻满岁月痕迹的脸上,一直堆着微笑。

洛浦的沙漠性气候十分干燥,中午时分总是烈日炎炎,令人难忍。而拓荒者们休息时,头上连块遮阳的东西也没有。午歇时,质朴的村民渐渐停下手里的活,从一直放在沙地上的塑料袋里掏出张烤馕,一分为四,和伙伴一起啃着。渴了,他们就把滴灌用的排水管从接口处拽开,对着嘴喝起来。

当初,一位名叫阿依古丽的女乡长带领全乡群众在这里植树,一位村党支部书记却躺在地上睡觉。她问他:"我是个女人都可以整天在这里干,你作为一个男人就这么怕累吗?"一席话,让所有人都笑了,乡亲们植树热情更

第六章 "造血"别样红 219

高涨。

起步时很艰难,当时连平整沙丘的机械设备都没有,只有千方百计地想办法,动员各乡镇农民参与其中,让他们首先看到利益所在,再开始开发沙漠。当年年底就搞好了平整沙丘、修建道路等基础性工作。最主要的是,还请来北京专家来这里认真勘探,通过科学分析,专家们认为,这片沙漠下面的土壤成分十分有利于种植红枣等经济作物。这让大家有了信心。

当时,这里的沙丘一处连着一处,若推平需要大量推土机,可是上哪儿去找推土机呢?就在这时,有人举报称,有很多推土机在违法挖河床。违法挖河床,就是挖掘和田玉,这是国家明令禁止的。这个消息让县里灵机一动,何不让这些推土机去推平沙丘呢?

县领导带队到河床上找这些违法挖河床的,每天都能带回来三四十台推土机。县里要求他们,到规划好的沙漠地带去推平沙丘,这样就不处罚他们,而推沙丘的油耗由县里出。就这样,一个临时决定,解决了一个多年解决不了的大问题。

洛浦县当地人算计治理这片沙漠,已经有年头了。过去,也有过德高望重的长者,曾带着大家试图在沙漠中开荒,但人们总是乘兴而来,败兴而归。

原因是,这里的沙丘一个挨着一个,非人力可以夷平。这里年降水量三十五毫米,年蒸发量却有两千多毫米,锁住地下水分比登天还难。

不过,科技的力量是强大的,这正是北京援疆优势所在。

对于洛浦县拓荒沙漠项目,北京技术援疆者准备了滴灌技术。这项技术由以色列人发明,具体办法是在植物根部铺设水管线,并在管上开孔。这样一来,水分能更有效地被植物吸收,最适合在缺水的沙漠地带使用。

示范园区,位于洛浦县东北部拜什托格拉克乡境内,距县城三十五公里,东靠策勒大戈壁,西与多鲁乡为邻,南接阿其克山前戈壁,北濒塔克拉玛干大沙漠。

2012年3月10日,大地回暖,柳枝泛绿。

向沙海要绿洲的战役第一枪打响。3月11日,北京援疆指挥部率先垂范,发动一百多名援疆干部,参加洛浦生态农业科技示范园区的植树活动。新疆的速生杨,生命力极其旺盛,栽种时机适宜,容易存活。北京援疆干部们冒着狂风沙尘,精心栽种,共种下一千多棵杨树。

就这样,洛浦人用半个月时间,就在昔日沙漠上种下一百九十多万棵新疆杨和沙枣树。风餐露宿,埋头苦干,洛浦人民硬是让亘古荒漠披上了绿装。

"树活人在,树死人挪。"这是洛浦县委对干部、尤其是领导干部的要求,也是干部群众对栽好树、栽活树表达的决心。

那段时间,分管农业的县委委员木合塔尔·达吾提,索性住在那儿,指导示范园的工作。作为援疆干部的鹿伟强,除了每周至少跑一次示范园外,他还积极联系有实力的农业企业,邀请他们参与示范园建设。

被鹿伟强的真诚与示范园前景所打动,河南新郑红枣科学研究院和北京早上公司落户到了洛浦。河南新郑红枣科学研究院,是全国唯一一家红枣研究院,其技术力量相当雄厚。它与北京早上公司各自开发两千亩地,种植红枣。这样,引来的多家企业,共开发一万亩沙漠,为治沙起到了示范引领作用。

洛浦农业是有吸引力的。早在三十年前,这里的一些汉族农民就开始种红枣,目前仅生态园区附近的拜什托格拉克乡就有三万亩枣园。洛浦漫长的红枣栽培史,坚定了许多参与洛浦生态园开发企业的决心。

在种植基地以外,北京早上公司的母公司还投资五千万元,在洛浦工业园建特色农副产品加工企业,加工红枣、核桃、大芸(苁蓉)等。

早上公司在洛浦当地雇用五十名固定工,季节工就更多了。生产旺季,早上公司给季节工开的工钱是,不管饭,每天给一百一十五元;管饭的,则给一百元。这大大激发了当地群众的热情。

一位叫买买提的维吾尔族拖拉机手,给早上公司总经理冀光勇留下了深刻印象:"五百米距离,中间插三把旗子,拖拉机一路犁过去,基本上不存在误差。"

洛浦生态园一期项目中,类似早上公司这样的企业有七家。它们分别来自北京、天津、河南、四川等地。

县里和各家企业签订土地承包合同,明确规定:头五年免费,第六年开始,每年每亩地缴纳二十元承包费。此后每五年一个周期,承包费逐轮递增,二百元封顶。然而,县里也有一个附加条件,那就是:优先使用本地农村富余劳动力。

随后,滴灌技术从北京带入了新疆,并于2013年初在园区里大规模试行。管委会请来当地专家,专家发现已栽下的红枣树、核桃树都生长良好,成活率始终在百分之九十以上。

河南新郑红枣科学研究院院长赵旭升,是位高级农艺师,他对鹿伟强等县领导常常在示范园蹲点,非常感动。他感慨地说:"洛浦县出了焦裕禄。焦裕禄在兰考治沙,鹿伟强他们在洛浦治沙。"

洛浦生态农业科技示范园区,从2012年初开始建设,不到半年,顺利完成规划总面积三万一千亩,并且滴灌网已全覆盖,全面完成了定植任务:园区防护林二百四十八公里、林果一千五百亩。

总面积三千九百亩的杨树和沙枣树,构成了园区这幅壮观画卷的"画框",接下来就该在"画布"上挥毫泼墨了。

于是,一万六千八百亩酸枣种下去了,利用酸枣枝干,来年大面积嫁接优质红枣苗。就这样,种植了"三个一千亩":千亩红枣精品园、千亩核桃、千亩西甜瓜。红枣和核桃产业,都是和田农民增收的主要途径,而且这里的果品很受欢迎。

此外,还建成了千亩畜牧养殖区、千亩饲草料地、千亩设施农业基地……

开发之前,亚力干绵延起伏的沙丘中间,有一片面积达三千二百亩的红柳林。洛浦人把这些红柳原封不动保留了下来,并在2012年夏天嫁接了大芸种子。

还有,在四千四百亩高大沙丘铺上了滴灌带,种了四十多万棵生命力顽强的胡杨。

2013年初,通向园区的道路两旁,栽了几排用来防风固沙的杨树。如今,小树苗上挂满绿油油的叶子,已经长到一人高。

花这么大力气,投入这么多资金,图的是什么?当地农民能否成为生态园开发的受益主体?

在洛浦生态园区,我们可以看到,一排排富民安居房在沙漠中屹立,每套面积八十平方米,同时为每户农民建起了牲畜棚圈。另外,还配套一至两座蔬菜大棚和十五亩枣园。

2012年10月,七十岁的吉力力·伊明托乎提,从恰尔巴格乡吾斯塘村搬到生态园区。他家五口人,在村里只有七亩地。老人现在的情况是:八十平方米安居房,他本人只花三万元;两座蔬菜大棚全部种了葫芦瓜;畜圈面积也有八十平方米,留在村里的十五只羊和两头牛还没来得及迁新居;十五亩地已经种了枣树。打那以后,他就没闲着,安装塑料棚膜、棉被、卷帘机,浇完水,上完肥,然后翻地……直到春天播完种,才稍稍歇了口气。

吉力力的两个大棚,一个种西瓜,一个种甜瓜。在他心里有个账本,把这两个棚的经济账算得一清二楚。现在,灿烂的笑容时常挂在老人脸上,老人逢人便说:"我以前没有种过大棚,县里把大棚建好了让我们种,还专门派出一名农业科技人员教我们种大棚。我现在种了两座大棚,我种一茬西葫芦就可获得两万元收入,比原来在家里收入高多了。感谢政府给我们提供了这样好的条件。"

曾在和田市种植八年大棚蔬菜的朱东华,承包了五座大棚,现在笑逐颜开。他说:"现在的大棚,几年前是沙漠,现在却成了我们收获希望的田野。现在种植大棚比过去节省了许多生产成本,因为政府已经帮我们建好了必备的生产条件,要是还有大棚,我想再承包几座。"

在这片生态农业示范园区管委会附近,一排排整齐的住房已搬入居民,小院不仅有住房、养殖圈棚,还有搭好的葡萄架,车来车往的道路上,看到的都是挂满幸福笑容的农民。

而在特色养殖区里,天鹅、鸡、鸭等特殊禽类早已肥硕满塘,曾经的沙漠也是红柳茂盛,谁也不会想到,三年前这里还是一片沙海。

洛浦县农业科技示范园区的建成,共带动了三千农民的就业。

如今,洛浦绿洲就像一片绿色画廊,绵延在茫茫戈壁……

沙漠变绿洲,沙丘变良田。这简直就是奇迹,何况时间是那么短暂?!

2012年9月3日,时任国务院总理温家宝来到洛浦县,在十万亩生态农业科技示范园调研时,看到昔日的荒漠上建起了一条条道路、一片片林带、一块块条田后,简直不敢相信。

春风荡漾中,笔者来到这片示范园区,登上顶层的平台俯瞰园区全景,只见在偌大的绿洲中,一排排树木郁郁葱葱,一座座蔬菜大棚排列整齐,一幢幢住房整齐有序。远处,还有一座别致的塔,那是2012年9月温家宝总理视察示范园接见群众的地方……

沙漠变绿洲,是化腐朽为神奇。

然而,洛浦治沙,拓荒大漠,离不开北京援疆人的倾心倾情支持!

我们有理由相信,在国家援疆战略之下,再造一个洛浦绿洲的梦想,十年后一定会变成美丽的现实!

故事之二:一个山东女老总的底气

她,中等身材,上身着紫色条形西服,下身着红色西裤,皮肤白皙,脸色红润,齐耳的短发,瓜子脸上,一对明亮的大眼不停地闪烁,说话嗓音清脆,快人快语,虽是年近四十,却依然精神昂扬,充满朝气,这就是笔者在山东省援疆前线指挥部初见汪萍的第一印象。

为了采访她,笔者专门去了英吉沙的喀什中兴手套有限公司,但她出差到了乌鲁木齐,因为飞机晚点,只好推迟至次日下午。

汪萍的人生节奏总是风尘仆仆的,她来新疆办企业也是如此。

也许是人生命运的刻意安排,也许是对她事业底线的又一次新挑战。

2014年5月19日,山东济宁中兴手套集团董事长陈建华赴英吉沙县考察。陈建华是带着汪萍等好多个中层干部一起到英吉沙的。

当时，虽然只待了两天，但给汪萍留下了很深的印象。

"这里和我之前想象的完全不一样，我印象最深的，就是村民的眼神，带着期盼，特别淳朴。很多村民知道我们要来，都等在家门口。"汪萍说，村民家里用的还是脚踏缝纫机，村里多数妇女没有工作。

在和他们接触中，汪萍得知，这里贫穷落后的原因，并不是缺乏勤劳朴实的劳动者，而是缺乏就业的机会。

考察结束后，就在英吉沙如何建厂的事，经山东援疆干部和当地反复磋商，陈建华与当地达成了初步合作意向。回到济宁之后，6月8日，董事长陈建华就赶紧召集中层干部座谈。陈建华的目的有两个：一是就在英吉沙建厂的事，再次听取大家的意见；二是希望大家毛遂自荐，主动报名任英吉沙公司总经理。

座谈会的时间紧凑，建厂的可行性意见固然不会很多，但对远隔千山万水到新疆去，现场是没一个人主动请缨的。也许董事长陈建华知人善任，在看到无人主动报名时，他直接点名说："汪萍，就你去！"陈建华坚定而果断。

面对董事长的"钦点"，汪萍顿时来了一惊："我行吗？"

"我说你行，你就行！"

汪萍知道没有退路，不如爽快回答说："好！就我去！"

未来企业的负责人选定了，董事长陈建华就如同吃了一颗定心丸。

6月12日，中兴手套集团与英吉沙县政府正式签了投资合同。此项目总投资五亿元，完全建成后，可年产滑雪手套二百万打，年销售八亿元，利税一亿六千万元，首期即实现就业三千人，三年后则可安置万人就业。

汪萍在女儿中考一结束，6月13日晚上就飞抵喀什，开始了她的艰辛援疆之路。

英吉沙，原名英吉沙尔，维吾尔语意为"新城"。英吉沙县，位于新疆维吾尔自治区西南部，昆仑山北麓，塔里木盆地西缘；东部与莎车县接壤，西南、西北与克州的阿克陶县相接，东北与疏勒、岳普湖两县毗邻。它是著名的"中国小刀之乡"、"中国色买提杏之乡"、"中国达瓦孜之乡"。英吉沙，是古代陆地丝绸之路的驿站，南疆八大重镇之一，也是南疆的国家级贫困县。

在"中兴手套"正式落户英吉沙之前，这里曾有多家企业来洽谈过，或以培训之名套取一些政府补贴经费，大多半途而废。久而久之，当地人似乎不相信这些外地的老板了。

汪萍这次来，能在英吉沙扎根吗？能将中兴手套有限公司办成当地的兴旺企业吗？当地一些干部们疑虑重重，当地百姓多数摇头。

建厂初期，工厂安装设备，零乱不堪，汪萍整天都在打扫卫生中度过。

看到工厂整天尘土飞扬,看到汪萍十分忙碌的样子,周围的村民也慢慢过来帮忙了。

汪萍跟村民接触时间长了,总有人问她:

"你会不会过几天就走了?"

"你会不会不管我们了?"

后来,汪萍才知道,曾有不少培训机构来乡里办培训班,有的培训了一半就走了,有的干脆收了钱就消失。

"听村民问我这些问题,再看着他们担心的眼神,我觉得心酸。"汪萍说。因为语言不通,她和村民的沟通除了简单的语言和手势,最重要的就是眼神。

哪能这样?言而有信,是事业兴旺之本,也是企业成功之道。

让外人猜想不到的,汪萍到英吉沙仅二十天,她就做出了一个大胆的决断:要让当地少数民族同胞相信自己,就将一家户口迁到英吉沙来!

听到汪萍这一"独断",丈夫顿时吓了一跳:你一人跑到新疆也就罢了,还要带上自己和女儿,更何况他现在也有自己的店面,每月收入也是可观的,难道我要扔下生意不做,跟你跑那么远的荒漠、戈壁去?汪萍啊汪萍,你是哪根神经搭错了?!

可,汪萍劝丈夫说:"我办厂不是一天两天的事,既然这样,不如把户口迁过来,我自己安心,员工也安心。"汪萍的话虽不多,却字字果断吐真,毫无回旋余地。丈夫知道妻子是说一不二的"女汉子",她的话在家里就是"一句顶一万句"!

而让汪萍下决心落户英吉沙的,还有这样一件事:第一次来英吉沙的时候,在路上,汪萍从车窗看到一只火红色的鸡,就感叹了一句"多好看的鸡啊"。车上的一位当地人听到后,立即让司机停车,让车上人等他一会。过了一会,那位当地人竟然抱着一只鸡回来了,头发上、身上都粘着鸡毛,气喘吁吁地把怀里的鸡塞给汪萍。当时,感动得汪萍眼泪差点都掉下来。这给汪萍的印象,并不像来之前人们描述的那样:语言不通、相互难容等等。

了解汪萍的人都知道,这个只有高中学历的山东女人,却是个大胆泼辣、智慧超群的女强人。她十八岁进工厂,当过机器操作工、当过质检员、销售员、后勤部长、生产部经理、质检部长、外发部长,岗岗出色,熟悉每一个生产环节。她办事风风火火,有章有法,一丝不苟。2011年底,国外经济行情下滑,公司让她挑头搞内销,她接回的订单一批又一批,不用董事长陈建华费半点心。2013年,国际行情好转,公司又让她去跑外销订单,她同样身手不凡,给公司带来了意想不到的业绩。

第六章 "造血"别样红　225

就是这样一个倔强的山东女子,她岂能辜负公司董事会的重托?岂能不在新疆开拓出一片新天地?

果然,8月,汪萍回了一趟老家山东,就将一家人的户口迁到了新疆,落户在英吉沙县。

现在丈夫则在公司帮忙,跑里跑外不说,还得当她的兼职司机;女儿则到喀什市读寄宿高中。就这样,为了支持汪萍的工作,丈夫只好将老家的生意店面托付给了朋友。

面对当地少数民族干部和村民,汪萍理直气壮地说:"我现在就是英吉沙人了,你们再也不用担心我离开了,想上班就业的就来。"

受当地风俗和传统观念影响,维吾尔族家庭多不愿让妇女抛头露面、离家务工,农村地区尤甚。受制于劳动技能,许多维吾尔族女性也缺乏务工能力。

中兴手套落户英吉沙县时,曾一度引来轰动,当地老百姓奔走相告:"县里出大事了!"因为,从来没听说过有如此巨大规模的企业落户当地,更没听说过村民还能有机会进工厂上班的事。

2014年7月,企业正式进入生产环节,第一批二百一十五名员工全部来自当地的村民。

从签订投资协议到正式投产,汪萍带领管理人员快马加鞭,仅用一个月的时间。她以自己行动表明,她真的扎根在英吉沙了。

看着一批批农牧民走进工厂上班,英吉沙县常务副县长胡德生欣喜地说:"中兴手套是一个劳动密集型企业,手套生产、辅料配套、商贸物流等产业链条完备,吸纳就业能力强,当初签订协议时正是看中了这一点。"

人的生存,需要良好的环境;企业的发展,同样也需要好的生态。

让汪萍无论如何也想象不到的是,在英吉沙办公司也遇到了麻烦。

给公司跑业务,汪萍虽然走南闯北的,到过全国许多地方,但在到新疆考察办厂之前,却对新疆知之甚少,仅从歌曲《达坂城的姑娘》中,听到过新疆优美的音符。

英吉沙县富余劳动力有近八万,就业压力巨大。然而,受传统观念影响,维吾尔族妇女大多以居家为主,即便出门务工,也多以技能要求低的短期工为主,这让很多外来企业特别是工业企业头疼。

因为,招工难,是外来企业入驻当地的一道"魔咒"。那么,如何才能破解这道"魔咒"?

公司挂牌生产之后,汪萍遇到的第一件麻烦事,就是工人的工资与上班纪律。办工厂,生产手套,就得上课培训工人。刚开始,对中兴手套新招收的工人,每天需要上课七小时,每周五天培训,每天补助三十元。可中兴招收来的工人,多是农民和无职业的城镇居民,从未受到过工厂的纪律约束。他们刚上班迟到早退,不愿遵守公司的作息时间,而每干一天活,就需要企业当天发放工资。有的男职工,拿了发的工资,一转身就大手大脚将钱花光,等到自己没钱花了,才想起又该到工厂上班挣钱了。

刚开始,对于汪萍不按天发工资,他们反应强烈,对着汪萍"开火"!

有的说:"工资不按天发,我们不适应。"

有的说:"我们只要把钱拿到手,听不听公司的没关系。"

有的责问汪萍:"你为什么要我们按时来按时走?"

有的还甚至找到当地的妇联主席,与汪萍交涉。

……

汪萍告诉妇联主席:"我这是在办工厂,帮助他们走致富路,不是那些没有机器,拿了钱拔腿走人的。"

英吉沙是少数民族集聚区,这里维吾尔族人口占到百分之九十六。汪萍想:难道是这里的少数民族同胞不在乎工作?难道最初向她介绍的情况是假的?

她开始跑乡镇,走村庄,问村民,结果发现,这里的农民家里贫困得出奇,特别是这里的离婚率很高,妇女地位相当低,即使是妻子怀孕几个月,丈夫提离婚的也属正常,而许多丈夫离婚之后,根本不愿承担抚养子女的责任,因此许多家庭妇女的日子很艰难。

她告诉笔者:"这里乡村老百姓太贫穷了,只要有良知的人,看到这情形,都想尽力帮助他们。"

"兄弟姐妹们,要想改变命运,我们首先得改变自己。一个人如果没有技能,不能挣钱,不能养家糊口,怎么会在家里有地位?又怎么会有社会地位呢?从哪里改变命运?我看你们就从现在开始就能改变。你们学到了技术,挣到了钱,回家看看在家里有没有地位……"汪萍没有讲大道理,但语重心长,很多工人觉得很实在。

劳动,改变命运;就业,挣钱养家。

一批又一批农民走进了工厂,身着制服,脸上荡漾着笑意,自信而满足,让村里人羡慕,让许多没有工作的人"眼红"了。

有一位叫吐逊姑的维吾尔族妇女也来报名上班,她身着鲜艳服装,很勤劳,每天很早就来上班,晚上走得也晚。汪萍看她的身份证年龄不大,但显得有些苍老。突然有一天,有职工向汪萍报告:"吐逊姑晕倒在了厕所旁边了!"

汪萍一惊,赶紧前去探望,并立即送她去医院抢救。直到此时,汪萍才得知,原来吐逊姑患有糖尿病,年龄也根本就不是身份证上的那个年龄,她的实际年龄已经是五十一岁了。吐逊姑终于说了实话,她报名时身份证是借别人的,只是同名而已。

现在真实情况"暴露"了,吐逊姑害怕汪萍从此不让她上班了,而她却很爱这份工作。于是,吐逊姑给汪萍写了一封很长的信,请求汪萍不要辞退她。吐逊姑还让儿子、女儿一起来找汪萍,向汪萍保证,只要她不辞退他们的母亲,若母亲在公司生病,他们都不会找汪萍负责。不但如此,吐逊姑还找来当地妇联主席来讲情,请汪萍手下留情,让她继续在工厂打工。

……

人心都是肉长的,心灵都是相通的。

渐渐地,许多工人不再吵着劳动一天发一天工资了。

汪萍则因势利导,将工资每天一发改为每周一发,后来又改为半月一发。现在,每月一发工资,员工们也已经习以为常了。

劳动光荣,需要引导,需要激励。

在企业匮乏的南疆地区,很多当地居民缺乏对现代企业制度的了解,如何把少数民族工人留住、留好、用好,成为摆在企业管理者面前的第二道难题。

汪萍管理员工总是循循善诱,她每月组织一次联欢会和颁奖会,奖励劳动表现好的、业绩好的员工。而颁奖时,还请当地电视台录像,让他们的家人给其颁奖。荣誉虽小,却激励人心。

曾经以女性就业为主的缝纫车间,现在也看到了少数民族男同胞的身影,传统的就业观念正在这里悄然发生改变。

买买提吐尔洪,是英吉沙县的一位普通村民。2014年7月,他到中兴手套公司报名学习做手套技术,和他同来的,还有一位腿有残疾的男子。而他们在女人堆里工作,轮到值日时还要打扫卫生,是否能适应企业的环境?是否能坚持到底学会做手套?当初,他俩内心也是慌乱的。可是,一个星期后,在公司技术老师的辅导下,这两个男工都取得了好成绩,第一周的优秀员工颁奖大会上,买买提吐尔洪就登上了领奖台。谈到进厂上班后的变化时,二十八岁的买买提吐尔洪用了"改变命运"四个字。

这一天,员工帕提麦·图尔贡激动地来到公司会议室找汪萍。帕提麦·图尔贡说:"我们班好多评上了优秀学员,我没有评上,是不是因为我腿不好的原因,我也天天努力,坐车早早就来上班。"

原来,中兴手套公司筹划了一场表彰会,帕提麦听说推选的优秀学员里没有自己，这让他很失望。汪萍对他说："你今天来到这里，我就觉得你已经很优秀了，因为你有想当优秀学员的这个意识，想上进。还有，优秀学员绝对和你的腿没关系。"汪萍的一番鼓励，彻底打消了帕提麦的顾虑。

一周之后，表彰会伴着浓浓民族味儿的表演开始了，曾经在一周前想着辞职的帕提麦，也如愿当上了优秀学员，这让他既意外又高兴。

表彰会还特地请来了员工的家属，热闹的场面感染着在场的每一个人，很多以前不支持家人来上班的，现在开始有了转变，甚至有的家属当即报名要来这里工作。

汪萍说："这种希望被肯定的心态我觉得非常好，企业就是尽最大的努力提供一个平台，让他们施展才华。"

那天，表彰会的舞蹈彩排正在热闹进行，细心的汪萍发现少了一个身影，一番打听得知，员工萨日古丽·喀什生病了，但没有请假。她忙带着几个人来到了萨日古丽家里。

在询问了萨日古丽·喀什病情之后，汪萍向萨日古丽耐心解释了不请假算旷工，她这两天的工资要扣除。临走，萨日古丽非要留汪萍他们在家里吃饭。虽然不习惯吃牛羊肉，拗不过萨日古丽的汪萍还是留了下来。

汪萍说："制度是制度，但是人情还在，员工有困难，我们就会尽自己的努力去帮助他，这样员工第一会遵守制度，第二会感受到公司的温暖。"

四十岁的艾泥瓦尔·阿布力米提离婚后，带着四岁的双胞胎孩子，跟七十多岁的母亲一起生活。刚开始，他的母亲思想保守，只让他在家种地，不让去厂里干活。后来，他带着母亲一起来厂子看了看，慢慢地得到了家里的支持。

看到艾泥瓦尔汉语水平不错，能歌善舞，性格开朗，加上家里确实困难，汪萍给他换了个岗位，从缝纫岗调成行政管理岗位。艾泥瓦尔调了岗位，月收入从一千六百元提高到四千元，工作更勤快了，除了自己分内的后勤工作，连打扫卫生、看大门这些活都包了。

以前，艾尼瓦尔种地的收入只够他们一家吃饭，日子过得紧巴，都不敢给孩子买点东西。现在不一样了，家里生活完全变了样，他整个人都精神了。他常给家人买新衣服不说，每个月还计划着存钱，说留着给孩子上学用。

因为工作出色，汪萍让他去其中一个卫星工厂当厂长。可艾尼瓦尔不愿意。他说："我不愿意，我要跟着你再干三四十年。"汪萍听了，非常开心。她想，这里人多淳朴啊！

厂里每周都有奖励制度，员工们工作积极性也随之提高。原本要求每

第六章 "造血"别样红 229

天10点半上班,还不到9点,大家就已经开始工作了;中午为了节约时间,尽快学会缝纫技巧,四五人结合成一组轮流去买饭。

海日古丽有三个孩子,丈夫是村里的裁缝,前后带过三十个徒弟,对妻子不给自己帮忙,却跑到厂里干裁缝有些怨言。厂里开优秀员工奖励会,家属都会去参加,可海日古丽的丈夫看每次都没有妻子,觉得很没面子。

海日古丽为此专门找了汪萍。汪萍对她说:"当天能完成,我当天就给你奖励。"那天,海日古丽加班完成了任务,汪萍当即给她和她的老公每人奖励了双手套,他们夫妻俩特别开心。一周内,海日古丽竟然在组上拿了冠军。

对汪萍来说,员工们绩效提高、按时上班,就会让她高兴。

企业要发展,需要爱护职工、培养职工,职工遇到困难更需要倾力相助。

苏盖提乡六村的阿尔孜古丽·艾力,是中兴手套公司的骨干员工。她父亲去世早,母亲含辛茹苦将她养大。阿尔孜古丽长得像男人,个头高,性子急,但她很孝顺,前些年曾到过浙江打工,见识过外面的世界。阿尔孜古丽以前拾棉花,两个月不到就能挣七千多元,可学做手套三个月,也没能挣上三千元,她的母亲急了。原来,母亲看到阿尔孜古丽年龄大了,看到她参加缝纫技术培训,竟然两三个月也挣不了多少钱,感觉女儿将来没什么希望,一边张罗着给其找丈夫,一边要她去地里拾棉花。

阿尔孜古丽是个孝顺女,母亲的话她不能不听。可她又舍不得离开工厂。临离开中兴手套公司那天,阿尔孜古丽对汪萍说:"我要回家了。"

"为什么要回家?"汪萍问她。

"妈妈看我在这没希望,拿不到钱,让我回家拾棉花,顺便找个好婆家。"

"你愿意吗?"

"没办法,汪总,我家太穷了……"说着,阿尔孜古丽泪水涟涟。

随后,阿尔孜古丽向汪萍倾诉了自己的人生挫折,她曾经为爱伤透心,结了婚,又离了婚。现在,她又一次面临人生命运的抉择,实在让她痛苦不堪。

那天,刚好是中秋节,汪萍买了水果,与当地县妇联主席一起到阿尔孜古丽家看望她母亲。她母亲见到汪萍和县妇联主席亲自登门,感到非常奇怪。

当得知汪萍是中兴手套公司的总经理,是专门为女儿工作来的,阿尔孜古丽的母亲道出了实情,她有九个孩子,经济十分拮据,是不得已才让女儿阿尔孜古丽离开的。

汪萍对她说:"从今天起,您就是我的母亲,家里有什么困难,我会尽一切帮助你们的。"面对汪萍的温暖话语,老人家顿时热泪盈眶,一把抱住汪萍,久久不愿松开。汪萍对阿尔孜古丽说:"好妹妹,等你培训合格,当上小厂子的管理人员后,收入就不止这一两万了。"

英吉沙县人多地少,当地农民增收致富很难。

中兴手套公司入驻英吉沙县后,根据当地实际情况,采取了"公司+卫星工厂+农户"的发展模式。在工业园区设立管理中心、剪裁中心、包装中心和物流中心,在县城设立总部工厂,在乡村和社区建设卫星工厂,实行"四统一",即统一管理标准、统一发放订单、统一配送原料、统一回收产品。

工厂建在了家门口,真正解决了维吾尔族群众的就业问题。

到2015年底,喀什中兴手套公司在英吉沙已经建成一个总部基地、一个培训中心、十三个卫星工厂,解决了英吉沙三千人就业。2014年,中兴手套公司向加拿大、挪威等国出口了四十万双手套,质量、交工期都让客户满意。

"务工不离村、务工不离家"的就业模式,很切合南疆地区维吾尔族群众的需求。

中兴手套公司发展乡村建设卫星工厂,打造手套生产专业村,自然离不开培养卫星工厂负责人。

还是这个阿尔孜古丽,虽然她对汪萍一直是心存感恩,但金无足赤,人无完人。阿尔孜古丽留在中兴手套公司进步很快,不久就当上了村卫星工厂的厂长。但她好面子,有一次,竟然当着汪萍的面与老师吵架,并自傲地认为,只要她撒手不干了,村里也找不出第二个挑这副担子的人。

汪萍对她说:"你在家里谁对你要求最严,在家是父母,在这里就是老师。懂吗?"可阿尔孜古丽自以为是,怎么也不认错,并借口她母亲生病了,需要她回家照料。之后,阿尔孜古丽竟然半个月未露面。

面对阿尔孜古丽的固执,汪萍故意不理她。奇怪的是,半个月之后,阿尔孜古丽让学员带来口信给汪萍,说她自己错了。汪萍对带口信的学员说:"要是真的知道错了,就让她自己来找我。"

无奈,阿尔孜古丽只好亲自来找汪萍。她对汪萍说:"汪总,我错了,请您给我一次机会,我今后一定好好工作。"

人非圣贤,孰能无过?知错就改,难能可贵。汪萍给了阿尔孜古丽一个台阶,也让她更加珍惜来之不易的岗位。现在,阿尔孜古丽已经是较为出色的管理者了,管理一百多人村工厂。

人心换人心,黄土赛黄金。你给员工温暖,员工则加倍感恩你。

在2014年古尔邦节那天,汪萍被一个同事邀请到家里吃饭。结果,汪萍吃饭的消息被其他同事知道了,足足有十五户人家等在路口、门口,等着她去自己家过节。

那一天,汪萍足足吃了十五顿饭。汪萍感慨地说:"他们特别朴实,有的家里条件不好,就给你煮鸡蛋吃。"从这些同事家出门时,汪萍的口袋总是装满了鸡蛋。

汪萍说:"这里的维吾尔族员工就是我的兄弟姐妹。"

最让汪萍感动的是,这里的少数民族员工总把她当成一家人。

走了几个厂房,工人们都感慨汪萍对他们的好,厂子的楼道里常见成箱的水果和立在墙边的大白菜。汪萍笑着说:"这是他们给我带来的礼物。"

汪萍常和同事带着米、油去村民家里家访,其中一位七十四岁、有着四十多年党龄的老父亲拉着汪萍说:"这是我的儿子,以后就把他交给你们了。"她知道,这是一份宝贵的信任和重托。

汪萍说,这里的人太热情了,就算是站在谁家门口通知一点事,都会立马就拉你进去请你吃饭。

汪萍一般称呼员工都是同事,不叫工人。她说:"有一次,在一个女同事家里,我刚进门,他们就去做饭了。我那天吃过饭,准备离开时,那同事说不吃饭明天就不去上班。我以为是开玩笑,结果,第二天这个同事真的没来上班。"汪萍笑着摇摇头,说自己第二次再去这个同事家里,赶紧乖乖吃饭。一家人看见她吃饭了,高兴得跟孩子似的,把所有菜都推到她面前,临走时女工不忘补一句:"明天,我早早去上班。"结果,第二天这个女工是全厂来得最早的。

汪萍总是为困难职工着想。她在公司专门成立爱心基金会,职工哪家有困难,她总是满腔热情帮助。而在大多情况下,则是她自己慷慨解囊。

有一天,有人突然闯进汪萍的办公室,告诉她有个维吾尔族女工在车间外哭泣。汪萍赶紧跟随来人找到那位女工,一看那女工,虽然只有三十五岁的年龄,却似五十三岁般憔悴,让汪萍顿生怜悯之心。汪萍问她究竟发生了什么事,让她这么伤心。

一打听,原来她失散十年的儿子找到了,儿子在乌鲁木齐。乡派出所通知她,要她去接。可她一是没路费,二是全身上下没件像样的衣服。为此,她悲从中来,再也无法克制自己多年的伤悲。

汪萍劝导她说:"失散多年的儿子找到了,这本是件喜事。你先到社区看看,问他们是否能够提供路费?如没有,我给你想办法解决。"

听了汪萍的安慰,这位女工心里顿时涌进了一股暖流。汪萍看她没什么好衣服,立即赶到自己的宿舍,拿出自己的外套、毛衣和牛仔裤送给她。

事后,这位女工总觉得过意不去,给汪萍买了五个大苹果,可汪萍只吃了一个,剩下的让她带回家。这一下,那位维吾尔族女工急哭了。没办法,汪萍只好全部收下了她的苹果。但汪萍的心慈善得很,后来还是买了一箱香蕉送到她家里。

有一天早上一上班,职工萨马克就来到汪萍的办公室,几经追问,他才最终开口。原来,他家有四个孩子,经济很困难,现在突然有个孩子生病,他手里拿不出钱给孩子治病。

听了情况之后,汪萍随手从包里取出一千二百元,让萨马克先去给孩子急诊。后来,等到下月发工资了,萨马克要求还钱给汪萍。可汪萍知道,萨马克不仅差她的钱,还差其他员工的钱。于是,汪萍对他说:"你还是先给其他员工吧。我的,就不用给了吧。"

像这样的事,在汪萍身上不知发生过多少次。

这里的少数民族同胞是知道感恩的,你爱员工,他们就会加倍爱你。

2015年的春节快到了,公司放假了,汪萍全家也准备回到山东过春节。

腊月二十六那天晚上,公司员工海日古丽来到汪萍的家,她给汪萍做了一件新衣,让汪萍试试,汪萍一试,果然非常合身,这让汪萍非常感动。要知道,海日古丽的家住在拖普鲁克乡,距这里五六十公里,天那么晚,她还赶来给汪萍送衣服。更何况,事先海日古丽并未给汪萍量过尺寸,而衣服竟然做得非常合身。海日古丽是多么心灵手巧!

而汪萍则认为,海日古丽送给她的新衣,代表了维吾尔族姐妹们的深情厚意。

● 市场,悠扬的旋律

产业援疆,企业是主体,离不开搭建产业转移平台,离不开动员社会力量援疆。不过更主要的,还是要遵循市场经济规律。

伊犁河谷的秋天五彩缤纷。丰饶的田野,一望无际,金色的稻菽千重浪,洁白的棉絮色如雪,红彤彤的苹果压弯了枝头;辽阔的草原,肥壮的牛羊,悠扬的牧歌,银铃般的哈萨克姑娘们的笑声;那绵延数里的果子沟,翡翠般的葡萄,晶莹剔透的香梨,干杏,野梅,还有那不知名的野果,让你数不清,辨不明。

再加上雄伟的天山,茂密的森林,幽深的河谷,碧蓝的湖泊,悠久的历史文化;再加上西域独特的民族风情……难怪会将到此的海内外游客醉倒。

"塞外江南"伊犁河谷的秋天,实在是美不胜收,令人陶醉。

而当走进人神共居的西域天府伊宁市时,领略到的却是另一风景,感受到的是另一种喜悦。无论是在霍尔果斯特区伊宁园区,还是在伊宁边境经济合作区,到处吊车、塔架林立,一座座厂房拔地而起,热火朝天,新建的道路纵横交错,污水处理厂、自来水厂、排水管网工程等基础设施建设,紧锣密鼓……在如今的伊宁,到处弹奏着忙碌的交响曲,到处听到欢乐的笑声,到处看到喜悦的笑脸。

面对如此场景,伊宁市边境经济合作区书记杨巍炜感慨地说:"这是五年前所意想不到的,这都是援疆带来的喜人局面!"

新一轮全面援疆,产业援疆是重中之重。但如何才能"援"出水平,"援"出新意,"援"出未来,"援"出科技含金量,却是一道难题!

更为重要的是,引进的企业必须按照市场规律行事,才能发展持久。

对于新疆,产业援疆就是要兼顾眼前与长远,实行"输血"与"造血"并举,依托内地援疆省市的产业、技术、管理和人才优势,整合新疆的资源优势与产业基础,大力开展招商引资,促进产业转移。但加快新疆的发展,不能竭泽而渔,必须坚持科学发展,即重点发展高新技术和高附加值的产业。

针对新疆的工业薄弱现状,十九个援疆省市以园区为载体,把项目引进作为产业援疆的着力点,援疆干部只是从中牵线搭桥,最终的合作,则完全由市场规律决定。

新疆具有种类齐全的矿产资源,还有独具特色的旅游资源,投资发展潜力巨大,承接产业转移市场广阔,发展前景广阔。

新疆的干部们思发展,盼政绩;新疆的各族百姓盼富裕,望幸福。但新疆的工业化过程,绝不能搞"面子工程",劳民伤财、贻害子孙。援疆,就应该做得人心的好事,就应该做暖人心、稳人心的实事。只有这样,才能无愧边疆各族人民,才能不辜负国家的重托。

比如,在伊犁河谷有大大小小二百多条河流,有二百多万公顷可耕地,有五千一百万亩的天然草场,有一百四十万亩的天然森林,有十四万亩野苹果林……这是大自然对伊犁河谷各族人民的恩赐,同时需要我们倍加珍惜。否则,岂能在将来留下青山绿水?

新疆的发展,不能重蹈西方发达国家"先污染后治理"的覆辙,更不能重走东部沿海发达地区"污染"的老路!新疆要的是绿色发展,要的是科学发展。

善于思考的南京援疆干部们认为:他们来到伊宁援疆,发展园区经济,不能简单"筑巢引凤",而要引导伊宁经济绿色发展!

来到伊宁后,他们对园区经济十分关注,并始终以绿色发展理念,影响着当地干部。他们不仅熟知霍尔果斯特区伊宁园区的投资要领,而且对三十五平方公里的伊宁边境经济合作区情况了如指掌。

经过多次调研走访,他们发现,在这个合作区内,有一个新疆荣能新材料有限公司。这是伊宁边境经济合作区重点招商项目,总投资三亿元。投资方,则是江苏扬州的一个高新技术企业——江苏荣能集团。

2009年5月,该集团入驻伊犁后,仅用了三个月时间就投资七千万元,迅速进行试验投产,以惊人的"江苏速度"让当地人折服。这是一个综合利用粉煤灰的新型墙体材料项目。它包括一系列新型墙材体系。

新疆荣能新材料有限公司开发的绿色环保建筑材料,需要大量砂石、石灰等原料。而当地矿藏丰富,伊犁河谷的淤塞砂石、火电厂的废煤渣等,都能变成新型环保建材的原料。伊犁的电厂多,每年都产生大量的粉煤灰等工业废渣。随着伊犁州经济的发展,各类企业产生工业废渣每年多达五十万吨。

荣能项目全面投产后,可以全部消化这些工业废渣,能生产出四亿块蒸压粉煤灰标准砖,还能加工制作成六十万立方米蒸压加气混凝土砌块。这样,不仅减少了工业废渣堆场占用的土地面积,还取代了毁田取土烧制黏土砖的传统工艺,每年可保护耕地四百五十多亩。

废料的再利用,变废为宝,不仅节约资源,还体现出循环经济的理念。

为什么江苏荣能在这里发展顺风顺水?关键是它适应了市场需求。

南京援疆干部们为此四处奔走,积极为新疆荣能新材料有限公司争取政策扶持。在他们看来,这不只是帮助其得到一些资金支持,更为重要的是为当地走绿色环保发展树立一个标杆。同时,也让更多的内地企业家树立来疆投资兴业的信心,让他们看到,只要你的企业投资方向正确,在边疆发展,同样会得到国家政策扶持。

走活一步棋,带动全局赢。

果然,无论是当地企业,还是外来投资者,他们均纷纷向荣能效法,坚定地走绿色环保的循环经济之路。

现在,在伊犁州范围内,与荣能一样的低碳新型建材企业,已经发展到二十五家,新型建材全面得到推广应用,全伊犁州百分之八十的建筑都使用了此类建材。

走进伊宁边境经济合作区,占地五百亩的新疆荣能建材产业园里,厂房整齐,机器轰鸣,运输车辆川流不息。

伊犁的建筑市场,给新疆荣能的发展带来了巨大的空间。总经理董广安对前景充满了必胜的信心。

凭着坚定的信念，新疆荣能在新疆不断"攻城掠地"，抢占"地盘"。现在，新疆荣能在伊犁已经发展为一个企业集团，拥有三家新型建材企业，生产能力比当初扩大四倍，在伊犁州内外建材市场上，叱咤风云，名声大振！然而，公司总经理董广安并不满足。尽管他因为过度辛劳，先后做过两次心脏搭桥手术，但他依然雄心勃勃，一腔热血豪情。他说："中亚市场容量也很大，我们的新型墙体建材产品不仅要满足当地的需求，还要走出国门，进军哈萨克斯坦等中亚国家。"

招商引资，引来的不仅仅是企业，援疆干部还将绿色发展理念带到了边疆。

援疆新政究竟"新"在何处？市场经济体制下，如何平衡援助地区与受援地区之间的利益关系？促进经济发展和维护社会稳定这两大主题，在援疆新政中如何体现？这些都需要援疆省市和新疆本地领导慎重把握。

市场经济体制的关键特征有两条：第一是强调市场机制在资源配置中的主导地位，适当减少国家对经济运行的直接干预；第二是突出市场主体的自主能力，使之能够相对自由地参与市场竞争。因此，即使是具有强烈国家主导色彩的对口支援，也需大力借助市场主体的帮助。

距离喀什市区约十二公里的"广州新城"，高楼林立。你若是走近这里，会顿时眼睛一亮，广百、广汽等"广式"元素，会时不时地扑入你的眼帘。

由广州市国资委牵头，广州建筑集团、广百集团两大国企共同建设的"广州新城"，是广东最大的产业援疆项目，也是一个现代化的生态城市综合体，集现代商贸、综合物流、高端商务、高尚住宅于一体。

然而，在市场经济条件下，不仅筑有形的"巢"，更需要引来"凤"。

酒香也怕巷子深。刚开始，由于疏附县人流较小，在"广州新城"，无论是广百的生活超市，还是广州轻工集团的家电卖场，都顾客寥寥，员工甚至比顾客还多。怎么办？只有通过市场，引入更多的国内外企业，才能激活"广州新城"。

2013年4月，广东省对口援疆前方指挥部及喀什地区领导率领"广州新城"及喀什相关单位组成经贸代表团，专程赴巴基斯坦、土耳其等地推介"广州新城"。

2013年6月28日至7月2日，"首届中国喀什·广州商品交易会暨'广州新城'一期开业"仪式举行。连续几天，人潮涌动，熙熙攘攘，国内外前来参展的企业和客商近千家，其中巴基斯坦、土耳其、塔吉克斯坦、吉尔吉斯斯坦、乌兹别克斯坦等周边国家企业有二百五十家，参展参会人员达十五万人次。

在疏附县,还流传着一个"穆桂英挂帅"的故事。广东省建筑装饰材料协会会长兰芳进疆寻找商机,在她的带动下,广东一批建筑装饰材料企业纷纷落户,进驻"广州新城"。"中南西亚国家的消费者普遍认可广东的建筑装饰材料,有'广州新城'这个平台,'援疆专列'开通后,从广州通过铁路将货运到疏附,再从这里转发周边国家,大大缩短了运输时间和成本。"兰芳说。

来自东莞的粤丰国际家具城老板彭永建,是援疆启动后最早一批来疏附的投资者之一。在广州工业城基建还没完成时,他开办的喀什绿源林业有限公司就落户了,现在的年营业额已超过亿元。彭永建算了一笔账,当地招商引资政策很优惠,他在这里的厂有二百亩地,地价为零,且税收是三年免、五年减半,他的工厂光税收一项,一年就节省近八百万元。

新一轮援疆,机会应该多,建材在当地市场销售就很可观。一旦这里向西的通道打通,中亚、南亚国际市场不可估量。在当地设厂就可节省成本,产业也可不断增大。彭永建说:"现在我们围绕板块加工,已经发展了杨木林场种植、板材加工、家具销售等上下游产业链。"

……

一时间,"广州新城"这个名字,在周边国家叫响了。

2013年8月中旬,"第三届吉尔吉斯斯坦—中国新疆出口商品展洽会"在吉尔吉斯斯坦举行。以广州落户企业为主的参展团参加了展洽,总共签了二十二亿美元的合同。

回国后,广东援疆干部、疏附县委副书记杨伟强说有两个"没想到":一是没想到那边的市场空间这么大,二是没想到"广州新城"的名声那么响。

从更长远、更市场化的角度看,援疆不仅是政府搭台企业唱戏,更应是充分利用市场机制,发挥优势,招商引资,互惠互利。这才是振兴新疆经济的根本动力。

企业老板们愿意来吗?他们怎样看新疆的投资环境和投资机会?

疏附"广州新城"合资公司副总经理杜新生一语道破天机:"如果不是广州市对口支援疏附县,不会来;如果投资前景不好,政府叫,也不会来。"

杜新生他们整体看好的,就是喀什毗邻西南亚多个国家的优势。

喀什可以对接的优势很多。国资广新外贸置业在伽师县投资六亿多元,建设年产二十万锭的棉纱厂,就是看好这里丰富的棉花资源。公司老总张忠生说,喀什现在到处大兴土木,建材价格上涨很猛,一块红砖从之前的两角多涨到现在的五角多,水泥、钢材都比内地贵几成。在这里建厂,土建成本要比内地高,但有"两免三减半"税收优惠,五年可以减税几千万元,加上棉花供应有保证,测算八年可以收回投资,回报不错。

在喀什,太阳也成为投资优势。台商投资一点八亿元在伽师开拓蝴蝶兰等高科技农业,就是看好这里充足的光照。老板陈永进说,由于光照充足,温差大,这里的兰花要比内地花蕊多,品质可以提高一个档次。在这里投资有信心吗？他说:"有！没有信心就不来了。"

这些老板是在援疆吗？当然是！

这是增加税收,增加就业,名利双收的援疆,老板既赚钱又让老百姓叫好。资本的本质,就是追求效益的最大化,援疆应通过市场行为,让企业既发挥它援建的作用,但又要让企业从中赚钱。可以说,尊重市场规律,利用市场规律,也是新一轮援疆的特色。

2014年,从上海外国语大学德语系毕业的吾尔麦提,应聘到上海大众汽车（新疆）有限公司做公关。总投资约二十亿元的上海大众汽车（新疆）有限公司,是上海大众在西部启用的第一座整车生产基地,也是新疆首个乘用车生产基地,生产全新桑塔纳,规划年产能达五万辆。

喀什地委副书记、上海援疆前线总指挥张仁良告诉笔者:"如果我们仅仅从上海对口援疆的角度说,这个项目放在喀什当然好,这么大的资金总量,项目带动能力又强。但从市场规律和产业发展规律来看,乌鲁木齐则更适合,因为那里更具区位、资金、人才、产业配套优势。"

但这并不意味着喀什完全失去机会,上海建议借鉴沿海经验,争取新疆大众将销售公司放在喀什,享受喀什经济特区政策优惠。这样既符合市场规律,又能两地双赢。

对口援疆几年来,上海推动一百六十个项目落地新疆,投资总额一百九十七点九七亿元。包括宝钢集团新疆八钢喀什金属有限公司、莎车上海建材隆基水泥有限公司、金博集团巴楚石材产业园、上海闽龙达果品有限公司等,均立足可持续发展,尊重产业规律,顺势而为。

南疆生态环境脆弱,产业工人缺失,产业配套功能不足,产业援疆不能好大喜功,须因地制宜。

经过调研,上海援疆指挥部提出了产业援疆的新思考:南疆特色果品多,能不能在第一产业上做文章？能不能以农业为基础,两头延伸,接"二"连"三"形成产业链？

莎车县是"巴旦木之乡",但受制于技术和经营规模,效益不高。2012年以来,上海投入援建资金九千万元,助力莎车巴旦木种植,面积由八十五万亩增加到一百万亩。2015年总产量达三点一八万吨,较2011年增长一点七一万吨。如今,莎车已形成巴旦木、育苗中心、育雏中心等六大农业产业基地。

广东是全国劳动力密集型企业最为集中的地区之一,在经济新常态背景下,许多企业面临转型升级或向外转移的问题。

尽管南疆地区产业工人队伍基础薄弱,但是人力资源并不缺乏,大量少数民族剩余劳动力需要转移。新一轮援疆以来,前来投资的援疆省市劳动密集型企业,为当地创造了大量的就业机会。

2015年4月13日下午5点左右,笔者走进喀什深圳产业园的一个车间,顿时被这里壮观的场面吸引住了:

六百多名少数民族工人个个全神贯注,工作紧张有序,将一个个电子元件插头焊接到手机充电线上。他们头戴黄帽、身着深蓝色工作服,个个精神振作,毫无外界传说的那种农民工"毛病"。

笔者到过许多企业的生产车间,但见到众多少数民族员工同一车间的却不多,更何况如此专注。前一天,广东援疆前指办公室主任陈志文向笔者介绍其壮观的场景时,笔者还有些将信将疑。可现实的场景,让笔者与广东卫视的媒体人不得不服。

这家企业就是广东思科拓展实业有限公司。在我们来到这里不到半小时,工休时间开始了。在工休时间,思科员工们不但进行集体体操锻炼,还跳起了欢快的"麦西来甫"。

思科电子公司,是广东一家主营手机元配件的民营企业,主要生产电子产品的外置连接线和电子高清输出线等。公司长期与苹果、三星、海信等国内外知名企业合作,拥有大量订单及广阔的销售市场,产品远销美国、日本、印度、巴基斯坦等国家。

喀什,位于丝绸之路中国段南、北、中诸道交汇点上,有着两千多年的悠久通商和通道历史,具有"五口通八国、一路连欧亚"的地缘优势,与周边国家经济存在许多方面的互补性,拥有巨大的潜力和商机。

深圳产业园,作为喀什特区的核心启动区、产业聚集区和示范区,于2012年6月开始建设。深圳援疆资金安排五点六亿元,用于基础设施和服务平台建设、产业扶持等,通过发挥深圳的特区经验和产业优势,助力喀什的产业升级和就业现代化。

自2014年6月,思科电子在喀什的首个工厂就在此落户。自此,思科电子公司一年时间内,就在喀什地区的四个县市设立了四家工厂,现在已吸纳就业三千五百人。

如今,在喀什的深圳产业园区内,已崛起了一座座现代化的标准厂房,先后有电子、服装、玩具等十六家劳动密集型企业在此落户,许多工厂已经

第六章 "造血"别样红 239

纷纷开业,产销两旺。

思科电子董事长苏绍禧说:"来新疆发展是企业自身的实际需求,同时也解决了当地大量富余劳动力就业问题,这不是鱼和熊掌都兼得了吗?"

当然,在新疆搞企业,既要尊重市场规律,还需要懂得用巧妙的管理方式。

在这里办企业,与在内地沿海有所不同。喀什的维吾尔族人口占总人口的比重高达百分之九十以上,因语言不通,风俗和饮食习惯不同,给前来投资的企业招工和培训带来不小的障碍。

内地企业刚进入新疆时,许多企业面临着"水土不服"的问题,思科电子也是如此。因为,当地虽有大量富余劳动力,但并非招之即来。而在刚开工不久的那段时间,一些少数民族青年员工,因工作纪律约束、语言交流不畅等问题,流失率较高。

苏绍禧反复思考后认为,企业文化和人文关怀,是留住每位员工的必不可少的妙方。为调动员工的积极性,将他们从普通农民转变为产业工人,思科电子根据当地风俗习惯,探索出了许多新管理办法。

思科电子的员工,百分之九十九是维吾尔族同胞,且以农民为主,只有极少数是大中专毕业生和社会青年。思科电子在这里招工,应聘的工人不受年龄、学历限制,只要经过一个月培训,就可以从事流水线工作,月均收入在两千元到三千元之间,员工上下班都由单位派车接送。

苏绍禧明白,企业要长远发展,靠的是员工。思科电子将少数民族文化引入到企业的日常管理之中。针对少数民族青年大多能歌善舞特点,公司就设立工歇时间。每天歇息时间,组织员工跳"麦西来甫",既传承了维吾尔族的舞蹈艺术,又缓解了员工紧张焦躁的工作压力,丰富了员工的文化生活。

考虑到有些员工离家远,单位还专门建设了宿舍、食堂。

走进公司,车间墙上挂着许多员工的寄语,上面写着他们进公司上班的点点滴滴,还有就业之后给他们人生带来的转变。

同时,公司对家庭困难的员工,还经常送一些面粉、油、肉等生活用品。

为了让员工家属们放心,公司每月举行一次家属见面会,让家人亲眼看看他们亲人做的产品。公司还每月一次给员工过生日,由单位领导和员工为"寿星"祝贺生日。

"在工厂干活,家里收入稳定了,有病能去医院看。再干两年,家里的土房能翻修了,过去买不起的家电,如今攒了钱就敢买了。"工人布热比古丽说。她丈夫去世,一人撑起一个家。她进入思科电子工作后,不但有了稳定的收入,单位逢年过节还去她家慰问,带给她日常生活用品,让她感到十分温暖。

企业真诚关心员工,爱护员工,带来的是意想不到的惊喜。

2015年春节,企业放了三十五天长假。春节之后上班,苏绍禧担心员工不会如期上班。可让他感到意外的是,开工当天,员工返工率竟然达到百分之九十八。如此高的出勤率,即使在珠三角许多地方的工厂,也都是很少见的。

援疆省市的企业来到新疆布局产业,凭借受援地差异化政策、劳动力成本低等优势,不仅为自身发展拓宽了空间,同时助推了新疆产业较快发展,带动了数以万计各族群众就业。

疏附县乌帕尔乡农民帕提古丽·斯迪克感到,能够在家门口上班,让她很安心。她说:"这里的工作条件、生活条件、工资待遇很好,我要在这好好干下去。"

土尼萨古丽从乌鲁木齐职业大学毕业后,就来到这家企业,担任见习组长一职。对于这里"朝九晚五"的上班生活,她用"快乐"、"充实"两个词来形容。

她说:"我们这里绝大部分工人原来都是家庭主妇,很多人甚至连喀什都没有出去过,走出家门来厂里上班,不仅可以给家里带去可观的收入,还能开拓视野。"

四十岁的维吾尔族女工阿曼古丽,是一位有三个孩子的母亲,家住喀什市乃孜尔巴格镇十三村。家里只有四亩地,种植玉米等作物,年收入不足五千元,家里只有两间房子,丈夫患有严重的心脏病,大儿子二十岁,在学习开车,两个女儿一个上高中,一个上初中。阿曼古丽眼看儿子快要谈对象结婚,心急如焚,经常彻夜难眠。

2014年11月,思科电子招收工人时,公司主管人事的艾克拜尔经理嫌她年龄大,不愿录用她。阿曼古丽急得哭了起来。她对艾克拜尔说:"求求你给我一个机会,如果我干不好,你再不要我也行,靠家门口的工作,我怎么能错过。"在阿曼古丽再三要求之下,艾克拜尔同意给她机会。没料到,阿曼古丽工作非常认真,现在不仅活做得细致,而且还成了车间里的生产标兵。她每个月工资都在两千元以上。

能够在家门口企业务工,这也吸引了不少小夫妻们携手进厂务工。来自疏附县的努尔麦麦提江·买买提明,就是带着妻子阿米娜一起来公司务工的。"以前我们夫妻俩去内地省市打工,现在不用出远门,在家门口的企业就能够务工,我和妻子一定会努力工作,多挣钱。"努尔麦麦提江·买买提明说。

从"水土不服"到"扎根发芽",对于思科电子的未来,苏绍禧充满了信心,他计划把现有的成功模式向喀什地区下辖的各县进行复制。苏绍禧说:"如果推进顺利,到2016年底可带动就业一万至两万人,实现产值近十亿元。"

浙江洁丽雅集团始创于1986年,是一家大型综合性纺织集团,生产涵盖纺纱、染整、织造、物流等整个产业链。经过三十年左右不懈的拼搏,成就了洁丽雅品牌辉煌的历史。但作为劳动密集型和资源加工型企业的一个代表,在沿海地区,受到土地、原料及其他资源的制约,洁丽雅难以进一步发展,亟需拓展更大的空间。对此,洁丽雅将目光瞄准了新疆。

洁丽雅向新疆拓展的原因,除了新疆向西开放的国家战略之外,最重要的是,新疆是全国重要的棉花产区。特别是兵团一师阿拉尔市,年棉花种植面积均在一百三十万亩以上,占我国年产棉花总量的二十分之一,其中长绒棉种植更是占到全国种植面积的一半左右。优质的棉花是生产高档毛巾的重要原料,所织的毛巾手感柔软、色泽靓丽、外观饱满,而且落绒、掉毛也非常少。

在国家推进新疆跨越式发展的战略感召下,2010年5月,洁丽雅集团董事局主席石昌佳率考察团队五进新疆,对新疆各种重要投资要素进行了全方面的考察。

集团高层一致认为,整个新疆地区特别是兵团一师阿拉尔市,拥有洁丽雅生产经营不可或缺的重要资源,拥有良好的招商引资政策,是洁丽雅产品研发和品牌拓展的重要保障;而新疆独特的区位优势,是实现企业向国际市场阔步迈进的重要因素。这样,在2011年,洁丽雅集团做出重大战略抉择:投资二十五亿元,在新疆农一师阿拉尔市建设洁丽雅品牌产业研发基地。

2015年3月下旬,一百余名经过两个月培训的阿克苏地区少数民族员工,走进崭新的洁丽雅新疆新越丝路有限公司厂区,经过军训、入职培训后,分配到了各条流水线上作业。待整个产业基地完全步入正轨后,可吸纳近一万人就业。企业打算,将其中的一半岗位提供给少数民族同胞。

产业援疆最大的利好,就是带动当地百姓就业和致富。

在阿克苏地区库车县,阿布都·热拉木如今再也不用远行打工了,红狮水泥厂开到了他家门口。他说:"援疆带来了许多企业,我们在家门口就可以实现技能培训和上岗就业,一个月工资能存下不少。"

落户于阿克苏新和县的健鹰纺织有限公司,拥有两家轧花厂和八万锭全自动生产线,年生产普梳、精梳、紧密纺纯棉纱一万吨,陆续为三千多名维吾尔族农民解决了就业问题。

阿依古丽·艾则孜,原是新和县依其艾日克乡加依村农民,而如今她已是公司的教练员了,每月工资由当初入厂时的八百元上涨到二千五百元。如今,她的爱人也来公司上班,家庭一个月的总收入突破五千元。通过两个人的努力,他们已在县城购买了一套二十多万元的商品房。

截至 2014 年 12 月,阿克苏地区纺织产业实现产值十二亿元,解决了当地两万多人就业。

……

新一轮对口援疆以来,各援疆省市凭借自身优势,结合当地实际,把家乡的产业项目带到新疆,一大批优势项目纷纷落户,一个个产业园区、新型城镇正加快建设,这些项目、园区成为承接产业转移的重要载体。它们在拉动新疆经济发展的同时,创造了大量就业岗位。

丝路腹地,希望升腾;遵循规律,机遇多多。

美好的蓝图已经展示:利用市场机制,会让援建方与受援地实现双赢;遵循市场规律,能让企业援疆动力更足,会让产业充满澎湃的活力,援疆之路会越走越宽阔!

● 舞动九天的特区

憧憬国梦时,春风绽花蕾。

2010 年 5 月的中央新疆工作座谈会,党中央、国务院审时度势,在做出新一轮全面对口支援新疆战略的同时,提出在霍尔果斯、喀什各设一个经济开发区,给予特殊政策。

此后,喀什和霍尔果斯便成为新疆上下的热门话题,人们充满无限热望,充满无限憧憬,期待着它们能上演深圳腾飞的神话。

新疆,边境线长达五千六百多公里,是中国向西开放的重要战略通道,是亚欧大陆通道的重要枢纽,是中国扩大对外开放的要地。无论是打造中国西部区域经济的增长极,还是向西开放的桥头堡,抑或是振兴和发展新疆的区域经济,都需要一个撬动的支点。

霍尔果斯和喀什分别位于北疆和南疆,一个是新疆三大口岸之一,一个是中国最西部的城市,两个"特区"的建设,就恰似两翼,支撑起新疆对外开放的战略大框架。有了喀什和霍尔果斯这两个特区,新疆现有的资源、地缘、区位和市场优势,就能真正盘活,极大便利与中亚、南亚的经济贸易往来。

这是援疆"造血"的需要,同样也是中国"向西开放"的急需。因为,以此为跳板,能将新疆乃至中国的向西开放推向更广阔的欧亚大陆腹地,拓展中国发展的市场空间和回旋余地。

春天里,中南海的一束朝阳,点燃了天山南北跨越发展的新希望。

"特区"的称呼,仿佛唤起了喀什和霍尔果斯又一个青春期的到来,激荡起新疆人又一股澎湃的热血。

千年丝路,驼铃悠扬。

铺开一张中国地图,新疆的霍尔果斯只是边陲小城,中国地理版图最西北角上的遥远终点。但是,如果放在一张世界地图上,或许可以得到另一种解读:霍尔果斯是中国离欧洲最近的城市,距离哈萨克斯坦经济中心阿拉木图,比到乌鲁木齐还要近一半的路程。

霍尔果斯,在蒙古语中的意思是"最好的草场"。但今天,在霍尔果斯吃着草的牧群已经属于往日的图景了。现在,每月一次的展会,每天上万的人流量,每时问询的电话,每刻变动的数据……被誉为"中国西部华尔街"的霍尔果斯口岸,正以其独有的地缘优势、政策魅力,合奏着中国向西开放的华美乐章。

霍尔果斯口岸,西部唯一拥有百年以上历史的口岸,中国最远离海洋的口岸之一,我国西北边境综合运量最大的口岸。

1983年11月,经国务院批准,霍尔果斯口岸恢复开放。然而,恢复开放后,霍尔果斯口岸发展却一直步履蹒跚。在2010年新疆各县市的地区生产总值一览表上,霍尔果斯仅有十九点二五亿元,不但远低于伊犁州各县市,就是与比较穷的尼勒克县比,当年也少了三亿多元。这其中的原因固然多多,但归结为一点,就是"万事俱备,只欠东风"。

作为中国最远离海洋的口岸之一,霍尔果斯对海洋的渴慕自不待言。

从十五世纪开始,大航海将人类带入海洋经济时代。因为,只有航运才能最快最多地货通南北、物达八方。但航运史又总与战火硝烟相伴。

对于一个正在崛起的东方大国来说,依赖海运,就是依赖独木桥。这些年来,世界风云变幻莫测,动荡不安。它已一再提醒中国,不能再等待,必须另觅国际通道。这条通道便是"新丝绸之路"——欧亚大陆桥。

所谓"欧亚大陆桥",作为一个概念,它已存在多年。虽然近二十年来进入实施阶段,但其发展却一直随着国内外形势和需求的变化而波澜起伏。作为欧亚大陆桥最重要的节点,霍尔果斯自然深受其害。

口岸建设自不必说。就是对大陆桥而言,最重要的通道建设,无论是哈萨克斯坦境内,还是国内的新疆和甘肃路段,也多处于缺失和简陋状态,公路行走艰难,铁路走走停停,让商贸物流业苦不堪言,也让更多商家和企业望而却步。

2009年金融危机后,欧亚大陆桥建设开始提速了。2010年,新一轮全面援疆开始后,中央要求大陆桥建设继续加速。

在铁路方面,霍尔果斯东由兰新铁路连接陇海线,西出国境连接哈萨克斯坦。陇海线,这条1905年开建、1952年全线建成的铁路,是中国华北最重要的铁路干线,它横跨五省,并与中国运力最大的京沪、京九、焦枝、宝成铁路相交。正因为看中了这条铁路的巨大潜力,随着哈萨克斯坦"双西"工程的启动,哈方铁路在2011年8月与中方相连,而且哈萨克斯坦的铁路向西向北也连接了欧洲和俄罗斯的铁路。

在公路方面,连霍高速也得到了整改,这条中国北方大动脉东起连云港,西达霍尔果斯,距离哈萨克斯坦首都阿斯塔纳市只有二百公里。据悉,目前哈国境内的公路也得到了修缮,路况良好,物流车队可一路西行直达欧洲。

在管道运输方面,来自哈国的石油、天然气畅行无阻,作为保障国家经济安全的陆上国际能源大通道,石油天然气每日正源源不断地经霍尔果斯,输往中国东部。

铁路、公路、管道,这三种除海运之外最高效运输方式的高速推进,表明今日的欧亚大陆桥已名至实归。

值得一提的是,这些国内国际的重要线路,都已汇聚于霍尔果斯。它表明,作为口岸,霍尔果斯的优势在全国都无与伦比。

2010年5月,中央召开新疆工作座谈会,决定设立霍尔果斯经济开发区。

2011年9月,国务院下发文件,明确十项特殊扶持政策,确立了霍尔果斯在新疆乃至全国对外开放中的特殊地位。

霍尔果斯经济开发区规划面积为七十三平方公里左右。其中,霍尔果斯口岸为三十平方公里,伊宁市经济开发区为三十五平方公里,霍城县清水河配套产业园区为八平方公里。

春风荡漾,万物复苏,乘势而上,舞动九天。从此,霍尔果斯,一个特殊的名字,开始吸引着世界的目光。作为国家特别扶持的经济开发区,它正在借政策之助,集各方之力,建非常之功。这里,是功能特殊的用地;这里,是热火朝天的工地;这里,是承载期望的土地。

2011年12月2日,是载入霍尔果斯经济开发区历史的特殊日子。这一天,其"核心"中哈霍尔果斯国际边境合作中心正式封关运营。同时,中哈第二条铁路在霍尔果斯完成接轨。好事逢双,大事叠加,霍尔果斯"特区"沸腾了。

古丝路节点,新国际商埠,魅力四射。霍尔果斯发出涅槃重生后的凤鸣。

这个中心,是世界唯一的国际边境合作中心,是我国与周边国家建立的首个跨境自由贸易区,是"上合组织"框架下国家间经贸往来的示范区。

而全国首个"境内关外"的跨境人民币创新金融业务试验区,就设在这里,享有比深圳前海、上海自由贸易区更为优惠的政策。

旅客从中心进入中方境内,每人每天一次可以携带价值八千元人民币免税商品。进入哈国境内,可带出价值一千五百欧元的免税物品。

当地人会骄傲地说:"错过了深圳,错过了浦东,你不能错过霍尔果斯。"

霍尔果斯,有一条久远深厚的商脉,有一个磅礴喷发的商机。

越来越多的人已意识到:霍尔果斯的未来不可估量,一个具有商业潜能的梦想之都正在崛起。

霍尔果斯至连霍高速的另一端连云港有四千二百八十公里,到上海则有四千八百二十公里。如果西出中亚的绝大多数物品,都必须自内地长途运至霍尔果斯的话,运费、人工费和损耗就是很大的数字,会严重缩减企业的利润,这是许多企业都无力承担的。

为了降低成本,近几年来,国内外各大企业的常规做法是:总部研发,本土化生产。美国爆发次贷危机后,欧洲又发生欧债危机,全球经济形势持续低迷。对一直秉承出口导向策略的我国东部企业而言,无疑是个沉重的打击。一面,这些企业急需纾解积蓄的产能。一面,需要实现产业升级后,将相对初级的生产环节转移出去。

因此,我国东部企业对西部心仪已久。东部企业西进,自然不会满足于地广人稀的新疆市场。它们的终极目标市场通常是:立足新疆,延伸到中亚,进发欧洲。

在西部,要选择生产加工地点,霍尔果斯的条件可谓得天独厚。它背靠的伊犁州,这是西部罕见的资源富集区。这里已探明的矿藏有九类八十六种,其中二十八种有工业储量。从电子到化工、从能源到新材料,伊犁应有尽有,而且矿藏丰富。更难得的是,这里水资源丰沛,缺水这个国内普遍存在的工业瓶颈,在这里不复存在。更何况,霍尔果斯这个国家一类口岸,还兼备铁路、高速公路、管道这些西部其他省份难得的交通资源。有了这些最有利、最重要的建厂条件,与东部之间的距离已倒退为次要的问题。

2010年,新疆工作座谈会后,中央决定对霍尔果斯和喀什进行特殊扶持,此时的霍尔果斯已成为新时代的"特区"。对许多企业来说,这样的机会错过就不会再有。

走,不再犹豫。向西,到霍尔果斯去！不仅是高速公路连通霍尔果斯和连云港,不仅是苏州、无锡,不仅是江苏、广东,几乎所有的沿海内陆省份都动了起来。

如今,国内大多数省份都有企业来考察,也都有企业在此入驻。今天的霍尔果斯,已不再只是一条商业通道,它已经成为许多企业的大工地。

此番景象,恰似摇摆的凤头,带动起了令人炫目的灿烂凤尾。

自然,霍尔果斯"特区"的崛起,也处处彰显援疆特色。

带动受援地经济实现跨越式发展,产业园区是核心动力。而要建好产业园区,必须"先规划,后建设"。中央在实施新一轮对口援疆中,是高瞻远瞩的。霍尔果斯经济开发区与喀什经济开发区,被视为新疆实现跨越发展的重要增长极。完成这样特殊使命,必须要章法得当,驾轻就熟。

这样,就将喀什经济开发区,交给了中国改革开放的第一个经济特区深圳市。而霍尔果斯经济开发区,则交给了具有建设国际化产业园经验的苏州工业园。

从312国道一路向西,止于中哈边境的霍尔果斯口岸。

江苏援疆工程苏新中心,现已崛起在霍尔果斯经济开发区内。

2011年5月,苏州工业园区四家国有企业共同出资,成立霍尔果斯苏新置业有限公司,并正式落户特区。

随后,"苏新中心"、"东部产业转移园"、"东部产业转移园集宿区"三个项目启动,总投资十五亿元。

霍尔果斯,拥着一望无垠的葱绿,静躺在伊犁醉人般湛蓝的穹庐下,雪白的阿克塔什山,像一条环绕的玉带,就嵌在了这中间。

中哈边界处,有个奶白色的缺口,悠懒的霍尔果斯河便从这里淌了出来。

河东这边,尽是中国地界。如火如荼的霍尔果斯口岸经济开发区,一片片大兴土木的建设工地,塔吊林立,机器轰鸣,涌动着赶进度的滚滚热潮,呈现出热火朝天的繁忙场面。

霍尔果斯直接面对的地区,从哈萨克斯坦的阿拉木图到吉尔吉斯斯坦的比什凯克,再到乌兹别克斯坦的塔什干,对外覆盖半径在一千公里左右。这一线,恰恰是中亚地区的人口稠密区,是中亚地区的经济发展带和市场中心。

政府官员说:古往今来,成功者无一不是善抓机遇、巧抓机遇、抢抓机

第六章 "造血"别样红

遇的。

财经专家说：天予不取，反受其咎；时至不迎，反受其殃。

投资客商说：机不可失，时不再来。

普通百姓说：过了这个村，就没了这个店。

……

无论是先贤圣哲，还是官员祗候，无论是多钱善贾，还是芸芸众生，对抢抓机遇的认识都早已至深至切。

人们眼中的霍尔果斯，从"无"到"有"，从"平面"到"立体"，已经进入发展史上大有可为、大有作为的战略机遇期，它所面临的最大机遇就是各项优惠政策的叠加。

优越的区位优势，成熟的经济基础，吸引了贸易型企业争相入驻。

随着产业援疆的推进，江苏企业产业援疆的跟进效应日益凸显。仅仅2011—2012两年间，江苏、新疆的经济合作项目到位资金已达到二百四十八点六亿元。

霍尔果斯，全年口岸进出口贸易额一百一十亿美元，在全疆来讲举足轻重，占全国向中亚进出口货物的比例很大，是面向中亚的毫无争议的第一大口岸。

在有成熟国际经验的苏州工业园区带动下，仅仅两年多时间，弹丸之地霍尔果斯，竟然积聚了三百多亿投资，迅速崛起为新疆土地上的资本高地。江苏沙钢集团则在此投资建立了金融中心。内蒙古庆华集团投资的庆华国际商务中心，是园区目前最大的五星级酒店，国际客人办一次手续可以住一个月，里面可以消费。义乌国际商贸城，学习内地盛名的义乌小商品市场城，把义乌模式带到了霍尔果斯。

北京金晟元生物科技公司就是看中了霍尔果斯便捷的贸易条件。从事甘草深加工的金晟元生物科技公司，可以很方便地获得哈萨克斯坦广泛种植的甘草资源，再做成制成品外销出去，公司已经在此投资十亿元。

同样，看中中亚矿业飞速发展机会的三一重工，也选择了在此落户，以面对中亚激增的矿机设备市场需求。

还有，像福建商会联合投资的旭阳国际，四川商会联合投资的亚晟国际。

……

这样的大集团项目有十四个，每个企业投资都是十几个亿。

西部边陲的早晨，太阳鲜艳异常，站在下游几公里之外的霍尔果斯口岸，远处优美的景色，只能在云影中朦胧若现。而热闹的景象是在中哈边境互市区里,每天从早到晚,都有大量异国的客商在那里人头攒动。

与专走油气等资源产品的阿拉山口口岸不同,霍尔果斯向西开放,具有整个新疆最好的人口基础和市场基础:2012年,霍尔果斯的入境旅游人数超过一百一十万人次。

凤头与凤尾是互动的,是相互作用的。

霍尔果斯所面对的,既是国门内,也是国门外。

霍尔果斯所接过的,是机遇、困难同在的复合体。

为了承接内地的产业转移,霍尔果斯开发区彻底修改了发展思路,开始做大做强产业园区。

"外引内联、东联西出、西来东去。"这是国家给予的开放合作平台。为充分用好这个平台,新疆维吾尔自治区和伊犁州决定采取大动作,不再搞"小而全"和重复建设。伊犁州规定,各县市不应再扩大已有的工业园区,而是将产业逐步移至霍尔果斯的"一区三园",这样既能产生规模效应,而且产值和税收依然算各个县市的。总之,对不合时宜的旧格局必须"腾笼换鸟"。按照"一区三园"进行重新定位。

如今的伊犁,已成为一个大工地,特别是"一区三园"内,到处穿梭着满载的车辆,到处都是拔地而起的厂房框架,到处都是令人怦然心动的标语牌。

霍尔果斯开发区今日的火红景象,并不是由内地企业的热情随意点燃的。如果没有江苏援疆的大力推动,这里起码不会发展得这么快、这么好。

这是霍尔果斯开发区和内地各企业共同的福音。

如今,凤头、凤尾摇摆起舞的大势已然形成。

2012年,中哈第二条铁路通道正式开通。它从中国霍尔果斯至哈萨克斯坦阿腾科里,改变了霍尔果斯口岸货运只能选公路的历史。这是通过摇铃的方式,下达发车命令,铃声过后,满载货物的列车从中哈边界疾驰而过。

这是我国第二条向西开放的国际铁路通道。随着铁路往中亚延伸,霍尔果斯将成为面向中亚乃至欧洲的集公路、铁路、管道为一体的国际交通枢纽,并使得新疆在国家"向西开放战略"中居于更重要位置。

果然,2013年2月20日,中国人民银行乌鲁木齐中心支行、国家开发银行新疆分行等多家金融机构,分别与喀什、霍尔果斯两个国家级经济技术开发区签订授信意向书,授信金额达六百亿元。

我国重启横跨亚欧的旧陆路交通的雄心,为新疆的跨越式发展注入了新的活力。

凤鸣,并不总是清脆悦耳,也不总是响亮无瑕。尤其是遭遇涅槃,或是雏凤初鸣之时。但凤鸣就是凤鸣,无论它是否挟裹杂音,是否绵密悠长,它所包含的期望和生机,它所蕴藏的激情活力和雄壮胆魄,则是其他任何鸟雀所无法比拟的。

霍尔果斯这几年所展现的生机,所获得的成就,恰似一幅西部凤头高昂啼鸣、东部凤尾赋形飘舞的靓姿丽影图。

这是中国经济东西大协作的一个缩影,也是中国建立向西开放的大通道的一次成效显著行动,充满了令人欣喜的灿烂前景。

2014年6月,国务院批复设立霍尔果斯市,行政区域面积一千九百多平方公里,辖区人口八万五千人。9月26日,霍尔果斯市正式挂牌成立,这是集边境区、口岸城、商贸型、国际化为一体的综合性城市。这给在霍尔果斯的生意人带来了更多更大的希望。位居辖区的新疆生产建设兵团六十二团与六十一团被纳入行政区划,一夜间,团场职工变身为城市市民,掩饰不住的喜悦,绽放在职工群众脸上。

"兵团成立六十周年和霍尔果斯建市两大喜事同时到来,大家高兴地放起了鞭炮。"六十二团建筑公司职工李海云快人快语地说,"城市发展,会给团场职工带来更多机遇和实惠!"

环抱霍尔果斯口岸、中哈合作中心及霍尔果斯国际铁路口岸,六十二团地理位置得天独厚。像许多职工一样,依托口岸发展三产成为李海云的"掘金"之道。这些年,李海云在口岸的百货商店,每年都为她带来十余万元的纯收入。

霍尔果斯地位的不断变迁,对于兵团经济带来的影响是有深远意义的。作为丝绸之路经济带的重要节点,成立不久的霍尔果斯市已确定了这样的目标:打造"国际物流港"、"国际金融港"、"国际旅游谷"。这无疑为团场新型产业的兴起增添了动力。

在霍尔果斯市挂牌成立的同时,城市基础设施建设也全面启动。放眼望去,这座新城塔吊林立,建筑工人随处可见,仿佛是一个大工地。

在城市西北方,另外一个大工地——霍尔果斯经济开发区兵团分区也呈现出一派繁忙景象。

……

春江水暖鸭先知。生意人对于霍尔果斯的变化,总是最先做出反应。

霍尔果斯建市后,做水果生意的六十一团客商刘建峰格外兴奋。2014年9月14日10时,首趟环疆货物快运列车抵达霍尔果斯站。十二天后,霍尔果斯挂牌建市,这对他来说,意味着事业有了新转机。

"我计划在霍尔果斯市建果品批发中转站,将四师优质水果以更低成本、更快运速向东发往乌鲁木齐和内地市场,向西进入亚欧国家。"多年前就怀揣创业梦想的刘建峰说,"错过了深圳,错过了浦东,不能再错过霍尔果斯!"

铁路的开通,在新疆竞天投资有限责任公司董事长顾勇眼中,让霍尔果斯更成了一块宝地。这名外贸商人相信,在兴建特区、中哈边境合作中心之后,霍尔果斯会再次进入国家战略和国际视野更深层次的领域。2006年,顾勇刚进入霍尔果斯时,这里发展迟缓。但从商二十多年的他敏锐地发觉,这个丝路上的古老驿站,作为国家向西发展的必经之路,肯定会有大发展。当年7月,他成立了这个集物流和农副产品出口为主的公司,当年出口量达几万吨。

历史上的霍尔果斯,一直都是专司边贸的口岸。盛唐时期,就是丝绸之路北道的重要驿站。但进入二十世纪九十年代中后期,霍尔果斯慢慢衰落。直到国家提出大力实施向西开放战略,更加注重向西开放战略的深入实施,这片土地才被真正唤醒。

当时间列车驶进2010年5月,顾勇果真成了中国向西开放、大力发展边境贸易战略的受益者。当年,霍尔果斯通关货物量、通关贸易额,分别是2005年的六点八倍和三点六倍。

时间列车疾驰到2011年,霍尔果斯就成为我国向西开放的重要窗口,成了新疆跨越式发展新的经济增长点。

霍尔果斯的发展已上升为国家战略,成为我国开拓中亚、南亚、西亚和东欧市场的前沿。当年,实现进出口货物量一千零五十万吨、贸易额七十亿美元,与上一年相比,分别同比增长百分之二百四十二和百分之一百三十五。

霍尔果斯的大发展,给顾勇带来了更多的利好消息。顾勇公司的农产品出口额逐年增长,农产品覆盖全国多个省市。

霍尔果斯作为新疆"东联西出"、"西来东去"战略的重要支点,对外贸易大通道的功能日益显现。

进一步讲,在十九个省市对口援疆、进行大范围产业转移的背景下,霍尔果斯口岸铁路的开通,将使得新疆在中国产业格局的定位、地位发生变化……

这一切,都给顾勇这样的商人带来了契机。现在,顾勇的公司,还有如恒信、金木国际等物流公司,已开始提供停车、装卸、仓储、通关、信息咨询等系列服务。

与千百年前活跃在尘土飞扬古丝路上的商旅一样,顾勇的梦想同样是将货物输往欧洲,不过比起慢悠悠的骆驼,他有了新的利器——火车。

在中哈霍尔果斯国际边境合作中心,隔着广场相望的,是霍尔果斯口岸有史以来最宏伟的商贸大厦。这是2006年由江苏商人顾兴投资兴建的。

2005年7月5日,中哈联合声明发表的第二天,江苏商人顾兴就来到了霍尔果斯,投资修建了一座霍尔果斯有史以来最宏伟的贸易大楼。当时,这座商贸大厦占地一百零七亩,有一百二十多家商户在这里经营。

在新疆这十年来,这里的年交易额,仅次于乌鲁木齐的国际大巴扎。具体有多少营业额,顾兴不愿透露。但他说,从2006年开业以来,一百二十多户商户中只有三户转让商铺,其他的人都在持续经营。

这里的商品大多来自中亚、俄罗斯和南亚,有俄罗斯的套娃、望远镜、首饰盒、伏特加酒,有包括万宝路在内的各种洋烟,有格鲁吉亚的红酒,有斯里兰卡的红茶,有瑞士军刀,有土耳其的丝巾,有巴基斯坦锡品等手工艺品、化妆品。当然,更多的是来自中亚各国的食品,如巧克力、饼干、格瓦斯等。这些洋货的价格真的令人心动,像瑞士军刀只需要三十五元,别的地方就达到上百元。而同一种格鲁吉亚红酒,在霍尔果斯口岸只要一百一十五元一瓶,到乌鲁木齐就卖到三百六十八元。在这里俄罗斯的格瓦斯饮料,味道十分纯正,价格也非常诱人,一瓶一公斤装的格瓦斯只需要十五元。

商户们经营的品种基本上都一样,价格基本上也一样,大家比拼的就是谁的服务好,谁的货真价实。

"在霍尔果斯经商,只要货真价实,不用动脑筋就能赚钱。"这是商户苏章茂的切身感受。苏章茂在霍尔果斯口岸已经经商二十年左右。现在,他和妻子王秋妹开设珍稀奇商行,向前来霍尔果斯的中外客商出售各种商品。从1994年起,来自广东潮州的苏章茂就来伊犁做生意了。其中前两年在伊宁,后一直在霍尔果斯口岸经商。

让苏章茂高兴的是,这里不愁客源。霍尔果斯口岸是旅游购物的天堂。这里一年四季都开关运行,每天到这里的客流量超过上万人,高峰期人数可达到四五万人,这里的顾客大部分是中国人,都是大把大把花钱购物。游客们逛完中哈霍尔果斯合作中心后,再出来在霍尔果斯国际商贸中心购物,他们发现,这里的商品竟然更便宜。

在内地,同质化竞争十分激烈,你每天都要思考怎样把手中的货物卖出去才能赚钱;而在霍尔果斯,你只要把好进货关,热情对待顾客,根本就不愁货卖不出去。

苏章茂说,在新疆,伊犁河谷的生态环境最好,资源又丰富,人烟也繁庶,生活在霍尔果斯,出行和生活都十分方便。最让他感到惬意的是,霍尔果斯治安环境也非常好。二十年前,他出走潮州的一个重要原因,就是在老家开办工厂曾受到不法分子的勒索。霍尔果斯是边境区,政府管控严密,不法分子很难渗透进来。

行动起源于梦想。从2013年习近平主席倡议共建"丝绸之路经济带"以来,新疆发展面临新的平台和历史机遇,霍尔果斯作为镶嵌在经济带上的宝石之一,此时设市恰逢最佳时机。

建设丝绸之路经济带,需要排头兵,需要攻坚队,需要因机而起、顺时而动的改革马前卒。霍尔果斯自然是天时地利,得天独厚。霍尔果斯所肩负的,是一个光荣而艰巨的使命。历史要求霍尔果斯,必将承担更多的战略使命和社会责任,必须无愧于国家和民族。为此,霍尔果斯必须负重振翅,翔飞九天。

如果说霍尔果斯是舞动新疆发展的一只翅膀的话,那么喀什则是另一只翅膀。喀什,一座古老的城市,古称疏勒,又名"喀什噶尔",意为"玉石集中之地"。

"一使胜千军,两出惠千年。"两千一百多年前,西汉张骞"凿空"西域,开辟了丝绸之路的主干道。在东起长安、西达罗马的丝绸古道上,喀什是一个重要驿站,这里驼铃叮当、羌管长鸣,往来商队川流不息。

喀什,为唐时安西四镇之一,位于丝绸之路南、北、中诸道交会点,具有"五口通八国、一路连欧亚"的地缘优势,是丝绸之路的必经之地,西域锁钥的边关重镇,是当时丝绸之路从中亚、南亚进入中国的第一大城市,也是中国通往西亚、欧洲的陆路通道中点。然而,随着岁月的变迁,这条古老的商道逐渐被海路取代,一度陷于沉寂。

如今,国家实施"丝绸之路经济带"大战略,给这座历史文化名城带来了新机遇,赋予了新使命。

历史的画面总是在瞬间定格。

2011年9月30日,国务院发布文件,正式把喀什与霍尔果斯确立为"我国向西开放的重要窗口"。喀什从昔日的"古丝绸之路"重镇跃升为"经济特区",从开放的"末端"走向"前沿"。

作为新生的"特区",喀什的定位是几经变化的。

早在2010年4月10日,国家发改委公布的一份文件中,将喀什表述成"重点开发开放试验区"。

在同年的5月中央新疆工作会议上,这一名称换成了"经济开发区"。

在名称多样的开发区中,有"经济开发区"、"高新经济技术区"、"经济特区"等,对于喀什而言,还有"边境经济合作区"可以搞。

在中国,各类开发区申报、归口的部门是不一样的。比如"边境经济合作区",它的申报、建设,归商务部管辖;而经济开发区则要报发改委审批通过;经济特区的规格更高一些,要国务院、全国人大通过。

2010年5月,中央决定:"在喀什、霍尔果斯各设一个经济开发区,赋予特殊政策和灵活措施,将其建设成为中国向西开放窗口和新疆经济新的增长点。"这是推动我国"陆上开放"与"海上开放"并重的国策,是国家对喀什的战略定位。

或许,在许多人眼里,喀什还是一个"山高皇帝远"的地方。然而,时代发展的洪流,已经把它推到了我国对外开放的前沿。

当代中国每一轮开放都有"领跑者",深圳如此,上海浦东如此,天津滨海新区同样如此。

在时下你追我赶的区域经济竞争中,喀什的优势在哪里?喀什经济开发区如何胜出?

这座南疆城市,在过去是中国的"口袋底"。现在,当地官员说,喀什要成为新丝绸之路的起点,成为"桥头堡"。

引领我国向西开放,喀什底气十足。

从公元前四世纪至公元十六世纪,在长达两千年的漫长岁月中,这里既是中西交通的咽喉和枢纽,又是欧亚大陆各种商品的集散地和转运站,堪称我国西疆最早的国际市场和门户之地。

喀什经济开发区,位于喀什半小时经济圈的核心区域,是区域性立体交通枢纽网,向外扩展连接至中亚、南亚、西亚乃至欧洲各地。以喀什经济开发区为基点,一个半小时可以到达中亚国家,六个小时可以到达欧洲("空中丝绸之路")。

喀什经济开发区,仿佛站在了新一轮经济增长的制高点,货物可以更加快捷地运往世界各地,为"喀什特区"搭建起便利的中转平台。

……

喀什上下都弥漫着一种发展的"冲动"。在新形势下,地方官员都在认真学习,探索如何适应市场规律。可以这么说,虽然这种"冲动"由来已久,但如今则更为强烈。

对口援疆、中央新疆工作座谈会,列入议程的喀什"特区"建设……

一连串利好消息,让在街头开出租车的维吾尔族小伙子提及此,也都一脸神采飞扬。

可以想象,这个相对封闭的国家级贫困地区,将要在特殊政策的扶持下,进入一个突飞猛进的新天地。

在昆仑山、天山山脉的环抱之下,吐曼河水静静地从喀什城中流过,大街小巷边粉嫩的合欢花甚是惹人。喀什仍是喀什,只是行人的步伐变得更加匆匆,路人的话题比以往更广,喀什人的脚步与视野正因喀什的变化而变化。

听说喀什从"古城"变为"特区",喀什的房价仿佛一夜之间猛涨起来。

作为普通市民,四十岁的沙代提对经济特区最直观的感受是,房价涨了。而来自广东茂名的二十三岁小伙李立俊,在2010年春节后不到半年时间内,亲身经历喀什历史上最疯狂的房价上涨过程。

2009年国庆节前,李立俊来到喀什,姐夫为他介绍的工作是售楼员,为喀什市近四十万平米的欧景名苑售楼,这是一个很大的小区。之前,李立俊从没卖过东西。

"房子是2009年国庆节开盘的,那阵子,房子很难卖,一天卖不出去几套,上门的人也很少。"李立俊说。"春节后,建经济特区的消息出来了,房子像大白菜。"李立俊描述说,3月,夜里还很冷,凌晨3点多,售楼处就有人在排队,"刮着大风沙,弄得人灰头土脸,还是很多人"。不到4月,欧景名苑一期近一千一百套房子被一抢而空。

从四川南充来到喀什打工三四年的陈学贵,无意之中踩对了房价上涨的鼓点——2009年国庆节,他到欧景名苑买了一套七十多平米的小户型房子,每平米一千五百元,交了五千元定金。

"当时房子不太好卖,条件优厚,售楼小姐说,不想买了,这五千元可以全额退。"陈学贵说,春节后,他不想买房了,想去退,结果发现行情变了,房子涨了,买房的人也多了,他赶快把首付缴了。

就几个月时间,陈学贵未到手的期房从每平方一千五百元涨到二千四百元,楼层好的逼近三千元。这让他感慨:"当初为何没借钱多买一套呢?"

"过去是二十元涨一回,几个月涨一次,现在是五十元涨一回,隔几天涨一次。"陈学贵说,即便如此,还有一些开发商捂盘惜售,等待更好的价格。

房价上涨,让销售新手李立俊很高兴。从2009年国庆节至2010年5月,他卖出了近七十套房子。

"主要是在特区消息出来后卖的。"李立俊很看好喀什的房地产市场,"才刚起步,才两三千元一平方,怎么可能会跌呢?"

陈学贵不同意他的观点:"房价都到四千了,普通老百姓的收入才多少呢?如果没有外地人,这个市场肯定持续不下去!"

"2010年11月,来了一批温州人,一次性买走靠东湖边的二百套房子。接着,深圳人也来了,一次买走一百套。还有山东人、上海人也买走了几十套……"

喀什汇城房地产开发有限公司业务主管黄顺兰说。

许琳,是人民西路草湖国际贸易城的售楼员。他们公司的楼盘即将开盘,价格还未定。但她却说:"均价肯定在四千一百元以上。"

虽然这几乎已经是喀什最高的房价了,但询问的人仍络绎不绝。有本地市民,也有许多来自哈尔滨、北京、深圳等大城市的陌生面孔。"都是来投资的。"许琳说,一个北京男子告诉她,如果开盘,他打算买下整个一层楼。

但房价的上涨不代表喀什一脚跃进现代繁华的大都市。与此前的深圳等"特区"相比,喀什其实有很多特殊之处。它如何突破既有特区政策普惠化的局限?还有,在这片生态脆弱的绿洲,如何避免发展的逻辑吞噬已日渐恶化的环境?这一切都面临严峻的考验。

喀什要崛起,需要一个支点,需要强大的助力。

新一轮援疆工作的开展,无疑给了喀什最有力的支撑,就像一个跳高运动员,有了能够飞跃的撑杆。

巍巍昆仑,隽美梧桐,两座大山相隔万里,见证着援疆建设者的步伐和激情。

"东有深圳,西有喀什。"一个是我国最早设立的经济特区,一个是我国最年轻的特区,这两个盛开在中国东西部的"姊妹花城市",因为中央援疆政策而结缘。

在中国改革开放后成立的第一批经济特区里,深圳的成绩最引人注目。

然而,成功的道路不可复制,中国西部边疆的喀什和霍尔果斯情况,与毗邻亚洲金融中心香港的深圳有很大不同。

喀什有自身的情况和特点,不可能完全按照深圳发展套路走。例如:喀什虽占据"五口通八国、一路连欧亚"的地缘优势,但喀什生态环境特殊且脆弱,尤其是水资源十分宝贵,同时还受到周边市场环境的先天性限制。作为新生的"特区",喀什的整体规划必须坚持高起点、高标准。

建设喀什特区,最好的突破口在哪?

针对喀什独特的实际,在规划编制中,深圳提出了"特区与城市同步发展"的构想。在绘就的"大喀什"蓝图上,重点突出地方民族特色,避免千城一面,将民族与现代元素融入城市设计中,将未来的喀什打造成民族特色与现代文明交相辉映的现代化城市。

深圳向喀什提出大胆设想:划出一定区域范围,由深圳主导,重点打造产业示范园区、核心区,从而带动喀什特区整体建设。

喀什经济开发区,规划建设面积五十平方公里。其中,喀什市区四十平方公里,伊尔克什坦口岸区十平方公里。

新一轮援疆中,在喀什特区核心区内,深圳确定分别建五平方公里的"一园一城",即喀什深圳产业园、喀什深圳城。

"一园一城"的功能定位和发展理念十分明确。"一园":着重发展新兴产业、高科技产业、轻加工制造产业、装备制造业等先进制造业。"一城":构建以金融服务为核心,以旅游休闲、现代商贸为支撑,以文化创意为特色的现代服务业体系。

五六年前的冬季,从喀什旧城区一路驱车向东,繁华渐尽,人迹渐少,一片白茫茫的大地上,时不时裸露出几片土黄,相互点缀着彼此的寂寞。

随着建筑施工车辆的隆隆驶入,这里突然成为了热火朝天的新工地:工人各司其职开始忙碌,基坑里的打桩机发出轰隆隆的声音……这是深圳援疆国企在喀什拉开的帷幕。

"钱没一分,地没一亩,人没一个。"这就是当年喀什经济开发区的真实现状。然而,漫步在今天的喀什东部新城,感觉回到了三十多年前的深圳:一座座竖起的塔吊傲然挺立,一座座在建的高楼凝视远方,一个新的春天的故事正在奏响,一座现代化新城正在崛起……

其中,"一园一城"更令万众瞩目。

对"东有深圳、西有喀什"定位而言,每年六亿元的资金还只是杯水车薪。能通过市场机制介入建设吗?能通过其他手段调动社会资源吗?

面对难题,深圳援疆前指与经济开发区、喀什市通力合作,创造性地开发建设,创造性地招商引资。

值得一提的是,2010年6月,广东省委、省政府主要领导,率团赴疆对接。他们带上广东省内六十余家龙头企业负责人一同前来,并在年初编制的援疆总体规划中,专门安排产业引导资金四点五亿元,鼓励企业进疆投资。

2012年4月,喀什经济开发区党工委、管委会挂牌成立,喀什经济开发区迅速启动投融资体制改革,从"有多少钱办多少事"转向"办多少事找多少钱"。他们努力做大投融资主体:成立喀什城投公司,成立喀什发展公司,成立深喀公司……

让投融资主体从"小散弱"成为"大专强"。

如今,喀什城投公司已由当初的注册资金两亿元增至二十五亿元,总资产达到一百零四亿元,投融资主体迅速壮大。

创新政府融资方式,成立喀什综合保税区投资公司,整合地方、兵团力量,效应迅速呈现。不到十天,双方便分别注资三点五亿元,打造了兵地融合发展的典范。

第六章 "造血"别样红

由深圳市国资委牵头组织十一家大型国有企业,共同出资组建的深圳城公司,注册资金六点六亿元,承担深圳城项目的融资、建设、运营和管理任务。

喀什机场,在喀什市主城正北偏东方向,距离市中心直线路程约十公里。机场所在的城北地区,已抵喀什绿洲边缘,每年不到10月,这里几乎看不见一片绿色,眼前是空旷的盐碱地与黑色砾石,北风时而卷起遮天蔽日的尘沙,一眼望不到边际。

顶着恶劣天气,在机场北侧,正在加紧建设的,是一个规划面积达十三平方公里的空港产业物流区,现已渐成规模。再往北,越过恰克玛克河,还有一片十三平方公里多的规划面积,这是城北的转化加工区。

建设中的喀什空港产业物流区包括:喀什综合保税区和深圳产业园。2012年4月,总投资二十九亿元的保税区动工。

深圳产业园于2011年10月揭牌,它是深圳对口援建喀什开发区的又一个重头项目。深圳一直采取"边招商边建设"的思路,推进产业园各项工作,园区揭牌当天,即从深、港签约引进一批企业,总投资额达三十七亿元。深圳产业园短期计划到2015年实现产值四十亿元,2020年将实现百亿产值。

深圳产业园与深圳城所形成的"一园一城"项目格局,是深圳有意为之。"一园一城",不但是"深圳经验",还是"世界经验"。新加坡建国之初,就打造裕廊工业园。深圳特区创立时,可以说一无所有,既缺乏资金、技术,也没有经验、人才,正是当年把蛇口工业区作为深圳特区的星星之火,才有了如今的星火燎原。

可以说,在喀什开发区建设中,"一园一城"具有"蛇口"意义。

开放式的招商模式,使开发区建设如虎添翼。深圳产业园采取了"引凤筑巢"、"筑巢引凤"等多种招商模式。

在引进中航集团等企业时,采取产业园提供土地,企业根据需要建设厂房、办公楼的"引凤筑巢"模式。同时,在产业园兴建标准厂房、创新中心和综合服务中心,以此"筑巢引凤"。

深圳产业园2012年引进中航集团、三一重工、拓日新能、拓方科技等知名国家级高新企业,总投资超过三十四点二五亿元,涉及新技术、新材料、新能源、互联网和现代农业、工程机械再造等多个领域。

深圳城则创造了"边建设、边招商"新模式。

"一园一城",是"羊群效应"的范例,是喀什特区发展的"双引擎"。在"一园一城"的引领带动下,喀什经济开发区的核心启动区、产业集聚区和示范区,迅速得到发展。

城东金融贸易区里,融综合性、现代化为一体的商贸平台设施(金融服务、国际商贸、商务服务、总部经济、会议展览等)一天一个样。

城北转化加工区里,基础设施建设(产业集聚区、喀什综合保税区的联检楼、综合服务楼、主卡口、保税仓库等)齐头挺进。

……

放眼喀什,简直就是一个火热的大工地。昔日的茫茫戈壁滩上,矗立起一座拥有现代产业集群和宜居环境的新城。

金融贸易区、综合保税区、深圳产业园……处处都有热火朝天的工地和机器轰鸣的厂房。

喀什经济开发区正在呈现令人欣喜的变化,已成为最具潜力、最有活力、最为开放的现代化新区之一,成为开拓进取、变革图强的新标尺……

见证了古丝绸之路的兴起和繁荣的喀什,吹响了打造"丝绸之路经济带"战略支点的号角,而喀什市将成为这一战略支点的核心区。

喀什焕发出了前所未有的活力。

2014年,喀什经济开发区新注册企业二百六十四户,累计达到四百三十三户;新引进股权(创业)投资企业八十八家,累计达到一百零三家,注册资本四十二亿元,持有股权市值八十五亿元。

据统计,2014年,喀什全市实现生产总值一百八十八点九亿元,与上一年相比,同比增长百分之十四点九六;公共财政预算收入十七点三六亿元,增长百分之十点二。这样的成绩,喀什经济开发区功不可没。

从喀什特区的崛起,人们可以处处看到深圳的印记。

在建设喀什时,来自深圳的建设者,并不讳言他们总有一种抹不开的"深圳情结"。

"你去看深喀大道两旁的标语,我们都特意用当年建设深圳时候的。"

深喀大道,是深圳在喀什援建的一条双向八车道市政路,红线宽度八十米,总投资近七亿元,长近十公里,早在2012年底就通车。因为太宽,规划时有争议,有人认为"喀什这地方不需要这么宽的路"。而深圳方面则考虑到,"要给发展留有余地,起点要高"。

深喀大道原计划两年建成,深圳只用一年时间就全线贯通。与当年"三天一层楼"的"深圳速度"相比,这被称之为"深喀速度"。"深喀速度"还有另一个刚性标准,要求凡是深圳援建项目均需"当年开工、当年主体竣工"。

深圳市委、政府的总体要求,就是要"像当年建设深圳特区那样建设喀什"。

从硬件环境看,深喀大道是推动喀什开发区东部片区建设的先决条件。

"路下面的水、电管网一起铺过去,有了路、通了电、通了水,沿路两边的建设才能开工。"不过,这条路的意义远不止于此,深喀大道最终将和深圳的深南大道一样,肩负起同样的使命。

深南大道,是深圳特区改革、发展与城市建设的叙事主线。三十多年前,在深圳蔡屋到上步的坟头田间,人们肩挑背扛开出一条长二点一公里、宽七米的小路,这是深南大道的起点。现在从这二点一公里路走过去,两边是地王大厦、深交所、京基100、邓小平画像以及著名的"华强北"。在二点一公里之外,整个深南大道已绵延三十公里,东西贯穿为深圳城市主轴线。

汽车行驶在宽阔的深喀大道上,两侧高楼林立,住宅楼、商业区和图书馆,错落有致,现代化和民族气息相得益彰,傲然挺立的塔吊,还有一块块巨大的项目建设效果图,似乎在诠释"深喀速度"的奥秘。

其中,"双子塔"喀什发展大厦十分引人注目。在遥远的喀什市,一座设计为五十八层、高二百六十八米、能够承载十级地震的喀什发展大厦,将崛起为中亚第一高楼。它超过乌鲁木齐市小西门外现存"新疆第一高"中天广场,也将西安现有最高大楼信息大厦甩在身后。

这一情形异于国内惯例,却与广东相似。叠加了"经济"与"发展"两个关键词的省域最高建筑,通常情况下都从一省经济、文化中心的省会城市崛起。

而广东是一个例外,广东省第一高楼不是省会广州的西塔,而是深圳的京基100。截至2012年,京基100仍是中国第三高楼、全球第八高楼。

喀什正是要像深圳那样,在国土最西端建设一个"特殊经济开发区",并计划在未来十到二十年,隆起为新疆、大西北乃至中亚地区的经济增长极,也由此恢复甚至超越这座千年古城曾经闪动在丝绸之路上的耀眼光辉。

这一轮建设,喀什发展大厦只是一个缩影。

过去几年,在外界争议与观望中,喀什、深圳两地政府联手,在开发区土地、交通、市政、工业园区等基础设施建设上大举投入。

随之,国内一批实业资本、金融资本、新兴股权投资企业闻风而动,悄然涌入开发区,它们一起创造了年均百分之二十以上的经济增速。

喀什城里,正激荡着二十世纪八十年代初深圳所特有的那种淘金热望、冒险精神和经济崛起冲动,仿佛处处都是新机遇。

值得一提的是,喀什发展大厦不仅引来了希尔顿酒店,还有一个值得期待的十万平方米的喀什国际免税广场,目前正在申报免税经营牌照。

同样,呈东西走向的深喀大道,绵延在喀什市主城东南方向的一片绿洲之上。此前,这一区域被一条南北走向的国道完全隔离于喀什主城之外。

现在,深喀大道西头起点就连接在国道线上。由此往东,顺深喀大道两旁,一座崭新的现代化新城正在如火如荼建设当中。

这些动辄二十层以上的高楼,多为保障性住房,一路往前,路两侧在建工程还有市民服务中心、图书馆、医院、中小学校、喀什大学、公交站点、停车场、保护性湿地、景观公园……

工地背后即是广袤的绿洲农田和柏杨林,更远处能看见稀稀落落的农家、土屋。它们留存了和当年深圳小渔村差不多一样的贫穷印记。

深喀大道的修建,拉开了东城新区建设大幕。它是连接喀什市新老城区的城市主干道,是连接深喀两地的友谊之路。深喀大道的通达宽阔,不仅仅是喀什这座特区城市的兴起符号之一,铺满了深圳特区对喀什特区的深厚情谊,更折射出援疆"造血"的特殊价值与意义。因为,援疆几年来,深圳不仅把资金和人才带过去,让深圳精神生根发芽,更把梦想带到了喀什。

2013年9月,国家主席习近平在哈萨克斯坦纳扎尔巴耶夫大学发表演讲,呼吁以创新的合作模式共同建设"丝绸之路经济带",其中加强道路联通将是各国合作的重点方向之一。这一理念的提出,让古老的丝绸之路再次成为引人瞩目的"黄金商道"。

党的十八届三中全会明确决定:"将推进丝绸之路经济带、海上丝绸之路建设。"这无疑让喀什有了新的期待。

"丝绸之路经济带"和"中巴经济走廊"战略的实施,历史再次把机遇给了喀什,这是历史与现实交融的机遇,是寄托着喀什梦想与激情的机遇,更是得天独厚、独一无二、千载难逢的机遇。

人们相信,不久的将来,喀什将成为这一区域最具发展潜力、最具经济活力的地区之一。

太阳每天都是新的。

中央新疆工作座谈会召开以来,喀什、霍尔果斯两个经济开发区车水马龙,酒店几乎天天客满。房地产开发也是红红火火,房子地基刚起来,打听价格、咨询房屋用途的人就不断。

随着援疆省市的鼎力相助,喀什、霍尔果斯两个经济开发区已经跨上了时间的骏马,奔驰向前。

如今,无论你是去喀什经济开发区,还是去霍尔果斯经济开发区,见到的场面都是轰轰烈烈,呈现出一幅热火朝天、激动人心的建设画卷。

它们已成为新疆向西开放的新"引擎",成为我国向西开放战略的舞动九天的重要两翼。

● **人才咏叹变奏曲**

"国以人兴,政以才治。"人才资源是第一资源。西部大开发,新一轮全面援疆,人才是关键。

当年,美国因为在西部发现了金子,"淘金热"遂成了驱使"牛仔"西进的巨大动力。

在二十世纪最后的十多年里,对于我国西部人才资源来说,正是困惑和暗淡的十多年。相当长时间里,西部人才流出远大于人才流入,特别是中青年骨干人才大量外流,有人把这种现象比喻为"孔雀东南飞"、"一江春水向东流"。

二十世纪之末,党中央、国务院提出实施西部大开发战略。人们此时吃惊地发现,用人之际,西部缺乏"大将"。人才问题,已成为西部大开发的一个瓶颈。特别是在面临知识经济和经济全球化挑战的今天,西部要大开发,要实现追赶式、跨越式大发展,更要依靠高素质人才的支撑。西部大开发,首先要着眼于人才资源的大开发。

新疆从1979年至1998年,通过正常渠道调出的干部就达四万人,而同期由外省调入新疆的干部仅七千二百四十八人,调出与调入之比约为六比一。

新一轮全面援疆时,对新疆高层次人才的困乏,新疆农科院副院长戴健的一番感叹,十分令人深思:"在上世纪六七十年代的计划经济时期,工资是人们收入的唯一来源,新疆工资水平在全国位于前列。但随着改革开放,搞活经济,内地经济发展迅猛,工资外的收入已大于工资收入。新疆与内地的收入差距不断拉大。目前新疆农业科研人员的收入水平,只是北京同行的百分之四十至五十,是广东同行的百分之三十至四十。加之工作环境与内地相比,还有很大的差距。这是导致人才从西部流失的重要原因。新疆农科院近五年调出前往内地的人员就有三十人。虽然出台了人才引进激励政策,但是截至目前没有从内地引进一人。"戴健的话,可谓痛心疾首。

人才流失,是新疆人心里抹不去的伤痛。

2010年,在自治区党委七届九次全委(扩大)会议上,新上任的自治区党委书记张春贤的讲话里提到了一组数字:全面援疆前的近二十年来,新疆人才流失达二十多万人,其中高级教师、学术带头人、技术创新骨干、中青年专业技术人才达十万人。全面援疆之前的那几年,新疆每年考入内地院校四万多名学生,毕业后大概只有百分之二十七的人返回。

南疆三地州和偏远贫困地区人才严重不足。享受国务院特殊津贴的新疆大学原党委书记、新疆经济学会会长鲍敦全，是上世纪六十年代复旦大学经济系毕业的高材生，他认为人才流失的原因是多方面的，"包括我们教育条件、科研条件、学校本身设施，问题都比较多。低工资也是一个很大的问题。再就是生存环境往往达不到基本要求，再加上不安全问题"。

鲍敦全1962年从上海来到新疆时，他们那一批知识分子被称作"七九三八部队"，意思是每月工资是七十九块三毛八。"七九三八是什么概念呢？上海大学毕业生拿五十八块钱，南京那边是五十四、五十五、五十六，有的地方拿五十二块钱，甚至有的地方拿四十八块钱，你想我们拿八十块钱和四十块钱有多大的差距？那时新疆的工资排在全国前三位。"鲍敦全解释道。

只是时光流转，新一轮援疆前早已被内地甩在了后面。

"我好多同学在上海复旦，他们收入比我们高多了。我的孩子在上海，他的收入比我们高好多倍。过去新疆老百姓的收入，在七十年代、八十年代，在全国都是前三位的。西藏、青海、新疆，后来慢慢落到第五位。我们现在是二十九位，甚至全国倒数第一。"

新疆曾经想方设法留住人才，其中包括让很多人至今诟病的土政策——"出疆证"。这个在当年深具"新疆特色"的政策拖延、为难了很多意图出疆的人才。但这样的方法，显然既不能留住人心，也堵截不了流失的速度。

"那些有一定能力的人，到一定时候就走了。包括我本人，八十年代就要走的，但我是享受国家津贴的干部、专家，要走的话要经过单位、组织同意，单位一讨论不放，所以留了一部分人。但是有的人就没法留了。"

让鲍敦全一直感慨的是，曾经当过新疆大学副校长的数学专家张福基教授的出走。在学界曾有"福建陈景润，新疆张福基"的说法，但后来张福基教授因各种原因离开了新疆大学，去了厦门大学，成为国家级有突出贡献的专家。

西部人才的流失，不仅存在高层次人才方面，"潜人才"的流失也颇让人惋惜。大多数学生去了东部地区读书，总是想方设法留在东部。原来是去北上广一线城市，现在则因为房价的因素，去其他二线城市。

直到全面援疆之前，翻开一些国家有关西部大开发的文件，只要提到人才资源开发，仍然会用"人才不足、流失严重"这八个字。

对于新疆而言，缺资金，缺技术，但最缺的还是人才。

授人以鱼，不如授人以渔。这句话说的是一个深刻道理：给钱给物，不如给知识给技术。钱和物有花光用尽之时，而知识和技术才是长久的存在，并且保值增值。

这是2011年4月26日。人间四月芳菲天,暮春时节的江南,草长莺飞,杨柳垂岸,一派盎然生机。长江之滨的江阴,春光明媚。这天下午,在中共江阴市委党校,江阴市援助霍城县干部人才培养"百千万"工程正式启动。来自霍城县的二百多名干部成为这个工程的首批学员。

何谓"百千万"工程?就是江阴牵手霍城,用五年时间,为霍城培训百名党政领导干部、百名村干部、百名企业经营管理人才,千名专业技术人才,万名"新农村新农民"。

这期间,霍城每批派到江阴的学员,均接受十天到三个月不等的专题学习培训。这是以王进健为首的新一任援疆领导又一"造血"新举措。

江阴—霍城"百千万"工程,旨在为霍城留下一支永不撤退的"援疆人才",是又一智力援疆之策,是打造未来霍城"软实力"之举。

中组部干教局副局长时玉宝对此评价说:"江阴首开对口援疆人才培训先行的创新模式,值得全国推广。"

霍城,这是一片神奇的土地。是一片美丽的土地。是一片多彩的土地。是一片负载着辉煌与梦想的土地。

但也曾是一片背负民族屈辱与悲壮的土地。曾是一片贫困的土地。曾是一片自卑的土地。

是援疆,让这片土地变得自豪!让这片土地变得自信!更让这片土地振翅欲飞!

然而,人才是事业之本。虽说"人才"二字区区五笔,却是一个地方、一个国家强盛的动力源。

作为欠发达地区,人才缺乏,是长期制约新疆经济社会发展的一大"瓶颈",霍城自然如是。

援疆干部、县委书记王进健深刻地感受到:人才创新素质与能力的高低,决定着一个单位、一个地区核心竞争力的高低。没有人才的风云际会,就没有霍城发展的风生水起,更没有霍城未来的腾飞动力!

正在走向兴旺发达的霍城,已经吹响了人才的"集结号"!王进健用"幸福霍城"的理念,引领霍城"十二五"的发展:"三年大变样、五年翻一番。率先达小康、走在最前列!"

要实现霍城的这一奋斗目标,没有庞大的人才队伍怎能?

怎样拥有人才?木茂鸟集,水深鱼聚。坚持"一把手"抓"第一资源",是其一;齐心合力"抓"人才,是其二;优化环境"揽"人才,是其三;不拘一格"用"人才,是其四。

还有,就是要多措施并举"育"人才,坚持"走出去"与"请进来"相结合。

"百千万"工程,就是这个"育"人之举,就是为霍城"造血",就是为霍城创造"软实力",为霍城的腾飞插上翅膀,为霍城留下一支永远的"援疆队伍"!

也就是在"百千万"工程举行启动仪式的那天,霍城县芦草沟镇党委书记李西域与江阴市顾山镇党委书记陈兴华的手,紧紧地握在了一起。这两个远隔万里的异地之镇,因对口援疆走到了一起。

顾山镇的工业经济起步早、基础好、发展快、科技含量高,已形成轻工、电子等六大产业,是无锡市工业明星镇。能与这样的乡镇结为友好对子,李西域打心眼里高兴:"以后我们可以近距离从结对子乡镇身上寻找经济发展的共同点,扬长避短,把他们先进的理念和经验为我所用。"

当天,霍城县还有开发区、乡镇场、贫困村共十八家单位,也与江阴市的开发区、华士镇、城东街道等单位相应牵手结对。

和以往培训班不一样的是,"百千万"工程,除了来自霍城县各党政机关、部门的领导干部外,还有教育、卫生系统的骨干人才,还有农村致富能手、村干部,还有企业经营管理人员,还有专业技术人员,参训学员的规模之大、范围之广,都是霍城历史上乃至新疆的同等县市都从未有过的。

这样的培训,学员不只是单纯地听老师讲课,还根据学员工作岗位和技术专长特点,开展有针对性的培养学习。如:党政领导干部侧重学先进的管理经验,医生则到医疗卫生机构学专业技术,教师走进学校学习先进教育和管理方法,企管人员进车间看技术装备和运作模式……这些都能让每一位学员学有所获。

阿不来提·沙吾提,是兰干乡其宁巴克村党支部书记。他因汉语表达能力不太好,在江阴学习时,凡是他听不明白的地方,总是主动向其他少数民族学员求助,让他们给自己再讲解一遍,认真地记录下来。为什么阿不来提·沙吾提会这么认真?因为,他是带着任务来学习的,不光他自己要学、要开眼界长见识,回去后还要把学习的体会、经验,与村里的其他同志交流、分享。

走遍江阴市周庄镇各个村落,阿不来提·沙吾提看到了新农村建设的真实模板。他感慨地说:"回去后要给老百姓真真切切地干实事!"

王新军,既是霍城县果子沟牧场农业村党支部书记,也是当地农民的致富能人。他和其他几位村干部一起到江阴徐霞客镇红旗村"取经"。当地高效设施农业、立体农业的红火景象,让王新军赞不绝口。

红旗村人均耕地不足一亩,为有效缓解用地矛盾,让每片土地发挥光和热,当地政府通过土地置换,大力发展蔬菜无公害、绿色、有机化生产,实行规模化经营,打造高效设施农业园区,让农民在仅有的土地上收获更多的果实和财富。如今,在保证基本农田的基础上,该村六千三百多亩地,有二千八百亩地种上了花卉苗木,还有二千多亩温室大棚。

"这里的大棚不仅种菜,更多的是花卉和水果。"最让王新军感兴趣的是棚里的大樱桃。"还没熟,就有我们伊犁的树上干杏那么大!这家伙市场好,一斤能卖到四十元。"在王新军看来,四十元一斤,对绿色无公害产品来说并非天价。红旗村几乎家家房前屋后都有池塘,分开就可养鱼喂鸭,产生的肥水经管道进地灌溉,生产出来的都是绿色食品。

王新军看到,红旗村农户池塘里的鱼不是自己吃的,而是专供游人垂钓的。这让种大棚的王新军很受启发:"没有人限制我们种地、种菜就只搞农业,我们也可以用菜地、果园搞旅游啊!"

不怕做不到,就怕思路走弯道。思想上有了新萌动,就迈出了跨越的一大步。回到霍城后,王新军成了伊犁第一个"吃螃蟹"的,引进了大樱桃在大棚里试种。

王德才,是莫乎尔乡中心学校格干牧业学校校长。他是第一次出疆到兄弟省市学习。到江阴市华士实验中学报到后,他立马感觉到:这里的师资队伍强,经济条件好,校园环境美,与自己所在学校的差距巨大。

"有距离,就要努力缩小。"王德才抱着学习的心态,主动向华士实验中学提出请求:走进课堂听当地老师讲课;参加学校组织的各种活动以及各种会议,以学生的姿态多学点东西。华士实验中学有重视培养学生科研的传统。至今,学校老师、学生获取国家级、省级发明专利就有二百二十多项。

学习归来后,王德才感慨地说:"我们没法在经济实力、基础设施上跟别人比,但我们可以学习它重视创新、勇于创新的精神,可以在提高教师队伍的专业水平、整体素质上下功夫。"

清水河镇种植大户丁有才,有近十年的油桃种植经验,原以为很满足了。可他到江阴考察学习半个月后,感触颇多,看到江阴九州果业等企业发展设施农业的好势头,很受启发。他特别欣赏华西村老书记吴仁宝的话:"小发展大困难,大发展小困难,不发展最困难。"

回到霍城后,丁有才立马行动,将自己原来种植的油桃大棚由三个增加到六个,并增加人员,准备带动更多的农民致富。

李雅琴,是清水河开发区的党委副书记。她最关心的,是招商引资和产业集聚的问题。一星期的时间,李雅琴了解到江阴打造县域经济竞争力的原动力,感悟了江阴民生需求"倒逼"经济转型的魄力和魅力。

理论加实地考察,带给李雅琴很深启示:政府和企业的关系融洽,就是一加一大于二!

霍城江苏医院急诊科的阿芒姑,是位善于学习的年轻女护士长。她是卫生系统首批十二名学员中的一员。经过一个月江阴学习实践,阿芒姑得到了多重启发。她说,江阴人热情周到,不仅市卫生局给他们学员安排了一流的住宿条件,还为他们专门安排了清真餐厅。

更主要的是,江阴医护专家耐心对他们的传帮带,让阿芒姑感动不已。在她学习的江阴市人民医院,有一位外号叫"大妹子"的徐小娟护士长,特别有耐心。有一次,她曾抽一天时间,专门教阿芒姑学习"心脏抑压泵"和气管插管的使用,忙得她连午饭也没顾得上回家吃。

学习期间,阿芒姑遇到了一个特殊的抢救病例。有一位被瓦斯爆炸炸伤的危重病人送到医院时,已经昏迷,心脏也停止了跳动。徐小娟护士长立即叫阿芒姑给其静脉输液,她自己则给其插管,其他护士也都各就各位,进入抢救步骤,仅仅一分钟的时间,就全部安排妥当,有条不紊。结果,让这个危重病人很快就复活了。

阿芒姑说:"以前在霍城医院,要是遇到这样的情况,病人就没命了。因为像这样的危重病人,急诊医生是不会让护士们碰的,护士们也根本不知道怎么操作。学习之后,我的专业水平提高多了。"

让阿芒姑感动的还有,江阴市人民医院的护士们非常敬业,从不嫌弃病人,她们为病人擦脸、洗澡、护理口腔等,就像对待自己的亲人一样,呵护有加。

阿芒姑学习归来后,这个富有爱心的维吾尔族女护士长,也以江阴的"师长们"为楷模,在她负责的医院急诊科推广优质护理服务,并且自己身体力行,对孤老残病人贴心周到的服务,赢得了全院上下一片称赞。

一年之后的2012年7月,阿芒姑还通过县里的层层选拔,顺利地走上了县妇女保健院副院长的领导岗位。

"常医生谢谢你,是你给了我光明!"2012年5月6日,白内障患者阿不都热依木眼上的纱布取下时,激动地对霍城县江苏医院眼科医师常志怀说。

常志怀,作为江阴市人才援疆首批"百千万"工程学员,一年前被派往江阴市人民医院学习深造。学习归来,他已能独立做青光眼、白内障等手术,填补了霍城县江苏医院多项技术空白。

……

霍城人到江阴去学习什么?怎样学习?

观念更新,勇于创新,敢于超越,是根本的一条。

地处长江南岸的江阴,面积只有九百八十八平方公里,人口却多达一百二十万。江阴的企业两头都在外。江阴市只占全国万分之一的土地、千分之一的人口,却创造了超过全国二百分之一的地区生产总值、二百五十分之一的财政收入、百分之一的上市公司、五十分之一的中国五百强企业。

在全国百强县(市)经济排名中,江阴凭什么连续近十年荣登榜首?为何被称为"中国资本第一县(市)"?为何会诞生"中国第一村"华西村?为何江阴迅速崛起让全国刮目相看?江阴人是怎样创造幸福生活的?

这就是,江阴人有一种不甘落后的拼搏精神!有一种勇于探索的创新精神!有一种不断否定自己的跨越意识!

正因如此,江阴将人才培养作为援疆的重中之重,和霍城一起制定了"百千万"工程的《行动纲要》。

朱海峰,是霍城县莫乎尔乡的党委副书记,到江阴市仟职璜土镇镇长助理后,他感触颇深。他说:"到江阴学习是换脑筋,学江阴的是一种奋进精神和发展理念,学的是敢拼会干的态度,还有科学的方法。"

学员陈伟来到江阴后,在临港新城任招商局局长助理。陈伟特别珍惜这次外出学习机会。他认为,这样的培训让他这个基层干部开阔了眼界,开拓了思维,激发了工作热情,重新理解了对改革、发展、稳定的新内涵,让他终身受益。

江阴市农村"土地三置换",即:以土地承包经营权置换保障,以宅基地置换住房,以农民身份置换城镇居民身份。这一做法,令霍城县清水镇干部祁勋眼前一亮,深受启发。清水开发区(镇)百分之八十五的土地都属于清水河镇,岂不是可以仿效吗?

从江阴学习回来后,祁勋提出了自己的发展思路:利用开发区优势,盘活闲置土地,扩大集体经济,让农民居住条件得到改善。祁勋的想法征得县委、县政府同意后,立即召开群众代表大会,得到一致赞同。

……

"人才自古要养成,放使干霄战风雨。""百千万"工程受到当地干部群众的欢迎,也得到自治区党委、中组部的肯定。

短短一年多的时间,霍城县芦草沟镇"一村一品"特色经济格局已显雏形;三道河乡提高村组干部待遇尝试体制创新;清水开发区(镇)相应成立招商一局和招商二局,招商引资呈现竞争态势……这一切,正是学习借鉴江阴先进经验后带来的巨大变化。

江阴的做法,仅仅是十九个省市众多智力援疆的一个缩影。

2010年新一轮对口援疆工作大幕开启,干部人才援疆的力度之大、投入资金之多、覆盖范围之广,前所未有。

新一轮对口援疆以来,十九个对口援疆省市和中央国家机关、企事业单位,共选派六千七百八十六名援疆干部进疆工作,为新疆发展注入了新力量。同时,积极组织培训新疆各类干部人才七十七点六二万人次,有效提升了新疆干部人才队伍整体素质。

走进新疆,在经济、医疗、教育、科技等各个领域,到处都可以见到他们的身影。他们是中华民族伟大复兴"中国梦"的践行者,是现代文明的传播者,是国家情怀的传递者。

几年来,在这支队伍的带动下,援疆人才正以几何级数增长,这是一个由静态向动态发展的过程,也是新疆人才队伍建设从"量变"向"质变"转化的过程。

感恩之情,激发着新疆各族人民建设新疆的热情,他们与援疆干部人才一起,更加坚定地向着建设美好新疆的目标迈进。

好风凭借力,扬帆正当时。

"拉得出,打得响。"这是江苏援疆干部队伍的独特优势。新一轮对口援疆以来,江苏十分注重人才援疆。从2010年9月开始,江苏省委组织部就会同前方指挥部,抽调精兵强将,派往对口支援的伊犁哈萨克自治州和克孜勒苏柯尔克孜自治州。

江苏还在全国率先提出并确定:以援疆资金百分之五,用于干部人才援疆工作,全面开展"连心牵手"、"名家引智"、"杏林春风"、"暖心希望"、"青蓝帮带"、"绿色生态"等六大行动。

几年来,在干部人才援疆中,江苏省投入四点五九亿元援疆资金,并通过建立"人才特区"、人才奖励政策等十项措施,为天山南北培养一支永不走的人才队伍。

"牛羊上山了,老齐也要上山了!"

老齐全名叫齐景文,援疆前,在沈阳市动物疫病预防控制中心工作。来疆后,他起早贪黑地和牛羊打交道。来疆四个多月,已走遍了塔城市十个乡镇场的一百余座村庄。

塔城市畜牧兽医局畜牧兽医站副站长加依热古丽说:"由于齐总技术精湛,以前解不开的难题在他的帮助下都得到了解决。他不仅把先进的理念和技术带给大家,还把好的工作方式和作风带给我们。"

谈起自己到湖南学习的感受,托克逊县委常委、宣传部长热孜婉·亚森深有感触:"看到湖南省古丈县默戎镇的基层党建工作开展得如此好,使我明白,基层党支部建设一定要有个好领导、好的带头人和一个优秀的班子支撑党支部的建设。"

在组织吐鲁番基层干部到湖南集中轮训时,湖南省援疆干部工作队采取灵活培训方法,提高了培训实效,让基层干部听得懂、学得会、用得上。

第六章 "造血"别样红 269

广州市委提出"把疏附当成广州第十三个区来建设和发展",积极组织干部、教师、医生、企业家、农民等代表,开展各种参观、考察、挂职、交流活动,选派干部培训学习。

北京市采取"长短结合、灵活多样"的方式,实施县乡村三级干部轮训,选派爱国宗教人士赴京培训。

上海市组建上千人的援疆专家和青年人才库,先后培养、培训当地各类技术人才三万多人次;选派一百五十多名各类志愿者在疆志愿服务;积极向社会征集援疆的"金点子",推进人才和智力援疆。

河南省组织开展"中原院士专家哈密行"活动,成立"中原院士专家哈密工作站",十五位院士专家受聘为哈密地区和兵团第十三师"高级顾问"。

……

新一轮援疆不同于援川、援藏、援青重在灾后重建,不同于援藏的干部挂职锻炼。此次的援疆是全面的,不仅要援资金、派干部,更要引进人才,培养当地自我发展能力。

一个地方的发展,必须依靠当地干部和人才。

"不到喀什,就不算到过新疆。"在喀什这句广告语随处可见。然而,喀什当地人有多少走出过新疆?

山东省对口支援喀什的四县,百分之七十的乡镇干部没出过新疆,百分之六十村干部没出过喀什。

如何让受援县早日摘掉贫困帽子?山东省结合实际,通过人才援疆,为受援地打造一支"永久牌"的队伍。2011年,山东在援疆资金以外拿出六千多万元,集中培训受援四县二千零四名县乡村干部,让他们走出闭塞的乡村、县城,了解山东的发展进程,开阔眼界,更新观念。这种"智援",让喀什地区基层干部受益匪浅。

这次培训,在新疆历史上,被称为最大规模的县乡村三级干部外出集中培训,也是山东历史上规模和投入最大的对外援助集中培训项目。几年间,山东省共安排干部人才援疆资金近三亿元。

广东省以资金和项目的大量投入,极大地促进了相关行业的发展,受援地涌现出了一批设计、建筑单位,培养了一支带不走的建设队伍。

深圳市成立南疆地区第一家社工协会和社工站,以社会工作为抓手,引进"壹基金"、"海惠基金"、"松禾成长关爱基金"等公益机构参与援疆。

深圳残友集团免费培训喀什残疾人士,帮助近二百名维吾尔族残疾人实现就业。

深圳巾帼家政公司开展维吾尔族妇女就业技能培训,已培训了三千五百人,其中三千一百五十四人取得了国家职业技能证书、二千二百七十五人顺利实现就业,该公司被自治区授予就业先进企业称号。

……

人才援疆,多管其下。既要为新疆发展助力,又要内育"永久";既要招回"飞鸽",又要外引"凤凰"。

援疆,带来了新思想、新理念、新项目,援疆干部人才则成了桥梁与纽带。

他们积极组织疆内外人员互访交流,选派新疆干部人才赴内地援疆省市培训,提升了新疆干部人才队伍的整体素质。

拭目今天的天山南北,不仅有矢志报国的英才,还有"凤还巢"的精英,更有"凤凰西北飞"的现象,可谓群贤毕至,雄心勃勃。

从乡镇干部到企业经理,从医疗教育到科研人员……一支支永不走的援疆队伍正在形成。无论是在推进新疆跨越式发展中,还是在新疆的长治久安中,他们都越来越发挥着关键性的作用,给新疆增添了无限的魅力。

如今的新疆人相信,虽然内地省市的许多经验不可"复制",但援疆干部的理念可以"嫁接"。

新疆人坚信,援疆人坚信:天山子弟"借智"东部,援疆省市纷纷鼎力相助,就一定会给新疆的发展增添不竭的动力!

第七章　高擎文化的火炬

文化，是一个民族的精神和灵魂，是国家发展和民族振兴的强大力量。

古语云："国民之魂，文以化之。"美国学者塞缪尔·亨廷顿曾在《文明的冲突》一书中说：二十一世纪的竞争将不再是经济的竞争，军事的竞争，而是文化的竞争。

从人类社会发展的历史来考察，文化作为实践的产物，对政治、经济、社会生活产生过巨大的影响，进而成为不断推动发展进步的重要力量。

当今世界，文化是一个民族在全球化进程中的名片、身份证和识别码。

在全球化背景下的国际竞争中，如果"硬实力"不行，可能一打就败；而如果"软实力"不行，则可能不打自败。

文化是一个地区、一个民族、一个国家的"软实力"。文化兴业，文化立业。任何一项事业的成长，都离不开文化的渗透与滋养。有文化气息和文化力量的事业，才是充满生机与活力的事业。

文化交流，有助于消除隔阂，加深不同地域、不同民族彼此间的了解和理解。

老子言："天下之至柔，驰骋天下之至坚。"这个最柔弱的东西是什么呢？庄子答曰"人心"，即"人的思想与精神"。

当今世界，不同国家民族间的冲突，除了源自利益的纠纷，很多时候也缘于文化和心灵的隔阂。消除这种隔阂，最为有效的措施之一，就是从最柔弱的"人心"入手，通过精神文化层面的沟通交流，寻求精神上的共识。

古丝路文化亮点纷呈，繁星闪烁。文化援疆，可以点燃向上的文化力量火炬，能引领人们向上的精神，能引领良好的社会风尚，能不被黑暗所湮没，走向光明的前程。

● 寻觅失落的文明印记

陆上丝绸之路,就地理概念而言,仅是跨越欧亚大陆的一条通道。

它在汉代进入通畅期,唐代进入鼎盛期,元代进入黄金期:从古都长安到伊斯坦布尔,直线距离七千一百多公里。

历史的车轮,早已将昔日的长安城驮走了。然而,它对世界文化的意义却远非如此。它的东西两端分别是东西方文明的源头,就像织造丝绸的经纬线一般。它将中国、埃及、印度和希腊、美索不达米亚编织在一起,成为一个永不枯竭的想象的源泉。

当它离我们越远时,人们对它的想象热情却越发高涨。

世界上有无数条路,却没有一条像"丝绸之路"一样,承载着千年古史,编织着四方文明。它让中国的汉唐盛世,焕发出丝绸般耀眼的光彩,并延续至今。

站在昔日丝绸之路的要津,回想千年前车水马龙的繁荣景况,品味今日的西域盛世,自是别有一番情趣。

没到过新疆的人,脑海里只有沧桑博大的天山、可口的葡萄干、维吾尔族美丽女孩幽深的明眸。到过新疆的人,又总是想起"西部歌王"王洛宾的一句词:从来没有哪一块土地,能让人如此魂牵梦萦,也从来没有哪一块土地,让人如此难以释怀。

她有那么多的神秘之处,以至于人们走进了她的腹地,却依然觉得心中的新疆还远在天边。

文物,是一个民族历史文化的载体。

新疆,是举世闻名的古丝绸之路的要冲,是东西方文明的交会之地。灿烂的西域文明,神秘的丝绸古道,千百年来,各民族在这里共同创造了灿烂的文化,留下了丰富多彩的文化遗产,留下了灿若星辰的文物遗存。

但新疆的文物古迹遗址遭到破坏非常严重。

援疆这些年,让新疆的文物保护得到了前所未有的重视。

2013年11月,虽然伊犁河谷已进入滴水成冰的冬季,但霍城县文物局的同志们心里却暖洋洋的。因为,在其境内惠远镇的伊犁将军府旧址,经过历时五个多月的改造提升,已换了崭新的"容颜"。经专家验收,其展陈效果达到了国内一流博物馆水平。

作为全国重点文物保护单位和爱国主义教育基地,伊犁将军府是由国家文物局投资一千万元改造和提升的。

伊犁将军府的重新开馆,将以更加丰富的历史文物、更加翔实的文史资料、更加多样的表现方法,生动记载和全面展示伊犁将军的戍边历史,使观众对中国历史,特别是对近代中国历史能有更加深入和直观的了解。

到过新疆的人,大都知道有这三句话:不到新疆,不知道祖国之大;不到伊犁,不知新疆之美;不到霍城,不知新疆历史。

为何这么说?霍城又在哪里?

当笔者第一次来到霍城的惠远古城时,这个被白杨环抱的边陲古朴乡镇,没想到竟有如此迷人的魅力。古城洁净的街道旁盛开的鲜花,农舍门口把酒话桑麻的农人,无不显现出这个边陲古镇太平祥和的盛世景象。

但在援疆之前,这里却鲜有人知。

翻开历史的扉页,迷漫的风尘扑面而来。1757—1759年,清政府先后平定准噶尔、大小和卓的叛乱,重新统一了西域。

1762年,清乾隆皇帝设立"总统伊犁等处将军",简称伊犁将军。伊犁将军统辖的范围,包括巴尔喀什湖以东、以南,额尔齐斯河上游,天山南北两路,直至帕米尔等地的军政事务,其疆域相当于现在新疆的双倍。1764年至1777年间,清政府在伊犁河谷先后修建了惠远、绥定等"伊犁九城",而其中的六座城池就在今天的霍城境内。

1871年,沙俄大举进犯伊犁,占领并彻底破坏了惠远等九城。1881年清政府收复伊犁。而到此时,沙俄已先后侵占了中国近一百六十万平方公里的领土。

1882年,在惠远旧城西北七公里处重修了现今的惠远城。城内有将军府、参赞大臣衙署、领队大臣衙署、绿营兵总公署、理事同知和抚民同知衙署等建筑。街市繁华,有"小北京"之称。从1762年至1912年,其间历时一百五十年,共有三十三人、四十八人次提任过伊犁将军之职,其中颇有建树、影响较大的有明瑞、阿桂、松筠、长龄、奕山等。

而在伊犁将军设立的一百五十多年间,惠远古城一直是新疆的政治、经济和军事中心。直至1884年新疆建省后,首府才移至迪化(即今天的乌鲁木齐)。

不涉岩疆远,不知天地宽;有国就有边,有边就有防。

在稳定西北边防、发展新疆经济中,伊犁将军府起过重要的作用。由于新疆的地理位置独特和边防责任的重大,伊犁将军一职颇受重视,基本由朝廷重臣担任,并由皇上直接任命。

走进"伊犁将军府"大门,一股沧桑与厚重的气息扑面而来,百年沧桑的将军府依旧沉默以对,青石甬道,古韵悠悠,石狮俯卧雄视,有着二百年历史的老榆树依旧沧桑而苍劲,令人沉思,令人深思。

透过历史的烟云,眼前一尊尊栩栩如生的蜡像,让人浮想联翩。笔者仿佛看到:钟鼓楼上大将军明瑞指挥千军万马的壮烈场景;晨钟声中洪亮吉高歌狂吟的无奈;暮鼓声中祁韵士的沉思冥想;被流放的邓廷桢在楼下的寂寂踱步;塞外寒风中林则徐蒙冤造福百姓的清瘦身影……

"伊犁将军府",向人们诉说着昔日刀光剑影的历史;惠远古城,铭刻着中华民族曾经的屈辱和辉煌。

抚今追昔,当年征战边疆的场景早已离去,萧瑟塞外寒风中的战旗早已撕碎,但他们忠诚国家、献身边疆的壮举,却永远应该铭记;中华民族近代这段屈辱与辉煌的历史,永远不能忘却。

然而,就是这个珍藏着中华民族一段历史的地方,却是藏匿于伊犁河谷的深处,藏匿于边陲霍城的一个小镇,街道不足二百米长。

2005年7月,刚到霍城,江苏援疆干部张士怀下乡调研时,被惠远古城的历史价值震惊了:这是多么重要、多么难得的爱国主义教育基地啊!惠远古城,不仅仅具有旅游开发的价值,更主要的是,它的历史、人文背景,是活生生的爱国主义教材!

初来乍到,张士怀工作虽然千头万绪,但他没有忘记惠远古城的开发建设,他要重新唤醒人们对"伊犁将军府"这段历史的记忆,让历史告诉未来!他要让更多的国人铭记这段历史:落后就要挨打!落后就会屈辱!因此,一定建设好边疆!

"伊犁将军府"是国家级文物古迹。当时,它属于驻地部队管辖,周围都是部队的驻地。

如何才能让"伊犁将军府"走向社会,让更多的国人了解它、认识它?如何让它激发起人们的爱国主义情怀?

2005年10月,张士怀首先找来县文物管理所所长,要他迅速制定出"伊犁将军府"的开发方案。等到方案拿出后,经过论证,张士怀亲自拿着方案赶往乌鲁木齐。他找自治区文物局的领导进行汇报沟通。虽非"英雄所见略同",但张士怀的独特见地,很快就得到了自治区文物局领导的充分肯定。

在达成了共识之后,张士怀又马不停蹄,主动去拜访驻地部队的领导,并与他们多次开展沟通对话。张士怀将自己的一腔热情告诉了部队的领导,希望得到部队领导充分的理解和支持。驻地部队的领导虽非当场决定,但援疆干部张士怀的一腔爱国热情,让他们很受感动,张士怀的远见也让他们很受启发。

随后不久,张士怀又一次拜访部队领导,提出在产权不变的前提下,让"伊犁将军府"交由地方管理。

有一次,新疆军区司令员到伊犁指导工作,张士怀得知后,向州党委书记请求,想借晚餐席间向部队首长汇报。果然,听了张士怀的构想,这位司令员十分赞赏。

如此一来,在霍城,在伊犁,在新疆,在中国,就多了一个爱国主义的教育基地,一个具有特殊意义的历史人文景观。而这个特殊的景点有了收入后,也可增加援军的经费,还可以安排"军嫂"来"将军府"就业。这样,既减轻了部队的负担,又增强了部队营房的安全。可以说,这是地方与部队一举"多赢"的好事。

听了张士怀的蓝图构想,部队领导终于被他的诚意和智慧深深地打动了。很快,张士怀的爱国情怀梦实现了。

2005年12月,霍城县与驻地部队签订了正式协议。就这样,一个搁置了半个多世纪的历史遗留难题,竟然在援疆干部张士怀的手中圆满地画上了句号。

信念有多长,事业之路就会有多精彩。紧接着,张士怀又多方筹集资金八十多万元,对年久失修的"伊犁将军府"进行清理、修缮和布展。

2006年5月1日,"五一"国际劳动节这一天,穿越过历史风云的"伊犁将军府"正式对外开放了。一时间,参观游览的各地游人络绎不绝,"伊犁将军府"的声誉鹊起,成为名副其实的爱国主义教育基地。

当然,走进今天的惠远古城,一个古老的文化基座雏形已经显现。除了"伊犁将军府"遗存之外,还有岁月沉淀的特定风物:清代的俄罗斯领事馆遗址,一览边塞风光的惠远钟鼓楼,林则徐亲手栽植的夏橡树,文庙,新建的"伊犁边防史馆",残存的古城墙……

惠远古城的辉煌早已成了过眼烟云,一代代英雄早已驾鹤飞天,钟鼓楼成了辉煌这段历史的祭坛!

但民族英雄的豪气还在,民族屈辱的历史必须永远铭记,这正是援疆干部张士怀主张开放"伊犁将军府"的心志所在,这也正是中华民族需要铭刻在心的爱国主义情怀!

新疆位于古代丝绸之路的重要地段,是东西方文明的荟萃之地,也是丝绸之路上保存历史文化遗存最为丰富的地区之一。

2014年6月30日。吉木萨尔县城。

一大早,大街小巷成了欢乐的海洋,来自区内外的游客及全县各族干部群众五千多人隆重庆祝丝绸之路申遗成功。

6月22日,丝绸之路申遗成功的消息像一阵风,瞬间传遍了天山南北,传遍了神州大地。

瞬间,北庭故城成为世界文化遗产的消息,传遍了吉木萨尔的大街小巷,让十四万人民激动不已。

丝绸之路项目的申遗成功,使古老的丝绸之路又焕发出新的生机,全国人民的目光齐聚这座边陲小城。

一时间,北庭都护府遗址所在地吉木萨尔县,通过多种形式和活动庆祝申遗成功。

"得知申遗成功的消息,我昨晚上没睡着觉。我从1982年开始义务护城,不知不觉几十年了,北庭故城申遗成功,心里除了激动,就是感慨,感觉这些年心血没有白费。"家住北庭故城城墙根下的蔡继刚,不但是该县北庭镇古城村党支部副书记,还是三十多年来默默守护故城的"守护神"。他觉得北庭故城,是北庭镇人民的"传家宝",也是吉木萨尔县发展旅游经济的金字招牌。

30日上午,吉木萨尔县委和北庭故城遗址公园管理处共同筹备的"丝绸之路:起始段和天山廊道的路网——北庭故城"申遗成功揭牌仪式及庆典活动,在该县北庭园广场隆重举行。

在炎炎烈日下,北庭故城遗址公园负责人向现场游客、从四面八方赶来的各族群众,介绍北庭故城申遗情况,介绍成功申遗的重大意义。

随后,该县歌舞团为观众献上了北庭文化专题晚会,精彩纷呈的文艺演出节目,生动展示了北庭故城根下的民俗风情。

……

北庭故城大遗址公园加入"丝绸之路"申遗成功,得益于新一轮大援疆。

自汉代以来,北庭曾一度成为管辖西域广大地区的军政中心。

北庭故城,位于吉木萨尔县城北约十二公里处,俗称"破城子"。始建于南北朝时期,北庭故城距今已有一千四百多年的历史,曾是唐朝管辖天山北麓重要的政治、经济、军事和文化中心。武周长安二年(702年)在庭州设立北庭都护府,它与安西都护府以天山为界分疆而治,706年升为北庭大都护府,管理天山以北、巴尔喀什湖以东、以南、向西到达咸海广大地区的军政事务。而后作为高昌回鹘政权的夏都,是丝绸之路新北道上的历史名城,是北疆地区现存的最大的故城遗址。

纵观北庭的历史,它不仅创造了空前灿烂的以汉文化为核心的多元西域文化。更重要的是,它是我国历代中央政府行使国家领土主权的实物见证,是说明新疆自古以来就是多民族聚居,多元文化与多元经济相互融合、共同发展的历史依据。

北庭都护府,是北庭故城中最重要的建筑之一。其遗址在1988年被列为全国重点文物保护单位。

2010年6月24日,全国文物局长座谈会选择在新疆昌吉召开,有一个重要的安排,会议期间由国家文物局投资建设的北庭故城遗址公园正式启动。

北庭故城申遗成功不是一蹴而就的事。

除了新疆自身的努力之外,时任国家文物局局长单霁翔两次亲临故城考察指导工作,并将全国文物局长会议放在昌吉召开。

单霁翔认为,西寺和北庭故城是重要的文化遗产,在西寺保护棚建立的基础上,还要尽快完善保护机构。同时,要将北庭故城和西寺形成完整的开发框架,借鉴交河故城的保护和建设模式,建成国家遗址公园。

国家文物局副局长顾玉才对其建设做调研时,语重心长地提出:"项目已经列为援疆工作的第一个项目,项目的支持力度在'十二五'期间会进一步加大。今后,大家多沟通,国家文物局加强指导,争取更多地下来,愿意跟大家一起把北庭故城国家考古遗址公园建设成为援疆的示范工程、成为新疆文化遗产保护的示范工程。"

顾玉才的话,既中肯质朴,又振奋人心。

"十二五"期间,国家支持新疆文化保护的资金力度很大,仅北庭故城国家遗址公园项目,就得到国家资助资金十六点三一亿元。

自从北庭故城的神秘面纱被揭开后,经国家文物局批准,孟凡人、巫新华等考古专家不辞辛劳,先后六次对北庭故城遗址进行考古发掘。通过考古,他们终于揭开了北庭故城的本来面貌:现存的外城墙约始建于唐朝初期,后经两次修补;内城墙则大约建于高昌回鹘时期。同时,他们在五号、六号遗址,还发掘出大量陶片、砖、瓦等建筑形制、建造工艺文物,这些具有重要的科学研究价值。

2013年9月,他们如期迎接国内专家对北庭考古遗址公园的现场评审;10月,联合国教科文组织委托的专家山内河野到北庭故城现场进行价值评审。

国家文物局局长单霁翔感慨地说,这个考古遗址公园建设的正式启动,是国家文物局贯彻落实中央新疆工作座谈会精神的一项具体举措。

功夫不负有心人。北庭故城申遗成功,令吉木萨尔人倍感自豪和骄傲。然而,他们也充分认识到,申遗成功是一个新起点。

仰望历史星空,回眸千年北庭的兴衰更替,我们不能忘却逝去的岁月荣光,但更要珍惜千载难逢的历史机遇,续写古老北庭在新时代的新辉煌!

······

新疆是丝绸之路文物集中的地区之一,现已查明文物景点有四千多处,而隐没在大漠深处尚未被人发现的还有相当多,是全国八大文物省区之一。

据 2010 年末统计,新疆文物保护单位共有九千七百一十二处;到 2013 年,新疆的全国重点文物保护单位增至一百一十三处。根据最新资料,经过三年多的可移动文物普查,截至 2015 年 5 月,新疆有"身份证"的可移动文物就有二十五万件之多。

在新疆古丝路遗址上,几乎每一粒沙子都在讲述千年的故事。然而,因为诸多原因,新疆文物忽视保护,被盗、被毁的情况非常严重。

自十九世纪末,俄、英、德、日等国探险家先后数次到新疆等地考察,进行盗掘,所带走的文物数量到底有多少,现在依然是一个难以统计的数字。

1915 年,英国探险家斯坦因第三次来疆考古探险出境时,所携带的文物是:箱子一百九十口,重一万七千斤,雇车十六辆。

一百年前,清末民初,国家积贫积弱,当时的管理者对于文物保护意识差,致使西方探险家从新疆盗走了众多文物;另外一部分则是新中国建立后,文物贩子、盗墓分子对新疆文物的偷盗。

"年代久远,数量众多,难以统计。"这是新疆各级文物主管部门面对流失海外文物数量时,最常用的词语。

由于丝路文物极其珍贵,人文信息和文化含量高,自十九世纪末到如今一百多年来,境内外文物贩子、收藏家、私人博物馆垂涎万分。他们互相勾结,千方百计地攫取新疆的古代文物,甚至疯狂盗掘古墓,在国际上形成时间跨度近百年的走私通道。

流失文物,是指 1840 年鸦片战争后至新中国成立前,因战争被劫掠的文物,以及因为盗掘、盗凿、不正当贸易等非法的和不道德的方式流散国外的文物。

据悉,目前,在国际文物黑市上,新疆出土的汉晋织物,哪怕数平方厘米的残物,售价也达几万美金。

百余年来,新疆大量珍贵的丝绸之路文物被盗到国外,流失在十多个国家和三十多个外国研究机构或高等学府中,还有流失在数不清的私人收藏家手里、私人博物馆里。

……

援疆,国家文化部门与各援疆省市除了给予资金资助外,还帮助培养文物保护人才,抢救、保护了一大批新疆文物古迹,这是功德无量的,是在寻觅西域文明的失落记忆。

● 营造多元的载体

曾经在世人眼中,新疆是沙漠与戈壁,是瀚海与塞外,是大西部的一片还未开垦的蛮荒之地,被世人喻为文化的沙漠。

然而,一个民族能够昂首屹立在人类文明之林,她的脚下必定有奔流不息、万世不竭的民族文化的滋养。这条文化长河,从远古奔向未来,从洪荒奔向文明,带着一路欢歌,也带着一路血泪、一路呐喊,留下了诸多硕果和丰碑,也记下了诸多辛酸和遗恨。

向西、向西、再向西,深入、深入、再深入,你会发现一片神奇的土地,一片文化生长的沃野,一个文化底蕴丰厚的新疆。它有艺术笔墨写就的史诗,前无古人,后无来者。既是民族智慧的结晶,又是历史长卷的浓缩。

这里幅员辽阔,这里民族多元,这里宗教多元,这里是一片广袤的文化沃野。它有价值连城的稀世珍宝,美不胜收,倾国倾城。

如果把中国比喻成一棵大树,中华民族五十六个兄弟民族就是这棵大树的枝条。五千年的悠久文明,将五十六个民族的文化汇聚成了一条中华民族绵延的文化长河。新疆特色鲜明的民族文化,就是盛放在祖国文化常青树上最为壮观、最为艳丽的花朵。

> 美酒又使得谁酡颜似火,
> 令我失魂落魄;
> 风儿又拂露出谁的面庞,
> 令我愁绪萦心;
> 此刻我已然成了她路上的一粒尘埃,
> 旋风啊,
> 请把我刮起旋绕于那情人的头颅;
> ……

这是《十二木卡姆第一小赛勒克》的一小段。

2012年8月的一天,在莎车县的木卡姆文化传承中心,民间老艺人玉素甫·托合提用喑哑舒展的喉咙,忘情地哼唱着。

在我国少数民族中,有多彩的史诗名篇,如蒙古族有《江格尔》、藏族有《格萨尔》、柯尔克孜族有《玛纳斯》,维吾尔族有"木卡姆"。

如果说西方文化离不开《圣经》、伊斯兰文化离不开《古兰经》,那么维吾尔族文化则离不开《十二木卡姆》。莎车作为十二木卡姆的故乡，理应为这一文化瑰宝的保护与传承倾力而为。

上海的文化援疆，让莎车人"如释重负"。在此之前，莎车在捉襟见肘的财政资金中挤出一部分，先后建设了十二木卡姆故乡园、木卡姆影剧院、阿勒屯历史文化广场和木卡姆文化传承中心。

如今，上海用援疆资金对传承中心进行了改扩建，并积极支持十二木卡姆民间艺人走出莎车，频频亮相国内国际大型文化交流活动，打响木卡姆文化品牌。

上海文化援疆，十分注重对口援疆四县文化载体的打造，一大批文化项目已在叶城、莎车相继启动或建成，把援疆资金更多地投向了村级和乡级公共设施，用于建设文化站、图书馆、文化活动中心等，让文化事业真正惠及百姓。

随着一幕充满西部草原风情的舞台布景徐徐展开，一位身穿柯尔克孜族传统服装的老人手持库姆孜琴，开始深情地弹唱。

台下座无虚席，浪漫生动的英雄故事，极具西域风情的舞蹈，宏大的历史场景，华美炫目的舞台效果，博得了观众阵阵热烈掌声。

2015年5月18日晚，柯尔克孜族英雄史诗《玛纳斯》，首次被搬上现代舞剧舞台，并在太湖之滨无锡市人民大会堂成功首演。

英雄史诗《玛纳斯》，是中国少数民族三大史诗之一，全篇有二十三万行左右，以玛纳斯及其子孙为主线，叙述了柯尔克孜人民抵御外侮、保家卫民的英雄业绩，以及忠诚、勇敢、包容的精神。作为英雄史诗的《玛纳斯》，还广泛流传于哈萨克斯坦、吉尔吉斯斯坦、乌兹别克斯坦和阿富汗等地，口头传唱千年。2009年，《玛纳斯》成功入选世界非物质文化遗产名录。舞剧《玛纳斯》，便据此改编而成。

新疆艺术剧院柯尔克孜族导演巴合提亚说："《玛纳斯》就是柯尔克孜的百科全书。作为柯尔克孜族的艺术工作者，我们一直想把玛纳斯搬上舞台。"

舞剧《玛纳斯》，是全国文化援疆的重点项目。由无锡市出资，无锡和新疆阿合奇县两地的汉族、柯尔克孜族文化工作者共同创作、编排和表演。

阿合奇县主管文化的县委副书记、援疆干部林小异对我说："阿合奇是文化资源的一个富矿，有很多东西值得我们挖掘。我们要推动受援地的发展，合适的切入点很重要，我觉得以《玛纳斯》作为切入点是非常合适的。"

这是全国文化援疆的首部舞剧，苏疆两地文艺院团联手，目的是把柯尔克孜族的文化推向全国乃至世界。它表现的是中华民族多民族文化的多姿多彩。

2011年8月16日上午，纺织品文物保护国家文物局重点科研基地新疆工作站挂牌成立,旨在为新疆培养纺织品文物保护技术人才。

2012年6月26日,经过半年培训,首批六名新疆纺织品保护修复学员已结业。在此期间,他们完成了九件新疆纺织品文物的修复,这就是洛浦县山普拉墓地出土的原白色套头上衣等。

在未来五年中,中国丝绸博物馆除了为新疆地区培养纺织品文物修复人才外,还将帮助新疆博物馆改善纺织品文物保护的硬件设备。

......

字正腔圆的唱腔表演,干净利落的武功亮相,一招一式均赢得现场观众的阵阵喝彩。2015年5月3日,山西广播电视欢乐嘉年华活动现场,山西戏剧职业学院首届新疆曲子剧班学生首次亮相,汇报在晋学习成果。

俗话说,台上一分钟,台下十年功。新疆曲子,是新疆唯一的汉语地方戏曲剧种。为培养该剧艺术人才,山西省将其列为文化援疆的重要项目。在山西戏剧职业学院开设首届新疆曲子剧班。2014年正式招生。

首届新疆曲子剧班,全部在新疆昌吉州招生,共收三十二名学生,教学采用"五年一贯制"模式(三年中专,两年大专)。教学期间,在山西戏剧职业学院。实习时,将回到新疆昌吉州艺术剧院。

为办好首届新疆曲子剧班,山西戏剧职业学院配备了强有力的师资力量,国家一级演员及戏曲专业教师全程授课。

期间,新疆昌吉州有关单位领导专程赴晋,观摩教学,观看表演,看到孩子们学业有成、茁壮成长,昌吉州艺术剧院院长张新恒流下了热泪。他动情地说:"感谢山西,感谢山西省文化厅、山西戏剧职业学院对孩子无微不至的照顾和精心培养。晋疆情深,这些孩子就是晋疆文化交流的使者,愿孩子们早日成材,续写晋疆文化交流新篇章。"

......

针对新疆文化事业人才匮乏的现状,十九个援疆省市多措施并举,通过挂职锻炼、专题培训等多种形式,开展了广泛而深入的人才、智力援疆,为新疆文化事业注入了强劲动力。

......

在当今的世界,新疆各民族丰富的非物质文化遗产,已成为世界了解中国、了解新疆的桥梁。

新疆非物质文化遗产资源非常丰富,呈现出多姿多彩的面貌。

美丽的天山山脉,将新疆分为南北两大部分,习惯上称天山以南为南疆、天山以北为北疆。在人们眼中,南疆与北疆是截然不同的。北疆意味着高山和草原,意味着喀纳斯和那拉提草原;南疆则意味着沙漠和戈壁。北疆意味着草原文化,南疆则意味着农业文明。北疆意味着哈萨克和卫拉特蒙古,南疆意味着维吾尔和塔吉克。北疆意味着骏马和歌声,南疆意味着木卡姆和舞蹈。

新疆是举世闻名的歌舞之乡。民族传统文艺活动如:维吾尔族麦西来甫;哈萨克族阿肯弹唱会;柯尔克孜族库姆孜弹唱会;蒙古族那达慕大会;锡伯族西迁节;汉族的元宵灯会……

这些艺术形式,丰富多彩,久传不衰,极具民族特色,为各族人民所喜闻乐见,是新疆各民族文化艺术的奇葩。

还有阿克苏地区的龟兹文化、多浪文化,也独具民族特点。无论是巴扎集市、田间地头、毛驴车上,只要有人的地方,就飘荡着先民留传下来的不绝如缕的歌声。"能说话就会唱歌,能走路就会跳舞。"这似乎成了天山南麓阿克苏人鲜明生动的文化符号。多少世纪以来,在新疆这片土地上,先民以"口传心授"的方式传承,以非物质形态存在的遗产,可谓精彩纷呈。

但是,在现代社会文明的冲击之下,原有农业文明状态下的文化形态和存在方式,面临着重重困境。

面对大批具有较高历史、科学和文化价值的民间艺术失去市场,许多依靠口头和行为传承的技艺、习俗、礼仪,渐渐式微;许多民族、民间艺术独门绝技,口传心授因人而存,人绝艺亡而终成绝技、绝艺、绝学和绝响。如何以现代方式保护非遗,传承古老遗产,也就成了新一轮文化援疆的一道重要课题。

6月的新疆大地,鲜花飘香,激情四溢。

2010年6月22日。乌鲁木齐。

上午,全国文化文物系统对口支援新疆工作会议在此召开。这次会议规格之高、规模之大、涉及工作项目之多,都是前所未有的,充分体现了中央对新疆文化建设的高度重视。

6月23日,全国文化文物系统对口支援新疆工作会议闭幕的当天,文化部艺术家小分队就在喀什市拉开了首场赴疆慰问演出的序幕。在随后两天时间里,艺术家们马不停蹄地奔波在疏附、疏勒、阿图什等地,为各族群众献上了三场精彩绝伦的文艺节目,受到了各族群众的热烈欢迎。

与艺术家小分队的反应同样快捷的,还有很多单位。在6月22日的对口对接会议上,中国对外文化集团公司、中国国家博物馆、中国文化遗产研究院、中国文物交流中心等单位,也都分别与新疆的对口单位签订协议,很快就实施援助方案。

这一次,文化援疆的速度出奇地快。

此后的几年,文化援疆重点实施了"三大文化工程":一是"春雨工程",二是"文化遗产保护工程",三是"文化市场监管能力建设工程"。而文化惠民则成为各项工程中的重头戏。

2010年新一轮援疆号角吹响,国家文化部公示了第三批国家级非物质文化遗产名录项目,新疆有十五个项目入选。

国家加大对新疆"非遗"保护的资金投入力度:发放项目专项经费,并配备相关设备,对一些项目进行深入挖掘和研究保护。

新疆的《木卡姆艺术》《玛纳斯》《麦西来甫》三个项目,分别入选联合国教科文卫组织人类"非遗"代表作名录和急需保护"非遗"名录;《哈萨克族阿依特斯》等五十二个项目,入选国家级"非遗"代表作名录;列入自治区级、地(州、市)级、县(市)级的"非遗"名录项目则更多。

这一串数字的背后,是新疆的"非遗"保护,面临比其他省市更多的人才、资金和技术等困难。

新一轮全面援疆,给了新疆的"非遗"保护带来了巨大机遇。

2014年6月14日至20日,在塔城举办的"第九个文化遗产日暨第二届新疆非物质文化遗产展示周"上,五彩缤纷的民族服饰,男女老少演员的精彩表演,一时间,让塔城文化广场变成了一个大舞台,令人目不暇接。

不仅如此,还有塔塔尔族糕点,松软香甜;达斡尔族米肠子,风味独特;维吾尔族烤包子,味道醇厚……新疆各民族特色饮食展,不仅在视觉、听觉上给人以美的享受,还不吝给观众刻下唇齿留香的难忘记忆。还有惟妙惟肖的小面人、小巧玲珑的工艺品,来自七坊街等手工技艺类展品,体现了传统手工技艺与现代市场的完美接轨。还有热情奔放的俄罗斯舞蹈、苍茫悠远的蒙古长调,淳朴的民间艺人与专业的演员同登舞台,以雅俗共赏的演出与市民分享非物质文化遗产保护的成果……一个多星期的民族文化活动,带给人们前所未有的视觉、听觉和味觉上的盛宴。

文化对人的影响来自特定的文化环境,来自于各种形式的文化活动。公共文化设施的层次水平,决定了文化环境的优劣。

新一轮全面援疆前,新疆九十四个公共图书馆,平均每个馆的从业人员只有十人,低于全国平均十七人的水平;全区每千人只拥有一点六平方米阅览室,平均每个座席的服务人口高达一千八百八十三人……

文化惠民处处春,从县市地州大剧院、图书馆、博物馆等大型场馆的开工建设,到不同层次、不同规格城乡文化大舞台的逐步形成,凭借不断提升的文化基础设施水平,凭借日益丰富的文化生活内容的同步改善,边疆文化的双翼渐渐丰满,为更加壮丽的文化升华积蓄着力量。

而五年多来，国家、自治区对全疆文化事业投入经费达一百二十二点九亿元。其中，南疆三地州的四千一百五十一个行政村，也都建起了文化室和社区文化中心。自治区、地、县、乡、村五级公共文化服务体系初步建成，为丰富基层群众文化生活搭建了平台。

在"十二五"期间，全国援疆省市为新疆文化事业发展注入了大量资金。据新疆文化部门统计，文化援疆资金投入超过三十亿元，有力地推进了新疆文化事业和文化产业的发展。

到2015年，作为文化援疆的"春雨工程"，也已硕果累累。

在新疆各地州、县市，已遍布图书馆、美术馆、群艺馆、文艺译制中心等设施；十四个地州和八十多个县基本建成标准剧场；六十二个县级艺术表演团体建成排练场和业务用房；一万多个村（社区）基本实现村村（社区）有文化活动室；兵团建成大剧院、群艺馆等设施，在各师、各团场和各个连队基本建成功能完善的文化活动设施。

走进这些文化活动场所，除图书、报刊、电子音像制品、书橱、桌椅等基本配置外，还根据不同需求，分别配有音响、电脑、数码相机、欢庆锣鼓等活动设备，基本满足了农村群众的文娱需要。

如今，在天山南北，随便走进哪个乡镇文化活动中心或社区活动室，总是能看到埋首看书的农牧民、唱歌跳舞的文艺能人、练字弹琴的艺术追求者，他们以随意愉悦或热情执着的姿态，演绎着多民族文化一张张生动的表情。

文化援疆力度不断加大，新疆文化建设的空白不断被填补，继承、创新、融合、发展成为主旋律。援疆干部们的辛劳让新疆各族群众念念不忘。

新疆艺术中心，是在原新疆展览馆的基础上改建的。从前期考察调研、立项、设计，到施工，由援疆干部、自治区文化厅副厅长张子康具体负责。炎炎烈日下，他带着工作人员现场勘查、测量。每个重要设计节点，他都和专家反复协商、论证。就连树木迁移、园林绿化，他都毫不马虎。

在乌鲁木齐市七坊街，新疆当代美术馆馆长宋青松对张子康敬佩不已："我们这个当代美术馆可以说是他一手建起来的，是新疆首个非营利的美术馆。"新疆当代美术馆2013年5月申报，7月筹建，9月开馆。

"办国际版画展，一般要上百万人民币，我们花了不到十万。我们都没想到花这么少的钱能办成。"宋青松说。

李立新曾经在香港工作了十三年，回京两年后，2011年8月又来援疆，任兵团党委宣传部副部长（文广局副局长）。这一待，又是三年。"加强兵团文化基础建设，健全公共文化服务体系，是当务之急。我们是来工作的，不能说空话,要干实事。"李立新说。

2012年、2013年每年有近十个团场综合文化活动中心建设项目纳入"兵团十件实事"之中,建筑面积近三万平方米,投资六千多万元。

……

优秀文化的弘扬,改变了各族群众的精神面貌,生活方式也随之悄然转变。

> 你要是嫁人,
> 不要嫁给别人,
> 一定要嫁给我,
> 带着百万钱财,
> 领着你的妹妹,
> 赶着那马车来……

"西部歌王"王洛宾令人心动的歌声打动着多少男女充满爱的心灵。

2014年11月30日,喀什地区岳普湖县天空飘着诗意的雪花。

而当天,在铁热木乡,整个乡村都人声沸腾,十里八乡的乡亲们站在路旁边观看,随着马车迎亲队伍奔赴婚礼现场,脸上漾起幸福喜悦的笑容,歌声、唢呐声、鼓点声、笑声,使整个乡村洋溢着浪漫喜庆的气氛。

原来,这里的铁热木乡库太克力克村正有一场隆重而盛大的集体婚礼,十八对青年农民喜结良缘。

铁热木乡十八位帅气的新郎,身着笔挺的西装,手捧着象征着爱情的玫瑰花,去迎接心上的古丽;带着甜蜜笑容的新娘们,穿着艾德莱斯婚纱如仙女一般,款款而行,羞涩地挽着新郎的手臂,与心上人儿一同踏上那系着红绸带的马车,共同赶着马车跨往幸福的殿堂。

婚礼现场,到处张灯结彩,红地毯上走着靓丽帅气的新郎新娘。十八对新人按照传统民俗,相互喂对方吃盐水馕、系腰带等,完成了结婚仪式……

时尚、热闹的婚礼,使岳普湖的乡村开始沸腾。岳普湖县各级党政领导闻讯到场祝贺,为每对新人送去了电视机、冰箱、洗衣机、毛毯、电饭锅等礼物,表示祝贺。十八对新人与亲友们跳起了欢快的民族舞蹈,人们纷纷为新人们送上了真诚的祝福。

简朴而不失隆重的婚礼,感染了在场的所有人。在人生最重要时刻,能接受几千人的祝福,是人生最难忘的事,也是最幸福的事。

2015年5月5日。喀什市乃则尔巴格镇文化站广场。

上午12时,随着主持人激昂的声音,伴着优美的民族音乐,广场顿时变成欢乐的海洋。

大锅的手抓饭香气四溢,欢快的麦西来甫跳起来,十三对维吾尔族新人身着礼服、婚纱,洋溢着幸福甜蜜的笑容踏上红地毯,在全镇十五个村一千余名乡亲们的见证下,喜结连理。

"感恩祖国,团结和睦,共建家园。"集体婚礼上,十三对新人在国旗下庄严宣誓,新人代表表达了开创美好生活的信心和决心。

新娘古扎努尔高兴地说:"听说镇上要举办集体婚礼,我们就踊跃地报名,今天参加集体婚礼非常高兴,镇政府给我们组织得很好,这将是我一生中最美好的回忆。"

新娘吐尔西丹和新郎阿布都拉,是最早报名参加集体婚礼的。按理说,他们的收入还不错,自己能办得起一个像样的婚礼,但他们最终还是选择了参加集体婚礼。新郎阿布都拉说:"今天是我终生难忘的日子,这样的婚礼非常有意义。集体婚礼非常好,不浪费,又特别隆重。一个婚礼就省下了四万多块钱;省下的钱,我能更好地安排婚后生活,很适合我们新一代的年轻人。"

这已经是乃则尔巴格镇第二次举办集体婚礼。在"去极端化"工作中,这个镇通过举办集体婚礼、文艺演出等活动,形成了强大的"去极端化"社会氛围,用寓教于乐的活动方式,激发广大青年建设美丽家园的热情,营造良好的社会风气。

2015年6月6日,地处新疆塔克拉玛干沙漠南缘的策勒县阳光明媚,轻风吹拂,鼓乐悠扬,节日般的喜悦浸染了这座城。

上午10时30分,装扮得花团锦簇的三轮车成为一辆辆婚车,载着身着婚纱礼服的新郎新娘,奏着欢快的手鼓与唢呐,绕县城一周,形成一道美丽的风景,惊艳了全城。在广场上,大红花地毯铺满了整个广场,彩色气球与红旗相映。

11时,在欢快的歌舞中,"为梦携手情系策勒"集体婚礼正式开始。来自全县各乡镇(街道)的四十二对新人站满了舞台,每一对新人都得到了县委、县政府的祝福与彩礼。新娘、新郎大部分都是农村青年,他们踊跃响应政府号召,移风易俗,婚事新办,成为全县关注的焦点。

盛大热烈的集体婚礼,动听悦耳的音乐,全场嘉宾及群众共跳麦西来甫的欢乐气氛……美好的一幕,深深印在参与活动的广大群众的脑海之中。

10月1日,是新疆维吾尔自治区成立六十周年纪念日。在南疆喀什疏勒县,一百对新人举办了集体婚礼,婚车队由三十八辆马车组成。百对新人中,有维吾尔族九十一对,汉族九对,绝大多数是当地农民,还有基层干部和驻疆部队军人。

……

集体婚礼,引领的是现代文化,提倡的是文明节俭婚庆理念,展示的是青年人传承文明、追求时尚的生活方式。这正是新时代下各民族文化共融的最好见证。

如今,许多少数民族妇女也自觉破除陈规陋习,移风易俗。穿戴变得更时尚了,飘逸的长发露出来,美丽的身材显出来……

优秀的文化传承下来,各族群众正手牵手、心连心,朝着更加文明、和谐的生活方式转变。

在援疆省市的精心策划和努力创作下,一批优秀的文化产品脱颖而出。

自然,这一批能够体现新疆风貌、新疆精神的文化作品,在推介新疆的同时,也活跃了新疆文化产业市场。

● **交流彰显魅力**

一枝独秀不是春,百花齐放春满园。

在新疆这个多民族聚居地,文化的繁荣是各民族优秀文化相生相长、共融发展的结果。

2011年6月的一天,在喀什回沪的飞机上,人们发现,有几位刚考察完喀什的上海商界人士,无论男女,脖上都系着一条新疆特色丝巾。展开一看,丝巾上竟是以漫画形式绘制的上海对口喀什四县的旅游地图,巴楚的夏河胡杨林场、莎车的巴旦木种植基地、泽普的古烽火台遗址、叶城的加米清真寺等跃然巾上。

"地图的介质不是传统的纸张而是薄如蝉翼的丝巾,这创意有文化品位!"一位投资银行家感叹说。

如此巧心思,正来自于上海新闻出版局和上海对口援疆工作前方指挥部的良苦用心。曾在上海世博会上大获成功的手绘地图丝巾,如今被沿用到上海文化援疆上,但凡由上海援疆前方指挥部接待的上海赴疆各类团体,均获赠一条喀什地图丝巾。这样的地图丝巾,既惹人欢喜,又于飘逸中宣传了喀什的旅游资源。

内地省市的文化雨露洒向戈壁滩,远不止地图丝巾一项。

文化援疆,除了建设一批基础文化设施外,离不开多种形式的交流。

上海援疆根据喀什当地的文化需求,不断邀请各类文化专家走进四县。余秋雨、周其仁等一批学界人士先后来喀什做讲座和报告。在市委宣传部的推动下,市文联牵头,组织上海书画、摄影、词曲、诗歌等二十二名知名艺术家,深入喀什采风,先后创作了一大批有影响的文艺作品。

山东省策划创作了大型音舞诗剧《汉侯班超》,精心策划了维吾尔版"梁祝"《疏勒之恋》,并支持建设了疏勒文化产业园、香妃湖花卉庄园。

深圳依托技术人才优势,引进文化传播企业进驻新疆,投资拍摄一百零四集3D动画片《天香公主》,让文化繁荣和产业发展同时受益。

天津市引进文化科技企业,制作一百零四集动漫剧《足球小巴郎》。

苏、沪、豫、黑、晋、闽等多个省市,都积极支持受援地艺术创作,开展"请进来、走出去"的精品演艺剧目交流巡演,丰富边疆群众文化生活,促进各个民族之间文化交流。

文化的流动,必须是双向的。

2011年,"上海喀什文化周"期间,喀什的优秀文化得以在沪集中展示。喀什地区歌舞团及部分县歌舞团一百三十多位各民族演员,赴上海各区县进行八场巡回演出,既有场馆巡演,又有街头互动演出。

2015年6月12日。东天山下的新疆兵团红星二场。

礼堂内,歌声、笑声、掌声响成一片。河南省豫剧院三团带来的《花木兰》《朝阳沟》、喜剧小品《照相》等精彩唱段,乐翻了现场上千名观众。听着来自故乡的传统戏剧,许多年近花甲的老军垦战士热泪盈眶。

河南省豫剧三团,是河南省著名剧团,被中宣部、文化部誉为全国编排现代戏的一面旗帜。六十多年来,豫剧三团,紧扣时代脉搏,勤奋耕耘不辍,创造了一大批包括《朝阳沟》在内的优秀精品剧目,为豫剧艺术的发展做出过巨大贡献,获得过一批大奖,受到党和国家领导人的高度肯定和亲切接见,成为河南文化界在全国叫得响的品牌。

作为豫剧现代戏《朝阳沟》,曾经六进北京演出,二十世纪六十年代曾风靡全国,剧组受到开国领袖毛泽东等人的亲切接见,荣获"中国戏曲现代戏突出贡献奖"。半个多世纪以来,堪称中国戏曲的优秀保留剧目。

6月16日,在乌鲁木齐艺术剧院,河南省豫剧三团演出的《朝阳沟》,也同样赢得了现场观众一阵阵掌声。这是河南省豫剧三团第二次援疆演出。文化援疆,不仅让屯垦戍边的军垦战士听到乡音,回味乡情,更给天山南北的兵团职工送上了一场场精彩的文化大餐。

素有"西域襟喉、中华拱卫"的哈密地区,是多元文化聚集的地区,而素有"中原"、"中州"之称的河南省,则是全国知名的文化资源大省。

文化援疆,是河南援疆的重头戏。新疆生产建设兵团的五十八个边境团场中,河南籍职工超过百分之四十。在兵团很多团场,"普通话"就是河南话,他们喜欢看《梨园春》《华豫之门》和《武林风》。

新一轮援疆启动后,河南注重打造文化援疆优秀品牌,创新引领模式,突出资源特色,延伸文化援疆深度和广度,使得文化援疆异彩纷呈,有效促进了中华文化多元一体的深度融合。

2010年8月,河南省广电局与兵团第十三师签署文化合作协议。内容之一是,河南电视台的《梨园春》等名牌栏目到十三师录制节目,进行演出。

2011年7月30日,河南电视台走进十三师的"豫疆情"大型慰问演出,拉开了文化援疆的大幕,成为文化援疆的主力军,《梨园春》品牌栏目在十三师精彩上演。

2012年的《华豫之门》、2013年的《武林风》在十三师上演,让职工在家门口看到了喜闻乐见的节目。一时间,中原文化热高潮迭起。

2014年,河南电视台与兵团广播电台、哈密电视台、十三师联合,再次推出大型文化援疆项目"字鉴豫疆情"《汉字英雄》特别节目。

节目录制现场,十八名不同民族的小选手,一笔一画地认真书写着汉字。字字透露出他们对祖国的热爱,对身为中国人的自豪。

除了汉字认知能力的激烈比拼,节目还向全国观众讲述了一个个感人故事:阿克苏地区乌什县依麻木乡汉语小学库尔班校长,无私拿出六十万元积蓄创办汉语小学;十三师红山农场巡边员、六十六岁的老人宝汗·埃因赛根,二十九年翻高山、穿戈壁巡边戍边……

节目通过新疆各族青少年书写汉字,让观众体会到了国家通用语言文字的魅力,一个个感人故事也让观众们感受到了"兵团精神",有力促进了中华优秀文化的弘扬与传承。

2014年12月,寒潮席卷了东天山脚下的伊州大地,气温骤降至零下十几摄氏度,顿时冰封了所有的生机。

可是,锣鼓的铿锵,豫剧的抑扬唱段,还回响在十三师的上空;拳王争霸赛上,激烈角逐的精彩场面,依然在职工群众的脑海中挥之不去……兵团人感到,博大精深的中原文化,已跨越千山万水,让边疆大地因文化而厚重,让壮丽的戈壁风光因人文而柔美。

这一年,河南省豫剧三团来新疆兵团十三师,演出了大型现代豫剧《焦裕禄》《村官李天成》。浓浓的乡情乡音,精彩的戏剧,让基层兵团职工群众在受教育的同时,深深感受到了文化援疆的魅力。

此次河南省豫剧三团共来了七十多名优秀演职人员,为哈密市及兵团十三师职工群众演出。他们带来了许多大型剧目,如廉政剧目《全家福》、经典保留剧目《朝阳沟》等;带来了《花木兰》《小二黑结婚》等精彩唱段。在给兵团职工奉献艺术的同时,河南演员们也受到了兵团精神的教育感染。

为让驻守在边境牧场和农场的职工享受到援疆文化大餐,豫剧团还专门抽调优秀演员,分别赴十三师红星一场、红星二场等团场,亲切慰问基层职工群众,为职工群众奉献演出,让他们感受中原文化艺术的魅力。

新一轮对口援疆几年来,河南先后有七百多批次代表团来到哈密进行文化交流,哈密二百六十多批次考察团赴豫考察,这些活动加强了两地的文化交流与合作。

新疆与内地的文化交流,是源远流长的。早在汉代,《于阗佛曲》曾传入中原;唐朝时,唐玄奘在于阗古国传经布道,于阗歌舞风靡世界各地,长安尤甚。那仙女般的舞姿,美妙的旋律,热情奔放的节奏,深受观众喜爱。汉唐盛世,曾经在和田有过恢宏生动的历史。

2012年6月30日。北京戏曲艺术职业学院。

当晚7点,大幕徐徐拉开。《塔什古丽的传说》,揭开了神秘的面纱。当开场舞欢快地跳起来时,首都观众用最热烈的掌声,给台上的演员以最真诚的欢迎。

在和田地区洛浦县,流传着这样一个民间故事:相传古于阗国山普拉的玉龙喀什河畔,住着一位技艺绝伦的老石匠,在他六十岁生日那天,在河中拾到一块很大的羊脂玉,精心琢成了一个非常漂亮的玉美人。这玉美人变成了一个姑娘,拜老石匠为父,取名塔什古丽(玉花)。塔什古丽与老石匠的徒弟相亲相爱,当地一恶霸趁小石匠外出,抢走了塔什古丽。塔什古丽不从,恶霸用刀砍她,她身上发出铮铮火花,点燃了恶霸的庄园,自己化成一缕白烟飞向了昆仑山。小石匠得知后,骑马追去,沿路撒下小石子,成为后人找玉的矿苗。

歌舞剧晚会《塔什古丽的传说》,是北京市文化援疆的一个精品项目。在九十分钟的时间里,不但展现了洛浦县人民勤劳、淳朴、勇敢的精神风貌,让观众领略了独具特色的边疆风情,用艺术形式讲述了丝绸之路、玉石之路、于阗歌舞等厚重的历史故事,还有洛浦县的文化符号,如玉石、丝绸、地毯、唐秀、艾德莱斯绸等,均被镶嵌其中,民族风情浓郁,生动形象,表达了维吾尔族同胞爱家、爱国、爱生活的真挚情感,具有较高的艺术价值和文化水准,得到了首都观众的喜爱和认可。

在随后的二十天里,洛浦文工团演员们带着神秘的《塔什古丽的传说》,先后到北京的十三个区县演出了十六场,场场爆满。

演员们所到之处,都受到了京城百姓的热情欢迎。在门头沟的最后一场演出结束后,一位维吾尔族小伙子操着并不流利的汉语说:"没想到首都的观众这么热情,每场演出都让我们特别感动,尤其是在怀柔、延庆演出的时候,现场足足有四五千人观看,跟着我们的音乐一起拍手,特别震撼!"

在首都期间,每一场演出、每一节课程、每一次参观,都深深地刻在了洛浦县文工团演员们的心里。他们把欢乐的民族风情送到了北京,也满载着首都人民的深情厚谊回到新疆。

在全面援疆之前,和田地区文化基础设施非常薄弱。和田地区最大的歌舞团"新雨"歌舞团,曾向上级打报告换一台演出车,十五年都没有解决。而全面援疆后,则得到了全套更新。北京还向和田地区及四县市捐赠六套演出设备,每套均有一辆演员乘务车、一辆道具车和一辆舞台车,还为六家歌舞团配备了灯光音响器材,设备总价值上千万元。

从2010年10月开始,北京还把文化援疆与文化交流结合起来,每年都安排对口支援地的文工团进京,或进行演出、交流,或进行培训。

浦江叶河相映红,上海喀什心连心。

2011年9月17日晚。上海大剧院。"上海喀什文化周"在此隆重开幕。

开幕式上,一台以"我们喀什好地方"为主题的大型文艺晚会,精彩纷呈。十二木卡姆的精华片段《木卡姆故乡的欢乐》、刀郎麦西来甫《大漠深处的刀郎》、耳熟能详的民族歌曲等,喀什的自然风光、民族风情和文化遗产等,都得到了艺术展现。

晚会还融入了上海对口援疆中的感人故事。著名表演艺术家曹蕾朗诵的《西去列车,依然明亮的窗口》,情景交融,感情真挚,展现了上海两代援疆人的风采。

而在此后的一周,一百三十余名演员兵分两路,分别到对口援建喀什的上海各区巡回演出,让喀什民族风情走近上海普通市民。

除了文艺晚会,"上海喀什文化周"还设置了许多特色活动,让上海市民多角度地感受到了喀什的民族风采。

9月19日,上海图书馆举行的"丝路明珠美丽喀什"书画摄影展,集中展示了一批上海、喀什艺术家的作品。其中,上海艺术家们亲赴喀什创作的,如《大漠的胡杨》《壮美的雪山》《古老的高台民居》等等,让上海人目不暇接。

而继"上海喀什文化周"后,上海文化援疆再度发力。

金秋硕果,红枣飘香;胡杨金黄,风姿绰约。

10月18日晚。喀什。

在"泽普第四届红枣节暨金湖杨文化节"开幕专题文艺晚会上,上海著名电视节目主持人、知名歌手、舞蹈演员,与喀什当地的艺术家们同台献演,共同演绎叶河情、浦江爱。

2011年6月13日,在喀什举行的上海宣传文化援疆捐赠仪式上,十五岁的维吾尔族姑娘阿丽叶·阿不都热西提,捧着上海捐赠的崭新图书,笑容灿烂。

长江商学院十五期上海班同学,共捐赠十万册图书,由五辆八吨大卡车载运,被分送到上海援建的四县八十一所"双语"寄宿制中小学,用于建设汉语图书室。

6月14日一大早,上海宣传文化系统和长江商学院十五期上海班的代表们,又匆匆赶赴莎车县第一小学,为那里的汉语图书室揭牌。

2012年6月底,上海文化援疆的重要项目《喀什四章》完成拍摄,对外推出。这部耗时一年多制作的纪录片,讲述了喀什地区的巴楚、泽普、叶城、莎车这些绿洲的美丽富饶、广袤神奇。

而2012年8月,上海再次举办"上海喀什文化周"。

上海文化援疆加速发力,无疑是一种高瞻远瞩的清醒之举,是功在千秋的智慧之举,是科学援疆的创新之举。"援"出了高度,"援"出了深度,"援"出了群众的满意度,给我们提供了许多值得感悟的启示,对全国各地的文化援疆产生了巨大的示范意义。

自中央新疆工作座谈会召开以来,新疆与内地的文化交流十分频繁:

浙江省推出的首部文化援疆作品《少年阿凡提》,在中央电视台少儿频道上映。

"新疆文化全国行——情系神州"展览,在上海美术馆举办。

"天山魂——哈孜·艾买提美术作品展",在中国美术馆举办。

"故宫博物院清代新疆文物珍藏展",在新疆博物馆举办。

"西域遗珍——新疆历史文献暨古籍保护成果展",在京展出。

"美丽新疆"民族音乐会,进京演出。

音乐杂技剧《你好,阿凡提》,进京演出。

"青铜文明、中原瑰宝——河南出土夏商周文物展",进疆展出。

"丝路遗韵——新疆出土文物展",在河南举办。

……

多场文化活动,相继登台亮相,有力地促进了新疆和祖国内地省市的文化交流、互动。

用接地气的艺术形式,增加新疆与祖国内地的心灵互动,对拨开弥漫在一些人心中的极端宗教阴霾,让现代文化照亮丝路,其意义是非同凡响的。

第七章 高擎文化的火炬

第八章　民族团结花儿红

维吾尔族有句谚语说：事成于和睦，力生于团结。民族团结，始终是新疆发展进步的基石。

以史为鉴，可以知兴替。历史和现实深刻昭示国人：团结统一，是各族人民之福；分裂动乱，是各族人民之祸。

反对民族分裂，维护祖国统一，是国家最高利益所在，也是新疆各族人民根本利益所在。民族团结，对于新疆的各族群众来说，就像阳光和空气一样，谁都离不开。

维护社会稳定和民族团结，始终是新疆各项工作的重中之重。

纵观新疆的历史，哪个时代各民族和睦相处、交流合作，这片土地就繁荣昌盛；而每当民族之间隔绝交通、互相敌视，这片土地便满目疮痍、黯淡无光。可以说，在这片古老的土地上，各民族情同手足，休戚与共，一损俱损，一荣俱荣。

团结就是力量，团结就是胜利。

新疆发展面临着前所未有的机遇和挑战，需要汇聚各民族的磅礴之力，像石榴籽一样，紧紧抱在一起。民族团结，需要"从我做起"，需要这片土地上的每个人像爱护自己的眼睛一样，爱护民族团结。

作为新时代的援疆人，同样如是。

使命，需要援疆人倾注真情，需要无私奉献，争当民族团结的表率。

● 从手拉手到心连心

理想，凝聚力量；团结，开创未来。

在历史的千锤百炼中，中国各民族共御外敌，血肉相连，形成了多元一体的格局：你中有我、我中有你，大杂居小聚居、共生互补。

新疆，自古就是一个多民族聚居的地区。数千年来，在新疆天山南北辽阔的土地上，戈壁草原的孕育，高山大河的砥砺，造就新疆的每一寸肌肤，几十个民族生息繁衍、交往融合，印下历史绵长的足迹，浸润着地域特点和民族文化的精气神；每一根血脉，烙印着中国风格和神州气派。千百年来，天山南北各族人民休戚与共、唇齿相依，他们和睦相处，携手共进，建立了密不可分的骨肉亲情，刻下了天山不灭的记忆。

援疆不仅仅是修条路、盖栋楼。

在第二次中央新疆工作座谈会上，习近平总书记指出：对口援疆是国家战略，必须长期坚持，要把对口援疆工作打造成加强民族团结的工程。

援疆干部，是民族团结的使者，是民族团结的桥梁。

暮春的博尔塔拉高原，蓝天、白云，牧草如茵，鲜花遍地，湖水湛蓝，牛羊如云，牧歌悠悠，毡房点点，构成一幅充满诗情画意的古丝路画卷。这美好的时节，可以使人们充分领略回归自然的浪漫情怀与塞外独特的民族文化。

可是，有一群来自大江之畔的南方人，他们不为塞外美景所动，却偏偏去帮人干田野间的累农活。

2014年5月5日。新疆生产建设兵团职工马国云的葡萄园内。

一大早就来了十三个"亲戚"，他们不停地帮马国云的葡萄绑枝上架。这十三名"亲戚"，是湖北省孝感市的援疆干部。

马国云，是兵团五师九十团园艺一连的回族职工，一家三口与父母生活在一起，生活比较困难。2013年8月，对口援建九十团的孝感市和他结成了帮扶对子，并嘱托在该团援疆的干部们，要时刻关心帮助这位回族"亲戚"。

近一年的时间里，援疆干部们定期去马国云家看望，询问他生产生活情况，了解他看病是否方便，援疆医生们还上门义诊，为他家提供免费医疗服务。

进入5月，气温连续升高，已经出土的葡萄要及时上架，才能保证产量。可缺少劳动力成了马国云最大的难题。得知他的困难后，孝感市援疆干部立即来到这"亲戚"家中，一不吃饭，二不喝茶，只为早日将他的葡萄绑枝上架，再一次让他感受到了回汉"一家亲"的兄弟般情谊。

"马国云，你不用招呼我们，也不要感到过意不去，做一些力所能及的事情，帮你解决一点实际困难，这是我们孝感人民的心意，也希望我们回汉兄弟情义更深！"看到马国云父子俩争着要招待大家，援疆干部领队周远鑫宽慰着他们。

让枝蔓在架面上均匀分布，按照生长方向将枝蔓捆绑固定，援疆干部们一丝不苟，将一根根枝蔓扶向天空。掌握技术要领后，援疆干部们投入到紧张火热的劳动中。不知不觉中，夕阳西下，十三亩葡萄终于全部上架。

援疆干部们的无私帮助，让马国云感激不已："我自己干的话得用一个礼拜的时间才能干完，援疆干部一天就帮我干完了，他们就跟我的亲人一样，非常关心我。让葡萄快点上架，对葡萄的长势有好处，非常感谢他们。"

枝蔓上嫩绿的新叶,在夕阳余晖中泛着耀眼的光芒,回汉团结之花也在这里生根发芽。

无独有偶。"国庆节,我们一家人要去公园,看那五棵小树苗长多高了,浇浇水。"电话那端,新疆博乐市建国路社区党总支书记巴依尔说。

巴依尔说的小树苗,是2014年4月到公园种植的,是和博州党委副书记、湖北省援疆工作前方指挥部总指挥施真强共栽的友谊树。

"与少数民族家庭结亲戚、结对子,促团结、促长治久安。"

作为湖北省对口援疆"双结双促"的一项活动,自2012年6月启动后,施真强就与巴依尔结成了"亲戚"。这几年来,他们之间常来常往,结下了深厚友谊。

像这样的"结亲",截至2015年5月,湖北干部群众累计在博州、兵团第五师已超过了上千户。

各民族要像石榴籽那样紧紧抱在一起。对口援疆的根本目的,就是要促进新疆发展和民族团结。

时至今日,博乐市小营盘镇乌图布拉格村党支部书记吐尔逊·艾则孜,还会经常翻阅家里的相册。因为,这相册中珍藏了不少他和一位湖北兄弟的照片。

吐尔逊说的湖北兄弟,就是时任湖北省委书记李鸿忠。

2012年6月7日,湖北省省委常委会在专题研究对口援疆工作时,李鸿忠倡导开展"双结双促"活动。会议形成决议,十三名省委常委带头示范,与新疆受援地区少数民族家庭"结亲结对"。

湖北省委组织部、省援疆办、省援疆前指与博州、五师一起,组织挑选工作。选项是:困难群众、老党员、老模范、老军垦、老支边、专业技术人才、离退休老干部、创业致富带头人……

通过筛选,吐尔逊·艾则孜(维吾尔族)、尼亚孜别克·努尔克(哈萨克族)、斯卡克(哈萨克族)等十三个少数民族家庭,分别与李鸿忠等湖北省委常委"结亲戚"。几年来,湖北省委常委或亲赴博州(五师),或邀请对方来鄂,或借助电信网络等方式,与少数民族"亲戚"亲密友好互动。

吐尔逊一家,就这样与湖北省委书记李鸿忠结成了"亲戚"。

东风送暖,春光和煦。2013年2月21日,农历新年还未结束,吐尔逊·艾则孜带着老伴、儿子和孙女,第一次来到武汉。

当晚9点半,吐尔逊一家人抵达武汉刚住下,李鸿忠就赶来探望这位维吾尔族大哥。一进门,李鸿忠热情地握住吐尔逊的手,说给兄长和大嫂拜年;吐尔逊一家心里暖融融的。李鸿忠还精心安排了他们在武汉的行程,专门抽出时间送去自己选购的礼物,与他们一起聊天话家常。

吐尔逊说:"李书记是大领导,很忙,我想看望我们也就五分钟、十分钟嘛。没想到,聊着聊着,差不多一个小时了。"

此后不久,习总书记到湖北视察,吐尔逊在电视上看到了,激动地给湖北兄弟发了个短信,李鸿忠书记回电关切地向他和全家表达问候。

2014年1月,吐尔逊又收到了李鸿忠书记"来信"。更让他感动的是,李鸿忠亲切地以"大哥"、"大嫂"相称,关切地询问他们生产生活情况,落款自称为"弟"。

吐尔逊回信:"我们时隔一年多没见面了,可我在这边感觉您一直在我们身边,回想起一家人在湖北时和您聊天谈心的情景,感到生活非常幸福。"他说,"湖北人民和博州人民的友谊就像您对我深深的兄弟之情一样。将把关怀化为力量,借着对口支援和湖北援疆的东风,把家乡建设得更加美丽。"

2014年9月19日,李鸿忠率团来新疆博州考察时,又专程看望自己的"维吾尔族大哥",与吐尔逊一家共享午餐。

李鸿忠还特意带来一篮石榴。他说,中国是一个多民族大家庭,各民族兄弟要按习近平总书记强调的,"像石榴籽那样紧紧抱在一起"。

"全国人民一家亲,湖北援疆,我们的友谊要代代传承。"吐尔逊说。

"双结双促"活动,培养的是不断线的民族亲情,浇筑的是团结友谊之花。

活动中,有的干部群众与少数民族贫困户结对,从发展经济、手把手教会技术等方面入手,帮助其增强自我发展能力;有的与当地老干部、老党员、老军垦、老支边结对,通过解决一些实际问题,发挥他们的威望,促进各民族和睦相处、和谐发展;有的与少数民族创业致富带头人结对,支持他们做大做强,带领更多群众走上致富道路;还有的与基层少数民族干部、专业技术人才结对,帮助他们理清发展思路,加强基层组织。

湖北省援疆干部曾晖,还有博赛城投公司的王勇、郭先华,他们三人开始"结对"并不顺利。2014年4月,他们经过摸底,发现在他们工作的单位没有合适的结对对象。面对这个意想不到的情况,三人犹豫了:是就此放弃,还是另想他法?另想他法该怎么做?

援疆生涯,不能留下遗憾。最终,在湖北省指挥部和公司领导的帮助下,他们与公司的三家贫困维吾尔族职工结成了对子。其中:曾晖与维吾尔族职工其曼古丽家结成了对子;王勇与坎吉汗·阿瓦汗家结成了对子;郭先华与阿孜古丽家结成了对子。"一对一",定期走"亲戚"帮扶。

曾晖的结对户其曼古丽家共有五口人:其本人是博赛建安公司物业公

司清洁工,每月收入九百多元,体弱多病;丈夫阿不都外力因患较重的慢性病,在家休养,没有工作,靠偶尔在外打点零工为生;两个女儿刚成年都没有工作,儿子阿不都吉力利年幼,刚上小学一年级。全家居住在第五师机关农场的两间出租屋,每月全家只有一千多元收入,生活比较拮据。

2014年端午节前夕,他们三人登门到其曼古丽等三个结对户家,进行第一次走访,送去了面粉、大米、食用油等慰问品。考虑到马上就是"六一"儿童节,曾晖还特意给孩子带了儿童节礼物。

在了解她们的家庭基本情况后,各自留下了联系方式,告诉她们今后遇到困难可以随时联系,希望彼此像亲戚一样,常来往,常走动。

看到坎吉汗·阿瓦汗有个正在师市高中上高三的女儿,王勇还鼓励她填报湖北地区的高校。这样,他可以近距离地帮助她上完大学学业,替这个家庭分忧。

看到这样的好心人,其曼古丽非常高兴,热情地为他们送上奶茶和瓜果,坎吉汗·阿瓦汗还为他们戴上维吾尔族小花帽,以维吾尔族对客人的最高礼遇表示了感谢,现场气氛十分温馨。

阿孜古丽在新疆农大上大学的女儿苏拜丹,听说有人去她家看望她妈妈,非常高兴,专门发短信给郭先华。郭先华就"结对子"工作,和她聊了很多自己的真实想法,那就是从此双方互在远方有了一个让自己牵挂的亲人,一个没有血缘关系却胜似有血缘关系的亲人,双方感情顿时热乎起来。

期间,苏拜丹热情地邀请郭先华去她家过古尔邦节,并询问其春节是否回湖北,若不回湖北就去她家过年。

端午节期间,曾晖听说为解决其曼古丽家住房困难,博赛建安公司董事长杜平带领部分干部职工,义务为她家翻盖一间新房。曾晖认为,这正是一个为其排忧解难的好机会,于是主动请缨,前去帮忙。

眼看新房盖起来的其曼古丽,激动地说:"有了新房,孩子们就不用都挤在一张床上了,感谢大家的关心和帮助,你们帮我解决了燃眉之急。"

天有不测风云。第二天一大早,其曼古丽打电话给曾晖,说她丈夫因前一天参与盖房过于劳累,导致晚上病情发作,连夜送医院治疗后,仍不见好转,现在疼痛难忍,还得送到医院检查。但苦于家里没有现钱,希望曾晖能帮帮他们。

接到电话,曾晖立刻到银行取了钱,赶到五师医院,帮助他们安排就诊,并垫付了急诊费用。在检查结果出来前,一边安慰他们,一边帮其带着孩子,减轻他们的焦虑心情。直到第二天,在得知阿不都外力的病情有所好转时,他心里一块悬着的石头才落地。

2014年国庆节、古尔邦节双节期间,征得其曼古丽的同意后,曾晖还带她的儿子阿不都吉力利到工作队宿舍做了一天客。在宿舍,曾晖和他玩电脑游戏,到活动室教他打乒乓球,到室外陪他荡秋千,带他去书店买书。

节后的一个周末,其曼古丽和儿子带着葡萄干和核桃来到曾晖宿舍,她说这是孩子的心意,让他带给远在武汉的哥哥姐姐尝尝。面对他们的盛情,曾晖真切体会到了鄂博一家亲的浓浓情怀。

人心都是肉长的,只有真情才能换得真心。援疆干部与结对民族亲戚之间经常来往走动,相互串门拜访,越走越亲,也让他们深切感受到,援疆工作不光是捐钱捐物,还要交心谈心,更要促进鄂博人民的交流、交往和交融。

方寸之心,是世界上最小的地方。湖北要在这片最小的地方,做出民族团结的大文章。在如今的博尔塔拉蒙古自治州,湖北省一千一百名党政干部与一千一百户群众结对帮扶,援疆干部即使结束任期离开新疆,联系也从不间断。

龙驯蛟,是在鄯善县援疆的湖南衡阳干部。2014年底,龙驯蛟即将放假返湘。临走前的一天,他决定趁放假的空隙,去连木沁镇巴喀村看看他结对帮扶的两个小女孩。

木巴喀村,位于天山脚下的戈壁滩上,距县城七十余公里,距连木沁镇也有四十余公里。木开代丝则是村里一个教学点的学生。在一次慈善助学中,龙驯蛟发现了这个有舞蹈天赋的维吾尔族女孩。

巴喀村居民,主要以天山牧场上退牧还草迁下山的牧民为主。木开代丝家下山才两年多,分到的葡萄地和核桃树不多,还没有挂果,当年又逢冻灾,全家年收入不足一万元。而当地米面油菜全靠外买,所以生活十分艰难。

龙驯蛟决定个人出资进行结对帮扶。除经济上的帮助外,每逢节日,他均带上礼物去探望。2014年7月,木开代丝小学六年级毕业。为让她接受更好的教育,龙驯蛟想方设法帮她联系到县一中就读。谢伊迪古丽是木开代丝表妹,得知龙驯蛟的善行后,也来找龙驯蛟帮忙,龙驯蛟没有犹豫就答应了她的求助。龙驯蛟除在经济上资助她们外,还经常到学校探望,并与其学校领导和老师交流,关注她们学习状况。两个小姑娘果然学业大有长进,这让龙驯蛟很高兴。

那天,赶到木开代丝家时,已是下午2点多了。没想到,她母亲竟端出了一桌丰盛的午餐,桌子上堆满了干果、糕点等零食,一大盘香喷喷的手抓羊肉和散发浓香的肉汤,还有好几只烧烤过的如家鸡般大小的禽类动物。后来,同事如仙古丽告诉龙驯蛟,听说他要去"探亲",木开代丝的父亲肉斯坦木花了四天时间,才在山上抓到这个禽类动物"呱呱叽",这是地道的天山雪

第八章　民族团结花儿红　299

地野味。

听到这个事,龙驯蛟非常感动,在零下十几二十摄氏度的严寒下,来回几十公里,爬上雪山,冒着生命危险去捕鸟,这是何等的深情厚意?

用完午餐,龙驯蛟他们去谢伊迪古丽家坐了坐。她家从山上搬下来才一个多月,分到的田地比木开代丝家还少,家庭生活主要以其父亚森打工收入勉强维持。在充分了解她家的基本情况后,龙驯蛟就准备离开。

哪知道,就在此时,肉斯坦木和亚森已经宰了两只羊。同事如仙古丽告诉龙驯蛟,他们每家都要送他一只羊,均是自家喂养、吃草长大的本地羊。

听到这个消息,龙驯蛟大为震惊。他们才从山上移民下来,葡萄和核桃都还没有挂果,今年又逢冻灾,为数不多的羊羔子就是他们今后唯一的收入来源,现在还没育肥养大,宰了十分可惜。自己当天为他们买的米、油等生活用品也值不了多少钱,自己送得如此之少,而少数民族同胞回馈他的则如此之多,实在让他感到羞愧难当。

于是,龙驯蛟立即声明:队伍有纪律不准收,再说离家太远,携带也不便……尽管他再三推辞不要,但是他们却态度坚决。

同事如仙古丽告诉他,她把他的意思翻译给他们了,而他们则说,这不只是感谢他对他们的帮助,也是民族同胞对他的认可,这是一种感情的交流回馈,如果不接受的话,就会伤害民族同胞的感情。

无奈之下,龙驯蛟只能接受了。但是,龙驯蛟想,民族同胞在戈壁滩上生活不易,自己绝对不能占他们便宜,多拿多占。当场给钱伤感情,他决定在走之前,把这些羊肉的钱交给他们在县城一中读初一的女儿。

临别时,木开代丝妈妈又送他几株采自高海拔雪山上的野生天山雪莲,还有一大包自家手工做的维吾尔族特色刺绣作品,谢伊迪古丽的妈妈也送了一袋核桃和一只宰杀好的大斗鸡。

面对如此盛情,浅薄的言语已经无法表达他的感动。

龙驯蛟他们这一轮援疆干部进疆节点,是声讨昆明火车站"三一"暴恐事件后,是在鄯善县"六二六"暴恐事件阴影未散时。起初,他们以为会存在较深的民族隔阂。而现在进疆不到一年,尤其是休假前这些天,他的感受特别强烈鲜明。

在他援助的鄯善县,有很多维吾尔族领导或干部,爽朗友好,热情好客,或许平时很少接触,却得到了他们的大力支持和关心帮助,每逢民族节日,都有人邀请去他们家里过节,知道即将回湘休假,争相为他们饯行或赠送干果土特产。

自己所做的虽微不足道,但维吾尔族同胞们却如此盛情!这让援疆干部龙驯蛟感受到莫大的欣慰。

2015年1月27日上午。杭州。

在浙江省人民大会堂内，张灯结彩，喜气洋洋。来自新疆的老人买买提·艾买提，与杭州的职工史文斌紧紧拥抱在一起，许久才慢慢松开。

买买提·艾买提，是全国离退休干部先进个人、新疆阿克苏地区柯坪县国税局退休干部；史文斌，是全国劳动模范、杭州市电力局的职工。他们为何会如此亲密？

原来，这是在杭州举办"浙阿情——'枣'送祝福·感恩好人"主题宣传活动中的一幕，也是正在举行的心与心交流的现场。

阿克苏与浙江两地二十位"好人"正在手牵手，现场共叙浙阿情，唱响了民族大融合的幸福曲。

这个策划绝非刻意张扬，其背后是援疆之后两地人民结下的深厚之缘。

近年来，浙江省涌现出一批"最美"人物，由该省对口支援的新疆阿克苏地区也是先进人物辈出。他们当中有来自企业的普通工人，有的是法官，有的是舍身救人的英雄，有的是退休干部职工……虽然他们的职业岗位不同，但这些好人都用自己的坚守，成就了一段感人肺腑的故事。让浙江和阿克苏的好人结对子，可以促进民族之间的交往、交流和交融，也会让好人身上蕴含的道德力量影响更多人。

手牵手，一起向前走。十位浙江"好人"与十位阿克苏"好人"现场结对，诉衷肠、道敬仰，两地好人聊个不停，抓住一切机会，开怀畅谈，增进感情，互赠纪念品。

"浙江的亲人无私援助我的家乡，我和我的乡亲永远记在心里，这份恩情值得我不远万里来杭州当面感谢。"阿克苏地区拜什吐格曼乡农民艾买尔江·毛拉托合提捧着大红枣，用不太流利的汉语表达了对浙江人民的感恩之心。

拜什吐格曼乡，是阿克苏地区一个偏远的乡镇，自然环境差。长期以来，由于产业单一，群众致富无门。自2010年开始，浙江对口援建阿克苏，大量的资金、项目等注入后，为当地农民增收致富带来了机遇。

近年来，拜什吐格曼乡果林面积发展到五万多亩，两万人从事果蔬种植业，其中百分之八十的枣子、苹果销向浙江。

"我们村虽然自然环境恶劣，但是空气好，阳光足，土壤好，适合种植果蔬，像红枣、苹果等。"艾买尔江·毛拉托合提说。他把目光瞄准了浙江这个大市场。

几年来，艾买尔江·毛拉托合提还带动周边一百多户果农迈上了致富

第八章 民族团结花儿红 301

路,在全乡起到了示范带头作用。为此,他被评为2014年"最美阿克苏人"。

"浙江对口援建阿克苏,为当地群众打开了一扇致富的门。没有浙江人民的支持,就没有我们幸福的生活。"艾买尔江·毛拉托合提说。红枣如今在浙江卖出了好价钱。

"之前只在报纸、电视上看到过你的事迹,今天终于见到了你,真是太高兴了!"艾麦尔·毛拉托乎提紧紧地握着杭州公交司机孔胜东的手,激动万分,孔胜东则回他一个亲密的拥抱……

艾麦尔·毛拉托乎提还将用二十五斤面粉、五十个鸡蛋亲手制作的三个"巨无霸"馕饼,送给了孔胜东。上面用维吾尔语刻着"各族人民心连心"和他的姓名。

孔胜东双手捧着近乎他大半个身子大小的馕饼,心情无比激动:"我太开心了,这份礼物非常珍贵。虽然我们语言不通,但我们的心是连着的。"

同行的阿克苏好人告诉孔胜东,这个馕饼在新疆一般可以保存六个月,孔胜东不假思索地说:"我想要保存一辈子呢!"

孔胜东则借"枣"抒情:"今天开始,大家就是一家人,都是兄弟姐妹。浙阿两地人民的友情就像红枣一样甜甜蜜蜜!"

在来浙江的前一晚上,拜城县康其乡赛布墩村女医生夏忠慧激动得一夜未眠。她深有感触地说:"我十二岁来到新疆阿克苏,那时候条件很艰苦。如今我是六十多岁的老人了,真正看到了阿克苏翻天覆地的变化,这与援疆干部的付出分不开。"

四年前,夏忠慧还住在岌岌可危的土坯房里,每逢下雨天,屋外下大雨,屋内下小雨,墙皮被雨水冲刷得大块往下掉。

夏忠慧说:"年纪大了受不了潮湿,一到下雨天,房子湿乎乎的,腿疼很多天好不了。是政府和浙江援疆干部给我们换上了抗震安居房,暖气、自来水等设施齐全,我们住在里面宽敞明亮。房子稳了,人心也稳了。"

夏忠慧,是新疆维吾尔自治区的道德模范,在赛布墩村生活了五十年,行医四十年。在杭州,她对刚认识的"亲戚"陈辽敏,用不是很流利的普通话说:"能从新疆阿克苏来到几千公里外的杭州这个美丽的地方,认识你这个妹妹,我感觉很幸运、很开心。"

陈辽敏,生于1972年,是杭州市西湖区人民法院立案庭副庭长。她比自己的阿克苏"姐姐"小二十岁,她说:"当我和夏姐姐拥抱在一起时,我能感觉到那份真诚和感动,也让我感受到了新疆人的淳朴。今年,我一定要去阿克苏,看望我的夏姐姐!"陈辽敏还告诉大家,她女儿所在的学校也与阿克苏的一所中学"结对",女儿时不时在网上与阿克苏的"结对"小伙伴聊天,还一起约定考入浙江大学。

与夏忠慧有同样心情的,还有乌什县依麻木乡汉语小学校长库尔班·尼亚孜。"听说要去浙江'结对子'见远方的亲人,这几天我激动得睡不着觉,脑子里一直在设想着见到亲人们的各种场景。"库尔班·尼亚孜说,"我有许多的话想跟亲人说,许多的感激想表达。"

2003年,库尔班·尼亚孜出资建起了阿克苏地区民办汉语小学,目的是让阿克苏的孩子学好汉语,去看看外面的世界。2010年以来,多批浙江援疆干部为学校捐款捐物,极大地改善了学校办学条件。

"浙江的亲人心系我们边疆的发展,关心下一代的教育让我很感动。为此,我们在全校发起了心怀感恩、努力学习的活动。一定不辜负浙江亲人的期望,教育孩子们热爱伟大祖国、热爱美丽家乡。"库尔班·尼亚孜说。

这次来到杭州,库尔班·尼亚孜认识了新"亲戚",为此感到幸运、骄傲。他用激昂的声音告诉大家:"很多人因为新疆发生过暴恐都不敢来新疆,我要说,这肯定有误解!一部分暴恐分子不能代表我们维吾尔人!这次认识了新'亲戚',我邀请您来我们乌什县看看,也邀请所有人都来新疆看看!"

在依麻木乡汉语小学校园里,有一片核桃林获得了大丰收。"给浙江亲人带来了全校师生培育的核桃果,希望能表达五百多名师生共同的谢意。"库尔班·尼亚孜拿出了红枣和核桃,献给结对的"浙江好人"黄小荣。

接过维吾尔族同胞情谊深重的礼物,黄小荣紧紧拥抱着库尔班·尼亚孜。"今后,我在阿克苏也有亲人了。我们将手拉手,把好人做得更好,让更多正能量传递下去!"黄小荣说。

库尔班·尼亚孜说:"滴水之恩,永记在心。阿克苏地区各族群众生活红红火火,同时把红红火火的幸福果送给浙江的亲人、浙江的恩人、浙江的好人,让他们享受来自阿克苏各族群众甜甜蜜蜜的红枣,愿我们民族情谊代代传。"

……

此次活动,阿克苏地区与浙江各有六十名"好人""结对子",参加本次结对子活动的两地"好人"有二十人,其余一百人将通过书信、电话、网络及上门走亲等方式"结对子"。

亲戚越走越亲,感情越走越深。对口援疆,首先要热爱新疆、融入新疆。只有蹲得住、融得进,与当地干部群众像石榴籽那样紧紧抱在一起,才能援得好。

河北省第七批援疆干部到岗后,十分注重走基层、"接地气",广泛与受援地干部群众结对子、交朋友,像红柳一样在当地扎根。

在2014年5月的新疆第三十二个"民族团结月"期间,二十四名来自承德、衡水的援疆干部,分别与尉犁县三十二名维吾尔族退休干部、宗教人士、个体私营业者、村干部和农牧民结成了对子,他们之间经常交流思想;援疆干部总是力所能及,积极为受援地办实事、解难题。他们还戴民族团结花,互换结对连心卡,互赠纪念小礼物。

河北援疆干部王合全收养了巴州福利院的一位维吾尔族弃婴,这份情谊使他在援疆期满后,仍不舍离去。

"你就跟我亲生女儿一个样,总是给我最温暖的关心。"九十三岁的维吾尔族老人阿力木,眼含热泪对精心照顾他的医生李俊梅说。

2012年6月,武警湖北总队医院的援疆医师李俊梅带着六岁的儿子来到伊宁。短短一年时间,她为上千名少数民族群众治过病。

而江苏的"一帮一"结对帮扶活动则更早,更具规模。早在2011年,江苏就将搭建对口支援新平台,由省、市两级为主,延伸到县、乡(镇)、街道、村和社区,仅2012年就结成六百零一对友好乡镇、友好单位,开展两地互访交流二千三百二十四批,多达两万三千三百七十三人次,建立起"大援疆"下的"小援疆"模式。

......

北京、天津、山东、辽宁、吉林、河南等援疆省市都采用多种形式,进行"一对一"的帮扶活动,互相学习,交流经验,积极促进民族团结。

满天星斗,点亮浩瀚苍穹;各族团结,孕育中华文明。

一个援疆干部,就是一座桥梁。他们把全国人民的情谊带给新疆,把发展的资金带到新疆,把先进的理念带到新疆,把新疆富饶独特的物产输送到全国各地,让开放的新疆更开放。

来自全国十九个省市的上万名援疆干部,以脚踏实地的工作,融入新疆,赢得了新疆各族人民的信任。

当一笔笔援助资金成为民族团结的工程,当一个个援疆人使命之外的善行感动受援地的百姓,亦如涓涓暖流,滋润了新疆各族群众的心田。

民心可鉴。无论是思想上产生共鸣,还是文化上深化认同,都离不开心灵的沟通,离不开感情上的水乳交融。只有心与心相近了,相通了,才能真正把对口援疆打造成加强民族团结的工程。

● 团结能把困难吓跑

维吾尔族有句谚语:"篝火能将严寒驱散,团结能把困难吓跑。"一方有难,八方支援。灾难面前,最能考验民族团结的力量。对于援疆人更是如此。

江苏是全国十九个省市中援疆力量最大、投入资金最多、动员人数最多的省份,在援疆过程中应对突发性自然灾害的情况也较多。

话说事不过三,而江苏对口援建的伊犁地区却连续遭遇到多起自然灾害的考验。

2009年12月22日至2010年初,新疆北部地区先后七次出现降雪大风寒潮天气,阿勒泰、塔城、伊犁等地区遭遇六十年一遇的连续暴雪袭击,积雪深度普遍在五十厘米以上,山区积雪深度可达一至两米,部分地区最低气温降至零下四十三摄氏度。

暴雪导致道路封堵、牧民受困、交通拥堵、旅客滞留、牲畜断草死亡、蔬菜大棚坍塌,皑皑白雪给新疆经济带来了巨大损失。同时,强降温降雪大风寒潮天气,也让新疆百姓日常生活发生了变化。

灾难发生后,全国人民没有忘记受灾地人民。

中央紧急下拨救灾资金一点三亿元,专项用于受灾地区倒塌住房灾后重建。灾难发生后,全国、全疆人民伸出无私之手,为受灾地群众捐款捐物。

就在同时,时任江苏省伊犁援疆指挥部的领导率队迅速赶往灾区,察看伊宁县吐鲁番于孜乡灾情严重的村落。

面对灾情,迅速进行灾后重建,是援疆工作的当务之急,重中之重!

他们与受灾地党委、政府共议灾后重建事宜,并在第一时间将灾情向江苏省委、省政府汇报。

江苏省委、省政府迅速做出决定,将伊宁县吐鲁番于孜乡灾后重建作为援建伊犁的试点项目,实行安居富民整乡推进,以"高起点规划、高标准建设、十年不落伍"为标准,以经济、实用、美观为原则,为受灾农民重建家园。

灾后重建,凝聚着江苏援疆干部的心血和汗水,几个月之后,一排排安居富民房顺利建成,受灾群众在严寒到来前搬进了新居。江苏省的一位领导说:老百姓的笑容是对援疆干部最好的回报。

除了江苏的援助行动之外,当时在新疆的援疆干部济困助学基金会向阿勒泰灾区捐款六十万元,用于受灾贫困家庭抗灾和牧业区学校的基础设施建设。

新疆是个地震灾害频发的地区。

2011年11月1日8时21分,新疆伊犁哈萨克自治州发生六级地震。地震造成巩留县、伊宁县、新源县、尼勒克县、察布查尔锡伯自治县、特克斯县、昭苏县和伊宁市八个县市受灾,这些地区也是江苏援疆的重点地区。

地震虽未造成江苏援建项目一处倒塌和损坏,但地震却造成了上述地区数万间房屋不同程度损坏,给群众生产生活带来了严重影响。

地震发生后,身处地震灾区的江苏援疆干部,立即投入救灾,深入基层牧区进行灾情排查,开展救助工作。援疆医生也迅速行动起来,与当地医护人员一起,赴受灾较重乡镇的灾民安置点,进行身体检查和心理疏导,抢救伤病员。

在第一时间,江苏支援伊犁前指派出工作组,除赶到现场查看灾情外,还发动各工作组进行捐款。他们的心一直和地震灾区群众的心同频共跳。11月5日,在不到一分钟时间内,十八名江苏援疆干部就自发捐出一万五千元。

扬州援疆指挥组向新源县捐助救灾款十点七三万元,其中七千三百元是援疆干部的个人捐款。

"危难之时见真情。伊犁是我们的第二故乡,伊犁发生了地震灾情,我们会全力以赴帮助受灾群众渡过难关,支持灾后重建工作。"江苏省对口支援伊犁州前方指挥部党委副书记、副总指挥苏春海说。

得知伊犁地震的消息后,11月6日,江苏省委、省政府向伊犁州党委、政府发出慰问电,决定向伊犁捐赠五百万元资金支援抗震救灾工作,并迅速将资金拨付到位。

伊犁州所属各地的援疆指挥组利用各自在苏的关系,举行捐款活动,筹集善款一百五十多万元。

江苏多家媒体还掀起一个名为"再造一个奇迹,给灾区孩子一个暖冬"主题活动,发动当地爱心人士将自家多余的保暖衣物、各类书籍,捐献给灾区的孩子。

新一轮全面援疆的这些年,新疆是热烈的,与外界的沟通是频繁的,可伊犁地震也凑起了热闹。

2012年6月30日。新疆伊犁。

凌晨5时7分,新源县与和静县交界处发生六点六级地震,周边十多个县震感强烈。西部边陲伊犁的凌晨5点,相当于东部北京时间的凌晨3点左右。

灾情就是命令。地震发生几分钟后,江苏省对口支援伊犁州前方指挥部就召开紧急会议,决定立即参与抗震救灾。天刚放亮,总指挥于青山一行九人就火速赶往新源县震中地区,并在途中与扬州对口支援新源县前方工作组取得联系,紧急下达抢险救灾指令。

江苏援疆干部、医生、教师、建筑人员全部奔赴各自岗位,第一时间参与各项救援和防震排险工作。

救灾小组抵达受灾最严重的新源那拉提镇后,直奔受灾农牧民家里。

在灾民郭振举、陈继建等家中,于青山鼓励他们要抢险自救、防范余震,并代表指挥部向他们发放了救灾慰问金。

扬州援疆前方工作组第一时间启动应急响应,赶赴新源重灾区。盐城对口支援察布查尔县前方工作组组长唐敬在第一时间到达挂钩乡镇托布中心,和村队干部深入到各村队摸底排查。江苏援疆干部、霍城县委书记王进健,带领当地全体援疆干部在第一时间赶赴灾区救灾。

江苏医疗卫生援疆第一阶段本已在6月30日结束,绝大部分专家已订票准备返回。但地震发生后,专家们纷纷主动请缨,要求到灾区一线去。

江苏省第七批卫生援疆总领队、伊犁州卫生局副局长顾帮朝回忆说,当时,南通大学附属医院援疆专家沈永岱、杨柳、朱建炜援疆期满,即将踏上归途。面对突如其来的灾情,沈永岱、杨柳、朱建炜放下行囊,立即参与抗震救灾工作。

7月2日清晨,十余名江苏卫生援疆专家在伊宁市集结后,由援疆专家、州友谊医院副院长朱伟带队,迅速奔赴抗震救灾第一线,参加抗震救灾工作。他们驱车四小时,在新源县城与扬州的五名援疆专家汇合后,又迅速赶往新源那拉提镇灾民集中安置点。

而地震当天的凌晨5时30分,地震刚过去一会儿,扬州援疆医生胡翰生、庄远岭牵头的医疗小分队,已迅速在新源县人民医院集结,并迅速赶赴受灾最重的那拉提镇,胡翰生还电话联系当地镇卫生院,腾出救护室。

此时,地震引发了泥石流。浓稠的泥石流体似猛兽一般,沿着山谷汹涌奔流,顺势而下,不断发出轰鸣声,让人心悸。江苏援疆医生到达现场后,则立即按照抗震救灾前方指挥部的命令组成小分队,进山搜救遇险群众。

一名大腿被玻璃碎片扎伤的伤者被抬入救护室,胡翰生找来止血药品,包扎完毕后立即将伤者送往县城。一名男子在逃生时,不幸被震碎的玻璃打中,全身多处挫裂伤。一番紧急清创后,援疆医生给这名伤者缝了二十针。当天,江苏援疆医生一连工作了近十六个小时,直到深夜11点,共救治了十七名受灾群众。

在那拉提镇茵塔勒村的灾民集中安置点,江苏援疆医疗专家立即开展大型义诊。闷热的帐篷里,挤满了前来诊治的灾民,援疆专家耐心细致地为各族群众进行诊疗,为外伤患者进行对症处理,对一些非地震引起的疾病患者仔细检查,给予健康指导,还为当地群众进行灾后心理疏导,援疆医疗专家的行为受到广大灾区群众的热烈欢迎。

在义诊过程中,自治区主要领导现场看望了江苏援疆医疗专家,称赞他们是"苏伊人民民族团结的使者"。

村民古丽拜自地震后就感觉头晕心慌,心里一直不踏实,听说援疆医疗队来了,她早早去排队,等到11时左右,终于轮到她。给她诊治的是扬州援疆医生胡翰生。在仔细检查之后,他告诉古丽拜,这是恐慌和焦虑所致,在家好好休息,把心放宽,要不了多久症状就会消失。为了让古丽拜安心,胡翰生又给她开了一瓶维生素B,叮嘱她按时服用。

地震之后,群众对医疗服务的需求特别强烈。

余震还在继续,但援疆工作没有停下,指挥部紧锣密鼓协调安排下一步各项任务。

地震造成数十万人受灾,直接经济损失十多亿元。

7月2日,江苏省对口支援伊犁州前方指挥部驻地,援疆干部聚集在一起,短短几分钟内,十余名援疆干部就捐款一万八千四百元;同一天,江阴对口支援霍城县前方工作组的二十二人,向霍城受灾群众捐助资金一万五千元。

7月3日下午,自治区主要领导在新源县听取自治州抗震救灾工作汇报时,再次对江苏卫生援疆专家的奉献精神给予了高度肯定:"江苏援疆白衣天使到了返乡时间,已经打好背包,却能在地震发生后,主动奔赴灾区,投入到抗震救灾工作中,用实际行动谱写了一支动人的民族团结赞歌。"

从6月30日至7月3日,江苏援疆医疗专家共接诊灾民一千四百余人次,免费发放价值三千余元的药品,发放宣传单两千余份。

7月4日,徐州对口支援奎屯市前方工作组组长杨亚伟代表徐州市委市政府,向新源县地震灾区捐款一百万元。7月7日,连云港援疆前方工作组组长赵守才代表工作组,向新源县地震灾区捐赠了五万元。

短短几天时间,新源县那拉提镇喀拉苏村灾后重建效果图已经矗立路边。人们看到,灾害面前,江苏援疆干部始终是一面旗帜。

关键时刻,帮助百姓,挺过困难,是增进民族团结的重要抓手。

昭苏县,位于伊犁河上游特克斯河流域,特克斯—昭苏盆地西段,西部与哈萨克斯坦相连,西南邻近吉尔吉斯斯坦,特克斯河横贯全境。这里为中亚内陆腹地一个群山环抱的高位山间盆地,由于四周高山环抱,形成了较为独特的自然生态环境,属高山半湿润性草原气候,冬长无夏,春秋相连,没有明显的四季之分,气候多变。昭苏虽是"天马之乡",又是新疆境内唯一一个没有荒漠的县,但这里的贫困状况仍然是存在的,自然灾害也常常不期而遇。

昭苏县玛热勒特村，属于自治区级贫困村，村民建房资金有缺口的不在少数。2013年1月29日凌晨，一场突如其来的灾害，打乱了这里村民们生活节奏。

受哈萨克斯坦六点一级地震的影响，昭苏县数千间房屋受损倒塌。距离震中最近的夏特柯尔克孜民族乡玛热勒特村的别达阔尔片区，受灾最为严重。塔斯肯家的房子摇摇欲坠。

让塔斯肯没想到的是，他们家竟"因祸得福"了。

"民生优先，急事急办"，是新一轮援疆的要求。江苏省和受援地党委、政府迅速做出决定，提前启动玛热勒特"安居富民"整村推进工程，帮助村民重建家园。

塔斯肯对住新房充满了期待，但又为资金犯了愁。

塔斯肯开始盘算开了：援疆资金、国家和自治区补贴等，他可拿到近三万元。以前他们家只靠二十五亩地维持生计。2012年底，塔斯肯参加了乡里的泥瓦工培训班，虽说干起了大工，一天收入有三百元，但家里积蓄并不多。要建起一百平方米的抗震房，还需要好几万。

"按照泰州援疆工作组的要求，整村推进必须让每户都享受到援疆政策。"

援疆干部与夏特柯尔克孜民族乡党委一起研究，拿出了整村推进一户不漏扶贫帮困方案：前期建房用砖和构造柱由政府提供；五户联建，节省人工工资；就近取材，以石头建造围墙；协调农村信用社、邮政储蓄银行给村民贷款；对于特困户，乡里再给适当补助……

于是，玛热勒特村伴随着春天的热闹忙碌起来——砌砖、拉沙、拌浆……塔斯肯的砌筑手艺，有了用武之地。

"新房子一百多平方米，有厨房、卫生间、浴室、客厅。等有了钱再好好装修一下，就和城里人的房子一样漂亮了。"等塔斯肯家的房子建好了，他对前来探访的自治区领导们不停地表达着惊喜和谢意："赶上了好政策，我们才能住进这么好的房子！"

迎着草原上旖旎的阳光，塔斯肯站在自己的新居前，呼吸着清新的空气。看着就要拆除的原先土坯房，这个哈萨克汉子百感交集。

……

民族团结是一首歌，需要全国上下的齐心协奏，需要各族人民的齐声高唱。许多生动鲜活的故事，最能反映新疆各族人民的意愿。人们坚信，只有"像爱护眼睛一样爱护民族团结"，在这片热土上，就能战胜一切困难，民族团结之花，就会越开越鲜艳。

● 众人拾柴火焰旺

幸福的歌儿唱不尽,美好的梦想在前方。

放眼中华大地,民族团结之花处处绽放;倾听村村寨寨,民族进步之歌格外嘹亮。人们坚信,圆好中华民族一家亲的团结梦,共筑各民族走向现代化的发展梦,中华民族伟大复兴的中国梦就会指日可待!

众人拾柴火焰旺。新疆的民族团结,需要新疆各族人民维护,需要全国十九个援疆省市集体发力,需要全国各族同胞参与。

"我们都是残疾人,不管是汉族,还是维吾尔族,都是兄弟姐妹。我也是初中毕业。十几年前,我在深圳申办一个报刊亭都不批,说我形象不好,怕影响市容。现在我通过自己的努力,通过残友这个平台,获得世界电脑网页设计大奖,成了集团副董事长,有了幸福的家庭。残友到喀什来,就是为了让维吾尔族残疾朋友能够像我一样,自立自强,实现自我价值。残友的口号是'越是残疾,越要美丽'。"这是2011年6月,在喀什首场招聘会上,刘勇面对众多残疾孩子和他们的家长说的一段话。

刘勇这位深圳残友的真情道白,深深打动了当地维吾尔族同胞。按基地容量限制,六十八位维吾尔族残疾学员很快就招满了。就这样,跟随深圳援疆的步伐,2011年6月30日,深圳残友集团下属企业——"喀什残友"揭牌,刘勇任董事长。

深圳残友集团,是一家知名的企业集团。它的创办人郑卫宁,是位颇有人生理想的智者。

5月的南疆喀什,杨树翠绿,鲜花盛开,一派生机盎然。

2011年5月20日,郑卫宁坐着轮椅,随深圳市政府代表团到喀什考察时,动了一个念头——把他的残疾人企业办到喀什来。

这个一出生就患有重症血友病、仅靠输血维持生命的硬汉,十二年前,他以微薄的积蓄,创办了专门吸收残疾人就业的企业。"残友"现已在海内外拥有三十二家高科技企业、一家慈善基金会,吸收了三千多名残疾人就业。郑卫宁先后获得"全国劳动模范"、"深圳经济特区三十年三十位杰出人物"等诸多荣誉。他曾在三年中,四次受到时任中共中央总书记胡锦涛的亲切接见。

在当时的喀什,不要说残疾人难以就业,即使是正常人,也是在援疆省市的强势推进下,才慢慢走上就业之路的。据喀什市残联统计,喀什有劳动能力的残疾人约为三千名,就业率不足百分之四,因为不少人缺乏技能,根本无法找到工作。

在深圳市政府代表团考察期间，喀什市残联特意组织了一场见面会。一位名叫克比努尔的女孩坐着轮椅来到会场，当她得知深圳残友集团将来喀什帮残疾人就业时，当场激动不已，与母亲相拥而泣。

此情此景，让郑卫宁感慨无限。他动情地说："每个人都有自己的理想和尊严，残友集团一定会为喀什的残疾人搭起一个实现人生价值的平台。"

就业一人，安定一家，稳定一方。按照郑卫宁的构想，这个平台每年培训五百名残疾人，使五百个家庭受益。郑卫宁的设想，得到了喀什市大力支持。"喀什残友"，设在喀什市区东南五公里处，原是一座闲置院落，有三千平方米。

6月10日，郑卫宁的老搭档，先天脊柱侧弯、身高不足一米四的集团副董事长刘勇，带着另外三位同样身体残疾的同伴，来到陌生的喀什。在十个工作日内，他们就完成了三项任务：基地建设、申请营业执照和招聘学员。

一下子，这里热闹了起来。从此，在这个院落里，生活着一群特殊的人：八九位来自深圳残友集团的残疾人、义工、社工，还有喀什当地六十八位残疾人。

到过这儿的人，无一不被深深感动！这些曾相隔六千多公里，来自不同民族的人们，是那么快乐、友善、亲密、朝气蓬勃。他们就像兄弟姐妹一样，生活在一个温馨和睦的大家庭里。

集体生活，集体工作，以电子信息为主实现高层次就业，这是残友集团在内地的主要模式。这种模式，在喀什、在维吾尔族残疾人中能否行得通？新的工作怎么开展？这对深圳的残友们来说，都是新挑战。

然而，令人惊喜的是，仅仅几个月的工作和生活，残疾学员不仅生活变了，性格、心态也变了。

达吾然江是其中的佼佼者。他从小左腿重度变形，靠一根拐杖行走，却是一位网页设计高手。他常缠着"喀什残友"总经理黄乃雷问这问那的，但他进步却很快，不久就当上了培训部长、技术总监。他制作的图片获得了深圳某知名婚纱影楼的认可，为公司拿到了首笔六十万元合同。得知这个消息，达吾然江好几天脸上都挂着笑容。

有一次家访，刘勇来到偏远的亚森江家。只有一条胳膊的亚森江是家里唯一的男孩，只有初中文化。而他的奶奶说起孙子时，满脸愁容。

"亚森江家很简陋，门都快倒了。"但是，刘勇注意到，他家院子里种满了果树，主要有核桃等。家访回来以后，管理层调整思路，决定开发残疾人农户电子商务项目。

很快,一支维吾尔族残友电子商务团队组成了。义工麦合穆提领着曾做过小贩的学员吐尔逊江,当起了采购员,收购残疾人农户的土特产品和手工艺品。

这样,坐着轮椅的克比努尔、有听障的古丽斯曼当起了电子商务客服代表……

二十三岁的维吾尔族女孩玛依拉是行政部部长,乐观自信,风趣健谈。她的变化和成长,令所有的残友们骄傲。

玛依拉四岁那年,身体突患怪病,皮肤不停地长死皮,每天都得抹油敷药。她的骨骼没法正常生长,变形、脆弱,身体长不大,只能与轮椅相伴。家人遍寻名医无果,她妈妈常常以泪洗面。为给玛依拉看病,爸爸提前十一年退休,开了个果园。

玛依拉出奇地坚强!她不想拖累他人。没上过一天学的她,靠看电视学会了普通话和维吾尔语,学会了计算。帮爸爸算账又快又准。然而,她不知道自己的前途在哪里。

玛依拉,曾经胆怯、自卑,不愿出门。

"在农村干不了活,就真的没用了。"玛依拉说,自己走不了路,本来就自卑,不愿和人说话,加上帮不上家里的忙,更觉得自己是家里的累赘。

二十三岁那年,玛依拉也想过找工作,可人家一看她是坐在轮椅上的,就拒绝了。"全世界就我最惨!"这是玛依拉常说的话。

"喀什残友"现场招生时,玛依拉看到了刘勇。这名董事长,居然也是坐在轮椅上的。听完刘勇的自我介绍,玛依拉开始相信,自己应该也能行,在刘勇的鼓励下,她报了名。

在残友的日子,玛依拉用"从未有过的快乐"来形容。

"那里都是残疾人,你不会觉得你有什么不同。"玛依拉说,就是在那里,她开始喜欢和人交流。

培训开始了,首先要学习普通话。没上过学的玛依拉只会简单的问候用语。"我们曾经被拒绝过无数次,有了就业的机会,我们会牢牢抓住不放。"玛依拉说,每天课上课下,学员们都比着学。不久之后,她就学会了用计算机。

九个月之后,玛依拉竟然成了公司的行政总监。玛依拉爱笑,和大家一起策划生日聚会,玛依拉甚至敢坐在轮椅上和大家一起跳舞。玛依拉觉得,能自己挣钱是最开心的事,是自己人生价值的体现。她说:"和谁打交道都没问题!"

第一次拿到工资,是培训补助。"只有一百块,对我来说却是人生的转折。"拿着一百元钱,玛依拉把轮椅转了起来。

仔细规划后,玛依拉买了一块手表二十五元,给了爸爸二十元,给了妈妈二十元,又给了从小照顾自己的表妹三十元。玛依拉看到妈妈接过钱,竟捂着脸"呜呜"地哭了起来,她才知道,自己挣钱是多开心的事。

"谁说残疾就没用?"玛依拉笑着说,身体越是残疾,内心越要强大,所以她会比常人更加努力。

在"喀什残友",像玛依拉这样的学员很多。

十八岁的单拐女孩米丽莎做起了公关部助理,每天都要与外人打交道,她的目标就是不输给健全人;努尔阿米娜曾为计算机技能学不好而着急,现在却能自己设计制作手机壳,并且在网上售卖了……

新疆残疾人总数约为一百零六点九万,涉及约四百万家庭。残疾人的就业,涉及千家万户。

为了动员更多的残疾人参加培训就业,刘勇则挨家挨户到残疾人家庭走访,用自己的亲身经历告诉他们,只要身残志不残就可实现梦想。刘勇曾先后走访了一千五百多户残疾朋友家庭,成功说服近七百人参加公司培训。

为促进残疾人事业和社会公益事业的开拓发展,刘勇将其残友集团及下属子公司的股权分红全部捐给慈善基金会,历年来累计捐款达五百万元。

截至2014年,"喀什残友"共培训学员一千二百余名,其中一部分学员毕业后在社会上找到工作,如开淘宝店、开照相馆等;另一部分则加入"残友"下属的科技公司、制衣公司或印刷厂,还有几位学员因在"残友"相识而结婚。

……

2014年9月28日,在中央民族工作会议暨国务院第六次全国民族团结进步表彰大会上,喀什残友科技有限公司被国务院授予全国民族团结进步模范先进集体。

深圳残友的爱心行动,圆了喀什残疾人的自强发展梦,成就了民族团结的正能量,可谓无疆大爱。

"每个民族都是祖国大家庭的一员。你和同学们像爱护自己的眼睛一样维护民族团结,很有意义。只要每个人都行动起来,从自己身边的小事做起,我们这个多民族的大家庭就会更加和睦。"

2014年8月15日,刚刚回到新疆家中的江苏省江浦高级中学新疆班维吾尔族学生古丽米热·米提吾拉,收到了一封特别的信。写这封信的,是国务院总理李克强。

李克强总理在信中深情写道:"南京是温馨的家,希望你们在这里挥洒青春,放飞梦想,健康成长,用所学的知识回报社会。"

在古丽米热收到信的当天,她的两位"南京爸爸"也收到了来自李克强总理的回信:

"梁军、周有光同志:你们的来信收到了。得知古丽米热在'南京爸爸'们的精心照顾下健康成长,不断进步,感到十分欣慰。作为普通家庭,你们收入不多,但仍坚持十年如一日资助一个民族学生,为她创造安心舒适的生活和学习环境,这种精神令人感动。各民族都是祖国大家庭里的一员,维护民族团结需要每个人从点滴做起。你们以实际行动做出表率,彰显了平凡中不平凡的真情与胸怀。"

李克强总理还在信中寄语:

"民族团结是永恒不变的主题,我们都要为此不懈努力。有了你们的关心爱护,相信古丽米热在南京的家里一定会快乐成长、成才,实现自己的人生理想。"

……

在祖国的版图上,从南京到新疆巴音郭楞蒙古自治州和静县的驱车距离,有三千八百公里。而这在维吾尔族学生古丽米热·米提吾拉同学眼中,这仅是一颗热忱的心的宽度。维汉一家亲,民族大家庭,在她身上得到了最真切的体现。

古丽米热为什么会有两个"南京爸爸"? 他们之间发生过什么故事?

古丽米热·米提吾拉,出生在新疆巴音郭楞蒙古自治州和静县,自幼家境贫困,与母亲相依为命。她的两个"南京爸爸",就是中国电子科技集团公司十四研究所职工梁军、周有光。

周有光是单位的一名普通司机。2004年,他被派往新疆库尔勒,参加企业在当地的一个建设项目。

在工程队里,他每天干活都要到很晚,当地绝大多数饭店都打烊了,但有一家小店却经常开着灯。经营这家小店的,就是古丽米热的母亲古丽提曼。

一来二往,周有光和同事们得知,因父母离异,古丽米热从两岁开始,就一直和母亲古丽提曼·米提吾拉相依为命,这间小小的门面,就是她们母女的生活来源。

送人玫瑰,手留余香。渐渐地,周有光和同事们与古丽提曼结下了深厚的情谊,每次遇到难处,周有光和队友们都尽可能地帮助她。

2005年夏天,古丽提曼的店因下雨漏水。老周听说后,二话没说,就带着工人上门抢修,施工中他还受了伤,在脸上留下了伤疤。后来,古丽米热的外婆不幸去世,周有光驱车上百公里,把她一家人送回老家。

"我也有一个女儿,和古丽米热年纪差不多大。"周有光回忆起自己伸出援手的初衷,很朴素地说。回到南京之后,周有光一直惦记着新疆这个维吾尔族小姑娘,便持续不断地给她寄点学费和生活费,有时是三百,有时是五百,"算是一点心意"。

他结束在新疆的工作后,同事梁军主动接过了爱心接力棒。梁军出发去新疆工作前,周有光特地把自己买的一个电脑上网本交给梁军,委托他转交给古丽米热。为此,梁军特意绕道近千公里,才找到古丽米热母女。

然而,梁军发现,她们家里开的小吃店因故早已关掉了,女儿上学、生活都是靠古丽提曼在外打工,收入很微薄。尽管生活如此艰辛,母女俩还是准备了不少当地的枣子和葡萄干,坚持要送给梁军和周有光。梁军为此很感动。离开时,梁军特地为母女俩买了手机,留下了一笔上学的费用。

2008年的一天,古丽米热的母亲骑车摔断了腿,却没钱治疗。对这个不幸的家庭来说,三万多元的医疗费,简直就是一个天文数字。几天没接到电话,梁军不放心,打过去电话刚接通,就传来古丽米热的哭泣声。了解情况后,梁军和周有光自己掏钱,向亲朋好友借钱,又发动单位同事捐款。几天后,三万多元就汇到了古丽米热手中。

"在去新疆的火车上,我结识了当地《巴州日报》记者姚成,我们约定,每个月寄去一千元学费和生活费,由他亲手转交给古丽米热,直到这个维吾尔族女孩初中毕业。"梁军说。

梁军是一名保安,月收入只有三千多元。每个月捐这么多,一开始家人不理解。而当家人跟他一起来到新疆巴音郭楞蒙古自治州,看到古丽米热家徒四壁,妻子和女儿含着眼泪说:"我们和你一起帮助小古丽米热吧!"

在"南京爸爸"们的邀请下,2011年暑假,古丽米热和母亲第一次坐上火车,来到向往已久的南京。第一次逛夫子庙,第一次吃盐水鸭,第一次跟着旅行团去看海……

"南京爸爸"们的热情,南京这座"六朝古都"的独特魅力,让古丽米热决心考南京的新疆班,到南京来上学。2012年,在周有光和梁军的帮助和鼓励下,古丽米热成功拿到了江苏省江浦高级中学新疆班的录取通知书。

古丽米热说:"刚到南京不适应,陌生的城市,陌生的人。'南京爸爸'常来学校看我,给我和同学送来好吃的和生活用品,周末还带我们去看中山陵、玄武湖。我爱南京,爱我的'南京爸爸'。"在江苏期间,她每天都能感受到人们对她的关爱。

2013年,南京举办"亚青会",古丽米热还成为一名光荣的火炬手,执跑首棒。

可2014年3月,云南昆明火车站"三一"严重暴恐案发生后,古丽米热发现身边多了一些异样的声音。

"你们新疆人怎么这么残忍,杀无辜百姓?"类似的话,让古丽米热和同学们常常感到无比委屈。

"暴徒不等于新疆人,新疆人一样仇恨那些暴徒。我想要告诉那些不了解新疆的人,让他们知道新疆的真实情况。"

古丽米热想到了给国务院总理李克强写一封信,把她的心里话讲给总理听。她在信中说:"我是一个平凡的维吾尔族孩子,却能得到这么多不平凡的关爱……民族团结是我家乡人们共同的愿望。"

古丽米热在给李克强总理的信里,表达了对暴力恐怖犯罪的强烈愤慨和坚决反对,表达了感恩社会、报效祖国,努力为促进民族团结的决心。同时,也表达了到北京看升旗、游长城,感受祖国伟大富强的渴望。

古丽米热的信,很快被转到了李克强总理的手里。

在李克强总理的关心下,2014年6月20日至22日,应中央民族大学附属中学之邀,古丽米热和四名江浦高级中学新疆班的学生代表到北京参观。三天时间里,天安门、长城、故宫、水立方、鸟巢,这些北京著名景点,都留下了古丽米热和小伙伴们的足迹。

"李总理工作那么忙,我真的没想到他能看到我的信。圆了北京梦,圆了'升旗梦',除了感动,我更觉得有一份责任,民族团结的责任。"古丽米热说。

李克强总理的勉励,更加坚定了这位普通维吾尔族女孩努力学习、早日成才、报效祖国、维护团结的决心。

这段跨越时空和民族的维汉"父女情",感动了总理,也感动了每一位为民族团结事业默默付出的人。

李克强总理回信的消息传来,江浦高级中学沸腾了。作为全省十一所开设新疆班的学校之一,校长孙皖生激动地说:"全校师生一定不负总理嘱托,'像爱护自己的眼睛一样维护民族团结',争当民族团结事业'火炬手'。"

古丽米热的班主任朱灵说:"民族团结工作不是大道理,而是在日常的教学生活中,从自己做起,从点滴做起。"

古丽米热的同学、高二(15)班的布玛热娅姆说,要刻苦学习,早日成才,成为有用的人,回报总理的关怀、回报社会。

从北京回到南京后,古丽米热兴奋不已,向同学们描述长城的宏伟、故宫的壮丽,还有她观看升国旗时的震撼心情。

兴奋之余，古丽米热再次拿起笔给李克强总理写了一封信。"看着鲜红的五星红旗冉冉升起，我们血液沸腾，心中充满了对祖国的无限热爱。在这庄严的时刻，想起我们这群来自祖国边陲、天山深处的维吾尔族学生受到党和政府的精心培养和格外关怀，心中的感激之情油然而生。"

古丽米热还写道："国内外一小撮邪恶势力打着民族和宗教的旗号，蒙蔽少数不明真相的群众，蛊惑人心。他们危害社会的行径使我们看清了他们的丑恶嘴脸。他们破坏民族团结、破坏社会稳定、分裂祖国的目的必定不能得逞……"

让古丽米热更加意想不到的是，一个多月后，李总理又给自己写了回信。

8月15日，当李克强总理的回信转交到古丽米热手中时，她迫不及待地打开信读了起来。当读到故事开头的那些文字时，古丽米热的眼睛湿润了。

古丽米热坚定地说："我决不辜负李总理的期望，一定争做维护民族团结的模范，刻苦学习，早日成才，成为有用的人，回报总理的关怀，回报社会。"

令人欣慰的是，2013年四川芦山地震后，古丽米热特地从自己的生活费中省出二百元，委托"南京爸爸"找到在地震前线采访的记者，捐给了当地一个受灾的孩子。

"南京爸爸"十年如一日，关爱维吾尔族女孩，这正是各民族血肉相连最生动的写照。

卢汉成，退休前是浙江东阳白云广播电视站站长。2013年1月，卢汉成退休回家。退休后，充裕的时间，让他萌生出了"援疆"的愿望。当年3月，在经历了火车上四天四夜的颠簸后，卢汉成到达了新疆温宿县。

初到温宿的卢汉成，直接以志愿者的名义找到了当地政府。然而，让他没想到的是，因为年龄偏大，地方政府不敢给他安排工作。

卢汉成在宾馆住到第七天时，实在熬不住了，就出门找活干。他碰到温宿县集体植树活动，就上前帮忙植树。六七十斤重的袋子，卢汉成一手拎一只，拼命干活的他，当即引起了大家的注意。不久后，温宿县教育局"安排"卢汉成到学校，发挥其电工专长，为中小学检修电路。

在老家东阳，百姓都知道卢汉成是"闲不住"的人。三十余年来，他资助贫困学生，为其提供学杂费和生活用品；逢年过节就带上慰问品到敬老院看望老人，还给每位老人留下红包；放弃休息时间，免费为街坊邻居修理农具家电。

他曾出资一万五千余元，为老年协会的老人免费拍洗照片；还曾骑着自己的摩托车,为东阳市及周边三百余户居民义务送报八年……

2008年,汶川地震发生后,卢汉成作为东阳市首批抗震救灾工程抢修队员入川,支援四川广元市抗震救灾。他自制了特殊的便民卡,为群众提供二十四小时服务,被称为"好人卢汉成"。

来到温宿县后,卢汉成接到的第一项任务,是为温宿县第三中学进行电路改造。检修电路,需要一架梯子。在温宿县,卢汉成没有买到。他就到阿克苏市购买。买好梯子,怎么运回温宿成了问题——公交车里放不下,雇车费用又太大。最终,卢汉成扛着约十五公斤重的梯子,从阿克苏市步行十六公里,走回了温宿县。

本来只是修电灯、装开关插座、架线路的电路检修工作,但当看到学校电线到处乱拉、存在安全隐患时,卢汉成坐不住了。屋里屋外、地上地下,他一头扎进电路改造中。学校资金有限,他就自掏腰包,买电线、买插座。

刚开始,看见卢汉成总是埋头苦干,不善言谈,周末也不休息,学校的老师和学生都以为他定是学校花钱请来的工人。直到一个月后,老师和同学们才知道,卢汉成是来自上万里之外的志愿者。这让大家顿时感动不已。

没多久,一条消息在温宿县传开了:有位援疆志愿者精通电路。一时间,来找卢汉成改造线路的学校越来越多,他的"档期"被安排得满满当当。可卢汉成从不向所服务的学校提出任何要求。

2013年10月,他应邀去阿瓦提县检修线路,十多天里,他甚至没有接受过学校的一次宴请。

而每当一所学校检修完毕,他都会及时与温宿县教育局联系,希望能尽快去下一所学校服务。结果,温宿县各中小学都在排队等待他去服务。卢汉成为当地学校义务劳动,既不需要安排接送,也不需要安排饮食,周末和下雨天也是随叫随到。一年多时间里,卢汉成完成了三十多所学校的线路改造。

有一段时间,卢汉成每天挑着午饭、开水、工具,甚至还有被褥等,重达四五十斤。他在一所所学校间穿行,帮助做各种检修。对此,卢汉成不仅不感到辛苦,反而感觉既充实又快乐。

卢汉成还出钱资助了四名学生,并承诺将一直资助他们到大学毕业。他资助的四个学生有两个上小学,两个上初中,都是维吾尔族的"娃娃"。

卢汉成曾嘱咐"娃娃":"希望你们好好学习,考到我们浙江大学这边来。"因为道理特别简单:"书读好了以后可以回报社会。"而每当提及自己,他却一向强调:"不要回报我,我是不要回报的。"

作为一名退休老人,卢汉成为什么要如此辛劳?为何这样乐于帮助他人?

卢汉成说:"我能为民族团结做点贡献,开心!"

"援疆好人"卢汉成的志愿之旅一直在路上,他不仅时刻等待着施予援手,而且主动寻觅着,去帮助和温暖更多的人。

从东部沿海飘到了广袤南疆,在卢汉成身后留下一连串平凡的足迹,却又满载着邻里情、患难情、民族情的点点滴滴。

他让我们感受到,民族团结,人人可为,人人有为。

作为一项国家战略,援疆,离不开青年,新疆的团结稳定,更需要各族青年的奋勇当先。

在新疆,笔者还遇到了众多的青年志愿者,他们是一支无怨无悔的援疆力量,是一支有声有色的援疆队伍。像大学生西部计划志愿者山东齐鲁师范学院的姚云鹏、南通大学的吴翔、青岛农业大学的何甜等等,他们都在用青春热血谱写民族团结的赞歌。

国家的援疆战略,留下了他们青春的精彩印记。

……

民族团结,是各族人民的生命线。

新疆的长治久安,中国梦的实现,离不开全国各民族群众从点滴做起,需要全体中华民族诠释着民族团结的深义。

● 领导,是民族团结的表率

事,成于和睦;力,生于团结。团结稳疆,是治疆之本。

维护民族团结,领导干部是表率。领导干部之间的团结,特别是不同民族领导干部之间的团结相当重要,俗话说:邻看邻户看户,群众看干部。

领导干部之间的团结如何形成? 关键是彼此的尊重与信任。

作为我国全面援疆起步较早的霍城县,在强势模式推动之下,这些年来,社会经济发展日新月异。

在此情况下,2013年初,援疆干部、霍城县委书记王进健提出争创自治区卫生城市的建议,并在县委常委会上得到一致通过。

此次会议上,王进健还提出了一个设想,希望维吾尔族县长热夏提·木沙江全权负责,并成立创建卫生县城领导小组,由热夏提任组长,援疆干部、常务副县长孙志红任副组长。

卫生县城,是一张含金量很高的城市名片。它对提升城市形象,扩大城市影响力,增强城市竞争力,特别是提高人民生活质量,均具有十分重要的作用。

热夏提既感到肩上的担子沉甸甸的，又觉得援疆干部王进健对自己十分信任。热夏提·木沙江，身高近一米七六，是新疆最年轻的县长之一，又曾在江苏多次挂职锻炼过，也许他智慧超人，年纪轻轻就已谢顶，但他明亮的大眼总是炯炯有神，说话快人快语，干事业热情高，责任心强，雷厉风行。

重责在身，必不敢懈怠；问题在前，必全力以赴。

热夏提与孙志红一起立即制定工作方案，召集全县相关部门进行具体落实，配合得相当默契。

针对全县农村公路线长、非公路标志数量多的特点，热夏提让交通部门抽调精干力量，进行摸底调查和严格整治。

针对占用公路摆摊设点现象，热夏提要求公安、城建、环卫等部门联合行动，在广泛宣传的基础上，严格依法取缔，消除安全隐患。

针对县城及城乡结合部的脏乱差，运载石灰、煤渣、沙石、原煤等容易抛撒污染的车辆，他要求相关部门及时纠正清理……

从抓卫生环境起步，到城乡一体化文明的构建，再到提升城市品位，一桩桩，一件件，有条不紊，循序渐进。

……

一时间，霍城城乡，创卫宣传，轰轰烈烈。每个板块都是主战场，每个部门都是主力军，每个人都是主人翁，全县卫生创建氛围浓，底气足。

维吾尔族老人古丽扎尔，家住县城水定镇拜西科来木街，每当晨曦初起，他就打扫庭院和沿街路面的林带。

家住水定镇阿扎克社区七十四岁的李勇敬，不顾年迈，自告奋勇参与到创建活动中。他不是清除街头小广告，就是栽花种草、打扫小区卫生。

李勇敬老人说："我们的生活环境变得越来越美，谁心里都会高兴！"

不光是老同志，从小学生到年轻人，大家积极性都很高。每到星期五，机关、学校等其他企事业单位工作人员，都抽出两个小时，集中打扫责任区卫生。

可就在创卫活动紧锣密鼓进行的阶段，靠近县城的兰干乡出现了疏忽现象。

那天上午，恰逢自治区建设厅领导来霍城检查村庄规划工作，就在孙志红准备陪同上级领导出门时，维吾尔族村民阿吉、哈萨克族村民库尔班等十五人来到县政府门口，他们是专程来反映创建遗漏情况的。他们是兰干乡阳光村四组的村民。

当时，对于这些少数民族村民反映的问题，孙志红听不懂，好在县规划局书记艾尼瓦尔和局长曹建峰在，最终让孙志红明白了：原来该组的环境和道路尚达不到创卫的标准。

听到反映后,孙志红当即表态,三天之内前去察看。

随后,孙志红与县规划局书记艾尼瓦尔和局长曹建峰商量后,立即找热夏提汇报。热夏提将此事全权委托给孙志红与县规划局来协调。

在孙志红与县规划局领导一同实地调研之后,毅然决定拨出五十万元资金,全面整治该村的卫生环境。

由于霍城对创建卫生县城领导得力,彼此协调,配合默契,整个过程井然有序。街巷里,查漏补缺;社区里,各级机关、企事业单位志愿者清理卫生死角,弘扬文明新风……短短半年时间,霍城卫生环境大为改变。

走进霍城,行走新老城区的街道上,路边那一抹延绵不断的绿意,和远处白雪皑皑的天山相映成趣。夜晚的县城,更是流光溢彩。

连续数月的卫生创建活动,让霍城县城面貌焕然一新:街巷整洁,环境优美;志愿服务,弘扬新风;身边好人,扶老帮困……

看得到的创建成果呈现眼前,说不完的文明故事在全县流传,一幅以"文明"为底色的城市和谐发展画卷,正在徐徐展开。

这一年年底,霍城县顺利通过了自治区的卫生县城验收。

援疆干部对当地民族干部的尊重与信任,不是挂在嘴上、写在纸上的,而是体现在每件具体的工作之中。

热夏提感到,他与几任援疆干部的相处是相当愉快的、顺心的。

霍城县的兰干乡境内有一座公墓,那里有维吾尔、回等多个民族的墓地。因为建设时间长、当初的修建标准低,通向外界的道路变得坑坑洼洼,不堪入目。对此,有许多少数民族群众到县里反映这一情况,热夏提得知后,通过与交通部门测算,打算解决这一群众反映的问题。

热夏提将此事与王进健沟通后,王进健毫无半点犹豫,很赞成热夏提的建议,在县财政很紧张的情况下,仍然挤出一百多万元资金,修建了一条高标准的硬化道路,大大方便了穆斯林群众的祭祀活动。

作为一名维吾尔族领导干部,热夏提不仅受到援疆干部的尊重和信任,他也非常尊重援疆干部,并虚心向援疆干部学习。

2015年1月,因工作需要,原在北疆的霍城县任县长的热夏提被调往南疆,担任和田市市长,虽然职务变动了,条件艰苦了,环境变化了,但他与援疆干部友好相处、维护民族团结的信念,始终如磐石一般坚定。

他对我说:"各民族之间的领导干部只有互相学习,不断取长补短,才能提高自己驾驭全局工作的能力。"

近年来,和田市与全国众多城市一样,随着城市车辆保有量的攀升,城市停车难、车位少的难题,越来越让政府管理部门感到头疼。

作为和田市的市长,热夏提在主持制定"十三五"发展规划时,同样遇到了城乡规划管理的难题,其中车辆管理自然也体现在规划之中。

究竟应该如何制定出合理的规划?如何才能满足百姓的生活期盼?

热夏提多次向北京市的援疆干部、和田市副市长孙连红请教。热夏提认为,北京是国家的首都,车辆管理一定比和田出现的难题多,作为北京大城市来的援疆干部,孙连红在这方面曾经有过多方面的研究和探讨,知道的情况也一定比自己多。

面对市长热夏提的谦逊和真诚,孙连红当仁不让,赤诚相待。为此,孙连红提出了自己的主张和建议,并多次与市发改委商量,制定出合理的发展规划,解决了和田市市区停车难、车位少的难题。

还有,就是遇难事,多商量,多尊重,这是领导干部搞好民族团结的一着妙棋。

和田市因处于大漠边缘,自然环境恶劣,吃水难一直困扰着当地百姓。

这个市的吐沙拉乡虽在三年前就建起了一个水厂,但因以地表水作为水源,水质一直难以达标,特别是每年的玉龙喀什河汛期,洪水来袭,水质就更差。

吐沙拉乡有十九个行政村,六万多人口,经济基础十分薄弱。为能吃上清洁水,当地村民曾多次向市里反映情况,但因市里苦于财力有限,根本无法解决,使得问题一拖再拖。

2015年初,热夏提·木沙江就任和田市长后,多次深入吐沙拉乡实地调研,并召集市卫生防疫部门现场办公,想办法解决事关群众健康的饮水难题。然而,要让百姓尽快吃上干净水,同样也面临饮水工程的改造,且投入资金需要四百五十万元。对于和田市来说,要用这么一大笔资金来改造一个乡的饮水工程,并非是件容易的事。怎么办?

热夏提是个头脑灵活的人,他忽然灵机一动,想起了住在他对面的援疆干部、和田市副市长孙连红。

在和田市援疆,孙连红是分管招商引资的,农村饮水的事与他八竿子打不到边,但当热夏提道出这一番苦衷之后,孙连红马上就明白了他的意思。他反复琢磨想办法,决心尽一切可能解决吐沙拉乡百姓的饮水难。

孙连红还迅速向北京市援疆总指挥卢宇国汇报,建议是否通过援疆资金解决这一迫切的民生问题。孙连红的设想和建议,得到了卢宇国的积极支持。就这样,在援疆干部孙连红的鼎力协助下,四百五十万元的水改资金很快就得到了落实。如今,工程进展得非常顺利。

看到事情这么轻而易举地解决了,作为少数民族市长的热夏提,心里热乎乎的。他从内心感受到,搞好团结好处多。他笑着对笔者说:"搞好民族团结就是力量,特别是领导干部,更应当放样子,做榜样。"

不仅是工作,就是平时生活,他与孙连红他们关系也很融洽。他们虽然同住一个大院,所吃饭菜不一样,生活习惯也不同,但他们从来都是相互尊重,从不对彼此的不同习惯说三道四。

……

"安而不忘危,存而不忘亡,治而不忘乱。"这是我们治党治国的重大原则。新疆的社会稳定和长治久安,是二千二百万新疆各族干部群众的迫切期盼,更是中华儿女的共同意志。

民族团结,设计萌芽于顶层,却根植于每个居民的一言一行。社会稳定和长治久安的愿望,不仅书写在政治报告中,更在新疆的大地上落地生根。

我们有理由相信,新疆的未来,一定会越来越好!

第九章　在边疆读懂"祖国"

　　五千年历史的中华民族，孕育了五千年的文明辉煌，为我们留下了璀璨的爱国主义传统文化。在漫漫的历史长河中，涌现出了无数的仁人志士、爱国英雄。正是他们的存在，使得我中华美德熠熠生辉，民族精神世代传承而永葆青春！

　　援疆的人，是大写的人。你听他们的豪情，你听他们高奏的"中国梦"交响：

　　"我们是援疆人，当祖国需要时，我们来了。"

　　"我们是援疆人，当新疆需要时，我们来了。"

　　"疾风知劲草，板荡识诚臣。"拳拳之心，殷殷情怀。

　　他们怀着对祖国的忠诚，怀着对祖国浓烈的爱，怀着对边疆人民深厚的情，走进天山深处，用热情与汗水，将祖国温暖的爱送给边疆人民，谱写了一首首对祖国的颂歌！

　　天山永远铭记！共和国永远铭记！

　　这歌声穿越千山万水，响遍大江南北！

　　这歌声永远不会改变："祖国在我心中最重！"

● 村政权不可弱

　　万丈高楼平地起。就我国的国情而言，乡镇是国家最基层的政权；而就县级而言，村级才是最基层的组织。本固方能邦宁，村强方能县强。

　　长期以来，农业弱，农村贫，农民苦，一直困扰着我国的社会经济发展，特别是在边疆少数民族地区，解决好"三农"问题，困难重重。

　　村级政权，权虽小，但作用大。党和国家的各项方针政策能否在农村贯彻落实？党和国家的惠民举措能否在农村不折不扣地执行？党群关系能否进一步密切？这其中最关键的，就是看村级组织是否坚强有力，是否一心一意为群众办实事。更何况，从整体上来说，我国已进入了黄金发展期和矛盾多发期，农村的经济利益结构面临新的调整。在此过程中，村级组织熟悉情况、贴近群众,在促进农村和谐中有着不可替代的作用。

基础不牢,地动山摇。

祖国的兴衰,历史的曲折,境外分裂思想的入侵,曾打破过边疆少数群众的思想稳定。

对口援疆前,新疆的行政村建设状况如何呢?

仅以伊犁哈萨克自治州的霍城县为例,当时的援疆干部、霍城县委书记张士怀,曾经做过一个详细调研,霍城全县共有九十一个行政村,面临的现实是:三分之一的村无阵地;三分之一的村阵地危房告急;三分之一的村阵地设施简陋;近三分之一的村无集体积累,简称"空壳村";三分之一的村是负债村;三分之一的村是少量收入村。

在贫困落后的南疆农村,村级基层政权建设就更差了。因新疆的经济环境较为复杂,村级党组织凝聚力、战斗力和号召力被削弱,基层党组织执政为民的能力得不到充分发挥。许多农村的安全生产形势严峻,农村治安状况不佳,农牧民财产和牲畜失窃现象屡禁不止,土地、草场纠纷不断,信访和上访问题时有发生……

就霍城而言,全县百分之八十以上的人口在农村。只有农村的稳定,才有整个霍城的稳定。然而,霍城农村村级组织的薄弱状况,让人非常吃惊。

对口援疆开始后,以援疆干部挂帅的霍城县委班子明察秋毫,敏锐地洞察到了这一问题的严重性。他们认为,在霍城没有比稳定更重要的事。而农村稳定要靠党组织去抓,如果连党组织的阵地都没有,连为民办事的一点实力都没有,那岂能去凝聚人心? 岂能去为民办实事?

然而,"共产党人怕就怕'认真'二字!"再难的事也要攻坚。霍城县委多次开会,统一思想,明确思路,决定实施"强基工程",明确提出,农村政权阵地建设,是稳定工作的头等大事,必须作为援疆工作的重点项目来抓。

如何强化村级组织? 如何实现"两手抓、两手硬"? 突出抓好村级班子建设,是其一。

县委明确方向,突出抓好几条:及时对超编的村级班子进行调整;对瘫痪的村级班子进行整顿;对村级班子不健全的进行配齐;对确无合适人选担任党支部书记的,则由乡镇党委选派机关干部担任。这样,大大改善了村级班子的组织结构,增强了党支部的模范带头作用。

突出抓集体经济,是其二。村级阵地,是党组织发挥作用的平台与载体。然而,要充分发挥其作用,还必须有牢固的经济基础。

2006年,在霍城县委的统一安排下,在江苏无锡的援助中,先后筹措资金一千六百八十七万元,首次将全县九十一个行政村建成了"三室两场"标准。其后,霍城的村级组织阵地平均达二千平方米,建筑物面积平均达到三百平方米。

在以张叶飞和王进健为首的两任县委的持续努力下,如今的霍城村级阵地,早已成为村一级的标志性建筑物,村村都有了文化室,村村都有了医疗室,村村都有了图书室,为群众的生活娱乐提供了方便,把村里的"人气"凝聚到了村级阵地。

惠远镇央布拉克村支书感慨地说:"原来村办公场所是清朝时建的,一百多年都过去了,上个世纪后期,因无钱维修,破烂不堪,我们办公都是在危房中,原来我想辞去村支书的,一了百了。现在房子全都是新的,这下我不退了,我要领着大伙好好干,大伙致富是我的心愿,也是对我们最大的回报。"

走进现在的霍城县兰干乡新荣村村委会,农闲时节或者茶余饭后,这里的篮球场上,都会看到村民们在打球,观众的喝彩声也总是不绝于耳。而农家书屋里,也总有人手捧着农村科技刊物仔细阅读,有人拿着《进城务工汉语通》出声朗读,还有人一边翻看科学养殖技术的书报刊,一边摘抄……

图书管理员美丽开·肉孜说:"这个书屋就是个'百宝箱',有二千多册图书、一百多套光碟,村民想查什么资料一般都能查到。"

在一排新建的村委会办公室前,村党支部书记台来提·阿不力孜兴奋地说:"以前这里是土坯房子,满院子都是土,两只脚走过去,就分不清穿的是什么颜色的皮鞋了,村委会组织活动没有场地,不少年轻人没事干就蹲在墙根儿打牌、碰鸡蛋玩。现在不一样了,七天不擦皮鞋都是干净的。文化娱乐有场地、有器材,打牌碰蛋搞赌博的事情再也没有了。"说起这些,台来提书记有些激动,肺腑之言脱口而出:"感谢党!感谢祖国!感谢江苏!感谢援疆干部!"

从大局着眼,无论是巩固党在农村的执政基础,还是实现小康目标,如果没有繁荣的农村,没有殷实的农民,那将是一句空话。

……

强化村级政权建设,必须了解百姓疾苦,走近百姓,贴近百姓,为百姓排忧解难。一时间,霍城全县一百零四个工作队、四百二十三名党员干部奔赴自己的下派村(队)、社区,搞调研,访贫苦,解难题,新农村建设联系点上,到处活跃着驻村(居)干部们的身影……

"我现在终于可以到院子里面转转了,这全靠我们村里派来的这个小伙子,前后为我张罗,谢谢他啊。"惠远镇老城村残疾人胡西旦激动地说。

为胡西旦的事,驻村干部刘星前后忙了几个月。胡西旦瘫痪在床一年多了,刘星第一次走访村,了解到她的情况后,就为她申请了一辆轮椅,帮助她办理残疾证、填写申请表格。申请报送至镇残联后,他还不放心,又专门到县残联询问。在2010年5月助残日那天,瘫痪一年多的胡西旦坐着轮椅,第一次走出屋子,见到了外面的阳光。

真心帮扶困难群众,老百姓自然乐在心里,喜上眉梢,感激之情溢于言表。

"共产党亚克西! 卡得儿亚克西! 民族团结亚克西啊!"三道河大柳树村维吾尔族老大爷玉山江看着五亩地的麦子收了,埂子打了,萝卜种了,一大堆的秸秆瞬间变成饲料,他激动地流着眼泪不停地说。

驻村干部走家入户,深入田间地头的帮扶,解了老百姓的燃眉之急,增强了基层党组织的凝聚力和号召力,增进了百姓与党政干部的血肉联系,加深了老百姓对党和政府的信任。

……

"不让为党工作的人吃亏! 不让为国家基层组织奉献的人吃亏!"这是王进健对村党支部书记们掷地有声的庄重承诺。

兰干乡茹先巴克村的亚生江·苏帕洪,从1983年起担任村党支部书记已经三十个年头,2012年已是六十六岁的老人了。亚生江·苏帕洪在村支书岗位上埋头苦干,率领村民们致富,将一个贫困村发展成了远近闻名的富裕村,2011年的村民人均收入达到八千六百元,村集体年收入达到三十万元,村级经济搞得红红火火,深得村民们的拥护。

2010年,亚生江·苏帕洪担心离职的生活待遇没人管,感觉自己辛辛苦苦干了几十年,心里反而没了底,就抱着试试看的态度找到县委书记王进健。得知亚生江·苏帕洪的情况后,王进健当即安慰他说:"老书记,请放心,为党为人民工作的人,国家不会忘记!"

随后,王进健专门召开县委常委会,专题研究村级党组织负责人的待遇问题,并规定每年从相关指标中,明确全县三名业绩突出的村党组织负责人享受副科级待遇,县委还出台了保障村干部待遇的专门办法。

同时,县里还投入一百五十万元,解决了全县五百一十名在职村干部的养老保险,解决了一千二百名离任村干部的生活补贴等问题。

老支书亚生江·苏帕洪开心地对笔者说:"从2012年4月开始,我就享受副科级干部待遇了,工作干得有劲,信心足! 这都幸亏了援疆领导的开明,幸亏了县委对我们村干部的关怀!"

县委十分重视村干部的培养、使用,落实村级组织领导相应的待遇,大大激发了村干部们建设新农村事业的热情。

在伊车嘎善乡的伊车嘎善村,笔者看到村党支部书记邓忠满信心十足,热情洋溢,刚刚开完会,又忙着给村民代收新农合费用。他笑呵呵地说:"村支部就是为老百姓服务的,一年到头没有闲的时候,国家要稳定,村级阵地不能丢掉!"

……

如今的霍城,村级组织不仅阵地像模像样,而且工作得力,充满活力。走进村口,鲜艳夺目的国旗迎风飘扬,村广播喇叭声音嘹亮,党组织的活动正常了,经济活跃了。

霍城的村级政权建设,仅仅是十九个援疆省市援疆实绩的一个缩影。

新一轮援疆以来,江苏始终把支援基层组织和基层政权建设作为一项重要任务。

高位推进,夯实基层阵地建设基础。明确提出基层阵地建设标准:"新建社区阵地不低于一千二百平方米,新建村级阵地不低于六百平方米";坚持"办公最小化、服务最大化",实现"六个有":有符合实际需要的办公室、有群众图书阅览室、有党员群众活动室、有多功能培训室、有文体活动室、有便民服务大厅。

同时,有计划地安排乡镇领导干部,村支书,街道社区书记、主任,学校书记、校长等到江苏参加培训,提高能力素质。

强化村级政权建设,是刻不容缓的援疆策略,而让村级组织负责人走出新疆开阔眼界,也同样必要。

北京市强化对口援助和田四县市村党支部建设,将上千名农村党支部和兵团连队负责人送到北京培训,每期十天,每批一百人。

村支书进京培训,自然故事多多。

有一次,有个村支书在和田机场办登机手续,却发现他把身份证放在了托运行李之中,只好请机场将已搬运的行李重新取出,找出其身份证,再办理登机手续。

北京市委党校二分校,位于郊区温泉镇。深夜1点多,温泉迎来了第一期前来培训的和田村支书,可当服务员端出热气腾腾的饭菜时,和田的村支书们却不吃,他们担心是汉人用大油做的饭菜。

此时,一个专门从新疆请来的维吾尔族厨师走过来,笑眯眯地对他们说:"放心吃吧,是我做的。"这一下,村支书们才高高兴兴吃起来。原来,在培训班的食堂里,既有维吾尔族的厨师,也有回族的厨师,做的饭菜,既有烤肉、馕、手抓饭,也有拉面、拉条子等,可谓品种多,味道好。

在祖国的首都培训,学员们耳目一新,除了听到邀请来的农业专家、优秀村支书和党校教授授课之外,他们还看到了在家乡从未看到过的世界:到天安门观礼台看升国旗,到鸟巢、水立方、颐和园、故宫、国家大剧院参观游览,到高碑店社区学习社区管理,到丰台区南宫村、海淀区北坞村参观新农村建设,到小汤山农业科技园参观科技农业,到航天城观看航天科技……

洛浦县维吾尔族村支书亚森·玛合木提患有肾结石和腿外伤,得知进京培训的消息后,他还没康复,就瞒着援疆干部到北京培训。由于参观时走路太多,他的腿受到严重伤害,结果连课都无法上。党校工作人员发现后,立即送他去医院治疗。

在他住院治疗期间,援疆领导和学员不仅去看望他,还给他送去慰问金,直到他完全治愈才回到和田,而他所有的治疗费,均由北京援疆指挥部负责。这让他很感动。

墨玉县维吾尔族村支书托合提·阿力木双突然发生下肢静脉血栓,党校老师在第一时间将他送到医院抢救。当时,抢救的医生为难地说:"这个病人要花很多医疗费。"老师立即回答医生说:"不要考虑钱,要考虑命的问题,请放心,花多少钱都不要紧。"听了这句话,北京老年医院和北京安贞医院的医疗专家立刻会诊,进行紧急抢救,终于挽救了托合提·阿力木双的生命。出院后,托合提·阿力木双一再感谢援疆干部,一再感谢首都的善良人们。

村支书在首都培训,不仅开阔了他们的眼界,还感受到了伟大祖国的强大,感受到了祖国大家庭的温暖亲情,自然增加了他们对祖国的感情。

……

如今,在天山南北,无论走进村的办公场所,还是来到村文化广场,都会给人整齐明净的印象。这里不仅成为村里最热闹的地方,而且也是吸引各族群众举办一些文化娱乐活动的乐园。

自新一轮援疆以来,全国十九个省市都采取了不同形式,强化对新疆基层组织的建设,而江苏、北京的做法,仅仅是一个掠影。

新疆,自古就是一个多民族、多宗教的聚集地。新疆的少数民族,占总人口的一半以上。各族群众的宗教信仰多元,除了伊斯兰教外,与之并存的宗教信仰还有萨满教、佛教、道教、基督教(新教)、天主教、东正教等。但长期以来,宗教信仰派别之间有矛盾,特别是伊斯兰教内部派别的纷争,更加剧了宗教信仰的复杂程度。

就新疆的特殊地理位置而言,周边形势错综复杂,"三股势力"死而不僵,非法宗教活动时有发生,维护稳定的任务十分艰巨。

也许是受到援疆干部的启发影响,也许是援疆省市强化村级组织建设带来的明显效果,也许是形势急需……近年来,新疆正在实施的二十万党员干部"访惠聚"驻村活动,其影响也是有目共睹的。

但无论如何,高位强化新疆的农村村级政权建设,援疆干部是率先的,是值得充分肯定的。

历史可鉴,在新疆,搞好基层政权建设,其深层次的意义的确非同凡响。

● 挺直胸膛赴灾难

灾难的降临是无法预测的。

2008年的3月,江南的无锡,已是桃红柳绿,草长莺飞。可在"塞外江南"的霍城,著名的景点果子沟却是大雪漫天。

3月13日13时30分左右,在新疆霍城县境内大东沟一隧道施工现场,国家西气东输的二线工程突然发生了雪崩。事故现场共有施工人员六十余人,有二十二人被困或掩埋。

霍城县公安局接到警情,第一时间向县委做了汇报。随后,县委副书记孔令胜就迅速赶往救援现场,一起前往的还有县公安局局长吴国平、交警大队队长彭江。自然,在这样的关键时刻,公安警察是当仁不让的,是要打头阵的。

雪崩事发地位于距霍城县城七十二公里的山区,距312国道果子沟段有十三公里。通往事发地的临时施工便道部分路段也因雪崩被堵,堵雪厚度平均约四米,最厚处达十几米。车辆只能从果子沟向事发地行驶四公里左右,剩余路程则需步行。

人命关天,更何况这是国家重点工程的施工人员。接到险情,援疆干部、县委书记张士怀半小时后就火速赶到了现场。

可四周白皑皑的一片,苍茫如海,无边无际。远远望去,前往事发地抢险救灾的挖掘机,仅是一个可怜的小黑点,人行其中,根本难觅足迹。加之,事故现场又是通讯盲区,这给救援工作带来了一定的困难。

下午5点左右,自治区和伊犁州的有关领导也闻讯赶到现场,组成了救援领导小组。

当年的县公安局交警大队队长彭江,现已是县公安局的副局长了。但回忆起当时的援救情景,彭江仍然感慨万端。他说只有四个字:惊心动魄!

雪崩的情形太特殊了,前行途中,还不断有雪崩的危险发生,有的一崩就有超过房子高的。

时间不等人,时间就是生命。

第一批上山的救援人员,时间已经很长了,也缺少必要的御寒物资、食品,况且,彭江上山时穿的还是单鞋。

随后,在救援小组的组织指挥下,一场雪崩的生死大营救开始了:来自伊犁和霍城的医护人员也迅速到达事故现场,开展受伤人员的抢救;从果子沟交警中队调来长靴雨鞋、棉大衣和食品,及时送运上山;就近的边防某部和武警的一百余名官兵,赶往事发地点开展救援工作;果子沟牧场、芦草沟镇、清水河镇组成的近百人应急分队赶来,作为第二批救援人员陆续前往事发地;霍城的电力、通讯等部门人员来了,随时准备接受调遣;紧急调来数辆大型铲车,昼夜不停地在被堵路段铲雪,但冰封路冻,雪崩的现象不断发生,铲雪速度非常缓慢……

当晚9时许,彭江得知,事故现场已经死亡十二人。

为了摸清真实情况,张士怀传信给彭江,要他从山顶下来汇报情况。

听了彭江的汇报后,救援小组领导决定,从雪崩被堵路段两头加速铲雪,以最快的速度抢通道路。

此次果子沟雪崩,正值一年一度的全国"两会"期间,全国瞩目。作为事故发生地的地方最高领导,张士怀倍感压力,肩上的责任重似千斤。

事情就是这么曲折。深夜11点左右,果子沟仍然是漫天大雪,因天气极端严寒,冰冷的雪花落在人的脸上,犹如遭受小冰雹般地疼痛。而就在这样的险情中,经过两个多小时的艰难行走,彭江终于又来到了救助小组指挥部。但他给指挥部领导带来的消息并非是令人庆幸的,而是一个令人沮丧的信息:山上的挖掘机马上就没柴油了!

原来,五条山口的雪汇聚到一条沟里,将备用的柴油桶给掩埋了。而此时,多耽搁一分钟,被困的民工们就多一分危险。

这真是一波三折。怎么办?张士怀当场决定:"机械上不去,我们人上!"此时,已经是14日凌晨2点。随即,一个由民警、民兵组成的二十人"突击队"成立了,队员们每人需背十公斤的柴油上山。这支突击队被张士怀称之为"敢死队"。但是,这支"敢死队"由谁带上山呢?

当时,想建功立业的军人有,想奉献的警察有,不畏艰险的民兵也有。但,他们对山上的情况却不熟悉。这不是探路,这是执行特殊的使命,不许有意外的闪失。

张士怀环顾了一下四周,然后果断地说:"就让彭江上!"

可是,做了这个决定后,张士怀又将彭江叫到帐篷外,说:"我知道你跑了两趟,很疲劳,但你情况熟悉,彭江,你到底行不行?"

听到张士怀的这番话时,彭江顿觉周身热血沸腾,深感领导的信任和关

第九章 在边疆读懂"祖国" 331

爱。在这关键时刻,彭江想自己还有什么顾忌的?"士为知己者死!"这是自古的人生信条,更何况这是在抢救人民的生命!

而张士怀呢?他的心里是很疼爱彭江的,这是迫不得已的决断。他明明知道彭江体力透支过多,但为了让风险降低到最小程度,他别无选择。因为彭江毕竟对山上的情况熟悉,换了别人,危险就会更大。

坐在笔者对面的彭江,看上去非常平凡,皮肤黝黑,个头仅仅一米七左右。实在不敢想象,就是这样一个看上去貌不惊人的警官,竟然在当时具有那么大的耐力和胆识。他说:"人必须有豪气和胆识!"

"敢死队"队员的柴油全部背好了,即将出行。此时,现场指挥部端来了"壮行酒"。这次出行,的确是生死攸关,从来不喝白酒的彭江,从张士怀手中接过酒碗,一饮而尽。

张士怀强忍着泪水,再三叮嘱彭江:"一定要小心!小心再小心!"

二十名"敢死队"队员分乘五辆越野车出发了,他们必须翻越五六个雪崩点,可是车走到第二个雪崩点时,就再也无法前进了。于是,他们只好下车步行。

此时,深夜的山谷,一片漆黑,伸手不见五指,风声惨叫得如鬼嚎哭,茫茫的雪地上,他们只好深一脚浅一脚地向前跋涉,结果艰难地行走三个多小时,才将柴油送到现场。那时,二十名"敢死队"队员的衣服都被雨雪和汗水湿透了。

下山时,彭江的车刚开出五分钟,前方又发生了雪崩,眼前风雪弥漫一片,前程非常迷茫……

3月14日,凌晨5点,第三批人员要上山了。

而山上的风暴却越来越大了,咆哮的寒风犹如旷野里狂奔的野兽。当地的哈萨克牧民说,此时的山上随时可能会发生新的雪崩。

"霍城县谁上去?"现场总指挥、伊犁州党委书记李湘林问。

这一问,现场的气氛顿时紧张而凝重起来,因为谁也料想不到前方究竟会发生什么?

在这令人窒息的沉默中,一个声音响亮而果断地说:"我上!"

顿时,在场的所有人都为之一惊:"张书记,你?"

"没关系!"张士怀坚定地说。

张士怀是在场人员中年龄最大的,一夜未能合眼,他还有恐高症。能行吗?

而张士怀的回答斩钉截铁,毋庸置疑。此时的张士怀想,作为事发地县的最高领导,作为一名共产党的援疆领导干部,灾难危急时刻,在生死考验面前,如果不能挺身而出,那还叫什么责无旁贷?还叫什么冲锋陷阵?还有什么资格叫时代先锋?

张士怀对身边的秘书关照说:"你们不要跟,我一个人上!你们还都年轻,还是留在下面好,否则万一有什么不测,我怎么交待啊?!"

关键时刻,张士怀把危险留给了自己。他跳上车,向前方前进。

冬天的夜空,不要说是在雨雪弥漫的天气,就是在平日的好天中,凌晨5点在新疆的霍城,仍然是茫茫的黑夜。越野车在刚刚铲车挖出的狭窄车道上艰难地行驶,而两边高达一二十米高的雪墙,随时有可能坍塌下来,将人车掩埋其中。

寂静的山谷之中,越野车小心翼翼地行进在雪地上。除了狂风怒号声之外,就是车轮碾压雪块的"吱吱"声响。

灾难,让人类变得十分渺小,让生命变得非常脆弱。但在这场突如其来的灾难面前,援疆干部张士怀早已将自己的生死置之度外。

在张士怀上山之后,霍城县委的工作人员一直焦虑不安,提心吊胆。到了下午五六点钟,县委的工作人员见到其他人员陆续下山了,可是,他们仍然不见张士怀书记,实在有些放心不下,生怕他有个三长两短。因为,暴虐的山沟无情,突然的雪崩无情。

好在晚上七八点钟,他们终于见到了安排好救援工作的张士怀。

此时此刻,张士怀全身就像是散了架似的,但他依然精神抖擞,始终保持着一种昂扬向上的力量。可以说,他在危难关头,在生死考验面前,挺身而出,不怕牺牲,奏响的是当代共产党人信仰中的嘹亮音符。

此次果子沟雪崩生死大营救,被困的二十二人中,只有六人获救。

灾难无情人有情。

张士怀下山后,没有顾得上休息,就立即连夜召开紧急会议,成立善后处理工作小组。

经过确定,决定成立由县直各有关部门组建的十六个小组,每四人为一组,两男两女,部门一位副职任组长,每个小组负责照顾安抚一位遇难者家属,并给每组配备一辆工作用车。十六个小组,分别"包干"安抚十六个遇难者家属。

张士怀细致周到的安排,人性化的关怀照顾,在善后的事故处理中,起到了意想不到的好效果。

面对悲痛欲绝的遇难者家属,从3月16日起,善后工作小组的同志就开始了辛苦工作。他们真诚地迎候每一位遇难者家属,给其心灵的安慰,生活的照料,并二十四小时与他们吃住在一起,为他们排除疑难,化解悲伤。无论是在生活照顾,还是在治病、购物等方面,善后小组总是尽心尽力。

安徽省望江县遇难者邢帮胜是家中的独子,他母亲来到霍城后,呼天抢地,悲痛欲绝,一同前来的亲属们怎么劝慰,都没有效果。无奈之下,亲属们只好求助善后小组。善后小组组长、县林业局的李秀珍立即前来看望老人,并将心比心,安慰她,体贴她,终于将老人的情绪稳定下来。

安徽桐城遇难者陈小合的妻子来到霍城后,因悲伤过度,精神恍惚,善后小组知道后,立即对其全程照顾,不厌其烦地开导她、安慰她,让她从中感受到人间的温暖。

……

人间自有真情在,灾难面前爱更多。社会主义的优越性,党和国家的政策安抚,霍城人的爱心关怀,让雪崩事故遇难者家属感受到了人间的爱心真情。

十天后,十六位遇难者家属离开霍城时,都把善后小组的人员当成了自己的亲人。他们给这些霍城的"亲人"们送锦旗,表达自己的感谢;有些家属还请多日关怀照顾他们的霍城"亲人"们吃饭,表达心意;有的还与霍城"亲人"们交上了朋友,依依惜别……

中石油的一位管理人员感叹地说:"我们单位处理的事故,从来没有一次像在霍城处理得这么快、这么圆满的。"

可这一切的背后,不知凝聚了援疆领导张士怀等人的多少心血!

2012年10月19日,也就是笔者到霍城采访的第二天,就听到王进健亲临危难现场参加营救被困人员的事。

10月19日晚上,正当我们在清水河镇的一处"农家乐"吃晚饭时,县中医院办公室主任马红梅接到院长打来的电话,要求做好急救准备,随时前往参加营救山上被困人员。

险情同样是发生在霍城县的果子沟。

当日16时24分,霍城县公安局接到报警,正在果子沟西气东输三线工程二台施工点,有从事管线维护的七名工人被困山中,请求救援。

原来,10月18日,有七名工人留在施工作业处的帐篷内,以便次日工作。不料,夜里突降暴雪,大雪封山,而他们所在的帐篷无电话信号,根本无法联系到工程队的其他人员。直到第二天,一名工人冒雪赶到距帐篷约三公里处,才找到电话信号,将被困情况告知其负责人。

接到报警后,霍城县公安局立即启动应急预案,组织民警第一时间赶往出事区域,展开救援。同时,他们还及时向县领导做了汇报。得到消息,王进健立即率领县长热夏提、公安局长王振中等赶赴现场,组织紧急救援协调。

由于骤降大雪,天气十分恶劣,果子沟沟内积雪深约一米,严重影响救援工作开展。为确保救援工作顺利进行,王进健当即决定,迅速组织民警、消防官兵、果子沟牧场应急分队队员,奔赴救援现场。

此刻,果子沟因山上雪大风急,山势陡峭,对救援工作造成极大影响。

18时30分,第一批救援人员赶到位于果子沟的事发山区。在距被困人员约七公里的谷口处,由于风雪太大,车辆无法前行,救援人员便徒步前往工人被困处。然而,当救援人员行至距被困人员约二点五公里处时,由于积雪太深,无法继续前行,救援人员只好退回谷口。

21时许,现场指挥部决定,派一名牧民做向导和十余名民警、消防人员一起,携带卫星电话进入山区,确定被困工人的具体方位。同时,组织两台大型救援机械和马匹组成联合救援队,进山寻找七名被困工人。

22时左右,救援人员终于赶到被困七名工人所在的帐篷。此时,七名工人已被困二十多个小时,衣着单薄,精神恐慌,情绪十分不稳定。

23时,在救援人员的引导下,七名被困工人终于安全回到救援指挥部。营救获得了成功。

艰难困苦,玉汝于成。中华民族虽历经沧桑,却从未在困难面前低头,而且愈挫愈勇、不断奋进。这种精神在援疆干部身上表现得淋漓尽致。

什么是崇高?什么是价值?

在危难关键时刻,最能体现出来。

这是考验一名领导干部对人民的最真实的感情,是考验一名党员领导干部对党和国家最忠诚的情怀,也最能体现一名领导者的人生境界!

从张士怀、王进健等江苏援疆领导们的行动中,我们可以欣慰地告诉人们:他们就是真正的共产党的领导干部!

● 非常时刻显身手

树欲静而风不止。

2014年7月28日凌晨,南疆莎车县发生一起严重暴力袭击事件。尽管事件得到及时处置,然而当地的气氛却相当紧张。此时,上海援疆干部杨中良肩上顿时压力倍增。

巴莎高速公路,是新疆迄今投资规模最大的高速公路项目,杨中良是该公路上海市代建指挥部指挥长助理。巴莎高速艾力西湖收费站,是其指挥部的施工项目之一。这里距离暴力袭击发生地艾力西湖镇时不足两公里。

当天,上海市代建指挥部接到上级命令,要求撤离全部工人。

作为指挥长助理的杨中良,迅速坚决执行命令,他不停地给施工现场负责人赵静锋打电话。当天,赵静锋正在服务区进行水泵调试,可他的手机始终未能接通。直到下午4点多,赵静锋才接到杨中良的电话。

"你们在什么地方,莎车发生了暴力袭击,现在有危险,指挥部要求所有人必须立即撤离!"打通后,杨中良急促地说。可是,此后联络中断了。

当时,赵静锋他们根本没想到事件那么严重,认为现场有一百二十位工人,有抵御能力,并不愿撤。

到了下午7点,赵静锋再次接到杨中良的电话:"怎么还没撤啊!指挥部要求必须撤,撤的时候顺便劝退路上的其他人。"

直到此时,赵静锋才意识到问题的严重性。于是,赵静锋开始在一公里多范围内,一个点一个点地组织施工人员撤离。

危急关头,杨中良和指挥部副指挥长柯欣再也等不及了。两人开车赶往收费站,从指挥部到施工项目所在地,原本车程仅十来分钟,但他们却开了半个小时。

杨中良对柯欣说:"在撤离的关键时刻,我们决不能丢下一个施工人员!"经过杨中良和柯欣耐心反复劝说,直到凌晨,才终于完成撤离工作,一百二十名工人全部安全撤离现场。

事后,柯欣也曾悄悄问过杨中良:"你当时在路上怕不怕?"

杨中良说:"怎么不怕,但如果我们不去,不确保施工人员安全撤离,万一出事情,良心难安,也许我会后悔一辈子'。

作为一位援疆单位的领导干部,关键时刻不畏危险,坚持组织每一位工人安全撤离,表现出一名共产党人大无畏的英雄气慨,也体现了杨中良对人民对祖国的忠诚无私。

2014年秋天,对很多上海援疆人来说,是迎来巨大收获的金秋。挥洒上海援疆人热血的巴莎高速公路,历经四年建设,在11月6日,终于实现了试通车。然而,就在此前不久的10月26日,杨中良却在返沪参加公务员任职考试时,因过度劳累,突发心脏病离世,年仅三十八岁。那一天,距离整个代建团队结束任务不足一月。

在离开指挥部之前,同事杨玉泉拿着相机,在大院里拍了个遍。食堂、宿舍、运动房……他说,要把这些照片带到中良兄弟的家,让他的家里人好好看看他工作、生活的地方。

在返回机场的路上,车子又一次驶上了熟悉的巴莎高速。看着一块块电子显示屏上"造巴莎精品工程"几个红色大字,杨玉泉潸然泪下:"这些都凝聚了中良的心血啊,只可惜,他再也看不到了。"

说到杨中良英年早逝时,上海援疆前方指挥部副总指挥姜爱锋充满深情,他眼噙泪花对笔者说:"太年轻了!真可惜!"

"中良是他家里的顶梁柱!"上海市路政局路网监测中心的郑振亚和杨中良,既是同事又是河南老乡。"他儿子只有八岁,岳母和岳父身体都不好,一个有糖尿病,一个已经半身不遂。"原本在公司做法务工作的妻子,为了支持他援疆,全心全意照顾好这个家,也已经辞职。"这次要提任,我们原本以为他好不容易要熬出头了,没想到……"郑振亚说他至今无法接受杨中良已去世的事实。

在妻子眼里,杨中良是一个正直的人。他谦逊忠厚、孝敬父母、体贴妻子、疼爱儿子,绝对称得上是个好儿子、好丈夫、好父亲。

"现在想来,干好工作的同时还要撑起这个家,这对他来说是有多难。"杨中良走后,妻子要独自一人撑起这个家。

"亲爱的小杨,结婚十一周年快乐!"2014年11月2日,杨中良去世后第七天,他的妻子在微信朋友圈里写下这样一句话。

十天后,2014年11月12日,是杨中良的生日,妻子又一次在微信里写下祝福:"亲爱的小杨,三十八岁生日快乐!"

……

北京第八批援疆干部、洛浦县委副书记姜亦生说:"治安形势一紧张,我就要住在乡里,代表县委坐镇指挥。"

2014年4月之后,姜亦生定期住到乡镇进行督导。他在乡里的临时宿舍,没有电视、没有网络,不能洗澡,还经常停水、断电。他曾经多次连续几天洗不了脸、刷不了牙,洗澡更成了奢望。其实,在乡下的日子,对他来说,三五天不能洗澡也是常有的事。他平常只能用矿泉水漱漱口,拿湿纸巾抹抹脸。虽然蓬头垢面,但是他依然精神抖擞,和基层同志一起开会、巡视,查找问题隐患,落实整改措施。

有好多次,姜亦生都要检查到夜里12点多。有一次,姜亦生夜里检查安全防范工作。当来到某个村子时,他刚好遇到驻村的维吾尔族干部。看到夜里12点了,姜亦生还去看他们,维吾尔族干部非拉着他喝杯酒,让他暖暖身子再走。

姜亦生不好拒绝,就和驻村干部坐在一起,就着花生米和大枣喝酒。身子暖和了,他又起身告辞,接着去下一个村子巡查。

无数个像这样的夜晚,姜亦生都和乡镇干部巡逻夜查在大街小巷,常常是夜里从村子里回来,带着浑身泥土上床睡觉。

责任在肩,必须防患未然。因姜亦生工作扎实,他所联系的拜什托格拉克乡,全年未发生重大刑事案件,确保了这个乡的社会稳定。

这个乡的依斯格勒格墩村还被评为"全国民族团结先进集体"。

......

以史为鉴,可以知兴替。屈辱的近代史,告诉中华民族的每一个人,只有众志成城,各民族团结一致,才能不断强盛,才能迎来中华民族的伟大复兴。

新疆地处边境,宗教信仰复杂。历史上,祖国的衰落,境外分裂思想的入侵,曾多次打破边境的稳定和宁静。1962年发生的"伊塔事件"中,曾发生过三万多边民外逃;1997年,这里又发生过打砸抢等危害稳定的事件。这里是新疆"三股势力"渗透的重点,一直暗流涌动,也让这里成为反对民族分裂的前沿阵地。

这些年一系列暴恐事件一再提醒国人:维护新疆稳定,维护祖国统一,任重道远!民族团结至重,国家不容分裂。稳定工作无小事。要做好这项工作,必须"未雨绸缪,防患未然"。

在维护稳定的过程中,援疆干部不仅坚持"防微杜渐",而且敢于在关键时刻挺身而出,这是率先垂范,是给新疆各族人民以信心和勇气,是值得书写的英雄气概!

......

在南疆阿克苏的城乡,当看到一处处悬挂着的五星红旗时;在伊犁河谷的校园里,当看到不断深化的爱国主题活动时,笔者深切地感受到:援疆人关键时刻显身手的英雄情怀,实在令人肃然起敬!

● **心中的祖国**

在茫茫的人海里我是哪一个,
在奔腾的浪花里我是哪一朵,
在援疆路上的大军里,
那默默奉献的就是我;
......
祖国不会忘记不会忘记我,
不会忘记我,
不会忘记我。
......

这是2014年3月的祖国西北角边陲塔城。

冬雪尚未消融,远处的高山依然白雪皑皑,辽阔的草原尚未泛黄吐绿,塔尔巴哈台的春,姗姗来迟。然而,这支新编的《援疆之歌》,几个东北汉子齐声唱响时,竟顿时让人感受到一种无与伦比的雄壮力量!要知道,这是在塔城市援疆干部们的住所里,是即兴演唱,并非在舞台之上。是在面对新华社记者采访时的一声倡议中,他们中的四个男儿排列一行,没有任何伴奏,是放声清唱,是激情唱响!

虽然这首《援疆之歌》并非原创,是根据广为传唱的军旅歌曲《祖国不会忘记》改编而成,但一经这几个东北汉子的高声歌唱,顿时韵律更加豪迈雄壮起来。

这几个东北汉子十分用心,唱得很投入,一人指挥,余者放声歌唱,眼眸清亮,站姿挺拔,没有丝毫的扭捏和做作。几个年龄相异、高矮不同的援疆干部,低音处情意无限,高音处铿锵有力。

> 山知道我,
> 江河知道我,
> 祖国不会忘记不会忘记我,
> ……

唱至此处,原本端坐着的辽宁省援疆工作前方指挥部总指挥、副总指挥,还有采访的新华社记者都受到了强烈感染,禁不住霍然站起,情不自禁地同声唱和起来。

屋内歌声热烈,男儿心驰;屋外白雪犹存,枝梢无绿。

这些高声吟唱的辽宁援疆干部们坦言,这首歌词与原词相比,仅仅是将原来的"在征服宇宙的大军里,那默默奉献的就是我",换成了"在援疆路上的大军里,那默默奉献的就是我"。

辽宁援疆干部们都认为,因为有了这些小小的变动,它唱出了援疆干部的心声,回应了外界援疆"苦不苦、亏不亏"的疑问。

《祖国不会忘记》,原来是一首航天人之歌,旋律优美动人,歌词大气豪迈,歌曲中奉献祖国、升华个体的意志,与每个援疆者内心的想法不谋而合。

每当援疆干部一唱起这首歌时,他们就会觉得心底生暖,激情澎湃。

辽宁省援疆工作前方指挥部总指挥、新疆塔城地委副书记王延东说得很真切:"到了新疆,到了祖国边疆,我们对这首歌的理解更加真切,也才更

第九章 在边疆读懂"祖国" 339

有共鸣。"

刚刚踏入祖国的西部边陲,对许多初来乍到的东北人来说,还不够适应。然而,见识了西陲风雪,结识了边疆民众,经历了突发事件,援疆干部对肩头的担子有了更深切的认识。

王延东说:"不到新疆不知中国之大,也只有到了新疆,才认识到责任之重,理解了什么是大局意识和责任意识!"

在援疆干部的手机屏幕上,许多人都把爱人和孩子的大头照设为页面,以慰相思之情。

然而,一说到要援疆三年,唱响《援疆之歌》的人,都觉得很值:"我们不想说自己有多高尚,但到这里来真的没想什么升官发财!"

> 我和我的祖国,
> 一刻也不能分割。
> 无论我走到哪里,
> 都流出一首赞歌。
> 我歌唱每一座高山,
> 我歌唱每一条河。
> 袅袅炊烟小小村落,
> 踏上一道辙。
> 啦……啦……
> ……

这首由著名歌唱家李谷一演唱的歌曲《我和我的祖国》,饱含深情,旋律激越优美,不知感动过多少中国人。但在平常的生活中,人们似乎很少会听到这样的歌声,也许不会有太多的人会吟唱这首优美的歌曲,也许让人们喜欢的现代歌曲太多太多。

但在边疆霍城援疆的日子里,却有一个人每次陪同客人唱歌,总是喜欢唱这首歌曲。他,就是时任县委书记的王进健。

作为一名援疆领导、一个管辖一方的"县令",为何偏偏喜爱这首歌曲?是王进健只会唱这首歌?还是他喜欢唱这首歌?

歌声即情怀,歌声即心声。

王进健之所以唱这首《我和我的祖国》,自然也是为官一方真挚情感的流露,更是寓于他"祖国"二字的深厚感情。

传说中的伊犁河谷草原是"奶水像河一样流淌,云雀在绵羊身上筑巢孵卵"。然而,这一年的雨水却少有得不丰沛。

2011年1月的伊犁河谷,寒风刺骨,冰凝大地。不过那一天的清晨,天气还好,虽然寒风依然刺骨,但早晨出来的阳光却是金灿灿的。吃了早饭,王进健就与孙志红等县领导匆匆出发,赶往几百公里外的冬草场。因为,那里有霍城一千多户的哈萨克牧民。牧民的生活是艰辛的,一年四季,他们不停地出发,不停地告别。春天接羔,夏天催膘,秋天配种,冬天孕育。眼看就要到春节了,王进健要去看望看望那里的哈萨克牧民兄弟,更何况牧民们已经遇到了生活的艰难。作为一个援疆领头人,他不能不将这事关民生的大事抓实。

"天马来兮从西极。"伊犁自古就盛产良马。据《汉书·乌孙传》记载:其国多马,富人至四五千匹。足见当时伊犁牧马业的规模。

清代前期,是我国统一的、多民族的国家疆域版图最后确立的重要时期。清政府在发展农业生产的同时,还对西北地区畜牧业采取积极的政策和措施。尤其是在乾隆、嘉庆时期,清朝在天山南北兴办了许多官营牧场,大力发展屯牧,培育良驹,以供军需。其中,伊犁马场以规模大、牲畜多为优良品种,在壮美辽阔的西北独树一帜。

伊犁河谷水草丰茂,曾经是准噶尔著名的牧地,清军进驻之后,在这里设立了马、驼、牛、羊等牧场,并且其规模远远超过迪化和巴里坤牧场。

清乾嘉时期,伊犁畜牧业之所以发展鼎盛,除了其优越的自然地理条件外,还有伊犁特殊的政治军事地位。

今天,伊犁的畜牧业虽非有清代那样的特殊意义,但在新疆乃至全国畜牧业中仍占有重要位置。放眼今日的伊犁,边地风光仍然壮美,马背民族哈萨克仍奔驰在辽阔的草原上。特别是霍城的畜牧业仍占有重要的地位。

可是,牧业和农业一样,都要承受自然与市场的双重风险。

无论是自然,还是市场,只要有一方遭遇不测,就会给牧民们的生活带来困境。在2011年春节前夕,霍城牧民们因遭受到雨雪灾害,他们牧养的牛马羊群正在面临着寒冬的考验。

山不转水转。就在霍城哈萨克牧民们焦虑之际,县里购买了几百吨草料运到了冬牧场。

那天,王进健与孙志红等县领导来到冬牧场,看到已运到牧场的草料,哈萨克牧民们无不欢欣鼓舞。

当援疆领导们走进一个个毡房,问候的话语,温暖的关怀,让牧民们的心里激荡起一股股暖流,感恩的笑脸,喜极的泪水,醇香的奶茶,浓烈的美酒,还有狂放的歌舞,让冬天牧场变得一片春色……

第九章　在边疆读懂"祖国"

在哈萨克姑娘悠扬的歌声中，王进健与孙志红等县领导匆匆离开了冬牧场。下午时分，汽车奔驰在壮阔的草原上，远望前方天空，横扫千军的寒风，早已将天空中的阴云吹散得无影无踪。

当吉普车路过一片辽阔的草原时，王进健突然要求司机立即停车，他要下车。此处群山环绕，偌大的草原白茫茫一片，完全是一片洁白晶莹的世界。而此时此刻，王进健心潮澎湃，浮想联翩。

车上的人们一时间感到惊诧，他们不知道这位堂堂的"县令"究竟想干什么？只见王进健神色严肃地下车后，步履矫健地走向前方。然后，在一片平坦圣洁的草地上，王进健仰望苍穹，突然面向正前方跪下，叩首苍天，亲吻大地！

为何要这样？王进健的行为，似乎让在场的所有人感到难以理解，感到惊诧不已。上车后，王进健这样说，他之所以在这里下车祭拜天地，不仅敬畏大自然，敬畏造物主给了中华大地这片好山好水，更敬畏伟大祖国领土的庄严神圣！

王进健顿感"祖国"二字在他心中的分量！深感自己肩上的责任光荣而神圣！尤其是自己被国家派到霍城来援疆，其意义的确非同寻常！

历史的烟云虽然消散了，但"伊犁将军府"的遗迹还在；惠远城楼，褪不去的历史铅华令人难忘。中华民族的历史不容忘却，建设好边疆的使命任重道远，丝毫不能松懈！否则，就是愧对边疆人民！就是愧对伟大的祖国！

2011年10月1日，是伟大祖国诞生六十二周年的喜庆日子。

清晨，霍城县城人民广场，阳光灿烂，鲜花绽放，一片欢腾。

上午10点，在庄严的国歌声中，五星红旗在县人民广场上空冉冉升起。

来自江苏的援疆干部和霍城的两千多名各族干部群众一起，参加了庄严的升国旗仪式。

升旗仪式后，全体党员干部、学生、群众还参加了"万人签名承诺活动"，即"爱祖国、爱家乡、爱家庭"的主题教育万人签名承诺活动。

那一刻，援疆干部、县委书记王进健动情地说："来到边疆霍城，我对祖国意义的理解加深了，我深深地爱上了这里的各族人民。"

……

江苏克州援疆指挥部组织一些受援地基层干部对口交流时，让他们去参观北京的长城、天安门、毛主席纪念堂，观看庄严的升国旗仪式，感受祖国心脏跳动的脉搏。还组织他们到江苏的徐州等地，再看一看江苏贫困农村的状况。

为何要如此？江苏援疆干部、克州援疆指挥部总指挥王斌告诉笔者，只有通过实地参观交流，受援地的少数民族干部百姓才能真正体会到，即使像江苏这样的发达省份,仍然有许多贫困人群。党和国家为何要投入这么大的力量来援疆,这充分体现了祖国大家庭的优势,体现了国家和十九个援疆省市人民对边疆人民的厚爱和情谊。

2011年9月5日,是南疆初秋极普通的一天。天高云淡,没有一丝风,日头朗朗地照着,可以感觉到秋阳的温暖从身到心逐渐漫溢开来。

但对乌什县阿合雅乡"衢州新村"的柯尔克孜族牧民来说,这一天却是个大喜的日子:上百户柯尔克孜族牧民告别了世代在山上逐水草而居的生活,搬到了这个叫做"衢州新村"的地方。这里宽敞明亮的安居房,有水、有电、有路灯、有院子、有圈舍、有菜地,甚至院门外还放有垃圾桶。

这天上午,就是新村揭牌的日子。全村老老少少都身穿节日盛装,等待那激动人心一刻的到来……

跟牧民们一样兴奋、激动的,还有浙江衢州援疆指挥部的同志们。因为,这是衢州援疆指挥部援助乌什县的第一个试点项目。

衢州援疆指挥部干部说:"我们不是救世主,但我们要尽自己的全力,让乌什人生活得更美好。"

当时,县里正在进行抗震安居工程建设,现在的"衢州新村"也是一个点,按标准每户仅有五十平方米,而且相应的配套设施并不齐全。

衢州援疆指挥部决定先期投入四百多万元,将五十平方米的房屋扩大为八十平方米,按高标准建设。之后,又投入四百七十多万元,"穿衣戴帽",将新村的道路、路灯、院墙、水塔一并建好。

这样,一个真正意义上的牧民新村就有模有样了。

仅花一万多元就住进新居的牧民,其感激之情可想而知。家家户户都在院门上挂起了国旗。

有两位柯尔克孜族姑娘还连夜用丝线绣出了国旗,送给了村党支部和援疆指挥部。两位柯尔克孜族姑娘为何要如此?因为,她们已经深切体会到了祖国力量的强大和魅力。

2015年3月8日上午10时,杭州早已迎来新一天的曙光时,朝霞才映红新疆阿克苏市的半边天。

远在天山脚下的三十多名杭州援疆干部,在驻地零下一摄氏度的小广场上整齐列队,举行升国旗仪式,以开启新一年的援疆工作,遥祝家乡的亲朋好友。

10时整,随着一声威严的号令,升旗仪式正式开始,大家肃然凝望着冉冉升起的五星红旗,默默地表达对祖国的热爱和祝福,寄托新一年的美好愿景。

这是杭州市第八批援疆干部2015年入疆后的首次升旗仪式。

杭州市援疆指挥部副指挥长胡金浩动情地说:"在祖国的边疆参加升国旗仪式,感到无比骄傲和自豪。看着鲜艳的五星红旗伴着国歌徐徐升起,我对祖国边疆的意义有了更新的了解!更增加了我援疆的使命感!"

……

时光不能倒流,祖国永在心中。

在新疆这片神奇的国土上,无论是世代居住在此的各族儿女,还是肩负屯垦戍边使命的兵团战士,无论是"到祖国最需要的地方去"的支边青年,还是新时期的援疆人,他们的心中始终与"祖国"的命运紧紧相连,难舍难分。

正如习近平总书记在参观"复兴之路"展览时所说:历史告诉我们,每个人的前途命运都与国家和民族的前途命运紧密相连。国家好,民族好,大家才会好。

可以说,不到新疆,不知祖国之大;不去援疆,不知"祖国"的内涵之深;不在新疆履职,不知维护祖国统一责任之重!

也许每一轮来到新疆的祖国内地援疆人,都对"祖国"一词有更深更远的理解!

"祖国永远在心中!"这是援疆人的应有情怀!

第十章　援疆情深浓于水

"一次援疆路，一生边疆情。"

数千里路，乃至上万里路，他们从祖国的四面八方来到新疆，把双脚插进天山南北的泥土中，去感知这片土地的温情，去激扬这片土地的能量。他们来到广袤的新疆，播撒希望的新绿，高歌新时代的边塞曲。

"有志而来，有为而归。"

"不留遗憾，不留隐患，不留包袱！"

"对新疆各族人民负责，对子孙后代负责，对历史负责！"

这是援疆人的豪情。

一段岁月，承载着重托与希望；一段记忆，铭刻着奋斗与梦想；一段情感，伴随着温馨与友谊；一段经历，书写着奉献与荣光。

每一位援疆人都是一本书。他们道不完的援疆话题，叙不尽的援疆故事。

他们来时，西域举目无亲，走时在新疆朋友无数；他们来时，说"我们是外地人"，走时看他们像新疆人。

因为援疆，他们领略了广袤美丽的新疆；因为援疆，他们感受了豪放热情的西域风情；因为援疆，他们见证了亲友的深情；因为援疆，他们获得了校友、援友亲如兄妹的珍贵友情……

春华秋实，跌宕斑斓。在援疆的日日夜夜，他们在边陲奉献自我中，也在吮吸着西部人生命韧劲的精魂，再融为一种积极向上的精神。

因为援疆，他们从此与新疆结下了不解之缘。

他们像天山上的雪松，他们像绿洲上的白杨，他们像戈壁上的红柳，他们像沙漠中的胡杨。

他们独有风姿！

他们情深义长！

● 担当与奉献

有一种援助无私无畏,令新疆各族儿女为之动容。
有一种大爱跨越时空,将西域边陲与祖国内地紧紧相连。
有一种奉献无欲无求,却情满天山南北。
伟大的时代,呼唤伟大的精神。
对口援疆事业,正孕育和造就着新时代的援疆精神。
这种精神,叫担当;这种精神,叫奉献。
江苏人提出:"一定要把援疆当作分内事、当作自己的事去做好。"
山东人说:"我们把喀什的四个县当作山东的四个县来建。"
上海人说:"对口支援喀什的四个县就是我们上海的四个区。"
北京人说:"我们现在就是和田人,和田是北京的'第十七个区'。"
……

从2010年5月17日起,一批批满怀着激情和责任、智慧和汗水的创业者,背起行囊,从祖国四面八方源源不断奔赴天山南北,展开了新一轮对口支援新疆的一幅幅宏伟画卷。

短短几年时间,从帕米尔高原到塔克拉玛干沙漠,从准噶尔盆地到伊犁河谷,新疆大地发生了巨变,各族群众深切感受到党中央和全国人民的关爱,感受到新一轮对口援疆的温暖春潮,共同谱写出一曲曲奋发崛起的华彩乐章。

来自全国十九个省市的援助行动如春风化雨,无声地浸润着天山南北,改善着各族人民的生活,让新疆这片神奇的土地愈加美丽。

在今日新疆的天山南北,对口援疆之桥日渐延伸坚固,处处弥漫着援疆人的满腔热忱,弥漫着对新疆各族人民的殷殷情怀、拳拳心意。

援疆是一项系统工程。参与援疆的是一个庞大的群体。

这个群体里,有从老山前线走来的战斗英雄,有援藏归来的白衣天使,有扶贫归来的至诚公仆,有西部支教归来的热血老师,有从海外归来的莘莘学子……

他们来自机关、企业、高校、医院、社会团体……

他们有一个共同的名字——援疆人!

"奉献"这个词,对援疆人来说,是最为熟悉的一个词汇。一批批援疆人来到边疆,用自己的才智,建设新疆,奉献新疆,在边陲书写一段精彩的人生篇章。

对援疆人而言,边疆的艰苦,并不是不知道。

刚到新疆,援疆人必须过"三关"。

一是气候关,要经得起折磨。新疆地处中亚,气候极度干燥,许多地方的水质不过关,破鼻子、哑嗓子、胀肚子、起疹子,都是家常便饭的事,许多同志水土不服,导致长期腹泻,患上不同程度的结石。

二是孤独关,要耐得住寂寞。远离亲人长期在外,对人是种煎熬,特别是过节的时候、家人生病的时候,夜色静静无声,屋内冷冷清清。孤独煎熬他们,但压不垮他们,他们加班、做饭、散步、读书,生活乐观而充实。

三是安全关,要扛得住恐吓。

"我来新疆为什么?我到新疆干什么?我给新疆留什么?"这三句朴实的话,道出了他们甘愿为边疆发展奉献的信念。为了这个信念,他们把苦当成了甜。

援疆,需要担当,需要真情,更需要奉献。

"娘,领导要我去援疆……"

他双膝跪在娘床前,看着身上插着氧气管的娘,全身颤抖,泣不成声。

此时的娘,已不能正常说话。娘望着泪眼婆娑的儿子,抬起颤巍巍的手,擦一把儿子脸上的泪,脸上勉强露出一丝微笑,点点头、挥挥手。

娘虽没文化,但她知道儿子又要去新疆,一定是大事。

面对失业的妻子,他深感内疚。妻子默默地收拾好他的行囊说:"家里有我,照顾好自己。"

就这样,江苏徐州援疆干部、刚刚才转业二十三天的周忠运,再次踏上新疆这片热土,开始了新的人生旅途。

周忠运十八岁入伍,戍守新疆边关二十三年。他两次荣立三等功,三次受到军区表彰,五次被师团嘉奖,六次被评为优秀机关干部。他从一个初中毕业的山村娃成长为研究生学历的中校,以第一名的分数转业家乡机关……

周忠运离家二十三年了,他放弃赴京就职的机会,终于回到了老家徐州,心想终于可以尽孝了。然而,一个电话,却再次改变了周忠运的选择。

"知道你才回来,但你对新疆最熟悉,利于开展工作,援疆是我们的国家战略……"电话里,领导在征求他的意见。

周忠运打断领导的话:"报告首长,不要多说,我是一名老兵,祖国需要,我的天职。"

此时此刻,他的母亲却正在徐州六院进行抢救治疗。

周忠运在部队是财务和审计专家。到奎屯援疆后,他除了担任奎屯市商务局副局长之外,还在援疆工作组任财务处处长,工作连轴转,除了要招商引资外,还要负责其他工作。

在援疆工作组,周忠运的职务最多,四个处室,他兼任三个处室的副主任。徐州援疆工作组办公室主任曹玉辉对笔者说:"没办法,鞭打快牛。"

周忠运分管援疆后勤,"绰号"也最多,打字员、宣传员、炊事员、搬运工、水电工、网络维修工。下水道不通,电灯泡不亮,淋浴器不热……一个电话,他马上到现场。

而走乡镇、赶工地、跑招商、搞调研,他也一着不让。

他说:"什么叫担当,担当就是多奉献。"

霍城县,是中组部最早确定的两个对口援疆试点县市,从县委书记到经贸委主任等主要岗位,均由对口援助地派出的领导担任,这一模式先后实施了四轮。但在第七轮援疆任务完成之后,这一模式已不再实行了。

从外人看,新一轮的江苏援疆干部肯定比不上之前的那样"吃香"了。

2013年初,无锡市委领导紧急召见崔荣国谈话,征求他是否愿意去援疆。此时的崔荣国,在无锡市下属的宜兴市担任市委常委、组织部长。

代表对口援疆地江阴市到霍城担任县委副书记,这到底值不值?

不容崔荣国多想,更来不及与妻子更多的商量,因为市委领导已对他下了"最后通牒",第二天上午,必须向市领导表态。

第二天上午,崔荣国向市领导回复说:"请领导放心,我是做组织工作的,一切听从组织的安排!"

就这样,崔荣国背起行囊,迅速来到了边陲霍城。

到霍城第二天,崔荣国就带领工作组成员深入基层调研。霍城的山山水水、七沟八梁,十三个乡镇、九十个村,驻地部队、兵团农场和企事业单位,包括一些离退休的老干部和少数民族贫困家庭,崔荣国在不到两个月的时间内,几乎都走遍了。

基层调研,让崔荣国掌握了大量的第一手资料,对援疆事业的概念,也从感性上升到了理性。

特别有一件小事,让崔荣国对援疆意义的体会有了更新的升华。

一天晚饭后,他和援疆干部走进了霍城的一家新疆特产店,听到这样一件新鲜事:

一位哈萨克族老人通过物流给外地上学的孩子交寄物品时,工作人员一时疏忽,少收了他一百元钱。当时,老人根本没有注意。晚上,当老人回家后,才发现这一情况。第二天,老人从远东草场打车二百多公里,辗转来到店里,向物流单位补交了一百元。

多么纯朴的哈萨克老人啊！钱虽不多,但反映霍城的民风淳朴。

从此,崔荣国原先的朦胧失落感,荡然无存。从此,他将自己的一腔热血,全部倾注到了对这片土地的大爱之上。

谈项目招商,加速改水工程惠民生,他一着不让。

为缓解霍城的就业压力,崔荣国还策划了建"就业工场"的援疆新思路。

霍城的少数民族人口相对集中,有很多少数民族手工作坊和家庭作坊,但他们苦于没有场地,缺少设备和资金,很难发展壮大。

崔荣国认为,建"就业工场",能让更多的农村少数民族妇女在家门口实现就业,还能让她们照顾家里。同时,通过这种方式,可以逐步转变她们的就业观念,早日走出家庭,走向社会。

经过调研,崔荣国发现,少数民族的服饰、手工艺品与新疆特色产品加工等,是霍城的优势。如果建设三十个"就业工场",就可以带动就业一千二百人以上,实现增收三千万元。于是,他决定当年投入八百三十万元援疆资金,在社区、村、组建设三十个"就业工场"。

而就在崔荣国将全部精力用在援疆事业上时,一个"不速之客"竟然悄悄闯进了他的生命禁区。那些天,崔荣国连续带领团队跑乌鲁木齐、下广州、飞北京,不停地谈项目。那些天,他每天总是凌晨就起床,连续陪同自治区督导组的领导去看项目。

然而,在2014年6月8日,让他没想到的事终于发生了。那天上午,正在看项目时,他的左手突然失去了知觉,连矿泉水瓶子都拿不起来。中午吃饭时,他的嘴角也开始麻木肿痛。刚开始,崔荣国并没当回事,可与他在一起的援疆医生却觉得不对劲,让他赶紧去伊犁州的大医院检查。第二天下午,在同事们的陪同之下,崔荣国来到伊犁州友谊医院做了较详细的检查。检查的医生发现,他的大脑硬膜下出现血肿块。

大约在十年之前,崔荣国在例行体检时,曾经查出他的大脑有蛛网膜囊肿现象,医生叮嘱他需每年体检一次,防止有意外情况。让他没想到的是,囊肿竟然发展如此迅速。

是招商谈判太劳累了？还是出差的频率太高了？还是……

病情时不我待,不容耽搁。在伊犁州江苏援疆前线指挥部领导的安排下,崔荣国第二天就赶往乌鲁木齐,第三天飞往上海,做进一步确认检查。

不查不知道,确诊吓一跳。果然,上海医疗专家与伊犁州医院的结论如出一辙:他的大脑蛛网膜囊肿,已经出现毛血管破裂,形成了血肿,需要立即手术。这样,崔荣国6月10日到上海,6月13日就在上海华山医院进行了手术。

手术能否成功？这不仅让他的爱人十分担忧，就连陪同前去的同事也悬着一颗心。

好在崔荣国非常乐观，精神状态一直高昂，好在华山医院医疗专家的确医术高超，崔荣国的大脑抢救性手术非常成功。

原先的疑虑打消了，但医生一再叮嘱崔荣国：必须安心休养半年，必须定期检查，必须按时治疗服药。然而，在家养伤休息期间，崔荣国一直放心不下援疆的事。期间，无锡市委的领导多次看望崔荣国，有领导劝他："不要再牵挂援疆的事了，安心养病最重要。"还有的主要负责同志劝他："要不，换其他的同志去吧。"妻子也劝他："换了其他人也一样的，你就在家安心休养吧……"

而每次面对劝说，崔荣国总是说："那不行，组织派我的使命未完成，我怎能心安理得？稍好，我就会去援疆。"

果然，崔荣国在家疗养四个月，他就提前返回到了援疆一线。

……

"太阳、月亮、鲜花，还有我，我们一起怀念你，朋友……"

在库车县阿格乡卫生院工地上，乡干部乌斯曼·提依甫用维语演唱自创的《怀念马素明》，苍凉而悲壮的歌声，穿过库车河畔静静的白杨林，在天山深处回荡。

歌中唱到的马素明，是浙江宁波市建设集团援疆项目部经理。2011年4月26日15时30分，在赶往玉奇吾斯塘乡卫生院工地的途中，马素明因躲避迎面而来的车辆，不幸遇难，年仅三十三岁。

噩耗传来，库车县阿格乡和玉奇吾斯塘乡的各族干部群众，自发赶至殡仪馆，献上鲜花，送他最后一程……

玉奇吾斯塘乡乡长卡尤木·热合曼哽咽着说："好巴郎子呀，眼瞅着卫生院大楼一天天长高，没等到建好，你咋就走了？"

阿格乡卫生院施工工地上，来了不少内地人。马素明提醒大家，要尊重当地民族习俗和宗教信仰。为密切与当地群众的关系，他经常组织施工单位与卫生院员工联谊，让施工人员和当地群众成了好朋友。

"马儿，你慢些走！"马素明生前的同事赵和甫泣不成声，"援疆工程困难重重，可在电话里，他说的最多的却是三个字——没问题！"

库车日夜温差大，混凝土浇灌好后易破裂，马素明打电话到宁波请教，宁波的工人觉得新疆太远不想去，他凭着老关系，一个个地动员，连火车票都给买好；进入冰冻期，工人都回家了，他担心混凝土开裂，独自一人在工地上坚守了二十多天……

他姓马,也属马,像马一样吃苦耐劳,被大家亲切地称为"马儿"。

在宁波市援疆指挥部指挥长、库车县委副书记罗思维的记忆中,这是一位"主动报名援疆的小伙子",他时常在自己的眼前显现。

马素明虽然走了,但他却留给了罗思维一大遗憾:春节前后,马素明两次提出入党的请求,可就在考察期间,他永远地走了!他走前留下的最后一句话:"我想睡会儿。"

的确,马素明是太累了!

他承担着库车县阿格乡卫生院、玉奇吾斯塘乡卫生院扩建工程项目,十个月里不断奔走在库车、阿克苏的大漠戈壁滩上。两座卫生院早已交付使用了,可马素明却遗憾地走了。

库车县县长玉素甫江·买买提说:"他为库车建设献出了生命,库车人民永远不会忘记他!"

……

4月下旬的吐鲁番,时令已是春夏之际。桃花盛情绽放,钻天杨绿叶婆娑,绿洲上满是耀眼的青翠,如海潮般层层叠起。吐鲁番的葡萄虽还未成熟,但它燃烧着的火热激情与豪迈,像正在孕育一场激昂的裂变,誓言要让这颗丝路明珠更加璀璨。这里生发着湘女姜欣这样的三湘大地援疆情。

2013年,接近天命之年的湘女姜欣,突然做出与这个年龄女性不相称的决定:报名援疆。当年8月,姜欣作为湖南省第七批援疆总指挥,奔赴东疆吐鲁番开始援疆。四十九岁的姜欣,在广电系统已工作二十余年,担任湖南省广播电影电视局副局长也已经十一年。

然而,她却放弃优越稳定的生活环境,放弃驾轻就熟的工作氛围,率先带队来到新疆吐鲁番地区援疆。

这究竟是为什么?姜欣在与笔者交谈时,这样说:"我身上流淌着八千湘女的血液。"

在对这位"湘妹子"的采访中,笔者确实感受到了姜欣身上的"辣"味与"辣"劲。

吐鲁番,素有"火洲"之称,是中国大陆海拔最低的地区。这里年降水量只有十六毫米,而蒸发量却高达三千毫米,因其极度干燥缺水,被称为"不适宜人类居住的地方"。更重要的是,这些年新疆接连出现的暴恐事件,让许多外地人对其望而却步。初到吐鲁番时,街头到处是特警和警车,宿舍门边是防身武器。有关方面反复叮嘱他们:不得独自出行。

援疆是来干事的,东怕狼西怕虎,怎么能干成事?

全国十九个省市援疆,有二十个援疆前线队总指挥,姜欣是唯一的

第十章 援疆情深浓于水 351

女性。

"湘妹子"姜欣,果然"辣"劲十足,她没有时间犹豫,也顾不上害怕。她要忙着带好队伍、适应环境,要完成十七个项目建设任务,要确保将近三个亿的计划内投入资金按时到位,要争取更多计划外援助……

事多精神长,责任大于担忧。过去在长沙,姜欣很容易失眠,有时整夜也睡不好。可现在,她在跑项目的路上,竟然不知不觉能眯个十几分钟。

吐鲁番的阳光是灼热的。刚来时,由于没有做好防范,姜欣的眼睛被强烈的阳光灼伤了,不得不去医院治疗。可即使生病了,打着吊瓶,她却仍在翻阅文件。

在姜欣看来,这些都不是困难。援疆的日子,姜欣感到十分充实。

当看到一项项工程顺利落地了,当看到一个个农牧民搬进了富民安居房,当看到受帮助的贫困儿童脸上荡漾的笑靥,姜欣就会从中得到很多愉悦和满足。

……

大概稍有文化的人,都知道这么一句唐诗"故人西辞黄鹤楼,烟花三月下扬州"。李白脍炙人口的千古绝唱,平添了扬州这座古城名邑的无限风韵。

阳春三月的扬州,万物苏醒,春光明媚,扬州的烟柳,扬州的琼花,都带着浓浓的春的气息。然而,2015年的春天,曾经的援疆干部陈德宏却带着深深的遗憾,离开了人世,年仅五十岁。

大凡是人,都有脆弱的情感。儿是娘身上掉下的肉,任何时候,儿都是娘心头的牵挂。2010年5月的一天,即将离家的陈德宏,向年近九十岁的老母亲撒谎,说今后几个月自己要经常出差在外。母亲年事已高,自然不知陈德宏说的是否真实。其实,陈德宏是响应国家新一轮援疆号召,要远去西域援疆了。

作为江苏扬州援疆指挥组组长、新源县委副书记,陈德宏一到新源,就投入到紧张的工作中。

新源县,位于天山北麓被誉为"塞外江南"的伊犁河谷东端,隶属于伊犁哈萨克自治州。

2010年10月5日,国庆长假尚未结束,陈德宏就带领援疆人员连夜赶赴新源县。随即,再次深入到全县乡镇和基层单位考察、调研。

在伊犁河谷的新源县,下乡调研是件艰苦的事。新源县三面环山,西部敞开,形状如箕,构成东西长、南北窄、东高西低的特殊地形。全县总面积七千五百八十一平方公里,下辖八镇三乡七十七个行政村,总人口三十一点六万人,由哈、汉、维、回等三十五个民族组成。其中,哈萨克族人口十四点四二万人,占全国哈萨克族总人口的十分之一。许多哈萨克牧民居住得很偏远,甚至在山区。

2010年11月底,伊犁河谷早已冰天雪地。但,为了解真实情况,采取有针对性的援疆措施,陈德宏依然带领着指挥组成员冒雪在牧区深入调研。

那天,他们进入牧区时,适逢山里大雪纷飞,寒风阵阵,刺人肌肤,道路行走十分困难。而调研的地方又路途很远,一直到深夜一两点钟,陈德宏他们才回到县城。

回忆起当时的情景,援疆干部唐朝文说:"事后才觉得害怕,因为当时交通事故、雪崩等很有可能随时发生。"

与大多数援疆市县一样,陈德宏十分注意富民安居工程建设。每当看到又一幢配套设施齐全的安居房竣工,每当看到农牧民们从破旧的危房高兴地搬进新房,他的心里总有一种安慰感。

从入疆伊始,陈德宏就注重培育新源的"造血"能力,将招商引资作为援疆的重要工作。他积极与扬州企业对接,邀请内地企业来新源考察、投资,整天忙得不亦乐乎。

在他的努力下,扬州的荣能新型建材、江苏天地人、江苏华尔、特耐王包装材等企业,相继来到新源投资注册,总投资达二十九亿元。一时间,产业援疆在新源取得了突破性进展。

援疆,是奉献爱心,更是责任。

多次下乡调研中,陈德宏发现,在新源,许多孩子完成九年义务教育后,虽然考上了高中,却没有钱入学;许多农牧民生了病,却没有钱就医……

每每看到如此情形,陈德宏总是心急如焚。

他一面积极与扬州市大后方联系,从市区两级政府争取三百五十万元帮扶解困资金;一面提议全体援疆人出资建立助学扶贫基金。他自己则率先垂范,带头出资,用于帮扶特困老党员、因病致贫家庭和特困学生。

随后,新源二百多个家庭感受到了扬州援疆人的温暖。

2011年,首批受资助的二十七名高中生重新走进了学堂,开启了人生新希望,还有四十九名高中生实现了大学梦。

因援疆成绩突出,当年,新源县委、县府颁发给扬州援疆指挥组五万元"特殊贡献奖"。在陈德宏建议下,五万元全部捐给了阿惹勒托别敬老院。

奉献,是有代价的。

陈德宏白天深入乡镇、牧区调研,晚上工作到深夜一两点,加上气候、生活、饮食上的不适应,让他体力严重透支。身边的人都知道,在到新源援疆

第十章 援疆情深浓于水

不到一年,陈德宏竟然瘦了十几斤。

组织上关心援疆干部,为他们安排了一次体检。援疆指挥组秘书王建锋却发现,发给陈德宏的空白体检表,一直都放在他的抽屉里。陈德宏说,他没有时间去。

儿行千里母担忧。陈德宏家中兄弟姐妹八人,他排行最小,从小就最受母亲的疼爱。而远在扬州的母亲,此时却一直不知道小儿子身在何处。每当母亲思念自己的小儿子,呼唤起他小名时,身边亲人总是"骗"她说:"德宏正在出差,很快就会回家了。"

而每次和母亲通完电话,陈德宏心里总是想,等忙完这阵子工作,就立即回去看看母亲。

可是,2011年,是新一轮援疆起始之年,任务重、时间紧、压力大,项目推进需要他落实,前线整体援疆需要他部署,与地方对接协调需要他拍板,他根本抽不出时间回扬州看望母亲。

2011年7月29日,是一个平常的日子。但对陈德宏来说,却是一个刻骨铭心的日子。这一天下午,陈德宏的母亲病危,已处在弥留之际,嘴里还在不停地呼唤着他的乳名。

陈德宏这个刚毅、坚强的中年男人,顿时泪如雨下,泣不成声。此时此刻,陈德宏心如刀绞。他一边在协调推进援疆项目事宜,一边安排家属联系最好的医院,全力抢救母亲的生命。

陈德宏在心里默默祈祷:"母亲啊,你一定要等我回来!即使是见上最后一面,也算是尽上我最后一份孝心!"

可不幸的是,当天下午5点多钟,老母亲因抢救无效,在不知自己小儿去向、未能见上小儿最后一面之际,遗憾地离开了人世……

秘书王建锋痛苦地回忆道:"我第一次看到自己的领导这种状态,平时刚毅果断的书记在那一刻哭红的眼睛中,流露出的那种无助,让自己终生难忘。书记回扬处理母亲后事前,还不忘安排近期援疆项目推进工作。"

从新源到扬州,料理母亲的丧事,陈德宏来回匆匆仅仅用了四天时间。

陈德宏说:"在我心里,有两件事最对不起母亲,一件是没有如实地告诉母亲我来新疆工作,另一件是没有能够和母亲见上最后一面、陪母亲说上最后一句话。"

但陈德宏心里清楚得很,有一大堆援疆事需要他决策。作为这里的援疆领头人,他不能有丝毫的懈怠,他不能辜负组织的信任和重托,不能辜负新源的三十万各族人民。

是啊,自古忠孝不能两全。陈德宏对不起他的母亲,但却对得起三十万新源人民,对得起宏伟的援疆事业。

一回到新源县,他又继续投入到紧张的工作之中。连续高强度的工作,让陈德宏患上了严重的胃病,但他却长期带病坚持工作。

2012年5月,陈德宏带领新源代表团赴哈萨克斯坦参加"哈洽会"。然而,此刻,他的病情突然加重,因过度操劳,导致胃溃疡再次发作。可返回伊犁时,他只是简单地买了些药,准备返回新源筹备旅游产业大会等一系列工作。

不过,病魔却反复折腾着他,让他疼痛难忍。在指挥组同志再三劝说下,他到医院进行了检查。医生检查得到的确诊结论是:他患上了胃癌。

一心扑在援疆事业上的陈德宏,却放心不下手头的工作,希望能保守治疗,继续坚持工作。可癌细胞已经扩散至了他的整个胃,必须要做胃切除手术,否则有生命危险。5月31日,陈德宏不得不暂时停下手头的援疆工作,回到扬州,住进了病房。6月8日,陈德宏的胃被全部切除。

2012年6月30日,新疆新源、和静交界处发生六点六级地震。而被病魔折磨得已经憔悴不堪的他,当天得知新源县发生六点六级地震时,仍主动与扬州有关部门协调物资,捐赠给受灾群众。

面对看望他的新源县干部,他谈得最多的不是他的病情,而是如何尽快开展抗震自救,早日让受灾群众恢复生产生活。他说:"等我出院了,我还要回到新源,站好最后一班岗。"

7月4日上午,扬州援疆全体人员及七家扬州企业负责人会聚一堂,依次向捐款箱里投入爱心款,再一次为新源抗震救灾贡献力量,为受灾群众奉献爱心。短短五分钟,二十二人以及七家扬州企业的捐款就达十一点七三万元。而在7月4日的捐款仪式前,病榻上的陈德宏给新源县委常委、扬州援疆指挥部副总指挥李桂山打电话,委托其代表个人向灾区捐款三千元现金。

2013年12月9日,他在给新源县领导的信中这样说:

"三个春夏秋冬,仿佛弹指一挥间。回首这段短暂而又难忘的经历,既感慨万千,又难以言表。第七批援疆任期即将结束,本人因病魔缠身没能自始至终履职,深感愧疚和不安!援疆之前我和大多数援疆干部一样,虽然对新疆知之甚少,但是面对组织的召唤却是毅然决然、义无反顾!

"援疆以来,我们所经历的一切,无论是吃的苦、做的事、遭的难,还是得与失、喜与忧、感与悟,都是那么刻骨铭心、难以忘怀!

"三年任期虽然即将结束,但是新源早已成了我的第二故乡,魂牵梦绕;新源干部好多早已成了我的知心朋友,难舍难分;爱岗敬业早已成了我的一贯追求,永不停步;重返工作岗位早已让我下定了决心,再接再厉!这份缘、这份情、这份爱、这份心为我增添了无穷的力量,激励我不断奋力前行,去战胜人生旅途中遇到的各种困难!"

……

陈德宏因援疆劳累,染上了病魔,最终被夺走了生命。然而,他将心中无私的大爱撒向伊犁河谷,传递了祖国和内地人民对边疆各族人民一份深沉的爱!

像陈德宏一样,因为援疆而忘我工作,最终积劳成疾的,还有原求是杂志社《红旗文摘》总编辑、《兵团日报》社副总编辑田百春等数十名援疆干部。

兵团第七师援疆干部蒋东明从小就失去了父母,是姐姐一手将他拉扯大的。他大学毕业后,仍然住在姐姐家,姐姐帮他料理生活,帮他找对象。可是,在他援疆期间,姐姐患病后,他却未能尽责,未能让姐姐得到及时有效治疗,以至于姐姐不到六十岁,就遗憾地离开了人世。更让蒋东明追悔莫及的是,他的独生儿子患上强直性脊柱炎之后,他竟然毫无察觉,错过了最佳治疗期,最终成了不治之症。儿子刚刚读研究生,未来的人生路程就被蒙上了一层难以言状的阴影。

就在本书编审期间,2016年8月18日12点30分许,援疆干部王华赴奎屯开会途中不幸遭遇车祸,年仅四十一岁。

噩耗传出后,立即成为当地网友关注的焦点,许多网友对这起意外感到可惜,一名网友在当地论坛上说:"他还那么年轻,真是太可惜了。"

"选择了援疆,便是选择了维护边疆和谐稳定的神圣职责。我们会把四师当作自己的第二故乡。"这句话,是援疆干部王华接受媒体记者采访时说的。

王华,是江苏句容市副市长、镇江市援疆指挥组副组长、新疆生产建设兵团第四师师长助理。也许他不承想到,他为援疆所做的点点滴滴已经深深烙印在这片土地上。

王华2013年来疆工作,今年是第三年,原本还有一百天,就要结束援疆工作返回镇江,可这次意外让他永远留在了边疆。

平时,王华为人很低调,做事却很认真,口碑非常好。

微博上,伊犁当地网友对王华的去世感到深深的惋惜。"他将宝贵的生命献给了新疆的建设事业,值得人尊重!"一名网友说道。

"倾注了您大量心血的可克达拉市高级中学项目就要竣工了,为什么不再等等?"四师的群众对着王华的遗像一再鞠躬。

8月22日上午,五百多名来自江苏省、新疆维吾尔自治区和新疆生产建设兵团的各族干部群众,自发赶到伊宁市殡仪馆,为王华送上最后一程。

尽管众人一再不舍,8月22日15时,飞机还是载着王华的骨灰向东飞去。

浩气长存,誓言无声众人颂;壮志未酬,山河动容天地哭。

机舱下,伊犁河水在垦区大地上悲鸣呜咽着奔腾,替他守望着援疆三年的点滴心血。

……

"为天地立心,为生民立命,为往圣继绝学,为万世开太平。"

为了这份责任与担当,援疆人有的离开襁褓中的孩子,有的离开新婚燕尔的妻子,有的带着年幼的儿子来援疆,有的克服亲人重病的困难,有的忍受父母离世的痛苦,有的不顾自己身上的伤病,义无反顾地常年奋斗在援疆岗位,谱写出了一曲曲奋发有为的动人乐章。

他们对待新疆各族人民的感情,好似天山上的雪莲一样,纯洁无瑕!

他们的援疆豪情,就像深植于戈壁荒原的红柳,蓬勃向上!

他们对待援疆工作的热情,像沙漠上的胡杨一样,执着坚定!

至于带着爱心向贫困群体伸出援助之手的,更是不知其数。

2011年古尔邦节前一天,在阿克陶实验中学,江西援疆指挥部集中搞了一次帮扶活动,江西援疆干部任春山决定,资助一名高一年级的柯尔克孜族女孩。

这个女孩父亲去世得早,靠哥哥种地生活。

聊了一会之后,任春山问她:"过节家里有肉吃吗?"

女孩无语,顷刻泪如雨下。

任春山又问:"想吃吗?"

她使劲地点了点头。

当时,任春山钱包里仅有三百元钱,他"自私"了一点自己留了一百元,给她二百元,让她下午回家,买几斤肉过年。

女孩哽咽很久,任春山无语。

后来,任春山在微博里对她说:"只要你努力,我就一定帮;你只有努力,我才会帮你。"

这只是众多故事中的一个,但却深深印在任春山的心里。

"奉献一点爱心吧,既然来了,就做一点好事,无关民族团结与否,是内心净化、灵魂升华之举。"正是这样的信念,任春山一直在援疆的路上越走越远。

援疆人对于有利于新疆发展的事,总是不遗余力,马不停蹄。2015年4月的一天晚间,笔者在吐鲁番吃了晚饭,与湖南援疆干部、鄯善县委副书记蒋崇华联系后,本想在次日再去鄯善县采访的。

谁知,当晚湖南来了两位大商人,是来考察项目投资的,且时间紧迫,准备第二天下午就离开吐鲁番。蒋崇华听说后,怎么也舍不得放弃这个机会,硬是要带着商人到负责援疆的鄯善县看一看投资环境。于是,当晚10点半左右,蒋崇华再三给笔者打招呼,让与他一起去鄯善。虽然夜间行车安全系数低,不可预测因素多,但机不可失,援疆人的责任,让笔者理解了蒋崇华的良苦用心。当天接近凌晨了,我们才赶到鄯善县。可第二天一大早,蒋崇华又处理了一大堆事,直到吃中午饭时,才有空与笔者见面。

他对笔者说:"没办法,来援疆就是做好了奉献准备的。"

……

耳眼经处皆风景,援疆深情暖天山。

这些年来,在新疆这片古老的大地上,一幕幕"刑天舞干戚,万马战犹酣"的情景,让人产生一种灵魂的震撼。

办公室内,效率与激情同步;建筑工地,汗水与心血齐飞;农牧民宅舍,党心与民心交融……

诗人艾青说过:"为什么我的眼里常含泪水?因为我对这土地爱得深沉……"

为了新疆百姓能够过上好日子,为了新疆的长治久安,每一轮援疆人总是加班加点,勤奋工作。他们总是怀着一颗赤诚之心,以一腔热血,为新疆的发展与稳定奉献着自己的聪明才智!

他们因此被称为"五加二"(五个工作日加两个休息日)干部、"白加黑"(白天加晚上)干部。

他们的心中有一种激荡的情怀:忘我!

他们的肩上有一份责任:担当!

人物故事之一:像胡杨的汉子

"不是每一朵花都能盛开在雪山之上,雪莲做到了;不是每一棵树都能屹立在戈壁,胡杨做到了;不是每一个人都能来援疆,我们做到了!"

在湖州市援疆指挥部办公室走廊墙上的这句话,时刻拨动着每一位援疆干部的心弦,激励着他们的坚守。

然而,2015年8月11日晚,湖州市对口支援新疆阿克苏地区柯坪县指挥部指挥长、党委书记黄群超,因心脏病突发,倒在了援疆岗位上,他的人生永远定格在了四十七岁的生命年轮上。

黄群超走了。他是带着对柯坪的眷恋,带着对这里少数民族乡亲们的不舍离开的。援疆的七百个日日夜夜,黄群超用责任和大爱谱写了家国情怀的动人壮美乐章。

2013年8月,时任湖州市林业局党委副书记、副局长的黄群超,主动接受党组织挑选,告别了江南水乡的生活,义无反顾地来到了这个仅有五万人口的贫困县。

临行前,黄群超曾无数次设想当地的情况,做好了充足的思想准备,但当他踏上柯坪这片土地时,还是被眼前的荒凉震撼了。

柯坪,位于新疆南部、阿克苏地区最西端的一座小县城,在浙江省对口援疆阿克苏地区八县一市中,是条件最艰苦的。大漠戈壁环绕,常年罕见雨水,沙尘暴肆虐,紫外线强烈异常……

虽在之前浙江几批援疆干部的努力下,柯坪已有了发展,但这里依然没有什么产业基础,资源稀缺,连买菜、取款、汇款都得到一百六十多公里外的阿克苏市。

那一夜,黄群超失眠了。望着窗外静谧的天空,黄群超辗转反侧,彻夜未眠,一个个问题在脑海中闪现,让他感到重任在肩,不容丝毫懈怠。他暗暗下定决心:"我一定要为这里百姓多做些实事。"

从此,每天天一亮,黄群超总是马不停蹄地融入到柯坪的大街小巷、城镇农村。蹚过红沙河,踏进盐碱地……短短一个多月,他的足迹遍布全县所有县级机关部门和乡镇、村庄。

柯坪的自然条件欠佳,究竟什么产业能带动经济发展? 黄群超多次调研,反复思索。

1989年,黄群超从浙江林学院毕业,被分配到德清县林业局当林技员。几十年来,从县林业局林技员到副局长再到乡长、党委书记,从县委组织部副部长到市林业局副局长,无论在哪个岗位上,黄群超认真负责、爱钻研、爱学习的态度从未改变。

"我找到一个能大力推广的项目——养殖湖羊。"那天,黄群超一脸兴奋的表情。他前脚刚进门,就迫不及待地将这个消息告诉援友们。

畜牧业是柯坪的支柱产业,却一直难以壮大。经过反复调研后,黄群超发现这里的农民养羊习惯放养,可人工繁育水平却不高。这不由得让他想起了自己家乡的特产——湖羊。

湖羊,具有多胎多羔的特点,可以两年生三胎,每胎两只羊羔。他想,如果把湖羊引到柯坪养殖,就能为当地农民增产增收。

为了能挑选出优质的湖羊,黄群超先后三次返回湖州,选羊、疫情监测、运输协调……每个环节他都亲力亲为。

2014年,一千六百只精选湖羊从太湖南岸启程,三天四夜,穿越七省来到柯坪,黄群超带着这支大部队辗转万里,保证了湖羊无一死亡。在当地畜牧业专家眼里,这简直就是个奇迹。

在柯坪,百分之九十五以上的老百姓不会讲汉语。援疆干部与他们交流时,都需要翻译帮助。如何才能让当地农户接受湖羊呢?黄群超选择了吐尔热·买买提的养殖合作社。为了让吐尔热养殖好湖羊,黄群超便每周去指导。

"我不会说汉语,有时黄指挥长急了就用手比画。"养殖大户吐尔热·买买提说,黄群超的真诚打动了他。2015年上半年,吐尔热·买买提引进了一百五十只湖羊,养殖的势头越来越好。随后,湖羊的影响不断扩大。

柯坪的湖羊推广项目越来越红火。当地一些农户时常跑到指挥部来要羊。

到2015年9月,黄群超亲手引进的一千六百只湖羊种羊已产出二千三百五十六头小羊羔。新建的湖羊产业化推广中心也交付使用,"企业＋基地＋农户"的湖羊产业化项目,为当地农民开辟了致富的新渠道。

按照黄群超的三年规划图:"如果今后三年能够引进两万只湖羊,到2017年就可能发展到存栏十万只、出栏十万只。"这可以给柯坪的老百姓带来巨大的利益。

"哪怕身体透支,也不让工作欠账。"这是黄群超时常挂在嘴边的一句话。援疆期间,黄群超每天最早到办公室。白天研究方案、走访调研,晚上常常加班到深夜,周末也不休息。多少个夜晚,当大家经过援疆指挥部办公室,总是看到他的房间里亮着灯。

"同事们在指挥长手下工作,都有一种敬畏之情,因为在工作中他要求高、节奏快、加班多。"湖州市援疆指挥部副指挥长金宁深情地说。

黄群超经常下乡走访农户,在调研途中常常错过饭点。于是,他就在路边摊上买个馕,随便对付一下。几个月下来,他竟然轻了十公斤,但换来的是柯坪县情的一线真实材料,用黄群超的话来讲:"这是宝,掉几斤肉很值。"

2014年10月,为了联系对接项目,正在发烧的黄群超,驱车二十多个小时,赶赴一千多公里外的乌鲁木齐。到了住的地方,连饭都顾不上吃,接着开会、商议……

就在黄群超去世前几个小时,许多人都还曾接到过他的电话,内容都是谈工作。

柯坪基础条件差，援疆资金极其宝贵，黄群超力求每个项目小而精，做得有声有色，可圈可点。他的努力得到了有效的回报。他引进的产业援疆项目，先后帮助当地五百八十多人次稳定就业……

在黄群超的眼中，柯坪就是他的第二故乡。他的这份真情，换来的是柯坪县老百姓的无限热爱和怀念。

黄群超去世后第三天，是他遗体火化的日子。天刚亮，湖州市援疆指挥部门口道路两边，便聚集了许多当地百姓，从门口到街口，几百人的队伍排成一排，为他送行。

现场，许多维吾尔族老乡踮起脚、伸着脖子，想再看黄群超最后一眼。可是，此时天人永隔的悲痛，却化成了他们眼中奔涌的泪水。

送行的人群中，有一个瘦小的身影，一直低着头，双手不停扯着自己上衣的下摆，努力克制着不让泪水流下来。在场的不少人都知道，这个孩子就是黄群超的"儿子"。

这个十三岁的维吾尔族男孩名叫安卡尔·艾克巴尔，曾经是个弃儿。

他四岁时母亲去世，七岁时父亲离家而去，留下他和妹妹。没有亲人疼爱的兄妹俩，虽然住进了柯坪县福利院，可每当看到别的孩子都有父母疼爱、亲人陪伴，心里就特别难过。

这一切，在2014年得到了改变。黄群超在走访调研中，了解到安卡尔·艾克巴尔的情况，决定收养、资助他。

"我有爸爸了！"在福利院里，艾克巴尔常常兴奋地跟小伙伴们分享自己的喜悦。

"爸爸很爱我，一有空就来带我出去玩，吃好吃的。"一开口，孩子再也忍不住，泪水夺眶而出。"'六一'儿童节那天，爸爸来看我，给我买了新文具和新衣服，就是这件。"摸着身上这件白T恤，泣不成声的孩子再也说不下去……

黄群超一向是个热心肠。他在湖州市林业局工作时，就一直资助吴兴区埭溪镇的一户困难家庭。

这个贫困户只有爷孙两人。孩子父母早逝，从小就由爷爷汪永祥照顾。汪永祥身体不好，只能在家里干点农活，靠着低保勉强维持生计。黄群超知道后，便提出和爷孙俩结对，还常常带钱和生活必需品去看望他们。在黄群超帮助下，小孙子顺利地读完小学和中学，如今，已经快大学毕业了。

镇农服中心工作人员陈荣水回忆说："黄局很关心爷孙俩的情况，时常打电话来询问。如果自己出差或者太忙了来不了，都会让我代为看望，送点油、米给他们。"

第十章 援疆情深浓于水

这两年,黄群超的足迹遍布柯坪农村的各个角落,在他眼里,这里的少数民族群众,就是他在新疆的家人,有困难就应该帮助。

在送行的队伍中,有一群来自盖孜力镇库木亚村的村民,他们当中,有人站在那里默默地哀悼,有人不停地擦泪水。

"他去世前三天,还为了我大儿子读书的事操心。他叮嘱我们,一定要让娃娃读书,争取念大学,有困难他会帮忙。"有三个孩子的海力力·克热木一家,是黄群超结对帮扶的困难户,他本不打算让十六岁的大儿子继续读书的。

黄群超得知后,几次赶到他家,给他做思想工作,千叮咛万嘱咐,一定要让娃娃上学。说起黄群超,这个一向坚强的新疆维吾尔族汉子数度哽咽:"他是我们的大恩人。他走了,我感觉心里空空的。给娃娃说了黄指挥长的事,都哭了。娃娃说,请黄叔叔放心,他们一定好好念书。"

库木亚村,是黄群超的结对帮扶村。村党支部书记开地尔尼沙·巴哈依丁说,自从黄群超和村里结对后,经常跑去访贫问苦,有时一周要去两三趟。"后来大家熟悉了,像自家人一样。全村九十三户人家,每家他都认识,哪家有啥困难了,都会去找他。现在村里的道路、水渠、房子修好了,我们没来得及报答,恩人就走了。"说到这里,巴哈依丁噙着泪水,转头看向远方。

......

每逢佳节倍思亲,月到中秋分外明。

2015年的中秋节又将来临。这是黄群超援疆后的第三个中秋,可他再也看不到中秋的圆月了。

倚在窗前,黄群超七十一岁的老母亲抬头望着天空。一架飞机从空中飞过,"是群超回来了吧!"老人喃喃自语。

望着婆婆的背影,黄群超的妻子汪素琴忍不住痛苦地掩嘴哭泣起来。

汪素琴和黄群超是大学同学。毕业后,她随黄群超一起到德清工作。两人相识、相恋、结婚,至今近三十年,感情依然如初。

"他去援疆,一开始我是不同意的。之前他在湖州工作,我在德清工作,两人已经常年分居两地,我希望他离我近一点。"汪素琴的话中,透着深深的眷恋,"可是他觉得不能辜负组织信任,想为新疆人民做一点实事,我尊重了他的选择。"

2013年7月,第八批援疆干部选派工作开始,湖州市委组织部就征求黄群超的意见。让市委组织部领导没想到的是,当天下午征求黄群超的意见,他当晚10点多就给领导回电话:同意组织安排,愿意援疆。

而在这之后,黄群超远去援疆,照顾老人和儿子的重担就全部落到汪素琴身上。

"群超跟我说过,觉得对不起儿子,没有很多时间去引导儿子的人生道路。"汪素琴说。

2015年,儿子黄卓尔大学毕业后,在深圳找工作实习。儿子去深圳的前一天晚,黄群超趁着回湖州开会,抽空回了趟家。那晚,一家人其乐融融,有说有笑围在一起吃饭,黄群超还掏出了一个从新疆带回来的圆形平安扣送给儿子。没想到,这顿晚餐,竟成了父子俩最后一次见面,也是一家人最后一次团聚。

丈夫虽然不太爱表达自己的情感,但汪素琴知道,丈夫在新疆,几乎没睡过一个好觉。在爱人汪素琴的记忆中,每次回湖州,谈到工作,他没有任何抱怨,总是很开心,眉飞色舞地给她说建成了哪些项目,帮助了哪些百姓……

遗体火化那天,汪素琴和儿子在湖州市援疆指挥部院子里种下了一棵杏树。

儿子黄卓尔一边培土,一边告慰父亲:"爸爸,这棵树就是你的眼睛,你可以一直守在这里,看着你热爱的柯坪。"

……

黄群超的一半骨灰留在柯坪,撒在了这片他热爱的土地上。

人物故事之二:在边疆书写精彩

春天的3月,地处祖国西北边陲的霍尔果斯,虽未桃花盛开,但远处群山矗立的千面欢呼旗帜,擎起万年圣洁的峰巅,时刻召唤着盎然的春色。

2015年3月中旬的一个下午,艳阳高照,暖风袭人。

当笔者来到霍尔果斯特区(即经济开发区)兵团分区时,举目四望,整个特区四处塔吊林立,机声隆隆,一座座高楼拔地而起,宽阔的道路纵横交错,顿时让笔者感受到阵阵春潮般蓬勃发展的活力。

难怪2014年10月9日,中共中央政治局委员、国务院副总理刘延东来此视察后,赞不绝口。刘延东边走边对丁憬说:"真没想到兵团园区办得这么好。可见,你们援疆干部在这里是大有作为的!"

丁憬是什么角色?他为何受到副总理刘延东的如此称赞?

自然,说起霍尔果斯特区兵团分区,说起援疆干部,局外人不一定知道,但兵团人从上到下,都会对丁憬赞不绝口。

丁憬原是镇江市副市长,来到兵团援疆之后,担任第四师党委常委、副师长、霍尔果斯经济开发区兵团分区管委会主任。而他已是新一轮援疆之后的第二次援疆。

丁憬自己怎么也没想到,他会对兵团有如此难以割舍的情怀。

那是2011年11月8日,在乌鲁木齐下了飞机赶往伊犁时,丁憬一路上激情满怀,沿途湛蓝的天空、灿烂的阳光、浩瀚的大漠、起伏的雪山……每一番景致,都会激起他无限的豪情与遐思。

何谓兵团?何谓屯垦戍边?如何认识兵团?如何读懂兵团?

初来乍到,丁憬不停地向兵团人请教,慢慢感悟兵团精神的内涵。

一位兵团领导这样告诉他:"兵团人永远没有自己的利益,有的只是国家利益。"

一位老军垦凝重地说,我们兵团人一辈子就做了一件事:给共和国西部国土增加了一百多个红点儿。你看地图这些红点儿呈"两个大圈一条长线",环绕塔克拉玛干和古尔班通古特两大沙漠两个大圈,顺着阿尔泰山到西天山漫长的边境一条线。

一个甲子过去了,我们看这些红点儿是一个个红色音符,唱响了古西域鸣奏了两千多年的古韵长歌——屯垦戍边!

这些红点儿,是先辈的血汗,也是后人的路标!

"请示了中央招女兵后跑遍了山东、湖南,奶奶入洞房后才发现爷爷炸瞎了一只眼。"

"我问爷爷兵团是什么?他拄着拐棍说,没爱的地方种出了爱,这就是兵团。"……

每当听到这些朴实无华的话语,每当听到一个个感天动地的真实故事,丁憬总是潸然泪下。

丁憬真切地明白了,一代代支边人付出了太多太多,无私无畏的报国情怀,令人肃然起敬!兵团人才是新中国最早的援疆人!他们"献了青春献终身、献了终身献儿孙",他们为共和国的建设立下了汗马功劳。没有新疆生产建设兵团的巩固,就没有新疆的稳定,就没有国家的稳定,建设好兵团,巩固好兵团,意义非同寻常。

丁憬从内心深处认识了兵团,读懂了兵团,也更觉自己肩上的责任沉甸甸的。心动不如行动。作为一名援疆领头人,从那时起,丁憬率领援疆干部们早出晚归,紧张地投身到大援疆的热潮之中,从一幢幢保障性住房,从一个个产业项目落地,丁憬都亲自参与、扎实推进。

因为丁憬的工作出色,因为兵团建设的需要,2012年初,兵团党委决定,由丁憬兼任国家级霍尔果斯经济开发区兵团分区管委会主任。

对于组织上的信任,丁憬不仅仅是心存感激,更觉责任重大。

丁憬坚信阿基米德的这句话：给我一个支点，我能撬动整个地球。

丁憬援疆的兵团第四师，是一支有着光荣历史的团队。它前身原是中国人民解放军五军十五师，由原二军五师十三团、新疆军区通讯团、六军骑兵团合编组成。

这支部队曾参加过五次反"围剿"、二万五千里长征、南泥湾大生产、中原突围、保卫延安、解放大西北，身经百战，历尽艰辛，为新中国的诞生和新疆的解放建立了不朽功勋。

兵团第四师所在的伊犁河谷，从飞机上俯瞰就像一幅两山夹峙、一河奔流的绿色长卷。六十余年来，四师的团场和连队星罗棋布，昂然屹立于伊犁河谷和边境线上，和伊犁各族人民团结奋斗，将这部长卷写成了英雄史诗。

向西开放是国家战略，是历史性的机遇，作为"桥头堡"的霍尔果斯，潜力非常巨大。可见，建好霍尔果斯经济开发区兵团分区，无疑就是撬动四师未来发展的着力点。

在接下来的援疆岁月，丁憬几乎将自己所有的时间和精力都花在了兵团分区的建设上。

来兵团之前，丁憬长期在县、区工作，在城市和园区建设方面经验丰富。2012年5月10日，霍尔果斯经济开发区兵团分区党工委、管委会挂牌成立。

如何将兵团分区建成兵团产业发展的高地？建设成对外开放的窗口？丁憬陷入了深深的思考。

万事开头难。分区组建初期，园区管委会只有几十人，三百万元启动费，办公室则是临时向六十二团借用的。

走进园区，映入丁憬眼帘的是一片农田、荒地和连队，整个园区只有一条刚刚建成的横二路，还有两个尚未建成的小企业。

面对如此场景，丁憬没有气馁，有的是他想为振兴兵团事业的雄心与豪情。他在心里给自己定下了任期的四大目标：制定一个高品位的规划；拉开基础设施整体框架；引入一批高品质的项目；带出一支精干高效团队。

市场经济不让人，不争不抢是庸人。争分夺秒，这是丁憬干事的一贯风格。

没有办公室场地，就先租一栋商业楼，仅用一个半月就装修一新。这样，园区的干部职工有了归属感，干事业的热情顿时高涨。

缺少人员，就多措施并举，灵活用人。先从师机关和团场抽调十八名工作人员，向社会公开招聘五名本科大学生，争取七名专业性援疆干部。这样，基本保证了园区的工作正常开展。

缺少资金，就双管齐下。除了积极争取兵团、师两级的支持外，丁憬还

第十章 援疆情深浓于水

多渠道争取镇江企事业单位的援助。一年之中,园区就接受社会援赠资金三百六十八万元、公务用车六辆。

在进行硬件建设的同时,丁憬还建立了一系列的园区内部运行措施。

丁憬明白,外援,是园区快速发展的助推器。他主动向国家商务部申请支持,在与连云港经济技术开发区共建的基础上,新增镇江经济技术开发区为共建单位,并与它们开展多方位的合作交流。果然,成效很快就得到显现。

然而,规划是园区发展的前提,不论多么好的基础,不论多么好的区位优势,不论多么优惠的政策,做不出科学的总体规划,拿不出科学的产业规划,订不出严谨的控制性详规,想要发展好,一切都是空谈。

那么,如何才能规划好兵团分区?

丁憬自然想到了他的"老搭档",那就是全国规划及建筑设计大师、苏州市新加坡工业园区总规划师——时匡教授。

他在江苏丹徒工作时,为规划镇江市丹徒高新技术产业园,就曾邀请时匡教授策划过,效果非常好。如果邀请时匡教授加盟,在将十点八平方公里兵团分区规划的同时,再将园区东部的十七点九平方公里兵团口岸工业园区整体设计规划,岂不是两全其美?如果那样,那么全区的发展就有了方向。

时匡教授禁不住丁憬的再三盛情邀请,不久,他就来到了霍尔果斯。经过多轮沟通和反复修改,时匡教授终于制定出了令人满意的超前规划。

该园区规划,把兵团分区放到国家"东联西出"整体战略中去谋划,提升了功能定位。在目标定位上,遵循"国际化、现代化、特色化",实行"集中、集聚、集约"的开发原则,以规划的高起点,抢占发展的制高点,赢得竞争的主动权,最终把园区打造成"两区一中心",即:中哈边境新型产业发展示范区,欧亚大陆物流贸易加工集聚区,霍尔果斯新城南部片区中心。

在布局规划上,充分融入国内外先进园区的开发经验,综合考虑产业园、总部经济园等现代化园区功能的配套,立足有限的空间,追求无限的发展;在产业规划上,积极策应国家最新援疆产业政策,初步确定新能源、新材料、高端装备制造、农产品深加工等为主攻产业,全面彰显兵团分区的个性特征和区位优势。……这样,就将具有高附加值的"心脏"业态和"脑袋"功能放在核心区,将普通产业放在拓展区,立足有限空间,追求无限发展。

时匡教授这样的规划,既考虑与地方开发区的错位竞争,又考虑与六十二团的抱团发展,找准兵团分区与六十二团发展的战略"结合点",形成新型工业化与城镇化相互支撑、相得益彰的格局。

如今,在全新的规划指导下,兵团分区的现代功能的产业分布区已全面形成规模。

2012年3月初,意大利作家马达卢来到霍尔果斯经济开发区兵团分区,在了解到园区规划后,称赞道:"兵团正在创造新的'深圳速度'。"

美好蓝图要成为现实美景,需要扎实的行动。

丁憬率领园区员工一边紧锣密鼓地做方案,一边马不停蹄地抓招商。仅过去三个月,到园区考察的客商就达到三十八批次、一百四十二人次;在建亿元以上项目五个,总投资接近二十亿元;签约落户重大新兴产业项目两个,总投资达到十五亿元;保利光伏、新日活性炭等一批体量大、质量高的优质项目纷纷落户,整个园区呈现出良好的发展态势。

每一轮援疆干部的任期是三年。而按照规划,园区的基础设施建设,需五年时间才能完成。怎么办?

为了能给接任者打下良好基础,丁憬大胆提出:园区基础设施"五年任务、两年完成"。

他把园区道路绿化作为基础先行的第一步,对道路两边三十米范围实施整体绿化,高标准建成了"梧桐路",为园区今后绿化树立了标杆。

随后,投资四亿元,开工建设"四横五纵"九条干道及管网工程,拉开园区总体框架,为实现产业项目落地打下坚实基础。

在基础设施建设加速推进的同时,他把主要精力放在抓招商上,按照"招大、引强、选优"的原则,灵活运用以商招商、产业招商、网络招商等方式,以高端装备制造、新材料、新能源、商贸物流等现代产业为主攻方向。

一面积极"走出去",先后赴西安、香港、上海、广州等地开展招商活动,并积极参加中国—亚欧博览会、西洽会、兵团赴粤港招商推介活动;一面热情接待每一位客商,让他们感受兵团园区的魅力,吸引他们前来考察投资。

良禽择木而栖。这些企业来兵团分区投资,看重的不仅是霍尔果斯的独特区位,看重国家向西开放的美好前景,还看重兵团分区的独特"软环境"。

一时间,兵团分区到处热火朝天:一栋栋拔地而起的标准化厂房,一条条绿树成荫、花团锦簇的柏油路,一台台不停运转的自动化机器……

在金色的秋季里,收获着一个又一个丰硕之果。兵团人看到,在丁憬等援疆人一个个先进理念的引领下,兵团分区在较短时间内,就实现了从无到有,闯出了一条边筹建边实施、积极作为、滚动发展的创业之路。展望未来,霍尔果斯经济开发区兵团分区的前景无限光明。

不过转眼间,丁憬三年的援疆时间到了,他完成的使命可谓相当出色。

第十章 援疆情深浓于水 367

此时,丁憬已经深深爱上了兵团,但他的援疆任务结束了,就该回到江苏镇江了。然而,有首小诗却再次拨动了兵团人的心弦,也再次拨动了丁憬的心弦。

> 你的容貌告诉我,
> 你是江南人;
> 你的口音告诉我,
> 你是江南人。
> 走在新疆的风中,
> 奔波在新疆的雨中,
> 融在新疆的风俗里……
> 你说新疆改变了你,
> 我说是你改变了新疆。

在霍尔果斯经济开发区兵团分区,在兵团四师上下,在兵团司令部领导的心中,只要一有人吟诵这首浓情厚意的小诗,总有浓浓暖意在人们心头荡漾,总是会想起"镇江",想起丁憬。

霍尔果斯经济开发区兵团分区需要丁憬,兵团建设需要丁憬这样的具有开拓性思维的领导……就这样,从2013年底,丁憬又成江苏第八批援疆干部,第二次援疆,留在了兵团第四师,继续着他在霍尔果斯经济开发区兵团分区的创业传奇。

一份耕耘,一份收获。兵团分区经过三年的艰苦创业,基础框架已经拉开,"九通一平"全部到位,基本实现基础设施"五年任务、两年完成"的预期目标;三十三个优质项目相继落户,总投资一百六十七点五亿元。一批具有实力的企业纷纷前来落户。其中:享有"中国醋王"之称的恒顺醋业来落户了,填补国内外新能源领域空白的中烨氢能源来落户了,总投资十五亿元的天盛国际商业中心项目来落户了,总投资十五亿元的镇江精工汽车整车及零部件生产项目来落户了,总投资十二点六亿元的中节能光伏项目来落户了……

这些项目不但体量大、进度快,而且层次高、效益好,具有广阔的市场前景,为园区今后的跨越式发展积蓄了动能。

难怪人们对丁憬刮目相看。面对领导的充分肯定和赞誉,丁憬并未自满。他说:"是兵团的精神感动了我,我只是想为兵团做点事。"他的话朴实无华,却另有内涵。

我们有理由相信,凭着他对援疆事业的执着,凭着他对兵团人的那份真挚感情,他也一定会在边疆书写出精彩的人生!

● 一人援疆全家"随"

援疆是首诗。

万里赴戎机,关山度若飞。今天的援疆,虽没有古人征战时的那么豪迈与悲壮,但从内地到边陲毕竟有千万里之遥。

每一位援疆人的身后,都有一个大家庭:爱人、父母、岳父母、兄弟姐妹、孩子……家人牵挂和担心是很正常的。这也意味着,一人进疆,全家援疆。

有的人因为自己报名援疆,影响带动了自己的家人,结果爱人乃至全家都进疆了。

正值塞北飘雪、天寒地冻的季节,深圳的韩世国、张铭夫妇带着四岁幼女来到喀什,开始了一段不同寻常的援疆旅程。

2011年末,深圳市教育局正式批准了韩世国和张铭夫妇的援疆申请。

此时,他夫妻俩却犯难了:孩子才四岁多,怎么办?

与深圳援疆前方指挥部、市教育局等部门沟通后,他们做出选择:带着娃娃一起前往喀什。

一个南方的小娃娃,乍到祖国西北边陲,气候、水土、饮食都需要慢慢适应。每天,小孩早早就被送进了幼儿园;有时他俩下班晚了,只好委托其他队员帮忙接孩子。

尽管这样,他们从来没有因孩子影响过工作。一年的援疆结束,他们返回深圳,仍牵挂着教过的孩子,惦记着喀什第十八小学。

2013年1月,夫妇俩再次申请援疆,得到了深圳市委组织部、市教育局的大力支持。2月27日,他们带着孩子再次来到喀什十八小,开始了又一轮的援疆支教。

韩世国、张铭夫妇支教的喀什十八小,是一所民语系学校。韩世国和妻子张铭承担了研修团队的指导工作,针对民语系学校"双语"课堂教学中存在的问题,开展校本研修,定期分享交流。

灵活多样的"小团队"研修方式,得到民语系老师们的高度认可。在他们策划下,高效而又生动的课堂,让听课者耳目一新。同行们称赞:"这是具有深圳元素的课堂教学!"

韩世国、张铭夫妇还深入帕米尔高原的城乡,到寄宿制小学听课、评课,给老师们做讲座。他们大胆探索民汉合校的尝试,在喀什取得积极效果。

第十章 援疆情深浓于水

2014年9月21日清晨。帕米尔高原。

天气开始变冷，阿图什市区被灰蒙蒙的浮尘所笼罩。这样的天气，克州当地人称之为"下土"。看了一眼窗外，江西援疆教师陈新娅的丈夫周春穿上外套，拎着妻子早就准备好的面包，走出宿舍。

周春是阿图什公交公司的驾驶员。每天上班，不论刮风下雨，他都要提前半个小时赶到车队，细心地检查车辆，认真做好出车前的各项例行保养，一丝不苟。

周春原本不是援疆人，只是因为妻子来援疆，他也成了援疆人。

谈起丈夫及援疆经历，陈新娅很是自豪："报名前，我和他商量此事，他立即就同意了，还辞了工作随我一块来。"

果然，有了丈夫的支持，陈新娅申请的信心指数迅速攀升。原本不打算选派女同志援疆的单位，竟然同意了她的申请。

丈夫周春的到来，为夫妻共同参与援疆创造了机会。周春以前是开货车的，故在驾驶证A照司机匮乏的克州，他很快就找到了工作。

来到新疆，陈新娅被分配到克州二中。因为丈夫随同她一起来援疆，陈新娅少了一份家庭的牵挂，全心投入到支教生涯。她所教的高中历史，成为孩子们最喜爱的一门课。

一次，高一学生沙木都·阿拉木请了假，原本可以不来上课。可是，他竟然又专门赶回学校上历史课。他说："陈老师讲课很幽默，又会引发我们思考，大家都爱听。"

任教之余，对学前教育感兴趣的陈新娅，还搞起了教学研究。她感到，自己能为少数民族地区发展做点贡献，非常充实。

公交司机的生涯，让周春与克州人结下了深厚的情谊。一个叫艾克拜尔的维吾尔族小伙，每天上下班必搭周春的车，义务做翻译，教他讲维语，交流新疆与内地的风土人情。而这一切，周春每天都开心地在微博、微信上分享着。

援疆后，他们两口子都体会到了什么是责任和奉献。

周春得意地说："个人的小爱与援疆的大爱融合在一起，我感到与妻子一起来援疆很幸福。"

同是一对江西夫妻，同是援疆人。在江西省第八批援疆干部人才中，李志辉和郑静华是唯一夫妻同时投身援疆事业的干部。丈夫李志辉是一名政法干警，郑静华则是从事城市规划和旅游开发工作的干部。

夫妻一起援疆，才两岁的宝贝女儿李一翀怎么办？那就请小一翀在南昌的外公外婆照看吧。没想到，有一天，外公摔伤了腿，夫妻俩只好把孩子接了过来。

离开父母一段时间，小一翀长大了不少。来到克州，耳濡目染，她对父母从事的工作似乎有所明白，常常念叨："爸爸妈妈在援疆。"在幼儿园，不到三岁的小一翀被破格插入中班，与小朋友玩耍时，她会对新疆的孩子念起江西的童谣。

在江西援疆前方指挥部，懂事的小一翀是大家的孩子，像一枚开心果舒缓着援疆干部的乡愁，被誉为"年纪最小的援疆人"。

女儿的到来，让夫妻俩更加心安。在维稳一线，李志辉干劲十足。他说："三年援疆，希望能用自己的一点力量为克州的长治久安做出贡献。"

而对于郑静华来说，她早就与新疆克州结下了深深的情缘。2004年，她曾随队来到克州，参与阿图什市城市总体规划；2012年，她参与自治区申请天山为世界非物质文化遗产的工作；2014年，克州申报慕士塔格峰和奥依塔克冰川公园为自治区级风景区，已进入关键阶段。郑静华自豪地说："相信不久后，克州将拥有首个自治区风景区和南疆第一个国家级风景区。"

2014年9月的一天上午，克州军区幼儿园门口，两岁八个月的李一翀懂事地向爸爸妈妈挥挥手，独自迈进了大门。而送完女儿之后，李志辉和郑静华开始了各自的忙碌：安保维稳和州庆筹备安排。

李志辉和郑静华夫妇对这样的援疆生活，很是满足，很是自豪。

新时代的援疆人，远离家乡到新疆工作，带走的是一份思念，留给亲人的是一份牵挂，他们和亲人之间的问候、祝福，莫过于"平安健康"四个字的分量。

也许援疆任务繁重，也许至亲之间无须客套，很多援疆人没能将沉积心底的祝福，送达亲人。

2014年10月28日，家住河北省唐山市路北区的韩淑媛，收到了以丈夫金吉明名义寄来的苹果。苹果包装盒里，没有丈夫亲手写的信，但她觉得，苹果里饱含着丈夫太多的关心和问候，这是他不在身边时，对她寄托的一种情感弥补。她没有舍得吃掉这两个苹果，而是等北京的女儿回家后一起分享。

韩淑媛收到的苹果，来自新疆一个叫阿克苏的地方。

2014年，在"新疆网络文化节·阿克苏的苹果红了"活动中，主办方首先想到了援疆干部和他们的亲人，整个活动线下赠送的五千份苹果，有三千五百份是以援疆干部的名义，赠送给他们背后默默奉献的亲人。

又大又红的阿克苏苹果，承载着新疆各族人民的"感恩、欢迎、祝福"之情，也承载着援疆人请亲人放心、祝亲人平安的心语寄托。

金吉明，五十二岁，是且末县人民医院急诊科主任。援疆前，他在唐山市人民医院急诊科工作。在急诊岗位上呆久了，他在任何重大任务面前都是"急先锋"。

2014年3月，一到且末县，金吉明就全身心地投入到工作。6月的一天晚上，金吉明给妻子韩淑媛打电话，听到妻子说话有气无力。经过再三询问后，他才得知：原来妻子患了肺癌。

"当时，我有点蒙，等忙完工作赶回去的时候，医院已经安排好为她动手术。"金吉明说。

6月18日，韩淑媛接受了右上肺叶切除手术。术后，金吉明日夜守在她身边，细心照顾。看着躺在病床上的妻子，他回忆着和妻子的过往。他想起当年她怀孕时，想吃苹果，可苹果还没有下来，他嫌反季节水果贵，就没有满足她。他心里顿时涌起一股内疚感，赶紧跑到果品批发市场，搬回了一箱苹果。

亲人的一声平安，是多么珍贵啊！金吉明心里在无数次默念，希望一路携手二十五年的妻子早日康复。

三个月后，韩淑媛准备出院，而金吉明的腰椎疾病发作了。医生建议金吉明住院治疗，妻子也期待他多陪她一段时间，可金吉明摆了摆手："且末那边的医院，有一堆事等着我处理。既然做出援疆承诺，就要尽心尽力把工作完成好。"就这样，金吉明在腰部打了针，贴着药膏，上了飞往新疆的飞机。

那段时间，天气渐冷，金吉明和韩淑媛免不了相互牵挂起来，每天少不了互相问候，互道珍重。

金吉明趁周末病人少时，去做一会儿康复按摩，但走路还是一瘸一拐的。可是，他在电话中却安慰妻子："我好着呢，你不要劳累，安心养好身体。"已经能从事轻微体力劳动的韩淑媛，每次打电话总是叮嘱丈夫，家里一切平安，唯望万里之外的丈夫健康平安。

援疆的日子，总是少不了家人的牵挂，亲情的沟通与呵护。

2011年5月，当哈尔滨市红十字中心医院通知于洵去援疆时，他的人生被翻开了崭新的一页。

五十四岁的于洵，是一个脚踏实地的人，没有过多的浪漫梦想。最初，于洵对援疆还存在着认识上的误区，家里也有太多具体的困难没法解决。于洵与妻子离异后，一直和母亲一起生活。如今母亲八十五岁了，身体不好。还有，女儿大学毕业，还没有找到工作。他想，此时让自己去援疆，怎么能行呢？说什么，他也放心不下呀！

一个星期后，于洵把要援疆的消息告诉了母亲常玉景。母亲也是医务工作者,在哈尔滨市红十字中心医院从医一辈子了,救死扶伤是母亲一生的追求。当听出儿子对于援疆的迟疑,她就说:"医院培养了我们这么多年,医生就要像战士那样,该冲锋陷阵的时候,就不能退缩。援疆任务是光荣的任务,必须服从。"

望着深明大义的老母亲,于洵忍不住落泪了。有母亲在支持,岂有后退的道理。于洵开始援疆前的一切准备,包括体检、体能锻炼。

说来奇怪,自从有了母亲的支持后,他对援疆工作开始抱着很多期待,甚至对自己的体重都感到不满意了,他想有一个良好的状态,无论心理还是身体。因为,他自己有高血压,还有糖尿病,他竟然有些埋怨起自己来。

母亲对儿子的变化感到欣慰,同是医务工作者,她非常了解儿子,走出家门进校门,出了校门进医院门,生活就像一条线,没有变化和曲折,她希望自己儿子的生活有新的内容和色彩。

2011年10月27日,于洵到了新疆青河县,作为第二批医疗队的梯队进入青河县人民医院。之前,有两位医生在青河工作期间出现了身体异常,第一任医疗队队长在脑部查出异常阴影,回哈尔滨接受化疗,他是在这个关键时候来的。当时,医疗队工作成员人心惶惶,尤其当医疗队长,更是担子重大。

让于洵没想到的是,到了青河,他出现了严重的身体不适应,第二天就病了:肠胃不适应、头昏、流鼻血,脑CT显示脑压升高,他只好打点滴做治疗。可是,躺在病床上的于洵有些不安,本来是来援疆的,谁知却给当地人民带来麻烦。躺了一天,他就要求起来工作,并坚持道:"我是援疆医生,我的岗位是在医院、在手术台,为病人解除病痛,而不是躺在床上休养。"他忍着头疼坚持起来,与援疆医疗队的成员们站在一起。

在于洵的努力下,青河县妇产科手术技术得到大幅度提升。以前,孕产妇手术都是采用纵切口剖腹产,这样不利于伤口的愈合,更影响美观。在于洵的指导下,采取横切法,开口小,损伤小,缝线后愈合快,术后不用拆线,很受欢迎。

没来援疆前,于洵是一个不愿意参与社会管理工作的人。而在青河援疆,他深深地感到了责任,并迅速得到进步,他的组织能力让人刮目相看了。

他说:"援疆不仅让我感受到了奉献的快乐,也改变了我的人生和世界观。"

在青河的援疆楼里,每天早晨都会响起于洵吹起的口哨,这是提示大家起床、集合、上班,他努力让每一名援疆医生都能保持昂扬的状态去上班。每周他还要亲自下厨,给医疗队的援友们做一顿家乡饭,慰藉大家的思乡之情。于洵成了青河医疗队的主心骨,大家有事都要找他商量。

2012年7月,他光荣地加入了中国共产党,这让他对自己有了新的认识,有了对社会责任和人生价值更多的思考。

在万里之外的家乡,八十多岁的母亲常玉景听到儿子的变化,由衷地感到高兴,母子俩约定每天通一次电话,保持沟通。

从和儿子的交流中,老母亲感到儿子可喜的变化,为了不给儿子添麻烦,她从来都是报喜不报忧,老人膝盖摔伤了,躺在床上还乐呵呵地通过电话给儿子报平安。儿子能安心援疆是母亲的最大愿望,当于洵从两个哥哥那里得知母亲躺在病床上养伤,心疼和愧疚的泪水夺眶而出。

2013年4月末,于洵结束了援疆之旅,恋恋不舍地离开了青河县。

时至今日,于洵还时常关心着青河医院的情况,惦记着青河患者。

最让于洵欣慰的是,他带出的青河妇产科医生,已能独当一面用新技术手术了。

她们是母亲、妻子、女儿、儿媳。

她们有自己的工作:老师、律师、医生、普通干部⋯⋯

但自从2010年全国新一轮援疆以后,她们同时多了一个共同的名字、共同的身份:援疆家属。

这新的称谓,让她们骄傲、自豪,也意味着辛劳与付出、责任与担当。日复一日,她们似一盏盏明灯、一块块燃烧的木炭,散发出的光和热,照亮、温暖着行进在征程中的战士,也让人们在火光中窥见她们可敬可亲的身影。

当日益深入的援疆已显示出巨大的成效时,这些妻子、母亲、女儿们,以她们的坚韧、隐忍、大爱、无私的奉献,为这项国家战略工程添上了她们自己的一笔浓彩。

湖南援疆干部、郴州市委副秘书长黄四清,刚在资兴市当副市长不到两年,组织上又决定他来援疆,担任托克逊县委副书记、郴州援疆指挥部总指挥。

对于黄四清工作离家越来越远,妻子和女儿感到很无奈。老实说,黄四清在长沙工作时,女儿才几个月大,他就从省国土资源厅来到郴州挂职锻炼,与家人一直聚少离多。

黄四清的女儿七岁,刚上小学二年级,很需要父爱。对黄四清不顾家,女儿一直有意见,但她又深爱自己的父亲。黄四清每次回长沙家,女儿总是依依不舍,不愿让他走,他每次离家,女儿总会抱着他的腿,热泪盈眶,为此黄四清每次与女儿分别,也是泪水长流。

而妻子的付出就更多了。妻子是陕西富平人,在长沙没有一个亲人,什么事都得亲自操劳。2013年,他又决定到新疆,妻子哭笑不得。其实,妻子在长沙市公路局已是十五年的科级干部了,可是为了他去援疆,为了这个家,她不得不放弃晋升的机会。

说到这里,坐在笔者对面的黄四清有些哽咽了……

每个援疆队员都是家庭的靠山,他们走后,妻子则成了家庭的顶梁柱。

河南援疆医生陈洪军去伊吾县人民医院后,不懂医的妻子付红斌,为了给婆婆注射胰岛素学会了打针。

付红斌的家庭条件不好,为了挣钱养家,下岗多年的她,先后在多家私企打工。

2011年6月的一天,付红斌的婆婆高烧不退,被紧急送往医院。此时,女儿正赶上考试,付红斌跑前跑后地忙碌,半个月下来,瘦了一圈。

2013年春节后,付红斌的母亲又犯病了。

得知消息后,河南新乡市援疆指挥部领导关照陈洪军,让他晚去新疆几天,给老人看病,多陪陪老人。然而,付红斌坚决不同意丈夫留下:"家中有我,不能耽误援疆工作,你走吧。"最后,在妻子的催促下,陈洪军按时返回了工作岗位。

2010年12月底,佟振刚接到援疆任务,到阿勒泰地区福海市初级中学任副校长,妻子袁丽波一人承担起了全部家务事。

援疆前,佟振刚是黑龙江省大庆市第六十九中学副校长,妻子则在大庆市萨尔图区老干部局工作。

佟振刚援疆后,婆婆被诊断为直肠癌,继而又出现脑梗症状。他们都是从农村上大学后留城市工作的。老人住在阿城县乡下,离大庆三百多公里。袁丽波不仅要常把婆婆接到大庆治疗、住院,还要利用周末去阿城照顾老人,女儿则请朋友照看。

不仅如此,袁丽波还担心远在新疆的丈夫工作和生活,而一向细心周到的丈夫则担心父母和妻女。从丈夫佟振刚援疆后,他们夫妻俩每天晚上必通电话,当知道彼此平安后,才敢安心休息。

2012年春节后,佟振刚探亲结束准备前往新疆时,母亲的癌细胞已扩散了。可老人拉着儿子佟振刚的手说:"放心去吧,妈妈没事。"

此时,在一旁的袁丽波清楚,其实婆婆对佟振刚有一种特别的不舍与依恋,更何况佟振刚是家中的老大,也是家中唯一的儿子。

面对此情此景,丈夫佟振刚叹息道:"以前体会不到'自古忠孝两难全'的说法,现在忽然明白了。"那一刻,袁丽波潸然泪下。

从此,袁丽波对婆婆的照顾更加精心了。而对远方的丈夫,她从来就是报喜不报忧。袁丽波说:"替他尽孝,这是必须的。"

2011年11月的一天,袁丽波因忙于工作,不慎在路途中摔倒崴了脚。当时,疼痛难耐的袁丽波,想给丈夫打电话。然而,她又担心丈夫会因此影响工作。最后,袁丽波只好给朋友打了电话,将她送到医院。医生让她住院,她却坚决不住院。她说:"我如果住院,怕他打电话家里没人,他会担心的。"

也就从那天起,十五岁的女儿突然就长大了。以前,都是袁丽波做好早饭,女儿再起床。就从那天起,女儿一听到她的动静,就赶紧起床,然后去买早点。过去从不做家务的女儿,现在却开始买菜、做家务,而袁丽波每天就靠着墙角拄着拐棍做饭。

那段日子,每天晚上,女儿总会打来热水,帮着她洗脸、洗脚,常常是女儿一转身,她就流泪。而女儿脸上未能抹尽的泪痕,更让她心疼不已。

女儿问她:"今天给爸爸发短信了吗,跟往常一样吗?"以前,都是佟振刚照顾她们母女,现在袁丽波自然不能让丈夫知道她受伤了。她和女儿达成了默契,不能将受伤的事告诉他。

佟振刚走后,女儿在电话中跟爸爸说得最多的就是:"爸爸放心吧,我会照顾妈妈的,也会好好学习。"

2012年,女儿中考考入大庆最好的中学——试验中学,还进了"英才班"。佟振刚为此感到很欣慰。

后方总是"喜事连连",佟振刚就能全力以赴安心工作了。2011年度,他被评为大庆市优秀教育工作者。

浙江省援疆干部潘建勇的妻子袁渊说:"送他去机场,我坐在车里,眼泪忍不住往下掉。他从不对我说甜言蜜语,这次也是,还说我:'哭什么,马上就回来的。'他走后,我一个人开车回家,眼泪就更止不住了。三年,怎么会'马上就回来的'呢?"

最让潘建勇牵挂的是,自己的父亲刚逝世,岳母又在动手术,他为此很记挂家里。可妻子袁渊最怕他分心影响工作,所以尽量不和他说家里的困难,好让他放心。

浙江援疆医生吴懿的妻子方萍说:"出发那天,我大着肚子去机场送他。家人都叫我不要去,但是我想要这么久看不到他,能多看一眼就多看一眼。我知道孕妇不能哭,但是看着他远去的背影,我怎么都忍不住,眼泪直往下掉。"

方萍说:"他去新疆当医生,就要给病人开刀。我也是护士,我最担心的就是医疗安全,希望他的援疆工作能顺利。"

……

"十五的月亮,照在家乡照在边关……"当听到这首饱含深情的歌曲时,也许会自然想起援疆的"功勋章"中,有援疆人的一半,也有他们家人的一半。

● 深情送别见民心

历史上,唐代诗人王之涣曾发出这样的感叹:"羌笛何须怨杨柳,春风不度玉门关。"而今天,援疆人儿满天山,引得春风度玉关。

新时代的援疆人,是一粒种子。他们的到来,使新疆的建设迎来了蓬勃发展的春天,使边疆各族人民的热情空前高涨;他们的奉献,在这片土地上生根发芽,给古老而广袤的西域带来一抹新绿。

他们是内地支援边疆的连心桥、同心结。情满高于山,血浓厚于水。

对援疆的经历,他们有说不完的情、叙不尽的事,每个人都在边疆发挥过能量。同样,他们也在吮吸着西部人生命韧劲的精魂,融为一种向上的精神。

年年花相似,岁岁人不同。在援疆的征程上,迎来送往的援疆人虽有所不同,但不断延续的援疆情串起的音符,却年年奏响,令人动容。

天理昭昭真情在:你对边疆人民付出了,边疆人就会感谢你!

"疏勒人民感谢你们!"

"向援疆干部致敬!"

"欢迎常回第二故乡看看!"

……

2008年7月6日清晨,南疆疏勒县千余名各族干部群众打着标语和横幅,站在县行政服务中心大楼前的路两边,自发为山东第五批十名援疆干部送别。

维吾尔族农民依明·肉孜,家在离县城四十多公里的库木西力克乡,得知援疆干部们要走,他早上8点就骑着摩托车来到县城,在援疆干部要经过的路上一直等着,他动情地说:"我就想过来送送他们,以前我们的杏子只能卖三毛到五毛,是他们过来援疆帮我们建起工业园,杏子卖到工业园区的企业,每斤至少一点五元,我们增收了应该感谢他们啊!"

2005年7月,疏勒县,被中组部确定为援疆干部担任县委书记的试点县,以郭建民为班长的十名山东省东营市援疆干部来到疏勒援疆。

三年间,在援疆试点工作的带动下,疏勒县经济社会取得了超常规、跨越式发展,全县GDP、财政收入等主要经济指标,均提前一年实现了在2005

年基础上翻番的目标,农民人均纯收入达到三千零六十九元,全面完成了援疆之初提出的奋斗目标。

送别时刻,当郭建民等援疆干部与疏勒各族干部群众一一握手告别时,送行的人们纷纷鼓掌,有的与援疆干部们紧紧拥抱,有的握着他们的手说着祝福的话,还有些老干部拿着红枣、甜瓜、干果往援疆干部们手上塞,有的泪流满面,倾诉绵绵深情。

一公里的路,援疆干部们竟然走了近一个小时。

……

2008年8月5日。早晨。乌鲁木齐地窝堡机场。

特别的中亚骄阳,炙烤似火,热浪滚滚,灿烂炫目的阳光仿佛要拥抱整个世界。

上午9时,兵团领导以及来自兵团机关、兵团各师的干部代表来到机场,为对口支援兵团的第一批七十余名北京援疆干部送行。

机场候机大厅里,笼罩着依依惜别的气氛。

"三年援疆路,一生兵团情!"

"热烈欢送北京援疆干部!"

在登机通道口,人们看到,来自兵团机关的干部们高高举起两条红色的标语。这是兵团干部员工的共同心声。

在过去共同工作生活的三年里,北京援疆干部与兵团各族职工群众结下了深厚的情谊。带着对兵团的眷恋,即将踏上归途的援疆干部们,脸上绽开了灿烂的笑容。这笑容传递着友谊,这笑容传递着希望。

援疆干部们走了,兵团的干部职工不会忘记你们,兵团的历史会永久铭记你们。

9时30分,援疆干部们走向登机通道,在场的兵团领导和干部群众恋恋不舍,与他们一一握手道别。彼此间手拉着手,同样是有说不完的祝福语,诉不尽的思念情。

此时此刻,人们都默默地许下了一个心愿:愿兵团的明天更美好,愿祖国西部边疆更繁荣。

……

伊犁河谷的7月,天空辽阔湛蓝,风景多彩迷人,瓜果香飘四溢。

在边陲霍城,看到这些年援疆给全县带来的变化,霍城各族人民的心里有说不出的感激。可是,这一轮援疆干部们又要离开了,作为霍城人该如何表达对这些"亲人们"的感激和敬意?

2008年7月25日,一个阳光灿烂的日子。

下午。在县政府的礼堂里,霍城县委、县政府举行欢送援疆干部座谈会。座谈会上,气氛热烈,发言踊跃。参加会议的维吾尔族女干部们,都特意穿起了漂亮的民族服装。在她们心里,这是一生中非同寻常的日子。

而许多霍城干部则神色凝重,难舍离别之情,溢于言表;说到动情处,他们甚至潸然泪下。有的拿出自己精心准备的小花帽,有的则捧出早已准备的维吾尔民族服装……礼物虽各不相同,却情意如一,就是要感谢张士怀他们这些援疆人。

维吾尔族女干部、霍城县人大副主任古丽加汗说:"张书记在霍城三年,特别关心爱护我们少数民族,处处为我们着想。为了表达心意,九个月前,我们的维吾尔族妇女就开始用民族传统的十字绣为张书记等九位援疆干部每人绣了一幅毛毯。这是一种精致的传统工艺,完全手工操作,几个月来,她们手下的一针一线,都倾诉着维吾尔族群众对张书记他们的敬爱啊!"

一位维吾尔族老人说:"张书记为霍城干了这么多好事,这样的人实在少见!"……他们一遍又一遍地重复着自己的嘱咐:"你们要常回家看看,霍城就是你们永远的家!"

人难留,情难舍。

7月25日晚上,霍城人民大会堂内,座无虚席,一场欢送援疆干部的文艺晚会正在隆重上演,近千名各族干部群众饱含深情,以载歌载舞的民族形式,挥泪欢送即将离别的援疆干部。

舞台两侧的屏幕上,不时滚动出现一行行深情的表白:

"张士怀、封晓春、张听宝、许锋、童建伟、刘汉秋、李立初、陈海峰、叶再喜……我们永远爱你们!"

"常回家看看,霍城是你们永远的家!"

"天山太湖山水相依,霍城无锡心心相印!"

"霍城各族人民永远感谢你们!"

……

当晚会响起《送战友》的歌声时,热情的边疆人民穿着鲜艳的民族服装,不停地向援疆干部们敬献奶茶、美酒、鲜花、水果。一时,台上台下汇成了依依惜别的深情海洋。人们纷纷上前,与援疆干部紧紧拥抱,久久不忍松开……

惜别的泪水一串串,激动的诗句一行行,滚落在脸颊上,抒写在这片深情的土地上。此时此刻,张士怀感慨良多:"这是我一生中最难忘的时刻,一生中最感动的时刻。我会永远记住在霍城的一千多个日日夜夜,我会永远记住你们如天山般巍峨,如伊犁河水般深长的情意。心中千言万语,无法表

第十章 援疆情深浓于水

达,我只能再说一遍:谢谢,谢谢,再谢谢!"

只见他泪流满面,双手抱拳,恭敬地低下了头……刹那,台下响起了潮水般的经久不息的掌声。张士怀再三示意,掌声震耳欲聋,不肯停息。

难忘今宵。今宵难忘……

7月29日这一天,是第五批江苏援疆干部张士怀他们离开霍城的日子。

面对即将离开霍城的江苏援疆干部,边疆各族干部和百姓的心情非常难过,依依不舍。

上午8时起,在赛里木湖大酒店门前的广场上,送行的人们陆续赶来了。

援疆干部所在受援单位的领导们来了,与他们共过事的同事们来了,在困难时接受过他们帮助的人们来了,伊犁边防支队的上百名官兵来了,更有许许多多享受到援疆成果的群众来了……

前来送行的各族干部群众,大家都自觉排成长长的队列,静静地等候与援疆干部告别,许多少数民族女同胞也都特意穿上了绚丽多彩的民族服装。

而在县城的朝阳路上,县直机关的干部群众,早就站在了马路两侧,他们生怕耽误了送行时间,宁可提前等候,一定要送一送朝夕相处的援疆干部们。

霍城的二百多名警察则坚守岗位,沿途执勤……

从宾馆门口到高速公路口的道路两旁,十里长街上,早就站满了前来欢送的上万名各族干部百姓,他们都是自发地来送别援疆干部的。

"霍城人民感谢援疆!"

"向援疆干部致敬!"

"霍城永远是你们的家!"

……

他们有的顶着各种水果盘,有的托着新做的馕,有的拎着装满鸡蛋的篮子等。

三年,一千多个日日夜夜,他们与霍城各族人民同呼吸、共命运、心连心,结下了血浓于水的情谊。

霍城的各族群众岂能忘记?

鲜花、泪水、拥抱、祝福,道不完的不舍情,叙不尽的离别意。

上午9时,只见张士怀等一出酒店大门,就匆匆地与大门外的服务员不停地握手,与广场上所有送行的各族干部握手、拥抱。彼此已来不及说话,而只能以握手、拥抱和眼中闪烁的泪光,来表达依依惜别之情。

送别的场面是凝重而伤感的。而张士怀他们却步履匆匆,很快就上了车。也许,面对这样的感人场景,援疆干部们害怕自己的感情失控,才不得不这样匆匆离别。

车队出发,缓缓驶过朝阳路。十里长街,站满了送行的人群。人们举着旗帜,打着横幅,再一次表达他们对援疆人的敬重之情、爱戴之情、惜别之情。

道路两旁送行的人们纷纷挥手致意;小学生们为援疆干部们送上了鲜花;许多人将葡萄、红枣、馕、鸡蛋、传统工艺品等特产,争先恐后往援疆干部们手上塞;许许多多的群众忍不住泪流满面……

送行的车队每经过处,送行人群中总是发出一阵阵热烈的掌声,有人高声呼喊:"无锡的亲人们再见!再见!再见!"

有的高喊道:"援疆的亲人们,一路保重!一路保重!"

有的高喊道:"亲人们,霍城就是你们家,欢迎常回家看看!"

……

那一刻,边陲霍城人的内心都在深情地呼唤,都在痛苦地颤抖,他们舍不得援疆的亲人们离开啊!

车队缓缓行进着,张士怀他们从车窗伸出手臂,向送行的各族群众不停地挥手、告别,而他们的眼中则噙着泪水。他们被边疆人民的真情所感染,被霍城人的纯朴所感动,被霍城人的善良所感动。

车子向前一直行驶到高速公路惠远收费站。此时,霍城送行的车辆在此缓缓地停了下来。张士怀他们的车也就此停了下来。

高速公路惠远收费站,是霍城与伊宁市的交界处。

葱绿的柏杨树路边,大红的欢送横幅下,按照少数民族最高的待客礼仪,霍城人摆上了大盘羊肉、白酒、奶茶和水果,为援疆干部敬献"上马酒"。

凝重的气氛中,没有语言,没有声音,送行人为援疆干部们默默地斟酒,敬酒,然后彼此一饮而尽!在场的所有人,都被这肝肠寸断的场景感动。这庄重的礼节,这感人的场景,岂不如同古人"长亭外、古道边"的依依惜别?!

那一刻,强忍了好久的张士怀终于情不自禁了,滂沱的泪水,似突然开闸的潮水一般夺眶而出,他再也控制不住了,仰天失声痛哭……

走进伊宁机场贵宾室,霍城人在此再一次摆下了隆重的"上马酒"。

能进入贵宾室的,只有少数送行的干部。而他们一个个早已红了眼圈,或流着泪水,默默地与张士怀他们同饮告别酒。

意想不到的是,此时的机场大厅外,上百名霍城各族干部群众已自发赶到了这里。他们聚集在那里,有的手捧着鲜花,有的带着礼品,都是翘首而盼。他们想再看一看援疆的亲人们,向亲人们道一声再见!说一声感谢!

得知候机大厅外面还有不少霍城人赶来送行时,张士怀等饮完机场的

第十章 援疆情深浓于水 381

"上马酒",立即疾步向外走去。机场大厅外的霍城人,终于如愿以偿看到了张士怀他们,一时间激动不已,纷纷争向亲人们表达谢意,有的握手,有的往他们手里塞礼品,有的泪流满面地表达感激之情……

那一刻,张士怀泪水涟涟,与大家握手告别。他含泪说道:"我们永远都是援疆人,是江苏的霍城人。我永远爱着这片热土!"

直到机场广播喇叭再次催促登机时,张士怀他们才不得不沉重地跨上舷梯,在舷梯顶上,他们再一次深情回首,向陪送到停机坪上的霍城人挥泪告别,向凝聚他们一生情感的伊犁河谷致意,向他们无比钟情的美丽的第二故乡告别……

其实,每一轮对口援疆到霍城的江苏干部离开霍城时,都经历过如此感人的送别场景。

直到今天,张士怀、张叶飞、王进健等每一个离开霍城的援疆江苏干部,无不对霍城这片土地充满着无限眷念深情,也受到霍城各族干部群众的一致敬重、赞许和爱戴。

……

北疆布尔津,冰天雪地,滴水成冰。

2013年12月26日。吉林通化援疆干部公寓楼大院内。

气氛热烈。情意浓浓。

下午3时,前来送别吉林援疆人的各族干部群众,挤满了整个院落。他们中有公安干警,有老师,有学生,有医生,还有援疆医生们医治好的患者。

因为有了中央的"八项规定",以往送别援疆人时的鲜花、礼品、绶带不再有,取而代之的是学生自发为老师带来的馕,患者为医生送来的奶疙瘩,还有一句句亲切低声的叮咛,一次次亲密无间的拥抱……

送行的人与离别的人一样依依不舍,明明已经冷到跺脚,明明已经说了很多遍珍重,可那一双双紧握着的手,却怎么也舍不得松开。

董德辉,是位从事有线电视网络改造的技术专家,在疆服务三年间,带出了王如鹏、李涛、卢振蕾等几位徒弟。当得知师傅今天返乡的消息,徒弟们都放下手中的活,赶到公寓楼前,送别董德辉。

王如鹏紧紧握着董德辉的手,深情地说:"董老师,时间过得真快,记得您刚来时我还是什么都不会的傻小子。三年的时间里,您教会了我们太多太多。这一转眼,您就要回去了,真是舍不得呀……"

援疆医生尹汉龙,医术高超,医德高尚,使布尔津很多眼病患者重现光明,在当地被誉为"光明使者",患者们先后送来二十六面锦旗。临行前,这些锦旗,被他看作是最重要的行李。即将离开这片热土了,尹汉龙一时间深情难舍。

他说:"在布尔津县行医的三年时间里,这里的各族人民给了我太多的感动,这二十六面锦旗是布尔津县人民给我的最好礼物。能为这里的人民服务,是我最幸福的事,我的心永远留在布尔津!"

在这里,援疆教师付建东不仅是桃李满天下,而且还有难忘的师生情谊。离别时刻,孩子们举着小手,高声喊着:"老师,您别忘了我们!"这句话,让在场的所有人都眼泪汪汪。

吉林通化市援疆副指挥长张成太激动地说:"三年来,我们把布尔津县视为第二故乡,和布尔津人民结下了深厚的友谊,虽然我们的援疆工作结束了,但通化市全体援疆人和布尔津县各族群众的情谊没有结束,我们将永远关注布尔津!"

车辆启动了,送行的人们尾随汽车依依不舍。

"祝你们一路平安!"

"有空常回来看看!"

……

布尔津人民对吉林援疆人有说不完的心里话呀。

车辆驶出了院子,送行的人们久久不愿离去,一份浓浓的援疆情谊正在这里慢慢扩散。

……

上述情景,仅仅是新时代一批又一批援疆人离开新疆时的剪影。这从另一侧面反映了新疆各族人民对内地援疆人的深情,对兄弟民族无私援助的感恩,也是对国家行动的另一种充分肯定。

春天里中南海的一束朝阳,点燃了天山科学跨越发展的希望;五湖四海化作一砚吉祥的浓墨,支持新疆写就后发赶超的诗行。

新疆各族人民不会忘记国家的英明决策,不会忘记兄弟民族的深厚情谊。

援疆,就像一团火焰,让古老的西域大地青春跃动;援疆,是一种力量,把新疆各族儿女的心紧紧凝聚在一起;援疆,是一种信念,让"奋斗改变命运"的时代强音在天山南北激荡;援疆,是一面高扬的旗帜,引领着新疆向着希望的明天不断奋进。

● 援疆情不老

人世间有两种记忆:一种是记载在史册上的,一种是铭刻在人类心灵深处的。而援疆人对边疆各族人民的深情厚谊,既有记录在青史上的,更有镌刻在人们心灵中的。

2014年8月11日。乌鲁木齐。

新疆迎宾馆内。人头攒头,气氛热烈。第七批中央和国家机关、中央企业援疆工作总结表彰会在这里隆重召开。有二百多名援疆干部代表早早就来到了会场,等待着新疆维吾尔自治区党委、政府的隆重表彰。

上午10时30分,表彰大会正式开始。

"中央组织部援疆干部团队、最高人民法院援疆干部团队……"

"姚雪、梁平阳……"

会上,共有五十个先进集体和三百七十六名优秀个人受到表彰。

在欢快的音乐声中,自治区领导为受表彰的先进集体和优秀个人颁发荣誉证书。

随即,会场上再次沸腾了起来,熟悉的援友,难舍的情怀,让人们的激情顿时燃烧了起来。

自治区领导饱含深情地说:三年前,也是在这里,我们心潮澎湃、激情满怀地把大家迎到新疆,一眨眼的工夫,现在又要为大家送行了,真是十分不舍!这三年,大家真情融入,辛勤付出,与各族干部群众心手相连,努力克服诸多困难。有的曾因过度劳累病倒在工作岗位上,有的在援疆工作期间失去了亲人而未能在床前尽孝,有的援疆期满后主动申请再次援疆,广大援疆干部展示出的可贵品质和无私情怀,赢得了新疆各族干部群众的赞誉。

这番话,也道出了援疆干部援疆之路的艰辛,他们用热烈的掌声回应着。

自治区领导接着说,而今,你们将启程返回,新疆将是你们的"一生情缘"。新疆人民将永远铭记你们为新疆和谐稳定付出的心血,永远铭记你们对新疆各族人民的真情大爱,永远铭记你们这些新疆的"儿子娃娃"们!感谢同志们!

这一席话,一字一句,道出了全体援疆干部的心声!

一时间,会场上再次爆发出雷鸣般的掌声!

……

"奉献自我,情洒边疆,无怨无悔。"这是许多援疆人在援疆前的铮铮誓言。

"带着感情援疆,用真情交朋友,用行动办实事。"

走进天山南北,笔者真切地感受到,新时代的援疆人不仅把援疆地当作"第二故乡",还把当地各族人民当作自己的兄弟姐妹,更把这里的事业当作自己的事业,用内心深处的真情实感与当地各族群众结下了深厚感情。

因为,他们的到来,为新疆注入了新鲜的血液,带来了新理念,带来了新疆经济社会的长足发展,他们用汗水和真情温暖着新疆各族人民。

然而,多年之后,当一批又一批援疆人离开新疆之后,他们还会与新疆产生联系吗?他们还会惦记新疆吗?新疆的各族人民还会记得他们吗?

……

现已是伊犁州红十字会常务副会长的卢征,2002年时还在霍城县的良繁中心当主任。那年的春天,卢征带领村队干部到江苏学习考察。当时,卢征想,自己在江苏没有什么朋友熟人,唯一的熟人,就是援疆干部、曾在霍城任县委副书记的刘亚民。但此时的刘亚民已经回到江阴任副市长,工作非常繁忙。

何况,刘亚民在霍城援疆时,卢征还在县种羊场任副书记,他留给刘亚民的印象并不深。刘亚民还能记得他吗?会不会接待他呢?

卢征想来想去,最后还是抱着试试看的想法,给刘亚民拨通了电话。

让卢征意想不到的是,刘亚民副市长非常热情爽快地回答说:"欢迎啊,你来嘛,到了给我打电话。"

等卢征他们到了江阴,刘亚民在长江饭店热情接待了他们,席间对霍城的情况非常关心。听说他们想去华西村参观,刘亚民就安排秘书将他们带到华西,然后又送他们去宜兴学习参观。

从2002年开始,霍城被中央确定为对口援疆试点县后,霍城这片土地,与江苏,特别是与无锡、与江阴之间有了更加紧密的联系,彼此之间的感情就更深了。

在离任和正在履职的援疆干部眼里,援疆工作就是一座桥,一座需要援疆省市和受援地干部群众共同呵护的友谊之桥、发展之桥、振兴之桥。

人离开了,但心还在,牵挂还在。

他们已经习惯像沙漠的玫瑰一样,在烈日和干旱中生存、盛开;像地道的新疆汉子一样,在乌鲁木齐区时与维吾尔族老乡齐心工作,畅饮欢聚;像千年不倒的胡杨一样,一棒又一棒传下中华同心、民族团结的接力棒。

北京援疆干部胡九龙援疆期间,他爱人生了一对双胞胎,夫妻俩商量,将双胞胎分别取名"和和"与"田田",希望他们都能生活得非常幸福。他说:"这也代表着自己对援疆地和田各族人民的一种理解和祝福吧。"

山东省援疆干部、原疏勒县委书记陈泽浦说:"我现在每天仍要坚持看新疆卫视,阅读新疆的报刊。只要听到新疆的新闻就倍感亲切。"

江苏援疆干部、已回到无锡市担任副市长的王进健告诉笔者:"我离开霍城县几年了,至今还有许多维吾尔族、哈萨克族、柯尔克孜族等少数民族的朋友们经常与我通电话、发短信互相问候,非常亲切。我对霍城北山坡的作物长势很关心,每次有霍城的人来,我都要他们拍摄一些照片给我看看。"

2013年6月24日。边陲霍城。艳阳高照,流芳溢彩,尤其是铺天盖地的薰衣草香,沁人心脾。

下午6点左右,让维吾尔族女孩阿丽娅怎么也没想到,她一进家门就遇到了意想不到的惊喜:她日夜想念的"江苏爸爸"来了!

那一刻,阿丽娅激动得泪流满面,一头扑进"江苏爸爸"怀里:"爸爸,我很想您!"

此时此刻,"江苏爸爸"感慨不已。

时隔五年,再次相见,阿丽娅不仅个头长高了,人也更懂事,言行举止也显得落落大方。

阿丽娅先是给"江苏爸爸"端来一碗热腾腾的奶茶,然后汇报这些年自己的学习生活情况。

五年的离别,阿丽娅对"江苏爸爸"有说不完的话,道不完的情。她还将五年来的成绩单和奖状拿出来,向"江苏爸爸"做详细汇报。

当看到阿丽娅每学期都是班里的"三好学生"时,"江苏爸爸"开心地连连鼓励道:"好女儿,以后学习还要更加努力,要练好一口流利的普通话。"

一个边疆的维吾尔族女孩怎么会有个"江苏爸爸"?

这一切,缘起援疆。

"江苏爸爸"叫张士怀,是曾经的江苏援疆干部、原霍城县委书记。

阿丽娅是霍城县惠远镇的一个维吾尔族女孩。可是,仅仅八岁的阿丽娅命运多舛。她患有先天性生理疾病,从她生下来那天起,全家人的眼泪就没干过。因为,可怜的阿丽娅,从生下来每解一次手,都要遭受撕心裂肺的痛苦。有的时候,八九天都不能排泄一次,小肚子胀得鼓鼓的,像要爆炸一样可怕。

在她十一个月大的时候,母亲阿依古丽和父亲曾经给她做过第一次手术。当时,家里没有钱,为了给阿丽娅治病,父亲将家里承包的十五亩地抵押了出去。从此,这一家人也就失去了生活来源。

就在阿丽娅六岁时,她又旧病复发,急需第二次手术。为了给女儿阿丽娅手术,阿依古丽和丈夫在无奈之下,只好痛心地卖掉了家里的住房,寄居到亲戚家里。

然而,阿丽娅的病情并未有效好转。要想进行根治,必须进行第三次手术。这样,原来就生活窘迫的家庭,再次陷入了生活的绝境。

在前所未有的窘境之中,阿丽娅的父亲不堪重重压力,干脆选择了逃离,毅然与她的母亲阿依古丽离了婚,一走了之,从此,杳无音信。阿丽娅再也见不到父亲的影子了。

阿丽娅的命运是悲惨的。八年来,因为她常常大小便失禁,这个可怜的孩子,一年四季,都要穿着厚厚的裤子,背着尿布去上学。

穿裙子,是维吾尔族女孩最时尚的打扮。让阿依古丽特别心痛的还有,不知道有多少次,小阿丽娅像发疯似的跑回家,哭着对妈妈阿依古丽说:"为什么别的小朋友都能穿裙子上学,而让我穿这么厚的裤子受罪,我要穿裙子,我要穿裙子……"

每当听到女儿阿丽娅的哭声,阿依古丽的心就像刀割一样疼痛。

阿依古丽还真给女儿买了一条裙子。但是,阿丽娅知道自己身上的味太大,只能在回家后,关起门来,才敢穿上裙子……

无奈之下,母亲阿依古丽只好到霍尔果斯口岸去打工,她想通过多挣钱来为女儿做手术治病。可是,阿依古丽没什么特殊技能,每天工资收入,连吃饭和房租的钱都不够,怎么能给女儿阿丽娅治病?此时,阿依古丽也绝望了。她再也无力支撑这个艰难的家了。

面对阿依古丽母女的艰难,2007年5月的一天,惠远镇的领导向县委书记张士怀做了汇报。

得知这一情况后,张士怀及时赶往阿依古丽母女的临时住所,看望她们母女俩。在详细了解到她们的艰难处境后,张士怀当场指示镇领导,一定要想方设法,解决好阿依古丽母女的生活困难。

看到阿依古丽不仅有一个生病的女儿,还有一个年近八旬的老母亲,生活过得如此艰难,张士怀禁不住一阵心酸。

临走时,张士怀从自己的口袋里掏出两千元钱,交给阿依古丽,并安慰她说:"这点钱,你先拿着,解决你和孩子的吃饭问题。你要相信党和政府,一定会帮助你们的。"

手捧着张书记给的钱,望着江苏来的真诚和善的张书记,阿依古丽顿时热泪夺眶而出,竟然说不出一句话来。阿依古丽年迈的母亲紧紧地握着张士怀的手,连声道谢:"张书记,热合买提!热合买提!(维语:谢谢!谢谢!)"

回到县城,张士怀立即指示县慈善总会,要想办法全力救援,尽快解决阿丽娅的治病困难。县慈善总会迅速与自治区慈善总会联系。经过了解得知,有一个专门治疗先天性疾病的国际合作项目,正在新疆实施救助治疗手术。经紧急磋商,最终确定,在该项目结束前,他们为阿丽娅进行手术。

听到女儿即将赴乌鲁木齐接受免费治疗的消息,阿依古丽简直不敢相信自己的耳朵。她想:这是自己在做梦?还是上帝派来了救星?那一刻,阿依古丽再也无法抑制自己的感情,禁不住大哭一场!

2007年5月24日,就在阿丽娅即将赴乌鲁木齐接受手术的前夕,张士怀再次来到阿依古丽家,又带来两千元钱,给她们母女路上花。

张士怀书记一再安慰阿依古丽:"政府不仅为阿丽娅联系好了医院,为她免费手术,而且还解决了她今后两个月治疗的所有费用,你就带着女儿放心地去吧!"

前往乌鲁木齐手术的那天,有许多她们从不认识的叔叔、阿姨,都来送她们母女俩。她们临时的家,就像过年一样热闹,那一刻,阿依古丽母女俩都感动得哭了起来。

阿丽娅的第一次手术是在自治区人民医院做的,时间长达十三个小时,手术非常成功。在手术后的第三天,当阿丽娅第一次能顺利如厕时,她竟然高兴大声喊:"妈妈,妈妈,快来看啊,快来看啊,我能自己解手了,我能自己解手了!"

阿依古丽则高兴地围着女儿使劲转……

而在电话那端,当姥姥听到阿丽娅的手术很成功时,竟然高兴得一边哭一边喊:"共产党万岁!援疆领导万岁!好心人万岁!"

两个月之后,阿依古丽带着女儿阿丽娅回到了霍城。

阿依古丽告诉笔者说:"后来我才知道,这次给孩子治病的所有手术费、住院费和我们娘儿俩的吃住,一共花了五万多元,全是免费的。每当想起这事,我真不知道怎样才能报答这些好心人啊!"

到家不久,张士怀第三次来到阿依古丽家,看到恢复健康的阿丽娅,蹦蹦跳跳的,非常活泼可爱,张士怀非常高兴。

在这以后,县委书记张士怀仍牵挂着这个不幸的家庭。在张士怀的亲自关怀之下,惠远镇给她们安排了两间砖瓦房屋。从此,阿依古丽带着母亲和女儿阿丽娅有了一个温暖的家。

后来,辍学的阿丽娅又重新回到了校园。同时,阿依古丽还被就近安排到了"伊犁将军府"景点,当上了一名保洁员,有一份稳定的收入。这样,一家人的日子渐渐地好了起来。

2008年3月,县委书记张士怀第四次来看望阿依古丽母女俩。这一次,他给阿丽娅带来了新买的书包和学习用品。张士怀还亲热地抱起了小阿丽娅,勉励她好好学习,天天向上。

小阿丽娅看着比亲人还要亲的"江苏爸爸",笑得那么天真,那么幸福!

2008年7月,张士怀等援疆干部结束了援疆任务。离开霍城那天,阿依古丽一家特地从惠远镇赶到县城,送别现场,祖孙三代,泣不成声!

2012年10月的一天下午,笔者在惠远镇阿丽娅家采访时,她八十二岁的姥姥阿依夏木,一时间激动不已。

阿依夏木老人哭着对笔者说:"我临死之前,一定要再见一次张书记,没有这么好的援疆干部,没有这么好的共产党干部,哪有我家的今天啊!现在,我一天做五次礼拜,天天都在祈祷保佑所有的好心人,保佑我们的国家平安!"

回到无锡的张士怀至今仍然牵挂着阿丽娅一家。

在此次近两个小时的寒暄中,张士怀得知,几年来,惠远镇不仅一直在为这个家庭解决米面油等生活困难,2013年还出资五万余元,为阿丽娅家修建了四间抗震安居房。

张士怀听说,阿丽娅姥姥在2012年病重时,最大的心愿,就是想能见到他这位"江苏儿子"一面。对此,张士怀深感歉意,连连对阿依古丽说:"对不起,我应该早点来的。"

阿丽娅已经上五年级了,但腹中多余的结肠每年都要花一万余元医药费治疗。听到这样的情况,张士怀的心再次纠结起来。他当即叮嘱当地政府,要积极想办法,争取在暑假期间,为阿丽娅实施除肠手术,确保她不再受病痛折磨。

临走之际,张士怀再次为阿丽娅一家送上了两千元慰问金。

阿丽娅依依不舍,含泪道别:"请爸爸放心,我一定好好学习!"

张士怀深情地对阿丽娅说:"好孩子,爸爸会一直关心你成长的,希望你成为一个对国家和社会有用的人。"……

2012年3月的博州,还是一片冰天雪地,而一批湖北医疗专家的到来,给当地人民吹来了一股"暖流"。这股"暖流"中,就有后来被博州人交口称赞的陈吉相教授。

博州人民医院,是湖北省援疆项目中在卫生领域的重点援助单位,同时是武汉协和医院的博州分院。陈吉相则是代表武汉协和医院来博州人民医院的。

高高瘦瘦,说话爽朗明快,这是陈吉相给人的第一印象。

陈吉相是2012年3月9日到达博州人民医院的。

3月10日凌晨2点,他就接到自己对点援助的内科主任的紧急电话:"一个突患脑栓塞的小伙子要不要接受溶栓治疗……"

原来,这个三十多岁的维吾尔族小伙子通过化验检查,发现纤维蛋白原低于正常,此时要不要进行溶栓治疗成了一个关键问题。治疗得当,病人就可以转危为安;若稍有失误,病人可能就有生命危险。

接到电话后,陈吉相从被窝里一跃而起,穿上羽绒服就往外走。走出宿舍后,他看到宿舍窗户前已经挂着一尺多长的冰凌子,眼前一片白雪茫茫,脚下还结着厚厚的冰。

他踩着厚冰,一阵踉跄地跑到科室。看过片子后,陈吉相果断决定:给病人进行溶栓治疗。

手术后的当晚,他就一直守在病房里,到第二天上午9时,这位维吾尔族小伙子的手已可以正常活动了,他才离开。一个星期后,维吾尔族小伙子恢复正常出院⋯⋯

由于医术高明,此后越来越多的博州百姓专门来找陈吉相看病,有的甚至是从五百五十二公里外的乌鲁木齐市来到博州求医,可谓风尘仆仆。

在博州人民医院的一年多时间里,除了治病救人,陈吉相还和一些湖北医疗专家、教授搞好"传帮带",将自己丰富的临床经验传授给当地医护人员,带出了一批独当一面的医护人员。

2013年5月,援疆如期结束后,陈吉相虽然回到了武汉协和医院,但他并没有停止援疆的脚步。陈吉相说:"援疆的时间是有限的,但是为博州人民的服务工作是无限的。"

从2014年开始,武汉协和医院与博州人民医院开通了远程门诊,博州人民医院可以通过远程中心,请武汉协和医院专家远程诊断疑难病人,陈吉相作为首位远程门诊教授出诊,继续着他的援疆工作。而博州人民医院内二科的医生,都有陈吉相的电话。现在,陈吉相还经常接到年轻医生们的咨询电话,对每一个咨询的问题,他都认真解答。

⋯⋯

难忘当年天山月,魂牵梦萦援疆情。

援疆是一次思想的洗礼,一次心灵的熏陶,一次情感的升华,一段人生的历练,更是增进内地与新疆各族人民感情的最佳机会。许多援疆人与新疆各族干部群众结下了深厚的情谊。

"一次援疆路,一生援疆情。"这绝不是矫饰的感言,而是发自内心的牵挂和期许。

这短暂的经历,将是许多援疆人人生的一笔宝贵财富,值得援疆人在心灵深处永远珍藏它、珍惜它!

同样,也值得新疆各族人民永远珍藏它、珍惜它!

● 尾声

2015年的秋天。北京。金风送爽,艳阳高照。

9月20日,在京开幕的"在祖国伟大的怀抱中——新疆维吾尔自治区成立六十周年成就展"上,一幅十字绣作品引人注目。大幅绣品上,习近平总书记的肖像惟妙惟肖,金色的党徽、鲜艳的五星红旗、雄伟的天安门、庄严的华表、圣洁的和平鸽,共同簇拥着七个金色大字——"同心共筑中国梦"。

这幅作品长一点五二米、宽零点八米,出自一对"八零后"维吾尔族姐妹之手。一个月前,她们从地处天山南麓的家乡出发,辗转来到乌鲁木齐,将精心绣制的作品送到自治区党委,希望通过自治区转献给习近平总书记。

这对维吾尔族姐妹,是新疆库车县乌尊镇玉奇喀拉二村的村民。三十三岁的姐姐哈那依先·艾尼瓦尔,爱说爱笑,风风火火,开朗大方。三十二岁的妹妹米热古丽·艾尼瓦尔,腼腆内秀,做得一手好针线。

随着这几年的援疆,家里的日子越过越好,姐妹俩总想表达全家人对党和政府的感恩之情。

刺绣,是姐妹俩的共同爱好,两个人决定亲手绣一幅十字绣送给总书记。两个月一针一线,六十天倾情织就。在家人和邻居的共同帮助下,"同心共筑中国梦"十字绣作品终于得以完工。

"真想把亲手绣的绣品送给习近平总书记啊!"米热古丽充满渴望地说,"但是北京太远了,我们就想把作品送给自治区党委领导,请他们代我们表达心意。"

即便如此,对于这两个几乎没有出过远门的姐妹来说,前往七百公里外的乌鲁木齐,也是一段充满"挑战"的旅程。

8月中旬,姐妹俩带着这幅作品,和两个娃娃一起,踏上了北上乌鲁木齐的长途大巴。

从村里搭上车,走了二十公里到了县里。在库车县,姐妹俩买了两张长途汽车票,从当天晚上8点坐到第二天上午10点,这才来到乌鲁木齐。

在乌鲁木齐山西巷一家小旅馆安顿下来后,姐妹俩进行了分工,妹妹在旅馆照顾孩子,姐姐出门打听自治区党委地址。

乌鲁木齐实在太大了,找到自治区党委并不是一件十分容易的事。

然而,姐姐哈那依先坚定地说:"维吾尔族有句谚语:吃水不忘挖井人。党的政策那么好,给我们的恩惠那么多,我们就是想表达对习近平总书记的感谢,对中国共产党的感恩!无论如何都要把绣品送到自治区党委,表达我们的心意。"

在自治区党委大院门口,对于第一次见到这对姐妹俩的情景,区党委办公厅翻译处处长阿不都吉力力至今记忆犹新。

她们在随同绣品一起给习近平总书记的信中,有这样一段话:

> 特别想对您说的是,我们农村现在变化可大了,老百姓的生活一天比一天好,日子过得一天比一天幸福了。以前我们住的是土坯房子,现在已经住进了安全、宽敞、干净的安居富民房;以前有病不敢去医院看,现在有了医保,看病随时都可以报销;以前我们这儿全是土路,车一过尘土飞扬,一下雨都是泥巴,现在连去田里的路都是柏油路了,出门特别方便;生活困难的还可以享受低保,年龄大的老人还有生活补贴,连小孩儿上学这样的事都不用我们掏一分钱了……

这是姐妹俩朴实的心声,也是维吾尔族儿女实在的赞扬。

在姐妹俩的家乡玉奇喀拉二村,讲起村里的变化,老支书吐尔逊·买买提明更是如数家珍:"近年来,自治区实施安居富民工程,每户政府补助三万五千元,现在村里家家户户都盖了新房,电通了,自来水也通了……"

广袤的新疆大地,像玉奇喀拉二村这样发生巨大变化的地方太多太多。

一幅幅美好的画面,正骄傲地呈现在天山南北。一个个平凡的梦想,正逐渐汇聚成民族复兴的梦想。

正如姐妹俩说的话:"没有党的好政策,哪有我们的好生活!"

妹妹米热古丽腼腆地告诉阿不都吉力力,这幅十字绣不仅是她们俩的手工,村里很多刺绣合作社的姐妹都在上面有针线。"把这幅十字绣送给党中央,送给习近平总书记,不仅是我们的心愿,也是全家人的心愿,更是全村维吾尔族百姓的心愿。"……

随着党和国家惠民政策不断落地生根,如今的天山南北,处处呈现繁荣发展的和谐景象。

天山雪松根连根,各族人民心连心。

在新疆塔城,有一个由七个民族、四十多人组成的大家庭;在阿勒泰地区青河县,大爱母亲阿尼帕·阿力马洪抚养四个民族十九个孩子。这两个家庭和谐幸福、其乐融融,在当地传为佳话。这是新疆各民族亲如一家、和睦相处的缩影。

新疆各族人民看到:援疆,大手笔的资金援助,大手笔的城乡规划,大规模的立体行动,使得新疆天山南北的城市在变,团场在变,乡村在变,草原在变,景区在变,口岸在变……

行走在广袤的新疆大地上,从帕米尔高原的雪山脚下到吐鲁番的葡萄沟,从伊犁河谷的大草原到大漠边缘的戈壁绿洲,从人们绚丽多彩的崭新服饰中,从人们脸上荡漾的笑意中,从维吾尔族的木卡姆音乐声中,从哈萨克人的阿肯弹唱中……都在演绎着神奇之变。

新疆各族人民可以见证,全国人民可以见证,全世界可以见证,今日的新疆,天山南北正发生着翻天覆地的变化,各族人民正真切地感受着前所未有的幸福,天山儿女和十九个兄弟省市的援疆建设者正携手同心,用一个个"越来越"谱写着中国梦之歌……

援疆,让新疆许多人的命运变得生动而传奇;援疆,让新疆跨越式发展的脚步更加自信;援疆,让新疆和谐稳定的步伐更趋稳健。

"我们新疆好地方,天山南北好风光……"这已经不再仅仅是歌声中的甜美,更是今日新疆变化带来的特别风景。

来自自治区统计部门的一串串数字,勾勒出新一轮援疆以来新疆经济社会发展大步跨越、快速攀升的闪光轨迹:

援疆五年,新疆GDP年年跨越一千亿元台阶,增速在全国的位次由2009年的第三十位,跃升至第四位。

2014年,新疆财政收入二千四百五十八亿元,年均增幅达到百分之二十二点七;一般公共预算收入比2009年增长二点三倍,年均增幅达到百分之二十七。

2014年,新疆固定资产投资总额达九千七百四十四点八一亿元,是2009年的三点五倍。

2014年,新疆居民收入增幅居全国第十二位,其中城镇居民的收入增幅居全国第一位。城镇居民人均可支配收入是2009年的一点九倍,年均增长百分之十三点六;农村居民人均可支配收入为八千七百二十四元,是2009年的二点二倍,年均增长百分之十七点六……

虽然数字是枯燥的,但它反映的却是事实,显示的是业绩,留给我们的是更深层次的思索。

人类,总在梦想里迸发力量。历史,总在前进中铸就辉煌。

当然,目前的新疆,仍然存在着不少不尽如人意的地方,仍然存在不少的问题与矛盾。然而,尽管如此,援疆这一国家战略正能量,一定势不可当!

战鼓已经擂响,大戏正在上演。新疆的前景充满了无限的希望。

"打造中国西部区域经济的增长极和向西开放的桥头堡,建设繁荣富裕和谐稳定的美好新疆。"这是中央新疆工作座谈会做出的战略部署。

现实的国家战略要求援疆必须做到社会稳定和长治久安。习近平总书记在中亚访问时提出的"丝绸之路经济带"构想,正在一步步地走向战略现实。

新疆历来具有沿边开放的地缘优势。无疑,新一轮对口援疆以来,让新疆在更高起点上实行更加积极主动的开放战略,在经济全球化的大舞台上,已经展现了参与的热情、融入的智慧、坚持的信心、强劲的动力。

现实的新疆,已成为中国向西开放的桥头堡,东联西出的大通道。"向西开放"的大战略,必然为推动"社会稳定"和"长治久安"带来新机遇。

善弈者,谋势。在历史性的机遇面前,将把新疆再一次推向对外开放的前沿。如何更好地利用国际、国内两个市场、两种资源? 如何同周边国家构筑起深层次国际经贸合作? 学问多多。

我们有理由相信,在全国十九个省市的援助下,在新疆各族人民的百倍努力下,随着国家援疆行动的进一步深层次推进,新疆独特的自然资源、人文景观和多元的民族文化,必将会得到进一步有效的发挥和展示。

一个开放包容的新疆,定会海阔天空。

一个社会稳定的新疆,定会富裕幸福。

一个和谐发展的新疆,定会团结温馨。

一个长治久安的新疆,定会繁花似锦。

在千载难逢的历史机遇面前,不久将来的新疆,必将再次成为"丝绸之路经济带"上耀眼的明珠! 定会奏出一曲实现中华民族伟大复兴"中国梦"的雄浑交响!

让华夏神州瞩目!

让全世界惊艳!

后　记

万事皆有缘,文学创作也是如此。

是青春年少时对新疆的向往,是争取做一个有良知作家的社会责任,是广袤而多彩的新疆元素,是创作欲望的冲动,促使我多年来一直关注着新疆的脉动与变迁。因为,在这片神奇的土地上,从异样的民族风情到繁盛的民间风物,从迷人的自然风景到热情奔放的新疆人,总是令我着迷。我曾屡次走进新疆,体验过不同的民族风情,感受过多元的民族文化,而每一次的体验,每一次的感受,都给我以不同的欣喜与认识。因此,在创作这部全景式的援疆作品时,我倾注了满腔的激情。

期间,虽历经采访曲折与困难,甚至遭遇不测之险,但激情与责任,让我欲罢不能,驱使我无所畏惧。从北疆的"塞外江南"伊犁河谷到南疆大漠边缘的戈壁、绿洲,从白雪皑皑的帕米尔高原到火炉般的吐鲁番盆地,我足迹遍至,冒漫天风雪赶路,踏滚滚热浪采访,数度奔波,几经剪修,遂成此稿。

这里需要特别说明的是,在本书采访过程中,采访时间长,环境复杂多变,我除了要感谢江苏与新疆两地党委组织部门以及新疆生产建设兵团相关部门的大力支持外,还要特别感谢焦庆标、葛政、孙艳、黄旭、张玉清、高克平、韩新平、杨洪涛等诸多同志的鼎力相助,感谢丁叶民先生为我提供了良好的创作场所。

为此特加记叙。

2016 年 3 月 1 日